KB111723

승은 궁녀 스캔들

숨은 혀녀 스캔들

초판 1쇄 인쇄일 2017년 10월 10일
초판 1쇄 발행일 2017년 10월 20일

지은이 | 김정화
펴낸이 | 김기선

편집장 | 김은지
편집부 | 임종성, 박지은, 김지현, 김아름
디자인 | 찌즈

펴낸곳 | 와이엠북스(YMBOOKS)
출판등록 | 2012년 7월 17일 (제2014-17호)
주소 | 서울시 도봉구 노해로 379, 802호(창동, 대성빌딩)
전화 | 02)906-7768 / 팩스 | 02)906-7769
E-mail | ymbooks@nate.com

ISBN 979-11-322-4278-9 (04810)
ISBN 979-11-322-4275-8 (set)

ⓒ 김정화 2017 Printed in Korea

값 13,000원

승은
궁녀
스
캔
들 下

김정화 장편소설

ym
BOOKS

가계도
(숙종44년)

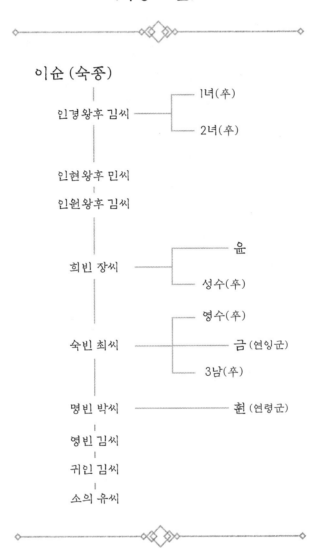

이순 (숙종)

인경왕후 김씨 ── 1녀(卒)
　　　　　　　　── 2녀(卒)

인현왕후 민씨

인원왕후 김씨

희빈 장씨 ── 윤
　　　　　　── 성수(卒)

숙빈 최씨 ── 영수(卒)
　　　　　　── 금 (연잉군)
　　　　　　── 3남(卒)

명빈 박씨 ──── 훤 (연령군)

영빈 김씨

귀인 김씨

소의 유씨

차 례

二十一章.

왕세제(王世弟)

"강녕하시었소, 중전."

사방에 어스름이 내리기 시작한 저녁이었다.

"전하, 신첩의 처소에는 어인 일로……."

채화가 의외라는 표정으로 제 침소에 찾아든 지아비를 바라보았다.

선왕 시절 그러했듯 왕과 왕비가 각각 다른 곳에 기거하는 것은 흔한 일이었다. 그러나 새로운 임금 윤과 중궁전 채화는 같은 대조전 안에 침전을 두고 있었다. 부부가 젊은 데다 후사가 없기 때문이었다.

후사 없는 왕에게 부인과의 합방이란 밤의 유희가 아닌 의무. 그러나 동궁 시절과 다를 바 없이 임금은 중전의 침전에 모습을 드러내지 않았다.

"어인 일로 여기까지 드셨습니까, 전하?"

그런 까닭에 채화의 시선은 낯선 이를 보듯 어색했다. 열여섯 젊은 중궁전은 윤의 부인으로 살아온 두 해 동안 독수공방하는 밤에 익숙해졌다.

"내 중전에게 긴히 부탁할 것이 있어 찾았소."

"부탁이요?"

채화가 되물었다.

"낙선당의 일이오."

"아."

채화가 짧게 대꾸했다.

이제 알겠다. 그간 단 한 번도 왕비의 침전을 찾은 적 없는 임금께서 친히 납신 이유를.

"무슨 일이십니까?"

채화의 음성은 서늘했다.

"중궁전도 알 것이오. 그대와 나뿐 아니라 동궁전 궁인들 모두가 대전 근처로 거처를 옮겼소. 이제 동궁 근처에 사람이 남은 곳은 낙선당이 유일하오."

"그리해서요?"

"중전께서 승은궁녀의 처소를 근방으로 옮기라는 하교를 내려주시기를 바라오. 그것을 부탁하러 왔소."

궁녀는 내명부의 소속. 내명부의 수장은 중전이었다. 설령 임금이나 대비라 해도 중전의 권한에 토를 달 수는 없었다. 순심이 낙선당을 떠나는 데에는 반드시 중전의 허락이 필요했다.

"동궁 근방이 텅 비었을 뿐 아니라 살림을 돌보아줄 궁인 하나 없으니 응당 처소를 옮기는 것이 옳지 않겠소?"

윤의 어조는 조심스러웠으나 크게 걱정하는 기색은 아니었다. 윤뿐만 아니라 궁궐 대부분 사람들이 젊은 중전과 승은궁녀가 매우 깊은 우애를 나누고 있다 여겼기 때문이었다. 모종의 이유로 둘 사이가 틀어진 것을 아는 이는 극히 드물었다.

"송구하오나 허할 수 없습니다, 전하."

채화의 싸늘한 대답. 거절을 예상치 못한 듯, 윤은 미간을 찌푸렸다.

"지금 뭐라 하시었소?"

"불허한다 했습니다. 승은궁녀가 낙선당을 떠나는 것을 신첩은 허락할 수 없습니다."

"……."

윤이 채화를 재차 본다. 무심한 탓에 살피지 못한 것이 분명했다. 오늘따라 더욱 새치름한 눈매, 고집스럽게 닫힌 입매. 그가 알던 채화가 아닌 듯하다- 라고 말하기에는, 기실 윤은 제 부인에 대해 아는 것이 없었다.

"어찌하여 아니 되는지 묻겠소."

"내명부의 거취는 신첩이 결정합니다. 그 까닭을 세세하게 전하께 고해야 합니까?"

"중전."

윤의 음성이 나지막해졌다. 그가 신중한 시선으로 채화의 표정을 살폈다.

"내 아무래도 중전의 마음을 헤아리지 못하여 심기를 거스른 것 같구려. 오늘은 날이 아닌 듯하니 이만 물러가겠소. 다음에 내 다시 이야기하리다."

"전하."

채화가 눈을 내리깔며 내뱉었다.

"다음에 다시 이야기하실 필요 없습니다. 신첩의 뜻은 변하지 않습니다. 불허합니다."

"하……."

윤의 입에서 한숨이 흘러나왔다.

동궁 시절, 빈궁과 순심은 마음을 나눈 벗처럼 가까웠다. 그리하여 채화가 이런 반응을 보일 줄은 예상하지 못했다.

"중전. 동궁전에는 지금 단 한 명의 궁인도 남지 않았소. 구월이라 불리는 나인이 낙선당에 드나들고 있으나, 궁녀 혼자서 전각 하나를 돌보는 것은 어려운 일이오."

"그러하다면 일손을 도울 사람을 더 보내겠습니다."

"일손의 문제가 아니지 않소? 동궁전은 텅 비었소. 들고나는 이 하나 없다는 말이오."

"……."

"낙선당을 말동무 하나 없이 지내게 하다니 가혹한 일 아니오? 중전. 내 부탁하리다."

그때였다.

"하하."

불현듯, 채화의 입에서 맥 빠진 웃음소리가 흘러나왔다.

"……어찌 웃으시오?"

"말동무 하나 없는 낙선당의 처지가 가혹하게 느껴지십니까, 전하?"

"중전."

"그간 거들떠도 보지 않던 부인의 침전에 찾아와 첩실의 외로움을 헤아리라는 전하의 말씀……. 제게는 그것이야말로 가혹하지 않겠습니까?"

도전적으로 턱을 치켜든 그녀가 지아비를 응시했다.

윤은 마침내 깨닫는다. 어린애라 여기던 그의 부인은 그사이 어른이 되었다. 그녀가 내뱉는 말이며 태도, 눈빛 하나하나까지 그에 대한 원망이 담기지 않은 곳이 없었다. 물론 그것은 응당한 원망이리라.

"돌아가십시오, 전하."

채화가 날카롭게 쏘아붙였다.

"신첩의 뜻은 분명합니다. 허할 수 없습니다!"

밤이 깊었다. 그러나 왕과 왕비의 침전 그 어디에도 불은 꺼지지 않았다.

"윤 상궁, 밖에 있는가?"

"예, 중전마마."

"잠시 들어오게."

"예, 마마."

윤 상궁이라 불린 초로의 여인이 채화 앞에 자리했다. 동궁전을 떠나 대조전으로 입성한 채화는 새로운 지밀상궁을 맞았다. 동궁에서 채화를 모셨던 지 상궁은 대조전으로 따라오지 못하고 내쳐졌다. 지 상궁은 육처소의 한직으로 전락했다.

그것이 왕비의 권한이다. 그녀는 내명부의 주인이었다.

"윤 상궁, 동궁에 낙선당이라는 전각이 있네. 알고 있지?"

"예, 마마. 승은궁녀의 처소임을 소인도 들어 알고 있사옵니다."

"그래. 내 하나 명하도록 하겠네."

"하명하시옵소서, 마마."

머리가 하얗게 샌 상궁이 고개를 숙였다.

"대전 밧소주방에 구월이라는 나인이 있네. 그 나인 외에 허드렛일을 할 궁녀 한둘을 낙선당 근방으로 보내게."

"예, 분부 받잡겠사옵니다. 한데 마마……."

"할 말이 있는가?"

"아뢰옵기 황공하옵니다만, 대전 궁녀들을 빈 동궁전으로 보내느니 차라리 낙선당 궁녀를 창덕궁 근방에 거처토록 하는 편이……."

"음."

채화가 얕게 헛기침을 했다. 중전의 심기가 불편함을 눈치챈 윤 상궁이 말끝을 흐리며 머리를 조아렸다.

"소인이 주제 넘는 소리를 하였나이다. 분부하신 대로 처리하겠사옵니다, 마마."

중전과 승은궁녀가 자매처럼 돈독하다는 말은 아무래도 헛소문이었던 모양이다. 뜻을 받든 윤 상궁이 자리에서 물러났다.

채화는 다시 혼자가 되었다. 잠시 눈을 감고 있던 그녀가 문득 중얼거렸다.

"가혹하다……."

하하. 조소가 흘러나왔다. 채화가 머리를 벽에 기대었다.

수식을 얹었든 얹지 않았든 간에 가녀린 모가지로 버티기 힘들 만큼 머리가 무겁다- 그녀가 애당초 원하지 않았던 자리의 무게가 무겁다.

"가혹한 건 왕이십니다."

가혹한 건 낙선당의 처지가 아닌, 그녀의 지아비였다.

순심이 미운 것은 아니었다. 그녀는 더할 나위 없이 선량한 심성을 가졌으니까. 그러나 참을 수 없는 지점 역시 그것이었다. 순심의 선한 심성 탓에, 채화는 그녀를 미워하거나 증오할 수조차 없었다.

지아비를 빼앗긴 것도 모자라 하해와 같던 시아비의 마음까지 나눠야 했다. 그런데 더 이상 무엇을 양보하란 말인가. 아무리 허울뿐인 부인인들…….

다시금 채화는 눈을 감았다. 그럼에도 불구하고 구월과 몇몇 궁녀들을 굳이 낙선당 근처로 보낸 이유를 누군가 묻는다면 뭐라고 대답해야 할까.

답은 하나뿐이었다. 사랑하는 이가 진다. 불행하게도 채화는 그녀의 지아비 윤을 연모하고 있었다.

* * *

"주상 전하 납시오!"

밤길을 걷는 궁인들 사이로 불어오는 바람에서 달콤한 과실 내음이 났다. 무르익은 여름밤의 행렬이었다.

왕이 된 윤의 매일은 세자 시절과 비교할 수 없을 만큼 복잡하고 번잡스러웠다. 황가나 상검만을 대동하던 왕세자 시절의 단출한 자유가 얼마나 소중한 것인지 그는 뒤늦게야 깨달았다.

언제 어디서든 왕의 행차 뒤를 따르는 인원은 최소 열 이상. 그것은 윤이 낙선당을 찾는 밤에도 달라지지 않았다.

"주상 전하 납시오!"

목청 좋은 내관이 임금께서 행차하심을 알렸다. 붉은 용포 자락 뒤로는 황가 외에 겸사복 서넛과 대령상궁, 지밀나인들이 따랐다.

"늘 이렇게 전장이라도 나서듯 우르르 이동해야 하는 것이냐?"

"그것이 임금의 법도이옵니다, 전하."

문 내관이 당연한 일이라는 표정으로 윤의 말을 받았다.

"내 낙선당에 행차하며 단 한 번도 이렇게 요란한 소란을 일으킨 적이 없다."

"그거야……. 동궁 시절 전하께서는 늘 야밤을 틈타 낙선당에 숨어드시곤 하셨으니 그런 것 아닙니까?"

"숨어들어? 내가?"

"가례 전에 낙선당에 들지 말라는 선왕 전하의 어명마저 어기지 않으셨나이까?"

문 내관이 퉁명스레 답했다. 윤이 그를 돌아보았다.

"그걸 문 내관 자네가 어찌 알고……?"

"전하. 소인이 설마 모르고 넘어간 거라 생각하셨나이까?"

"……."

잠시간 윤은 꿀 먹은 벙어리가 된다. 이미 해가 두 번 바뀐 과거의 일. 그러나 그 밤의 기억을 떠올리면 여전히 목덜미며 어깻죽지가 못 견디게 간질간질해졌다.

친영례를 하루 앞둔 밤이었다. 낙선당 침소 문 앞에 무릎을 꿇었던 윤. 그 순간의 그는 왕세자가 아닌 한 명의 사내에 지나지 않았다.

그는 고백했다. 세간의 입방아에 오르내리는 '고자 세자'가 아닌 네 남자로 살아가고자 하는 나를 부디 허하여달라고. 나의 첫정이 되어달라고. 나는 너를 간곡히 원한다고…….

"그 말을 들었다고?"

"체통이고 뭐고 다 내버리시고 낙선당 마마님께 하신 말씀을 뜻하시는 것이라면, 예. 들었습니다."

"음."

윤은 침묵을 지키기로 했다. 능글대는 문 내관을 상대하느니 그것이 훨씬 편안했다.

"오셨습니까, 전하!"

낙선당 앞에 나와 있던 구월이 깍듯하게 고개를 숙였다.

"이건 또 무슨 일이냐."

윤이 물었고, 문 내관은 다시금 심드렁하게 대꾸했다.

"전하께서 행차하실 때는 아랫것이 나와 있는 것이 법도라 그렇습니다."

"나 참……."

상황이 마뜩지 않은 윤에 비해 구월은 마냥 들뜬 모습이었다. 순심의 근처에서 생활하게 된 데다 임금을 맞이하는 중책을 떠맡은 덕에, 구월은 상궁이라도 된 듯 뿌듯한 표정이었다.

"마마님께서 목욕재계하시고 진즉 전하를 기다리고 계십니다. 안으로 드시옵소서, 전하."

"……그래."

동궁 시절, 하루가 멀다 하고 들락거렸던 낙선당. 윤의 시선이 제등 뒤에 도열한 십수 명의 궁인들에게로 향했다.

그는 평생 왕이 되기를 꿈꾸었다. 그러나 왕이 됨으로써 짊어지게 될 제약들에 대해서는 미처 생각하지 못했다. 왕이 되어 주어질 힘과 권위,

그것을 얻음으로써 응당 일신의 자유를 속박당하리라는 것을 잊었다.

"전하, 무슨 생각을 하십니까?"

"아니다."

윤이 무안한 듯 옅게 웃었다.

낙선당- 두 해 전 여름날 처음 맞닿은 윤과 순심의 연이 싹을 틔우고 꽃을 피운 곳. 그의 인생에서 가장 행복한 순간들이 아로새겨진 공간 속으로, 여전히 젊은 왕은 걸음을 내디뎠다.

"저, 저하. 오셨습니까?"

침전 안에 있던 순심이 다급히 몸을 일으켰다.

"……순심아."

순심을 멍하니 응시하는 윤의 뒤로 조심스레 방문이 닫혔다.

그들이 함께한 수많은 밤의 기억이 묻어 있는 장소, 낙선당. 그러나 같은 장소임에도 미묘하게 달랐다. 훨씬 화려한 것으로 바뀐 금침, 더욱 공들여 준비된 것이 분명한 주안상. 하다못해 등잔불마저 평범한 백자가 아닌 세공을 넣은 것이었다.

그리고 무엇보다 큰 변화는-

"어찌 그러고 있느냐, 순심아?"

옷이라고는 죄 어디 내버렸는지, 긴 비단 한 장으로 몸을 가린 채 그를 맞는 순심의 모습이었다.

"저…… 대전 지밀이라는 상궁이 와서…… 전하를 모실 때는 응당 이렇게 해야 한다면서……."

왕의 여인이 되는 과정은 녹록지 않았다. 지밀들은 목욕하는 내내 순심에게서 시선을 떼지 않았다. 처음 승은궁녀가 되었을 때 지 상궁에 의해 비슷한 상황을 겪은 적 있는 순심이었으나, 그때와는 비교조차 되지 않을 정도로 절차는 꼼꼼했고 또한 위압적이었다.

순심이 목욕통에 몸을 담근 사이, 지밀나인이 순심의 손톱과 발톱을 짧게 잘랐다.

-항상 손발톱을 짧게 유지하시오. 용안에 상처를 냈다간 바로 참형임을 명심하시오. 태화당 궁녀의 일을 잊지 않으셨지요?

그뿐이랴. 목욕을 마친 후에 옷을 입는 것 역시 허락되지 않았다.

-옷이나 머리 속에 전하를 해할 물건이라도 숨겼다간 큰일이니, 의복은 입을 수 없소.

-제, 제가 그럴 사람으로 보이십니까?

하도 기가 막혀, 참다못한 순심이 항변했다.

-법도가 그런 것을. 어찌 토를 다시는 게요? 승은궁녀가 아니라 숙원이든 귀인이든, 임금을 처음 모시는 여인이라면 모두 거쳐야 하는 일이오.

-소인은 벌써 두 해나 전하를 모셨는데…….

-무슨 소리를. 왕세자를 모신 것이 두 해이지, 전하와 합방하는 것은 오늘이 처음이지 않소? 동궁의 법도와 대전의 법도가 같을 수 없으니, 어서 팔을 벌리시오.

그리하여 순심은 의복은커녕 비녀 하나, 속곳 한 장 몸에 지니지 못한 채 윤을 맞이하게 된 것이었다.

"제 모습이 이상합니까, 전하?"

"흐음."

반드르르 윤이 나는 머리칼에서 풍겨오는 동백유 향기, 굵게 땋아 늘어뜨린 머리 탓에 더욱 강조된 희고 긴 목선, 몸을 감싼 새하얀 비단 위로 봉긋하게 부풀어 오른 가슴둔덕. 그런 제 모습이 어색한지, 자꾸만 몸을 바르작대며 어쩔 줄 모르는 순심의 표정.

"아니. 이상하지 않은데."

어쩌면 왕이 되어 생긴 일 중 가장 마음에 드는 것 같기도…….

윤은 기꺼이 왕이라는 자리가 가져다준 선물을 만끽하기로 마음먹었다. 생각해보니 꽤 오래되었다. 마지막으로 순심을 안은 것이. 그녀의 뜨거운 숨결에, 미약과 같은 향취에, 달콤한 입술에 취하여 긴긴 밤을 뜬눈으로 지새운 것이.

"순심아."

"예, 전하."

"내 마음이 달라졌다. 이상하구나, 네가 두르고 있는 것."

"이, 이상합니까?"

순심이 되물었다.

"응. 이상하다."

그의 입꼬리가 부드럽게 휘었다.

"그러니 이런 거추장스러운 것 따위 없애버리는 게 좋겠다."

윤이 순심의 가슴 위를 동여맨 치마끈을 슥 잡아당겼다. 그의 손길에 매듭 끈이 속절없이 풀어진다. 새하얀 천이 스르르 몸을 타고 흘러내렸다. 당황한 순심이 가슴을 가렸으나 윤이 그녀의 손을 붙잡았다. 순심의 가녀린 손가락, 푸른 정맥이 옅게 비치는 손등, 흰 팔뚝과 어깨……. 윤은 차근히 입술을 눌렀다.

드러난 살갗 곳곳에 들어차는 서늘한 공기에 몸을 움츠리던 것도 잠시. 윤의 입술이 닿는 곳곳마다 뜨거운 감각이 열꽃처럼 피어났다. 왕세자의 것과는 또 다른 붉은 용포 자락이 그녀의 몸 위에 드리워졌다. 낮은 신음들마저 왕의 입안으로 삼켜졌다.

왕이 된 윤에게는 많은 것이 달라졌으나, 긴 밤을 뜬눈으로 탐닉하는 그들의 밤만은 달라지지 않았다.

윤의 삶에 크고 작은 변화가 찾아왔듯, 새 임금이 즉위함에 따라 궁궐 안팎에도 변화의 바람이 불었다.

노론은 궁궐을 장악하고 있었다. 편전의 신료들 중 요직에 앉은 이들의 대부분은 노론이었다. 그들은 신료들뿐 아니라 궁녀들이며 지밀들, 내관들에게까지 그 세를 뻗고 있었다. 왕세자로서의 마지막 밤을 보내며 윤이 고심하였던 것처럼 노론의 세상 속 소론 임금인 윤에게 허락된 것은 많지 않았다.

윤의 즉위 직후, 소론은 희빈 장씨를 신원(伸冤)할 것을 주장했다. 그러나 지나치게 서두른 탓일까. 신원은 무산되었고 소론의 입지는 더욱 위축되었다. 노론은 한결 기세등등해졌다.

긴 왕세자 시절을 보내고 임금이 되었으나 여전히 윤의 발밑은 살얼음판. 보위에 오른 것만으로 그를 옥죄던 일들이 해결되지는 않는다. 정쟁은 계속될 것이다- 싸움을 벌이고 있는 둘 중 하나의 숨통이 끊어질 때까지.

그러나 윤은 대리청정 시절 그리하였듯 고요한 행보를 계속하고 있었다.

여름도 끝물에 다다랐다. 창덕궁 후원 북쪽의 나무들이 서서히 불그레해지기 시작하던 즈음. 집무를 마치고 시민당을 찾은 젊은 왕의 표정에는 긴장이 서려 있었다. 그가 임금께 반드시 할 말이 있다며 시민당에서의 만남을 청한 노론 대신들을 응시했다.

"전하."

김창집, 이건명, 조태채, 민진원, 이홍술……. 윤과의 만남을 청한 노론 대신 수는 총 열셋.

무슨 일인가가 일어나려 한다. 왕은 직감했다.

"무슨 일들이시오?"

"오늘 신들은 나라의 종사와 대계(大計)를 위하여 목숨을 내놓을 각오로 이 자리에 나왔습니다."

망망대해에 떠 있는 외로운 조각배처럼, 시민당을 가득 채운 노론 인사들 사이 유일한 소론 왕인 윤의 눈빛에 긴장이 감돌았다. 본래 거대한 풍랑은 깊은 밤, 바다가 가장 잔잔한 순간에 닥쳐오는 법이었으므로.

"저희 대신들은 종묘사직 앞에 중대한 결정을 내려 전하께 고하고자 하옵니다."

"말씀들 하시오."

사관의 부지런한 붓질 소리만이 들려오는 시민당. 왕의 윤허가 떨어졌다.

"전하께서 비(妃)를 맞이하신 지도 삼 년이 지났습니다. 전하의 곁에 젊은 중궁전 외에 총애하는 승은궁녀까지 있사온데, 여태 서른이 넘도록 후사가 없으니 이는 종사의 큰 위협입니다."

"나와 내명부 모두 아직 젊소. 아바마마의 선례를 잊었소?"

"왕세자 시절부터 지금까지 후사 문제가 불거질 때마다 전하께서는 같은 말씀뿐이셨습니다. 금번 청(淸)나라에 다녀온 청승습사(請承襲使)[1]가 전하기를 대국에서도 전하의 후사 문제를 궁금히 여긴다 하였나이다. 잊으셨습니까?"

"……마땅히 유의하겠소."

윤이 낮은 음성으로 대꾸했다.

그도 안다. 노론의 말이 틀리지는 않았다. 분명 긴 세월이긴 했다. 여전히 순심에게는 태기가 없었다. 그녀는 꾸준히 진료를 받고 있었으나, 하초의 맥은 여전히 들쑥날쑥했다. 그러나 포기하기엔 그도 순심도 젊었다. 그것 역시 사실이었다.

"매번 말을 꺼낼 때마다 '마땅히 유의하겠다'는 말씀만 하실 뿐 달라지는 것이 없습니다."

"……마땅히."

윤이 노(老)대신들에게 시선을 던졌다.

"유의하겠소."

---

1   중국에 왕위 계승을 인정해줄 것을 요청하기 위해 보내는 사신.

젊은 왕의 눈빛에는 옅은 노기(怒氣)가 떠돌고 있었다. 태어난 순간부터 윤이 서 있던 자리는 저 노론 대신들의 대척점이었다. 쉬이 흔들릴 수 없다. 그가 다시금 분을 삼켜 먼 밑으로 가라앉혔다.

"전하."

김창집이 신중히 말을 이었다.

"저희 대신들은, 종묘사직을 보호하자는 뜻에서 전하께 두 가지 방안을 고하고자 합니다."

"두 가지 방안이요?"

"예. 두 가지 방도를 제시하겠으니 이 중 하나를 선택하시는 것이 어떻겠습니까?"

"말씀하시오. 듣겠소."

김창집이 첫 번째 패(牌)를 내놓았다.

"첫째는 후사의 생산을 위해 명문가의 여식 두셋을 후궁으로 간택하는 것입니다."

"……."

대신들은 첫 번째 패의 답을 이미 알고 있었다. 왕은 불허할 것이다.

"일고의 가치도 없이 거부하오."

왕은 모른다. 그의 진정한 약점은 후사가 없다는 사실이 아니라, 일국의 왕으로서 감히 한 여인에게만 헌신하는 과오를 범한 것임을.

"그러하다면, 둘째는……."

김창집이 목을 가다듬었다. 두 번째 패는 크고 무겁다. 그들이 내놓은 패가 어떤 결과를 불러일으킬지 아직 누구도 알지 못했다.

"전하의 유일한 혈육이신 연잉군을 왕세제(王世弟), 즉 왕위를 이을 후계자로 지목하는 방법입니다."

기나긴 밤이었다. 노론 대신들은 제 뜻을 굽히지 않았으며 젊은 왕 역시 물러서지 않았다. 대립은 팽팽했다. 신료들은 종묘사직의 위기임을 천명했고, 왕은 때가 이르다며 맞섰다.

"소신들은 뜻을 이루기 전까지 결코 물러가지 않을 것이옵니다."

그들의 말은 사실이었다. 시민당 지붕 위에 쌓인 기왓장 틈새로 새까만 어둠이 들어찼다. 진즉 인경이 울렸다. 궁궐의 문들은 꼭꼭 닫혔다. 그럼에도 그들은 여전히 시민당 안에 버티고 있었다.

"내 경들에게 묻겠소."

"말씀하시오소서, 전하."

"이것이 정녕 연잉의 뜻이오?"

윤은 숙종대왕의 국상이 진행되던 밤, 제 앞에서 머리를 조아리던 금의 모습을 기억한다. 그는 말했었다. 형님의 뜻에 따르겠다고, 윤이 원한다면 속세와 인연을 끊고 살아가겠다고. 그러니 결코 제 진심을 의심하지 말라고. 윤은 금의 간절한 눈빛에서 진심을 읽었었다.

속았던 걸까? 금에게 야망이 있음을 윤도 알고 있었다. 유일한 혈육이라는 연민에 빠져 그 야망의 크기를 미처 가늠치 못한 것이던가.

"이는 어디까지나 나라의 대계(大計)를 위함이지, 연잉군 개인과는 전혀 관련 없는 일이옵니다, 전하."

"어찌 이런 큰일이 개인의 뜻으로 결정될 수 있겠나이까? 종묘사직을 위함입니다. 부디 윤종(允從)하여주시옵소서!"

윤은 피로한 듯 눈을 감았다. 십수 명의 노론 대신들이 쉴 틈 없이 윤의 결정을 종용하고 있었다.

"연잉이 아니라면 누구의 뜻이오?"

"전하, 앞서 말씀드렸다시피 이는 대신들 모두의……."

"대비마마의 뜻이오?"

"……."

침묵은 곧 긍정이다.

아무리 노론의 기세가 대단한들 후계자 문제를 그들의 뜻만으로 관철시킬 수는 없었다. 임금인 윤에게 상의하지 않았으니, 왕에 버금가는 권위를 가진 누군가의 동의가 있었을 것이다. 궁궐 안에 왕의 웃어른은 오직 하나. 대비 김씨뿐이었다.

ㄱ)"전하, 대비께서 이르시기를 나라의 안위가 걱정되어 억지로 미음을 뜬다 하셨나이다. 후사 문제는 더 이상 일각이라도 늦출 수가 없는 일입니다. 하여 신 등이 감히 깊은 밤중에 전하를 뵙고자 한 것이니, 원컨대 빨리 뜻을 정하소서."

노론은 물러나지도, 쉴 틈을 주지도 않았다. 도피할 수 있는 유일한 방법은 눈을 감아 보지 않는 것뿐. 그러나 아우성은 끊이지 않고 들려왔다.

애당초 운명이 그의 편이 아니었던 걸까. 죄인의 아들이라는 오명보다 후사가 없는 지금의 상황이 그에게는 더 큰 위협일지도 모른다. 어쩌면 기나긴 시간 궁궐 안을 떠돌던 '장희빈이 세자의 하초를 잡아당겨 고자로 만들었다'는 터무니없는 소문이 끝내 진실이 되어버린 것일지도.

"전하, 대비께서 아직 주무시지 아니하고 전하의 윤종을 기다리고 계십니다."

윤이 눈꺼풀을 들어 올렸다. 어차피 조정은 노론의 손아귀에 있었고, 이제 대비마저 확고하게 뜻을 밝힌 모양이었다.

한 걸음 뒤로 물러나는 것은 어렵지 않았다. 평생 그런 삶에 익숙해져 있었으니까. 그러나 대체 얼마나 더 물러나야 하는 걸까.

"대신들도, 신민(臣民)들도, 대비마마께서도."

나의 유일한 혈육이자 그대들의 희망의 불씨인 연잉군도.

"모두가 바라는 일이라……."

물러나고, 물러나고, 물러나다 보면 언젠가 등 한복판에 단단한 벽이 닿을 때가 오겠지. 그들 역시 전진하고, 전진하고, 전진하다 보면 어느 순간 기고만장하여 발을 헛디딜 날이 있을 것이다. 그리고 윤은 그날을 절대 놓치지 않으리라. 그러기 위해 다시금 그는 한 걸음 물러난다.

"윤종한다."

연잉군을 세제로 책봉하는 것을 임금의 뜻으로 윤허한다.

부디 발밑이 낭떠러지가 아니길 빌 뿐이었다.

기나긴 대치의 끝. 마침내 뿌옇게 날이 밝았다.

└)-신은 어리석고 불초(不肖)하여 왕자의 지위마저도 신에게는 버겁고 무겁습니다. 전하께서 감히 감당할 수 없는 명령을 내리실 줄 신은 상상도 하지 못했습니다. 이 명령을 듣는 순간, 심담(心膽)이 떨어진 것처럼 놀랍고 두려워 어찌 할 바를 모르겠나이다.

연잉군 이금을 왕세제로 삼는다는 왕명이 떨어진 이튿날. 금이 올린 상소가 윤의 앞에 도착했다.

분수를 지키며 편안하게 살아가는 것, 신이 바라는 것은 오직 이뿐입니다. 삼가 원컨대 임금께서는 속히 명을 거두어주소서.

초췌한 낯빛의 금이 윤의 침전에 들었다.

"전하."

윤이 사색이 되어 입궐한 동생을 찬찬히 바라본다. 금의 얼굴은 새파랗게 질려 있었다.

"왕명을 거두어주십시오. 어찌 그리 무서운 전교를 내리십니까? 신을, 아우를 부디 굽어살피시옵소서."

금의 반응은 격렬했다. 어쩌면 이는, 간밤에 노론이 자행한 일로 인해 튈 불똥을 피해가기 위한 방책일지도 모른다.

"전하, 부디 왕명을 거두어주시옵소서……."

영리한 금이 모를 리 없다. 왕세제 책봉의 시도가 성공하였기에 망정이지, 실패했다면 그의 목숨은 그야말로 바람 앞의 등불이리라는 것을. 본래 성공하면 반정이고 실패하면 역모가 되는 것이 왕좌를 둘러싼 정쟁이었다.

"금아."

감히 숨소리조차 내지 못하던 금이 고개를 들었다. 윤의 음성에 온기가 있는 탓에 미약하나마 안심이 되었다.

"내 평온하게 내린 결정이 아니었음을 인정한다. 결정을 내리는 과정이 나로서 기쁘지는 않았다. 그러나 왕에게는 종사를 이어갈 의무가 있지. 노론들의 말이 틀리다 생각지는 않는다."

"하오나, 형님……."

"내 너의 앞이니 털어놓고 말하겠다. 내가 뜻을 거둔다면, 과연 노론이 받아들이겠느냐?"

"형님. 소인은 진정코 그들이 벌인 일을 상상조차 하지 못했나이다. 왕세제라니요. 감히 소인이 동궁에 들어서게 되다니요. 저는 생각도 해본 적 없습니다."

금의 음성에는 혼신을 다한 간절함이 배어 있었다.

왕세자, 왕세제, 훗날의 임금. 붉은 용포를 휘날리는 조선의 주인.

꿈꾸지 않은 것이 아니다. 생각조차 하지 않았다는 말은 물론 거짓이었다. 그러나 적어도 이 순간 형님을 기만하고자 했던 적은 없었다. 왕의 등에 칼을 꽂을 만큼 물불 안 가리는 자였다면, 선왕의 국상 당시 찾아온 유생이 내밀었던 서찰을 기꺼이 손에 쥐었을 것이다. 원했을지언정 이런 방식은 아니었다.

툭, 투둑. 고개를 처박은 금의 눈에서 떨어진 눈물이 방바닥에 흥건히 고였다.

"형님……. 소인은 두렵습니다."

윤은 속내를 읽을 수 없는 시선으로 동생을 바라보고 있었다.

무엇이 두려운 것일까. 왕세제의 자리가? 궁권 밖, 관망자의 자리에서 벗어나 정쟁의 한가운데로 뛰어들게 되었다는 사실이? 아니면 그저 왕의 노여움을 사 목숨을 보전하지 못할까 봐?

"형님, 소인은 바라지 않았습니다……."

금의 악다문 잇새로 흐느낌이 흘러나왔다. 금의 시복 자락 위로 떨어진 눈물이 새카맣게 번져가고 있었다.

왕은 응시한다. 평생을 사랑했고, 미워했고, 아꼈으며, 또한 질투했던 동생이 토해내는 생의 고단함을.

너도 같았던 게냐. 너 역시 본인의 뜻과는 관계없이 당파라는 파도에 휩쓸려 이리저리 표류하는 가여운 자에 지나지 않았던 것이냐.

윤은 새삼 생각했다. 윤이 본인의 뜻으로 소론을 선택하지 않았듯, 금 역시 자의로 노론을 선택한 것이 아니다. 형제 중 누구도 선택권을 가지지 못했다.

"바랐든, 바라지 않았든 어쩔 수 없는 일이다. 종사가 중한 것이 사실이기 때문이다."

"형님……."

"그러니 매사 겸손하고, 조심하고, 정성을 다하여 신민의 희망에 부응하도록 하라."

"……."

"과인의 전교는 이것이 다다. 왕명은 거두지 않겠다."

대조전을 나서던 금의 걸음이 문득 멈추었다.

대체 제게 무슨 일이 일어난 것인가. 그는 낯선 것을 보듯 사방을 두리번댔다. 대부분의 왕자들이 관례를 치른 열 살 무렵 궁궐을 떠나는 데 반해 금은 유독 출합이 늦었다. 당시 부왕의 사랑이 극진하여 아들을 떼어놓지 않으려 했던 까닭도 있고, 제택을 구하는 과정에 번번이 문제가 생겼기 때문이기도 했다. 결국 금은 긴 시간 창의

궁(彰義宮)과 창경궁을 오가며 지내다 열아홉 살이 되어서야 궁궐을 완전히 떠났다.

금의 나이 올해 스물여덟. 궁궐 밖에서 살았던 생보다 궁궐 안에서 살았던 시간이 더 긴 그였다. 따지고 보면 태어난 집으로 되돌아오는 것, 그뿐일 수도…….

그때였다.

"대감."

생각에 잠겨 있던 금이 고개를 들었다. 대조전 안에서 다급히 걸어 나오는 여인을 본 그의 얼굴에 노골적인 불쾌감이 떠올랐다.

채화가 세자빈으로 간택된 직후부터 삐걱대던 그들의 관계는, 몇 년 사이 눈조차 마주치지 않을 정도로 악화되었다.

"중전마마, 그간 강녕……."

"연잉군."

실로 오랜만의 만남. 금이 하얗게 질린 어린 형수의 얼굴에 시선을 두었다.

채화 역시 세월의 흐름을 비껴가진 못했던 듯하다. 그녀의 얼굴은 미묘하게 달라져 있었다. 처음 동궁에 들어오던 시절, 예민한 기운을 그나마 누그러뜨리던 앳된 모습은 거의 사라졌다. 그녀의 눈빛은 차갑고 건조했다. 궁궐이라는 공간에 갇혀 날개를 꺾여버린 많은 왕의 여인들이 그러하듯이.

"저는 결코 인정할 수 없습니다, 연잉군 대감."

"무엇을 말입니까?"

다짜고짜 내뱉는 채화에게 금이 반문했다.

모습이 달라지고, 기품이 깃들고, 나이를 먹었던들 여전히 변하지 않는 사실. 채화는 단 한마디로도 금의 분노를 머리끝까지 솟구치게 할 수 있는 사람이었고, 또한 금은 그런 그녀를 철저히 모욕하는 데 익숙한 사람이었다.

첫 만남부터 어그러졌던 그들의 관계는 세월이 지나도 달라지지 않았다. 그들은 서로를 혐오했다. 이유야 여러 가지였지만 또 굳이 생각하여 돌이켜보면 까닭이라는 게 아예 없기도 했다. 세상에는 아무리 노력해도 풀 수 없는 지독한 악연이 있기 마련이었다.

단지 그들이 궁궐 안에서, 그것도 형수와 시동생, 중전과 왕의 아우라는 불편한 관계로 만난 것이 공교로운 일일 뿐.

"몰라 물으십니까?"

"……왕세제 책봉을 뜻하는 것이라면, 저 역시 그 명이 난감하고 두렵습니다."

"하."

채화가 가볍게 코웃음을 쳤다.

"참도 그리하셨겠습니다."

분명히 그녀는 달라져 있었다. 엄한 성정일지언정 늘 고요함을 유지하던 그녀였다. 더 이상 채화는 말을 아끼지도, 표정을 감추지도 않았다. 홀로 방치되어 보냈던 세월이 그녀를 그렇게 만든 것이리라. 경멸을 드러낸 채 그녀는 시동생을 바라보고 있었다.

인생이 원하는 대로 무던히 흘러가는 것이라면, 동궁전에서 살아갈 이는 금이 아닌 채화에게서 태어난 왕세자여야 했다. 그러나 청상과부나 다름없는 처지. 채화는 진즉 왕세자의 생모라는 꿈을 버렸다.

하나 그렇다고 해서 끔찍하다 여기는 시동생이 왕세제라는 듣도 보도 못한 이름으로 동궁에 입성하는 것을 생각한 적은 없었다.

"노론 대신들이 감히 일국의 임금을 겁박할 수 있는 까닭이 무어였겠습니까? 연잉군 대감! 대감이 뒤에 버티고 있기 때문입니다."

"제가 대신들을 획책하기라도 했다는 뜻입니까? 함부로 말씀하지 마시옵소서, 중전마마."

"제 말이 틀렸습니까?"

"예, 틀렸습니다. 저는 지금도 전하께 왕명을 거두어주십사 청하고 오는 길입니다. 모략하지 마십시오!"

"모략이라……. 그리 억울하십니까?"

채화가 금을 노려보았다.

"그리 억울하시면, 죽음이라도 감수하고 거부하셔야 하는 게 아닙니까?"

"마마!"

참고 참았던 금의 분노 역시 폭발했다.

"제가 왕세제가 되는 것이 그리 싫으시다면 중전께서 후사를 생산하셨어야지요. 가장 쉬운 방법을 두고 어찌 죄 없는 저를 이리 닦달하십니까?"

"연잉군!"

"전하께도 이리하셨습니까? 잘 알겠습니다. 어찌하여 형님께서 낙선당만을 총애하시는지."

"가, 감히 지금……."

그때였다.

"어찌 음성이 이리 큰 게요? 설마 언쟁이라도 벌이시는 겁니까?"

빠른 걸음으로 그들을 향해 다가오는 여인.

채화가 믿는 바와는 다르게, 사실상 왕세제 책봉의 열쇠를 쥐고 있었던 여인, 대비 김씨가 모습을 드러냈다.

"대비마마."

채화와 금이 대비를 향해 고개를 숙였다.

따로따로 놓고 보면, 대비를 중심으로 한 그들의 관계는 어느 쪽도 나쁘지 않았다. 금은 부왕의 계비와 어린 시절부터 사이가 각별했다. 관계상 모자지간이었으나 그들의 나이 차는 일곱 살에 불과했다. 금은 때로 어머니를 대하듯, 때로 누님을 대하듯 대비를 모셨다.

채화 역시 세자빈 시절부터 수년간 아침저녁으로 그녀를 찾고 있었다. 갑갑한 궁궐 생활 속, 그녀의 삶을 이해해주는 대비와의 대화는 숨을 돌릴 수 있는 유일한 틈이었다.

대비가 두 사람의 얼굴을 찬찬히 훑어본다. 누가 보아도 격렬한 언쟁을 벌였음이 분명한 화가 가득한 얼굴들. 그러나 대비는 드러내 책망하지 않고 완곡히 말을 돌렸다.

"안 그래도 왕세제 책봉 문제로 사람들의 시선이 쏠려 있는 때 아니겠소? 중전도, 연잉군도 자중하셔야지요."

"송구하옵니다, 어마마마."

금이 깍듯이 예를 갖추었다. 대비 김씨가 다정한 어조로 재촉했다.

"전하를 뵙고 오는 길인 모양이지요? 그러나 연잉군은 여기서 이럴 시간이 없지 않소? 어서 제택으로 돌아가 입궐 준비를 하시오."

"예, 어마마마. 그럼 소자 물러가겠나이다."

금이 대비와 중전을 향해 고개를 숙였다. 그래. 애당초 중전과 말을 섞지 않는 편이 옳았다. 짜증만 불러일으키는 여인이었다. 무어 얻을 것이 있다고 굳이 얼굴을 맞대고 있단 말인가.

서둘러 자리를 뜨던 금의 뒤통수에 날아와 박히는 채화의 음성.

"대비마마. 소첩은…… 전례가 없는 왕세제가 아닌, 적법한 왕실의 핏줄을 양자로 들여 왕세자로 삼는 것이 진정 종묘사직을 위하는 길이라 생각하나이다."

금의 걸음이 우뚝 멈추었다. 그의 잇새로 한숨이 흘러나왔다.

왕실의 가장 큰 어른인 대비에게까지 의견을 피력하다니. 중전은 참으로 고집스러운 데다 물불 가리지 않는 면이 있었다. 따지고 보면 저와 비슷한 성격이기도 했다. 그런 탓에 보자마자 격렬히 서로에게서 튕겨나간 것인지도 모를 일.

"중전."

대비가 언짢은 표정으로 채화를 바라보았다. 그녀는 어린 중전에게 연민과 동질감을 가지고 있었다. 중전이 걷고 있는 길은 대비가 걸어온 지난한 여정이기도 했다.

어린 나이에 떠맡은 막중한 책무, 나이 차가 많이 나 좀체 다가서기 힘든 지아비. 대비가 그러하였듯 채화 역시 꽃 피고 새가 울며 치마폭에 사계절이 들어차는, 모든 아리따운 시절을 궁궐의 담장 안에서 보내야 하는 처지였다.

그러나 아직 종묘사직에 개입하기에는 어린 나이. 가엾다 하여 그마저 용납할 마음은 없었다.

"누가 그것을 모른답니까? 들일 만한 양자가 있었다면 진즉 중전께 상의했을 것이오."

"밀풍군이 있지 않습니까? 밀풍군 이탄! 소현세자의 증손자 말입니다."

"뭐요? 밀풍……."

밀풍군 이탄(李坦). 왕세자의 가례를 축하하여 치러진 유렵에 등장한 이후, 왕실 대소사마다 빠지지 않고 모습을 드러내는 왕실의 방계.

재차 걸음을 옮기던 금이 다시금 자리에 멈춰 섰다.

밀풍군이라니. 이탄은 소론 강경파에 가까웠고 금과는 서로를 지독히 경멸했다. 그래. 원래 적의 적은 동료가 되는 법이다.

"예, 밀풍군 말입니다. 그 역시 엄연한 왕가의 일족입니다."

"중전, 대체 무슨 소리를 하고픈 것이오?"

대비가 물었고, 채화가 지체 없이 대꾸했다.

"소첩은 밀풍군을 제 양자로 들이고자 합니다. 그리하여 왕세자로 세우고자 합니다. 그것이 옳습니다, 대비마마. 왕세제의 책봉 전에 왕명을 거두도록 도와주시옵소서."

"중전, 지금 무어라 하셨소?"

채화를 바라보던 대비 김씨의 입이 떡 벌어졌다.

밀풍군 이탄은 소현세자의 증손자였다. 선왕 시절, 죄인으로 기록되어 있던 소현세자빈 강씨를 신원하는 절차가 이루어졌다. 그로써 밀풍군은 죄인의 혈통이라는 오명을 씻었다.

채화의 말 그대로였다. 밀풍군은 왕족일 뿐 아니라 인조(仁祖)대왕의 직계였다. 소현세자가 의혹에 싸인 채 비극적인 죽음을 맞지 않았다면, 밀풍군은 응당 조선의 용상에 앉을 자격을 가진 사람이었다.

"중전……. 어찌 그런 소리를 감히 입에 올리는 것이오? 중전께서 하신 말이 얼마나 엄청난 것인지 알고서 하시는 말씀이오?"

"연잉군에게 자격이 있다면, 밀풍군 역시 자격을 가지고 있사옵니다, 마마!"

"말도 안 되는 소리! 그는 어디까지나 방계에 지나지 않소."

"그 역시 종친부(宗親府)[2]의 관리를 받고 있습니다. 어찌 눈에 보이는 사실을 아니라 하십니까, 대비마마?"

"중전."

대비 김씨의 표정에 침착함이 돌아왔다. 다시금 입을 열었을 때, 대비의 음성은 한결 차분해져 있었다.

"중전께서 하신 말씀이 얼마나 큰 피바람을 몰고 올지 모르시는 것이오?"

"피바람이라니요. 마마, 소첩은……."

"소현세자의 자손을 왕세자로 삼는 것은 절대 불가하오. 그것은 결코 승인할 수도, 묵과할 수도 없는 문제요."

"어찌해서요? 어찌해서……."

"하."

완전히 위엄을 되찾은 대비가 채화를 노려보았다. 그 눈빛은 지금

2　왕실의 종실제군(宗室諸君)의 일을 관장하는 부서.

껏 채화가 알던 대비라고는 믿기지 않을 정도로 싸늘했다.

"삼종혈맥(三種血脈)."

"삼종…… 혈맥이오?"

"그렇습니다. 삼종, 즉 현종대왕과 숙종대왕, 그리고 그 두 선왕의 피를 이어받은 혈통. 그 삼종의 혈맥을 제외하고는 누구도 다음 왕위를 물려받을 수 없소."

"소첩은 처음 듣는 이야기온데……."

대비가 채화에게 시선을 맞추었다.

어리다 해서, 딸 같다 해서, 궁궐 안에 갇힌 청춘이 안타깝고 가엾다 해서, 제 과거를 떠올리게 한다 해서- 내 착한 고양이라 여겨 너를 아꼈거늘, 버릇없는 삵이었구나. 감히 사직을 흐트러뜨리려 드는 못된 맹수였구나.

"그것은 숙종대왕의 유지이오."

"……유지요?"

"그렇습니다. 삼종을 제외한 자는 왕이 될 수 없다, 이것이 선왕의 유지요. 그러니 감히 그런 말은 입에 담지도 마시오. 애당초 소현세자 운운하는 것 자체가 선왕의 정통성에 해를 끼칠 수 있는 일임을 모르시오? 어찌 이리 경거망동하는 게요?"

"마마, 신첩은……."

"시끄럽소! 무엇보다 어찌 중궁께서 감히 왕께서 결정한 일에 토를 다는 것이오? 그럴 시간이 있다면 몸을 단장하고 마음을 다스리시오. 바깥으로만 도는 주상의 마음을 돌리기 위해 노력하라는 뜻이오."

"……."

"내 말을 아시겠소?"

열에 들뜬 듯하던 채화의 표정이 얼음처럼 써늘해졌다. 순식간에 그녀의 얼굴이 새하얗게 질렸다.

"안색이 좋지 않구려. 침전에 돌아가 휴식을 취하시오, 중전."

채화에게서 등을 돌린 대비가 궁인들에게 엄포를 놓았다.

"여기서 들은 이야기에 대해 결코 발설하지 말아야 할 것이다. 혹여라도 말이 새어 나갔다간 내 지밀들을 엄벌하겠으니 그리 알게."

"예, 대비마마."

대비와 그녀를 보필하던 궁인들이 대조전을 떠났다. 꽤나 인원이 많은 탓에 그들이 떠난 뒤로 뿌연 흙먼지가 일었다.

"하아……."

문득 어지러웠다. 채화가 대조전 벽에 손을 짚었다.

받아들이고, 감내하고, 숙고하며, 참고 인내하는 것이 인생이라던가. 아무리 그렇던들 채화의 인생은 너무나도 고단했다. 숨이 콱 막혔다. 그녀가 갑옷처럼 둘러친 비단에 감싸인 제 가슴팍을 쥐어뜯었다.

* * *

도성 전체가 잠에 빠진 시각. 한성 한복판에 위치한 기와집 한 곳만은 남 보란 듯 휘황하게 초롱불을 밝히고 있었다.

가야금 선율과 웃음소리, 여인의 뺨에서 풍겨오는 분 냄새, 술잔이 분주히 오가는 상 위에 빽빽한 온갖 산해진미(山海珍味). 그곳은 내로라하는 고관대작들이 드나든다는 일패기방(一牌妓房)이었다.

"마침내 뜻을 이루었습니다. 큰일을 성사시켰으니, 참으로 기쁘기가 한량없는 일이오!"

"기쁜 일임에는 틀림이 없으나, 진즉 이루어졌어야 할 일이라 생각하오. 숙종대왕께서 정유년의 약조를 저버리신 탓에 이토록 긴 시간이 걸린 것이 안타까울 따름이외다."

"그 약조가 이루어졌다면야, 용상의 주인이 달라졌을 것을!"

"지난 일을 떠올려 무엇 하겠습니까? 우리 노론이 마침내 뜻을 이루었다는 것이 중요하지요. 드디어 연잉군께서 국본의 자리에 오르지 않았습니까!"

의기양양한 선언. 웃음소리가 왁자하게 울려 퍼졌다. 현(絃) 위를 오가는 섬섬옥수가 바쁘다. 가야금 선율 위로 승리감에 도취된 목소리가 겹쳐졌다.

기방 안에서 이루어진 한밤의 회동에는 노론 사대신을 비롯, 조정에서 한자리 꿰고 있다는 노론 인사 대부분이 참석하고 있었다. 마치 궁궐 편전을 통째로 들어 옮긴 듯한 풍경이었다.

세상 누구보다 권력의 냄새에 예민한 것이 한성의 기생들. 여인들은 팔자를 고쳐볼까 싶은 꿈에 부풀어 유혹적인 미소를 지었다. 진중하던 노론 대신들 역시 이날만은 웃음에 인색하지 않았다. 그들은 승리자이기 때문이었다.

"왕명이 내려왔을 때 소론들의 표정을 보셨습니까? 특히 김일경과 그 패들 말입니다. 그런 것을 일컬어 닭 쫓던 개 지붕 쳐다본다 하던가요?"

"그렇긴 한데, 김일경의 반응이 생각만큼 과격하진 않았습니다. 본디 강경하기로 유명한 자 아닙니까? 무슨 꿍꿍이인 겐지……."

"김일경이라고 별수 있었겠소? 후사 문제에 대해서는 우리 노론보다 김일경 그치가 더 초조했을 것을."

노론이 조정을 장악하고 있다 한들, 그들은 밤을 넘어 새벽까지 임금과 대치했다. 조선 역사에 전례가 없는 일이었다. 만일 임금이 신료들이 모두 입궐하는 아침까지 버텼더라면 이야기는 달라질 수도 있었으리라. '목숨을 걸었다'는 노론의 말은 거짓이 아니었다.

"임금께서 윤허한 것이오. 왕명으로 왕세제를 책봉한다 명하였으니 소론이든 김일경이든 달리 방법이 있었겠소? 누가 들으면 우리들이 임금을 겁박하기라도 한 줄 알겠소이다. 어디까지나 왕께서 본인의 의지로 윤종한 것 아니겠습니까?"

"그렇다마다요. 어쩌면 왕께서도 내심 우리의 제안을 바라고 계셨을지도 모릅니다. 연잉군 대감과 우애가 매우 깊으시니 말입니다."

"단지 중궁전이 그런 괴상한 일을 벌일 줄 누구도 예상치 못했을 뿐이지요."

중전의 이름을 누군가 화제에 올리자, 좌중에 모인 이들 대부분이 인상을 찌푸렸다.

"대체 어유구와 같이 점잖은 자에게서 어찌 그런 강성(强性)의 여식이 나올 수 있단 말이오?"

"처음부터 느낌이 좋지 않았소이다. 빈궁 시절부터 이미 기미가 보였지요. 영빈 자가와 척을 지고, 외명부들을 돌려보내고……."

"뭐……. 그래도…… 이이명 대감께서 눈여겨보신 여인이니……."

험담을 하던 자들이 금세 조용해졌다. 중전이 과거 세자빈으로 간택되는 데 가장 큰 역할을 한 이가 노론의 기둥 이이명이라는 것을 뒤늦게 상기한 탓이었다.

"……허."

이이명이 대답 대신 무안한 웃음을 지었다.

천하의 이이명인들 어찌 알았겠는가. 그 새치름하고 가냘픈 어린 소녀가 대죽(大竹)보다 더 꼿꼿한 성미를 가졌을 줄을. 뼛속까지 노론인 집안에서 태어나 살아온 여인이 지아비의 편으로 돌아설 줄을. 심지어 임금은 그녀를 사랑하지도 않았다.

"고작 열여섯 아닙니까? 이렇게나 담이 클 줄은 미처 몰랐습니다. 이런 해괴한 일을 벌이다니……."

"그러게나 말입니다. 하, 참. 생각할수록 어처구니가 없지요. 밀풍군이라니요. 밀풍군 이탄이라니!"

밀풍군의 이름이 나오자, 좌중에 다시 한 번 탄식이 몰아쳤다.

"대비께서 큰일을 하셨습니다."

"그렇다마다요. 대비께서 중궁의 입을 막은 덕에 일이 커지지 않고 해결된 것이지요."

"그렇소이다. 만약 대비께서 중전의 계책에 말려들었다면……. 생각도 못 한 큰 폭풍이 몰아칠 수도 있었소."

좌중에 모여 있던 노론 대신들이 '그렇다' 입을 모으며 고개를 주억거렸다.

"중전은 그야말로 계륵이 되었습니다. 하다못해 금슬이라도 좋아 회임이라도 하였다면 노론에게는 나쁘지 않았겠지요."

"그랬겠지요. 아무리 외골수라 해도 어미란 자식에게 울타리를 만들어주고자 하는 것이 이치이니까요. 왕손을 보았다면 중전도 어쩔 수 없이 집안에 의탁했을 것입니다."

"그렇다손 쳐도 의미 없는 탁상공론이오. 왕은 중궁전에게는 아무 관심이 없소."

"어쩌면 왕 역시 같은 생각으로 중전을 멀리하는지도 모르지요."

쯧쯧. 누군가 혀를 찼다. 승리감에 들썩이던 분위기는 다시금 묵직해졌다.

눈치를 살피던 기생들 중 몇이 교태를 부리며 끼어들어, '어찌 이리 어려운 말씀들만 하십니까?'라며 치마폭을 들썩인다.

"계집들의 말이 맞소. 기쁜 날이니, 어려운 이야기 마시고 즐깁시다!"

"좋소. 그렇게 하십시다!"

잠시 멈췄던 해어화(解語花)의 손끝이 다시금 현을 희롱하기 시작했다. 술에 취하고, 여인에게 취하고, 승리에 취한 밤이 흘러가고 있었다.

* * *

"여기까지 오느라 고생이 많았다. 시원하게 한잔 들어라."

김일경이 상검에게 붉은빛을 띠는 액체가 담긴 잔을 권했다.

"오미자차다. 빙고(氷庫)에서 얼음을 구해 차게 식힌 것이다."

"예, 영감."

상검이 잠자코 잔을 받아 마셨다.

"장마도 끝났으니 무더위도 한풀 꺾이겠지. 오늘은 꽤 바람이 선선하구나."

김일경이 합죽선(合竹扇)을 펼쳐 들었다. 접혀 있던 대나무 살들이 촤르르 펼쳐지는 맑은 소리에, 찻잔에 얼굴을 들이받고 있던 상검이 고개를 들었다.

"상검아."

"예, 영감."

"어찌 그리 뚱하니 앉아 있는 게냐? 이제 약관(弱冠)[3]이 되었다고 선비 흉내라도 내려는 게냐?"

"……아닙니다."

김일경의 말마따나 상검은 내내 말이 없었다. 상검은 한동안 궁궐 밖에 나오지 않았다. 오랜만의 외유였다. 그것도 모처에서의 은밀한 접선이 아닌 김일경의 집을 찾은 것은 더욱 그러했다.

김일경이 눈을 가느다랗게 떴다. 이제는 그도 인정해야 할 듯싶었다. 그가 알던 소년 박상검은 더 이상 없다는 사실을. 눈앞에 있는 것은 어엿한 자태를 지닌 미남자였다.

"사내 나이 스물이면 더 이상 홀로 보낼 수도 없는 나이지. 내 좋은 자리를 알아봐주도록 하겠다. 내관이라 해도 왕의 신임을 받고 있으니, 시집오려는 처자들이 적지 않을 것이다. 밖에 집을 두면 궐밖 출입도 자연스럽겠지."

김일경은 잠시 지난 시간을 곱씹었다. 상검의 나이가 스물이라니.

---

3   20세.

그를 만난 지 벌써 팔 년이다.

"그래, 어떤 각시를 얻고 싶으냐?"

"영감."

"오냐."

"지금 그런 것들이 중요합니까?"

상검의 말투는 자못 날카로웠다. 한량처럼 너풀너풀 부채질을 하던 김일경이 고개를 돌렸다.

"그럼 무엇이 중요하냐? 일가를 꾸리고, 가족을 이루고, 어엿한 가장이 되는 것 외에?"

"알고서 부러 이러시는 겁니까? 아니면 정녕 모르시는 겁니까?"

"알면 어쩌고 모르면 어쩔 것이냐."

선문답을 하듯 딴소리를 하는 김일경을 바라보던 상검의 표정이 일그러졌다.

"노론들이 한 짓을 모르시는 겁니까? 밤이 깊고 새벽이 지나 날이 밝을 때까지 그들은 전하를 감금하고 겁박했습니다! 소인이 그 자리에 있었나이다. 노론들이 얼마나 임금을 우습게 보는지, 제가 두 눈으로 똑똑하게 보았단 말입니다!"

"목소리를 낮춰라. 그리고, 그들은 전하를 감금하지 않았다. 어찌 없는 말을 지어 말하느냐?"

"꼭 빗장을 걸어 잠가야 감금입니까? 전하께서 몇 번이나 시민당을 떠나려 노력하셨지만 그들은 보내주지 않았습니다. 그것이 감금이 아니면 대체 무엇이 감금입니까?"

"흐흠."

김일경은 별다른 대꾸 대신 먼 산을 본다. 맞은편에 앉은 상검의 속만 시커멓게 타들어갈 뿐이다.

"무엇보다 전하를 보필하는 것을 우선하라 말씀하시지 않았습니까? 제 목숨보다 전하의 목숨을 중히 여기라 하지 않으셨습니까?”

“그래. 그리 말했다.”

“그런데 어찌하여 영감께서는, 전하의 권위가 땅에 떨어지고 노론이 왕을 모욕하는 이런 상황에서 뒷짐을 진 채 관심 없는 이처럼 구시는 겁니까?”

달그락. 김일경이 찻잔을 들었다.

“뭐라 말씀을 좀 해보시란 말입니다!”

상검의 언성이 높아졌다. 순간, 쳉! 하는 날카로운 파열음이 들렸다. 찻상 위에 내동댕이쳐진 찻잔이 빙그르르 바닥을 맴돌았다.

“많이 컸구나, 박상검.”

“……영감.”

“갑갑하냐? 노론의 횡포에 숨이 턱 끝까지 차오르는 듯하냐? 그들의 방자함을 도저히 참을 수 없더냐?”

“예! 그렇습니다! 전하께서 그런 수모를 당하셨는데 어찌 소론은 이렇다 할 행동을 취하지 않는 것입니까? 갑갑하여 화증이 올라와 죽겠습니다. 가능하다면 소인이라도 달려가 노론 사대신의 목을 치고 싶습니다!”

“한낱 내관인 네가 그러할진대, 전하의 마음은 어떠하시겠느냐?”

“전하께서는…….”

상검의 불현듯 입을 다물었다.

동궁전 시절, 왕세자 이윤은 늘 슬픈 사람이었다. 우울 속에 갇혀 있던 왕세자는 승은궁녀를 만난 이후에야 조금씩 슬픔의 옷을 벗고 웃는 법을 배웠다. 마침내 그토록 바라던 왕이 되었으니 응당 행복해야만 할 것 같은데, 근래 왕의 곁에서는 다시금 헤아릴 수 없는 고통이 느껴진다.

“네가 아는 전하는 어떤 분이더냐? 늘 허허실실, 모든 것을 오냐 오냐 넘어가는 분이냐? 수모와 굴욕을 잊거나 외면하는 분이냐?"

"결코 아닙니다."

"그래. 세상 사람들은 전하께서 유약하다 말하지. 왕이 되셨으나 세간의 평가는 여전히 박하다. 백치라 협잡하는 자들도 있었고, 희빈 장씨와 전하를 한데 묶어 모해하는 자들도 많았다."

"예, 그랬습니다."

"그러나 우리는 알지. 다른 이들은 몰라도 너와 나는 알지 않느냐? 전하께서는 회피하거나 모른 척하거나 굴욕에 굴복하시는 분이 아니다. 전하께서는 인내하고 계시다. 때를 기다리는 것이지."

그리고 그 '때'가 머지않았다- 세상이 뒤집힐 때가.

"하지만……. 영감."

묵묵히 듣고 있던 상검이 다시금 입을 열었다.

'기다림'이란 말을 그는 지나치게 많이 들었다. 속에서 쓴물이 올라올 만큼.

"언제까지 마냥 기다리기만 한단 말입니다. 연잉군께서 곧 왕세제에 책봉될 것입니다. 한 번 정해진 국본의 자리가 쉬이 바뀔 수 있겠습니까?"

"연잉군 따위의 핏줄이야……."

김일경의 표정이 설핏 굳었다. 그가 툭 튀어나오려던 말을 급히 추슬러 삼켰다. 아무리 상검이 그의 편이라 해도 할 말과 하지 말아야 할 말이 있는 법이다.

"문 내관도 늙었나 보군. 요즘은 네게 안 가르치더냐? 눈을 감고, 귀를 막고, 입을 다물라고."

"……여전히 말씀하십니다."

"그런데 너는 말을 안 듣는군. 이제 너도 머리가 컸다는 것이겠지?"

"전하를 위한 충심 때문이지 다른 뜻은 없습니다."

"그래. 그러하겠지."

김일경의 미간에 주름이 잡혔다. 깊은 생각에 잠겨 있던 그가 상검에게 말했다.

"이만 돌아가라. 대전 내관이 벼슬아치의 집을 들락거리는 것이 남의 눈에 띄어 좋을 것 없다."

"예, 영감."

자리에서 일어선 상검이 하직인사를 올렸다.

푸른 도포 자락, 부드러운 뺨의 골격을 따라 흘러내린 갓끈, 총기로 반짝이는 눈동자. 과거 굶주림에 지친 나머지 선뜻 사내이기를 포기했던 어린 소년 내시는 이제 없다. 상검은 내시라기보다는 오히려 어엿한 청년에 가까운 모습으로 성장해 있었다.

"물러가겠습니다, 영감."

공손히 절을 올린 상검이 김일경의 집을 떠났다. 성큼성큼 멀어지는 발걸음. 그의 너른 보폭 아래 우수수 마른 흙이 흩어졌다.

'달라졌구나.'

멀어지는 뒷모습을 바라보던 김일경의 눈매가 가늘어졌다.

박상검은 달라졌다. 과거의 흔적은 남아 있지 않았다. 훌쩍 자란 키, 길어진 팔다리, 진중한 음성. 그러나 진정 달라진 것은 겉이 아닌 속이다…….

-눈을 감고, 귀를 막고, 입을 다물어라.

'그리 살라 했는데, 어찌하여 마음속에 불을 품은 것이냐.'

상검은 내시였다. 그리고 내시란 본래 그런 존재였다. 분노하기보다는 인내하고, 전진하기보다는 머무르며, 큰 꿈을 꾸지 않고 그저 가진 것에 만족하는 그런 존재. 그것이 보필하는 자가 갖춰야 할 덕목이었다.

'박상검. 네 언제부터 감히 꿈을 꾸는 자가 된 것이냐?'

김일경의 표정이 싸늘해졌다.

뻔히 보이는 답이었다. 상검의 가슴 속에 활활 타고 있는 불은 내시라는 그의 주제에 맞지 않았다. 저 불을 꺼뜨려야만 한다. 끄지 못한 불씨는 분명 화를 불러올 것이다.

* * *

"왕세제 책봉은 이미 결정된 일이오. 되돌릴 수 없소."

"전하, 신첩은 납득할 수 없습니다. 싫습니다. 어찌 연잉군입니까? 어찌하여……."

"어찌하여라니요."

윤은 지친 듯한 음성이었다.

"내게 선택의 여지가 없음을 아시지 않소? 후사가 없는 지금, 삼종혈맥에 대한 유지가 분명하니 다른 방도가 없소."

"하지만……!"

"그것이 과인의 뜻이오. 내 탓이오. 내가 부족하여 후사를 보지 못했기 때문이오."

"……."

채화는 한동안 말이 없었다. 이윽고 고개를 든 그녀의 눈가는 원망으로 축축하게 젖어 있었다.

"이제 신첩마저 속이려 하십니까?"

"무엇을 속인단 말이오?"

아린 말들이 혀끝을 맴돈다. 그녀의 입술이 바르르 떨렸다.

"후사가 없는 것이 어찌 전하 때문입니까? 그것은 전하의 탓이 아닌…… 낙선당 때문입니다."

"……."

무감하던 윤의 표정에 일어나는 동요.

"아니오. 그렇지 않소."

그의 음성은 단호했다.

"신첩이 정말 모르리라 생각하십니까?"

"그렇지 않소. 문제가 있는 것은 나이지 순심이 아니오."

채화의 눈에 눈물이 고였다. 무정하다. 야속하다. 일국의 왕에게 후사를 이을 능력이 없다는 것이 얼마나 큰 흠인지 모르는 이가 없었다. 왕은 그만큼 순심을 사랑하는 것이다. 그 오명을 스스로 뒤집어쓸 만큼.

"낙선당이 신첩 앞에 사실을 고하였음을 전하께옵서도 아시지 않습니까? 게다가 동궁 시절 약방에서 전하의 옥체를 꼼꼼히 살핀 것을 신첩도 알고 있습니다. 전하의 옥체에는 아무런 문제도 없었나이다."

"해서 무슨 말이 하고 싶은 것이오, 중전?"

윤이 채화를 바라보았다. 채화 역시 무정한 왕의 시선을 피하지 않았다.

'빈궁'이라 불리던 어린 소녀는 훤칠한 지아비가 눈길을 줄 때마다 수줍게 얼굴을 붉히곤 했다. 그러나 지금은 아니다. 붉어지는 것은 볼이 아닌 눈가. 눈가가 붉어지는 것은 수줍음 탓이 아닌 분노 때문이었다.

"후사가 없는 것은 전하의 탓이 아닙니다. 낙선당 승은궁녀가 불임이기 때문입니다."

선언처럼, 채화가 내뱉었다. 윤은 침묵한다. 그의 눈동자는 한없이 가라앉아 있었다.

그래. 알고 있었는지도 모르지. 이미 윤과 순심 모두 알고 있는 사실일지 모른다. 그저 실낱같은 희망을 놓고 싶지 않아서, 매달 점점 더 아래로 처지는 순심의 어깨가 가여워서, 그가 사랑하는 여인의 마음이 존재하지도 않는 아이 때문에 다치는 것이 싫어서…… 그래서 뻔히 보이는 사실을 외면하며 모른 척한 것일지도 모르리라.

"그 사실을 확인하고 싶으셨소?"

"예! 그랬습니다."

납덩이를 매단 것처럼 혀가 무겁다. 지아비를 바라보던 채화가 마침내 입을 열었다.

"바깥에는 전하를 조롱하는 괘서(掛書)와 소문들이 넘쳐납니다. 전하의 옥체를 감히 웃음거리로 삼는 자들이 횡행하고 있단 말입니다. 차마 입에 담을 수 없는 말들이 전하와 왕실의 명예를 실추시키고 있습니다."

"과인도 알고 있소."

중전께서 오늘 작정하고 나오신 모양이다- 라고 윤은 생각했다.

'희빈 장씨가 왕의 하초를 잡아당겨 고자로 만들었다'는 오랜 소문은 이제 구체적인 살을 붙여 떠돌고 있었다. 임금이 젊은 부인의 침소에서 원하는 바를 이루지 못해 눈물을 보였다더라, 승은궁녀가 요녀라 사내구실을 하지 못하는 왕을 부정한 방법으로 홀리고 있다더라…….

"어찌 그런 불경한 것들을 참고 인내하십니까? 어찌하여 그들을 벌하지 않으십니까? 아니, 벌하지 않는 것으로 모자라 어찌 전하의 잘못이 아닌 것마저 뒤집어쓰려 하십니까?"

"어찌하여 참고 인내하냐고요."

윤이 자문하듯 채화의 말을 되뇌었다.

긴 시간 기다려온 '때'가 머지않았다. 하여 그는 인내한다. 자포자기한 왕처럼, 항전의 의지를 잃은 무사처럼, 삶의 희망을 잃은 사람처럼. 상대가 발을 헛디디기를 고대하며 무기력의 옷을 입고 기다린다……. 그것이 공식적인 까닭이었다.

그러나 또 하나의 지극히 사적인 이유가 존재했다. 채화가 분노하는 까닭 역시 그 이유 때문임을 윤은 안다.

그가 사랑하는 여인의 곁에 바람 한 점 스칠까 싶어서, 혹시라도 누군가 순심에게 후사도 생산치 못하면서 왕의 눈을 흐리게 하는 요부라는 질타를 할까 두려워서. 그리하여 왕이 그리는 참을 인(忍) 자가 수십 수백 개. 윤은 사랑하는 여인을 지키기 위해 인내하고 있었다.

"신첩은 진실을 바로잡고 싶을 뿐입니다. 왕실에 후사가 없는 것은 전하의 탓이 아닌 낙선당 때문이라고……!"

채화가 떨리는 손을 맞잡았다.

진실은 옳은 것이다. 그러나 진실을 토해내는 마음은 한없이 비참했다.

"그 진실을 밝혀 과인의 명예를 되찾아주고 싶으시다는 게요? 그렇다면 그 이후에는 무엇을 원하시오?"

"무엇을 원하냐고요? 제가 전하께 무언가를 얻어내기 위해 이런 말씀을 드린다 생각하셨습니까?"

"중전."

비참함의 원인은 채화를 바라보는 그의 눈빛. '중전'이라고, 가장 깍듯한 예를 갖추어 부인을 부르는 그의 음성…….

"애당초 후사가 있었다면 연잉을 왕세제로 들이는 꿈은 그 누구도 꾸지 않았을 것이오. 그 외에 길은 하나뿐이었소. 새로운 후궁을 들이든, 혹은 중전께서…… 후사를 생산하든."

"……."

채화가 아랫입술을 꼭 깨물었다. 모욕이 아닌 말에 모욕을 느낄 만큼 부부는 먼 강 건너 서로를 바라보는 관계가 되었다.

"그러나 과인은 그리할 수 없소. 그러니 과인이 부족한 것이오, 모자란 것이오. 나는…… 다른 여인을 품지 못하오. 안을 수 없소. 마음에 들일 수 없소."

낙인을 찍듯 날아와 쾅쾅 박히는 윤의 말들. 채화의 손과 입술이 바르르 떨렸다. 수치심, 모멸감. 혹은 비참함. 무엇으로도 표현할 수 없는 황폐한 감정이 몰려들었다.

너를 사랑할 수 없다, 너를 내 마음에 들일 수 없다- 그리고 너에게는 의무로서의 애정 단 한 조각조차 건넬 수 없다.

그것이 왕의 답이었다. 그것이 지아비의 명예를 걱정한 대가였다.

"그대에게 백번 천번 사죄하오. 사내답지 못하고 무능한 자라 생각하여도 과인은 할 말이 없소. 내 비좁은 마음이 그대에게 상처를 입히고 있다는 것을 아오. 내가 그대를 불행하게 만들고 있다는 것도 알고 있소."

"……."

"세간에서 말하는, 많은 여인을 품고 많은 자손을 낳아 왕가를 번성케 하는 것이 왕이 반드시 갖추어야 할 덕목이라면."

윤은 담담히 내뱉었다.

"그렇소. 나는 왕의 자격이 없소."

"전하……!"

"그러므로 노론의 요구를 받아들였소. 왕세제를 책봉한 것은 나의 뜻이오."

채화는 한동안 벌어진 입을 다물지 못했다.

삼 년 남짓. 그녀가 이윤의 허울뿐인 부인으로 살았던 시간. 제 지아비가, 사랑을 위해 왕의 자격마저 내걸 만큼 뜨거운 불길을 품은 사람인 줄은 상상조차 하지 못했다.

"이것이 내 답이오. 머물다 가시오. 과인이 비켜드리리다."

왕은 사랑하지 않는 왕비의 슬픔을 배려하여 기꺼이 방에서 물러났다. 작은 소리와 함께 장지문이 닫히고, 곧 적막이 찾아들었다. 채화는 윤의 흔적으로 가득한 빈 침전 안에 덩그러니 남았다.

"마치……. 신첩이 전하를 은애하기라도 한다는 듯이 말씀하십니다."

채화가 낮은 소리로 중얼거렸다. 그러나 맞은편, 그녀의 무정한 지아비가 앉아 있던 자리는 텅 비어 등잔불빛만이 을씨년스럽게 흔들릴 뿐이었다.

"설마 신첩이 이리 무정한 전하를 연모하리라 생각하시는 겁니까? 전하와 낙선당, 두 사람의 그 대단한 사랑 사이에서 괴로워한다고요? 천만의 말씀을요! 신첩은 전하를 사랑한 적 없습니다. 앞으로 그럴 일도 없습니다! 절대로, 절대로……."

한을 품은 맹세처럼 짜고 쓴 눈물이 뚝뚝 떨어졌다.

미워할 수 있다면, 증오하고 경멸할 수 있다면. 저를 바라보지 않는 남편과 그의 첩 나부랭이 모두를 마음에서 몰아낼 수 있다면 차라리 그것이 축복일 것이다. 증오해야 할 사람을 미워하지 못하는 그녀의 마음속은 곧 무간지옥(無間地獄)이었다.

순심은 늦게까지 깨어 있었다. 정식 후궁이었다면 내명부의 일원으로 작은 소일거리를 맡아 해야 했을 것이다. 그러나 여전히 '승은궁녀'라는 애매한 이름으로 불리는 순심에게는 일이라 할 만한 것이 없었다. 종종 그녀는 구월에게 부탁하여 얻어 온 비단실로 수를 놓으며 무료함을 달래곤 했다.

왕세자 시절의 윤은 수시로 낙선당에 모습을 드러냈으므로, 순심은 늘 단장하여 그를 기다렸다. 그러나 왕의 일과는 빽빽했다. 윤은 정무가 끝난 깊은 밤에서야 낙선당을 찾았다. 그마저 왕세자 시절처럼 잦은 방문은 아니었다. 대조전은 창덕궁에, 낙선당은 창경궁에 위치했기에 이전처럼 단출한 행차도 불가해졌다.

"밝을 때 전하를 뵈었던 것이 언제인지……."

서툰 솜씨로 작은 꽃송이를 수놓던 순심이 중얼거렸다.

문득 떠오르는 지난날의 기억. 동여에 동행하여 연잉군방을 방문했던 날, 먼 뒤에 황가를 둔 채 윤의 손을 잡고 거닐던 강가. 해사한 날의 강물에서 풍겨오던 쌉쌀한 바람 냄새, 사방에 펼쳐진 배 밭 위를 노닐던 벌과 나비, 나무마다 묵직하던 즙 많은 과실의 향기…….

"그립네."

나지막하게 혼잣말을 하던 그녀가 고개를 들었다. 자박자박. 바깥에서 들려오는 기척을 들은 순심은 단박에 걸음의 주인을 눈치챘다.

"전하."

자리에서 일어선 순심이 방문을 열었다. 늘 수많은 궁인들에게 둘러싸여 있던 윤은 오늘 혼자였다.

"어찌 오늘은 전갈도 없이 홀로……."

순심이 말끝을 흐렸다. 윤의 눈을 보자 차마 입이 떨어지지 않았다.

슬프다, 왕의 눈빛은. 그녀가 사랑하는 사내의 눈은 오늘 참으로 슬프고 외로워 보였다.

"전하……."

"응. 나다."

"무슨 일이…… 있으셨습니까?"

"그런 일 없다, 순심아."

그녀가 아는 윤은 늘 슬픈 사람이었다. 상검이며 문 내관 같은 이들은 순심을 만난 이후 왕께서 무척이나 밝아졌다 말하지만, 그건 그들의 시선일 뿐이다. 순심이 바라보는 윤의 내면은 항상 먹먹한 고통으로 가득 차 있었다. 단지 그녀와 사랑을 나누고 마음을 섞고, 온기를 공유하며 따뜻하게 속삭이는 사이 감춰졌을 뿐이다.

그러나 오늘 그의 슬픔은 무엇으로도 숨겨지지 않을 듯했다.

"……."

순심은 침소 안에, 그리고 윤은 안뜰에. 불쑥 나타난 윤을 바라보던 순심이 버선발로 뜰을 밟았다. 윤에게 무슨 일이 있는 것이 분명하다. 이대로 두었다가는 슬픔이 그를 집어삼켜 데려가버릴 것만 같았다.

"전하."

윤에게 달려간 순심이 그의 허리를 껴안으며 품에 얼굴을 묻었다.

윤이 보위에 오름으로써 그녀는 왕의 여인이 되었다. 지밀이 가르쳤듯, 총애를 받을 여인일지언정 옥체에 함부로 손을 대는 일은 금기였다. 그러나 낙선당은 모든 법도들이 의미 없어지는 궁궐 속 유일한 공간. 순심은 윤의 품 안으로 파고들었다. 피안으로 멀어지려는 그를 붙들기라도 하듯 그녀의 행동은 다급했고 필사적이었다.

"순심아, 어찌 이러느냐?"

"전하, 어찌 그리 슬픈 눈으로 보십니까? 이상한 생각이 들어서……."

"내가 슬퍼 보이느냐?"

윤의 가슴에 고개를 묻고 있던 순심이 얼굴을 들었다.

캄캄한 밤. 어둠에 가려진 탓에 보이는 것은 얼굴의 윤곽뿐. 그러나 순심은 그의 표정을 읽고, 눈을 읽을 수 있다. 윤의 마음을 읽을 수 있다.

"예, 소인의 마음마저 덜컥 떨어질 만큼 슬퍼 보이십니다. 어찌 그러십니까?"

"……네 눈에 그리 보인다면, 정녕 그러한 것이겠지. 과인의 마음을 순심이 너처럼 잘 아는 이가 없으니 말이다."

휘이- 귓전을 스치는 바람. 윤이 두루마기 자락을 펼쳐 순심의 어깨를 감쌌다.

"슬픈 것은 아니다. 단지…… 고단하다. 하지만 내 삶은 평생 고단했지. 이제 무감해질 때도 됐는데……. 여전히 가끔 마음이 서글퍼진다. 그럴 때면 늘 네 생각이 나지."

윤이 순심의 등을 부드럽게 쓸어내렸다. 익숙한 감촉이었다. 손끝에 감기는 매끄러운 비단을 어루만지다 보면, 그 아래 감춰진 몸의 온기가 손바닥에 스민다.

"무엇이 고단하십니까, 전하?"

"무엇이 고단하냐고? 글쎄다. 세상의 옳고 그른 이치…… 그것이?"

"소인에게는 어려운 말씀입니다만, 어떤 이치기에 전하를 고단케 하는지 궁금합니다."

"어려운 뜻은 아니다. 주변에서 이것이 옳다, 저것이 옳다며 이치를 들이대는 상황이 고단하구나. 오늘은 유난히……."

문득 윤은 주변을 바라보았다.

낙선당은 고립된 장소였다. 윤이 왕이 되어 떠난 이후 동궁전 근방은 텅 비었다. 궁궐에서 일어나는 오만 일들에 대한 소문은 낙선당까지 닿지 못했다. 윤은 그것이 차라리 다행이라 여겼다. 그는 순심의 눈빛이 걱정과 불안으로 얼룩지는 것을 원치 않았다.

그리하여 그에게 낙선당은 도피처이자 안식처였다. 회피하고, 잊고, 숨을 쉴 수 있는 유일한 낙원이었다.

"그날, 기억하느냐? 연잉군방으로 동여하였을 때 함께 배밭이며 강가를 거닐던 날을."

윤이 갑작스레 꺼낸 말에 순심의 눈이 반짝였다.

"소인도 방금 전까지 그 일을 떠올리고 있었습니다."

"너와 함께 다시 한 번 밖으로 나가, 너른 들이며 강가를 거닐고 싶구나. 그날이 그립다."

"소인도 그립습니다, 전하."

"요새 가끔 그런 생각을 한다. 복수도, 원망도, 미련도 모두 부질없다는 생각을. 가끔 꿈꾼다. 아주 가끔……."

그런 삶. 참혹한 가정사, 슬픔으로 점철된 나날, 비겁한 왕, 무정한 지아비, 피, 눈물, 분노. 윤이 선택하지 않았으나 짊어져야 했던 운명들. 모든 것을 떨쳐버리고 삶의 선택권을 가진다면 어떨까.

스스로 선택한 유일한 존재인 순심 너와 함께. 왕의 자리 따위, 미치도록 갈망하는 누군가에게 훌훌 던져버리고서.

"전하."

"응?"

잠시 상념에 잠겨 있었던 모양이었다. 정신을 차리니, 그를 응시하는 까만 눈동자에 비친 별들이 무성했다.

"소인은 다 좋습니다."

"무엇이?"

"전하께서 생각하시는 것들이요."

"내가 지금 한 생각이 무엇인지 네가 안다면, 기절초풍할지도 모르는데?"

윤이 옅게 웃었다. 순심이 고개를 끄덕거린다.

"놀랄 수도 있고, 기절할지도 모르지만 소인은 정말 좋습니다."

"어찌하여 좋으냐?"

"전하께서 무슨 생각을 하시든, 그 안에 소인이 늘 함께하고 있다는 것을 아니까요."

"……아느냐?"

"예. 알다마다요."

아는구나. 믿는구나. 사랑하는구나……. 너는.

너는 왕을 사랑하며, 동시에 왕이 아닌 나약한 인간 이윤마저도 한없이 사랑하는구나.

"어찌 그리 뚫어져라 쳐다보십니까, 전하?"

"음……. 내가 생각하는 것은 무엇이든 다 좋다 하였지?"

"예."

"후회해도 과인은 모른다."

윤이 순심을 번쩍 들어 올렸다. 순심이 낮은 비명을 뱉었다.

"어쨌든 네 말이 맞다. 무엇이든 우리 둘이 함께 하는 일이니까."

이 밤이 깊도록, 날이 밝을 때까지. 내 너의 단잠을 허락지 않을 것이니.

"절대 후회하지 마라."

* * *

높다란 궁궐 담장 너머 서편에 위치한 북촌.

"마침내 왕세제께서 입궁하셨습니다. 마음이 감격스러워, 이 기쁨을 어찌 표현해야 할지 막막하기까지 합니다."

"참으로 기쁜 날이니 미망인이라는 이유로 사양치 마시고 한 잔 받으십시오."

"그래도 되겠습니까?"

"되다마다요. 누가 뭐래도 왕세제의 어머니이십니다. 훗날 임금의 모후(母后)가 되실 분 아닙니까? 사양치 마십시오, 영빈 자가."

숙종의 죽음 이후 배웅하는 궁인 하나 없이 초라하게 궁궐을 떠났던 여인. 그녀가 사람들의 시야에서 사라진 지 꼬박 일 년.

영빈 김씨에게도 끝끝내 봄이 왔다.

왕세제의 입궐은 조촐하게 이루어졌다.

적장자(嫡長子) 계승의 원칙을 내세운 나라답지 않게, 조선 역사에 왕의 적장자가 보위를 이은 경우는 그리 많지 않았다. 드물게 형제가 차례로 왕이 되는 경우가 있긴 했다. 그러나 '왕세제'라는 왕의 아우를 위한 호칭이 새로 만들어진 것은 역사상 처음 있는 일이었다.

왕세제의 책봉 과정이 그리 순탄치 않았으므로, 노론은 화려한 책봉식이 독이 되리라는 판단을 내렸다. 금은 왕세제빈이라 불리게 된 정실 서씨와 함께 숙종대왕의 혼전(魂殿)에 재배를 올리는 것으로 책봉식을 대신했다.

그리하여 가을이 무르익은 구월 말의 어느 날.

"오랜만이다, 순심아."

안뜰에 흩뿌려진 은행잎들을 바라보던 순심이 고개를 들었다. 그녀의 시야에 가장 먼저 들어온 것은 아청빛 물결. 흑룡포를 마주한 순심이 눈을 깜빡였다.

심해처럼 검푸른 비단 위로 은빛 사조룡이 헤엄치는, 순심이 가장 사랑하는 윤의 옷.

"저……."

저하- 라는 말을 무심코 내뱉으려던 순심이 입을 다물었다. 한낮의 역광 탓에 검게 가려진 얼굴을 바라보던 그녀의 입술이 가볍게 벌어졌다.

낯익은 얼굴이 부드럽게 웃는다. 그 웃음은 대단히 자신만만했다. 휘어지는 눈꺼풀 속 눈동자가 어느 때보다 의기양양하게 반짝였다.

연잉군. 아니, 조선의 왕세제.

"나라서 실망했는가? 미안하군. 형님이 아니라서."

"대감……. 아니, 왕세제……."

새로운 호칭이 좀체 입에 붙지 않아 순심은 말을 더듬거렸다.

"저하."

금이 왕세제로서 부여받은 호칭. 그것으로 그를 부르는 것은 쉽지 않았다. '저하'라 부를 수 있는 사람은 오직 윤뿐인 것처럼 느껴졌기 때문이었다.

"그래. 오랜만이다, 순심아."

고개를 살짝 돌린 금이 쏟아지는 햇살에 눈을 찡그렸다.

"세월이 흘러가도 너만은 늘 같구나. 다른 곳에 가지 아니하고 여전히 낙선당에 있군."

감상하고 감탄하는 듯한 시선이 순심에게 머물렀다.

"그리고 여전히…… 곱구나."

생동하는 봄과 같은 순심의 얼굴. 왕의 총애에 따라 화사하게 피어났다가, 그 마음이 떠나면 순식간에 저무는 것이 보통의 궁중 여인들의 숙명이라던가. 순심은 여전히 사랑받고 있는 듯하다.

"……과찬이십니다."

금을 바라보는 순심의 눈빛에 약간의 어색함이 감돌았다. 그의 모습이 부쩍 낯설게 느껴지는 것은 흑룡포 때문만은 아니리라. 이질적인 기분의 까닭은 그의 태도에 있었다. 시선, 표정, 서 있는 자세와 입가를 스치는 유유한 미소. 좀체 눈을 마주치지 못하는 순심에 비해 금은 지나치게 느껴질 만큼 여유롭고 자신만만했다.

'단 한 번도 궁궐을 떠난 적 없었던 사람 같네⋯⋯.'

하기야, 잠시 잊었다. 금이 궁궐에서 나고 자란 사람이라는 사실을. 그는 그저 제가 태어나 자란 집으로 되돌아온 것일지도 모른다.

"어찌 그리 토끼처럼 놀란 표정인가? 내가 입궐하여 지내게 되었다는 소식을 설마 듣지 못한 것인가?"

"아닙니다. 이미 들어 알고 있었습니다, 대감. 아니, 저하."

금이 왕세제로 책봉되어 입궐한 지 며칠이 지난 시점이었다. 아무리 궁궐 소식에 어두울지언정 그것마저 모를 리는 없다.

금은 숙종의 침전이었던 환경전 남쪽에 위치한 공묵합(恭默閤)으로 입성했다. 공묵합 일대는 새로운 동궁전으로 단장되었다. 금은 정실 서씨 외에 첩실 이씨, 그리고 이씨 소생의 어린 아들까지 둔 일가의 가장이었다. 금이 왕세제가 됨으로써 부인 서씨는 세제빈에 책봉되었고, 이씨는 아들을 낳은 공을 인정받아 종오품 소훈(昭訓)의 품계를 받았다.

금이 살던 제택은 본래 규모가 크고 노비의 수도 많았다. 그런 까닭에 책봉식이 조촐했던 데 반해 세제의 입궐은 결코 고요하지 못했다.

"아하. 가만 보니⋯⋯."

새삼스레 낯을 가리는 순심을 응시하던 금이 입을 열었다.

"내가 이 흑룡포를 입은 것이 마음에 들지 않은 모양이로군."

"아닙니다. 마음에 들지 않을 것이 무어 있겠습니까? 단지⋯⋯ 낯설어서요. 왕세자 시절 전하께서 늘 입으시던 옷이니⋯⋯."

"아. 내게는 어울리지 않는다?"

금이 툭 내뱉었다. 그러나 악의가 느껴지는 말투는 아니었다.

"아닙니다. 왕세제가 되셨으니 이제 응당 저하의 옷이겠지요. 익숙하지 않아 그럽니다. 소인에게 괘념치 마시옵소서."

"괘념치 않는다. 단지 좀 서운하구나. 너만은 나를 반가이 여겨줄 거라 생각했거든. 너도 이제 궁궐의 여인이 다 된 것이겠지?"

"……저하."

"응?"

"가끔 보면…… 저하께서는 소인에게 바라는 모습이 있으신 듯합니다."

순심을 바라보는 금의 눈동자에 희미한 물음이 새겨졌다.

"그게 무슨 뜻인가?"

"황공하지만 소인은…… 원래 이렇습니다. 그리고 소인은 저하를 처음 뵈었을 때부터 이미 궁녀였습니다."

"아, 내가 궁궐의 여인 운운하여 네 심기를 불편하게 했는가?"

금이 너털웃음을 지었다.

그래. 욕심이겠지. 애당초 제 것이 아닌 여인에게 바라는 모습을 투영하는 것처럼 한심스러운 짓도 없다.

"불편하지 않습니다. 그리고 소인이 아니어도 많은 분들이 저하의 입궐을 반겼을 것으로 아옵니다. 서운해하지 마십시오."

"흐음……."

노론은 왕세제의 입궐을 격하게 반겼고, 소론은 금의 행차에 눈길조차 두려 하지 않았다.

순심의 말 안에 뼈가 숨겨진 것이 아닐까, 금은 한동안 그녀의 얼굴을 살폈다. 순심이 그의 노골적인 시선을 피해 눈길을 돌렸다.

"순심아. 내가 왕세제라는 해괴한 이름으로 입궐한 것이 마음에 들지 않는가?"

"소인이 그런 것에 대해 감히 어찌 왈가왈부하겠습니까? 전하께서 결정하신 일인 줄 아옵니다."

"하기야, 순심이 너는……."

운을 떼려던 금이 입을 다물었다. 아, 이제야 알 것 같았다. 순심의 표정이 무언가를 감추려는 듯 의뭉스럽고 또 지나치게 담담한 까닭을.

순심이 회임하여 아들을 낳았다면, 금은 흑룡포 차림으로 동궁을 활보할 꿈조차 꾸지 못했을 것이 자명했다. 그녀의 절망을 통해 그는 소망을 이뤘다- 그러므로 그는 순심의 착잡한 표정을 이해해야만 한다. 금의 표정이 순식간에 누그러들었다.

형님의 곁에서 늘 행복하기만 한 것은 아니겠구나, 순심이 너도.

"내가 쓸데없는 소리를 지껄였구나. 그저 지나는 길에 인사나 할까 하여 들른 것이니 마음 쓰지 마라. 앞으로 지척에서 지내게 될 것이다. 좋든 싫든 자주 마주치지 않겠는가?"

"소인은 낙선당에 콕 박혀 지냅니다. 전하께서 찾으시는 일 외에, 다른 분들과는 마주치는 일이 드뭅니다."

"냉정한 말이로군. 볼 일이 없으니, 쓸데없이 기대하지 말라는 뜻인가?"

"쓸데없이 기대하지 마시라는 방자한 말은 하지 않았습니다."

금이 새삼스러운 시선으로 순심을 바라보았다.

"이상한 일이지."

"무엇이 말씀입니까?"

"누구도 내 앞에서 너처럼 속내를 그대로 드러내지 못한다. 내 평생 아바마마나 형님을 제외하고 너처럼 입바른 소리를 하는 사람을 본 적이 없거든."

"저 때문에 심기가 상하셨습니까?"

"아니. 그저…… 이상하다고."

수시로 발칵대는 화가 나지 않는 것도. 자꾸만 그녀에게 지는 듯한 마음이 드는 것도.

"그런데도 나는 너와 있는 것이 퍽 즐겁거든."

"……."

금의 말은 반 장난조였으나 순심은 그마저 대꾸하지 않았다.

그녀 개인으로 말하자면 금이 싫지 않았다. 그는 몹시 까다로운 성격을 소유했으며, 언제 터질 줄 모르는 화염 같은 사람이었다. 그러나 금이 그녀에게 악의를 보인 적 역시 없었다.

순심은 금의 과도한 예민함의 원인이 마음의 상처 때문이라 생각하곤 했다. 윤의 슬픔의 원인 역시 같을 것이다. 형제의 타고난 성정과 환경이 다른 탓에 표출되는 방식이 정반대일 뿐이었다. 윤은 안으로 파고들고, 금은 바깥으로 내뿜는다. 그 감정의 공통된 성질은 화(火)와 분노였다. 그러므로 그녀는 금을 가끔 두려워했으나 결코 미워하지는 않았다.

그러나 그것은 내명부가 아닌 평범한 여인으로서의 생각일 뿐. 승은궁녀가 된 지 어언 삼 년 남짓. 순심 역시 궁궐이라는 세상 속에서 처신하는 법을 깨달았다.

금이 악인인지, 선인인지의 여부와 관계없이 그는 윤의 입지를 불안하게 하는 사람이었다. 그의 진심이 어떠하든 주변 상황들은 금을 결코 고요히 내버려두지 않았다. 그리하여 금은 왕세제가 되어 궁궐에 입성했고, 그리하여 금은 윤의 가장 위협적인 경쟁자가 되었다. 게다가 경험에 미루어보건대 중궁전은 물론이거니와 윤 역시 금과 순심이 긴 시간 대화를 나누는 것을 반기지 않았다.

"세제 저하. 그럼 소인은 이만……."

"바쁜가?"

"할 일이 있어 그럽니다."

"내가 불편하여 피하고 싶은 것은 아니고?"

"……아니요. 그런 것이 아닙니다."

어찌하여 금은 이리 어린아이처럼 보채는 것일까. 그의 말투, 태도, 순심을 바라보는 눈빛을 보면 그들 사이에 풀지 못한 인연이라도 존재하는 듯한 착각이 들었다.

그때였다.

"주상 전하 납시오!"

익숙한 카랑카랑한 음성이 들리고, 이윽고 윤이 낙선당에 모습을 드러냈다.

"세제."

마주 보고 있는 형제의 모습은 대단히 위압적이었고 또한 이질적이었다.

"전하."

금이 윤을 향해 머리를 조아렸다. 아우의 흉배에 수놓아진 은빛 용은 왕의 가슴에 자리한 찬란한 금룡 앞에 금세 초라해졌다.

"세제가 여기는 어쩐 일이냐?"

"시강원에 다녀오는 길에 인사를 나눌 겸 잠시 들렀습니다."

"세제익위사와 시강원과는 이야기를 마쳤느냐?"

"예. 전하께서 동궁에 계실 때 보좌하던 자들 중 일부가 자리를 옮겨왔습니다."

"뛰어난 자들이니 세제 역시 잘 보필할 것이다. 한때 과인의 사람들이기도 했으니 정파에 개의치 말고 잘 보살펴다오."

"명심하겠습니다, 전하."

문득 금의 시선이 윤의 등 뒤에 서 있는 검은 옷 일색의 사내에게 멈추었다. 금을 마주 본 사내의 눈빛은 그저 무감하다. 마주친 것이 금의 눈동자가 아닌 허공이라도 되는 것처럼.

황가.

익위사에서 왕세제의 호위를 위해 보내온 무인들의 수가 도합 열넷이었다. 그마저 성에 차지 않은 노론은 왕세제를 위한다는 명분으로 조선 제일검이라 불리는 김체건(金體乾)을 호위로 보냈다. 그러나 천하의 김체건도 황가처럼 한눈에 금의 마음을 사로잡지는 못했다.

때로 이런 상황들은 금을 짜증스럽게 만들었다. 노론의 기세는 소론을 압도했다. 죄다 기억하기 힘들 만큼 많은 인재들이 그를 따르고 있었다. 그렇지만 황가, 박상검, 그리고 순심······. 그가 처음 본 순간부터 탐냈던 이들은 모두 왕의 사람이었다.

"금아."

"예."

부름을 받은 금이 고개를 들었다. 형제의 시선이 마주쳤다.

"내 너를 믿는 것과는 별개로 알아서 행동거지를 조심하는 편이 좋지 않겠느냐?"

"무슨 말씀이십니까?"

"여기가 어디인지를 잊었느냐?"

"······."

바람이 불었고, 상의원에서 온 정성을 쏟아 지은 그들의 옷자락이 나부꼈다. 세자의 색, 아청과 왕의 색, 대홍(大紅). 같은 아비를 두었다는 사실이 믿기지 않는 형제의 얼굴처럼 의복의 빛깔 역시 정반대였다.

윤의 표정은 무취에 가까웠다. 그의 속내를 가늠하기는 어려웠다. 승은궁녀의 처소를 찾은 것을 경고하는 것인지, 너그럽게 타이르는 것인지, 혹은 진실로 왕세제에 대한 평판을 걱정하여 호의로 건네는 말인지. 반대로 금의 표정은 완벽하게 냉정하진 못했다. 그의 얼굴 위로 미미하게 당황한 기운이 떠올랐다 사라졌다. 그는 형님을 사랑했으나 공개적인 장소에서의 질책을 순순히 받아들일 만한 성격은 아니었다.

그러나 어찌 지금과 같은 시기에 감정을 드러내겠는가. 금이 고개를 숙였다.

"잊지 않았습니다, 전하. 단지 지나는 길에 인사 정도 하러 들렀을 뿐입니다. 인사를 나누었으니 앞으로는 굳이 찾을 일 역시 없을 것이옵니다."

"잊지 않고 있다면 되었다."

"예, 심려를 끼쳐 송구합니다, 전하."

순심은 문득 먼 과거의 어느 날을 떠올렸다. 그녀가 낙선당에 들어온 지 얼마 지나지 않은 날이었을 것이다. 그때도 같은 자리에서 비슷한 표정을 한 채 형제는 서로를 노려보고 있었다.

당시 순심은 형제가 나누는 대화 속에 얼마나 많은 뼈가 들었는지, 그들의 지난 삶에 얼마나 많은 질곡이 있는지 미처 알지 못했다. 형제는 서로를 사랑하는 만큼 서로를 증오했다. 그 기이한 형제간을 과거의 그녀는 이해할 수 없었다.

왕세자는 왕이 되었고, 형님의 자리를 꿈꾸던 아우는 꿈을 이뤘다. 과거의 애증은 여전히 이어지고 있었다.

"내 낙선당에 일이 있어 찾았으니 세제는 이만 물러가라."

"예, 전하. 신 먼저 돌아가도록 하겠습니다. 문안 때 뵙겠나이다."

"참, 세제. 앞으로 문안을 올릴 때는 청휘문(淸輝門)을 지나 대전으로 들도록 하라. 그 길이 빠르므로 긴히 상의할 것이 있을 때 번거롭지 않다. 상검이 문안시간마다 청휘문 앞을 지킬 것이다."

"그리하겠습니다, 전하."

윤에게 공손히 머리를 조아린 금이 이내 낙선당을 떠났다.

"순심아. 과인이 여기 있는데 어디다 시선을 두느냐?"

"……송구하옵니다, 전하."

바람에 나부끼는 검푸른 흑룡포가 과거 윤의 환영 같다. 멀어지는 금의 뒷모습을 멍하니 바라보던 순심이 퍼뜩 정신을 차렸다.

"모두 물러가라."

"분부 받잡겠사옵니다, 전하."

윤을 따라온 궁인들이 모두 물러나 자리를 비웠다. 낙선당에는 윤과 순심만이 남았다.

"어찌 이른 시각에 전갈도 없이 오셨습니까?"

"지난밤의 일이 마음에 걸려서……."

"지난밤의 일이요? 아……."

그날의 이야기였다. 윤의 어깨가 유난히도 축 처져 있었던 날. 그에게서 근원을 알 수 없는 깊은 슬픔이 느껴져, 그가 어디론가 사라져버릴 것만 같은 불길한 생각이 들었던 날. 그리하여 순심은 버선발로 달려가 왕의 허리춤을 끌어안지 않고서는 배길 수 없었다.

"순심이 네 앞에서 나약한 소리를 했던 것이 마음에 걸려서 찾아왔다."

"복수도, 원망도, 미련도 부질없다며 한숨 쉬셨던 것 말씀이십니까?"

토씨 하나 틀리지 않고 그의 말을 기억하고 있는 것을 보니, 그녀 역시 윤의 말들을 차마 흘려보내지 못한 모양이었다.

"순심아."

"예, 전하."

"네가 바라보는 과인은 어떤 사람이더냐?"

"제가 바라보는 전하는……."

슬픈 사람.

순심과 함께하는 가장 내밀하고 아름다운 순간에조차 윤의 눈동자 속에는 슬픔의 우물이 있었다. 감히 왕의 몸을 끌어안고 그의 살갖 위에 치덕치덕 내려앉은 슬픔에 몸을 겹쳐도, 따뜻한 체온을 비비고 부드러운 입술을 포개어도 그에게서 모든 슬픔을 걷어내는 것은 불가능했다. 그것은 순심이 할 수 없는 일이었다.

"……."

"어찌 답이 없느냐? 대답하기 어려운 게냐?"

"아니요. 제가 바라보는 전하는……."

하지만 그런 말은 하지 않으리라. 슬픈 그에게, 슬픈 사람이란 말은 절대 하지 않으리라.

"왕이십니다."

"왕?"

"예, 조선의 임금이십니다. 바라는 바가 분명하시고, 억울한 백성들의 일에 귀 기울이시고, 전하께서 바라고 꿈꾸시던 일을 절대 포기하지 않는……."

순심이 윤의 눈을 마주 보았다.

"전하께서는, 강인한 왕이십니다."

"왕."

윤이 되뇌었다. 그녀의 입에서 나오는 '왕'과 왕이라 불리는 제 자신 사이에 큰 차이가 있음을 윤은 깨닫는다.

"신첩은…… 제 지아비가 조선의 임금이라는 것이 행복하고 자랑스럽습니다, 전하."

그녀가 건네는 말의 의미를 곱씹던 윤이 문득 물었다.

"지금 신첩이라 하였느냐?"

순심의 입에서는 처음 나오는 생경한 호칭.

임금의 처첩을 뜻하는 '신첩'이라는 말은 주로 중전이나 후궁들이 스스로를 칭할 때 쓰는 말. 윤은 그녀에게 비빈의 자리를 주지 못했고, 순심은 일개 궁녀로 남았다. 그녀는 처음 윤을 만났을 때나 지금이나 늘 '소인'이라 스스로를 낮추어왔다.

"예. 처음으로…… 그렇게 스스로를 칭해보았습니다."

"어찌 그렇게 칭하였느냐?"

"후궁이나 비빈의 호칭이 중요한 것이 아니라, 전하의 마음이 가장 중요하니까요. 저는…… 왕께서 가장 사랑하시는 여인이니까……. 앞으로는 저도 늘 신첩이라는 말을 써야겠다는 생각이 들었습니다."

"순심이 너는, 참으로 놀라운 여인이구나."

윤의 음성은 나지막했다.

-전하께서는, 강인한 왕이십니다.

그것은 순심의 채찍질이었다. 나약해지지 말라는, 포기하지 말라는, 현실에 안주하거나 가진 것을 놓아버리지 말라는. 자신이 조선의 임금이라는 사실을 망각하지 말라는. 그것은 순심이 윤에게 전하는 모진 성토였고 동시에 그를 믿는다는 강력한 지지였다.

"어찌 너 같은 이가 내게 올 수 있었더냐?"

"신첩이 가지 않았습니다. 전하께서 오셨습니다. 잊으셨습니까?"

"그래. 그랬었다."

그 밤. 이성이 아닌 본능으로 나는 너를 찾아갔었다. 마치 삶의 구원자를 찾아가는 여정처럼. 네게 가는 길은 광기로 점철되어 붉고 어지러웠다.

그러나 끝내 나는 너를 찾아냈고, 너는 나를 기꺼이 받아주었지.

"신첩은 변치 않고 늘 여기 있을 테니 전하, 힘들 때는 언제든지 오십시오."

윤에게 다가간 순심이 그의 용포에 얼굴을 묻었다.

무엇이 옳은 일인지 그녀는 모른다. 윤의 여인으로 살아온 지난 시간. 그의 드넓은 용포 자락에 감싸인 채, 그녀는 오직 사랑만 받으며 살아왔기 때문이었다. 윤은 순심에게 아름다운 것만을 보여주길 바랐다. 낙선당은 고립된 낙원이었고 그의 곁에 있는 순심은 마냥 평화로웠다. 그의 삶에 어떤 평지풍파가 일어났든 순심은 그저 평온하기만 했다.

하지만 이제 그녀는 그의 삶의 무게를 함께 떠안고 싶었다. 더 이상 평안하지 않더라도, 선(善)한 세상을 벗어나더라도.

"신첩은…… 전하께서 바라던 일들을 반드시 이루시기를 바랍니다. 전하의 뜻이 아닌 타인의 뜻에 꺾이지 마시고, 긴 세월 꾼 꿈을 포기하지 마십시오. 신첩은 전하를 믿습니다."

순심의 목소리에 담긴 깊디깊은 진심. 그것은 구원이고 용기이며 희망이다.

"네가 그리 믿어준다면."

이 여인이 곁에 있는 한, 그의 희망은 꺾이지 않았다.

"내 반드시 그리하겠다."

복수도, 원망도, 미련도. 윤은 다시금 손에 쥐었다.

* * *

돈의문(敦義門)[4] 서북쪽에 위치한 모화관(慕華館)[5].

시복 차림의 노론 신료들 사이, 상석에 앉은 사내는 대단히 이질적인 모습을 하고 있었다. 새파란 명주 장포(長袍)[6] 전체에 금은실과 색실로 화려한 수를 놓았고 허리에 감은 옥대(玉帶)는 묵직한 황금으로 번쩍였다. 무엇보다 눈길을 잡아끄는 것은 그의 머리 모양. 사내는 변발을 하고 있었다.

---

4   서울 4대문 중 서대문(서대문).

5   중국 사신을 영접하던 곳.

6   중국 고유의 옷옷. 창파오.

그는 청나라 사신단의 우두머리, 즉 상사(上使)였다.

"하암……."

청사(淸使)[7]가 입이 찢어져라 하품을 했다. 그는 손으로 입을 가리거나 민망한 웃음을 띠는 정도의 수고조차 하려 들지 않았다.

"상사께서 피로하신가 봅니다."

"하마연(下馬宴)[8]이다, 익일연(翌日宴)[9]이다……. 매일같이 연회의 연속이니 어찌 몸이 배겨나겠소?"

"모두 대국(大國)의 사신단을 환영하고자 하는 조선 신민의 뜻이라 여겨주시옵소서."

상사가 탐탁지 않은 표정을 지었다.

"과거보다야 나아졌지만, 여전히 조선의 사대부들은 청나라에 우호적이지 않은 듯하오."

"어찌 그런 말씀을 하십니까? 조선은 청에 사대의 예를 갖추는 나라입니다. 조선의 신민들은 늘 황제의 너그러움에 깊이 감사하고 있나이다."

"그렇다마다요. 예(禮)의 나라 조선에서 어찌 사대의 의리를 저버리겠나이까? 대국을 향한 마음은 늘 변함이 없습니다."

"으흠."

청사가 느른한 시선으로 좌중을 훑어보았다. 조선에 사신으로 온 며칠간 종일 입에 발린 아첨을 듣다 보니 이마저 심드렁하다. 청사가 젊은 연배인 데 반해, 그의 비위를 맞추는 조선 대신들은 눈썹마저 백발이 성성한 노인들. 그러나 거만한 태도의 청사와는 달리 대신들은 늙은 등허리에 긴장을 늦출 새 없이 그를 접대하고 있었다.

---

7 청나라 사신.

8 중국 사신을 환영하는 연회.

9 사신이 들어온 이튿날 베푸는 연회.

"혹여 연회에서 마음에 차지 않은 일이라도 계셨습니까?"

"아뢰옵기 송구하게도, 새로운 임금께서 아직 정사를 돌보는 데 익숙하지 못하십니다. 그러니 대접에 부족함이 있어도 너그러이 이해를……."

사신이 헛웃음을 지었다. 아첨을 하다못해, 허물을 제 나라 왕의 탓으로 돌리는 알량한 신료들이라니.

"조선의 왕이 바뀐 것과는 별개의 문제요. 선왕 대에도 조선은 늘 명(明)나라를 숭상하고 청을 얕보지 않았소?"

"얕보다니요. 큰 오해이십니다. 제후국(諸侯國)인 조선이 어찌 감히 황제국을 얕본단 말입니까?"

"신민들은 대국을 섬기는 일을 게을리한 적이 없습니다. 부디 노여움을 푸시옵소서."

"흐음……. 그대들이 굳이 그렇게까지 말한다면야."

호들갑스럽게 비위를 맞추는 대신들의 음성에 상사가 피로한 듯 눈을 내리깔았다.

조선은 건국부터 명에 대한 사대를 지키는 나라였다. 그러나 역사에 영원한 승자란 없다. 명은 끝내 멸망했고, 청은 명실상부한 대륙의 주인이 되었다. 청이 대륙의 패권을 잡은 지 어언 백 년. 하지만 조선은 명에 대한 의리를 지킨다는 시대착오적인 명분으로 실정을 거듭했다.

노론의 대부분은 숭명(崇明)[10] 사상을 따르는 이들. 청사가 그런 조선의 상황을 모를 리 없었다. 늘 숭명을 부르짖던 노론 대신들이 청사에게 극도의 예를 갖추며 굽실대는 데는 분명 꿍꿍이가 있으리라.

'내게 바라는 것이 있군.'

청사가 작심한 듯 미끼를 던졌다.

"그건 그렇고……. 황제께서 궁금하게 여기시는 일이 있으니 내

---

10 명을 숭배하고 따름.

반드시 답을 알아 가야겠소."

"말씀하시지요, 상사."

"조선 국왕의 춘추가 서른을 조금 넘기지 않았소? 하마연에서 보니 젊을 뿐 아니라 외모 역시 수려하여 기개가 있다 여겼소. 게다가 왕후 역시 스물이 채 되지 않은 것으로 아오."

잠시 청사는 말을 끊고 주위를 둘러보았다. 노론 대신들은 선고를 기다리는 이들처럼 그의 입술만을 바라보고 있었다.

"한데 어찌하여 왕의 아우를 후계자로 들인 것이오? 왕 부부의 나이가 한창 젊으니 언제든 왕손이 태어날 수 있지 않겠소?"

올 것이 왔다. 아무리 내정에 간섭치 않는다 한들, 청 황제는 왕과 세자의 책봉을 최종 승인할 권한을 가지고 있었다. 그런 그가 왕세제 책봉에 대해 의문을 가지는 것은 당연한 일이다.

"상사."

침묵을 지키고 있던 이이명이 입을 열었다.

"오, 대감. 조용하여 계신지도 몰랐구려."

청사의 얼굴에 화색이 비쳤다.

이이명은 사신으로 여러 차례 청을 드나들었을 뿐 아니라 청나라 벼슬아치들과 교분이 깊었다. 게다가 상사는 지난해 사신으로 청을 찾았던 이이명에게 대단히 큰 선물을 받았다.

"신하 된 입장에서 이런 말을 꺼내는 것이 쉽지는 않지만, 황제 폐하의 물음에 거짓으로 답하는 것 역시 있을 수 없는 일인 듯합니다."

"무슨 일이기에 그리 거창하오? 말을 해보시오."

"조선의 왕께서는……."

이이명이 상사를 응시했다. '나 역시 이런 말을 꺼내기는 싫소'라는 듯한 건조한 표정이었다.

"하초의 기능이 부실하여 자손을 보실 수 없습니다."

"……웃흠."

눈을 둥그렇게 뜨고 귀 기울이고 있던 청사의 입에서 '푸흡!' 하는 소리가 튀어나왔다. 그가 다급히 헛기침을 했다. 아무리 청 사신의 지위가 높다 한들 왕의 건강 문제를 논하는데 실소를 터뜨리다니. 큰 결례였다.

"아, 용서하시오. 목에 뭐가 걸려……. 아무튼 그런 것이었군. 하기야, 혼인이 처음도 아니었지요? 이미 계비를 맞아들였음에도 태기가 없다면야……. 알겠소."

사신이 애써 꾸며낸 근엄한 표정으로 고개를 끄덕였다.

'조선의 임금이 소문과는 다르게 허우대가 멀쩡하였는데 그런 사연을 가졌단 말인가? 참으로 딱한 노릇이로군. 다른 이도 아닌 왕에게 그런 일이…….'

속으로 생각하던 사신이 개운치 않게 입맛을 다셨다.

숨겨진 문제가 있다 한들 여전히 왕은 젊었다. 당장 몇 년 앞을 내다볼 수 없는 중병에 걸렸다거나, 생의 말년에 다다른 것 역시 아니었다. 까닭이 무엇이든 간에 후계를 정비하기에는 지나치게 이른 시기였다.

'뭐……. 이이명이 청나라에 왔을 때 주고 간 은자가 도합 이만 냥이나 되지 않는가. 이런 민감한 문제에 입을 다물라고 쥐여준 뇌물이겠지.'

청에서 조선으로 파견되는 사신들은 둘 중 하나에 속했다. 호의호식하며 세월을 풍미하는 황국의 종친들, 혹은 환관들. 그는 전자에 속했다. 제게 굽실대느라 바쁜 조선의 대신들에게 융숭한 대접을 받으며 지내다 조공을 챙겨 돌아가면 그만이었다.

"그리고, 상사."

"말씀하시오, 대감."

"말이 나온 김에 청 하나를 드리겠나이다. 숙종께서도 말년에 왕세제를 높이 평가하시어 필히 왕이 될 재목이라 유지를 남기셨나이다. 그러니 조선을 방문하신 김에 왕세제를 만나 양국의 미래를 도모하는 것이 어떻겠습니까?"

"지금 나보고 왕세제를 만나라는 것이오?"

"예, 그러하옵니다."

청사의 눈동자에 의문스러운 기색이 떠올랐다.

"나는 왕조차 하마연에서 만났을 뿐 독대하지 않았소. 이런 상황에 굳이 왕세제를 만나는 게 왕의 심기를 거스르지 않겠소?"

"말씀드렸다시피 왕께서는 심신의 문제가 있어 정사의 많은 일들을 왕세제에게 의지하십니다. 왕세제를 독대하시는 일에 별 걱정은 하지 않으셔도 될 듯하옵니다."

이이명이 태연히 거짓을 읊었다. 비록 노론들로 가득한 조정 속 외로운 임금이었으나 윤은 제 몫의 일을 조용히 해내고 있었다. 정사(政事)는 왕의 힘으로도 능히 잘 돌아가는 중이었다.

"……그대들의 뜻이 정 그러하다면. 알겠소."

청사가 고개를 끄덕였다. 대국의 사신 입장에 제후국 대신의 말을 고분고분 따르는 꼴이 된 듯하여 문득 언짢았지만 그는 생각을 고쳐먹었다. 자존심은 은자와 비단, 동물 가죽을 조공으로 요구할 때 세우면 될 일이다.

"현명하신 처사이십니다, 상사."

"역시 대국의 상사는 남다르십니다."

노론 대신들의 얼굴에 화색이 돌았다.

청나라 황제의 종친이기도 한 사신이 왕이 아닌 왕세제를 독대하고 본국으로 돌아간다. 청 황제가 이윤이 아닌 이금을 조선의 국왕으로 지지한다는 소문을 퍼뜨리는 데 이보다 더 좋은 계책이 어디 있으랴.

"잔치에 술과 여인이 빠지면 서운하지 않겠습니까? 이 김에 잠시 근방으로 출타하심이 어떻겠습니까? 저희들이 상사의 여독을 풀어 드릴 좋은 자리를 마련하여 두었습니다."

다소간 길어진 정치 이야기에 무료한 표정을 짓고 있던 청사의 얼굴에 화색이 돌았다.

"여인이라. 조선의 기생들이 그리 낭창하다는 소리가 대국까지 자자하더오. 내 어찌 거절하오리이까?"

"좋은 생각이십니다. 가십시다, 상사."

청나라의 사신. 조선의 대신. 바라는 것을 얻어낸 그들은 만족스러운 웃음을 띠고 모화관을 떠났다.

* * *

"모두 우리의 뜻대로 착착 진행되고 있소."

"그렇소이다. 청나라 상사가 왕세제를 만났지요? 소론이 우왕좌왕하는 꼴을 보니 실소가 터지더이다. 왕 역시 기절초풍할 만큼 놀랐을 것이오."

"놀란다고 별수 있겠습니까? 청사가 원하여 하는 일에 어찌 토를 달 수 있겠습니까?"

"황제의 뜻마저 이러하니, 역시 하늘은 우리 노론의 편인 듯하오."

"노론과 왕세제의 편이지요. 하하하!"

기방 안에 모여 있던 노론 신료들이 호방한 웃음을 터뜨렸다.

숙종이 예상보다 일찍 승하하고, 왕세자였던 이윤이 왕위를 이어받은 시점 갈팡질팡하던 그들은 평정을 되찾았다.

"소론은 늘 그게 문제입니다. 왕을 모신다는 자들이, 코앞에 위험이 닥친 줄도 모르고 뒤늦게야 소란을 떨어대지요. 발밑에 검은 물이 첩첩하게 고여가는데 그것을 모르고 있으니……."

"곧 그 물살이 머리끝까지 차올라 결국 숨통이 끊어지고 말 겝니다."

노론이 이루어낸 성과는 그야말로 혁혁했다. 그들은 금을 왕세제로 책봉하는 데 성공했고 청의 사신마저 회유하여 그들의 편으로 만들었다.

"그나저나 민간에 떠돈다는 왕과 왕세제를 둘러싼 소문 들었소?"

"아, 우리 노론이 왕을 쳐내고 왕세제를 옹립할 것이라는 소문 말입니까?"

"꽤나 그럴듯하게 살을 붙인 소문이 저자에 나돌고 있었소이다. 노론이 왕을 폐위하여 강화도에 유배할 것이라는 소문까지 돌고 있소. 뭐, 이런 풍문이 돌아 우리에게 좋을 것은 없지요. 아무튼 청사 덕에 이제 그런 소문도 잠잠해질 것이외다."

"외람된 말이나, 문득 실제 그렇게 되어도 나쁠 것은 없겠다는 생각도 듭니다그려."

"하하하! 정말 그렇소."

호탕한 웃음소리가 이어졌다. 곧 또 다른 관료가 입을 열었다.

"그나저나 어유구에게는 비밀을 지키고 있으시지요?"

"어유구요? 그렇다마다요. 그자 앞에선 긴 말을 해선 아니 되오."

부원군(府院君) 어유구. 왕의 장인인 어유구의 이름을 내뱉는 좌중의 반응은 싸늘했다. 채화가 세자빈으로 간택되었던 몇 년 전만 해도 부녀는 노론의 기대를 한 몸에 받았었다. 그러나 상황은 달라졌다.

"어유구를 탓할 것 무어 있겠습니까? 그자야 본분을 지키고 있을 뿐이지요. 왕의 장인 처지에 노론의 뜻만을 좇을 수도 없는 노릇 아니겠습니까. 덕이 있는 자이니 너무 고깝게 보지는 마십시다."

"어유구를 고깝게 보는 이는 아무도 없소. 그 여식이 문제이지요."

"중궁전……. 하."

누군가의 입에서 장탄식이 흘러나왔다.

"그런 여식을 둔 것도 죄요! 자식을 제대로 가르치지 못해 이런 사달을 만들었으니……."

"대체 중전은 무슨 생각을 하는 것일까요? 벼랑 끝에 내몰린 것만도 못한 처지인데 여전히 저리 뻗대고 있으니……."

"생각이랄 게 있겠소? 쓸데없는 자존심만 남은 것이지요. 따지고 보면 안된 여인이긴 하오. 지아비라는 자는 평생 눈길 한 번 주지 않고 다른 여인의 치마폭에만 싸여 지내니……."

"안되었긴 뭐가 안됐다는 겁니까? 그럴수록 훗날을 도모하여 처신하는 것이 궁중 여인의 덕목이오. 대비마마를 보시오. 본디 소론 집안의 여인이나, 시류에 맞게 처신하여 대비로서 존경받는 삶을 살고 계시지 않소?"

"그렇소. 그 말이 맞소이다."

노론 대신들이 연신 고개를 주억거렸다.

"훗날 중궁전도 대비가 될 날이 오겠지요? 아직 스물도 되지 않은 여인이 벌써 그리 꼬장꼬장하니, 나이가 먹어 대비가 되면 참으로 볼만하겠소이다. 미리부터 뒷목이 당기는 것 같소."

"글쎄요."

누군가가 지나가듯 낮은 소리로 중얼거린다.

"대비가 되는 데 그리 긴 시간이 걸리지 않을 수도……."

"으흠……."

모두가 그 말을 들었으나 반응치 않고 마음에 새긴다.

"그나저나 '그자'는 잘 관리되고 있소?"

누군가 입을 열었다.

"그자라니요?"

"그, 영빈께서 은밀히……."

"쉿! 쉬잇! 조용하시오."

"······아. 송구합니다."

관료 하나가 손사래까지 치며 호들갑을 떨었다. 사람들은 이내 꿀 먹은 벙어리가 되었다. 누군가 마른침을 꿀꺽 삼켰다.

그들 사이에 은밀한 비밀이 자리하는 듯하다. 때가 머지않았다.

* * *

선정전(宣政殿) 근방 나뭇가지마다 올라앉은 새소리가 궁궐의 아침을 깨웠다. 늦가을에 접어든 산세는 뿌옇게 빛이 바랬다. 가을이 다 지나고 겨울이 오면 부지런하던 새들도 모습을 감출 것이다.

산허리를 가로지르는 안개가 채 가시지 않은 이른 아침이었다.

대비전에 문안을 드리는 것을 시작으로 조선의 임금은 공식적인 하루 일과를 시작했다. 첫 번째 정무는 하루 사이 들어온 상소들을 살피는 것이었다. 용상에 앉은 윤이 승지(承旨)[11]가 건넨 상소문들을 차근차근 살폈다.

상소는 조선 팔도 각처에서 올라왔다. 매일 궁궐로 쏟아지는 상소의 수만도 하루 수백여 개. 이 중 편전까지 올라오는 상소문들은 승지의 선별을 거친 중대한 내용들이었다.

'······이상하다.'

상소문을 읽고 있는 임금과 편전 양편에 늘어앉은 신료들. 윤의 주변에서 시선을 떼지 않던 황가가 천천히 숨을 고른다.

왕의 매 순간에 함께하는 호위무사 황가. 황가는 용상의 왼쪽, 왕이 드나드는 문 앞에 석상처럼 버티고 서 있었다.

문(文)에 비해 무(武)가 천대받는 시절이었다. 본디 대신들은 왕의 호위무사가 편전 밖이 아닌 내부까지 들어와 있는 것에 대해 극렬하

---

11 승정원의 정삼품 관직.

게 반대했다. 평소 뜻을 강력하게 피력하는 일이 드문 임금이었으나, 왕은 황가에 대한 일만은 고집을 꺾지 않았고 뜻을 관철시켰다.

황가는 윤의 그림자와 같았다. 단지 왕의 뒤를 밀접하게 따라다니는 까닭에 그림자라 불리는 것만은 아니었다. 입궐한 지 어언 삼 년의 시간이 흘렀으나 황가의 모습은 세자익위사 하급 무관 시절과 달라지지 않았다. 살수를 연상케 하는 검정 일색의 복장, 아무리 노력해도 말을 듣지 않고 뻗쳐 나오는 억센 머리칼, 감정이 없는 사람 같은 무색무취의 표정, 지극히 절도 있는 태도. 그는 죽지 않은 유령 같았고 살아있는 그림자 같았다.

그런 황가의 눈빛이 오늘 미묘하게 다르다.

'평소 같지 않아.'

재차 훑어보았으나 이상하다. 편전의 분위기는 그간의 모습과 완연하게 달랐다.

팔도 방방곡곡에서 올라오는 상소를 읽는 것은 백성들의 목소리에 몸소 귀 기울이는 것과 같다. 그러므로 웬만큼 중한 일이 있지 않는 한 대신들은 왕을 방해하지 않으려 애쓰기 마련이었다.

그러나 이날 편전에 깔린 고요는 평소와 다른 성질을 띠고 있었다. 모자란 잠과 격무, 혹은 전날의 취기에서 오는 침묵이 아닌 등줄기를 오싹하게 하는 긴장에서 비롯된 침묵. 활시위를 힘이 허락하는 극한까지 팽팽하게 당긴 듯한 숨 막히는 적막이 편전을 휘감고 있었다.

'이자들은…… 무언가를 기다리고 있어.'

촤락- 순간, 윤이 손에 들고 있던 상소문을 허공에 들어 올렸다. 비단으로 겉을 댄 두루마리가 주르르 펼쳐졌다.

"집의(執義)[12] 조성복 영감."

"예, 전하."

12　사헌부 종삼품 관직.

"경이 올린 상소를 몸소 읽어보시오."

조성복은 노론 주류 대신들 중 비교적 젊은 나이에 속하는 이였다. 그가 입술을 깨물며 마른침을 삼킨다. 그러나 각오 없이 전장에 뛰어들지는 않았으므로-

"분부 받잡겠나이다."

그가 기꺼이 왕이 내민 상소문을 받아 들었다. 편전에 늘어선 신료들의 시선이 그에게 집중되었다. 잠시 뜸을 들인 조성복이 상소를 읽어 내리기 시작했다. 그는 이 상소문을 올리며 목숨을 내걸었다.

ㄷ)"전하께서 종묘사직을 중히 여기시어 위로는 선왕의 유지를 잇고 안으로는 자전(慈殿)[13]의 뜻을 받들어 왕세제를 책봉하였으니 이는 실로 현명하고 복되신 행동임이 틀림없습니다."

편전에 맴돌던 긴장의 원인이 저것이던가.

미동 없이 서 있던 황가가 힐끔, 왕의 용안을 바라본다. 그러나 윤의 얼굴은 황가 못지않게 무표정했다. 자리에 앉은 누구도 왕의 마음을 읽을 수는 없을 것이다.

"다만 무엇보다 중요한 것은 종사의 안정입니다. 오늘날 왕세제는 전하께서 정사에 참석하셨을 때보다 나이가 훨씬 많습니다. 그러니 앞으로 정사를 돌보실 때 왕세제를 곁에 두시옵소서. 옳고 그름을 판단하도록 일을 가르치면 왕세제께서 나랏일에 보다 익숙해질 것입니다."

윤의 표정에서는 여전히 어떠한 색(色)도 읽을 수 없다. 그러나 평소 쉽게 변하지 않는 황가의 미간에는 깊은 골이 패어 있었다. 비단 황가뿐 아니라 대부분 소론들의 얼굴에는 경악에 찬 표정이 떠올라 있었다.

그사이, 읽기를 마친 조성복이 상소문을 잘 말아 다시 임금에게 건넸다.

"전하께서는 신의 뜻을 깊이 두시고, 대비의 뜻을 물으신 후에 결

---

13 대비를 뜻함.

정하시옵소서.”

조성복은 말을 빙빙 돌리고 있었다. 온갖 미사여구를 동원한 상소의 요점은 분명했다. 왕세제를 곁에 두라는 것, 즉 정치의 중심부로 데려오라는 것. 그것은 왕세제에게 국정을 일부, 혹은 전부 맡기라는 것이나 마찬가지였다.

노론이 청하는 바는 분명했다. 왕세제를 책봉하였을 때와 똑같은 방식으로 그들은 윤을 압박하고 있었다. 그리고 이번의 요구는 보다 무례하고 노골적이었다.

왕세제의 국정 참여.

전례가 없는 일이었다. 이토록 젊은 왕에게 후계자를 곁에 두고 국정을 맡기라 운운하는 것은 곧 왕위에서 물러나 상왕(上王)이 되라는 뜻에 다르지 않다.

“그리하여.”

순간 윤이 편전에 가득 고인 침묵을 깼다.

“이는 왕세제에게 대리청정을 명하라는 뜻이오?”

“…….”

“하여 과인에게 정무에서 손을 떼라는 뜻이오? 아니면 상왕으로 물러나라는 뜻이오?”

“저, 전하!”

신료들 사이에서 황망한 목소리가 들려왔다. 조성복은 대꾸하지 못하고 마른 입술을 핥았다.

목숨을 내걸고 올린 상소였으나 이런 반응을 예견하지는 않았다. 왕세제 책봉 때와 같이 왕이 제 처지를 깨닫고 무력하게 굴복하기를 바랐던 것이다. 이토록 냉소적이고도 직설적인 반문은 미처 예상하지 못했다.

“그, 그럴 리가 있겠습니까? 소인은 그저 왕세제를 가까이 두시어 정사를 가르치시라는 의미로…….”

그때였다. 윤이 한 손을 들어 조성복의 말을 중지시켰다. 웅성대던 신료들의 시선 역시 용상으로 집중되었다.

윤은 속을 알 수 없는 표정을 한 채 잠시간 편전을 응시했다. 등줄기를 타고 치솟아 오르는 서늘한 긴장감. 왕이 무슨 생각을 하고 있는지 편전에 모여 앉은 자들은 과연 알까. 윤이 마침내 입을 열었다.

“과인은.”

이날을 오래도록, 애타게 기다려왔노라.

참을 인(忍) 천 개가 모이는 날을.

“왕세제에게 대리청정을 명한다.”

* * *

“일이 대체 어떻게 돌아가는 것입니까?”

“……으흠.”

깊은 밤. 한성의 모처.

모여 앉은 이들은 이이명, 김창집을 비롯한 노론의 주요 인사들이었다. 왕세제 책봉 이후 들떠 있던 그들의 분위기는 확연히 가라앉아 있었다.

“임금의 뜻은 변함없소?”

“아직까지는…… 그렇습니다.”

“늦은 시각에도 불구하고 우의정 조태구가 입궐하였다 합니다. 우의정은 평생 왕을 보필한 자 아닙니까? 그런 조태구가 병든 몸을 이끌고 눈물로 호소하고 있으나 여전히 뜻을 굽히지 않는다고…….”

“왕은 무슨 생각을 하고 있는 것이오? 일국의 임금이라는 자리가 엿 바꿔 먹듯 상소문 하나에 내놓을 수 있는 자리란 말이오?”

누군가 분노에 차 으르렁댔다. 그러나 왕세제를 국정에 참여시키라는 상소를 올린 것은 다름 아닌 노론, 그들 자신이다.

"애당초 조성복은 어찌 그런 상소를 올려 사달을 자초한 것인지……."

"그 상소문이 어찌 개인의 생각에서 나온 것이겠습니까? 노론 대신들의 뜻을 수렴하여 젊은 조성복이 목숨을 걸고 올린 상소입니다! 일이 그르치는 낌새가 보이니 발을 빼시려는 겝니까?"

"어허, 발을 빼다니! 어찌 그런 경박한 말을 하시는 것이오?"

왕을 탓하고, 조성복을 탓하던 이들은 급기야 말싸움을 벌이며 서로를 비난하기 시작했다.

"조용, 조용들 하시게."

핏대를 세우는 이들 사이로 이이명이 끼어들었다.

"우리끼리 분열하고 싸워봤자 해결되는 것은 아무것도 없네. 진정하게."

일단 말을 꺼내긴 했지만 이이명 역시 난감하기는 매한가지였다.

-과인은 왕세제에게 대리청정을 명한다.

대리청정을 시키겠다는 말은 곧 왕이 국정 일선에서 물러나겠다는 말과 같았다. 윤은 그토록 힘들게 쟁취한 왕좌를 상소 하나에 곧바로 내려놓겠다 선언한 것이다.

"한데……. 실제로 왕이 국정에서 손을 떼고 왕세제에게 대리청정을 맡긴다면, 차라리 잘된 일이 아닙니까?"

젊은 사대부 하나가 자못 이해 가지 않는다는 듯 물었다.

"그리 간단한 문제였다면 우리가 이 시간까지 모여 머리를 맞대고 있겠는가?"

"어차피 우리 노론이 바라던 일 아닙니까? 기왕 이리된 김에 밀고 나간다면……."

아직 세상을 모르는 듯한 젊은 사대부의 발언에 나이 든 노론 대신이 인상을 찌푸렸다.

"하나는 알고 둘은 모르는군."

모든 일에는 순서가 있는 법이다. 왕위가 계승되는 과정은 모든 신민들이 납득할 수 있을 만큼 물 흐르듯 자연스러워야만 했다. 왕위와 관련해서 무엇보다 중요한 것은 정통성이었기 때문이었다. 일단 왕세제를 국정을 배운다는 명목으로 정사에 참여시키는 것이 우선. 왕세제는 능력을 발휘할 것이고, 권력의 추는 차차 왕에서 세제에게로 넘어갈 것이다. 대리청정은 이후의 문제였다.

그것이 노론이 상소문을 올리며 예상했던 그림이었다.

"안 그래도 백성들 사이에서는 노론이 임금을 폐위할 음모를 꾸민다는 소문이 돌고 있네. 이런 와중에 덜컥 왕세제 대리청정의 명이 내려온 것이야. 그것도 상소가 올라가자마자 기다렸다는 듯 바로……. 백성들에게 작금의 상황이 어찌 보이겠는가? 노론이 왕세제와 결탁하여 왕을 쫓아내는 것처럼 보일 것 아닌가?"

"……."

"이런 상태로 왕세제가 대리청정을 하게 된다면 왕위를 찬탈했다는 말을 들을 수밖에 없네. 자칫하면 역심(逆心)을 품었다는 소리를 들을 수도 있는 일이지."

누군가 깊은 한숨을 내쉬었다. 좌중에는 싸늘한 침묵이 내려앉았다.

"아무래도 우리가 자만하여 섣불리 행동한 듯싶으이다."

노론 사대부들의 표정에 수심이 드리웠다. 이윽고 이이명이 입을 열었다.

"본의는 아니었으나 일이 이렇게 되었으니, 방법은 하나뿐이오. 모두 임금 앞에 나아가 대리청정의 명을 거두어달라 요청하는 수밖에."

"……정녕 그 방법뿐이겠지요?"

"그렇소. 지금은 자존심을 따질 때가 아니오. 자칫하다간 조성복 하나가 아니라 왕세제 저하의 처지까지 위험해질 수 있으니……."

"그럴 수는 없지요. 날이 밝으면 모두 대전으로 나가 임금께 청을 올립시다."

"그래야 하겠소. 임금이 부디 뜻을 거두기를……."

마침내 뜻을 모은 노론 사대부들이 자리에서 몸을 일으켰다.

그들의 대부분은 윤을 임금으로 인정하지 않는 자들이었다. 그러므로 좌중의 표정은 몹시 어두웠다.

"왕의 속내를 잘 모르겠습니다. 근래 들어 정사를 돌보는 데 지친 모습을 보이지 않았습니까? 혹시 국정에서 손을 떼고자 하는 것이 왕의 진심은 아니겠습니까?"

"누가 그 속을 알겠습니까? 워낙 긴 시간 정쟁의 중심에 있었으니 모든 것이 지겨워진 것일지도……."

"한데, 만일 왕이 때를 기다리고 있었던 것이라면……."

누군가 혼잣말처럼 중얼거렸다.

"무슨 때를 기다린다는 뜻입니까?"

"뭐……. 노론이 실수를 범하기를 말이오. 때를 도모하기 위해 긴 세월 무기력한 모습을 연기해온 것이라면……."

순식간에 찬물을 끼얹은 듯 좌중이 고요해졌다. 말을 꺼냈던 자가 쿨럭 헛기침을 했다.

"뭐, 그렇지나 않을까 생각해본 것이니 크게 마음 쓰지 마십시오. 이만 들어들 가십시다."

개운치 않은 뒤끝을 남긴 채 노론들은 자리에서 일어났다.

'무사히 지나가면 좋으련만.'

머릿속이 복잡하다. 멈춰 선 이이명이 생각을 가다듬었다.

'왕을 지나치게 얕잡아 보고 있었던 게다.'

이윤이 누구인가. 그의 아비는 손아귀 안에 신료들의 목숨 줄을 쥐락펴락하던 대왕 숙종. 또한 그의 어미는 미모와 세 치 혀로 서인을 몰락시킨 희빈 장씨 아니던가.

'최후의 수단만은 쓰지 않게 되기를.'

노론들은 인적이 끊긴 한성 밤거리로 그림자처럼 스며들었다.

그사이 희붐한 새벽이 밝고 있었다. 새로운 날이.

ㄹ)어제 뜻밖에 내리신 차마 듣지 못할 하교에, 신은 놀라고 두려워 감히 몸 둘 바를 모르겠나이다. 신은 학문이 어둡고 지식이 부족하여 감히 전하의 명을 받들어 감당할 수가 없사옵고…….

윤이 상소문을 내려놓았다. 상소문은 왕세제로부터 올라온 것이었다. 윤이 대리청정의 비망기(備忘記)를 내린 지 하루 만의 일이었다.

"전하, 소인 문 내관이옵니다."

"무슨 일이더냐?"

"김창집, 이이명을 비롯한 노론 대신들이 알현을 거듭 청하고 있사옵니다."

노론 사대신은 스무 명에 달하는 신료들을 이끌고 빈청에 나타났다. 그들이 임금과의 만남을 청한 것이 아침에만 도합 세 번째.

"물러가라 전하라."

그러나 윤은 받아들이지 않았다.

왕세제에게 대리청정의 명을 내린 이튿날. 왕이 잠시 대조전을 떠나 머무르고 있는 창경궁 환경전 앞에 몰려든 신료들의 행렬에서는 비장한 기운이 느껴졌다. 소론은 물론이거니와 사건의 단초를 제공한 노론마저 대리청정의 명을 거두어달라 애원했다.

창경궁 진수당(進修堂). 두문불출 중인 임금을 알현하고자 모여든 대신들의 수가 수십이었다.

"벌써부터 바깥 낌새가 심상치 않소……. 왕세제가 역심을 품어 왕이 되려 한다는 괘서가 여러 개 나붙었소이다."

"이러다 정녕 큰일 나겠습니다! 어서 왕을 만나 마음을 돌려야 합니다."

"조성복을 파직하고 유배 보내라는 소론 사대부들의 상소가 일곱 차례나 올라왔습니다."

"이때다 싶어 달려드는 것이지요. 상소를 올린 당사자이니 별수 없는 일입니다. 몸을 낮추고 훗날을 도모하는 수밖에……."

그때였다.

"주상 전하 납시오!"

바깥에서 들려오는 내관의 음성. 신료들이 다급히 자세를 가다듬었다.

이내 평복 차림의 윤이 경내에 모습을 드러냈다. 그토록 긴 시간 애를 태운 끝에 나타난 왕의 태도에는 기묘한 여유가 느껴졌다.

"전하. 무릇 국가는 전하의 것이 아닌 조상들의 피땀이 서린 것이며, 옥새의 주인 역시 사람이 아닌 하늘이 내는 것이옵니다. 왕세제 대리청정의 명을 거두지 않으신다면 소인에게는 죽음이 있을 뿐입니다."

"이토록 많은 신하가 명을 거두시기를 청하고 있사옵니다. 전하, 청컨대 대리청정의 명을 거두어주시옵소서!"

"통촉하여주시옵소서, 전하!"

윤은 말이 없다. 그저 고심하는 시선으로 신료들의 얼굴을 바라볼 뿐이었다. 조태구와 같이 소론으로서 윤을 지켜온 자들의 얼굴과 이이명, 김창집과 같이 평생의 정적인 노론들의 얼굴을.

윤의 눈길을 느낀 것일까. 이이명이 고개를 들었다.

"전하, 신 이이명 아뢰옵니다. 전하께서 내리신 비망기를 받은 왕세제는 눈물까지 보이며 괴로워하였나이다. 전하의 춘추가 젊고 한

창때이시니, 부디 뜻을 거두시어 종묘사직을 보전하시옵소서."

"……."

실소가 나올 듯하다. 다른 이도 아닌 이이명이 제게 종묘사직을 보전하라 말하다니. 윤은 가까스로 평정을 유지했다.

"전하. 조성복이 올린 상소 탓에 국정에 큰 차질이 빚어졌나이다. 조성복은 파직하여 귀양 보내시고, 왕세제에게 내렸던 대리의 명은 부디 거두시어……."

왕세제에게 국정을 맡기라는 상소가 올라온 지 고작 하루. 눈 깜빡할 사이 얼굴을 바꾼 노론은 왕위를 지키라 애원하고 호소한다.

"전하. 부디 명을 거두소서!"

"명을 거두어주시옵소서!"

"명을 거두신 후에야 백성들의 물결치는 마음이 진정될 수 있을 것이옵니다. 부디 명을 거두어주십시오, 전하."

마침내 윤이 결심한 듯 입을 열었다.

"그리하겠노라. 왕세제 대리청정의 명을 거둔다."

"전하!"

"성은이 망극하옵니다, 전하……."

용무가 끝났다는 듯 윤이 자리에서 일어섰다. 노소론 할 것 없이 왕의 성은을 부르짖으며 머리를 조아린다. 언제부터 이리 노론의 신임을 받는 임금이었나 싶어 윤은 속으로 실소했다.

"어디로 가십니까, 전하?"

신료들을 뒤로한 채 진수당을 나서는 윤의 곁으로 황가가 한달음에 달려왔다.

"대조전으로 다시 이어(移御)[14]하겠다. 그리고, 황가."

"예, 전하."

---

14 임금이 거처하는 곳을 옮김.

"김일경 영감에게 은밀히 다녀와라."

"예, 하교하시옵소서."

윤이 황가의 곁으로 얼굴을 가까이했다.

"그에게 전하라."

황가는 귓전에 들려오는 어명에 귀를 기울였다.

"……때가 되었다고."

밤이 찾아왔다. 궁궐은 언제 그랬냐는 듯 본래의 모습으로 되돌아왔다.

대리청정의 명을 거두라는 읍소로 가득 찼던 편전 일대 역시 어둠에 파묻혔다. 궁궐은 물론 나라마저 들썩이게 했던 소요마저 삼켜버린 궁궐의 겨울밤은 차고 고즈넉했다.

"순심아."

"예, 전하."

"이리 좀 더 가까이 와라."

그러나 낙선당의 겨울밤은 차갑지 않았다. 꽁꽁 문을 걸어 잠근 탓도, 잔뜩 군불을 땐 탓도 있겠지만 무엇보다 방 안을 후덥지근하게 만드는 것은 연인의 포개진 몸에서 비롯된 열기였다.

방금 길고 아득했던 순간이 지났다. 달콤한 쾌락이 폭설처럼 쏟아져 그들을 뒤덮었다. 모로 누운 채 거친 숨을 고르던 윤의 손길이 순심을 끌어당겼다. 흐느끼듯 흔들리던 순심의 몸이 그의 품 안에서 축 늘어졌다.

"너는 과인을 연모하느냐?"

윤이 한 번도 한 적 없는 질문. '어찌 그런 질문을 하시냐'는 듯 동그래진 눈으로 그를 보던 순심이 고개를 끄덕거렸다.

"연모합니다. 어찌 그런 당연한 일을 물으십니까?"

"사랑이라는 감정이 언제부터 당연한 일이 되었더냐?"

"음……. 전하를 만난 이후 신첩에게는 늘 당연한 일이었습니다."

윤이 물끄러미 그녀를 응시한다. 그녀의 눈동자는 흔들리지 않는다. 오직 진실만을 담은 채.

"그런 생각이 들었다. 우리가 처음 만났을 때 나는 이미 왕세자였지. 그렇기에 너에게 선택의 여지가 없었던 게 아닐까, 하는……."

"그렇게 생각하신다면……. 신첩은 서운합니다."

"어떤 점이 서운하더냐?"

"저는 확신하니까요. 전하를 만난 곳이 궁궐 한복판이 아니고, 제가 궁녀의 처지가 아니라 해도……."

"나를 사랑하였을 것이라고?"

반문하며, 윤은 순심의 곁으로 더 가까이 몸을 밀착했다.

"예. 그럼요."

귓불과 볼 위에 느껴지는 윤의 숨결. 이내 뺨에 와 닿는 입술의 감촉에 잠시 눈을 감았던 순심이 윤에게 물었다.

"전하, 무슨 일이 있으십니까?"

"무슨 일이 있는 것 같으냐?"

"아까부터 느끼고 있었는데, 전하의 표정이며 말투며……. 오늘 평소와 다르십니다."

"다르다고?"

"예, 다릅니다. 좋은 쪽으로요."

"흐음."

윤이 순심의 허리에 팔을 감았다. 뜨거운 온도, 뜨거운 몸, 뜨거운 마음에 녹아 낭창해진 순심의 몸이 부드럽게 휘감겨왔다. 풀어진 순심의 검은 머리칼이 윤의 가슴팍 위에 흩어졌다.

"어제 왕세제를 정사에 참여시키라는 노론의 상소가 올라왔다. 나는 바로 왕세제에게 대리청정의 명을 내렸지.”

품에 안긴 그녀의 몸이 바짝 긴장하거나 당황할 것을 예상하였지만 순심에게서는 별다른 반응이 느껴지지 않았다. 단지 윤의 표정을 살피려는 듯 얼굴을 들었을 뿐.

“순심이 너는 어떠냐? 만약 내가 왕의 자리에서 물러난다면 말이다. 그리하여 상왕이 된 내 여인으로 머물게 된다면…….”

“전하, 소인은 좋습니다.”

“좋다고?”

“예, 참 좋습니다.”

윤이 순심의 까만 눈동자를 응시했다. 오늘따라 바닥이 보이지 않는 우물처럼 새까만 눈동자. 그 속에 무슨 생각이 담긴 것인지 좀체 보이지 않았다.

“얼마 전에 나에게 말하지 않았더냐? 내 뜻이 아닌 타인의 뜻에 굴하지 말고 원하는 것을 포기하지 말라고……. 그렇게 말한 지 며칠이 지나지 않았거늘 어찌 오늘은 또 좋다 말하느냐?”

“전하께서 그것을 마음 편해하시는 듯해서요.”

“내가?”

“예. 오늘 침소에 드신 내내……. 전하의 모습이 평소와 다르다 느꼈습니다. 평소보다 확연히 여유로우신 듯했고 지치고 피로하신 기색 역시 느껴지지 않았습니다.”

“그랬더냐?”

“예. 전하를 이렇게 기분 좋게 만드는 일이라면……. 소인은 좋습니다. 어떤 삶이라도요. 전하께서 행복하신 것이 우선입니다.”

순심의 얼굴을 내려다보던 윤의 입가가 부드럽게 꿈틀거렸다. 이어 입술을 따라 맑은 웃음이 번졌다.

“내 무슨 일로든 네게 거짓을 말할 생각은 말아야겠다. 이리 내 속내를 잘 읽어서야……. 너를 속여야 할 때는 아예 네 앞에 나타나지 않는 수밖에 없겠구나."

윤이 조용히 투덜거렸다.

"무슨 일 때문에 그러시는지는 정녕 알려주지 않으실 겁니까, 전하?"

"알려주지 않을 생각이다, 순심아."

"치이……."

순심의 입술이 뾰로통해졌다.

배죽 내밀어진 탐스러운 붉은 입술, 여인의 드러난 어깨며 목덜미에서 올라오는 포근한 살 냄새. 그리고 세상 모든 소리들이 겨울밤 속으로 빨려 들어간 듯 고요한 밤.

"……이리 바깥이 적막한 것을 보니, 눈이 오는가 보다."

순심을 품에 안은 채 윤은 침소의 문을 살짝 열었다. 언제부터 내리기 시작한 것일까. 눈이 오고 있었다- 새하얀 적요가 사락사락 쌓여간다.

"내일이 되면."

"내일이요?"

"그래, 내일이 되면 순심이 너도 알게 될 것이다. 내가 어찌하여 다르게 느껴졌는지."

손가락 한 마디만큼 열린 문밖, 낙선당 뜰 곳곳에 흩날리는 흰 눈.

눈부신 새날이 밝고 있었다.

* * *

간밤에 내린 눈이 궁궐 안을 새하얗게 뒤덮은 이른 아침.

"저게 무슨 꼴이오? 이 엄동설한에……."

옷깃을 여민 채 종종대며 등청하던 벼슬아치들의 걸음이 느려졌다. 근래 보기 드문 풍경이 그들의 발길을 잡아맨 탓이었다.

"자, 잠깐! 아니, 저자는 김일경이 아니오?"

"저자가 꺼내든 것이 무엇이요? 서, 설마 석고대명(席藁待命)이라도 하겠다는 것이오?"

경악에 찬 신료들의 시선이 김일경에게 집중되었다. 그러나 김일경은 개의치 않는다. 그에게서는 굳센 의지가 느껴졌다. 어깨를 편 김일경이 대전 앞에 무릎을 꿇었다. 경건하고도 단호한 태도였다.

촤라락- 그의 손에 들려 있던 상소문이 펼쳐졌다.

"전하! 전하께옵서 비록 대리청정의 명을 거두셨지만, 그 원인이 노론 조성복의 무도한 상소에 있다는 사실은 변하지 않습니다. 이번 일로 노론 사대신을 비롯한 자들이 전하의 치세를 인정치 않고 얕보는 마음을 가졌음이 명백히 드러났나이다. 어찌하여 죄를 지은 자들이 대가를 치르지 않고 감히 궁중을 활보하여……."

다시 쏟아지기 시작한 눈발도, 차디찬 칼바람도 그의 기세를 감히 꺾지 못한다.

"신 김일경, 목숨을 걸고 전하께 청하옵니다!"

김일경의 목숨을 걸고. 기나긴 세월, 굴욕을 참고 견뎠던 왕의 이름을 걸고.

"김창집, 이이명, 조태채와 이건명! 소위 노론 사대신이라 불리는 이들을 혁파하여 파직하시고, 유배 보내 정당한 죄의 대가를 치르도록 하소서. 전하, 부디 신의 뜻을 통촉하여주시옵소서!"

* * *

일 년 전, 즉 윤이 보위에 오른 지 몇 달 지나지 않은 가을의 일이었다.

상소 하나가 편전을 뒤흔들었다. 희빈 장씨를 사사한 것은 숙종대왕의 큰 업적이니, 제문에 장씨의 죄를 낱낱이 밝히지 않은 것은 그릇된 일이라 비판하는 내용이었다. 아무리 죄인이라 불릴지언정 희빈 장씨는 왕의 생모였다. 이는 희빈 장씨는 물론이거니와 임금까지 욕보인 것이나 다름없었다.

상소를 올린 자는 약관을 갓 넘긴 윤지술(尹志述)이라는 성균관 유생.

크게 분노한 윤은 윤지술을 벌하고자 했으나 이는 노론과 성균관의 격렬한 반발을 불러일으켰다. 노론은 윤지술을 감쌌고, 성균관 유생들은 수업을 거부하며 권당했다. 결국 윤은 윤지술에게 내렸던 처분을 취소할 수밖에 없었다.

-윤지술에게 내렸던 형벌을 중지하라. 명을 거두어들인다.

그는 이를 악물고 낮은 음성으로 하교했다. 생모를 모욕한 자에 대한 벌을 거두어들이는 윤의 얼굴은 창백했고 입술은 파리했다. 그 순간의 왕의 표정은 노론 사이에 두고두고 웃음거리로 회자되었다.

그날로부터 일 년.

노론 사대신을 처결하라는 김일경의 호소가 들려오는 편전. 용상에 올라앉은 윤은 윤지술에 대한 처벌을 번복하던 순간을 떠올리고 있었다.

생모의 죽음을 조롱한 자를 벌할 수조차 없었던 나약한 왕. 명을 거두어들인다는 말을 꺼낼 때 날것처럼 치밀어 올라 펄떡대던 굴욕감. 그날의 분노는 결코 사라지지 않고 윤에게 각인되어 있었다.

그는 절대 잊지 않았다. 비단 일 년 전의 일뿐만이 아니었다. 열네 살, 어머니의 죽음으로부터 시작된 무수한 치욕들. 차곡차곡 납덩이처럼 쌓인 모멸감은 윤의 마음을 저 밑바닥으로 추락시켰다. 그 참혹한 바닥에서 그는 기다리고 또 기다려왔다.

이제 인내의 시간은 끝났다.

"전하, 노론 사대신을 파직하시고 죄를 물으시옵소서!"

신료들이 드나드는 문 사이로 보이는 김일경의 모습. 눈보라를 뚫고 들려오는 목소리는 우렁찼다.

용상에 앉아 있던 윤이 발밑을 내려다보았다. 이이명과 김창집은 여느 때와 같이 일찌감치 등청하여 있었다. 그들은 가장 높은 벼슬에 올라앉은 자들이었으므로 왕의 용상 바로 아래 자리하고 있었다.

"부디 신의 뜻을 통촉하여주시옵소서!"

거듭 들려오는 김일경의 목소리.

윤의 시선이 이이명과 마주쳤다. 예상치 못한 기습은 천하의 이이명의 얼굴마저 황망하게 물들였다. 그러나 그를 보는 윤의 시선에는 조금도 흔들림이 없었다.

윤이 웃는다. 기쁜 얼굴로, 잔인하게.

참을 인 천 개가 모이면, 시국이 뒤바뀌고 새로운 세상이 온다던가.

"김일경의 뜻을 들었으니, 내 기꺼이 가납(嘉納)하겠다."

그것은 윤의 혈관에 흐르고 있는 아비 숙종대왕의 피. 즉, 환국(換局)이었다.

* * *

편전의 공기는 오싹할 만큼 싸늘했다. 신료들은 여느 때와 같이 용상 양편에 늘어앉았다. 그러나 임금과 가장 가까운 곳에 위치한 노론 사대신의 자리는 비워져 있었다.

하루 사이에 믿기지 않을 만큼 많은 일이 일어났다. 이이명, 김창집, 이건명, 조태채. 노론의 기둥 넷이 순식간에 뽑혀 나갔다. 노론 사대신을 파직하는 것은 곧 조정의 근간이 뒤바뀐다는 것을 뜻한다. 명을 거둘 것을 청하는 상소가 거듭 올라왔다. 그러나 왕은 김일경을 이조참판(吏曹參判)에 제수(除授)하는 것으로 화답했다.

노론은 극도의 긴장에 휩싸였다. 그들은 한동안 중전의 아비라는 까닭으로 멀리하던 어유구에게 마지막 희망을 걸었다.

"전하, 신 어유구 감히 진언드리고자 합니다."

"말씀하시오, 부원군."

왕의 윤허가 떨어졌다. 이상할 만큼 거대해 보이는 용상을 향해, 어유구는 조심스레 입을 열었다.

"이이명과 김창집, 이건명, 조태채는 그간 국정을 위해 노고를 아끼지 않은 자들이었습니다. 긴 세월 나라에 헌신한 이들입니다. 어찌하여 믿을 수 없는 상소 하나에 모두 내치실 수 있단 말입니까? 부디 사대신에 대한 파직의 명을 거두어주시옵소서."

"……."

왕에게서 답이 돌아오지 않아 어유구는 고개를 들었다. 윤과 눈이 마주친 그의 시선이 크게 흔들렸다.

눈앞의 앉아 있는 이는 왕이되 그들이 아는 왕이 아니다. 윤의 눈빛은 강렬했다. 묵묵하고 고요하며 침묵을 좋아하던 왕은 사라졌다. 그저 용상에 앉아 있을 뿐임에도 윤의 분위기는 완전히 달라져 있었다. 조선의 임금이 저렇게 거대한 자였던가- 어유구는 새삼스럽게 상기한다.

그를 내려다보던 윤이 천천히 입을 열었다.

"내 뜻이 이미 결정되었으니 번거롭게 하지 마시오."

단호한 목소리였다. 어유구는 잠시 할 말을 잃었다.

"하오나, 전하……."

"부원군."

"예, 전하."

윤의 음성은 평소보다 조금 컸지만, 날이 서 있다거나 음험하지는 않았다. 오히려 무심한 듯 건조하게 들렸다.

"중궁전을 보아 한 번은 참겠으나 더 이상의 말은 듣지 않겠소."

"……예, 전하."

"또한 내 친히 이 자리에서 명할 것이 있으니 경들은 들으시오."

"예, 전하."

윤이 차분한 시선으로 편전을 훑어보았다.

지난 일 년 간 그는 이 순간을 기다렸다. 그럼에도 기쁘거나 통쾌하다기보다는 담담한 기분이었다. 해야 할 일을 할 뿐이다. 윤이 지극히 평온한 표정으로 입을 열었다.

"과인의 생모를 욕보였던 성균관 유생 윤지술을 나라의 형벌로 다스릴 것을 명한다."

이 말인즉슨, '윤지술을 참형하라'라는 것과 다르지 않았다.

모두에게 닥쳐든 섬뜩한 깨달음을 확인해주는 왕의 목소리. 그것은 신호탄이었고 전조(前兆)였다. 관직을 잃는 자는 이이명과 노론 사대신뿐이 아닐 것이다. 목숨을 잃는 자 역시 윤지술 하나만은 아니리라. 노론과 소론 할 것 없이 모인 자들 사이로 전율이 일었다.

비로소, 환국의 시작이었다.

* * *

뿌연 입김마저 순식간에 얼어붙는 것 같은 혹독한 날씨였다. 드문드문 눈발이 휘날리는 길목. 사람들은 목을 움츠린 채 길게 이어지는 행렬을 주시하고 있었다.

"지난 임금님 때도 그러더니만 또 세상이 뒤바뀔 건가 보네."

"그 아들에 그 아비라지 않아? 핏줄이 어디 가겠어?"

"나는 새도 떨어뜨린다던 양반들이 저러고 있는 걸 보니, 참 인생사 부질없구먼."

길가에 모여든 사람들 사이로 지나가는 것은 다름 아닌 유배 행렬. 이이명, 김창집, 조태채를 실은 세 채의 함거(檻車)[15] 뒤로 금부 관원들이 뒤따랐다. 마침 청에 사신으로 가 있던 이건명은 돌아오는 즉시 유배지로 이송될 예정이었다. 이이명은 남해로, 김창집은 거제로, 조태채는 진도로. 평생 노론을 위해 투신했던 이들의 유배지는 각각 달랐다.

덜컹- 함거의 바퀴가 돌부리를 밟아 기우뚱했다. 크게 몸이 흔들리는 바람에 내내 눈을 감고 있던 이이명이 눈꺼풀을 들어 올렸다.

"허······."

이이명의 입에서 탄식 같기도, 웃음 같기도 한 소리가 흘러나왔다.

이이명은 이미 두 차례 유배를 겪었다. 그가 처음 유배형에 처해져 먼 길을 떠났던 것은 무려 삼십 년 전, 젊은 시절의 일이다. 기사환국(己巳換局)[16]의 칼바람이 몰아칠 때 이이명 역시 파직되어 남해로 유배를 떠났다. 희빈 장씨의 아들인 이윤을 원자로 책봉하려는 숙종의 뜻에 반대했기 때문이었다. 이이명은 유배지에서 오 년을 보내고 인현왕후가 복위된 후에야 돌아올 수 있었다.

"악연이지."

이이명이 나지막하게 중얼거렸다. 세 살 어린 나이로 그에게 유배의 고통을 안겨주었던 이윤. 이제 왕이 된 그가 다시금 이이명에게 칼을 들이댄 것이다.

문득 이이명은 떠올린다. 용상에 올라 앉아 붉은 용포를 늘어뜨린 채, 김일경의 뜻을 가납한다 답하던 왕 이윤. 평소 눈이 마주칠 때마다 속내를 내보이지 않고 시선을 돌리던 윤은 그 순간 이이명을 마주 보며 서늘하게 웃었다.

'하오나, 전하. 최후에 웃는 이가 정녕 누가 될지는 아직 모르는

---

15 죄인을 이송하는 수레.

16 숙종15년 이윤을 원자에 봉하는 문제를 계기로 남인이 서인을 몰아내고 집권한 사건.

일이오.'

이미 두 번의 유배에서 돌아와 조정의 정점까지 올라갔던 그였다. 이이명은 환갑을 넘겼으나 여전히 기력이 왕성했고 생각에 흐트러짐이 없었다. 그는 귀환을 확신했다.

'걱정할 것 없다. 혹시 모를 일을 대비하여 두었으니.'

만에 하나 이이명이 생을 다하게 되더라도 사대신 중 남은 삼인이 있다. 노론이 쉬이 꺾이지는 않을 것이다. 이이명은 꼼꼼했고, 그는 유배지로 떠나는 직전까지 만반의 준비를 갖추었다.

세상을 좌지우지할 패(牌). 그것은 때로 맹목적일지언정 이 상황에서 가장 신뢰할 수 있는 이에게 맡겨놓았다.

"그 정도면 나도 할 만큼 한……."

순간, 무심코 함거의 살창 사이로 시선을 던지던 이이명의 표정이 싸늘하게 굳었다.

"마침내 이런 날이 오네요."

"그러게."

"끝은 아니겠죠?"

"그럴 리가."

끝은커녕, 복수는 이제부터 시작이다- 라고 말하려던 황가가 입을 다물었다. 그가 힐끔 상검을 곁눈질했다. 어느덧 그들의 눈높이는 비슷해졌다.

"내게 말하지 않은 무슨 일이라도 있었던 게냐. 노론 때문에 집안이 풍비박산 났다든가 하는."

"에이, 아닙니다, 그런 거."

"그런데 왜 울어?"

"그건……."

상검이 이를 앙다물었다. 그러나 수고한 보람도 없이 후두둑 떨어지는 굵은 눈물방울.

"이제야 전하의 뜻이 이뤄지는 것 같아서, 엄청 벅차네요."

"전하의 뜻이 무엇이기에?"

"복수요."

외운 답을 말하듯 내뱉은 상검이 유배 행렬로 눈을 돌렸다. 그러나 황가는 상검에게서 시선을 거두지 않는다.

"상검아."

"예, 황가 형님."

"나에게는 노론을 몰아내고 척결하고픈 이유가 있다. 전하께 충성하기에 뜻을 따르지만, 그 이전에 나에게도 노론은 적이다."

"무슨 이유요? 무슨 일이 있으셨습니까? 노론 때문에 집안이 풍비박산이라도 났어요?"

"……그 얘기를 하는 게 아니잖아."

인상을 찌푸린 황가가 말을 이었다.

"전하의 뜻을 따르는 건 너나 나 같은 이들의 숙명이지. 그걸 탓하는 건 아니다. 그렇지만 까닭 없이 맹목적이 되지는 마라."

"왜 그러면 안 됩니까?"

"어떤 종류의 감정이든, 그 안에 '내'가 없으면 결국 표류하다 엉뚱한 곳에 처박혀버리니까."

"또 공자 맹자처럼 뜬구름 잡는 소리 하십니까? 그리고 왜 내가 없습니까? 여기 이렇게 두 눈 시퍼렇게 뜨고서 노론 사대신 귀양 가는 걸 구경하고……."

상검의 말이 뚝 끊겼다. 상검의 눈이 휘둥그레진 것을 본 황가의 시선 역시 그가 보는 방향을 향했다.

보이는 것은 유배 행렬을 구경하러 온 사람들, 수많은 인파 사이로 뒤돌아 자리를 벗어나는 장신 사내의 뒷모습…….

"……내가 잘못 봤나."

"뭘?"

"저 키 큰 사람."

"키 큰 사람이 뭐?"

"전하 아닙니까?"

"전하께서는 김일경 영감과 소론 대신들을 만나고 계신다."

"그렇죠? 저도 아는데……. 흠."

고개를 갸웃대던 상검이 별거 아니라는 듯 고개를 끄덕거렸다.

"헷갈렸나 봐요. 키가 크고 얼핏 닮아서. 생각해보니 얼굴도 꺼멓고 전하와는 딴판이네."

"전하였다면 내가 제일 먼저 알아봤을 것이다."

"어련하시겠어요. 아무튼 이만 궁으로 돌아가야지 않겠습니까? 좋은 구경을 놓칠 수 없어 나오긴 했습니다만, 전하의 곁을 너무 오래 비운 것 같아 마음에 걸립니다. 날씨도 춥고……."

"그래. 돌아가자."

황가와 상검이 군중 속을 벗어났다. 궁궐로 돌아가는 그들의 등 뒤로 노론 사대신을 실은 함거가 덜커덕대며 멀어져갔다.

소론들과의 회동을 마친 윤은 그가 왕세자 시절을 보낸 동궁전 근방에 있었다. 멀지 않은 낙선당 처마가 눈에 밟힌다. 그러나 그의 행선지는 낙선당이 아니었다.

방금 전, 그는 어머니 희빈 장씨를 신원하는 것에 대해 논의했다. 희빈 장씨는 죄인이라는 오명을 씻을 것이며 왕의 생모에게 걸맞은 신분으로 추존될 것이다. 그리하여 취선당으로 향하는 그의 걸음은 조급했다.

그리워 견딜 수 없다. 취선당 침전 안, 멈춰진 시간 속에 자욱한 먼지가 되어 남아 있을지 모르는 어머니의 흔적이.

"너……."

취선당 앞에 다다른 윤의 걸음이 멈추었다. 그의 눈매가 가늘어졌다.

왕위에 오른 후, 폐허나 다름없던 취선당 안뜰을 치우라 명한 것은 그 자신이었다. 그러나 잡풀을 베어내고, 나뒹구는 기왓장이며 허물어진 돌담을 정돈하는 것 이상의 단장은 감히 하지 못했다. 노론 치하에서 희빈 장씨는 여전히 죄인이었기 때문이었다.

기쁜 마음에 환영을 보는 것일까. 오후의 느른한 햇빛에 비친 취선당 마루며 기둥이 매끄럽게 반들거린다. 마치 오랜 시간 누군가의 정성 어린 손때가 묻은 듯한 풍경이었다.

취선당 마루 위, 뜻밖의 방문자를 예상하지 못한 듯 숨을 돌리고 있다 벌떡 일어서는 여인.

"네가 어찌 여기 있느냐?"

"전하의 어머님께서 사시던 곳이 황폐하여 마음이 좋지 않아서……."

순심이 조심스레 말을 이었다.

"침전 내부는 거미줄 정도만 걷어냈을 뿐 건드리지 않았습니다. 안에 있는 물건들 모두 전하께는 기억하고픈 것들일 듯하여서……."

"……이곳을 정돈하고 있었다고?"

"낮에 신첩이 할 일이라고는 거의 없으니까요. 혹여 전하께 누가 되지 않도록 눈에 띄지 않게 매일 조금씩 정리했습니다. 게다가 오늘 마침 상검이에게 편전에서 있었던 일을 전해 들었거든요."

순심이 윤을 바라보며 쑥스럽다는 듯 웃었다.

"눈 오던 밤, 전하께서 말씀하셨던 일이 무엇인지 저도 이제 알았습니다. 진심으로 경하드리옵니다, 전하."

"……."

윤의 시선이 말끔해진 취선당의 뜰과 마루에 잠시 머문다. 켜켜이 두껍던 먼지가 사라진 마루 위에 빛무리 지는 햇살, 그리고 순심.

취선당으로 상징되는 어머니, 그리고 그가 사랑하는 여인. 이 두 가지가 윤의 삶을 지탱한다.

한동안 윤을 이끌던 것은 어머니의 복수를 하겠다는 일념 하나였다. 복수라는 욕망은 과거로부터 비롯된 것이었다. 과거의 치욕과 고통을 털어내고, 어머니를 모욕한 자들이 죗값을 치르게 하겠노라는 맹세. 윤은 그 마음 하나로 긴긴 시간을 버텨냈다.

그리고 기나긴 세월의 끝, 순심을 만난 윤은 비로소 미래를 꿈꾸기 시작했다. 과거를 위한 삶이 아닌 훗날을 위한 꿈. 그의 미래뿐 아니라 그가 사랑하는 여인의 미래까지도.

그것이 조선의 임금, 윤을 살게 하는 생의 의미였다.

"그리고, 전하……."

순심이 두 손에 받쳐 든 무언가를 윤에게 내밀었다.

"……."

윤이 아는 물건. 분홍 산호와 칠보로 장식된 모란꽃 모양의 떨잠은 어머니가 아끼던 수식 중 하나였다.

"방 안을 정돈하다 찾았습니다. 어머님의 물건인 듯하여 전하께 전해드리려고요……."

윤은 선뜻 떨잠을 받아 들지 못했다. 저 겹겹이 반짝이는 복숭앗빛. 예복을 갖추고 떨잠을 꽂은 자신의 모습을 면경으로 살피던 어머니의 얼굴에는 행복에 찬 미소가 떠올라 있었다. 떨잠이 비뚤어진 것 같으니 세자께서 제대로 꽂아달라며 윤의 손을 이끌던 어머니의 온기가 생생하다.

순심이 그의 손을 잡아끌어 반짝이는 분홍 장신구를 쥐여주었다.

떨잠은 여전히 따스하다…… 순심의 손에서 옮겨온 온기 덕에.

그때는 몰랐다. 길고 긴 세월이 흐른 훗날, 한낱 머리에 꽂는 수식 하나에 이토록 사무치게 될 줄은.

"순심아……."

성큼 다가간 윤이 순심을 꽉 끌어안았다. 윤의 마음 속에 감히 표현할 수 없는 감정의 붕괴가 일어나고 있었다. 심장 속에 차곡차곡 쌓여 목구멍까지 들어차 있던 고통의 탑이 무너진다. 터져 나온 뜨거운 눈물이 그의 품에 안긴 순심의 정수리 위로 떨어졌다.

"순심아. 너는……."

너는 나를 살게 해. 살아 있게 해. 복수를 위해 모든 것을 포기했던 가여운 짐승의 삶을 인간답게, 사람답게, 사랑하고 사랑받을 자격이 있는 사내의 것으로…….

너는 만들어, 나를.

"전하……."

순심은 그의 품에서 벗어나지 않고 그저 윤의 감정의 폭풍이 가라앉기를 기다렸다.

그리고 왕은 울었다. 비로소 자유롭게, 행복하게.

二十三章.
설야(雪夜)

"아무래도 김일경 나리께서는 이년을 잊으신 게 틀림없습니다. 하기야, 하루아침에 출세하셨으니 나이 든 퇴기 따위 그리울 리 없으시겠지요?"

"실없는 소리. 출세는 무슨."

한성에서 가장 미색이 뛰어난 기생들을 거느렸다 소문이 자자한 기방 안. 저녁 내내 들리던 가야금 소리며 여인들의 교태 어린 웃음소리마저 끊긴 깊은 밤이었다.

김일경이 앉아 있는 술자리 역시 끝에 다다른 듯했다. 상 위에 빈 술병이 즐비했다. 묵직한 트레머리 아래 분과 연지로 단장하여 세월의 흔적을 감춘 행수기생이 김일경을 향해 눈웃음을 지었다. 그녀의 눈꼬리가 새치름하게 휘어졌다.

"이조참판 벼슬을 하시어 대감마님이 되셨으니 그것이 출세가 아니면 무엇이 출세이오리까? 노론 탓에 늘 한직만 전전하시더니 마침내 빛을 보셨잖습니까? 임금께서 나리의 충심을 잊지 않고 등용하시니 이 미천한 것마저 기쁘기가 한량없습니다."

"대체 이게 기생 입에서 나오는 말인지, 아니면 조정 대신의 입에서 나오는 말인지 모르겠구먼. 언제부터 이렇게 정치사에 관심이 많았는가?"

"아유, 그걸 말이라고 하십니까? 요즘 기방에 모이는 선비들마다 종일 노론이 어쨌고 소론이 어쨌고 머리 아픈 이야기만 해대는 것을요. 해어화라지만 소인도 귀가 있으니 주워들은 것입니다."

"선비들이 무어라 하던가?"

"무어라 했을 것 같습니까?"

행수기생이 김일경을 보며 샐쭉 웃었다.

"이제 노론의 시대가 저물고 소론의 시절이 왔으니, 파락호(破落戶) 김일경의 권세가 하늘을 찌르겠구나!"

행수가 그럴싸한 목소리를 꾸며내 말했다.

"라고 하더이다, 나리."

"별 말 같잖은 소리를 다 하는군."

김일경이 실소를 내뱉었다. 간드러지게 따라 웃던 여인이 그제야 주변인의 존재를 깨달았다는 듯 말을 이었다.

"아유, 나도 참 주책머리 없지. 대감께서 귀한 객들을 모시고 오셨는데 이리 쓸데없는 소리를 늘어놓다니. 나리님들. 즐겁게 드셨습니까? 그냥 보내드리기가 아쉬운데 술과 기생을 다시 들일까요?"

"……술이고 기생이고를 떠나서."

상검이 원망스러운 표정으로 김일경을 바라보았다.

김일경의 부름을 받은 상검과 황가는 임금의 윤허를 받아 특별히 외출했다. 애주가인 김일경은 물론이거니와, 보기와 달리 술이 강한 상검 역시 말똥말똥한 맨정신이었다. 그러나 의외로 황가는 술이 약한 듯했다. 황가는 김일경이 권한 술 두어 잔을 마신 후 그대로 잠들어버렸다.

"황가 형님은 어쩝니까? 완전히 맛이 갔습니다. 술 백 병을 마셔도 눈 하나 깜빡하지 않을 듯한 양반이……. 이게 대체 무슨 일이람."

상검이 난감한 듯 미간을 모으며 곁을 바라보았다. 널따란 주안상 위, 머리를 툭 떨어뜨린 채 깊은 잠에 빠진 황가. 그에게서 고른 숨소리가 흘러나왔다.

"술이 약한 것이 아니다."

"그럼요?"

"내가 술에 약을 좀 탔거든."

"야, 약이요? 대체 왜요?"

상검이 휘둥그레진 눈으로 물었으나 김일경은 별로 대수롭지 않게 여기는 표정이었다.

"호위무사가 보통 긴장하는 자리더냐? 듣기로 하루에 채 두 시진도 잠들지 못한 지 몇 년이 지났다더군. 그렇게 살다 보면 필히 엉뚱한 데서 터지고 마는 법이다. 특히 검을 다루는 자는 더 조심해야 한다. 해서 약이라도 먹여 좀 재우려 한 것이니 그런 줄 알아라."

"황가 형님이 깨어나시면 가만있지 않을 거 같은데……."

상검이 들릴락 말락 하게 중얼거렸다.

"그럼, 대감."

곁에서 교태스런 웃음을 짓고 있던 행수기생이 대뜸 제안했다.

"참한 기생을 하나 들여 무사님을 모시라 할까요? 잠자리도 보아 드리고, 회포도 푸실 겸……."

"음."

김일경이 잠든 황가를 내려다보았다.

"그것도 나쁘지 않겠군. 그렇게 해주게."

"그럼 노복(奴僕)[17]을 불러 무사님을 방으로 모시라고 하겠습니다. 그리고……."

행수가 상검을 흐뭇한 표정으로 바라보았다.

---

17   사내종.

"여기 계신 젊은 선비님도 긴 밤 운우지정(雲雨之情)이라도 나누고 가시지요? 용모가 수려하시어 혹시나 불러주시려나 기다리는 기방 계집들이 여럿인데……."

"저, 저, 저요? 시, 싫습니다!"

상검이 버럭 소리를 쳤다.

"아유, 깜짝아. 싫으면 그냥 싫다 하시지, 어찌 화통이라도 삶아 드신 것처럼 그러십니까."

행수와 상검의 모습을 보며 피식 웃음을 짓던 김일경이 입을 열었다.

"되었네. 우리 선비에겐 나름의 사정이 있으니."

"사정이요? 뭐, 임금께서 그러하시듯 몹쓸 병에라도 걸렸나 보지요?"

술기운에 젖어 웃고 있던 김일경의 표정이 순간 굳어졌다.

"몹쓸 병?"

"기방을 찾는 이들이 그리 수군거리더이다. 임금께서는 오직 첩실 하나만을 제외하고 다른 여인을 품지 못하는 병에 걸렸다고요. 일국의 임금께서 일첩종사(一妾從事)를 하시다니, 기가 막힐 노릇이지요."

"난 또 무슨 얘기라고."

김일경이 못마땅하다는 듯 중얼거렸다.

"노론들은 왕세제를 세운 것만으로는 만족하지 못하는가 보군. 중전께서 왕손을 생산하시어 노론 가문이 외척이 되는 꼴을 보아야 직성이 풀릴 모양이지?"

기생이 호호 웃음을 흘렸다.

"저 같은 것이 그런 심오한 이야기를 어찌 알겠습니까? 다른 이도 아닌 임금께서 지조를 지킨다는 것이 신기할 뿐이지요. 세상천지 사내들이란 계집이라면 일단 끼고 보는 작자들이니, 그들 눈에는 왕이 몹쓸 병에 걸린 듯 보일 수밖에요."

"그, 그게 왜 나쁩니까? 여인들만 일부종사 해야 한다는 법이라도 있습니까?"

상검이 반문했다. 술이 오른 탓인지 상검의 목소리는 가볍게 떨리고 있었다.

"역시나, 선비님 역시 몹쓸 병에 걸리신 게 분명합니다. 선비님이나 임금 같은 분이 늘어나면 저 같은 기생들은 굶어 죽고 말 것을요. 호호호. 아 참, 대감."

행수가 김일경의 팔 위에 손을 얹었다.

"얘기가 나온 김에 긴히 드릴 말씀이……."

덜컥- 기방 문이 열렸다. 기방에서 일하는 노복이 들어오는 바람에 대화가 끊겼다. 이내 사내종은 완전히 축 늘어진 황가를 업고 술자리를 떠났다.

"이상한 일이 있어 대감께 조언을 구하고자 합니다."

"나 혼자 들어야 하는 이야기인가?"

행수가 여전히 부루퉁한 상검을 보며 생긋 웃었다.

"아니요. 대감의 동행이라면 믿을 수 있는 분일 테니 상관없습니다."

"무슨 얘기인지 말해보게."

"며칠 전에 기방에서 골치 아픈 일이 있었답니다."

"골치 아픈 일? 송장이라도 치웠나?"

행수의 눈이 등잔불만 해졌다.

"가끔 나리를 보면 내 깜짝깜짝 놀랍니다. 아무튼……. 영 께름칙한 일이 있어 그럽니다."

"송장을 치웠다는 것을 보니 칼부림이라도 난 겐가?"

김일경의 물음에 행수기생이 도리도리 고개를 저었다.

"칼부림은요. 아무도 까닭을 모릅니다. 혼자 찾아온 뜨내기였거든요. 이전에 한두 번 방문했던 적이 있긴 하지만……. 큰소리를 뻥뻥 쳐대며 기생을 끼고 방에 들었는데, 해가 중천에 뜨도록 기어 나오지 않아 들어가 보니 죽어 나자빠져 있었습니다."

"드문 일이지만 기방에서 아예 없는 일도 아니지 않은가? 객사라면 가족을 수소문해 시신을 거두어 가라면 될 것이고, 누군가 죽인 거라면 포청(捕廳)에 알리면 될 일 아닌가?"

"그건 그런데……. 그 작자가 죽기 전날 하도 난장을 쳐놔서요. 온갖 기생이란 기생은 다 불러다 시중을 들게 하고, 다른 객들이 마신 술값까지 모두 내겠다 큰소리를 쳤지 뭡니까? 그런 자가 깨꼬닥 죽어버렸으니 그 많은 술값은 누구에게 받는단 말이오?"

"저런. 똥 밟으셨네. 쯧쯔."

곁에 있던 상검이 무심코 중얼거렸다. 심각한 표정으로 미간을 모으던 행수가 눈을 흘겼다. 김일경이 말을 이었다.

"이제 알겠구먼. 그 술값이 아까워, 그자의 짐 보따리를 뒤졌겠지? 그랬는데 뭔가 미심쩍은 것이 나왔다는 말이렷다?"

"아유, 대감. 집안에 박수무당이라도 있습니까? 뭐 이리 족집게같이……."

행수가 배시시 웃었다. 역시나, 김일경은 범상하지 않다.

"대감의 말씀이 맞습니다. 그자의 짐 보따리에서 은 몇 냥이랑 손바닥만 한 서간 하나를 챙겼거든요."

그녀가 작은 서책처럼 보이는 종이 묶음을 내밀었다. 누런 종이를 묶어 제본한 앞면에 손때가 꼬질꼬질했다.

"이 서책 안에 이상한 내용이 있어서요. 저야 무슨 내용인지 잘 모르지만 그냥 넘기자니 개운치 않아서. 한낱 기방 계집이 뭘 알겠냐마는……."

"무어라 쓰여 있기에?"

"직접 보십시오. 이년은 간이 작아 국본이니 왕이니 하는 말, 감히 입에 담기도 무섭습니다."

"뭐라고?"

국본. 왕.

행수의 말을 들은 김일경의 표정에 긴장이 스쳤다. 그가 서간의 첫 장을 신중하게 넘겼다. 목을 쭉 빼고 함께 서간을 들여다보던 상검의 얼굴이 순식간에 해쓱해졌다.

"여, 여기 쓰여 있는 소리가 대체 뭡니까?"

기해(己亥)년 팔월 열아흐레. 박(朴)이 국본에게 먹일 약재를 건네다.

구월. 궁녀와 접선하다.

박(朴)이 보낸 은 천 냥을 받다.

구월 엿새. 동궁으로 개암과 약재를 들여보내다.

구월. 동궁으로 북분자와 약재를 들여보내다.

박(朴)과 연락이 닿지 않다.

시월 초하루. 한성을 떠나라는 명이 내려오다. 노잣돈 삼백을 받다.

김일경의 표정이 싸늘하게 굳었다.

"행수."

"예, 대감. 무슨 내용인지 아시겠습니까?"

김일경은 대답 대신 다른 것을 물었다.

"이자의 신원을 아나?"

"아니요. 신분을 밝힐 것은 무엇 하나 없었습니다. 그러니 가족에게 인도하지 못하고 관원을 불렀지요. 단지……."

"단지?"

"술을 먹는 내내 제가 어떤 사람인지 아냐며 어찌나 흰소리를 늘어놓던지, 귀가 따가울 지경이었습니다."

"무어라 하던가?"

행수기생이 고개를 절레절레 저었다.

"근본 없는 괴상한 말들뿐이었습니다. 뭐라더라, 자기 딸이 왕의 후궁이라 곧 왕세자를 낳을 것이라고?"

"뭐라?"

"아유, 기방에 그런 놈팽이들은 흔합니다. 허풍에 찌든 작자라고 생각했지요. 아무리 무지렁이인들 저도 귀가 있는 걸요. 임금에게는 후궁이 없잖습니까? 게다가 이미 왕세제가 있는데…….."

"……."

"영감?"

행수가 연거푸 김일경을 부른다. 그의 미간에 깊은 주름이 잡혀 있었다.

"행수, 내 서간을 가져가도 되겠는가?"

"예. 그러십시오. 그나저나……. 저희 기방에 별일은 없겠지요?"

"그래. 그렇다마다."

김일경이 건성으로 대꾸했다. 그가 상검과 눈빛을 교환했다.

"피곤하구만. 방을 하나 내주게."

"기생을 들일까요?"

"아니. 그저 잠시 눈이나 붙이고 가게 해주게."

"예, 나리. 이리 오십시오."

김일경이 자리에서 일어섰다. 그를 따라 상검 역시 기방을 나섰다.

분명 괴이쩍은 문서였다. 서찰에서 말하는 기해년이란 임금께서 왕위에 오르기 직전 왕세자 시절을 뜻하는 것이리라. 까닭 없이 등줄기가 소슬했다. 무엇이 이렇게 마음을 서늘하게 만드는지 알 수 없어, 상검은 부르르 몸서리를 쳤다.

노복은 황가를 기방 뒤편 별당에 내려놓고 자리를 떠났다. 얼마 지나지 않아 황가가 잠들어 있는 방의 문이 조심스레 열렸다. 발소리를 내지 않으며 들어온 작은 체구의 여인이 등잔불을 밝혔다.

"나리, 주무십니까? 소녀는…….."

그녀의 말이 뚝 끊겼다.

귀한 분이니 잘 모셔야 한다 신신당부하던 행수기생의 말이 틀리지 않은 모양이다. 젊은 기생이 신기한 것을 바라보듯 황가의 얼굴을 찬찬히 응시했다.

사선으로 힘 있게 뻗어나간 짙은 눈썹, 뚜렷한 턱의 골격과 튀어나온 눈썹뼈, 눈가에 촘촘하게 드리운 새까만 속눈썹. 그는 대단히 강인한 인상의 소유자였다. 우뚝한 콧날과 도톰한 입술, 거무스레한 피부는 이국적인 느낌을 주었다.

동기(童妓)에서 벗어나 머리를 올린 지 오래 않은 기생 처지. 이렇게 젊은 미남자를 마주하는 것은 쉽지 않은 일이었다.

"……번듯하셔라."

기녀가 황가의 옷깃을 매만졌다. 무인의 철릭을 벗기는 방법을 모르는 그녀는 황가의 상체를 소경처럼 더듬어 매듭을 찾았다.

"으음……."

황가의 입가에서 낮게 흘러나오는 소리. 문득 기생은 황가의 꺼칠한 뺨을 살짝 어루만졌다. 서늘하다.

"편히 주무시라고 벗겨드리는 것입니다, 나리."

황가의 귓가에 속삭인 순간, 잠에 빠져 있던 황가의 눈가가 움찔했다. 그러나 그는 눈을 뜨지는 않았다.

김일경이 술에 탄 것은 잠이 오게 하고 의식을 나른하게 만드는 약. 궁궐에 들어온 이래 단 한 번도 긴장을 풀고 잠든 적 없던 황가의 의식은 심연 속 어딘가를 헤맨다.

황가를 아는 이들은, 그가 잠이 없는 까닭을 왕에 대한 충심 때문이라고 생각했다. 잠과 함께 덮쳐오는 꿈들을 멀리하고 싶어 선잠에 익숙해졌을 뿐이라는 것을 누구도 알지 못했다.

"으으……."

잠의 중추를 마비시킨 약기운이 황가의 가장 내밀한 기억들을 불러낸다. 낭자한 선혈, 비릿한 피 냄새, 감지 못한 두 눈동자, 철썩이던 검은 강물의 포말. 그리고 흔들리던 뗏목 위 소녀의 애달픈 울음소리.

겨울 강물 속에 뛰어든 순간, 온몸의 신경을 엄습하던 한기와 그 깊은 물속 너와 나만이 존재하던 짧은 순간…….

"꿈이라도 꾸십니까?"

기녀가 낮게 중얼거리며 황가의 곁에 몸을 뉘였다. 순간 황가가 느른하게 눈을 떴다. 흐린 눈동자에는 여전히 술과 약의 기운이 비쳤다. 초점 어린 시선으로 천장을 바라보던 황가의 눈이 다시금 감겼다.

느껴지는 건 낯선 여인의 몸에서 풍기는 향료와 분가루의 향기, 옷깃이 서걱대는 소리, 세월이 흉터들이 자리 잡은 그의 팔뚝 위를 말랑하게 누르는 몸의 온기…….

자꾸만 나락으로 되돌아가려는 머릿속을 헤집어, 황가는 제가 기방에 있었음을 상기했다.

"……너라면."

낯선 온기가 그녀의 것이었다면. 그리고 제가 지킬 것이 오직 그 여인 하나였다면 좋았겠지…….

"나리, 소녀의 이름은…….""

기생이 바르작대며 황가에게 가까이 다가섰다.

"가십시오."

황가의 목소리.

방금 전까지 정신을 차리지 못하던 사내라고는 믿기지 않을 만큼 또렷한 음성이 들려왔다. 이내 부드럽지만 단호한 손길이 기녀의 몸을 가볍게 밀어냈다.

"오늘 밤 소녀가 나리를 모실 것입니다. 이미 대감께서 모두…….""

황가가 눈을 떴다. 그 눈을 마주한 순간, 칼에 찔리기라도 한 것처럼 어린 기녀는 숨을 삼켰다.

"가라 하였소."

짐승처럼, 맹수처럼, 굶주린 늑대처럼 강렬하게 빛나는 눈. 그리고 섬   하도록 고통스럽고 슬픈 눈.

온몸에 오싹 소름이 끼쳐, 기녀는 본능적으로 벗은 상체를 두 팔로 가렸다.

"예. 예, 나리. 갈게요. 가겠습니다."

벗어두었던 저고리 옷고름을 여밀 새도 없이 기녀는 도망치듯 방을 떠났다. 문밖엔 새벽녘 별빛이 흐느끼듯 쏟아지고 있었다.

* * *

순심이 낙선당의 주인이 된 지 삼 년. 네 번째 맞는 겨울이 찾아왔다. 밤새 내린 흰 눈이 얼어붙은 안뜰을 도도록이 덮었다.

승은궁녀의 삶은 단조로웠다. 특별한 일거리가 없는 승은궁녀에게 세월이란 고요히 흘러가기 마련이었다. 그나마 봄에는 피어나는 꽃망울과 온화한 바람이 마음을 위안해주었다. 여름이 되면 나뭇가지마다 매달린 농익은 살구며 황매실이 뿜어내는 달콤한 향기에 취하곤 했다. 가을에는 후원을 물들이는 색채의 향연을 바라보느라 시간 가는 줄 몰랐다.

그러나 누구에게나 그렇듯 겨울은 황량한 계절. 사락사락 쌓이는 눈의 정취에 취해 있다가도 목덜미를 비집는 찬바람에 몸서리를 치게 되는 날들이었다. 차고, 스산하고, 쓸쓸했다.

낮은 발소리가 들려온다. 열린 문밖에 내리는 눈발을 바라보던 순심의 얼굴이 순간 밝아졌다. 쓸쓸한 것은 시절일 뿐, 순심은 외롭거나 허전하지 않다. 수시로 그녀를 찾아드는 정인이 있으므로……

"……마마."

솜옷조차 챙겨 입지 못한 채 순심은 급히 겨울 문밖으로 나섰다.

"오랜만이네, 낙선당."

"예, 오랜만에 뵈옵니다. 강녕하셨습니까, 중전마마."

순심의 목소리가 가느다랗게 떨린다. 저도 모르게 입에서 튀어나올 뻔한 호칭, '마노라' 그만큼 순심과 채화가 얼굴을 마주하는 것은 오랜만의 일이었다.

"궁중이 몹시 어수선하네. 자네는 별일 없이 잘 지내고 있는가?"

"잘 지냈습니다. 소첩이 찾아뵙기 어려워 그간 문안조차 드리지 못하여…….."

그때였다. 채화의 뒤에 서 있던 머리가 희게 센 지밀상궁이 반 보 앞으로 걸어 나왔다.

"무엄하다! 어디 감히 일개 궁녀 따위가 중궁전 앞에서 소첩이란 말을 쓰느냐?"

"저, 그, 그것이…….."

"상궁조차 되지 못한 나인 따위가 감히 뉘 앞이라고 고개를 빳빳이 쳐드느냐? 네년이 궁 밖으로 쫓겨나지 않고 살아가고 있는 것은 모두 내명부의 수장, 중전마마 덕분임을 모르더냐?"

갑작스런 호통에 말문이 막힌 순심의 얼굴이 해쓱해졌다.

"윤 상궁, 그만하게."

채화가 나지막이 지밀상궁을 제지했다. 그러나 윤 상궁은 끝내 한마디 덧붙이고서야 입을 다물었다.

"중궁전께서 누추한 곳까지 행차하셨는데 어찌 멀뚱대며 있는 것이냐? 어서 마마를 안으로 뫼시고 예를 갖춰 문안을 올려라."

"송구하옵니다, 마마."

순심이 머리를 조아렸다.

중전을 향해 고개를 숙이자 시야에 들어오는 눈밭 위 무수한 쪽빛 치마폭들. 중전을 모시는 지밀만이 바뀐 것이 아니었다. 채화의 뒤에 늘어선 상궁이며 나인들의 수 역시 세자빈 때와는 비교조차 할 수 없을 만큼 많아졌다. 그녀들은 하나같이 순심을 노려보고 있었다.

어찌 보면 당연한 일. 상전을 모시는 것을 목숨보다 중하게 여기는 것이 지밀궁녀들이었다. 그들에게 순심이란 제 웃전이 응당 받아야 할 왕의 마음을 빼앗아간 몹쓸 첩, 그 이상도 이하도 아니리라.

"안으로 드십시오, 마마. 문안을 올리겠나이다."

"그러하지."

소리 없이 쌓여가는 흰 눈처럼 냉기 어린 표정. 고개를 꼿꼿이 세운 채화는 한때 소중한 벗이었던 이의 집으로 발걸음을 들였다.

'다른 분 같다.'

낙선당의 침소. 꼬박 일 년 반 만에 채화를 마주한 순심의 뇌리에 제일 먼저 스친 생각.

채화는 달라졌다. 먼저 눈에 띤 것은 외양의 변화였다. 키가 자랐으며 야위었던 얼굴과 몸에도 약간의 살이 붙었다. 의복과 수식은 동궁전 시절과는 비교조차 할 수 없을 정도로 화려했다. 무엇보다 달라진 것은 채화의 눈빛. 표정을 감추려 애쓰던 소녀는 사라졌다. 채화는 아랫것들을 복종시키는 데 익숙한 권력자의 눈빛을 하고 있었다.

"낙선당의 모습은 달라진 것이 전혀 없구나. 방도, 자네도."

순심에게 문안을 받은 채화가 새삼스러운 표정으로 침소를 둘러보았다. 달라진 것은 없다. 가구가 늘어나지도, 화려한 장식품이 들어오지도 않았다. 방문을 열었을 때 훅 끼치는 백단향기마저 여전했다.

"건강해 보이니 다행이네."

"마음 써주셔서 감읍합니다, 마마."

대답하는 순심의 말투에 어색함이 묻어났다. 한때 그들은 마음을 나눈 진정한 벗이었다. 단지 순진했던 탓에 몰랐을 뿐이다- 그들의 발이 같은 외줄 위에 올라 있음을.

"마마."

순심의 목소리. 방을 둘러보던 채화가 그녀를 보았다. 혀끝에 맴도는 말이 쉬이 나오지 않아 순심은 마른침을 삼켰다.

"소인이 마마께 잘못한 것이 있어 마음 상하셨다면…… 부디 노여움을 푸셨으면 좋겠습니다."

순심은 아무것도 모른다. 어이하여 살갑던 채화의 마음이 싸늘하게 식었는지. 그녀가 아는 것은 숙종께서 승하하시기 얼마 전부터 채화가 낙선당에 발길을 끊었다는 것뿐이었다.

"잘못한 것 없네."

채화의 대답은 담담했다.

순심에게는 죄가 없다. 채화는 이 사실을 모를 만큼 아둔하지 않았다. 눈이 어두운 선왕께서 순심과 그녀를 착각하여 마음에 씻을 수 없는 상처를 남긴 것도, 순심에게는 늘 친절한 대전 궁관들이 채화를 어려워하며 눈을 맞추지 못하는 것도, 그리고 그녀의 무정한 남편이 채화를 사랑하지 않는 것도. 그 무엇도 순심의 잘못은 아니었다.

"단지 내가 무지했던 것뿐이지. 내 말한 적 있지 않나? 자네와 내가 평범한 여인들로 만났다면 우리는 꽤나 좋은 벗이 되었을 거라고."

"……기억납니다, 마마."

"그건 터무니없는 생각이었네."

채화의 말은 짧지만 단호했다.

"삶에 만약이란 가정은 의미가 없어. 우리가 만난 곳이 궁궐이 아니면 어땠을까, 내가 세자빈에 간택되지 않았으면 어찌했을까 하는 것은……. 나는 정실이고, 자네는 첩실이지. 우리 관계가 멀어진 것은 누구의 잘못도 아니네."

그건 그저 당연한 일이다. 첩의 처지였으나 순심은 사랑받고 있었다. 그렇기에 순심은 채화에게 너그러울 수 있었을 것이다. 이미 왕의 마음을 소유했으므로.

그러나 버려진 부인인 채화가 너그럽기 위해서는 많은 노력이 필요했다. 자존심은 추락했고 마음은 피폐해졌다. 그녀는 비참해졌다. 순심의 탓이 아니라는 것은 채화 역시 알고 있었다. 승은궁녀가 없었던들 윤이 그녀를 사랑하였을까? 모르는 일이다. 그러나 순심이 없었다면, 적어도 지금보단 덜 참담했을 것이다.

"송구합니다, 마마……."

순심이 할 수 있는 말은 그것뿐이었다.

상처를 주려고 하지 않았다. 그러나 그녀 탓에 채화의 삶의 어떤 부분이 완전히 망가졌음을 순심은 깨달았다. 윤과 순심의 사랑은 채화를 할퀴고 농락했다. 그녀는 가해자였다. 그것이 본의가 아니었다 해도.

죄인이 된 기분으로 순심은 시선을 떨구었다. 채화의 눈을 차마 마주 볼 수 없었다.

"내 오늘 낙선당을 찾아온 까닭이 궁금하겠지?"

"예, 마마."

순심이 순순히 대답하자, 채화는 잠시 그녀를 바라보았다.

"자네……. 아마 나를 지독하게 원망할 것이네."

혹은 구차하게 여길지도 모르지.

채화의 음성은 노년에 다다른 여인의 것처럼 들렸다.

"어찌 그런 말씀을 하시옵니까, 마마……."

"음."

순심을 응시하던 채화가 문밖에 명했다.

"윤 상궁, 들여보내게."

"예, 마마."

곧이어 문이 열렸다. 문지방을 넘어오는 흰 버선발 위, 푸른 치마폭과 옥색 저고리. 관례를 치르지 않은 궁녀임을 의미하는 새앙머리 아래 소담한 이마와 앳된 티가 나는 눈매…….

모습을 드러낸 이는 말간 얼굴을 한 궁녀였다.

"내전 생각시라네. 행실이 참하고 고와서 내 아끼는 아이일세."

순심의 시선이 다시금 궁녀에게 향했다. 여인보다 소녀라는 말이 어울리는 생각시는 갓 피어난 동백꽃처럼 어여뻤다. 같은 옷을 입던 생과방 시절의 순심이 그러했듯이.

"무슨 까닭으로 내가 저 아이를 방으로 들였는지, 알겠는가?"

"……."

"알겠느냐 물었네."

거듭된 물음에 순심은 떨리는 음성으로 대답했다.

"예. 알겠습니다."

"그래. 긴말해봤자 자네 마음만 어지럽겠지."

채화의 표정은 담담했다. 순심을 벌하려는 것도, 지아비를 고통스럽게 하려는 것도 아니다. 이유는 하나뿐. 이것이 옳은 일이기 때문이었다.

"저 아이가 승은을 입으면, 내 자네를 승은상궁으로 삼아주겠네."

"……."

순심은 차마 말을 잇지 못했다. 채화가 하는 말의 의미를 분명히 알아들었음에도 머릿속이 새하얗다. 목이 콱 막힌 듯했다. 순심의 황망한 시선이 문간에 서 있는 궁녀에게로 향했다. 생각시는 상황이 불편한지 고개를 떨어뜨리고 있었다.

옥색 저고리 위로 보이는 한 뼘 새하얀 목덜미, 부끄러움 탓인지 옅게 달아오른 복숭앗빛 뺨, 매화나무 가지처럼 정갈한 눈썹. 궁녀를 보고 있자니 가슴을 찌르는 듯한 통증이 엄습했다. 그것은 분명한 고통, 즉 마음의 고통이었다.

순심이 다시금 채화를 본다. 그제야 순심은 깨닫게 되었다. 비로소 느끼게 되었다. 한때 벗처럼 살가웠던 채화가 어찌하여 순심에게 냉 랭해졌는지를. 그녀를 바라보며 채화가 느꼈을 고통의 크기를.

"낙선당."

"예, 마마."

"어찌 내 말에 답하지 않는 겐가?"

"송구합니다. 새, 생각을 하느라……."

"미안하네만 이것은 자네가 선택할 문제가 아니네."

"예……."

알고 있었다. 채화가 건넨 것은 거래나 협상이 아니다. 애당초 순 심은 그럴 주제가 되지 못했다. 채화는 조선의 국모, 왕후였고 순심 은 상궁조차 되지 못한 일개 궁녀였다.

순심에게 호통을 치던 지밀상궁의 말 그대로, 궁녀의 거취를 결정 하는 것은 중전의 몫. 채화는 언제든 순심을 퇴출시킬 수 있었다. 선 왕의 모후 명성왕후께서 희빈 장씨에게 그리하셨던 것처럼.

"잠시 나가 있어라."

채화가 생각시에게 명했다.

"예, 마마."

방으로 들어올 때와 같은 조심스러운 태도로 궁녀는 소리 없이 방 을 떠났다.

"낙선당."

"예, 마마."

"자네, 전하를 사랑하는가?"

순심이 고개를 들어 채화를 마주 보았다. 과거에도 그러했지만 바 라본다 하여 중전의 속내를 읽기란 어렵다.

"대답해보게. 내 앞이라 해서 꺼릴 것 없으니. 책을 잡고자 하는 것이 아닐세. 전하를 사랑하는가?"

"······예."

순심의 대답을 들은 채화가 살짝 고개를 끄덕였다.

어찌 순심의 마음만 마음일까. 채화 역시 윤을 사랑했다. 무심함에 지쳐 무뎌질 때도 되었건만 그 마음은 변치 않았다. 외사랑도 사랑이었다. 비록 윤과 순심처럼 눈빛과 마음을, 몸의 온기를 나누지는 못할지라도. 지아비가 그녀를 사랑하지 않는다 해도 그녀는 제 마음에 충실하고 싶었다.

"자네는 나보다 더 오랫동안 전하를 모셨으니 잘 알겠지. 전하께 노론이 얼마나 큰 위협인지 말일세. 그렇지 않은가?"

"예, 알고 있습니다."

"전하께서 근래 노론 사대신을 파직시키고 유배 보내 위리안치(圍籬安置)[18]하셨지. 어떤 자들은 노론의 시대가 끝났다고 말하네. 그러나 모르는 소리지. 노론은 절대 무너지지 않아. 왜인지 아는가?"

"잘······ 모르겠습니다."

채화가 담담하게 내뱉었다.

"왕세제가 있기 때문이네."

"왕세제요?"

"그래. 노론 당파 전체가 왕세제를 키웠네. 전례가 없는 이유를 들어 그를 왕세제로 만든 것 역시 노론이었네. 세제와 노론은 공생할 수밖에 없는 관계이지."

채화가 말을 이었다.

"왕세제가 동궁에 있는 한, 결코 전하께서는 안전할 수 없네. 왕세제를 폐위해야 노론 역시 척결할 수 있다는 뜻이지. 그러나 왕세제

---

18 유배지 집 둘레에 가시나무 울타리를 쳐 죄인을 가두어두는 형벌.

를 폐위할 수 없다네. 왜인지 아나?”

그제야 순심은 채화가 하고자 하는 말의 본질을 깨달았다.

“예……. 압니다.”

“그래. 알고 있을 것이라 여겼네.”

“예.”

“전하의 뒤를 이을 후사가 전무하기 때문에, 왕세제의 위협을 알면서도 절대 내칠 수 없는 것이라네.”

순심이 고개를 떨어뜨렸다. 이내 선고와 같은 말이 귓속을 파고들었다.

“자네가 아들을 낳았다면 나는 기꺼이 그 아이를 내 자식으로 받아들였을 것이네. 또한 자네를 후궁으로 봉했겠지. 그러나 이제 나는 결정을 내렸네.”

“…….”

“더 이상은 회임을 기다릴 수 없네. 전하께서는 나를…… 원치 않으시지. 그리고 자네는 회임을 하지 못하네. 방법은 그것 하나뿐이야. 다른 궁녀를 들여 후사를 보는 것.”

말을 잇던 채화가 순심을 응시했다.

“꼼꼼히 따져 들인 궁녀일세. 아들을 많이 낳기로 유명한 집안의 여식이며 심성도 나쁘지 않네. 정초 전에 회임하면 필히 아들을 볼 것이라 점사를 보아 택일을 받았네.”

시선을 떨어뜨린 순심은 그저 묵묵하다.

채화가 물었다.

“내가 잔인하다고 생각하는가, 낙선당?”

내내 바닥을 보던 순심이 고개를 들었다. 순심은 눈물을 흘리고 있지는 않았다. 그러나 수십 수백의 감정이 고인 눈동자는 한없이 검었다.

“……아닙니다.”

“자네가 내 말을 어떻게 받아들일지 모르겠지만…… 이것은 자네에게 잔인한 일이 아니야. 오히려 나에게 잔인한 일이지."

비참하다. 자신을 거들떠보지도 않는 남편을 보호하기 위해, 그가 총애하는 여인에게 구구절절 사정을 설명하는 꼴이.

채화는 순심을 가엾게 여기지 않았다. 내내 독점하던 것을 잠시 내려놓는 이가 무어 불쌍하단 말인가. 원했으면서도 단 한 번 눈길조차 받아보지 못한 제 삶이 더 가엾고 허했다. 사랑하는 지아비를 위해 스스로 여인을 간택하는 일이 구차하고 잔인할 뿐.

"자네가 전하를 모시며 애써온 것을 아네. 왕손이 태어난다면 내 자네의 거취를 보장해주도록 하겠네."

채화가 순심을 바라보며 말을 이었다.

"자네에게 후궁 첩지를 내려주겠다는 뜻이다. 나로서는 할 만큼한 처사라고 생각하네."

순심이 보일락 말락 작게 고개를 끄덕였다. 시큰하게 목이 메었다. 그러나 감히 채화의 앞에서 눈물을 보일 수는 없었다. 그녀는 저 때문에 수천수만 번 눈물을 쏟았을지도 모르는 것을.

"전하를 진심으로 사랑한다면 이것만이 답임을 아시게, 낙선당."

그저 채화가 그러했듯이 순심 역시 받아들여야 할 날이 왔을 뿐이다. 본래 조선의 임금은 한 여인에게 머물러 만족할 수 없는 존재였으므로.

* * *

며칠간 멎을 듯 말 듯 긴 눈이 내렸다.

오후의 끝물. 북악산 너머로 느릿느릿 해가 저문다. 노을의 농담(濃淡)이 설산 자락을 새빨갛게 물들였다.

"박상검."

생각에 잠긴 탓에 다가오는 발소리를 듣지 못한 모양이었다. 소스라치게 놀란 상검이 고개를 들었다.

"아계(丫溪)[19] 대감. 어휴, 소인 놀랐습니다."

"그리 오랜만도 아니거늘 어찌 그리 놀라느냐?"

"여기는 본디 찾아오는 이가 거의 없으니 그렇지요. 한데 대감이야말로 편전에 계실 시간 아닙니까?"

상검이 궁금한 듯 물었다.

"몸이 좋지 않다는 핑계를 대고 잠시 나왔다. 기방에서의 일 관련하여 긴히 상의를 해야 할 듯하여……."

"죽은 자가 갖고 있었다는 그 괴서(怪書) 때문이십니까?"

고개를 끄덕거린 김일경이 신중한 눈빛으로 사방을 둘러보았다.

"주변에 아무도 없는 것이 확실하겠지?"

"아무도 없습니다. 왕세제께서 문안에 드실 때 외에는 아무도 오지 않습니다. 세제 외에 청휘문을 쓰는 이가 거의 없으니까요."

"음. 그렇군."

그들이 서 있는 곳은 청휘문(淸暉門) 앞.

왕세제가 대전에 문안을 드릴 때, 왕이 급히 왕세제를 부를 때, 혹은 왕과 관련된 긴급한 일이 있을 때만 열리는 문. 청휘문은 왕과 왕세제의 사이를 잇는 가교였다.

"소인도 생각을 해보긴 했는데……. 중한 문서라기에는 이상하지 않습니까? 할 일 없는 허풍선이가 끄적인 낙서 아닐까요?"

"어느 미친 자가 본인과 관계도 없는 동궁 이야기를 일지처럼 남긴단 말이냐? 무언가가 오고 간 해며 달, 때로 날짜까지 정확하게 써놓은 것을 보면 결코 의미 없는 문서라 할 수 없다."

"하지만 자신의 딸자식이 후궁이라 떠들었다지 않습니까? 있지도 않은 후궁을 들먹이는 오입쟁이가 남긴 문서를 어찌 믿고……."

---

19 김일경의 호.

"승은궁녀가 있지 않으냐?"

"예에?"

상검이 당황한 표정으로 반문했다.

"승은궁녀와 후궁을 어찌 헷갈릴 수 있단 말입니까? 궁궐 밖에는 승은궁녀가 있는지도 모르는 이가 태반일 텐데……."

"내 진즉 낙선당 궁녀의 뒤를 캐보려 하였지만 전하께서 강경하시어 뜻을 이룰 수 없었지. 하나 이번에는 지나칠 수가 없다. 반드시 잘 알아봐야겠다."

"하지만 대감. 소인은 아직도 믿기지 않습니다. 개암이니, 산딸기니, 약초나부랭이니……. 조잡스러울 정도로 소소하지 않습니까?"

"오히려 그것이 나는 더 수상하다. 사소한 것들까지 일일이 기록했다는 것은 그것이 장부라는 것을 의미하니까."

"장부요?"

"그래. 거래의 기록이란 말이다. 은밀한 일을 벌이는 자들은 본래 꼼꼼하게 기록하는 습관을 가지고 있지. 그래야 받은 것과 줄 것을 정확하게 구분할 수 있거든."

"……."

"아무튼 상검이 너 역시 긴장을 늦추지 마라. 분명 예사 문서가 아니다."

"예, 대감."

김일경은 한번 마음먹은 일이라면 답을 얻을 때까지 절대 포기하지 않는 집요한 사람이다. 물론 승은궁녀가 연루되어 있을 리야 없겠지만, 김일경의 의심을 산 사람은 그게 누구든 꽤나 피곤해지기 마련이었다.

"나는 이만 돌아가보겠다. 청휘문을 지키는 일은 매우 중한 일이니 한눈팔지 말고 자리를 지키거라."

"예, 여부가 있겠습니까."

몸을 돌려 청휘문을 벗어나려던 김일경이 걸음을 멈추었다. 동시에 상검이 고개를 숙여 예를 갖추었다.

아청색 용포 자락이 바람에 펄럭인다.

"이게 누구신가. 이조참판 김일경 대감 아니시오?"

왕세제를 발견한 김일경이 즉각적으로 눈살을 찌푸렸듯 금의 말투 역시 우호적이지는 않았다. 그들은 형식적인 인사치레조차 건네지 않았다.

"노론 사대신을 유배 보내고 이조참판까지 되었으니, 실로 김일경의 세상이 되었구려."

"역도(逆徒)의 도당들을 척결하는 것이 응당 신 된 자의 도리 아니겠습니까?"

"역도라……."

노론 사대신은 금의 가장 강력한 후원자들이었다. '역도'라는 김일경의 말 속에는 분명 금 역시 포함되어 있을 것이다.

금의 눈에 숨길 수 없는 분노가 떠돌았다. 그러나 노론이 침몰함으로써 함께 벼랑 끝에 내몰린 왕세제의 처지. 금은 인내했다.

"어찌 청휘문 앞에 걸음을 다 하셨는가?"

"창경궁에서 대전으로 통하는 가장 빠른 문이니, 관리가 잘되나 궁금하여 들렀습니다."

"누가 전하를 해하기라도 한단 말인가?"

김일경이 느른하게 왕세제의 얼굴을 훑었다.

"매사 조심하여 나쁠 것은 없으니까요. 아무튼 일을 다 보았으니 소인은 이만 물러가겠습니다."

김일경의 말투는 건들거렸고 왕세제를 대하는 태도 역시 그러했다. 많은 이들이 속내를 감추고 뜻을 숨기며 큰일을 도모하는 곳, 궁궐. 그러나 김일경은 그렇지 않았다. 그는 직설적이었고 겁이 없었다. 김일경은 혐오를 드러내는 데 망설임이 없는 사람이었다.

"아무리 그대가 나를 미워한다 해도, 궁궐 안에서 왕세제를 마주쳤으면 예를 갖추는 것이 옳지 않겠소?"

"아뢰옵기 송구하오나, 이미 제가 드릴 수 있는 최대한의 예를 지키고 있음을 헤아려주소서."

"그래. 늘 참으로 꼿꼿하시군."

금이 싸늘한 시선으로 김일경을 훑어보았다.

"그러다 우지끈 부러질 날이 오고야 말 것이오."

"소인의 안위까지 신경 써주시니 성은이 망극하나이다."

금은 잠시 생각한다. 김일경이 말하는 성은이란 단지 큰 은혜를 뜻하는 것일까. 아니면 임금의 은혜를 끌어와 그를 비꼬는 것일까.

하기야 어느 쪽이든 관계없었다. 김일경이 금을 지독하게 혐오하는 것 못지않게 금 역시 그를 찢어 죽이고 싶었으니까.

"이만 가보겠나이다, 연잉군 대감."

"연잉군……?"

김일경의 입에서 나오는 군호(君號). 금이 왕세제에 책봉되었으므로 '연잉군'이라는 군호는 쓰이지 않는다. 김일경이 그를 과거의 군호로 부르는 이유는 하나뿐.

"나를 왕세제로 인정하지 않는다는 뜻이오?"

"제가 대감을 왕세제로만 인정치 않겠습니까?"

"뭐라……."

둘의 시선이 마주쳤다. 당당히 그를 마주 보던 금의 눈빛이 흔들린다. 금은 이런 감정을 느껴본 적이 좀체 없었다. 지금껏 마주쳤던 내로라하는 조정의 거두(巨頭)들, 천하를 호령한다는 무인들, 살생을 밥 먹듯 하는 검계(劍契)와 살수들. 누구의 눈빛에서도 이런 맹목적인 확신을 본 적이 없다.

김일경. 저자는 미쳤다.

"저는 이만 할 일이 있어 가보겠나이다. 부디 심신을 지키십시오, 대감."

다시 한 번 들려오는 '대감'. 금이 으스러지게 주먹을 쥐었다.

김일경이 금의 곁을 스쳐 지나간다. 그 순간 들려오는 나지막한 음성.

"연잉군. 그대는 대체 누구의 자식이오?"

금의 얼굴이 얼음장처럼 굳어짐과 동시에 김일경의 입에서 낮은 웃음소리가 흘러나왔다.

금이 본능적으로 허리춤을 매만졌다. 은밀히 숨겨 다니던 호신용 단검이 오늘따라 자리에 없다. 맹세컨대 검을 차고 있었다면 그는 김일경의 몸뚱이를 두 동강 냈을 것이다.

그사이 김일경은 여유로운 걸음으로 그의 시야를 벗어났다.

"허억……."

금이 길게 숨을 내쉬었다. 손에 닿는 무엇이든 찢어 죽이고픈 격렬한 분노가 치밀었다. 그러나 참아야만 한다. 그를 지지하던 노론 사대신은 모두 유배를 떠났다. 한때 노론의 세상 속 외로운 소론 임금이 다스리던 궁궐. 이제 상황은 역전되었다.

소론의 세상 속, 사면초가(四面楚歌)에 이른 외로운 노론 왕세제. 그것이 금의 처지였다.

"저하……. 괜찮으십니까?"

금이 상검을 바라보았다. 상검은 그가 걱정돼 죽겠다는 표정을 짓고 있었다.

"……하하."

금의 입에서 허무한 웃음이 흘러나왔다.

"어찌 웃으십니까? 정녕 괜찮으신지……."

"닥쳐라, 박상검."

"예?"

"김일경이 기르는 개 따위가 지금 내 걱정을 해주는 것인가?"

"소인은 그저 저하가 걱정되어⋯⋯."

"닥치라 했느니."

가까스로 화를 눌러 담았다 생각했거늘, 상검이 던진 말 한마디에 마침내 금을 지탱하던 인내의 끈이 끊어졌다.

"내 몰랐을 것 같은가? 김일경의 사주를 받아 입궐하여 나와 형님 사이를 오가며 간자(間者) 노릇을 했던 것을?"

"간자라니요, 저하⋯⋯."

"노론이 득세하던 시절의 너는 내게 절절매며 눈조차 마주치지 못했지. 나는 네가 간자인 걸 알면서도 자비를 베풀었다. 한데 이제 노론이 약해지고 내 처지가 이리되니 나를 기만하는 것인가?"

"⋯⋯."

"은혜를 모르는 뻔뻔한 버러지 같은 것."

머리를 푹 숙이고 있던 상검이 고개를 들었다. 상검의 시선이 서늘하다. 그가 키가 제법 비슷한 왕세제를 응시했다.

한때는 상검에게도 그런 시절이 있었다. 금의 미묘한 표정 변화, 말투, 쉽게 발끈하는 태도 하나하나에 마음 졸이며 벌벌 떨던 시절. 과거의 소년 박상검은 그러했었다. 그러나 지금의 박상검은 그렇지 않다.

"서러우십니까?"

"지금 뭐라 했는가?"

"서러우시냐 물었습니다. 소론 일색인 궁궐에서 노론 세제로 사시는 것이 서러우십니까? 그렇다면 전하는요? 삼십 년간 노론에게 위협받으며 살았던 전하의 마음을 헤아려보신 적 있으십니까?"

"네놈이 김일경과 붙어먹더니 정녕 돌았구나."

상검은 대답하지 않았다. 자리에 선 채 금을 바라볼 뿐. 순간 금의 손이 상검의 뺨 위로 떨어졌다.

쩌억! 뺨을 올려붙이는 소리가 스산하게 울렸다. 상검의 몸이 휘청할 정도로 강력한 일격이었다.

"너는 개에 지나지 않는다. 김일경이 밥을 주어 키우는 개! 쓸모가 없어지면, 당장이라도 가죽을 벗겨 솥에 삶아지게 되겠지. 그것이 네 놈의 운명일 게다."

독기로 가득한 저주를 남긴 금은 청휘문을 떠났다.

* * *

김일경, 그가 말했다.

-그대는 대체 누구의 자식이오?

대체 이금은 누구의 자식이냐고, 누구의 씨앗이냐고.

다시금 떠오르는 청휘문에서의 기억. 침전에 틀어박혀 있던 금이 으드득 이를 갈았다.

김일경의 말 속에는 날카로운 뼈가 숨겨져 있었다. 그것은 금에 대한 소문들 중 가장 불경한 것. 금이 숙종대왕의 자식이 아닌 다른 자의 아들이라는 저열한 추문이었다.

한때 한성에 떠돌던, 지금은 세상을 떠난 노론 파락호 김춘택(金春澤)에 대한 소문. 숙빈 최씨가 그와 정을 통했다더라, 숙빈 최씨가 낳은 자식은 임금의 씨가 아닌 김춘택의 아들이라더라…….

"감히!"

금의 잇새로 짐승과 같은 일갈이 터져 나왔다. 그것은 소론이 만들어 퍼뜨린 치졸한 거짓이었다. 김일경은 감히 그 말을 금의 면전에 대고 내뱉은 것이다. 조선의 국본, 숙종대왕의 아들. 그리고 현재의 왕이 승하한다면 보위를 이어 조선의 스물한 번째 임금이 될 금의 앞에서.

분을 이기지 못한 금이 문갑 위에 있던 연적을 힘껏 내던졌다. 벽에 부딪힌 연적이 펑 소리와 함께 산산이 부서졌다. 온 방 안에 사기 파편이 튀었다.

"내 네놈들을 찢어 죽이고야 말겠다!"

금이 울부짖었다.

윤의 인생이 힘없는 소론 탓에 늘 휘청였다면, 금의 생은 강력한 노론에게 떠밀려 표류하고 있었다. 그 역시 이런 삶을 선택하지 않았다.

"저하! 제발 고정하시옵소서. 저하……."

금이 왕세제로 책봉된 이후 그를 보필해온 장 내관이 방 안으로 뛰어 들어왔다. 이성을 잃은 금을 본 장 내관이 애걸복걸하며 용포 자락을 붙들었다.

"감히 세제의 몸에 손을 대다니, 네 정녕 죽고 싶으냐!"

"저하! 부디 고정하시옵소서. 이리 큰소리를 내셨다는 소문이 소론의 귀에 들어가기라도 한다면 어쩌려고 이러십니까……."

"놓으라 하지 않는가!"

금의 분노가 동궁전을 뒤흔들었다. 그때 먼 곳에서 들려오기 시작한 아이의 울음소리. 이는 소훈 이씨의 처소에서 들려오는 그의 아들 행(緈)의 소리였다.

"저하! 부디 아드님을 생각하시어 분을 가라앉히시옵소서! 자중하실 때입니다. 부디……."

"하……."

금의 입에서 짙은 한숨이 흘러나왔다. 꽉 쥐고 있던 주먹이 스르르 풀어졌다.

그제야 마비되었던 이성이 돌아온다. 바닥을 내려다보니 깨진 연적의 조각들 천지. 방 안은 아수라장이나 다름없었다.

"되었으니 가서 귀 씻을 물이나 떠오거라."

"예, 예, 저하."

금의 화가 한결 누그러졌음을 인지한 장 내관이 고개를 주억거렸다.

밤이 깊었다. 소셋물을 들이느라 부산한 것도 잠시, 금은 곧 침전 밖에 모습을 드러냈다. 그가 동궁 밖으로 걸음을 옮겼다. 금은 발길 닿는 대로 거침없이 걸었다. 어디로 가야 할지, 무엇을 할지조차 생각하지 않았다. 그저 활활 타오르다 못해 저마저 태워버릴 듯한 화를 가라앉힐 수 있기만을 바랐다.

겨울밤의 써늘한 공기가 훅 끼쳐왔다. 이 냉기가 저를 식혀주기를. 제발 구해주기를…….

어둠이 내린 낙선당 뜰을 오가는 구월의 몸놀림이 분주했다. 비단 금침 이부자리를 정돈한 그녀는 곧장 목욕간으로 향했다. 목욕물의 온도가 적당한지, 몸을 닦을 면포가 넉넉한지 확인한 그녀가 마지막으로 마루와 안뜰을 훑어보았다.

구월의 정성이 깃든 낙선당은 눈에 거슬리는 것 없이 깨끗했다.

"순심아."

할 일을 모두 마쳤음을 깨달은 구월이 말을 건넸다.

"어디 아픈 데라도 있어?"

"……아니."

"그런데 어찌 그리 표정이 어둡냐? 솔직히 말해봐. 낮에 중전께서 다녀가셨다던데……. 대체 무슨 말을 들었기에 그러는 거야?"

"아니야. 별일 아니었어."

순심이 작게 고개를 저었다.

"별일 아닌데 표정이 그래? 죽을병이라도 걸린 사람 같아, 너."

"아니야, 그런 거."

순심이 억지로 입꼬리를 끌어 올렸다. 그러나 입술만 웃을 뿐 눈매는 여전히 힘없고 처연하다.

"오늘 좀 피곤해서 그래. 목욕이랑 다른 건 다 내가 알아서 할 테니 이만 가, 구월아. 너도 쉬어야지."

"목욕하는데 곁에 내가 있어야지. 고뿔 걸리면 어쩌려고."

"벌써 많이 늦었는걸. 그리고…… 오늘은 혼자 있고 싶어서."

"으응."

구월이 마지못해 고개를 끄덕였다.

수심에 찬 순심의 얼굴. 분명 무슨 일이 있는 것이리라. 한 번 더 캐물을까 생각하던 구월이 고개를 저었다. 순심에게도 혼자 생각하고 싶은 일이 있는 것이겠지. 구월에게도 차마 발설치 못하는 비밀이 있듯이.

"알았어. 들어갈게. 목욕하고 나서 고뿔 들지 않게 잘 싸매야 한다?"

"응. 어서 가, 구월아."

처소로 향하던 구월이 시린 손끝을 호호 불었다. 그녀가 문득 하늘을 올려다본다. 어두운 쪽빛 밤하늘은 뿌옇게 얼어붙은 운무로 뒤덮여 있었다.

"눈이 또 쏟아지려나 보네."

불현듯 작년 이맘때의 기억이 떠올랐다. 낙선당에서 일을 마치고 처소로 돌아가던 구월의 앞을 막아서던 상검. 상검이 건네주었던 찐 토란의 온기는 언 손을 순식간에 녹였었다.

-좋아해요, 누님.

소년이었던, 그러나 어느덧 훌쩍 자라 사내가 된 상검의 고백.

그 말을 듣는 순간 구월의 심장은 쿵 추락했다. 그녀는 상검의 말을 무시했다. 무시해야만 했다. 그래서 그를 뒤에 남겨둔 채 눈밭을 내달렸다.

긴 시간 고심 끝에 내뱉은 것이 분명한 상검의 마음이 저를 쫓아올까 봐. 그 마음에 발목이 잡혀 구월 자신은 물론이거니와 상검과, 아울러 순심의 삶까지 망가뜨리게 될까 봐…….

그리고 이후 그들의 관계는 어색해졌다. 상검의 눈에 비친 열기를 구월은 외면했다.

"……너."

그렇지만 가끔 생각하곤 했다. 이렇게 홀로 처소로 돌아갈 때, 과거의 동궁전 어느 길목에서 그러했듯 우연처럼 마주치기를. 먼 과거, 상검과 제 키가 고만고만하던 시절처럼 마음의 짐 없이 웃으며 함께 걸을 수 있기를.

그의 눈동자 안에 타오르는 불길이 없다면, 제 심장이 두근대지 않는다면-

구월의 발걸음이 멈췄다.

"추워요, 누님."

"……."

그래. 그 시절로는 돌아갈 수 없겠지. 상검의 키는 한 뼘이 훨씬 넘게 자랐고, 그녀의 심장은 여전히 이렇게 고동치니까.

"추운데 이 시간에 뭣하러 돌아다녀……."

상검을 바라보던 구월이 당황한 듯 그에게 다가갔다.

"얼굴이 왜 이래? 맞았냐?"

눈가가 퉁퉁 부어오른 데다 광대에 피멍이 든 상검의 얼굴. 그가 겸연쩍게 웃었다.

"넘어졌어요."

"웃기고 자빠졌어. 어디서 거짓부렁을 하냐? 뺨에 이렇게 손자국이 시뻘건데."

"아무것도 아니에요."

"벼슬까지 한 대전 내관 얼굴에 누가 이런 짓을 해? 진짜 내가 너 때문에……."

갑자기 코끝이 시큰해졌다. 구월이 급히 고개를 숙였다. 그러나 늦었다.

"왜 또 울어요……."

"울긴 누가 울어! 대가리에 피도 안 마른 게 볼 때마다 기어오르고…… 누님 누님 하면서…… "

"아무리 그래도, 이래 봬도 정육품 벼슬아치인데 대가리에 피도 안 말랐다고 해요?"

"억울하면 금부에 고발하든가. 더럽고 치사한 자식……. 흐흑."

구월의 말이 무색하게 뚝뚝 떨어지는 눈물.

"누님."

"……으흐흑."

"울지 마요."

이상한 일이었다. 그저 텅 빈 길목 한복판에 가만히 서 있었을 뿐인데, 마음속으로 상검의 모습을 떠올렸을 뿐인데. 무언가에 홀리기라도 한 듯 구월은 상검의 품 안에 갇혀 있었다.

"나 때문에 울지 마요, 누님……."

그리고 진짜 누군가 마법이라도 부린 것처럼, 사락사락 흰 눈발이 날리기 시작했다.

* * *

창호지를 바른 문살 사이로 흐릿한 달그림자가 진다. 그 여린 빛에 비친 윤의 얼굴.

노론 사대신을 축출한 이후, 조정은 소론을 중심으로 개편되었다. 왕은 격무에 시달리고 있었다. 그는 대부분의 시간을 편전에서 보냈다. 곤히 잠든 윤에게서 들려오는 쌕쌕 깊은 숨소리. 흐린 달빛이 머무는 그의 뺨은 다소간 수척해져 있었다.

-자네, 전하를 사랑하는가?

채화의 물음이 귓가에 아른거렸다.

순심은 다시금 윤의 얼굴을 응시했다. 감히 사랑을 꿈꿀 수 없는 신분인 생과방 나인의 삶에 찾아든 왕세자. 이제 조선의 임금이 되어, 환국이라는 짐을 짊어진 채 마침내 뜻을 이루고자 하는…….

사랑한다. 사랑한다마다. 승은계약이라는 이상한 이름으로 시작된 관계는 어느덧 진심이 되어 그들은 하나로 맺어졌다.

물론 마냥 행복한 일만 있었던 것은 아니다. 사랑을 얻음으로써 포기해야 하는 것들도 있었다. 확신 없이 묻혀버린 과거의 일이지만, 지독하도록 쓰디썼던 탕약, 길었던 하혈, 어느 순간 사라진 부인통……. 그로 인한 상실감은 늘 그녀를 괴롭히고 있었다.

-전하를 진심으로 사랑한다면, 이것만이 답임을 아시게.

본래 그것이 궁궐의 생리였다. 왕은 결코 한 여인에 정착하지 않았고, 왕의 여인들은 감히 왕을 독점하고자 하는 헛된 꿈을 꾸지 않는다. 윤의 생모인 희빈 장씨마저도 긴 시간 무한한 사랑을 받았으나 숙종의 마음을 독점하지는 못했다.

채화의 말 그대로 고민의 가치조차 없는 일. 그것은 왕을 사랑한 여인의 숙명이었고, 조선을 사는 여인들의 운명이었다.

승은상궁을 삼아준다는 말, 후궁첩지를 내려주겠다는 약조. 그런 것은 아무 의미가 없었다. 굳건한 윤의 사랑에 취하여 몰랐다. 왕으로서 그의 고충이 어떠한지, 그를 위협하는 것은 무엇인지, 어떻게 해야 윤을 편하게 할 수 있는지. 무지렁이 같은 자신의 처지가 한탄스러웠다.

그럼에도 다른 여인을 품에 안을 윤을 생각하며 불안한 제 마음이 가없이 하찮게 느껴질 뿐이다…….

"……."

문득 순심은 손을 뻗어 곤히 잠든 윤의 뺨을 살짝 어루만졌다. 왜 바보같이 눈물이 나는지 모를 일이었다.

달그락. 바깥에서 작은 기척이 들려왔다. 이는 내전의 지밀이 전달

해준 신호. 심호흡을 한 순심이 급히 눈물을 훔치고 문을 열었다.

안뜰에 서 있는 내전 지밀 둘과 승은을 입을 궁녀의 모습이 보였다.

추운 날씨임에도 생각시는 흰 비단 천 하나만을 두르고 있었다. 윤이 보위에 오른 후 처음 낙선당을 찾았을 때 순심 역시 같은 경험을 했다. 목욕재계하고, 손발톱을 정리하고, 쪽찐 머리를 풀어 늘어뜨린 후 천 한 장으로 몸을 감싼 채. 그것은 승은을 입는 여인들이 거쳐야 하는 첫 번째 과정이었다.

"……마마님."

순심과 눈이 마주친 앳된 궁녀가 눈을 내리깔았다. 이 순간 어울리지 않게도 참 곱다는 생각이 들었다.

궁녀에게는 아무런 죄가 없다. 기껏 열다섯쯤 되었을까. 그녀도 미처 알지 못했을 것이다. 엄동설한 밤중에 남의 침소에 맨몸으로 들어, 잠든 왕 곁에 몸을 누이게 될 줄은.

매일 밤 침전을 지키던 채화 역시 순심과 같은 생각을 했을까. 눈물이 날 것 같았을까…….

"……들어오세요."

이제 떠나야 하는 것은 순심. 마음을 다잡은 그녀가 방을 나서려던 순간 검은 그림자가 안뜰을 가로질렀다.

안뜰에 있던 지밀들은 순심이 나오기만을 기다리고 있었고, 순심은 문밖의 지밀들에게 온 신경을 쏟고 있었다. 그런 까닭에 누구도 안뜰을 소리 없이 가로질러 오는 존재를 깨닫지 못했다.

"멈추시오."

황가.

캄캄한 어둠 속에서 나타난 그의 모습에 대경실색한 지밀상궁의 입에서 낮은 비명이 터졌다.

"전하께서 잠들어 계신 침전입니다. 제 허락 없이는 누구도 들어

가실 수 없습니다."

"내가 누군 줄 알고 감히 앞을 막아서는 것이오?"

중궁의 지밀인 윤 상궁이 소리를 억누른 채 물었다. 큰 소리를 낼 수 없는 상황 탓에 음성은 나지막했으나, 윤 상궁의 음성에는 거사를 방해받은 데 대한 불쾌감이 드러나 있었다.

황가가 윤 상궁의 얼굴을 응시했다. 긴 시간 왕을 모셔왔기에 왕후의 그림자나 다름없는 상궁의 모습 역시 낯이 익었다.

"누구이신지 압니다만, 누가 되었던들 왕의 침전에 드실 수는 없습니다."

"지금 그대가 얼마나 큰일을 저지르고 있는지 모르시겠소? 이 궁녀는 승은을 입을 여인이오. 왕실을 위하여 내린 중전마마의 결단을 감히 무사 따위가 훼방 놓다니!"

승은. 순심을 향한 것이 아닌 다른 여인을 지칭하며 쓰인 '승은'이라는 말이 황가의 신경을 거슬렀다. 내내 무감하던 황가의 눈이 생각시를 스쳐 순심에게 머문다.

"소인은 전하께 아무런 명도 듣지 못했나이다. 그러니 물러가십시오."

"말을 어디로 듣는 게냐! 중전마마의 명이라는 말이 들리지 않느냐?"

"송구하오나 소인의 주인은 중전마마가 아닌 주상 전하이십니다. 그러니 돌아가십시오. 출입을 불허합니다."

황가의 목소리가 커졌다. 늙은 지밀상궁의 입에서 분노에 찬 신음이 흘러나왔다.

힐끔, 황가가 순심을 바라본다. 흐릿한 달빛에 비친 얼굴은 안쓰럽도록 해쓱하게 질려 있었다. 사랑받는다 하여 모두가 행복한 것은 아니다……. 순심은 왕의 여인이었기에.

그때였다. 침소 문이 덜컥 열렸다.

"전하……!"

안뜰에 늘어서 있던 지밀과 궁녀, 황가가 고개를 숙였다. 상궁들의 얼굴에 낭패라는 듯 당황한 빛이 떠올랐다.

"어찌 이리 소란하냐?"

피로한 왕의 시선이 문밖을 살폈다.

장승처럼 서 있는 황가의 모습, 그도 잘 알고 있는 두 명의 내전 지밀들, 헐벗은 채 겁에 질린 듯 떨고 있는 젊은 궁녀. 그리고 윤의 품을 떠나 그들 사이에서 고개를 떨어뜨리고 있는 순심.

"이게 뭣들 하는 짓이냐?"

"……저, 전하."

"윤 상궁. 어서 바른대로 고하지 못하겠느냐?"

"그, 그것이, 전하……. 소, 소인들은 중전마마의 분부에 따라…… 궁녀를 택하여 들여보내고자……."

"궁녀?"

윤의 미간이 좁아진다. 그의 눈빛이 써늘하게 가라앉았다.

"그 말인즉슨, 궁녀가 승은을 입도록 중전과 그대들이 작당하였다는 뜻이냐?"

"자, 작당이 아니옵고, 전하……. 주, 중전께서 왕실의 번영을 위해 결단하신 일이옵니다. 부디 한 번 더 생각하시어……."

"시끄럽다."

냉랭한 윤의 목소리에, 변명을 주워섬기던 상궁들이 입을 다물었다.

"기가 막힌 것이 한둘이 아니라 대체 어느 것 먼저 화를 내야 할지 모르겠군."

"……."

"언제부터 일국의 임금이 갖다 붙이는 대로 씨를 뿌리는 종견이 되었더냐?"

"저, 전하!"

단잠에서 깨어난 불쾌감과 피로 때문일까, 혹은 분노 때문일까. 지밀들을 노려보는 윤의 눈자위는 붉게 충혈되어 있었다.

"황가야."

"예."

"낙선당과 관련 없는 자들을 모두 돌려보내라. 밤이 깊었으니, 까닭을 따져 묻는 일은 내일로 미루겠다."

"예, 전하."

"그리고."

윤이 고개를 돌렸다.

어두컴컴한 마루 위, 고개를 푹 숙인 채 안절부절못하는 순심의 모습. 낙선당은 윤이 그녀에게 선사한 집이었다. 그러나 순심은 감히 제가 그곳에 있다는 기척조차 내지 못했다.

"순심이 너도…… 알고 있었던 게냐."

"……송구하옵니다, 전하."

불안한 듯 잘게 떨리는 순심의 손마디를 바라보던 윤이 쓴 한숨을 뱉었다.

알았던들 순심이 어찌 중궁전의 명을 거부할 것이며, 몰랐던들 어찌 문을 열지 않을 수 있었겠는가. 그것은 윤의 원죄였다. 사랑하는 정인과 그의 부인, 둘 모두를 비참하게 만든.

"모두 물러가고 순심은 방으로 들라."

밤하늘이 갑작스레 흐려지며 눈발이 흩날리기 시작했다. 검은 달무리가 밤하늘을 덮었다.

등잔불을 켜지 않아 희미한 빛 한 점 들지 않는 낙선당 침소 안은 암흑이었다. 그 어둠만큼이나 먹먹한 적막. 윤도, 순심도 한동안 말이 없었다. 가끔 들려오는 것은 윤의 낮은 한숨, 순심의 손끝이 초조한 듯 치마폭을 쥘 때마다 들려오는 옷감 스치는 소리, 문밖 먼 곳에서 스산하게 들리는 이름 모를 겨울새의 울음소리…….

불현듯 어둠을 뚫고 다가온 윤의 손끝이 순심의 뺨에 닿았다. 눈밑과 뺨을 스치는 손길에는 윤의 마음이 담겨 있다. 혹여 순심이 울고 있지 않을까, 고통스러운 표정을 짓고 있는 것이 아닐까- 하는.

긴장이 풀린 순심의 눈에서 눈물이 뚝뚝 떨어졌다. 그제야 슬펐다. 그제야 서러웠다. 이럴 수도, 저럴 수도 없는 제 처지가 그제야 복받치게 서글펐다.

"과인이 또 너를 울렸느냐?"

"송구하옵니다, 전하……."

"무엇이 송구해?"

"이런 일이 있음을 말씀드리지 않은 것이……."

눈물을 닦아주던 손길이 그녀의 어깨 위에 놓였다.

"말하지 않은 것이 아니라 말하지 못한 것임을 내 안다."

"……."

유일한 위안. 윤은 그녀의 마음을 헤아리는 사람이었다.

"순심아."

"예, 전하."

"무엇이 옳았을까?"

질문의 뜻을 순심은 되뇌었다. 무엇을 묻는지는 알 것 같았으나, 감히 그에 대한 답을 내릴 수는 없었다.

"내 너만을 품겠다는 맹세를 하지 않는 것이 옳았을까? 그리하여 대부분의 왕들께서 그리하셨듯 너에게도, 중전에게도, 다른 궁녀와 후궁과 많은 여인들에게도 나라는 사내를 나누어줘야 했을까? 모두에게 왕손의 어미가 될 기회를 주는 것이 옳았겠느냐?"

"……."

순심은 대답하지 못하고 캄캄한 어둠 속 희미하게 보이는 윤의 그림자를 응시했다.

"아니면 지금 이것이 옳을까? 결코 여러 여인을 품지 않겠다는 내 소신을 지키고 살아가는 것이."

순심에게서는 답이 돌아오지 않는다. 그러나 윤은 그녀가 무어라 대답할 것인지 알고 있었다.

"너는 언제나처럼 이렇게 말하겠지. 전하께서 가장 바라는 것을 행하십시오. 전하께서 하고픈 대로 뜻을 이루십시오……. 하지만 순심아, 내 뜻을 이룸으로써 나는 너도, 중전도 모두 불행하게만 만드는구나."

윤의 시선이 방 안에 내려앉은 검은 어둠 속을 더듬었다. 보이지 않으나, 보였다. 순심이 어떤 표정을 짓고 있을지. 보이지 않았지만 알 수 있었다.

"왕세자 시절에는 오직 왕이 되기만을 바랐지. 어리석게도 왕이 되면 모든 것이 달라질 것이라 여겼다. 나는 늘 믿었거든. 나는 아바마마보다 인간적일 것이라고. 아바마마보다 더 너그러우며, 사람들을 죽이지 않고, 상처 입히지 않고, 여인들을 희생시키지 않을 것이라고……."

윤의 입에서 낮은 한숨이 흘러나왔다.

"그러나 피를 보지 않았으므로 성군(聖君)이냐 묻는다면, 그것은 내 착각이었던 것 같구나."

윤의 음성은 자조적이었다. 침묵을 지키던 순심이 입을 열었다.

"전하께서는 뜻을 향해 잘 나아가고 계십니다. 아직 보위에 오르신 지 몇 해 되지 않았나이다."

"그래. 적어도 아직까지 피바람이 불거나 처첩들이 죽어나가지는 않았다. 그랬으니 나는 훌륭한 왕이라 자위해도 되겠느냐?"

"……왕의 치세는 당장이 아닌, 후대의 사람들이 평가하는 것 아니옵니까."

"그래. 그것은 네 말이 맞다. 지금의 나는 알 수 없지. 후대가 나를 무력한 왕이라 할지, 혹은 무정한 왕이라 할지……. 그러나 왕이 아닌 사내, 인간으로서의 내 삶은 누가 평가해주겠느냐?"

스스로에게 되뇌듯, 윤은 말을 이었다.

"나는 여전히 고심한다. 왕의 꿈과 사내 이윤의 꿈 사이에서."

아버지와 어머니 사이에서 벌어졌던 비극을 경험하며 품은 결심. 결코 여러 여인을 취하지 않을 것이며, 여럿에게 마음을 나누어주지 않으리라는 다짐. 그러나 다른 왕과 달랐던 윤의 신념은 그의 부인을 불행하게 만들었으며 정인의 삶 역시 위태롭게 했다.

문득 윤은 생각해본다. 뜻을 꺾어, 한 여인에게 향하고 있던 마음을 거두어들여 다른 이들에게 나누어주는 것이 모두가 행복해지는 길일까?

"훗날 누군가는 그렇게 기록할지도 모르지. 붕당에 휩싸여 표류했던 왕, 자손을 보지 못한 왕, 후사를 잇는 의무를 게을리하여 종묘사직을 위태롭게 한 왕……."

그러나, 그런다 해도.

"그것이 두려워 내 신념을 포기하고, 내 마음을 포기하고, 평생 유일하게 가졌던 사랑을 포기하라면……. 나는 그렇게 못 한다."

"전하……."

"그것이 왕으로서 부족한 행동이라 질책하여도 할 수 없다. 나는 완벽한 자가 아니며, 완벽한 왕이 될 수 없어. 차라리 나는 부족한 왕으로 남는 길을 택하겠다."

순심이 깊은 숨을 내뱉었다. 윤의 사랑은 감당할 수 없을 만큼 크다. 그의 마음을 받으며 느끼는 환희와 기쁨 역시 거대했다.

그러나 그 감정의 뒷면에 늘 자리하고 있는 채화의 여윈 얼굴. 그로 인해 순심이 마음 아파한다는 사실조차 중궁전에게는 모욕이 될 것이었다. 그것은 채화 앞에서 결코 드러내서는 안 될 감정이었다.

"……신첩은, 중전께 늘 죄책감을 느낍니다."

"네 마음을 안다. 하나 죄책감은 네가 느껴야 할 감정이 아니야. 모든 일은 나로부터 시작되었으니까."

물론 왕은 그래선 안 된다. 그의 아비 숙종이 그러하였듯 욕망 앞에 죄책감이란 불필요한 감정일 뿐이었다. 그러나 윤은 그 감정에서 자유롭지 못했다.

그 자신의 불행한 삶 자체가, 아비의 죄책감의 결여가 만들어낸 작품이었기에.

"순심이 네가 그런 말을 한 적이 있었지. 내가 기쁘고 내가 바란다면, 어떤 선택을 하든 너는 좋다고."

"예, 그리하였습니다."

"그래. 그것이면 되었다."

"……."

"내가 어떤 선택을 하든 순심이 너만은 내 마음을 알아줄 것이니 되었다."

순심이 윤을 물끄러미 바라보았다.

창백한 그의 얼굴. 조선의 임금 이윤의 삶, 그리고 한 여인을 향한 마음을 간직한 사내 윤의 삶. 지금 그는 선택의 기로에 놓여 있는 것일까.

"신첩이 전하의 마음을 헤아리지 못하고 무지하였습니다. 부디……."

"아니. 그렇지 않다. 이것은 순심이 너 때문에 생긴 일이 아니다. 이것은 내 신념의 문제이기 때문이다."

순심이 그의 삶에 나타나지 않았더라도 그의 마음은 달라지지 않았으리라. 그것은 어머니를 잃은 시절부터 그의 마음속에 자리하고 있던 굳은 결심이었다.

"나는 신념을 버리지 않는다. 또한 내가 무엇인가를 포기한다 해도, 그것이 결코 순심이 네가 되지는 않을 것이다."

* * *

갑작스레 낙선당 쪽에서 들려오는 기척. 퍼뜩 정신을 차린 상검이 구월을 끌고 담장 아래로 몸을 숨겼다.

깊은 밤이었다. 내관과 궁녀가 함께 있는 것이 발각되었다간 자리를 보전할 수 없으리라. 날 선 긴장에 쭈뼛 소름이 끼쳤다.

타닥타닥, 들려오는 빠른 발소리. 고개를 슬쩍 들어 올린 상검이 미심쩍은 표정으로 미간을 찌푸렸다. 어둠 탓에 잘 분간되지 않았으나, 낙선당에서 오는 이들은 푸른색 상궁복을 입고 있었다.

"무슨 일이지……."

발걸음이 멀어진 후, 가슴을 쓸어내리던 상검이 중얼거렸다.

"왜?"

"상궁 마마님들이에요. 낙선당 방향에서 오는데……."

"낙선당에 무슨 일 있는 거 아냐? 가봐야겠어."

급히 자리에서 일어서려는 구월의 치맛자락을 상검이 붙들었다. 그 바람에 그녀는 다시 주저앉았다.

"혹시 또 누가 올지 어떻게 알아요? 잠깐만 숨어 있어봐요."

구월이 마지못해 고개를 끄덕였다.

그들이 몸을 숨기고 있는 장소는 저승전 근방. 낙선당과 구월의 처소를 제외하면, 과거의 동궁전은 사는 이 없는 쓸쓸한 공간이 되었다. 구월과 상검이 몸을 숨긴 담장 위로 소담스레 흰 눈이 쌓여갔다.

"이렇게 늦게 돌아다니다가 큰일 나려고."

"그러는 누님은요?"

"나야 뛰어가면 코앞인데……. 너야말로 대조전까지 가다가 금군이라도 만나면 무슨 경을 치려고?"

"전하께서 낙선당에 드셨으니까 거기 다녀왔다고 하면 되죠. 그리고 누님이 모르시는 모양인데, 저처럼 전하를 곁에서 모시는 내관은 금군도 잘 안 건드려요."

"좋겠다. 촌놈이 출세해서."

피식. 상검의 입에서 나지막한 웃음소리가 흘러나왔다.

"촌놈이라고 욕먹으니까 좋으냐?"

"네, 좋아요."

"뭐가 좋아?"

"욕먹어서."

"좋을 것도 더럽게 많다."

"한동안 엄청 그리웠거든요."

무슨 말인가를 꺼내려던 구월이 멈칫 입을 닫았다. 그녀가 치맛단에 달라붙은 눈송이를 괜스레 탁탁 털어냈다.

"가늘고 길게 살자, 우리……."

"그게 무슨 소리예요?"

"무슨 소리는……. 그냥 하는 소리지. 괜스레 운명을 거스르려고 해봤자 네가 다치고, 내가 다치고, 애꿎은 순심이가 욕을 먹고, 죄 없는 문 내관께서 손가락질을 당하고……. 뭐, 그렇다는 이야기야, 바보야."

구월의 말에 담긴 뜻을 가늠하느라 상검은 내내 묵묵부답이었다. 불쑥 그가 되물었다.

"……알아요. 아는데도 마음대로 안 될 때는 어떻게 해요?"

"그렇다면 그 수밖에 없겠지. 그냥 안 보고 사는 거……. 마주쳐도 모른 척, 애당초 모르는 사이인 척, 관심 없는 척, 그렇게……."

"……."

"상검아."

"예, 누님……."

"나는 그냥…… 그렇게 살래. 괜히 운명에 맞서지 않고, 정해진 것을 굳이 바꾸려 안 하고……. 궁녀로서의 삶에 만족하면서 살아가려고……. 내 주제에는 이게 맞는 거 같아."

상검의 고개가 떨구어졌다.

"그래요. 알았어요."

구월이 무엇을 말하는지 상검이 어찌 모르겠는가. 상검 역시 어엿한 약관. 누구보다 법도를 중요시 여기는 문 내관 밑에서 긴 세월을 보낸 그였다.

구월의 말은 구구절절 옳았다. 문 내관과 김일경도 상검에게 누누이 강조하곤 했다. 가슴속에 불을 품지 말라고, 쓸데없는 열정은 결국 화를 불러올 뿐이라고. 궁궐에 발을 들인 순간부터는 바라지 말고 꿈꾸지 말아야 할 것이라고. 그가 욕망할 수 있는 것은 오직 주인의 행복뿐이라고.

"누님 말한 대로 그렇게 할게요. 알았어요……."

"……응."

구월도 상검도 멀뚱멀뚱 말이 없었다. 괜스레 구월이 하늘을 바라보았다. 느릿느릿 떨어지는 눈송이들의 입자가 굵어지고 있었다.

"아까 그 궁인들은 뭐 하는 사람들일까. 이렇게 늦은 시각에 왜……."

"그러게요. 안 그래도 동궁전이다 궁인들이다 그런 것들 때문에 뒤숭숭한 차에……."

기방에서 입수한 서찰에 쓰여 있던 말이 떠올라 상검은 무심코 중얼거렸다.

"뭐가 뒤숭숭해?"

"그럴 일이 좀 있었어요."

"무슨 일?"

"음……. 별건 아닌데……."

상검이 순순히 입을 열었다. 김일경과 달리 상검은 그 서간에 별다른 의미가 있으리라 생각지 않았다.

"김일경 대감이 이상한 서찰을 입수했어요. 전하께서 세자이던 시절에 동궁전에 누군가가 개암이며 산딸기며 약재들을 들여보냈다나. 뭐 그런 내용이 적혀 있었어요."

"개암… ?"

"예. 그걸 들여보낸 대가로 박가라는 사람에게 돈을 받았다는 둥……. 서찰 하나만 가지고는 무슨 소린지 잘 모르겠어요. 그냥 괴상한 사람이 써놓은 낙서 나부랭이 같기도 하고. 만약 실제로 전하께서 바깥에서 들인 약재를 드셨다면야 큰일이지만요."

"……."

"날짜까지 죄 기록해놓은 게 께끄름하긴 하지만……."

"……."

"누님?"

그 문서 자체는 그다지 상검의 호기심을 끌지 못했다. 그는 팔월 며칠, 구월 며칠 이렇게 나열된 날짜들 중 '구월'이라는 익숙한 단어를 한참 바라보았을 뿐이다.

"누님. 왜 그래요……?"

"개암이랑 산딸기, 사내의 정력과 회임에 좋다는 약재들……."

"……."

구월이 상검을 바라보았다. 까맣게 잊어버렸던 사실이 떠오르며 오싹 소름이 끼쳤다.

"그거, 내가 한 건데……."

"……누님이 뭘 했다고요?"

상검이 입술을 잘근 깨물었다. 그의 아랫입술이 파르르 떨리고 있었다.

"개암, 산딸기, 약재, 특히 사내들 정력에 좋다는 것들……. 동궁전에 들여온 사람…… 그게 나라고…….."

예상치 못한 답이었다. 차라리 듣지 않았다면, 모르고 넘어갔더라면.

"그럼 박가는 누구예요?"

"몰라. 모르는 사람이야."

"그럼 그 서찰을 쓴…… 약재며 먹을 걸 건네준 그 남자는…… 누구고요?"

"순심이 아버지……."

승은궁녀의 뒤를 캐봐야겠다던 김일경의 추측이 맞았다. 써늘한 기운이 등줄기로 솟구쳤다.

"……누님이 그 사람을 어떻게 아는데요?"

"차, 찾아왔었어. 외출 나갔던 날……. 순심이와 화해하고 싶은데 자기가 큰 죄를 지어 면목이 없으니 좀 도와달라고……. 힘들게 수소문해서 나를 찾아왔다 했어. 나, 나한테도 친아버지처럼 잘 대해주셔서……. 의심 같은 건 해본 적이 없었는데……."

상검의 눈동자가 흔들렸다. 그의 얼굴이 일그러졌다.

궁인들이 밖에서 들인 음식을 나누어 먹는 일이야 드물지 않았다. 그러나 그건 어디까지나 내관이나 궁녀들에게나 해당되는 이야기. 구월이 누군가의 사주를 받아 동궁전으로 들인 음식들은 평범한 궁인이 아닌 승은궁녀에게 넘어갔고, 끝내 왕세자에게까지 전해졌다.

"무어라고 하면서 건넸는데요, 그 음식들을?"

"개암은 순심이가 어려서부터 좋아하던 것이고……. 회임에 용하다는 약재랑 정력에 좋다는 복분자를 올렸었지……."

"그걸…… 전하께서 드셨다고요?"

"전하께서 자손을 보기 힘들다는 소문이 워낙 파다했으니까……. 그거라도 드셔서 순심이가 회임했으면 하는 마음에……."

"그래서 전하께는 무어라 말하고 드렸어요? 정력에 좋은 약재라고?"

"어, 어떻게 그렇게 말을 해……. 감히 왕세자께, 남세스럽게……."

"그럼 뭐라고 하고 드렸는데요?"

가슴이 쿵쾅거리다 못해 입 밖으로 튀어나갈 것 같아, 상검은 마른침을 꿀꺽 삼켰다.

"그냥 궁궐에서 나온 약재랑 차라고 둘러대고 드렸지……."

"아……."

하늘이 무너지는 것 같은 구월의 말. 그건 엄청난 죄였다. 발각되었다간 결코 죽음을 면치 못할 것이다. 단칼에 목이 잘리는 정도라면 다행이었다. 국본에게 출처가 불분명한 약재를 속여 마시게 한 것은 능지처참을 당해도 할 말 없는 중죄였다.

"아무한테도 말 안 하셨죠?"

"아무도 몰라. 순심이도 내가 주는 걸 받아먹었을 뿐이니까……. 순심이는 원래 아버지에 대한 말만 나와도 질색팔색 해서……."

"아……. 누님."

머리가 핑핑 도는 듯해, 상검은 바닥에 쪼그려 앉았다. 그가 눈을 질끈 감았다. 생각을 정리하기 위해 애쓰며 그는 호흡을 가다듬었다.

"누님."

"……응."

"절대로 아무한테도, 무슨 일이 있어도 말하지 마요. 저는 아무것도 못 들었고, 누님도 아무 일도 한 적 없는 거예요. 낙선당 마마님 역시 당연히 아무것도 모르는 거고요. 어차피 마마님의 아버지라는 분은 죽었고……."

"주, 죽어?"

"쉿! 지금 그게 문제가 아니에요. 이러다 누님이 죽는다고요!"

"하지만……."

"이유야 뭐든 간에요……. 누님이 죽는다고요. 혹시라도 전하께서 자손을 보지 못하는 까닭이 그거라는 죄라도 뒤집어썼다간 누님은 죽어요! 그러니 절대 누구한테도……."

멈칫.

"누구한테도……."

상검이 캄캄한 앞을 응시하며 눈을 깜빡였다. 낮은 시야에 무언가가 비친다.

검은 가죽신을 신은 누군가의 발. 바람에 펄럭이는 옷자락은 까마귀 날개처럼 검푸르다. 밤 속에 파묻힌 아청빛 용포의 빛깔은 눈에 잘 띄지 않았다.

"……저하."

등골이 서늘하다. 바닥에 주저앉아 있던 상검이 고개를 들어올렸다.

천천히 시야에 들어오는 흑궤자피화(黑麂子皮靴)[20]와 그 위에 드리워진 아청색 옷자락. 용포 위에 덧입은 답호(褡穫)의 앞섶 사이로 보이는 사조룡은 다름 아닌 왕세제의 상징이었다.

왕세제를 마주쳤으니 벌떡 일어나 예를 갖추는 것이 당연하다. 그러나 상검은 일어서지 못했다. 꽁꽁 얼어붙은 흙바닥에서 올라오는 한기도, 등 위에 쌓여가는 흰 눈의 냉기도 느껴지지 않았다.

머릿속에 떠도는 생각은 오직 하나뿐.

'들었을까…….'

왕세제는 상검과 구월이 나눈 이야기를 들은 것일까.

"박상검."

"저, 저하."

"곁에 있는 궁녀는 낙선당에서 허드렛일을 하는 계집이로군. 순심의 동무라고 하지 않았던가?"

---

20 검은 고라니 가죽으로 만든 발목까지 올라오는 신.

역시나 대경실색한 까닭에 넋을 잃고 있던 구월이 그제야 바닥에 납죽 엎드렸다. 구월의 몸이 상검에게 닿았다. 그녀는 덜덜 떨고 있었다. 그러나 상검은 그마저 깨닫지 못했다.

　'제발……'

　구월이 과거 왕에게 출처가 불분명한 약재를 먹였다는 대화를 그는 들었을까…….

　이윽고 금이 입을 열었다.

　"깊은 밤을 틈탄 내시와 궁녀의 밀회라니……. 내관 따위가 궁녀와 눈이 맞은 것인가? 그런 까닭에 낙선당을 제집처럼 드나든 것이겠지?"

　"그, 그것이……."

　상검은 말을 잇지 못했다.

　"가소로운 놈."

　금의 시선은 날카로웠다. 상검의 겉모습만이 아닌 내부를 샅샅이 살피는 것과 같은 눈빛이었다. 속내를 들킨 것 같아, 상검은 고개를 떨어뜨려 그의 시선을 회피했다.

　"젊은 내시와 나인의 애정사라니. 네놈이 근래 내시답지 않게 굴던 까닭을 이제야 알겠다."

　"아, 아닙니다! 아닙니다, 저하. 결코 그런 것이 아니옵니다."

　"내 너희 둘이 어둠 속에서 일을 벌이는 꼴을 모두 보았다. 감히 나를 소경 취급하려는 것인가?"

　"그런 것이 아니옵고……."

　순간 상검에게 밀려온 깨달음. 잔뜩 긴장하고 있던 뻣뻣한 등줄기가 스르르 풀어졌다. 뜨거운 기운이 치달아 몸을 훑었다.

　'세제는 듣지 못했어, 누님의 말을…….'

　금은 상검에게 구월과의 관계에 대해 캐묻고 있었다. 그가 구월의 이야기를 들었더라면 고작 치정 문제에 관심을 보이지는 않았을 것이다.

'그래도 다행이야. 참으로 다행이다…….'

구월은 궁녀였다. 궁녀란 모름지기 모두 왕의 여인인 법. 궁녀와 내관의 밀회가 발각된 것은 분명 처벌받아야 하는 큰 죄였다. 그러나 어찌 되었든 왕에게 불경한 약재를 먹였다는 죄를 뒤집어쓰는 것보다는 백배 천배 나은 일이었다.

'이 상황만 잘 모면하면 돼. 그러면 된다…….'

마른침을 꿀꺽 삼킨 상검이 고개를 들어 올렸다. 금의 써늘한 시선이 그를 마중했다.

"그런 것이 아니면 어찌 이 야심한 밤에 궁녀와 만난 것인가?"

"그, 그것은……."

"닥쳐라. 박상검, 참으로 우습구나. 당장 저녁에만 해도 왕의 처지를 헤아린 적 있냐며 내게 악을 쓰던 네놈 아닌가? 그래놓고 궁궐의 지엄한 법도를 어기고 왕의 여인을 탐한 것인가?"

"요, 용서해주십시오! 세제 저하, 부디 소, 소인의 말을 들어주시옵소서."

상검이 바닥에 머리를 찧으며 애원했다. 이래야 산다. 이래야 구월을 살릴 수 있다.

"소, 소인이 육욕이 동하여 궁녀를 유혹하고자 불러냈습니다. 그러나 맹세컨대 이야기를 나눈 것 외에 다른 일은 없었나이다. 소인의 부정한 요구를 궁녀가 거절하였기에……."

혹- 구월이 숨을 들이마시는 소리가 들렸다. 금의 눈이 가늘어졌다.

"상검이 네놈이 궁녀에게 간음을 요청했으나 저 계집이 거절하여 뜻을 이루지 못했다는 뜻인가?"

"그, 그렇습니다. 소, 소인을 죽여주시옵소서!"

"저, 저하……."

그때였다. 구월이 갑작스레 입을 열었다. 그러나 상검이 급히 말허리를 자르며 끼어들었다.

"긴 시간 낙선당을 오가며 얼굴을 익힌 까닭에, 궁녀는 소인을 단칼에 쳐내지 못하고 좋게 타일렀습니다. 그러니 모두 소인의 죄입니다! 이렇게 저하를 뵈옵고 나니 얼마나 망극한 짓을 벌이려던 것인지 이제야 알겠습니다. 소, 소인이 잠시 정신이 어떻게 되었던 것 같습니다. 부디 자비를 베풀어주시옵소서, 저하."

"쯧쯧."

금이 혀를 끌끌 찼다. 그러나 동정이 담겼다기엔 지나치게 냉랭한 눈빛. 금의 눈동자에는 쏟아지는 서느런 눈발이 서 있었다.

"박상검. 대체 이 무슨 꼴인가."

"송구하옵니다, 저하……."

금이 상검을 내려다보았다. 흰 눈이 쌓여가는 상검의 등짝을 바라보던 금의 시선이 오들오들 떨고 있는 구월에게로 향했다.

불충한 것들.

"내 너를 어찌해야 하겠는가?"

"모두 소인의 잘못입니다! 부디 방자한 소인의 행동을 용서하시옵소서. 모두 소인의 죄입니다. 저를 벌해주시옵소서……."

금의 한쪽 입 끝이 미미하게 뒤틀렸다. 얕은 조소를 띤 채 그는 입을 열었다.

"내 지금 당장 금부에 알리지는 않겠다. 하나 내게도 생각할 시간이 좀 필요하겠지. 이만 돌아가, 네놈을 어찌 처분해야 할지 고심해야겠다."

상검의 대답 따위 기다리지도 않은 채 금이 휙 몸을 돌렸다. 흑룡포가 펄럭이며 옷자락에 붙어있던 눈송이들이 휘날렸다. 상검과 구월의 머리 위로 눈보라가 쳤다.

"사, 살피어 가시옵소서, 저하."

저벅저벅 멀어지는 금의 발소리.

"아아……."

검푸른 밤 속으로 금의 뒷모습이 완전히 파묻힌 순간, 긴장이 풀린 상검의 입에서 탄식이 흘러나왔다. 몸뚱이에 힘이 들어가지 않았다. 결국 상검은 울음과 같은 한숨을 토하며 눈 쌓인 바닥에 드러눕고 말았다.

얼마나 시간이 지났을까. 눈 쏟아지는 밤하늘을 황망히 올려다보던 상검이 벌떡 일어섰다.

"이만 들어가요, 누님."

구월의 겁먹은 시선이 상검을 향한다. 잠깐 사이, 상검은 몇 년의 세월을 건너뛴 사람처럼 보였다. 찬바람에 언 뺨이 서걱거렸다.

"상검아……."

"예, 누님."

"왜 저하 앞에서 있지도 않은 소리를 해? 왜……."

"그래야 누님이 사니까요."

"……그러면 넌?"

잠시간 상검은 구월을 바라보았다.

먼 과거 한때 구월을 바라보며 아름답지도, 여인답지도 않다 생각했던 적이 있었다. 그러나 투덕투덕 울고 웃으며 보냈던 몇 해. 언젠가부터 그는 구월을 사랑하게 되었다.

구월은 상검의 마음을 늘 대수롭지 않게 여겼다. 그저 스쳐 지나갈 청춘의 열병일 뿐이라면서. 그의 마음이 얼마나 깊고 얼마나 뜨거운지 그녀는 결코 모를 것이다.

"저는 괜찮아요. 아시잖아요. 궁녀랑 내관 사이에 정분이 나면 크게 처벌받는 쪽은 궁녀라는 거. 저야 전하께서 아껴주시니 그리 큰 벌을 받지는 않을 겁니다."

"하지만……."

"하지만은 무슨 하지만. 왕세제가 우리 대화를 못 들은 듯하니 하

늘이 도왔다고 생각하세요. 앞으로 절대 무슨 일이 있어도 누구에게
도 말하시면 안 됩니다."

"……알았어."

물론 이것으로 끝이 아니다. 상검의 곁에는 어찌 보면 왕세제보다 더한
위협이 도사리고 있었다. 김일경. 그가 냄새를 맡았고 사건을 조사하고 있
었다. 그는 집요한 사람이었다. 서찰에 쓰여 있던 '구월'이라는 말이 날짜
를 의미하는 것이 아닌 궁녀의 이름임을 김일경이 알아낸다면…….

상검이 빈 주먹을 꽉 쥐었다. 무슨 일이 있어도 구월만은 지키고
싶었다.

"누님이 관련되어 있는 것이 밝혀지지 않도록 제가 애써볼게요.
그러니 너무 큰 걱정 말고……. 내가 당부한 대로 조심하면서 지내
시면 돼요."

"그, 그렇지만……. 너는? 만약 왕세제께서 네가 했던 말 그대로
금부에 고하면……."

"왕세제 저하의 일도 제가 알아서 해요. 걱정하지 마요."

"그러다 네가 큰 벌을 받으면……?"

"그럼 어떡합니까?"

상검이 되물었다.

"그럼, 나보고 누님의 죄를 소상히 밝히라고요? 나 하나 빠져나가
자고 누님이 벌인 일을 왕세제에게 알리라고요?"

"……."

"나는 그렇게 못해요. 어찌 사내가 되어서 연모하는 여인이 곤경
에 빠진 걸 보고 모른 척합니까?"

"상검아……."

"누님이 보기에 나는 한없이 부족한 사내겠지만, 아니, 사내라기
엔 반 푼어치밖에 안 되는 내시 나부랭이에 불과하겠지만……. 그렇

다 해서 내 마음까지 부족하지는 않아요."

구월의 입술이 바르르 떨렸다. 눈이 쏟아지고 있었지만 추위 때문은 아니었다.

뜨거워서, 상검의 말 한 마디 한 마디 속에 담긴 진심이, 그 마음이 너무나 뜨거워서…….

구월의 마음을 둘러치고 있던 방벽이 그 열기에 불타 산화되는 밤. 하늘에서는 뿌연 재 같은 눈송이가 휘날리고 있었다.

"가요. 이러다 다른 사람 눈에 띄면 더 골치 아파지니까. 아니, 애당초 여기서 누님 기다리고 있었던 내 잘못이에요. 그러니 어서 들어가요."

"……."

상검의 재촉에도 불구하고 구월은 섣불리 발을 떼지 못했다. 무슨 일인지도 모른 채 저지른 과거의 실수. 그 대가로 어떤 벌을 받게 될까.

상검아, 괜찮겠지? 괜찮겠지, 우리…….

옴짝달싹하지 않는 구월이 갑갑한 듯 상검이 그녀의 팔에 손을 얹었다. 그의 손이 토닥토닥 구월을 다독였다.

"아무 걱정 말아요. 내 누님만은 꼭 지켜낼 테니……."

순간 포개진 입술. 누가 먼저 다가선 것인지 정신이 혼미하여 알 수는 없었다.

상검의 입술 위로 겨울밤이 쏟아졌다.

二十四章.

박상검의 옥(獄)

문밖이 푸르다. 잠에서 깨어난 윤의 시선이 문살 위에 머물렀다.

날이 서서히 밝아오는 시각. 창호지 너머로 궁인들의 그림자가 희미하게 비치고 있었다. 그들은 왕이 잠에서 깨어나 하루 일과를 시작하기를 기다리는 대전 궁인들. 그중 하나는 밤새 침전 앞을 지켰을 황가일 것이고, 또 다른 하나는 왕의 아침 시중을 들 상검일 것이었다.

"전하, 기침하시었습니까."

순심의 나지막한 목소리. 그녀의 눈동자에 걱정스러운 빛이 스쳤다.

"표정이 좋지 않으십니다, 전하."

"음……. 꿈자리가 뒤숭숭하여 좋지 않았다."

"……송구하옵니다."

"네가 어찌 송구하냐?"

"소인 탓에 밤새 마음 쓰신 듯하여……."

"너 때문이 아니래도."

윤이 고개를 저었다.

간밤, 궁녀에게 승은을 입힌다는 명목으로 낙선당 뜰에서 벌어졌던 소요. 내전 지밀과 황가가 안뜰에서 대치한 사건의 근본 원인은 왕과 중전이었다. 결국 얽히고설킨 실타래를 풀 수 있는 것 역시 그의 몫이다.

"순심이 너는 중궁전에게 죄책감을 느낀다 했었지?"

"그리하였습니다, 전하."

"슬픈 일이다. 상처를 입히지 않기 위해 안간힘을 쓸수록 오히려 모두에게 상처를 입히게 된다는 것이."

"……."

"만약 내가 아바마마가 그러했듯, 악역이 되는 것을 두려워하지 않았다면……."

적어도 둘 중 하나는 행복하게 할 수 있지 않았을까. 이기적인 마음이겠지만, 너 하나라도…….

"저……. 무슨 꿈을 꾸셨기에 뒤숭숭하다 하셨습니까, 전하?"

"글쎄다. 무어라 설명하기가 애매한 꿈이었다."

윤이 가볍게 고개를 저었다. 꿈속의 색채는 낯설었다. 푸른빛, 붉은빛, 검정……. 현실 속에서는 볼 수 없는 지나치게 현란한 빛깔들이 그의 꿈속에 뒤엉켜 있었다. 마음을 불안하게 하는 괴이한 꿈이었다.

"전하, 대비전으로 문안 드실 시간이옵니다."

"문 내관이냐?"

"예, 전하."

나이가 든 데다 비대하여 무릎 통증에 시달리던 문 내관은 상검이 정식 내관으로 승격하자 아침 시중을 물려주었다. 그렇기에 문 내관이 낙선당까지 나온 것은 꽤 오랜만의 일이었다.

의아한 생각이 들었으나 윤은 일단 일어나 의관을 갖추었다.

"상검이는 어디 갔느냐?"

침소 밖으로 나온 윤이 물었다.

"고뿔이라도 걸렸는지 기운이 없다 하여 신이 대신 나왔나이다, 전하."

"상검이 고뿔이 걸렸다고?"

윤이 반문했다. 상검은 호리호리한 체격과는 달리 상당히 건강한 체질이라, 병치레를 하는 일이 극히 드물었기 때문이었다.

"그렇사옵니다, 전하."

"그렇다면 청휘문은 누가 관리하느냐?"

"아예 몸져누운 것은 아니옵고 기력이 좀 떨어진 듯합니다. 청휘문은 상검이 예정대로 여닫을 것이옵니다."

"그래. 알았다. 가자."

"예, 전하."

윤이 걸음을 옮겼다. 곧 그의 뒤로 문 내관과 황가가 따라붙었다.

"전하."

황가의 목소리. 윤이 그를 돌아보았다.

"무엇이냐?"

"오늘 외출을 허해주시옵소서. 볼일이 있어 밖에 다녀오려 합니다."

"알겠다. 그리하라."

낙선당을 떠나는 임금의 행차. 반대편에서 오고 있던 구월이 길가로 물러나 머리를 조아렸다.

왕의 뒤를 따르던 황가의 시선이 잠시 구월에게 머물렀다. 구월은 이상할 정도로 창백하고 해쓱했다. 마치 유령처럼 보일 만큼.

'상검이처럼 고뿔이라도 걸렸나 보군.'

황가가 눈을 돌렸다. 궁궐의 하늘 위로 서서히 떠오르는 해가 오늘따라 크고 붉다. 밤새 왕의 침전을 지키느라 황가는 잠을 자지 못했다.

'잠시 눈을 붙인 후에 출입패를 받아 나가야겠다.'

간밤의 소요를 떠올린 그가 낮게 한숨을 쉬었다.

그러나 왕의 사생활에까지 마음을 쓸 여유가 없는 상태. 노론 사대신의 위리안치 이후 발생한 모종의 일이 그의 신경을 거스르고 있었다. 황가는 은밀한 조사를 위해 잠시 궁궐을 비울 예정이었다.

투둑, 갑자기 들려오는 기척. 청휘문 앞에 앉아 있던 상검이 소스라치게 놀라 고개를 들었다.

"아…….."

상검이 가슴을 쓸어내렸다. 황량한 궁궐 뜰을 가로지르는 짐승의 풍성한 꼬리. 근래 먹이를 찾는 여우들이 후원을 넘어 궁궐 안까지 들어오는 일이 잦더니 창경궁까지 내려온 모양이었다.

다시금 생각에 잠긴 그가 나직이 중얼거렸다.

"제발 오지 않았으면……."

대전과 동궁 사이에 위치한 청휘문은 굳게 닫혀 있었다. 상검이 문틈에 얼굴을 갖다 댔다. 그의 시야에 비치는 창경궁은 마냥 고요하기만 했다.

왕세제가 문안을 올 시간에는 청휘문을 열어놓는 것이 보통이었다. 그러나 상검은 오늘 문을 열지 않았다. 왕세제가 매일 문안을 오는 것은 아니었으므로, 상검의 바람이 아주 헛된 것은 아니리라.

"후…….."

상검이 짙은 한숨을 내쉬었다. 다행히 왕세제는 오늘 문안을 거를 모양이었다. 곧 임금은 일과를 시작하느라 침전을 떠날 것이다.

노론이 수세에 몰린 이후 금은 문안을 거르는 일이 잦았다. 혹여 윤에게 책잡혀 곤란한 일이 벌어질까 걱정했기 때문이었다. 왕세제가 나타나지 않았으니 상검에게는 한나절의 여유가 생겼다. 어서 김일경을 만나 상황을 수습하고, 왕세제를 찾아가 자비를 구걸하면……. 조금의 고통이야 따르겠지만 재앙은 피할 수 있을 것이다.

그때였다.

"게 아무도 없느냐? 어찌하여 청휘문이 닫힌 것인가."

"……저하."

문밖에서 들려오는 금의 음성. 화들짝 놀란 상검이 벌떡 일어섰다. 그가 입술을 잘근 깨물며 마른침을 삼켰다.

"무얼 하는가, 박상검. 문을 열래도."

"오, 오시지 않을 줄…… 알았습니다."

"생각할 일이 많아 밤잠을 설친 탓에 하마터면 문안을 거를 뻔했지. 내 전하를 뵈어야 하니 어서 문을 열어라. 급한 일이다."

빗장 위에 얹히던 상검의 손이 움찔했다.

"급한 일이라시면……."

"알고 싶으냐?"

"……예."

문 내관에게 고뿔에 걸렸다고 말했지만 그것은 핑계였다. 오만 생각에 괴로운 탓에 꾀병을 부렸을 뿐이다.

한데 왜 이리 오싹 소름이 끼치고 등골이 스산한지……. 잠을 이루지 못한 탓일까. 아니면 정말로 고뿔에라도 든 것일까.

"전하께 개암과 산딸기, 출처가 분명치 않은 약재를 몰래 먹인 궁녀가 있다지? 그러니 그 죄를 고하러 가야지 않겠는가? 그것은 역모이니, 어찌 왕세제로서 그것을 모른 척하겠는가?"

"허……."

상검의 입에서 경악에 찬 신음이 흘러나왔다. 무슨 소리를 들은 것인지 퍼뜩 실감나지 않았다. 지나친 걱정이 만들어낸 환청이기를 바라며, 상검은 석상처럼 굳은 얼굴로 청휘문을 노려보고 있었다.

"그러니 문을 열어라. 내 어서 아뢰어 역모를 꾀한 궁녀의 죄를 밝혀야겠다. 물론 고변의 증인은 네가 되어야겠지. 그렇지 않은가, 박상검?"

상검이 빗장 위에 놓인 제 손을 바라보았다. 마치 남의 것 같이 덜덜 떨고 있는 흰 손을.

'청휘문이 열리면 모든 것이 끝이야.'

상검은 금의 성정을 누구보다 잘 알고 있었다. 그는 일단 결정하면 망설이는 법이 없는 사람이다. 그리고 잔인한 사람이었다. 게다가 왕세제는 수세에 몰려 있었다. 유배된 노론 사대신은 금이 태어난 순간부터 그의 후견인을 자처한 사람들이었다. 그런 까닭에 금은 과거 윤이 그러했듯 숨죽여 살고 있었다.

그에게 이것은 기회일지도 모른다. 역모를 꾀한 궁녀를 고발하여, 왕에게 충성을 다하는 왕세제라는 평판을 얻을 기회.

"문을 열지 않고 무엇하는가?"

"무, 문이……."

"문이 무어라고?"

상검의 손이 우왕좌왕 하릴없이 허공을 오갔다.

이 문이 열리면 모든 것이 끝나. 구월 누님을 죽게 할 순 없어. 그럴 수는 없어…….

"처, 청휘문 근방에 여우가 자꾸 출몰하여 문 앞에 여우 덫을 놓았습니다. 하여 문을 열 수가 없으니……."

"여우 덫?"

금이 황당한 듯 되물었다. 상검이 잘근 입술을 깨물었다.

말이 되지 않는다는 것은 그 스스로도 잘 안다. 그러나 절대로 금을 들일 수 없었다. 그럴 수는 없다…….

"아둔한 것. 구월이라는 계집을 살리려고 하는 짓이로군."

"……."

"네가 지금 무슨 짓을 벌이는지 정녕 모르는 것인가?"

상검이 가까스로 입을 열었다.

"저, 저하. 사, 살려주십시오. 저하께서 시키는 것이라면 무엇이든 하겠습니다. 저하의 충실한 종이 되겠나이다. 부, 부디 궁녀를, 사, 살려……."

"무엇이든 하겠다고?"

"예. 무엇이든, 무엇이든지……."

그때였다. 금의 뒤편에서 갑작스레 나타난 초로의 여인. 예상치 못한 방문자의 등장에 금 역시 당황하여 눈을 굴렸다.

"대체 이것이 무슨 일입니까? 한낱 환관 나부랭이가 감히 왕세제의 길을 막고, 문을 폐쇄하다니! 내 도무지 믿을 수가 없어 계속 지켜봤거늘, 어찌 감히!"

"……영빈 자가, 언제 입궐하신 겁니까?"

금의 물음에 대꾸하지 않은 채, 영빈은 굳게 닫힌 청휘문을 노려보고 있었다.

"자고로 환관이 설치기 시작하면 망조가 든다 했지요. 청휘문을 지키는 자가 대전 내관 박상검임을 내 알고 있소. 감히 왕세제를 위협하다니, 내 결코 이 일을 그냥 넘어갈 수 없겠습니다!"

＊ ＊ ＊

"상검아."

"……."

"박상검!"

"……."

철썩! 문 내관의 손이 상검의 등 위에 떨어졌다. 그제야 정신을 차린 상검이 외마디 소리를 내질렀다.

"대체 정신을 어디다 팔고 있는 게냐? 내섬시에 가서 차를 받아 오라는 말 못 들었느냐?"

"아, 예."

내시부 빈청 안. 멍하니 앉아 허공을 바라보던 상검이 황급히 자리에서 일어섰다. 문 내관이 미심쩍은 시선을 던졌다.

"좀 보자."

문 내관이 상검의 이마를 짚었다. 차고 축축하다. 그가 인상을 찌푸렸다.

"어디가 안 좋으냐? 열은 없는 듯한데 어찌 이리 식은땀을 흘리는 게야? 고뿔이 아니라 체한 것 아니냐?"

"아, 아닙니다. 아닙니다, 상선 나리."

상검이 몸을 비틀어 문 내관의 손에서 빠져나왔다. 그러나 문 내관은 여전히 그에게서 눈을 떼지 않았다.

"어찌 얼굴이 그리 창백하냐? 단단히 탈이 난 꼴이로구나."

"아니요. 괘, 괜찮습니다……."

"괜찮기는. 안 되겠다. 오늘은 이만 하고 처소에 들어가 쉬어라. 괜히 고집부리다가 큰 병을 얻는다."

"……."

"뭐 하는 게냐? 어서 들어가라니까."

갑자기 내시부 입구가 소란스러워졌다. 어디선가 들려오는 요란한 발소리, 철그렁대는 금속성의 소리. 내시부 안에서 휴식을 취하던 내관들 여럿이 의아한 듯 고개를 들었다.

이내 모습을 드러낸 이들의 복장이 이곳에서는 좀체 보기 힘든 것이라, 내관들 모두가 당황하여 눈을 끔뻑거렸다.

"장금사(掌禁司)[21] 관원들이 내시부에는 어쩐 일들이오?"

문 내관이 당황한 표정으로 물었다.

물론 내관들도 크고 작은 죄목으로 처벌받는 일이 왕왕 있었다. 주로 통금 시간을 어겼거나 궁궐의 물건을 착복했거나 하는 죄목들이었다. 그러나 문 내관이 상선에 임명된 이후 장금사의 처벌을 받

---

21 감옥과 범죄수사에 대한 업무를 보는 관청.

을 만큼 큰 죄를 지은 자는 없었다.

"죄인을 추포하러 왔소이다."

"죄인?"

문 내관이 되물었다. 순간 풀썩, 들려오는 기척. 문 내관이 단상에 주저앉은 상검을 바라보았다.

"상검이 네놈은 무얼 하고 있느냐. 아프면 어서 들어가 쉬어라. 신경 쓰이게 얼쩡거리지 말고……."

"저자가 박상검이오?"

관원이 물었고, 문 내관의 눈이 가늘어졌다.

"……."

"상선 나리, 내 묻지 않소? 저자가 박상검이오?"

"……그렇소만."

상검아. 이놈아. 대체 무슨 짓을 저질렀느냐?

"박상검은 독단적으로 청휘문을 폐쇄하였고 또한 왕세제에게 위해를 가하려 들었으므로, 이에 진상을 밝히기 위하여 추포한다!"

* * *

"자가!"

저만치 보이는 푸른 당의와 황녹색 장옷.

걸음을 옮기던 영빈이 몸을 돌렸다. 왕세제를 마주한 그녀의 얼굴에 화색이 돌았다.

"왕세제 저하, 제가 동궁으로 어련히 찾아갈 것을 어찌 여기까지 나오셨습니까?"

"자가. 어찌, 어찌……."

전력을 다해 달린 탓에 숨이 턱 끝까지 차올랐다. 금이 헉헉대며 숨을 가다듬었다.

"체통을 지키셔야지요. 어찌 이리 뛰어오십니까?"

"자가! 어찌 그러신 겁니까!"

금이 버럭 소리를 내질렀다. 이내 영빈의 얼굴에서 미소가 사라졌다.

"무엇을 말입니까?"

"박상검의 일을, 어찌 신료들에게 알렸냐는 말입니다!"

영빈이 의아하다는 표정으로 금을 응시했다.

"당연한 일 아닙니까? 그자는 왕세제가 드나드는 청휘문을 폐쇄하였고, 감히 여우 덫을 놓았다는 둥의 거짓말로 저하를 농락하였습니다. 제가 잘못 듣기라도 했다는 말씀이십니까?"

"저와 약조하시지 않았습니까? 청휘문 일은 제 재량으로 처리할 테니 자가께서는 못 들은 것으로 하시라고!"

"그거야."

영빈이 마뜩잖은 듯 눈을 내리깔았다.

"아무리 생각해도 참으로 방자하여 그냥 넘길 수가 없어 그리하였지요."

"자가."

"저하, 한낱 내관의 일에 어찌 그리 흥분하십니까? 본분을 잊은 것은 그자이지요. 환관들이 날뛰었던 고려가 어떻게 망했는지 모르십니까?"

금이 질렸다는 표정으로 영빈을 노려보았다.

"다 좋다 치겠습니다. 한데 박상검이 왕세제를 위해하려 했다는 말은 대체 어디서 나온 것입니까? 박상검과 저는 문을 사이에 두고 있어 얼굴조차 마주하지 못했습니다!"

"그거야 뻔한 것 아닙니까."

영빈이 금을 보며 말을 이었다.

"환관 나부랭이에 지나지 않는 자가 감히 왕세제와 대적하려 하였습니다. 그 속내가 무엇이겠습니까? 웃전, 그것도 까마득한 웃전인 왕세제에게 반기를 든 것은 곧 역모나 다름없습니다! 저하를 해하려는 의도가 없이 어찌 그 문을 걸어 잠근단 말이오!"

"자가!"

"세제! 어찌 이리 아이처럼 구십니까? 본인의 처지를 정녕 모르십니까? 왕께서 되도 않는 이유를 들어 노론 사대신을 모두 유배시키고. 조정을 무도한 소론의 무리로 채웠습니다!"

"그것과 이것은 별개 문제입니다!"

"별개라니요? 아니요! 그렇지 않습니다. 이것은 기회입니다! 하늘이 내린 천운입니다! 이 기회를 잡지 못하면 세제의 안위 역시 보장할 수 없습니다."

불이 들어 있는 듯한 그녀의 눈빛. 무엇이 저 초로의 여인을 저리 맹목적으로 만든 것일까.

"노론 사대신이 유배당한 것으로 끝난 것 같습니까? 왕은 지금 복수를 하고 있습니다! 어미 장희빈의 복수를요! 그 복수의 끝이 무엇일 것 같습니까?"

"……."

"애당초 희빈 장씨가 왜 죽었습니까?"

영빈의 어조는 열에 들떠 있었다. 그녀의 말 한 마디 한 마디마다 집요한 의지와 지독한 악의가 배어나왔다. 영빈의 눈자위가 생선의 배처럼 희게 번뜩였다.

"설마 잊으셨습니까? 세제 저하의 생모이신 숙빈 최씨께서 장씨의 죄를 고변하였다는 사실을! 숙빈의 고변이 없었다면, 결코 숙종께서는 장씨를 자진케 하지 않았을 것이오!"

"대체 무슨 말씀을 하고자 하시는 겁니까?"

"그것이 왕의 목적이고, 왕의 뜻입니다! 생모의 복수를 하는 것! 숙빈 최씨가 이 세상 사람이 아니니, 왕은 그 아들인 세제 저하를 죽여 복수하려는 겁니다! 어찌 그 사실을 모르고 이리 경거망동하며 저를 탓하시는 겁니까!"

"……하."

영빈을 마주 보던 금의 입에서 맥 풀린 한숨이 흘러나왔다.

"그리하여 박상검에게 중죄를 뒤집어씌우신 겁니까?"

"뒤집어씌우다니요? 없는 일을 지어한다는 듯이 말하지 마십시오. 그자는 분명 죄를 지었습니다. 문안길을 막아 왕과 세제 사이를 이간질한 것은 엄청난 중죄입니다."

"그 죄에 대한 대가만 치르게 하면 되는 일 아닙니까!"

금이 바락 소리를 질렀다. 영빈의 눈에 붉은 핏발이 섰다.

"대체 대전 내관 따위가 무엇이라고 제게 그리 대드시는 겁니까? 예, 그럼 그리하십시오. 금부로 찾아가 영빈 김씨가 환관을 무고하였으니 처벌하라 고하시지요!"

"자가!"

"왜 못 하십니까? 왜! 왜요?"

영빈이 비명처럼 울부짖었다. 그녀의 몸이 크게 휘청였다.

"왕세제는…… 정말로, 정말로 무정하십니다."

주르륵, 영빈의 뺨으로 흘러내리는 눈물. 차오른 분노를 이기지 못하고 넘친 눈물인지, 아니면 친아들처럼 여겨온 마음을 알아주지 않는 금을 향한 서운함의 눈물인지, 혹은 제 처지가 가여운 탓에 터져 나온 눈물인지 그녀조차 알 수 없다.

"……자가."

"저를 고변하세요. 고발하세요! 죄를 물으세요! 평생 마음 붙일 데 없는 뒷방 후궁으로 살았습니다. 임금의 무정함과 장씨의 간악함에 시달리며 세월을 보냈습니다. 하여 숙빈께서 하나뿐인 귀한 아드님을 양자로 주셨을 때, 저는 맹세했습니다!"

영빈이 주름진 손마디로 얼굴을 감싸며 흐느꼈다.

"비록 내 배로 낳은 자식은 아니지만 내 오직 너만을 위해 살겠다고! 어미로서 할 수 있는 일이라면, 그것이 내 목숨이라 해도 기꺼이 아들을 위해 내걸겠다고!"

"……."

"그것이 내 구차한 생의 희망이었고 비루한 생의 빛이었습니다! 나는 오직 세제만을 위해 살았단 말이오! 나는 오직……."

영빈의 무릎이 꺾였다. 차디찬 흙바닥 위로 푸른 치마폭이 나뒹굴었다.

"나는 오직…… 내 아들, 세제만을 위해 살았소. 그런데 어찌 이 어미의 마음을 이리 몰라주시오……."

"……어머니."

금이 질끈 눈을 감았다. 그가 바닥에 쓰러져 울부짖는 영빈을 부축했다.

"제가 잘못하였습니다. 이만 일어나세요."

"으흐흑……."

"어머니, 제발……."

영빈의 삶에도, 금의 삶에도. 윤과 순심, 문 내관, 그리고 박상검과 구월의 삶에도. 모든 생의 길목마다 선택의 순간은 문뜩문뜩 찾아왔다.

그 기로에서 무엇을 선택할 것인지는 온전히 그들의 몫. 금 역시 제 운명을 이끌 선택을 하고 말았다.

* * *

청휘문 사건은 누구도 예상하지 못한 날벼락 같은 일이었다. 내관이 벌인 일이었으나 그 대상은 나라의 국본인 왕세제였다. 상검은 즉각 하옥되었다.

궁궐은 큰 소란에 휩싸였다. 상검의 하옥 소식을 들은 윤은 누구도 본 적이 없을 만큼 격노했다. 그러나 임금이라 해도 죄인을 무조건 풀어줄 수 없는 것이 궁궐의 법도였다.

가장 먼저 공격을 시작한 이는 노론들이었다. 노론 사대신의 유배이후, 요직에 있던 노론 대부분이 파직당하거나 자리를 옮겨야 했다. 노론 사대신과 같은 꼴이 될까 두려워하며 숨죽이고 있던 노론들은 청휘문 사건을 기회로 여겼다.

"전하, 환관이 일선에 개입하는 일은 환란이나 다름없습니다. 환관들이 설쳐 망한 고려와 명(明)의 경우를 잊으셨습니까?"

"감히 정육품 상세 따위가 왕세제를 적대하였나이다. 단지 적대한 정도가 아니라 청휘문을 폐쇄하였습니다! 이것은 대전과 동궁 사이를 이간질하고 왕세제를 모해하려는 간악한 술책임이 틀림없습니다!"

"극악무도한 죄인인 박상검을 국문(鞠問)에 처하셔야 합니다. 통촉하여주시옵소서!"

"통촉하여주시옵소서!"

국문을 요구하는 것은 노론만이 아니었다. 소론 역시 박상검을 처벌할 것을 주장했다. 긴 세월 노론에게 억눌려 숨죽이던 소론은 박상검의 옥사가 정치적인 사건으로 비화되는 것을 피하고자 했다. 그런 까닭에 소론들마저 왕세제에게 죄를 지은 박상검을 처벌하라 목소리를 높였다.

"……."

윤이 천천히 눈을 감았다. 문득 간밤에 꾸었던 괴괴한 꿈이 떠오른다. 그의 음습한 꿈은 사건의 전조였던가.

"박상검이 죄를 지었다 주장하는 이들은 왕세제와 영빈 김씨 둘뿐이오. 게다가 왕세제는 언질마저 피하고 있지 않은가?"

"전하, 선왕의 후궁이셨던 분의 말씀보다 한낱 내관의 말을 더 믿으신다는 뜻입니까?"

"박상검은 한낱 내관이 아니오. 그는 긴 세월 동안 과인의 수족이 되어 나를 보필했소. 나는 그를 잘 아오."

"전하. 소인 김일경 아뢰옵나이다."

내내 불편한 표정으로 침묵을 지키던 김일경이 입을 열었다. 윤이 허락의 뜻으로 고개를 끄덕였다.

"누구의 일이든 고변이 들어온 이상 사실 여부를 밝히는 것이 옳습니다. 박상검에게 죄가 있다, 혹은 없다 탁상공론(卓上空論)한들 무엇을 밝힐 수 있겠나이까? 일단 국청(局廳)을 열어 사실을 확인하는 것이 필요할 듯합니다."

"……."

윤은 고심한다. 이제 갓 편전의 요직이 소론으로 교체되었을 뿐 금부와 형조는 여전히 노론이 장악하고 있었다.

그러나 김일경의 말이 옳다. 그것은 분명한 사실이었다.

"……국문을 윤허하겠다."

윤의 명이 떨어짐과 동시에, 문 내관의 입에서 긴 탄식이 흘러나왔다.

* * *

옥사에서는 낯선 냄새가 났다. 벽 곳곳에 검게 번진 곰팡이의 매캐한 냄새, 옥사 내부에 흩뿌려진 오래 묵은 볏짚의 퀴퀴한 냄새. 고신(拷訊)[22]을 받은 죄인의 피고름이 썩어가는 지독한 냄새와, 조금만 몸을 틀어도 뿌옇게 피어올라 코를 마비시키고 목을 까끌하게 하는 먼지 냄새.

---

22 고문.

"박상검."

"……."

창살에 머리를 기대고 있던 상검이 눈을 떴다.

빛이라고는 손바닥만 한 살창으로 들어오는 햇살 한 줄기뿐. 옥사 안에서는 시간마저 형구(刑具)에 갇혀 있었다. 아침인지, 낮인지, 이미 하루가 지났는지조차 알 수 없었다.

"……저하."

목구멍에 먼지가 앉았는지 단 한마디를 꺼내는 것조차 힘이 들었다.

금이 창살 틈으로 무엇인가를 떨어뜨렸다.

"물과 주먹밥이다."

감읍합니다, 라고 말해야 할까. 정신을 차린 상검이 자세를 바로 하고 금을 보았다.

길었을 수도, 혹은 길지 않았을 수도 있는 시간. 그동안 상검의 정신은 생각 속을 헤매고, 헤매고, 또 헤맸다. 그는 답을 내렸다. 파직은 피할 수 없으리라. 이유가 어찌 되었든 상검은 정육품 내관 신분으로 왕세제와 대적했다. 게다가 상검의 죄를 고변한 이는 선왕의 후궁인 영빈 김씨였다. 기적이 일어난다 해도 처벌을 피할 수는 없을 것이다.

상검은 실낱같은 희망을 걸어보기로 했다. 전하께서 그를 아끼심을 알기에. 그리고 금 역시 애증이나마 상검에게 호의를 품었던 시절이 있음을 알기에.

'그래야 누님도 살고 나도 살아.'

상검이 이를 악물었다. 그는 반드시 이 난관을 헤쳐 나가야만 했다.

"처벌을 피할 수는 없을 듯하다. 국문의 과정이 고될 수도 있다."

"예."

"청휘문을 폐쇄한 것은 분명 너의 잘못이니 그것마저 억울하다 여기지는 마라. 그러나 이것만은 알아다오. 내 너에게 이렇게까지 하려는 마음은 없었다. 영빈께서 사건에 개입한 것은 나로서도 생각지 못한 일이었다."

상검이 고개를 들었다. 그리고 이런 상황을 예상했을까. 청휘문을 사이에 두고 왕세제를 적대하는 일. 그리고 옥사의 창살 너머로 왕세제에게 자비를 구하는 일.

"저하. 소인 청이 하나 있습니다."

"말해보아라."

"소인 큰 죄를 지었음을 알고 있습니다. 청휘문을 폐쇄한 것, 여우덫을 설치했다는 거짓을 고하여 저하를 우롱한 것……. 소인 제 죄를 알기에 입이 열 개라도 할 말이 없습니다. 파직당하거나, 장형에 처해지거나, 혹은 노비가 된다 해도 달게 벌을 받겠습니다. 단지 부탁이 있습니다."

"그 궁녀의 일인가?"

금이 물었다.

"예."

고개를 주억거리는 상검을 보는 금의 시선은 착잡했다.

단 하루의 시간을 옥사에서 보낸 상검의 얼굴은 몹시 초췌했다. 때꾼한 상검의 모습은 몇 년 전, 정식 내관이 되기 전 그의 모습을 연상케 했다.

"……연정(戀情)이란 게 대체 무엇이라고."

대체 그깟 감정이 무엇이라고 이런 위험을 자초한단 말인가.

"저하……. 부디 궁녀의 이야기를 잊어주십시오. 궁녀 역시 무슨 일을 하는지조차 모르고 선의로 벌인 일입니다. 소인 누구보다 충실히 전하를 모셔왔으니, 옥체에 문제가 생겼다면 제가 가장 먼저 알았을 것입니다. 박가라는 누군가가 개입하여 사건을 꾸며낸 것이니……."

"박가?"

"예. 누구인지는 소인 역시 알지 못합니다만……."

상검이 창살을 붙잡았다.

"제발 소인의 청을 들어주십시오. 바라는 것은 그것 하나뿐입니다. 구월을 제발 살려주십시오, 저하."

금이 상검을 응시했다.

노론은 상검을 엄벌에 처하라 목소리를 높이고 있었다. 소론 역시 죄목이 분명한 내관 따위를 굳이 구하려 들지 않았다.

물론 상검은 왕의 사랑을 받는 내관이었다. 왕은 상검의 죄를 최대한 사하여주려 애쓰리라. 그러나 완전히 죄를 면할 수는 없을 것이다. 상검은 파직되어 궁을 떠날 확률이 높았다. 남성의 기능이 불가능한 내관에게 파직이란 상당히 가혹한 벌이었다.

"나로서는 도저히 이해가 가지 않는 청이지만."

금이 작게 고개를 끄덕였다.

"알았다. 내 네 청을 들어주겠다. 간밤의 일은 듣지 못한 것으로 알겠다."

"감읍합니다, 저하."

"……."

생각에 잠겨 있던 금이 몸을 돌렸다. 그들은 구구절절 긴 이야기를 나눌 만큼 애틋한 관계는 결코 아니었다. 애당초 상검이 하옥된 것은 왕세제 때문이었으므로, 금의 방문 자체가 남들 눈에 이상하게 보일 수도 있었다.

"상검아."

"예."

그러나 평생 누군가에게 선뜻 호감을 느낀 적이 드문 금의 삶. 알게 모르게 금은 상검에게 꽤 많은 정을 주었다.

"아쉽구나. 너와 나의 관계가 이렇게 틀어져버린 것이."

"……."

"이만 가겠다."

금이 옥사를 빠져나갔다. 옥사의 문이 열린 짧은 순간 눈부신 햇살 한 줄기가 피고름으로 얼룩진 바닥을 비추었다. 곧이어 굳게 문이 닫히고 다시금 빛은 사라졌다.

"전하."

김일경이 왕의 침전에 찾아든 것은 인경이 지난 깊은 밤이었다.

그날 저녁, 상검의 국문이 있었다. 상검은 청휘문을 폐쇄한 사실을 인정하였으나 왕세제를 해치려 했다는 것에 대해서는 완강히 부인했다.

"박상검을 입궐시킨 것이 신이오니 송구한 마음 금할 수가 없나이다, 전하."

"그것이 어찌 그대의 탓이겠소."

윤이 착잡하게 대답했다. 누구라고 예상했을까. 윤이 낮은 한숨을 내쉬었다.

"상검에 대해서는 내 마음을 정하였습니다. 국문의 과정은 혹독하고 고통스럽소. 과인은 이만 상검을 파직하여 내보내는 것으로 상황을 정리하고자 하오."

이렇게 작별하는구나, 상검아.

더 이상 선택의 여지가 없었다. 국문의 강도는 거듭될수록 혹독해지기 마련. 국문을 당하는 와중 죽어나가는 이들이 부지기수였다.

그러나 김일경이 가져온 소식은 윤을 당황케 했다.

"……전하."

김일경의 어조가 믿기지 않을 만큼 섬뜩하다. 윤의 눈동자가 캄캄해졌다.

"방금 전에 고변이 있었습니다. 노론 측에서, 상검과 뜻을 모아 왕세제를 죽이려 한 궁녀들이 있다 알려왔습니다."

"……무엇이라?"

"석렬(石烈)과 필정(必貞)이라는 이름의 궁인이온데, 그들은 왕세제를 죽이려 했다는 고변이 알려지자마자 유서를 남기고 자진했습니다."

"유서에 무어라 쓰여 있었습니까?"

"유서에는……."

김일경이 눈을 내리깔았다. 그 역시 상검을 아꼈다. 그러나 그를 위해 거사를 그르칠 만큼 아끼는 것은 아니었다.

"박상검이 주도하여 왕세제를 죽이고자 계획을 세웠다고…… 쓰여 있었나이다."

"……."

윤은 말을 잇지 못했다. 번개에라도 맞은 듯 충격을 받은 표정으로 그는 김일경을 응시했다.

"전하……. 아무래도……."

"믿을 수 없소."

"하오나 증좌가 나와 있으니 되돌릴 수 없습니다. 전하의 마음을 어찌 신이 헤아리지 못하겠습니까……."

"믿지 않는다 했소!"

"전하, 박상검을……."

"아니 되오."

윤이 김일경의 말허리를 잘랐다. 김일경의 입매가 단단하게 굳어졌다.

"……사형하셔야 할 듯합니다."

윤의 시선이 등잔불에 비쳐 마치 사신처럼 보이는 김일경을 응시했다.

"그럴 수 없소."

"전하."

"당장 나가시오!"

그와 동시에, 침전 바깥에 대기하던 문 내관이 바닥에 주저앉는 둔탁한 기척이 들려왔다.

"문 내관."

"예, 예……. 전하."

문 내관의 음성은 가느다랗게 떨리고 있었다.

"당장 궐 밖에 나가 있는 황가의 거취를 수소문하여 입궐토록 하라."

* * *

인생의 결정적 순간들은 언제나 예고 없이 찾아온다.

가난한 대가족의 일원이었던 어린 소년이 야심찬 벼슬아치인 김일경을 만난 것, 그리하여 가족을 떠나 부유한 내관 가문에 양자로 들어가게 된 것. 목숨을 내걸어야 하는 지독한 거세의 과정을 견뎌내어 어엿한 내시로 입궐한 것.

"그런 것도 견뎌냈는데 이깟 괴로움 따위 뭐라고……."

까마득하게만 느껴지는 그 시절의 고통을 떠올리던 상검이 중얼거렸다.

어린 시절의 상검에게는 쓸쓸하게만 느껴지던 궁궐. 동궁전에서 왕세자 윤의 곁을 지키게 된 상검은 어엿하게 한몫을 하는 내관으로 성장했다.

그러나 반복된 일상 탓에 단조롭게만 느껴지던 궁궐 생활, 어느 여름날 동궁전 담장 위로 불쑥 튀어나왔던 수더분한 여인. 그렇게 구월은 그의 삶 속으로 뛰어들었고, 처음으로 상검은 여인을 사랑하게 되었다.

"아……."

뿌연 어둠 속에 상검의 한숨 소리가 울렸다.

상검과 구월의 정수리 위로 쏟아지던 겨울밤의 함박눈, 그들을 비추던 푸른 별빛들. 꽁꽁 얼어붙은 뺨과 손마디의 냉기조차 잊게 하던 입술의 뜨거운 열기.

그러나 옥사는 오한이 들 만큼 써늘했으며 텅 비어 있었다. 동장군이 기승인 탓에 금부옥(禁府獄)에 갇혀 있던 죄인들은 사면되거나 일찌감치 형을 받았다. 투옥된 이는 상검 하나뿐. 누가 곁에 있다 한들 위안이 될 것 같지는 않았으나 두렵고 외로웠다.

눈을 지그시 감은 채 상검은 종종 생각에 잠겼다. 사랑하거나 사랑했거나, 혹은 나름의 의미를 가진 이들의 얼굴들. 왕의 얼굴, 구월의 얼굴, 순심의 얼굴, 황가와 문 내관의 얼굴…….

끼익- 조심스럽게 들려오는 옥사 문이 열리는 소리.

어차피 시간의 흐름에 무뎌졌으므로 상검은 감은 눈을 뜨지 않았다. 보나 마나 물이나 끼니 따위를 던져주러 온 장금사 관원이리라. 마른 땅을 밟는 건조한 발소리가 그에게로 다가왔다.

"……상검아."

"……."

예기치 못한 음성이었다. 상검이 눈을 번쩍 떴다.

살창 사이로 새벽별이 보인다. 그 흐릿한 푸른빛에 의지하여 그는 창살 너머 주름진 얼굴을 바라보았다.

"문 내관 나리……."

입을 여는 것과 동시에 뜨거운 기운이 치밀어 올랐다. 목구멍이 시큰해지고 코끝이 찡해졌다. 옥사에 갇힌 이후 단 한 번도 울지 않았던 상검의 눈에서 굵은 눈물방울이 후두둑 떨어져 내렸다.

"……뭘 잘했다고 우느냐, 이놈아."

"잘못했습니다, 상선 나리……."

"내 네놈이 핏덩이일 때부터 그리 가르쳤거늘, 어찌 말을 듣지 않고……."

눈을 감고, 귀를 막고, 입을 닫아라…….

김일경이 상검을 모진 삶에서 구해낸 구조자였다면 문 내관은 그를 키워낸 아버지나 다름없었다. 문 내관은 누구보다 엄했으나, 동시에 일과를 마친 후의 그는 지극히 자애롭고 너그러웠다.

상검은 문 내관을 존경하고 사랑했다. 단지 눈을 감고, 귀를 막고, 입을 닫으라는 가르침대로 사는 것을 그의 운명이 허락지 않았을 뿐이다.

"입어라."

"예?"

창살 안으로 손을 넣은 문 내관이 무엇인가를 툭 떨어뜨렸다. 상검이 당황한 눈길로 제 앞의 의복 더미를 바라보았다.

"이것이 무엇입니까?"

"군말 말고. 어서 입지 않고 뭐 하느냐?"

상검은 얼떨떨한 표정으로 옷가지를 주워 들었다. 옥사 안의 지독한 냄새에 익숙해진 그의 코에 밀려드는 깨끗한 옷가지의 향기.

의복은 여러모로 상황에 어울리지 않았다. 그것은 상검이 평생 입어온 내관복이 아닌, 궁궐 밖 여느 필부(匹夫)가 입을 법한 무명옷이었다.

"나리……."

"무얼 하고 있어? 시간이 없다. 어서 갈아입어라. 내 옥사 문지기를 매수해두었으니, 어서!"

"하오나……."

상검의 눈이 당황으로 얼룩졌다. 파직에 대해서는 이미 각오한 바였다. 그러나 옥사에서 탈주하다 붙잡힌다면 파직보다 더 큰 형벌을 감수해야 한다.

무엇보다 이것은 궁궐의 법도를 어기는 일. 상검이 아는 문 내관은 누구보다 법도를 중히 여기는 사람이었다. 대전으로 들어가는 곡식 한 줌 훑어먹는 것조차 엄하게 다스리는 문 내관이, 어찌하여 나라 법을 어기려는 것일까.

문 내관의 재촉에 따라 옷을 갈아입던 상검의 행동이 문득 멈췄다.

"나리. 혹시 소인…… 죽습니까?"

"……"

섬뜩한 깨달음이 상검을 덮쳐왔다. 문 내관은 결코 법을 어길 사람이 아니다. 평생을 내관으로 살아온 그는, 부정을 저지름으로써 그가 인생을 걸고 섬겼던 왕을 곤경에 처하게 할 사람이 아니었다.

그러므로 이유는 하나뿐이었다. 그에게 궁궐의 지엄한 법을 어기게 할 만한 강력한 동기가 생겼다는 것. 예를 들자면 아들처럼 아끼던 내관의 죽음과 같은……

"그만 주절대고 이만 가자."

덜컥. 옥사 문이 열렸다.

"날이 밝기 전에 한성을 벗어나야 살 것이다. 내 노잣돈을 넉넉히 준비해두었다."

"나리."

"그 입 좀 다물어라, 이놈의 자식아. 눈을 감으라고, 귀를 막고 입을 닫으라고 평생 일렀거늘……"

상검이 고개를 떨어뜨렸다.

문 내관의 말은 참으로 깊은 진리를 담고 있었다. 애당초 눈을 감았다면 구월의 모습에 마음을 빼앗기지 않았을 것이고, 귀를 막았다면 동궁전 사건에 대한 그녀의 고백 역시 듣지 못했을 것이다. 또한 입을 닫았다면 왕세제와 사건에 휘말릴 일 역시 없었을 것이다. 궁궐에서 살아가는 내관으로서 그보다 더 중한 일이 어디 있겠는가.

그렇지만 사내이고팠던 박상검은, 한 여인에게 어엿한 사내이고 싶었던 상검은 그렇게 하지 못했다. 그렇게 할 수 없었다.

"네놈이 한성 지리에 밝으니 다행이다. 어서 빠져나가 성문을 벗어나라. 너도 알다시피 나는 늙어 걸음이 느리니……."

마침내 그들은 옥사 밖으로 나왔다. 그사이 짙푸르던 새벽빛은 점점 밝아지고 있었다.

"가, 어서."

문 내관이 상검의 손에 주머니 하나를 쥐여주었다. 주머니 속 무언가가 묵직하게 쩔렁였다. 안에 든 것은 필시 은자일 것이다.

"나리……. 소, 소인은……."

"상검아."

"예, 나리……."

"살아 있는 것이 나에 대한 보답이다."

"……."

"그러니 어서 가라. 네 목숨이 걸린 일이다. 엉덩이가 이리 무거워서야 어디 쓰겠느냐? 내가 네놈을 이렇게밖에 가르치지 못한 것이더냐?"

문 내관의 손이 상검의 등짝을 후려쳤다. 쩌억- 하는 소리가 새벽 공기를 갈랐다. 그러나 등짝에 아픔은 느껴지지 않았다. 밀려오는 마음의 고통이 너무나 컸기 때문에. 차마 목이 메어 말이 나오지 않았다.

매일같이 등짝을 맞는 신세라며 투정을 부리곤 했었다. 이제는 수백, 수천 번이라도 기꺼이 맞을 수 있을 것 같은데…….

"조만간 만날 기회가 있겠지. 가라, 어서."

이를 악문 채, 상검은 문 내관을 향해 허리를 숙였다.

"……고맙습니다, 나리."

치솟아 오르는 울음을 삼키며 상검은 몸을 돌렸다. 그가 푸르른 새벽을 향해 내달리기 시작했다. 그때였다.

"거기 서라!"

찬 공기를 뚫고 우렁찬 음성이 들려왔다. 고요를 깨는 목소리에 상검과 문 내관이 동시에 멈춰 섰다. 저 멀리서 모습을 드러내는 장금사 관원들. 이내 문 내관은 그가 매수한 옥사 문지기를 알아보았다.

"허……."

문 내관의 입에서 쓴 한숨이 흘러나왔다. 문지기는 돈은 돈대로 챙기고, 옥사 관리에 허술했다는 죄 역시 뒤집어쓰지 않으려는 심산임이 분명했다.

"가, 이놈아!"

문 내관이 상검의 등을 철썩 후려쳤다.

"나리를 두고 어찌 갑니까?"

"내 말을 귓등으로 들었느냐? 어차피 나는 궁으로 돌아간다. 어서 가!"

"나, 나리, 이러다 붙들리면……."

"어서!"

다시금 문 내관이 상검의 등을 확 떠밀었다. 그제야 상검의 발이 떨어졌다.

"네 주제에 누구 걱정을 하는 게냐? 이 문유도(文有道)가 누군지 아느냐? 내 주상 전하를 업어 키운 몸이다! 내 걱정일랑 말고 네 목숨이나 중히 여겨라, 이놈아."

"……."

"가라."

상검이 이를 악물었다.

"갈게요, 나리……."

눈앞이 뿌옇게 흐려졌다. 목구멍이 먹먹하게 메어 더 이상 말을 이을 수 없었다.

"저놈들 잡아라!"

"옥사에서 죄인이 탈출했다! 거기 서라!"

관원들이 그들을 향해 달려왔다. 피가 터질 만큼 이를 악문 채 상검은 달리기 시작했다.

살아남을 거야. 문 내관 나리는 전하께서 꼭 살려주실 거야. 만일 일이 틀어지더라도, 내 목숨을 걸고 나리를 구해내고야 말 거야. 그러니 도망치자. 일단은 살아서……

그 순간.

"네 이놈!"

달려온 관원 하나가 문 내관을 쓰러뜨려 제압했다. 늙고 비대한 문 내관은 기실 몇 걸음 도망치지도 못했다. 문 내관을 사로잡은 이는, 다름 아닌 상검을 구해내기 위해 매수한 문지기였다.

"자네. 어찌 그 큰돈을 받아먹고……."

문 내관이 문지기를 향해 입을 연 순간.

"미친 영감탱이가 무어라 지껄이는 거야? 감히 금부옥에서 죄인을 빼내다니!"

말허리를 자르며 흰소리를 늘어놓던 문지기가 품 안에서 무엇인가를 꺼내 들었다. 그의 손에서 푸른빛이 번뜩였다.

"야야, 칼을 들었다! 이놈 보게! 어디서 칼을 휘두르느냐!"

문지기가 과장된 음성으로 외쳤다. 그러나 문 내관은 그저 바닥에 쓰러져 숨을 몰아쉬고 있을 뿐이었다. 문 내관이 영문을 모르겠다는 듯 문지기를 바라보았다.

칼을 들어 올린 것은 문 내관이 아닌 문지기. 그가 받아 챙긴 은자는 가난한 하급 관원의 삶을 뒤바꿀 만큼 막대한 것이었다.

순간 번쩍이던 시푸른 칼날이 문 내관의 가슴을 관통했다.

"어억……."

문 내관의 입에서 튀어나온 단말마의 비명. 뜨끈한 핏덩이가 왈칵 쏟아졌다. 정신없이 달려 도망치던 상검이 우뚝 멈춰 섰다.

"나리……?"

불어오는 새벽바람을 타고 훅 끼쳐오는 비릿한 냄새. 관원들이 쫓아오고 있다는 것을 알면서도 상검은 무엇에 홀린 듯 몸을 돌렸다.

코끝을 마비시키는 섬뜩한 향. 이게 대체 무슨 냄새지…….

"나리!"

상검이 외쳤고, 그와 동시에 문 내관이 한쪽 팔을 들어 올렸다. 서서히 밝아오는 미명이 비친 문 내관의 팔은 붉은 선혈로 얼룩져 있었다.

"나리! 나리!"

상검이 문 내관을 향해 달리기 시작했다. 이내 맞은편에서 달려오던 관원이 그를 붙들었다.

"나리! 나리…….."

바닥에 쓰러진 상검이 울부짖었다. 그를 포박하려는 관원에게서 발버둥 쳐 벗어난 상검이 문 내관에게 다가갔다.

"나리! 나리…….."

"박상검…….."

"나리……. 제발…….."

문 내관의 가슴에서 쏟아진 피가 사방을 흥건히 적시고 있었다. 채 녹지 않은 눈이 새빨갛게 물들었다. 뜨거운 피에 녹은 언 땅이 검게 얼룩졌다.

문 내관이 가까스로 고개를 돌려 상검을 바라보았다. 연거푸 그의 이름을 간절하게 부르고 있는 상검의 모습.

도망갔어야지. 이 늙은이 따위 이대로 두고, 네 창창한 청춘을 구하러 떠났어야지.

"예끼, 이놈아……. 내 말을 들었어야지……."

눈을 감고, 귀를 막고, 입을 닫으라고. 그리하여 살아가라고.

"나리……. 으흑!"

나 문유도가 누구인데. 주상 전하께서 채 걸음마를 하시기 전부터 업어 키운 나인데. 내 꼴이 이리되었으니, 너라도 전하의 곁에 있었어야지.

"하여간에 박상검이……. 말 더럽게도 안 듣는다……."

"나리……."

"예끼, 왜 부르냐……."

허공에 들어 올려져 있던 문 내관의 손이 툭, 상검의 어깨 위로 떨어졌다.

"나리……. 나리? 나리!"

차마 감지 못한 눈동자가 검게 확장되었다. 문 내관의 고개는 여전히 상검을 향하고 있었다.

"아아악! 나리!"

상검을 향해 와르르 달려든 관원들이 그의 손발을 묶어 포박했다. 이 모든 장면을 바라보는 문 내관의 눈동자는 죽음 속에 침잠하여 미동하지 않았다.

* * *

"전하, 박상검은 왕세제를 위해하는 죄를 지었을 뿐 아니라 탈옥하여 나라의 법을 교란시켰습니다! 이러한 박상검을 단죄하지 않는다면 이 나라의 법치는 땅에 떨어질 것이옵니다! 박상검을 사형하셔야 하옵니다!"

"박상검을 사형하셔야 하옵니다!"

"박상검의 죄는 왕세제뿐 아니라 주상 전하를 능욕한 것이나 다름없습니다! 죽음으로 엄벌을 내려 기강을 바로 세워야 또다시 이런 일이 벌어지지 않을 것입니다! 박상검의 사형을 윤허하여주시옵소서!"

"윤허하여주시옵소서!"

편전은 아수라장이나 다름없었다. 노론과 소론 모두 이번만큼은 한마음이 되어 같은 목소리를 냈다.

"박상검을 사형하셔야 나라의 기율(紀律)이 올바를 수 있습니다. 통촉하여주시옵소서!"

"통촉하여주시옵소서!"

상검을 사형할 것을 요구하는 외침들. 마치 수만 마리의 벌떼가 윙윙대는 듯한 아우성이었다.

문 내관이 죽었다. 문 내관은 상검을 탈주시키려다 제압되어 목숨을 잃었다 했다. 문 내관의 가슴을 단도로 꿰뚫은 장금사 관원은 저로서도 예상치 못한 일이며, 그자가 임금을 보필하는 상선임은 꿈에도 몰랐노라고 진술했다.

―전하, 소인 이제 나이가 들어 관절이 쑤시고 귀가 어둡습니다. 소인의 퇴걸을 윤허하여 세상 구경이나 하며 살게 해주시겠습니까?

―정작 과인은 평생을 궁궐에 처박혀 보내는데, 내관이라는 자가 좋은 세상 타령을 하다니 참으로 괘씸하구나.

―소인 전하께서 걸음마조차 못하실 때부터 충심을 다해 모셨나이다. 한때 소인이 전하의 발과 눈이 되어드렸으니, 이제 전하께서 소인에게 바깥세상을 볼 자유를 좀 주심이 어떻겠습니까?

―과인을 업어 키웠다는 것으로 그리 유세를 하니 내 허락을 하지 않을 수도 없구나. 좋다. 자네 나이 환갑이 되면 내 기꺼이 놓아주지.

―환갑이요? 아직도 다섯 해나 남았습니다. 그사이 소인 늙어 죽을 것이옵니다. 무정하십니다, 전하.

호호 웃는 문 내관의 음성이 귓가에 선연하다.

꼭 다섯 해만 더 내 곁에 있지 그랬느냐, 문 내관. 내 반드시 약조를 지켰을 것을…….

문 내관의 말 그대로였다. 윤이 제대로 걷거나 뛰지 못하여 세상을 바라보는 시야가 한없이 비좁던 시절. 문 내관의 너른 등이 윤을 지탱했고, 그의 든든한 두 다리가 윤의 발이 되었으며, 그의 밝은 두 눈이 윤의 시야가 되어주었다.

'자네 덕분에 나는 살았거늘.'

모질고 험한 궁궐 속, 어머니를 잃고 아버지의 사랑마저 떠나간 그 고달픈 세월. 그의 듬직한 품에 기대어 살아갈 수 있었는데……. 보내줄 것을. 그저 자유롭게 놓아줄 것을.

"전하! 박상검을 사형……."

"……그대들은."

내내 침묵을 지키던 윤이 마침내 입을 열었다.

"그대들은…… 내게서 모든 것을 빼앗아가야 속이 시원하겠는가?"

문 내관, 그 다음에는 상검마저.

"그래야만 이 악다구니를 멈출 것이더냐?"

그마저 빼앗아가야, 그마저 죽음으로 떠나보내야 그대들은 입을 다물겠느냐…….

탈옥 사건이 벌어지기 이전부터 박상검을 사형시킬 것을 주장하던 신료들이었다. 노론과 소론 나름의 입장 차는 있었으나, 결론은 죄인 박상검의 사형이었다. 노론은 박상검을 사형에 처하는 것이 위기에 처한 왕세제를 구할 수 있는 길이라 여겼다. 소론은 소론대로 불미스러운 일에 연루된 박상검을 빨리 죽여 없앰으로써 혹시 모를 문제의 싹을 잘라내려 했다.

상검은 이제 노론과 소론, 양쪽 모두에게 버려진 졸이 되었다. 그의 목숨은 바람 앞의 등불이 되어 왕의 윤허만을 기다리고 있었다.

"나라를 혼란케 한 환관 박상검을 사형에 처하시옵소서. 박상검의 사형을 윤허하여주시옵소서!"

"박상검의 사형을 윤허하여주시옵소서!"

소리 높여 외치는 자들 중에는 김일경도 있었다.

윤과 김일경의 시선이 마주쳤다. 윤은 평생 그를 제 편이라 생각했다. 그러나 그것은 자신의 착각이었을 뿐. '편'이라는 말에는 다양한 뜻이 있었다. 궁궐 안에서 편이라는 것은, 내 마음이 아닌 내 세력을 지켜주는 사람이라는 뜻이다.

김일경에게는 나름의 최선일지 모른다. 그는 제 살을 기꺼이 베어냄으로써 왕과 소론의 자리를 지키고자 하고 있었다. 그러므로 지금 이 편전 안에 윤의 마음을 헤아리는 이는 단 한 명도 없었다.

"박상검의 사형을 윤허하여주시옵소서!"

그 순간 편전의 문이 조금 열렸다. 그 틈으로 그림자처럼 미끄러져 들어오는 사내.

황가는 지난 며칠간 왕의 허락하에 궁궐을 비웠다. 소식을 듣고 급박하게 달려온 듯 그는 거친 숨을 몰아쉬고 있었다. 격한 호흡에 그의 상체가 오르내렸다. 황가의 흐트러진 머리칼 사이로 보이는 빛나는 눈. 늘 짐승과 같은 빛을 발하던 황가의 눈은 오늘 또 다르게 빛나고 있었다.

윤이 본 빛의 정체는 황가의 눈에 고인 눈물. 그가 윤을 향해 고개를 숙였다. 늦게 도착하여 송구하다- 는 그의 마음. 들리지 않아도 윤은 알 수 있었다.

'황가 너만이 내 마음을 헤아리는구나.'

다시 한 번 들려오는 박상검을 사형하라는 목소리. 곧이어 수십의 신료들 사이에서 사형을 윤허하라는 외침이 거대한 파도처럼 퍼져 나갔다.

-전하.

편전의 맨 위, 용상에 올라앉은 윤과 편전의 맨 끝 문 앞에 버티고 선 황가의 시선이 교차했다. 황가가 짧게 되뇐 말은 오직 '전하' 하나뿐이었으나, 그 말 안에 담긴 뜻을 윤은 모두 이해했다.

윤이 숨을 삼킨다. 천천히 가시와 같은 말을 내뱉는다.

"그대들의 청을 따라, 박상검의 사형을⋯⋯."

내 너를 믿는다. 너만을 믿는다. 이제 내가 믿을 사람은 오직 황가 너 하나뿐이다.

"윤허한다."

그러니, 제발 어명을 받들어 상검을 구해다오.

* * *

우두커니 서 있는 윤의 곁을 훑는 한 줄기 바람.

저승전. 조선의 스무 번째 왕 이윤이 왕이 되기 직전까지 긴 세월을 보낸 곳. 윤은 어린 시절의 어느 날을 떠올린다.

제대로 걸음조차 떼지 못하던 시절. 어린 아들을 보겠노라며 찾아온 숙종의 만면에 퍼져 있던 웃음. 그 웃음을 보며 버둥대던 윤을 번쩍 업어들어 아비에게 데려다주던 문 내관의 너른 등.

세월이 흘러, 이복동생 금이 태어나고 부왕의 총애가 어머니에게서 떠나가던 무렵. 발칵 화를 내는 일이 잦던 어머니에게 꾸지람을 듣고 의기소침해져 있던 윤과 눈높이를 맞추고선, '저하께옵서는 아무 잘못도 없으십니다'라고 말해주던 문 내관의 따스한 음성.

열네 살. 상주로서 인현왕후의 빈소를 지키다 생모 희빈 장씨의 죽음을 전해 듣고 혼비백산하여 맨발로 달려갔던 날, 돌부리에 찍히고 자갈돌이 박힌 왕세자의 발을 어루만지며 함께 울어주던 문 내관의 손에서 느껴지던 온기. 그리고 발등 위로 뚝뚝 떨어지던 문 내관의 눈물.

"자네, 어찌 갔는가……."

윤이 고요하게 중얼거렸다.

저승전 곳곳에 문 내관의 흔적이 닿지 않은 곳이 없었다. 세 살, 일곱 살, 열네 살, 스무 살, 스물다섯, 그리고 서른. 문 내관은 그의 평생에 함께하고 있었다.

아버지 숙종께서 아들 이윤을 사랑하실 때도, 사랑하지 않을 때도. 미워할 때도, 미워하지 않을 때도. 어머니 희빈 장씨가 아들의 곁에 있을 때도, 있지 않을 때도. 노론이며 소론들이 윤을 지지할 때도, 그렇지 않을 때도. 그리고 어머니가 세상을 떠났을 때도, 아버지가 승하하셨을 때도, 동생 훤을 잃었을 때도.

문 내관만은 항상 윤의 곁에 있었다. 세상천지 유일한 윤의 편은 오직 그뿐이었다.

"문 내관……."

윤은 먼지가 뿌옇게 쌓인 저승전 마루에 주저앉았다.

으흐흑. 뜨거운 눈물이 북받쳐 올랐다.

언젠던가. 언제쯤이던가. 어린 윤을 들쳐 업은 문 내관이 이 마루를 지나 침소까지 걸어가던 날이. 꾸벅꾸벅 작은 새처럼 졸던 어린 왕세자는 문 내관의 너른 등짝을 세상에서 가장 편안한 침전이라 여겼다. 그랬었다. 그랬었어…….

툭, 툭. 윤의 눈물방울이 마루 위로 떨어졌다.

순간 윤의 등 위에 부드럽게 얹히는 손. 써늘한 계절, 차가운 바람, 을씨년스러운 텅 빈 저승전 가운데 유일하게 따스한 그 온기.

"전하……."

윤이 몸을 돌렸다. 그를 바라보는 순심의 눈동자 역시 깊은 슬픔에 파묻혀 있었다.

"순심아."

"예, 전하."

"너를 처음 만났던 순간에도 문 내관이 그 자리에 있었다."

"예. 그리하였습니다, 전하."

"내 삶의 모든 순간에 그가 있었다. 내가 기억하는 순간과 어쩌면 기억하지 못하는 순간에도. 그 모든 순간에 그가 있었어……."

"전하……."

윤의 눈에서 떨어지는 뜨거운 눈물. 감히 어떤 말로 그를 위로할 수 있을까. 순심은 말없이 다가가 윤을 품에 안았다.

어머니, 아버지, 동생, 그를 지지하던 많은 이들, 그리고 이제는 가장 가까이서 그의 평생을 함께해온 측근. 죽음이 윤의 생을 관통할 때마다 그가 얼마나 상처 입고 망가지는지, 괴로워하는지 순심은 누구보다 잘 알고 있었다.

"그러나 나는 그를 지키지 못했다. 과거의 내가 그랬듯이. 어머니를, 휜이를 지키지 못했던 것처럼. 이번에도 변함없이……."

"전하……."

"내 주변에 있는 이들 중 제명을 이어가는 이들이 얼마 되지 않아. 나는 매 순간 생각한다. 다음 순서는 누가 될까. 이제 누가 내 곁을 떠날까……."

"전하……. 그것은 전하 때문이 아닙니다. 전하의 탓이 아닙니다……."

언젠가 문 내관 역시 순심처럼 그의 잘못이 아니라고 말해주었었지. 언젠가, 문 내관은 터지고 찢긴 왕세자의 발을 보며 함께 울어주었었다. 지금의 순심이 너덜너덜해진 윤의 마음을 껴안으며 울어주듯이.

"언제부터 이렇게 되었을까."

순심의 품에 얼굴을 기댄 채 윤은 중얼거렸다. 왕이 되기 이전의 그는 원하는 것을 갖기 위해 애쓰고 버티며 긴 세월을 보냈다. 그러나 왕이 된 이후, 그의 삶은 정반대가 되었다. 운명은 그가 무엇인가를 소유하는 것을 허하지 않는 듯했다. 그는 매 순간 빼앗기지 않기 위해 안간힘을 써야만 했다.

그렇기에, 어쩌면 언젠가는-

'순심이 너마저도 잃게 될까 봐, 나는 두렵다⋯⋯.'

빼앗기느니 자유를 주어 풀어주는 게 낫다. 제 사람이라는 이유로 떠나보내느니 제가 먼저 놓아주는 것이 옳다.

슬픔만큼 자욱한 상념이 저승전을 뒤덮었다.

* * *

복장을 갖춘 황가가 검은 복면을 앞섶 안에 넣었다.

한 손에는 긴 세월 그의 곁을 떠난 적 없는 장검이, 그리고 가슴 속에는 만약을 대비하여 준비한 표창과 단도가.

"후."

황가가 나지막하게 심호흡을 했다. 그의 시선이 방 안을 훑었다.

과거 수습 내관이던 상검이 임시로 기거하던 단칸방. 종구품 체아직으로 처음 입궐했던 무사 황가가 상검의 뜻과는 관계없이 그의 방 절반을 차지하게 되었던 날이 문득 떠올랐다.

상황에 어울리지 않게도 황가는 희미하게 미소 지었다. 종종 구월이 '껍질 벗긴 더덕' 같다고 놀려대던 희멀건 상검의 모습. 어엿하게 관례를 치르고 정식 내관이 된 상검은 비좁은 구석방을 떠났고, 황가는 이곳에 홀로 남았다. 그러나 어엿한 처소를 받은 이후에도 상검은 불쑥불쑥 나타나곤 했다.

-황가 형님, 잠이 안 옵니다.

-내가 네놈 재워주는 사람이냐?

-에이, 형님도 혼자 있는 게 외로우면서 어찌 그리 매정하십니까?

-저리 가라. 징그럽다.

어느 스산하던 날의 대화를 떠올리던 황가가 가만히 눈을 감았다. 검은 눈꺼풀 안에 파묻힌 기억들, 모습들, 추억들…….

"상검아."

내가 갈게.

"기다려라."

기다려, 반드시 기다려야 해…….

황가의 걸음이 마침내 궁궐에 스며들기 시작한 어둠 속을 가로질렀다.

금부옥 안은 완전히 캄캄했다. 관원들은 벽 끝에 하나 나 있던 유일한 창마저 막아버렸다. 보이는 것이라고는 암흑뿐인 그 공간 속에서 상검은 눈을 꾹 감은 채 스스로의 껍질 안에 침잠하고 있었다.

"하…….."

피식, 웃음이 나왔다.

상검은 종종 내관으로 살아가는 게 시시하기 짝이 없다 생각했다. 궁궐 안에 갇혀 똑같은 일상을 반복하는 것이 못 견딜 만큼 무료하게 느껴지기도 했다. 비록 가난하게 태어난 죄로 어쩔 수 없이 내시가 되었지만, 상상 속에서나마 그는 모험 넘치는 자유로운 삶을 꿈꿨다.

내시인 그에게도 청춘은 어김없이 청춘. 그리하여 상검은 청춘답게 한 여인을 한껏 사랑했다. 그러나 그 사랑으로 말미암아 상검은 또 다른 사랑하는 이를 잃었다.

문득 떠오르는 문 내관의 얼굴.

"……나리."

투둑, 마른 줄로만 알았던 눈물이 다시금 뺨을 적셨다. 사무치게 그의 마음을 할퀴는 문 내관의 마지막 모습, 목소리…….

끼익- 옥사문의 경첩이 삐걱대는 귀에 거슬리는 소리. 이윽고 손에 호롱불을 든 장금서 관원 여럿이 옥사 안으로 들어섰다. 저벅저벅 발걸음 소리가 스산하게 울렸다.

"가자."

"……어딜 갑니까?"

상검에게 '가자'고 말했던 관원은 대답하지 않았다. 그의 얼굴을 보려는 순간 휙, 무엇인가가 머리를 덮었다. 몽두(蒙頭)[23]. 형장으로 이동할 때 죄인의 머리에 씌워 눈을 가리는 물건이었다.

"어디로 갑니까?"

상검이 다시 한 번 물었다.

죽음은 두려운 것이었다. 아무리 의연하게 받아들이려 해도 죽음 앞에 초연해질 수 있는 사람이 어디 흔하겠는가. 그러나 끝이 끝인 줄도 모른 채 마지막을 맞이하고 싶지는 않았다.

"죽으러 가는 놈이 뭐 그리 말이 많아?"

관원 하나가 음산하게 킬킬거렸다.

"마지막이니까……."

거칠게 일으켜 세워지던 상검이 중얼거렸다. 마음과는 다르게 이상하게 다리가 후들거린다. 누군가가 상검의 종아리 뒤쪽을 발로 걸어차, 입에서 억 소리가 절로 나왔다.

인생이란 참 알 수 없는 것. 고작 며칠 전까지만 해도 이런 꼴이 될 줄은 몰랐는데.

문득 그리웠다. 하늘과 같이 든든한 버팀목이던 윤의 얼굴이. 늘 투덕대며 싸우기 바빴으나 어느덧 정든 황가 형님의 얼굴이. 그를 기꺼이 기다려줄 문 내관 나리의 얼굴이. 그리고 그가 모든 것을 내

23　죄인의 머리에 덮어씌우던 형구.

걸고 사랑한 구월의 얼굴이.

많이 보고 싶었다.

몽두를 뒤집어쓴 상검의 걸음이 옥사 밖을 디뎠다.

검은 복면의 사내는 그림자처럼 금부옥 근방으로 스며들었다. 을씨년스러운 소리를 내며 옥사 문이 열린다. 곧이어 네 명의 관원들과 몽두를 뒤집어쓴 사내 하나가 모습을 드러냈다. 기척도, 소리도 없이 검은 그림자가 움직이기 시작했다.

재빠른 몸놀림으로 관원의 앞을 막아선 황가가 장검을 뽑아 들었다. 푸른 어둠이 벼려진 은빛 속에 반사되어 번쩍였다.

"누, 누구냐!"

관원들이 외마디 소리와 함께 칼을 뽑아 들었다.

상대는 넷. 그들 모두 어엿한 무관이었고 긴 세월 무인으로서 검술을 갈고닦은 이들이었다. 그러나 그 누구도 황가 앞에서 잠시나마 버텨내지 못했다. 황가의 검이 건조한 공기를 갈랐다.

시간이 없었다. 더 이상의 관원이 몰려오기 전에, 누군가 황가의 존재를 눈치채기 전에 일을 마무리 짓고 상검을 구해 떠나야만 했다. 일격을 당한 네 명의 관원 중 셋은 인사불성의 상태에 이르렀다. 남은 하나는 고개를 처박은 채 제발 목숨을 구해달라 애원했다.

비록 살생이 아닐지언정 죄 없는 이를 해한 업보는 언젠가 달게 받으리라. 황가가 쓰러진 자들에게서 시선을 돌렸다.

"어서 가자."

지체할 시간이 없었다. 급히 내뱉으며, 황가는 피비린내의 한가운데서 떨고 있던 사내의 머리에 씌워진 몽두를 벗겼다.

"사, 사, 살려주십시오……."

"……."

경악에 물든 황가의 눈동자가 검게 팽창했다. 몽두를 뒤집어쓰고 있던 이는 상검이 아니다. 그저 공포에 질린 눈을 희번덕대며 살려달라 읍소하는 알 수 없는 사내일 뿐.

"……박상검은."

그때였다.

"이미 죽어 없어졌겠지!"

방금 전까지 목숨을 구걸하던 관원의 검이 황가의 등을 깊이 베었다. 격렬한 고통이 황가의 등줄기를 관통했다.

* * *

"이미 한 번 죄인을 탈주시키려는 시도가 있었지. 하여 이조참판께서 밖에 알리지 말고 시간을 앞당겨 형을 집행하라 이르셨네."

"저자, 이조참판께서 입궐시킨 내관 아니었나? 참으로 무정하기가 짝이 없구먼."

"말해 무엇할까. 됐고, 빨리 해치우세. 어서 망나니를 불러……."

몽두가 벗겨지고, 상검의 얼굴이 드러났다. 해쓱한 뺨. 이르게 몰려오기 시작한 푸른 어둠이 이상하게 낯설다.

문득 상검은 먼 하늘을 바라보았다.

구월 누님. 그 반지, 가지고 있어요? 보잘것없는 풀꽃으로 만들어주었던 꽃반지 말이에요. 봄날, 춘분에 사랑하는 여인의 손가락에 반지를 끼워주면 피안도 그들을 갈라놓지 못한대요.

죽음도 결코 우리의 사랑을 갈라놓지는 못한대요…….

"구월 누님. 나는 후회 없어요."

조그맣게 중얼거리는 상검의 얼굴 주위로 휭, 휭 모진 바람이 불었다. 망나니가 휘두르는 묵직한 검의 날이 시린 바람을 몰아왔다.

가만히, 상검은 눈을 감았다.

"다음 생에 꼭 만나요, 누님."

그리고.

"……이번 생에는, 나 같은 거 잊어버리고 행복하게 살아."

휘익- 스산하게 울던 검날이 허공을 갈랐다. 상검의 몸이 바닥으로 허물어져 내렸다.

꿈 많던 청년 박상검의 새파랗던 청춘이 그의 육신을 떠나던 순간, 그의 생을 뒤바꾸었던 겨울밤의 눈송이가 떨어지기 시작했다. 차게 식어가는 상검의 몸 위로 흰 눈이 소록소록 쌓여갔다.

二十五후.
위안

적막에 잠긴 왕의 침전. 윤이 눈을 떴다.

왕의 일과는 푸른 새벽이 밝아옴과 동시에 시작된다. 일생을 왕세자로, 그리고 임금으로 살아온 윤은 아침잠 없는 생활에 익숙해져 있었다. 눈꺼풀을 들어 올린 그가 반사적으로 몸을 일으켜 자리에 앉았다. 정신이 잠에서 깨기 이전, 평생의 습관대로 몸이 먼저 깨어나는 것이다.

"으흠."

윤이 낮게 헛기침을 하여 왕이 잠에서 깨어났음을 알렸다. 이윽고 문밖에서 들려오는 목소리.

"전하, 기침하시었습니까?"

"그래. 상검이는 어디 가고⋯⋯."

왜 다른 궁인의 목소리가⋯⋯.

"⋯⋯."

문밖에 서 있던 내관은 당황하여 우물쭈물 답하지 못했다. 그제야 윤 역시 완전히 잠에서 깨어났다.

상검은 없다. 문 내관도 없다. 누구보다 늦게까지, 그리고 누구보다 일찍 왕의 침전 앞을 지키던 황가 역시 상검의 처형 이후 홀연히 사라졌다.

윤이 낯선 시선으로 제 침전 안을 응시했다. 여느 때와 똑같은 방 안 풍경. 그러나 며칠 사이 많은 것이 달라졌다. 문득 목구멍이 시큰했다. 귀밑에 뻐근한 통증이 몰려왔다. 눈시울이 뜨끈해졌다.

"전하, 간밤 강녕하셨습니까."

타락죽이 올라간 소반을 받쳐 든 내관이 조심스레 방으로 들어섰다.

"……그래."

그러나 어찌 강녕할 수 있을까. 당분간은 이렇게 잔인한 아침이 반복될 것이다. 죽 한술을 떠보지만, 입안에서 느껴지는 것은 짜고 뜨거운 눈물의 맛뿐이었다.

"전하, 용안이 어두우십니다. 부디 심신을 보존하시옵소서."

"……."

"전하께서 상심이 크심을 신 김일경도 잘 알고 있습니다. 그러나 이럴 때일수록 마음을 다잡으셔야 합니다. 거사가 머지않았습니다. 참으로 오래도록 기다려온 순간이 다가오고 있지 않습니까."

김일경의 모습은 평상시 그대로였다. 제 신념 앞에 확고한 음성도, 윤을 바라보는 표정도 여느 때와 똑같이 강건했다.

"오래 기다려온 순간."

윤이 김일경의 말을 되뇌었다. 그의 입가에 쓰디쓴 비소가 감돌았다. 김일경을 바라보는 윤의 시선은 마냥 서늘하기만 했다.

"과인이 어떤 순간을 기다렸다는 것입니까? 나는 이제 도무지 알 수가 없소. 말해주시오. 내가 기다려온 것이 대체 어떤 순간인지."

"전하, 그것은……."

"혹시 이런 순간을 말하는 것이오? 과인을 업어 키운 내관의 죽음을 속수무책으로 방관해야 하는 순간? 혹은 혈육처럼 아껴온 내관을 죽이라 몸소 명을 내리는 순간? 그대가 늘 강조하던 거사가 혹시 이런 것이었소?"

"……."

김일경은 윤의 시선에서 비난과 원망을 읽는다. 윤은 김일경에게 묻고 있었다. 상검의 사형을 그토록 외친 까닭이 무엇이었냐고.

"그럴 리가 있겠습니까, 전하."

김일경의 음성은 착 가라앉아 있었으나 흔들림 없이 굳건했다.

"전하께서 그들을 얼마나 아끼셨는지 소인 역시 모르지 않습니다. 그러나 긴 세월 도모해온 큰일이 목전에 다가와 있습니다. 사사로운 일에 발목을 잡혀 뜻을 그르칠 수는 없는 노릇입니다. 대의를 위한 희생은 어쩔 수 없는 일이옵니다, 전하."

"대의……."

윤은 그 진절머리 나는 단어를 다시 한 번 곱씹었다.

왕세자 시절부터 무수하게 반복하여 들었던 '대의'라는 말. 어머니의 복수를 위해, 왕이 되기 위해, 더 이상 붕당에 휘말리지 않고 뜻을 펼치기 위해……. 대의를 위해 참고, 참고, 또 참아온 인생.

"대의를 이룬 후에 내게는 누가 남겠습니까, 대감?"

"누가 남다니요. 전하, 어찌 그리 말씀하십니까. 신이 있고, 평생 전하를 지켜왔던 소론들이 있지 않습니까?"

"소론 말고는 누가 남겠냐고 묻는 것이오."

"……."

김일경은 선뜻 답을 내놓지 못했다.

"대의를 이뤘을 때, 대체 누가 과인의 곁에 남아 함께 기뻐해주겠느냐 묻는 것입니다."

윤은 문 내관을 잃었고 박상검을 잃었다. 황가 역시 며칠째 생사가 불투명한 상태로 소식이 끊겼다. 옥사를 습격하여 관원들을 해하고 사라진 검객의 정체가 황가임을 알지 못하는 금부에서는 그의 흔적을 뒤쫓고 있었다.

이제는 그것이 대체 무엇이었는지도 가물가물한 '대의'. 그것이 이루어진 순간, 윤의 곁에 누군가가 남아 있기나 할까.

"본래 군주란 외로운 자리입니다, 전하."

그러나 들려오는 김일경의 목소리는 단호했다.

"왕이란 본디 그런 존재입니다. 피를 보아야 하는 순간이라면, 그것이 아무리 아끼던 자의 피라도 기꺼이 밟고 올라설 수 있어야 하는 법입니다. 왕이라면 응당 그러셔야 합니다."

"……."

문득 윤은 궁금해졌다. 왕이 아닌 인간 이윤의 삶에는 아무런 목적도, 의미도, 바람도 없어야 하는 것일까. 이 순간 휘황한 용포 뒤에 가려진 인간 이윤의 삶은 남루하기 짝이 없었다.

"신에게도…… 박상검을 사형하라 고하는 것이 쉬운 일은 아니었음을 헤아려주시옵소서."

"……."

"거듭 말씀드리지만 중요한 시기입니다. 문 내관과 상검의 일로 마음이 불편하심을 알고 있으니, 울증이나 화증이 나지 않도록 심신을 챙기시옵소서."

윤은 대답 대신 시선을 거두었다. 김일경을 마주하고 있자니 참을 수 없는 피로감이 엄습했다.

"전하. 신 한 가지 더 여쭈어도 되겠습니까?"

윤이 말없이 김일경을 보았다. 그의 침묵을 무언의 긍정이라 여긴 김일경이 물었다.

"본래 박상검의 형이 집행되기로 했던 시각, 금부옥 앞에 자객이 출몰하여 관원들을 초주검으로 만들고 도망쳤습니다."

"그래서요?"

"며칠간 황가가 보이지 않습니다. 그는 어디 있습니까, 전하?"

김일경이 윤을 응시했다. 왕과 왕의 충복을 자처해온 사내의 눈동자 사이로 흐르는 기류는 팽팽했다.

"바깥에 긴히 알아볼 일이 있어 내보냈소."

"……전하."

김일경이 묵직한 음성으로 물었다.

"신은 전하를 위해 모든 것을 내걸었나이다. 신이 행하는 모든 일들은 오직 전하를 향한 충심에서 비롯된 것입니다. 어찌하여 이런 제 앞에서 마음을 감추십니까?"

"마음을……."

감출 수밖에 없지 않은가.

윤은 편전에서 박상검을 사형하라 청하던 그의 모습을 잊지 않고 있었다. 상검은 본래 김일경의 사람이었다. 황가 역시 그러했다. 김일경은 그가 말하는 '대의'에 필요하다면, 피를 흘리는 데 조금의 망설임이 없는 자였다. 그것이 누구의 피라 해도.

"감추지 않았소. 과인의 속내를 그대의 뜻으로 함부로 판단하려 들지 마시오."

김일경의 충심을 의심하는 것이 아니다. 충심이 모자란 것이 문제가 아니라 그 충심이 지나치게 맹목적이라는 것이 문제였다.

"그렇다면 금부에 자객을 잡아들이라는……."

그때였다. 문밖에서 들려오는 작은 기척.

"전하."

김일경이 말을 멈추었다.

"신, 황가 들었습니다."

김일경의 눈매가 가늘어졌다. 황가의 모습은 평소와 별반 다르지 않았다. 조금 해쓱해 보이는 듯도 했으나, 궁궐이 아닌 바깥을 돌아다닌 탓에 수척해진 것일지도 모른다.

윤에게 예를 갖춘 황가는 여느 때와 같이 침전 구석에 자리 잡았다. 태도는 변함없이 꼿꼿하고 표정은 무뚝뚝하여 미동이 없었다. 김일경과 황가의 시선이 마주쳤다. 황가의 눈빛은 정(情)과 신의가 매몰된 이 방 안의 분위기처럼 무심하기만 했다.

'네 너를 잘못 들였다.'

황가는 채 수염이 나기도 전 김일경에게 발탁되었고, 긴 기다림 끝에 왕의 호위무사가 되었다. 김일경이 황가에 대한 제 판단이 틀렸음을 깨닫는 데는 긴 시간이 필요치 않았다. 아니, 황가에 대해 아는 것이 없다는 표현이 정확할 것이다. 황가는 소론의 사람이 아닌 그저 왕의 심복일 뿐, 결코 김일경의 뜻대로 움직이지 않았다.

늘 왕의 뒤를 그림자처럼 따르는 황가를 목격할 때마다, 김일경은 제 배로 낳은 괴물을 보는 듯한 기분에 사로잡히곤 했다.

"그럼 신은 이만 물러가겠나이다, 전하."

김일경이 자리에서 일어섰다. 황가의 앞을 지나치던 김일경이 그에게 말을 건넸다.

"전하의 명으로 잠시 출타 중이었다지?"

"예, 대감."

"중한 시기에 보이지 않아 내 걱정하였다. 당분간은 절대 전하의 곁을 비우지 말아야 할 것이야."

"알겠습니다."

"으흠."

고개를 작게 끄덕이며 몸을 돌리던 김일경이 황가를 향해 손을 뻗었다.

"……."

툭, 툭. 김일경이 황가의 등을 연거푸 두드렸다. 전하를 잘 지켜야 한다- 는 격려가 담긴 듯한 손길. 그러나 실제로는 잔인한 확신을 담은 손길…….

"조금 수척해진 듯하구나."

"……그렇습니까."

황가는 꼿꼿이 자리에 서 있었다. 김일경의 시선이 그를 응시했다.

고통을 느끼느냐?

"대감이 돌아가니, 황가는 나를 따라오도록 하라. 내 잠시 낙선당에 들러야겠다."

"……예, 전하."

김일경이 황가의 곁에서 머뭇거리는 새 윤이 먼저 침전을 떠났다. 황가가 윤의 뒤를 따랐다. 황가는 다시금 윤의 그림자가 되고, 김일경은 대전에 드리운 그림자에서 벗어나 궁궐을 떠났다.

"다 왔으니 조금만 참아라."

"……전하."

"쉿. 조용히 따라오라."

"예, 전하."

낙선당으로 향하는 듯하던 윤의 걸음은 궁인들의 인적이 끊긴 지점에서 방향을 틀었다.

황가가 윤의 그림자가 되어 생활한 지 삼 년이 넘었다. 황가가 왕의 일거수일투족을 극히 사소한 것까지 모두 파악하고 있듯 윤 역시 황가에 대해 잘 알고 있었다.

무표정한 얼굴, 평상시와 크게 다를 바 없는 빈틈없는 태도. 그러나 김일경을 속일 수 있을지언정, 삼 년간 가장 가까운 곳에서 보아온 윤을 속일 수는 없다. 김일경이 등을 두드릴 때 황가는 초인적인 인내력을 발휘하여 고통을 참아내야 했다.

금부옥 앞에서 벌어졌던 무용한 싸움은 황가의 등에 극심한 상처를 남겼다. 창상은 상당히 깊었다. 많은 피를 쏟은 데다 사경을 헤맬 만큼 신열이 올라 황가는 며칠간 궁궐로 돌아오지 못했다. 기실 황가의 성정을 미루어보건대, 그가 말도 없이 자리를 비웠다는 것 자체가 심상치 않은 일이 일어났다는 것을 뜻했다.

여전히 그의 몸은 회복되지 않았다. 그런 까닭에 황가의 얼굴은 파리하게 질려갔고 옷깃은 식은땀에 푹 젖었다. 그의 숨결이 점점 더 거칠어졌다.

이윽고 윤의 걸음은 저승전 근방에 있는 전각 앞에 멈추었다.

"전하."

"어서 들어가 쉬어라. 내 너를 돌봐줄 궁인을 데려오겠다."

"……."

"어찌 말을 듣지 않고 그러느냐?"

"하오나 전하. 이곳은…… 취선당이 아닙니까."

윤의 발길이 멈춘 곳은 다름 아닌 취선당. 당장 쓰러질 것만 같은 상태였음에도 황가는 좀체 안으로 걸음 하지 못했다. 취선당이 윤에게 어떤 공간인지 그 역시 알고 있었기 때문이었다.

윤이 가는 곳이라면 어디든 따라갈 수 있는 권한을 가진 황가였다. 그러나 취선당은 금지된 장소였다. 왕께서 부상당한 그를 그 금단의 장소에 숨겨주시는 것이다. 왕명을 받들지 못한 채, 명령을 이행하지 못한 패잔병으로 돌아온 그를.

"전하. 소인은…… 어명을 받들지 못했습니다. 신은 상검을 구해 내지 못했습니다. 이런 제게 어찌하여 자비를 베푸십니까?"

"그럼 아픈 자를 내버려두란 말이냐?"

"전하. 저 때문에, 저 때문에……."

상검이 죽었습니다- 라는 말은 차마 입 밖으로 나오지 못했다. 윤이 천천히 고개를 가로저었다.

"황가야. 네 탓이 아니다."

"……."

흔들리거나 감정을 드러내는 일이 없는 황가의 눈동자가 어지러이 일렁였다. 궁 밖에서 은거하며 보낸 며칠의 시간. 몸을 태워버리는 듯한 신열, 엄습하는 고통보다 더욱 간절했던 것은 바로 저 말이었다.

상검의 죽음이 제 탓이 아니라는 말. 제가 상검을 죽인 것이 아니라는 말…….

"신의 탓입니다. 신이 늦지 않았더라면, 형의 집행 시간을 확인했더라면……."

"네 탓이 아니다. 처형을 윤허한 것은 네가 아닌 과인이었다."

그리고 윤은 평생 제 입에서 '윤허한다'는 말이 나왔던 순간을 잊지 못할 것이다.

"그러나, 신은 전하의 명을 받았습니다……."

그답지 않게 흥분한 탓일까. 등의 환부에서 시작된 예리한 고통이 황가를 덮쳤다. 황가가 급히 숨을 삼켰다. 식은땀에 젖은 그의 얼굴이 참혹하게 일그러졌다.

"내게 기대어라."

"하오나……."

"어서."

평소의 황가였다면 결코 하지 않았을 일. 그러나 그는 결국 감히 왕에게 몸을 기대었다.

"잠시 기다리라. 내 믿을 만한 이를 불러 오겠으니."

"예…… . 전하."

취선당을 떠나던 윤이 문득 걸음을 멈춘다.

"……고맙다."

자리에 앉아 숨을 몰아쉬던 황가가 고개를 들었다. 선명한 붉은빛의 용포 너머에서 들려오는, 왕이 아닌 인간 이윤의 목소리.

"살아 돌아와주어 고맙다."

* * *

순심 역시 상검을 추억한다. 꽤나 먼 과거의 일이었다. 낙선당에 처음 발을 들여 모든 것이 낯설기만 하던 시절. 마루 끝에 앉아 슬금슬금 그녀의 눈치를 살피던 상검의 모습이 떠올라, 순심은 무심코 대청마루를 쓰다듬었다.

"상검을 생각하느냐?"

그녀의 곁에 앉아 있던 윤이 물었다. 아무리 그녀가 슬픔을 느낀들 윤이 느끼는 고통과 같을 수 없음을 순심은 안다.

"……그렇습니다."

그러나 거짓을 말하고 싶지는 않았다. 대전에, 편전에, 윤이 가는 곳마다 상검과 문 내관의 빈자리가 있듯 낙선당 곳곳에도 상검의 기억들이 남아 있었다.

"잘…… 믿기지 않습니다, 전하."

"그래, 나도 믿기지 않는다. 이것이 꿈이었으면 좋겠다."

"저 역시 그렇습니다, 전하."

순심의 시선이 문득 스산해졌다.

항상 윤의 뒤에 모습을 보이던 상검과 황가. 임금을 기다리며 낙선당 담장 밖에 서 있던 그들이 낮게 두런거리는 소리가 당장이라도 들려올 것 같다. 이제 영영 볼 수 없는, 투덕대는 상검과 황가의 모습이 환영처럼 시야를 스쳤다.

"상검이는 궁궐 생활을 늘 따분하게 생각했다."

"그랬습니까? 전하를 모시는 것을 늘 뿌듯하게 여기기에 그런 줄은 몰랐습니다."

"나를 생각하는 마음은 진심이었을 것이다. 그러나 궁궐 안에서 하는 일보다는 궁 밖으로 나가는 것을 좋아했지. 내게 그렇게 말한 적이 있었다. 다음 생에는 평범한 사내로 태어나 세상천지를 떠돌며 살 것이라고."

한껏 신이 난 표정으로 꿈에 대해 조잘대던 상검의 모습이 떠올라 윤은 희미하게 미소 지었다. 소년 상검의 얼굴은 미지의 세계에 대한 동경으로 잔뜩 들떠 있었다.

"상검이가 그런 생각을 하는지 몰랐습니다."

순심이 윤의 어깨에 머리를 기대었다. 돌이켜보면 상검은 궐 밖에 나갔다 오는 날이면 유독 들떠 있곤 했다.

"전하."

"응?"

"신첩, 갑자기 그런 생각이 들었습니다."

"어떤 생각 말이냐?"

"상검이와 문 내관이 말입니다……."

잠시 순심은 머뭇거렸다.

"죽은 게 아니라 어딘가로 홀연히 떠나버렸다고. 그렇게 생각하시면 어떻겠습니까?"

그들의 죽음을 입에 담는 것은 여전히 쉽지 않았다. 시간이 많이 흐르면, 삽시간에 밀려와 목구멍을 콱 틀어막는 슬픔 없이 그들을 추억하게 될까.

"예전에 궁녀들 사이에서 유행하던 패설(稗說)에 그런 내용이 있었습니다. 죄를 짓거나, 혹은 다른 뜻을 품은 자가 죽은 것으로 위장하여 궁을 떠나 살아간다는 이야기요."

"죽은 것으로 처리되었으나, 실제는 죽지 않고 떠난 것이라고?"

"예. 상검이도 지금쯤 이미 배를 타고 청나라를 지나 먼 이국까지 흘러갔을지도 모른다고……. 상검이가 늘 꿈꾸던 것처럼, 너른 세상을 보고 있을 것이라고요."

"……."

"그렇게 생각해보십시오, 전하."

순심의 말을 듣던 윤이 가만히 눈을 감았다. 그저 윤의 상처 입은 마음을 달래기 위해 꺼낸 말에 지나지 않을지 모른다. 그러나 분명 따뜻한 위안.

그의 입으로, 그의 손으로 상검을 죽였다는 죄책감을 짧은 순간이나마 잊은 윤의 얼굴에 흐릿한 미소가 번졌다.

"그렇다면, 상검이 녀석은 지금쯤 다른 사람들을 감쪽같이 속였다며 깔깔대고 있겠구나."

"예, 전하. 그럴 것입니다."

그렇게 믿고 싶었다. 터무니없는 상상, 일장춘몽과 같은 헛꿈에 지나지 않는다 해도 상관없었다.

상검도 문 내관도 죽은 것이 아니라고, 녹색 일색이던 내관복을 벗어 던진 채 궁궐에 매이지 않은 자유의 몸이 되어 세상을 누비고 있을 것이라고. 가고 싶은 곳은 어디든 가고 원하는 것은 얼마든지 볼 수 있는 그런 삶을 살고 있으리라고.

"그래. 그랬으면 좋겠구나……."

순심의 곁을 떠나면 다시금 상검과 문 내관의 빈자리가 마음을 사무치게 할 테지만. 이 순간, 그에게 유일하게 남은 여인의 곁에서 윤은 잠시나마 슬픔을 잊었다.

등에 느껴지는 타는 듯한 고통. 황가가 번쩍 눈을 떴다. 본능적으로 몸을 일으키려던 그의 입에서 날 선 신음이 흘러나왔다.

"거의 다 되었어요. 조금만 참으십시오."

"……으음."

신열에 들뜬 나머지 잠시 혼절이라도 한 모양이었다. 이내 황가는 깨닫는다. 제가 취선당에 있으며, 제 겉옷을 벗기고 상처에 흐르는 피고름을 닦아주는 여인이 구월이라는 것을.

구월의 주변에는 물그릇이며 흰 무명천, 내의원에서 얻어온 듯한 고약들이 즐비했다. 무심코 구월의 얼굴을 바라본 황가가 멈칫한다. 구월은 울고 있었다.

"궁녀님, 어찌 우십니까?"

왜 우냐는 물음에 반대로 눈물은 걷잡을 수 없이 왈칵 솟아났다. 구월의 뺨을 타고 흘러내린 눈물이 바닥으로 뚝뚝 떨어졌다.

"……황가 님."

"예."

"상검이 일 때문에 다치신 겁니까?"

"……."

황가는 잠시 침묵했다. 그러나 구월은 왕의 명을 받고 황가를 돌보고 있었다. 그녀는 비밀을 지킬 것이다.

"예."

"……으흐흑."

구월의 눈에서 다시금 눈물이 쏟아졌다. 꽉 다문 잇새로 흐느낌이 새어 나왔다.

흐느끼는 구월의 모습을 차마 바라볼 수가 없어 황가는 고개를 돌렸다. 눈물의 원인은 물론 상검이리라. 상검과 구월의 사이가 매우 가까웠음을 황가 역시 알고 있었다. 상검과 구월은 마치 오누이처럼 장난을 치거나 서로를 놀려대곤 했다. 때로 티격태격하며 으르렁대다가도, 힘든 일이 생기면 선뜻 돕고 좋은 것이 있으면 나누어 가지는…….

-형님은…… 누군가 연모해본 적 있으십니까? 여인 말이에요. 왠지 마음이 쓰이고, 자꾸만 궁금하고, 생각나는…… 그런 거…….

언젠가의 깊은 밤, 등 뒤에서 잠을 설치던 상검이 황가에게 건넸던 말.

'그랬던 건가…….'

황가의 입에서 짙은 한숨이 흘러나왔다. 구월의 소리 죽인 울음이 유달리 사무치게 들렸다. 몸의 고통보다 더욱 큰 마음의 고통이 황량한 취선당 안을 채우고 있었다.

흐느끼던 구월이 입을 열었다.

"황가님. 상검이는…… 저 때문에 죽었습니다."

낙선당에서 저를 찾는 윤을 마주쳤을 때 그녀는 고백하고자 했다. 그것이 죄를 씻는 길이라 믿었다. 그러나 환자를 돌보라는 왕명이 하도 다급하여 그녀는 쫓기듯 낙선당을 떠날 수밖에 없었다.

"어찌 그런 말씀을 하십니까."

아니다. 상검이 죽은 것은 그녀 탓이 아닌 제 탓이었다.

"아니요, 저 때문에 죽었어요. 청휘문 앞에서 왕세제 저하를 막을 수밖에 없었던 것도 결국은 저 때문이었어요. 제가 순심이네 아버지를 만나지 않았다면, 그 사람에게 이상한 음식을 받아 동궁전으로 오지 않았으면……."

"……."

"그날 저와 상검이의 대화를 왕세제가 듣지 않았다면…….

구월이 고개를 떨어뜨렸다.

"상검이는 죽지 않았을 겁니다. 절대로…… 죽지 않았을 거예요. 그냥 제 죄를 고하여 금부로 넘기고, 제가 정당한 죗값을 받게 두었다면 상검이는 절대로…….

청휘문을 폐쇄하지 않았을 것이며 그로 인해 죽음에 이르지 않았을 것이다. 상검을 구하기 위해 문 내관이 목숨을 던져야 하는 일도 일어나지 않았을 것이다…….

"……."

황가 역시 한동안 말을 잇지 못했다. 어찌하여 그리 가깝지 않은 제게 이런 위험한 진실을 털어놓는 것인지 모를 노릇이다……. 라고 생각하던 그는 이내 깨달았다.

구월은 제 죄를 스스로 밝힐 생각이구나. 그것이 곧 죽음을 의미한다는 것을 알면서도.

"모든 게 제 탓입니다. 저 때문에 상검이도, 문 내관 나리도 돌아가셨어요……. 저 같은 게 뭐라고…….

"궁녀님.

황가가 무겁게 입을 열었다.

윤, 황가, 그리고 이제는 구월. 모두가 상검과 문 내관의 죽음에 책임감을 느낀다. 그들 모두 스스로를 탓했다.

"궁녀님의 탓이 아닙니다.

황가가 조금만 빨랐다면, 형이 집행되는 시간을 다시 한 번 확인했다면, 아예 더 이른 시각에 금부옥을 급습했다면……. 그런 가정들은 그의 마음을 갉아먹고 무너뜨릴 뿐이다. 상검을 알았고, 또한 상검을 사랑한 모든 이들이 그의 죽음에 회한을 가지고 있었다.

"궁녀님의 탓이 아니에요."

"하지만……."

"궁녀님도, 저도, 전하께서도. 모두가 상검의 죽음을 바라지 않았습니다. 우리 중 누구도 예상하지 못했습니다. 모두가 상검이를 아꼈지만……. 누구도 바라거나 생각한 적 없는 일이 일어났을 뿐입니다."

문득 황가는 취선당을 떠나며 윤이 던졌던 말을 상기한다. 고맙다고, 살아 있어주어 고맙다고.

"상검이에게…… 목숨을 내걸면서까지 꼭 지키고 싶었던 게 있었던 모양입니다."

-형님은…… 누군가 은애해본 적 있으십니까?

행복하니. 그렇게나마 네가 은애하는 사람을 지킬 수 있어서?

"궁녀님."

"……네."

구월의 턱 끝에 매달려 있던 눈물방울이 툭, 황가에게 떨어졌다.

"상검이가 소중한 사람을 지킬 수 있게, 그냥 두세요."

그 자리에. 상검을 기억하는 사람으로.

그의 사랑을 기억하는 사람으로.

＊ ＊ ＊

궁궐에 몰아쳤던 칼바람 때문이었을까. 연말에서 정초까지의 며칠간 때늦은 한파가 기승을 부렸다.

이윽고 추위가 한풀 꺾이고 온화한 바람이 불던 날. 경행방(慶幸坊)[24]을 찾은 왕의 행렬은 다시 궁으로 돌아가고 있었다.

대전 내관들과 왕세제 사이에서 발생한 소요는 상선 문유도와 박

---

24   한성부 중부 8방의 하나로 지금의 종로구 경운동.

상검의 죽음으로 막을 내렸다. 문 내관의 자리에는 새로운 상선이 임명되었다. 상검의 빈자리 역시 다른 젊은 내관으로 채워졌다.

남아 있는 자들의 슬픔과는 관계없이 시간은 앞을 향해 흐른다. 얼핏 보기에 대전 풍경은 여느 때와 다르지 않았다. 단지 윤, 황가, 순심, 그리고 구월만이 기억할 뿐이다.

"물렀거라! 주상 전하 행차시다!"

새파랗게 빛나는 하늘 아래 금빛 교룡기가 나부꼈다.

윤은 긴 세월 바라고 바라던 꿈을 이뤘다. 마침내 윤은 어머니 희빈 장씨를 옥산부대빈(玉山府大嬪)으로 추존했다. 경행방에 지어진 그녀의 사당은 대빈궁(大嬪宮)으로 명명되었다. 오늘에서야 장희빈은 죄인의 이름을 씻고 왕의 생모의 자격을 되찾았다.

연(輦)²⁵⁾에 올라 궁궐로 돌아가던 윤이 지그시 눈을 감았다. 어머니의 사당 주변을 떠돌던 먹먹한 향취. 제를 올릴 때 늘 피워 올리는 향냄새에 지나지 않았으나 오늘따라 그 향기는 윤의 마음을 시큰하게 두드렸다. 그러나 슬프지 않았다. 오늘은 기쁜 날이었다. 어머니의 죽음 앞에 무기력했다는 기나긴 회한과의 작별. 윤의 마음은 비로소 자유로워졌다.

그러므로 언젠가는, 문 내관과 상검을 떠올릴 때마다 밀물처럼 차오르는 슬픔도 잊혀지고 무뎌지겠지.

덜컹- 가마꾼 하나가 발을 헛디디는 바람에 연이 흔들렸다.

"전하, 괜찮으십니까?"

말을 타고 가마 뒤를 따르던 황가가 다가와 물었다.

"괜찮다. 신경 쓸 것 없다."

황가를 바라보는 윤의 눈이 가늘어진다. 그는 마뜩지 않은 표정이었다.

"과인의 걱정을 할 때가 아니다. 황가 너야말로 괜찮은 것이냐?"

---

25 임금이 타던 가마.

"그저 할 일을 하고 있을 따름입니다. 걱정하지 마시옵소서, 전하."

"너도 참……."

말해 뭐하랴. 윤은 말끝을 흐린 채 입을 다문다. 교렴(轎簾)[26] 아래 나타났던 황가의 얼굴이 다소 머쓱한 표정을 지은 채 사라졌다.

황가의 등에 난 상처는 깊었다. 황가를 의심하는 눈초리가 있어 그는 제대로 된 치료를 받지 못했다. 타고난 건강체인지, 혹은 그를 넘는 강력한 의지 때문인지 알 수 없으나 아무튼 황가는 일어났고, 고집을 피워 어가 행렬에 동행했다.

윤이 무심코 중얼거렸다.

"그래도, 남아 있는 사람들이 있어서."

다행이다. 네가 있고, 그녀가 있어서.

아직까지 윤은 희망을 버리지 않았다. 슬픔과 죽음으로 점철된 그의 삶에도 분명 행복한 날들이 있으리라는 희망. 절대로 포기하거나 꺾이지 않겠다는 희망…….

주변 풍경을 바라보던 윤의 입가에 희미한 미소가 떠올랐다. 겨울이라고는 믿기지 않을 만큼 맑고 따사한 날이었다.

"너도 함께 올 수 있었다면 참 좋으련만……."

순심을 떠올리며, 어머니의 미소처럼 비치는 햇살 아래 윤은 가만히 눈을 감았다.

* * *

"구월아……?"

바깥에서 들려오는 인기척에 순심이 고개를 내민다. 안뜰을 부지런히 쓸고 있던 구월이 뒤를 돌아보았다.

---

26 가마에 치는 발.

"응, 순심아."

"뭐 해?"

순심의 음성은 여전히 조심스러웠다.

"뭐 하긴. 마당 쓸고 있잖냐."

순심은 구월과 상검 사이에 어떤 일이 있었는지 눈치채지 못했다. 단지 긴 시간 왕래하며 오누이처럼 깊은 정이 쌓였을 것이라 생각할 뿐이었다.

"……구월아. 괜찮아?"

"으응."

구월이 고개를 끄덕인다. 볕이 좋은 한낮. 구월의 얼굴에는 실로 오랜만에 보는 옅은 웃음이 드리워져 있었다.

"그동안 매일 울고불고하느라 낙선당을 제대로 돌보지 못했잖아. 나 혼자만 슬픈 것이 아닌데……. 순심이 너까지 더 힘들게 하는 것 같아서."

"구월아……."

"어쨌든 이게 내 일이잖냐. 상검이를……."

하지만 여전히 그의 이름을 입에 담는 것은 쉽지 않다.

"그 애를…… 잃은 것이 나 하나가 아니니까. 걔는 내게도, 너한테도, 전하와 황가 님한테도 참으로 소중한 사람이었잖아."

"구월아."

순심이 안뜰로 내려왔다. 지난 며칠간 유난히도 구월에게 마음 쓰였던 그녀였다. 문득 새삼스러웠다. 제 벗 구월이 이렇게 조그만 여인이었는지. 이렇게 슬픈 눈을 하고 있었는지.

"구월아. 우리 같이 슬퍼하자."

"……같이?"

"응. 혼자 슬퍼하지 말고 나랑, 전하랑, 황가 님이랑……. 상검이랑 문 내관을 기억하는 사람들이랑 다 같이. 같이 생각하고, 같이 슬퍼하는 거야."

그렇게 같이 이겨내자고.

우린 혼자가 아니니까. 너는 혼자가 아니니까…….

"순심아. 나…… 어떻게 말을 꺼내야 할지 알 수 없어서 참 오래 고민했는데……."

마침내 구월이 입을 열었다. 그때였다.

"마마님."

낙선당 초입에 모습을 드러낸 당상관 복장의 사내. 언젠가 본 적이 있는 얼굴이었으나 순심은 그가 누구인지 기억해내지 못했다.

"그간 잘 지내셨소? 꽤 오래 전 일이지만 저와 마마님은 저승전에서 마주친 적이 있소. 나는 이조참판 김일경이오."

그제야 순심은 그가 누구인지 상기했다. 그는 왕의 충복. 소론의 선두에서 오직 윤을 위해 달려온 사람-

"아……. 강녕하시었습니까, 대감."

"잠시 드릴 말씀이 있어 찾았소이다."

김일경이 구월을 바라보았다.

"잠시 자리를 피해주게. 마마님과 긴히 나눌 말이 있으니."

김일경의 태도는 극히 조심스러웠다. 혈육도 아닌 사내가 궁녀 처소에 들락거리는 것은 오해를 사기 딱 좋은 일. 그리하여 김일경은 낙선당 안이나 마루, 안뜰이 아닌 초입에서 대화를 나누기를 청했다. 아예 누구나 볼 수 있는 길목에서 대화하겠다는 심산이었다.

"문 내관과 박상검의 일로 전하의 상심이 크시니, 승은궁녀께서 전하를 위로해주시는 것이 좋겠습니다."

"예, 당연한 일입니다."

"그래도 다행한 일이외다. 비록 늦은 감이 있지만 희빈 자가를 대빈(大嬪)으로 추존하게 되었으니 말이오. 전하의 마음이 조금이나마 풀어졌으면 좋겠소."

"예⋯⋯. 소인도 그러기를 바라고 있습니다."

순심이 김일경을 바라보았다. 그녀의 눈빛에 궁금증이 일었다.

이조참판씩이나 되는 높은 벼슬아치가 후궁도 아닌 일개 승은궁녀를 몸소 찾아온 까닭이 무어란 말인가. 그저 왕의 마음을 보듬어달라는 당부를 전하기 위한 걸음이라고는 믿을 수 없었다.

기색을 알아챈 듯 김일경이 엷게 웃었다. 냉담한 눈빛에 어울리지 않는 미소였다.

"내가 찾아와 놀라신 모양이오."

"평소 전하 외에 다른 분이 방문하는 일이 없기에 그렇습니다."

"전하 외에 중궁전께서도 종종 낙선당을 찾는 것으로 알고 있소만⋯⋯. 한때 두 분은 돈독한 사이 아니었습니까?"

예상치 못하게 튀어나오는 중궁전의 이름. 순심이 슬그머니 시선을 돌렸다.

"어찌 한낱 궁녀인 소인이 중궁전마마에 대한 일을 입에 담겠습니까. 첩실인 소인을 너그럽게 돌보아주시니 감사할 따름입니다."

"그렇구려. 음⋯⋯."

신중한 눈빛으로 김일경은 순심을 바라본다. 그녀는 삼 년여의 시간을 왕의 여인으로 보낸 사람답지 않게 순진한 얼굴을 하고 있었다. 그러나 중궁전에 대해 넌지시 떠보는 말을 받아넘기는 태도에는 분명 영민함이 엿보였다. 부러 마음을 숨기는 것인지, 그저 조심하는 태도가 몸에 밴 것인지 모르지만.

"어떤 일로 대감께서 찾아오셨는지 여쭈어도 되겠습니까?"

순심의 질문에 김일경이 고개를 끄덕였다.

그로서도 쉬운 걸음은 아니었다. 후궁 첩지를 받았든 아니든 간에 순심은 왕의 여인. 게다가 상검의 처형을 요청한 탓에 윤의 원망을 사고 있는 김일경이었다.

할 말을 하고, 캐낼 것을 캐낸 후에 속히 떠나는 것이 이롭다.

"마마님. 내밀한 질문 하나를 드리겠습니다."

"……말씀하십시오."

무슨 소리를 하려는 건지 감이 오지 않아 순심은 순순히 답했다.

"아버지와 따로 연통을 하며 지내십니까?"

잠시 순심은 멈칫했다. 그의 말을 알아듣지 못해서가 아니었다. '아버지'라는 이름은 긴 시간 순심의 뇌리에서 지워져 있었기에, 그만큼 그의 말이 낯설게 느껴졌기 때문이었다.

"어찌 대답을 하지 않으십니까?"

재차 묻는 김일경의 말투는 추궁이라도 하듯 신랄했다.

"소인의 아비와는…… 입궐하던 당시 이미 연이 끊겼습니다. 벌써 십 년 넘게 지난 일이라 무어라 답을 드릴 수가……."

"그렇다면 아버지께서 세상을 떠난 것은 알고 계십니까?"

"예?"

순심이 되물었다.

"마마님의 아버님께서 돌아가셨다는 소식, 모르셨습니까?"

"……."

순심이 눈을 느리게 깜빡였다. 슬프거나 충격을 받지는 않았다. 단지 아버지라는 존재 자체를 까맣게 지우고 살아왔기에 몹시 당황했을 뿐이다.

김일경은 느리게 변화하는 순심의 표정을 주시하고 있었다. 분명히 드러나는 놀란 기색. 그러나 슬픔보다는 혼란스러움을 느끼는 듯한 얼굴.

"정녕 모르고 계셨던 모양……."

그때였다.

"김일경 대감."

잔뜩 날 선 음성은 다름 아닌 임금의 것.

"대체 여기서 무얼 하고 계시는 겁니까?"

"전하, 납시었사옵니까."

김일경의 표정에 실망한 기색이 스쳤다. 쓸데없는 말들을 내뱉느라 시간을 지체한 탓이다. 낭패였다.

"대감이 무슨 볼일이 있어 낙선당을 찾아온 게요?"

윤의 음성은 김일경을 발견한 순간부터 격앙되어 있었다.

상검의 죽음으로 마음이 틀어졌다 하여 평생 함께해온 정치적 관계를 깨버릴 수는 없다. 단지 윤은 공(公)이 아닌 사(私)의 영역에서 그와 거리를 두기로 작정했을 뿐이었다. 그런 까닭에 황가에 대한 일 역시 김일경 모르게 처리했던 그였다.

한데 다른 곳도 아닌 순심의 처소까지 모습을 나타낼 줄이야. 왕은 결코 용납할 수 없다는 강경한 표정이었다.

"어서 말해보시오. 무슨 까닭으로 과인의 윤허조차 받지 않고 이곳에 나타난 것입니까?"

"전하, 진정하시옵소서. 소인 그저 지나는 길에 마마님께 안부나 전할 겸, 물을 것이 있어……."

"대체 일국의 이조참판이 승은궁녀를 따로 만나 물을 것이 무엇이란 말이오?"

"……전하."

김일경이 말끝을 흐렸다. 시기를 잘못 잡기는 했다. 상검의 죽음이 오래지 않은 데다 하필 오늘은 왕께서 생모의 사당에 처음 제를 올린 날이었다. 굳이 이런 날에 왕의 심기를 거슬러서 좋을 일이 무어 있단 말인가.

그러나 언젠가는 풀고 가야 할 일. 시간이 길어질수록 사건의 전모를 밝혀내기란 점점 더 어려워지는 법이다.

"승은궁녀의 아버지에 대한 이야기를……."

"뭐라?"

윤이 김일경의 말허리를 뚝 잘랐다. 왕을 마주 본 김일경의 표정이 미묘하게 달라졌다.

김일경. 평생을 이윤의 충신으로 살아왔으나, 단 한 번도 이토록 분노한 그를 본 적은 없었다.

"과인이 분명 과거에 경고하였소. 승은궁녀의 뒤를 캐려 들거나, 지나친 관심을 가지는 것을 중지하라고. 대감, 그대는 과인의 말을 우습게 여기는 게요?"

"전하. 소인은……."

"이도 저도 아니면 과인을 능욕하려는 게요? 내 명을 따르기를 거부하는 것이오?"

"전하!"

김일경이 당황한 표정으로 고개를 숙였다. 예상치 못했다. 왕의 반발이 이렇게 격렬할 줄은.

"신의 불찰입니다. 깊이 뉘우치니 부디 노여움을 거두고 소인을 용서하시옵소서."

"경고하건대."

윤이 그를 쏘아보았다.

"다시는 이곳에 찾아오지 마시오. 알겠소?"

"예, 전하. 명심하겠습니다."

윤이 순심을 향해 몸을 돌렸다. 창백하고 해쓱한 얼굴. 무슨 말을 들은 것일까. 새하얗게 질린 순심은 벼랑 끝에 선 듯 위태로운 모습이었다.

"가자."

윤이 덥석 순심의 손을 잡았다. 한시도 순심과 김일경을 같은 자리에 두고 싶지 않았다. 황망히 서 있는 김일경을 뒤에 남긴 채, 윤은 순심을 이끌고 낙선당을 벗어났다.

"오랜만이지, 여기는."

"예, 전하."

창덕궁 후원을 거닐던 윤과 순심의 걸음이 폄우사 앞에 멈추었다. 겨울치고 포근한 날씨였으나 여전히 관람지 위에는 살얼음이 떠다닌다. 겨우내 궁인들의 손이 닿지 않았는지 폄우사 툇마루 위에는 먼지가 한 뼘이었다.

순심뿐 아니라 윤 역시 한동안 후원을 찾지 않았다. 봄, 여름, 가을, 겨울……. 매 계절마다 각각의 색채에 물드는 후원. 그러나 올 겨울 유난히 폭설과 한파가 극심했던 탓에 창덕궁 후원에는 한동안 인적이 끊겼다.

"김일경이 대체 네게 무어라 말했던 것이냐?"

"……."

"어찌하여 얼굴이 그리 창백하냐. 어디 아프기라도 한 것이야?"

"아닙니다, 전하."

"하면 어찌 그러느냐? 말해보아라, 순심아."

순심은 잠시 머뭇거렸다.

"신첩의 아비가……."

입이 떨어지지 않는 것은 슬퍼서가 아니었다. 슬픔이라는, 아비를 잃은 여식이 응당 가져야 할 감정은 느껴지지 않았다. 그런 까닭에 제가 이상한 사람인 듯한 기이한 감정이 들었다.

"제 아버지께서 돌아가셨다는 말을 들었습니다."

그저 묘한 기분이었다. 슬픈 것은 아비의 죽음이 아닌, 아비의 죽음에 슬퍼할 수조차 없는 그녀의 지난 삶이었다.

"……순심아."

윤이 순심의 어깨를 감싸 안았다. 그의 목소리에는 깊은 위안이 담겨 있었다. 윤은 누구보다 그녀의 처지에 공감하고 있으리라. 그러나 순심의 마음은 달랐다. 그녀의 처지가 윤과 완전히 다르기 때문이었다.

"전하, 신첩은…… 슬프지 않습니다. 슬픈 것이 아니라 기분이 묘합니다. 어찌 이리 복잡한 마음이 드는지 잘 모르겠습니다."

"어떤 마음이 들기에 그러느냐?"

"저는…… 여전히 아버지가 원망스럽습니다."

"내 너의 마음을 이해한다."

어찌 그녀의 마음을 헤아리지 못할 수 있을까. 어린아이이던 순심에게 못할 짓을 한 비정한 아비였음을 윤 역시 알고 있었다.

"슬프지 않다 하여 어찌 아무렇지 않을 수 있겠느냐. 내 너의 마음이 무거움을 안다."

"……예, 전하."

윤이 순심의 몸을 끌어당겼다. 순심의 머리가 윤의 어깨에 기대어졌다.

"늘 순심이 네가 내 마음을 달래주고 위로해주는 것처럼…… 나도 네게 그런 사람이 될 수 있다면 좋겠다."

"지금 그리해주시고 계십니다."

"네가 나에게 주고 있는 것에 비하면 과인은 아직 한참이나 모자라다."

"전하."

"응?"

그에게 기대고 있던 순심이 스르르 눈을 감았다.

"신첩은…… 전하가 계시기에 삽니다."

진즉 그런 삶이었지만, 오늘에서야 사무치게 와 닿는 혈육 하나 없는 외톨이라는 감정. 그러나 그녀 곁에는 윤이 있다.

"……나 역시 그래. 나 역시 그러하다."

물끄러미 순심을 바라보던 윤이 그녀의 이마에 입술을 눌렀다. 지난 며칠간 오직 그를 위로하기 위해 최선을 다했던 순심. 상검의 죽음은 윤뿐 아니라 순심에게도 고통이었다. 그러나 순심은 괴로움을 내색하지 않았다. 오직 왕의 슬픔을 덜어주려 모든 노력을 다했을 뿐.

"순심아."

"예, 전하."

그러므로 이제는 내가 너를 위해 노력할 차례.

"나와 걷자. 날이 그리 차지 않다. 내 지금껏 네가 보지 못했던 후원 깊숙한 곳을 모두 보여주겠다."

오늘 왕의 정원은 오직 그녀만을 위한 장소가 되리라.

폄우사를 떠난 윤과 순심은 곳곳에 숨겨진 비경을 따라 움직였다.

숙종이 남긴 어필이 남아 있는 옥류천(玉流川) 근방, 소요정(逍遙亭), 취한정(翠寒亭), 청의정(淸漪亭) 등 후원 깊숙한 곳의 아름다운 정자들. 단청에 물든 아담한 정자의 색채는 황량한 겨울 후원 속에서 더욱 운치를 자아냈다.

"너를 위로하고자 나선 길인데 오히려 과인의 마음이 편해지는 듯하다. 힘들지 않으냐?"

"힘들지 않습니다. 걷는 것이 참 좋습니다, 전하. 한동안 낙선당을 벗어난 적이 거의 없었으니까요."

"바깥출입을 아니한 지 꽤 오래되었지? 갑갑하지 않더냐?"

"낙선당에서 지내는 것에 익숙해졌는지, 가끔은 궐 밖으로 나가는 것이 퍽 큰일처럼 느껴질 때도 있습니다. 아직은 괜찮습니다."

"그래도 가보고 싶은 데나 구경하고 싶은 것이 있지 않겠느냐?"

"구경하고 싶은 곳이라시면……."

걸음 사이로 스쳐 지나가는 바윗돌이며 마른 나무를 바라보던 순심이 대답했다.

"언젠가 북한산 구경을 해보고 싶습니다."

"북한산?"

"예. 북한산에 있는 산영루(山映樓)라는 누각에서 바라보는 풍경이 참으로 빼어나다 들었습니다. 막연히 언젠가 꼭 한번 보고 싶다 생각하였는데 전하께서 물으시니 문득 생각이 나서……."

"내 약조하마. 올해 안에 내 반드시 산영루 구경을 시켜주겠다."

"정말이요?"

반색하던 순심이 이내 덧붙였다.

"꼭 올해가 아니어도 괜찮습니다. 저는 언제든 괜찮습니다."

"미루면 곧 잊고 만다. 과인 역시 순심이 네 덕에 산영루를……."

윤이 갑자기 말끝을 흐렸다. 순심이 의아한 표정으로 그를 바라보았다.

윤이 바라보고 있는 것은 후원과 북악산을 나누는 담장 중간에 나 있는 건무문(建武門).

"어찌 그러십니까, 전하?"

"이 문은 건무문이다. 건무문 밖으로 나가면 멀지 않은 곳에 북촌과 성균관이 있지."

"그런데 어찌 그리 문을 쳐다보십니까?"

"아, 어찌 그리 보냐고?"

순심에게 잠시 향했던 윤의 시선이 다시금 붉은 칠을 한 문 위에 머물렀다.

"이 문이……."

쓱, 그의 손이 문을 밀었다.

"열려 있거든."

끼익- 귀에 거슬리는 소리와 함께 겨우내 관리되지 않아 녹슨 경첩이 툭 바닥으로 떨어졌다. 이내 문이 열렸다.

"가자, 순심아."

"예?"

당황한 순심이 반문했다. 윤은 그저 즐거운 일을 맞닥뜨린 듯한 표정이었다. 그가 순심을 잡아끈다.

"아주 잠깐 거닐 뿐이다. 걱정하지 마라."

작은 건무문 사이로 보이는 바깥세상. 순심은 겁을 먹은 듯했다.

문밖 풍경이 특별히 대수로웠던 것은 아니다. 바깥에 보이는 것이라고는 궁궐 후원과 별반 다를 바 없는 마른 나무들과 산기슭을 따라 나 있는 좁은 오솔길 하나. 그러나 건무문을 경계로 세상은 나뉘어 있었다.

생과방 시절에도 그다지 외출을 즐기지 않던 순심이었다. 승은궁녀가 되어 낙선당에 자리를 잡은 지난 삼 년. 궁궐 밖 세상은 별천지처럼 완전히 그녀에게서 멀어졌다. 그리하여 낯설었다.

"가자."

윤의 말은 그뿐이었다. 순심의 걱정이 무색하게도 궁궐 안에서 태어나 온 평생을 궁에서만 살아온 임금은 아무렇지 않은 표정으로 대뜸 문을 넘어갔다.

"전하, 그런 복장으로 어찌 밖에 나가십니까."

"아. 그렇지."

윤이 입고 있던 두루마기를 벗어 바위 위에 걸쳐놓았다. 두루마기 아래 받쳐 입은 것은 솜을 넣은 장식 없는 덧저고리.

"어떠냐. 이 정도면 내가 임금이다- 하고 외치지 않는 한 사람들이 못 알아볼 정도는 되지 않느냐?"

"그러다 고뿔이 드십니다."

"겉옷 하나 입지 않았다고 고뿔에 걸리지는 않는다."

윤이 순심을 훑어본다. 승은궁녀라는 처지의 특성상 궁녀들과 달리 평범한 차림인 그녀였다. 가체를 올리지 않고 쪽머리를 한 순심은 반가의 규수와 다를 바 없어 보였다.

"순심이 너는 당장 궐밖에 나가도 괜찮을 듯한 복장이구나."

대뜸 윤이 순심의 손을 잡았다.

"그러니, 어서 이리 넘어오너라."

"어디를 가려고 그러십니까?"

"글쎄다……."

문득 윤은 싱긋 웃었다.

"어디든지. 너와 함께라면 어디라도 좋다."

순심이 당황하여 입을 다물었다.

나가도 되는 걸까? 다른 이도 아닌 임금과 함께? 그녀의 마음을 읽은 듯, 윤이 말을 이었다.

"꼭 내가 궁궐을 영영 떠나기라도 할 것 같은 표정으로 바라보지 마라. 너와 거닐던 차에 나오라 손짓이라도 하듯 문이 열렸으니, 잠시 바람이나 쐬고 오자는 것뿐이다."

윤이 순심을 보며 미소 지었다.

부드럽게 휘어져 곡선을 그리는 눈꼬리와 입술. 왕의 행복한 얼굴……. 문득 순심은 생각한다. 저렇게 설레는 표정의 그를 보는 것은 참으로 오랜만이라고.

"뭐, 할 수 없지. 순심이 네가 정 싫다면야……."

"아니요. 가겠습니다."

대답하며, 순심은 대뜸 건무문을 통과했다.

"전하와 함께 가겠습니다."

어디든지. 그대와 함께라면.

고작 한 발짝 넘어섰을 뿐인데 발에 닿는 흙의 감촉마저 다른 듯했다. 윤과 순심이 함께하는 세 번째 외출이었다.

"신기한 일이다."

"무엇이 신기하십니까?"

"경행방에 다녀오는 내내 네 생각을 하였거든. 이렇게 바람이 달고 볕이 좋은 겨울 날씨가 드물지 않더냐. 좋은 날, 너와 함께 밖을 거닐면 얼마나 좋을까 생각했다."

"궁이 전하의 것이듯 후원의 문도 결국 전하의 것이니, 마음을 알고 절로 열렸나 봅니다."

"그런 것일까? 하하."

윤이 낮게 웃음을 터뜨렸다. 그를 바라보는 순심의 눈에 감사와 동경이 반짝거렸다.

예상치 못한 소식에 당황하였던 날. 윤의 손에 이끌려 생각 밖의 외출을 감행한 날. 그와 함께 궁궐의 담장을 따라 걷는 사이, 아비의 죽음 앞에 복잡했던 마음은 어느덧 평온해져 있었다.

윤이 웃듯 그녀도 웃었다. 중요한 것은 그들이 함께한다는 사실이었다. 마주 보고 서로의 손을 꼭 잡고 있다는 것. 실로 오랜만에 찾아온, 슬픔을 떠올리지 않고 행복을 누리는 귀중한 순간이었다.

"전하의 말씀을 듣기 참 잘했습니다."

"나오니 좋으냐?"

"예. 말로만 들었던 성균관도 멀리서나마 보고, 북촌의 기와지붕들도 보고……."

순심이 다시금 멀찍이 보이는 전각들을 바라보았다. 반듯반듯하게 늘어선 지붕 사이로 오가는 사람들…….

"아까 북한산 누각을 보고 싶다 하였지?"

"예. 전하께서 보여주신다 약조해주셔서 무척 기뻤습니다."

"과인 역시 평생을 궁궐에서 보냈지. 나도 바깥 세상에 대해 잘 알지 못한다. 그저 가끔 능 행차를 하는 것이 전부이지……."

윤이 천천히 주변 풍광을 눈에 담았다. 그의 시선이 닿는 곳은 순심이 바라보는 곳 너머 더 먼 세상이었다. 끝없이 펼쳐진 하늘과 머나먼 땅 끝이 맞닿는 어드메……. 윤이 보듬고 굽어살펴야 할, 조선.

"나 역시 궁금하다. 바다는 어떤 모습을 하고 있을지, 그토록 아름답다는 금강산과 기이한 신수(神獸)가 출몰한다는 백두산의 연못은 어떤 곳인지."

"오래오래 장수하실 것이니 차차 가보시면 되지 않겠습니까?"

"그러할까?"

윤이 순심을 돌아보았다. 따뜻한 미소가 윤의 입가에 번졌다.

"너와 함께 가야겠구나, 반드시……."

그때였다. 터벅터벅 들려오는 발소리에 윤과 순심이 동시에 고개를 돌렸다.

북악산 위쪽으로 난 산길에서 내려오는 나이 든 사내 하나. 사내는 땔감으로 가득한 큰 지게를 지고 있었다. 산 아래 북촌은 궁궐의 요직에 올라 있는 벼슬아치들이 주로 살아가는 마을이었다. 그러므로 윤은 나뭇짐을 진 사내가 어느 대갓집 하인이겠거니 지레짐작했다.

윤과 순심이 한 발짝 서로에게서 떨어졌다. 땔감을 줍는 이들이 산길을 오가는 것은 대수롭지 않은 일. 그러나 언덕을 내려오던 사내의 사정은 다른 모양이었다. 잘 차려입은 남녀가 산길에 출몰한 것이 괴이한지, 지게꾼 사내는 곁눈질로 윤과 순심을 흘낏거렸다.

"자, 그만 돌아가자."

"예, 전……."

아직 멀어지지 않은 사내 탓에 순심은 말끝을 흐렸다. 그 순간 들려오는 목소리.

"자네 또 나온 겐가? 바깥에 돌아다니다가는 경을 칠 줄 알라는 말 못 들었나? 겁도 없지……. 게다가 곁의 아씨는 또 누군가?"

"……."

지게꾼의 목소리에 우뚝 윤과 순심의 걸음이 멈췄다.

"쯧쯧. 비루하던 녀석을 양반처럼 먹이고 길러주었더니 자기가 진짜 양반이라도 된 줄 아는가. 기생까지 옆에 끼고……."

"이보아라. 지금 내게 말하고 있는 것이더냐?"

윤이 당황한 표정으로 물었다. 지게꾼은 가던 걸음을 멈춘 채 윤과 순심을 향해 말을 건네고 있었다.

"그럼 네놈 말고 달리 누구에게……."

순간 사내의 얼굴에 당혹감이 스쳤다. 사내가 고개를 쭉 빼고 윤을 바라보았다.

감히 누구도 똑바로 보아서는 아니 되는 것이 왕의 얼굴, 용안(龍顏). 그런 까닭에 사내가 제 얼굴을 샅샅이 살피는 것 자체가 낯선 윤의 눈동자에도 당황이 번졌다. 그 와중에도 사내는 윤의 얼굴에서 눈을 떼지 못했다. 마치 귀신에 홀린 듯 기묘한 표정으로 윤을 보던 그가 갑자기 고개를 숙였다.

"요, 용서하십시오, 나리. 소인이 아무래도 다른 사람과 공자님을 착각한 듯합니다! 천것이 눈이 어두워 지껄인 소리이니 부디 용서해주십시오."

땔감이 그득한 지게 탓에 허리를 굽힐 엄두가 나지 않는 듯 사내는 연신 사죄하며 머리를 조아렸다.

"……음."

이내 윤이 고개를 끄덕였다. 애당초 월담이나 다름없는 은밀한 외출. 좋은 일이든 아니든 간에 괜한 소요에 휩쓸리는 것은 피하고 싶었다.

"눈이 어두워 실수하였다는데 어찌 벌하겠느냐. 그러나 내가 아닌 이 여인에게는 응당 사죄하여야 할 것이다. 어찌 반가의 부인에게 감히 기생을 운운하느냐?"

"예, 나리. 소, 소인이 차마 귀하신 나리님과 부인을 알아보지 못하고 경망하게 입을 놀렸습니다. 마님, 참으로 송구합니다. 부디 미천한 것을 용서하여주십시오."

반백의 머리를 한 사내가 굽실대는 것이 안쓰러워 순심은 선뜻 고개를 끄덕였다.

"알겠습니다. 사과를 받았으니 이만 돌아가세요."

"감읍합니다. 감읍합니다, 나리, 마님!"

사내의 지게 위에 올라가 있던 땔감 몇 개가 데구르르 굴러떨어졌다. 그러나 한 시라도 빨리 자리를 뜨는 것이 옳다고 생각한 모양이었다. 그는 땔감을 주워 담을 생각도 하지 못한 채 급히 도망치듯 떠났다.

"별일이 다 있구나."

지게꾼의 뒷모습을 바라보던 윤이 중얼거렸다.

"저 사내, 대체 무슨 소리를 한 것이냐? 흠…… 과인과 퍽 닮은 자를 아는 모양이지?"

"그런 듯합니다. 아마도 누군가와 헷갈린 한 듯합니다."

"음."

"전하, 입궐하기 전 바깥에 살 때 신첩 별 사람들을 다 보았습니다. 일이 고된 탓에 약간 정신이 이상해진 이일지도 모릅니다. 너무 마음 쓰지 마시어요."

"뭐……. 그래. 별일이 다 있구나. 돌아가자."

"예, 전하."

윤과 순심이 다시금 왔던 길을 되밟았다. 어느덧 해는 산 너머로 느릿느릿 넘어가고 있었다. 겨울산은 보잘것없지만, 붉은 노을에 물들어가는 풍경은 퍽 아름다웠다.

"이렇게, 돌아왔구나."

다시금 건무문 앞. 문을 열고 창덕궁 후원으로 되돌아가기 전, 윤은 순심에게 말을 건넸다.

"즐거웠느냐?"

"예. 예상치 못하여 더욱 즐거웠습니다."

"나와 함께여서 더욱 즐거웠겠지?"

"당연한 말씀을요. 혼자서는 엄두조차 내지 못했을 일입니다."

"순심아."

"예, 전하."

윤의 서늘한 입술이 순심의 이마 위에, 그리고 콧날을 지나 입술 위에 잠시 머무른다. 그들의 머리 위에 드리워진 황량한 겨울 산을 어루만지는 붉은 햇살. 농염한 석양빛에 물든 듯, 순심의 볼 역시 꽃처럼 불그스름하게 피어났다.

"궁궐 안에서도, 궁궐 밖에서도. 내 마음은 늘 한결같다. 잊지 마라."

"잊지 않겠습니다, 전하."

"그래. 이만 들어가자."

윤의 손이 문 위에 얹혔다.

"……그런데, 문이 잠겼구나."

"예에?"

순심의 눈이 두 배쯤 커졌다. 윤의 입에서 하하, 하는 웃음소리가 흘러나왔다.

"농이다. 들어가자."

윤이 문을 열었다.

"……."

동시에 윤이 우뚝 멈춰 섰다. 순심이 급히 손으로 제 입을 막았다.

"전하."

문을 사이에 두고 마주친 이는 윤의 두루마기를 들고 서 있는 황가였다.

"전하, 어찌하여 거기서 들어오시는 것입니까? 신 참으로 긴 시간 후원에서 전하를 찾아 헤맸나이다."

"음."

윤이 민망한 듯 괜스레 헛기침을 했다.

"아직 몸이 회복되지 않은 듯한데, 어이하여 쉬지 않고 과인을 찾았느냐?"

"전하의 곁을 지키는 것이 신의 할 일이옵니다. 어찌하여 이런 날씨에 그런 차림으로……."

황가의 시선이 윤의 등 뒤에 숨어 있는 순심에게 향했다.

"게다가 마마님까지 함께……. 전하. 어찌 이러십니까."

순심마저 괜히 움찔하여 고개를 숙였다. 한동안 잊고 있었다. 황가의 눈빛이 얼마나 강렬한지.

"뭐, 음."

왕 체면에 일개 호위무사 앞에서 말까지 더듬대는 꼴이 말이 아니다. 그러나 황가의 질책이 오로지 충심에서 비롯된 것임을 아는 윤이었다. 아직 부상에서 회복되지 않은 몸으로 후원 언덕길을 오르내리게 했다니.

"미안하구나. 마침 건무문이 열려 있는 것을 발견하고 조금 거닐었을 뿐이다. 맹세코 멀리는 가지 않았다."

그러나 왕의 입에서 흘러나오는 '미안하다'는 말. 그 무게를 알기에 황가 역시 낮은 한숨으로 야속한 마음을 털어냈다.

"전하, 대전에 드시는 대로 이곳뿐 아니라 후원 전체의 문을 정비하고 돌보라 명해주십시오."

"그래. 내 알아들었다."

"예, 전하."

황가가 고개를 숙였다.

"그럼 이만, 돌아가자."

윤이 앞장서 걷기 시작했다. 그의 손이 황가의 어깨 위에 잠시 놓였다. 안다. 황가의 충심을. 그의 마음을. 오늘의 일탈이 얼마나 경솔하고 충동적이었는지를.

"내내 과인 때문에 고생한 네게 이런 말을 하는 것이 옳지 않은 듯하지만."

그렇지만, 황가야.

"나는 네가 있어 참으로 든든하구나."

"제가 곁에 있어야 든든히 지켜드릴 수 있는 것이옵니다, 전하. 홀로 다니지 마옵소서."

"그래. 명심하겠다."

"예. 전하. 내리막길이니 발밑을 조심하십시오. 건조하여 몹시 미끄럽……."

그때였다.

"아앗!"

눈치를 살피며 조용히 뒤따르던 순심의 발이 주륵 미끄러졌다. 꽃신 한 짝이 벗겨지는 바람에 순심의 몸이 앞으로 확 쏠렸다.

"마마님."

그러나 황가의 움직임이 훨씬 빨랐다.

"아⋯⋯."

순심의 입에서 안도의 한숨이 흘러나왔다. 비록 험한 산세는 아니었지만 조경을 위해 배치한 괴석들이 많은 후원이었다. 잘못하여 넘어져 내리막길을 구르거나, 혹여 머리라도 바위에 부딪쳤다간 어떤 봉변을 당했을지 모르는 일.

"순심아, 괜찮으냐?"

한발 늦게 반응한 윤이 급히 그녀에게 오고, 동시에 순심을 품에 받쳤던 황가가 몸을 떼었다.

"예⋯⋯. 놀랐을 뿐입니다, 전하. 황가 님이 붙들어주셔서⋯⋯ 사, 살았습니다."

"많이 놀란 모양이다. 얼굴이 새하얗게 질렸구나."

윤이 순심의 어깨를 도닥인다. 순심이 안도의 한숨을 내쉬었다. 식은땀이 주룩 흘렀다. 윤이 걱정스러운 시선으로 순심의 얼굴을 응시했다.

"식은땀까지 흘리는구나. 어서 낙선당으로 돌아가 쉬도록 해야겠다."

"예. 아무래도 오늘 여러 일들이 있어 그런 듯합니다. 바깥에서도 이상한 사람을 만났고⋯⋯."

"이상한 사람이요?"

순간 확 달라지는 황가의 눈빛. 괜한 말을 했나 싶어 순심은 말끝을 흐렸다.

"전하와 문 근처를 거닐고 있었는데, 나뭇짐을 지고 내려오던 지게꾼 하나가 이상한 말을 늘어놓았습니다."

"무어라 하였기에 그러십니까?"

윤이 대수롭지 않게 대꾸했다.

"별말 아니었다. 아마 눈이 어두워 나와 다른 이를 착각한 모양이었다."

"착각하였다고요?"

"횡설수설하는 것이 좀 이상한 사람 같았지. 처음에는 나를 보고 어찌 명을 어기고 밖에 나다니냐 훈계하더니, 감히 순심을 보고 기생이라 칭하지 않나……. 천한 것을 먹이고 길러주었더니 진짜 양반인 줄 안다는 둥……."

"전하."

황가의 걸음이 우뚝 멈췄다.

"어찌 그러느냐?"

"소인 잠시 나갔다 오겠나이다. 대전으로 바로 돌아가시옵소서."

"윤허는 하겠다만 그 몸을 하고서 어디를 가겠다고……."

그러나 윤의 허락이 떨어짐과 동시에 황가는 급히 오던 길을 되돌아가기 시작했다.

"건무문으로 나가겠다는 뜻이더냐?"

"예, 전하. 신 금방 다녀오겠나이다."

"……."

황가는 성큼성큼 거의 뛰다시피 움직였다. 이내 좁은 문을 통과한 황가의 모습이 사라졌다.

"……별일이로군."

"그러게 말입니다. 저렇게 서두르시는 모습은 처음 봅니다."

"과인이 나가는 건 안 되고, 제가 나가는 건 되는 모양이다."

대수롭지 않은 상황이라 여긴 윤이 피식 웃었다.

마침내 그들은 후원 초입으로 되돌아왔다.

"참으로 정신없는 날이 되었군."

"예, 전하. 그러했습니다."

"그러나 좋았다."

"신첩 역시 그랬습니다."

후원을 지나자 비로소 궁궐의 안. 왕과 승은궁녀를 발견한 궁인들이 황급히 물러나 머리를 조아렸다.

모든 이들이 왕의 권위에 복종하는 윤의 세상, 궁궐.

"재미있구나. 이곳에서는 모든 이들이 내 발그림자만 보아도 어쩔 줄을 모르거늘. 고작 몇 발짝 밖으로 나갔을 뿐인데 모르는 사내에 게 질펀한 흰소리를 듣고 말았구나."

"전하를 알아보지 못하여 그런 것이니 마음에 두지 마옵소서."

"마음에 걸려 그러는 것이 아니다. 궁금한 마음이 들어 그렇다."

"무엇이 궁금하십니까, 전하?"

"내가 아는 세상만이 세상일지. 궁궐이라는 닫힌 공간 안에서 천 치가 되어가는 것은 아닐지…… 문득 궁금하여."

순심이 고개를 저었다.

"전하, 천치라니요. 어찌 그리 흉한 말씀을 하십니까. 전하께옵서 자유를 포기하시고 궁 안에서의 삶을 선택하신 까닭에 백성들이 탈 없이 살아갈 수 있는 것입니다."

"정말 그러할까?"

"예, 그렇다마다요."

"나야 왕이니 어쩔 수 없다 쳐야겠지. 그러나 순심아, 너는 내 탓 에 평생을 궁궐, 그것도 낙선당 안에 매어 살게 되었으니 내가 원망 스럽지 않으냐?"

"아니요. 전혀요, 전하."

순심이 고개를 가로저었다.

"전하, 신첩 역시 제 삶을 선택한 것입니다. 전하의 여인으로 살아 가는 것을요. 전하를 연모하게 된 이후 저는 단 한순간도 후회하거 나 원망했던 적 없습니다."

"……고맙구나."

바라보는 눈길에 묻어나는 애틋함.

"네가 그리 생각해준다니 내 마음 역시 참으로 기쁘다."

마침내 그들의 걸음이 멈추었다.

멀리 보이는 낙선당 처마. 이제 윤은 대전으로, 순심은 제 처소인 낙선당으로 돌아가야 할 시간이었다. 짧은 외출의 기억을 마음에 간직한 채.

* * *

낙선당 대청마루 위. 순심과 금이 마주 앉아 있었다. 왕의 동생인 왕세제라 해도 사내인 그를 들이는 것은 조심스럽다. 그리하여 순심은 방이 아닌 마루 위에서 왕세제를 맞이했다.

구월이 조심조심 차를 올린 소반을 들어 날랐다. 찻잔에서 김이 모락모락 솟았다.

"네 이름이 구월이었던가?"

"……예, 세제 저하."

"그래, 마음을 다스리고 잘 지내고 있느냐?"

덜그럭- 구월의 손이 바르르 떨렸다. 소반을 거의 내려놓았기에 망정이지 아니었다면 필시 차를 엎고 말았으리라.

"자, 잘 지내고 있습니다, 세제 저하."

"그래. 그래야겠지."

구월이 떨리는 제 손을 맞잡아 감추었다. 그런 구월을 힐끔 보는 금의 표정은 싸늘하다. 그러나 영문을 모르는 순심은 금과 구월 사이의 어색한 기류가 당황스러울 뿐이었다.

"그럼 쇤네는 이만 무, 물러가겠나이다."

"구월아."

급히 방을 떠나려던 구월이 다시금 몸을 돌려 왕세제를 바라보았다. 그녀의 얼굴은 새파랗게 얼어붙어 있었다.

"어찌 내 앞에서 그리 두려운 기색을 보이는가? 안심하도록 하라. 나는 너를 해하지 않는다."

"……예, 저하. 소인 이만 물러가도 되겠습니까?"

"그래. 물러가거라."

구월이 황급히 낙선당을 떠났다. 종종걸음 쳐 멀어지는 구월의 뒷모습을 바라보던 순심이 고개를 갸웃거렸다.

"어찌 구월이가 세제 저하를 이렇게까지 어려워하는지 모르겠습니다."

물론 금은 누구든 쉬이 상대하기 힘든 사람. 그러나 평소의 구월은 대단히 대범한 여인이었다.

"뭐, 나를 두려워하는 이들은 본래 많다. 성정이 뭣 같아 화가 나면 물불 가리지 않는다는 소문이 파다한 탓이지. 대수롭지 않게 여겨도 된다."

"한데 저하…… 구월을 마주치실 일이 자주 있었습니까? 친근하게 소인에게 하시듯 이름을 부르시니 낯설어 그렇습니다."

"내 본래 아랫것들을 이름으로 부르는 것을 즐긴다. 대수롭게 생각지 마라."

"예. 어인 일로 오랜만에 오셨습니까?"

"음……."

금이 잠시 뜸을 들였다. 순심은 묵묵히 기다렸다.

조선의 왕세제 이금. 어찌 구월만이 그를 어려워할까. 순심에게도 금을 대하는 것은 쉽지 않은 일이었다. 연잉군이라 불리던 왕자 시절이나, 왕세제가 된 지금이나 그의 불같은 성정은 여전했다. 오히려 노론의 기세가 꺾이고 그의 입지가 좁아질수록 금의 극단적인 면은 더욱 심해졌다.

동궁전 궁인들은 그야말로 숨소리조차 내지 못하고 살았다. 어떤 상황, 어떤 일 앞에 왕세제의 분노가 폭발할지 알 수 없었기 때문이었다.

"뭐 별다를 일이야 있겠는가. 근처를 지나던 길이라 겸사겸사 찾아온 것이다. 내가 와서 싫은가?"

"늘 오실 때마다 그리 말씀하십니다. 어찌 까닭 없이 싫겠습니까? 단지 저하께서 흑……."

아- 하는 소리가 순심의 입에서 흘러나왔다. 실언이다.

"무슨 말을 하려다가 마는가?"

"아……. 소인에게는 저하께서 흑룡포를 입으신 모습이 좀 낯설다는 말을 하려 했습니다. 혹시라도 뜻을 곡해하시면 어쩌나 싶어서……. 다른 뜻으로 한 말은 아니니 의미를 두지 마시옵소서."

"재미있군. 이제는 네 말을 들은 내가 어떤 생각을 할지마저 한발 앞서 읽는구나."

"저하께서 마음 쓰실까 심려되어 드리는 말씀일 뿐입니다."

"너와 같이 생각할 줄 아는 이가 동궁전에 한 명이라도 있었다면 좋을 뻔했다."

형님은 좋겠구나. 너라는 안식처가 있어서.

"하지만 순심아, 나 역시 너와 같이 생각한다. 나도 마찬가지다. 흑룡포를 입지 않았던 시절이 더 좋았어. 그 시절 낙선당을 찾을 때는 너 역시 어려워 않고 나를 반겨주곤 했지."

"힘드십니까?"

생각해보니 금은 왕자군 시절보다 훨씬 수척해진 듯했다.

"살얼음판이거든, 궁궐은. 어디 하나 마음 붙일 데도, 나를 반기는 이도 없다. 조정에는 소론뿐이라 모두 나를 눈엣가시처럼 여기고, 천한 신분이라는 조롱이 꼬리처럼 따라다닌다. 내 성정에 대한 온갖 모함들과……."

문득 금이 말을 멈추었다.

"그래. 네가 무슨 생각을 하는지 나도 안다. 형님께서도 나와 똑같은 시절을 겪었다는 생각을 하는 것이겠지."

"……제 생각을 읽기라도 하시는 겁니까?"

"인정하마. 나 역시 과거 연잉군이라 불리던 시절에는 몰랐다. 형님께서 얼마나 힘든 생활을 하고 계신지, 얼마나 고통스러우신지……. 역시나 겪어봐야 알게 되더군. 참으로 알량한 것이 인간의 마음이다."

"이제라도 아셨으니 더욱 전하를 이해하시게 되지 않겠습니까? 아는 것 없는 소인이 이런 말씀 드리는 것이 조심스럽습니다만……. 곧 좋은 날이 있을 것입니다, 저하."

"그래. 형님께서도 내 마음을 알아주셨으면 좋겠구나."

푸념처럼 내뱉는 금의 말. 순심이 그를 바라보았다.

"아, 모르고 있었던 모양이구나. 상검의 죽음 이후 형님은 나를 거들떠보려 하지 않으신다. 한동안은 문안조차 받지 않으셨지."

"……."

"전하께서는 나 때문에 상검이 죽었다고 생각하시거든. 너무하지 않은가? 상검이는 전하께서만 아끼는 아이가 아니었다. 나 역시 그 녀석과 막역한 우정을 나누었지."

감정을 억누르려는 듯 금이 숨을 길게 들이마셨다.

"나 역시 고통스러웠다. 나와 박상검 사이에 오갔던 이야기를 전하께 말씀드린다면 어떤 표정을 지으실지 모르겠구나."

"오갔던 이야기라니요?"

허둥지둥 낙선당을 떠나던 구월의 모습을 떠올리며 금은 말을 이었다.

"그런 일이 있다. 그저 현실이 통탄스러울 뿐이다. 그런 줄도 모르고 전하께서는 상검의 죽음을 내 탓이라 생각하시니……."

"……아닙니다."

"뭐라?"

금이 반문하며 순심을 바라보았다.

"아닙니다. 전하께서는 그리 생각하지 않으십니다. 상검의 죽음이…… 저하의 탓이라고 생각지 않으십니다."

"네가 그것을 어찌 아는가?"

"전하께서는……."

잠시 망설인 순심이 말을 이었다.

"상검의 죽음은, 절대적인 전하 자신의 탓이라 고통스러워하시니까요. 상검을 처형을 윤허하신 것이 본인이라시면서…… 괴로워하십니다."

"……."

"그러니 그런 말씀 마십시오, 저하. 오해하시는 것입니다."

"오해라."

금이 미간을 찌푸렸다.

"그래, 오해라면 나로서도 좋겠지. 하나 무엇으로 설명한단 말인가? 상검의 죽음 이후에 확연히 달라진 전하의 태도 말이다."

"그것은……."

순심이 망설이는 기색을 보이자, 금이 재촉했다.

"말하라. 언제부터 네가 내 앞에서 말을 가렸다고 그러는가?"

"전하를 생각하신다면, 먼저 전하의 마음을 헤아리십시오, 저하."

"……헤아리라고?"

"예. 상검은…… 전하께서 혈육이나 다름없이 아끼던 내관 아닙니까. 연달아 아끼던 이들을 죽음으로 잃은 전하이십니다. 그분의 마음을 생각해주시옵소서."

"혈육과 같이 아끼던 이? 진짜 혈육은 바로 여기 있는 나다."

"그렇게 본인 위주로 가타부타를 따지기 이전에 부디 전하의 마음을 먼저 헤아리시라는 뜻입니다."

금의 얼굴이 조금 붉어진다.

"송구합니다, 저하. 마음 상하셨습니까?"

"상했지. 네가 생각하듯 나는 이기적이기 짝이 없는 자이니까. 하지만…… 알았다. 네가 하는 말이 무엇인지 내 새겨듣겠다."

"그리 생각해주시니 감읍합니다, 저하."

"그저 좀 아쉽구나. 너는 오직 형님의 입장만을 생각하는군."

"저하."

순심이 나지막하게 그를 부른다. 금이 순심을 바라보았다.

"당연한 일입니다. 소인은 전하의 여인입니다."

"어련할까. 말 안 해도 안다."

금이 자리에서 벌떡 일어났다.

"이만 가겠다."

금이 떠난 후 순심은 가만히 가슴을 쓸어내렸다. 왕세제에게 입바른 소리를 했다가 봉변을 당한 궁인이 여럿이었다. 무슨 용기가 나서 그런 말을 꺼냈는지 모를 일이다.

구월이 금을 두려워하는 것도 그런 소문을 오래도록 들어왔기 때문이겠지. 벽에 등을 기댄 순심이 긴 한숨을 내쉬었다.

* * *

겨울이 마침내 지나갔다. 유난히 추웠고 유난히 많은 눈이 쏟아졌던 겨울. 혹독했던 계절은 몇몇 이들의 마음에 지워지지 않을 낙인을 남긴 채 봄날의 뒤안길로 물러갔다.

"다행이야."

입춘(立春)을 지나 봄의 두 번째 절기 우수(雨水). 얼어 있던 눈이 녹아 비로 내린다는 날.

낙선당 안뜰에 서서 추적추적 내리는 비를 맞던 구월이 하늘을 올려다보았다.

"다행이야……."

적어도 앞으로 일 년간은 눈이 내리지 않을 테니까. 소록소록 내리는 흰 눈을 보며 너를 떠올리지 않아도 될 테니까.

그녀와 상검이 함께했던 마지막 밤에도 눈은 하염없이 쏟아졌었다. 상검의 형이 집행되었던 날, 그의 죽음을 목도했던 궁인에 의해 퍼진 소문. 마지막 순간의 네 머리 위에도 새하얀 눈이 쌓여 있었다고 했지.

그래서 구월은 다행이라 여겼다. 잔인한 겨울이 지나갔으니, 적어도 다음 겨울이 돌아올 때까지 눈은 오지 않을 것이다.

"그런다고 잊히진 않겠지만……."

여전히 문뜩문뜩 사무치도록 네가 그립겠지만 그래도 살아가야지. 보잘것없는 나를 위해 기꺼이 네 모든 것을 내주었던 너의 마음을 기억하면서.

"구월아, 비 오는데 뭐 해?"

순심의 목소리에 구월이 뒤를 돌아보았다.

"응. 비가 엄청…… 시원해. 순심이 너도 나와서 맞아봐라."

"너 요즘 이상한 거 알지?"

"나 원래 이상한 거 몰랐냐?"

구월의 반문에 순심이 배시시 웃으며 걸어 나왔다.

"정말 너도 비 맞게?"

"시원하다며? 그리고……."

안뜰로 나온 순심이 구월의 손을 꼭 붙들었다.

"친구 좋은 게 뭐겠어? 비 오면 같이 맞아주고, 힘든 일 있으면 도와주고……. 그게 친구지."

"……계집애."

"아, 시원해. 구월이 네 말이 맞다. 엄청 상쾌하다."

"순심이 너도…… 이상한 거 알지?"

"그럼. 너랑 나는 동무잖아. 끼리끼리 만났겠지, 뭐."

구월의 손을 꼭 붙잡은 채 순심은 하늘을 올려다본다.

구월아. 안 보일 거라고 생각하지만 나는 알아. 네가 울고 있는 거. 언젠가는, 이렇게 네 손을 붙잡고 모든 순간을 공유하다 보면 나도 알게 되겠지. 대체 무엇이 씩씩하고 당차던 내 동무 구월을 이런 울보로 만들었는지. 내게도 말해줄 날이 오겠지.

나는 믿어, 구월아.

* * *

자박자박 안뜰에서 들려오는 작은 발소리.

이부자리에 누워 뒤척이던 순심이 눈을 반짝 떴다. 비를 맞은 탓인지 목욕이라도 한 듯 노곤함에도 이상하게 잠이 오지 않는 밤이었다.

순심의 입가에 옅은 미소가 솟는다. 깊은 밤, 이렇게 밤도둑처럼 조심조심 순심을 찾아오는 이는 오직 하나뿐. 보통의 경우 윤은 여러 '주상 전하 납시오!' 하는 요란한 내관의 음성과 함께 낙선당에 행차했다. 그러나 그것이 그들이 함께하는 밤의 전부는 아니었다.

톡톡- 순심의 방문을 살짝 두드리는 소리. 몸을 일으킨 순심이 문을 살짝 밀었다.

"순심아."

"예, 전하."

"나와라."

윤이 그녀에게 손을 내밀었다.

"별 보자. 하늘에 별이 참 많다."

윤은 늦은 밤 예고도 없이 갑작스레 낙선당을 찾아오곤 했다. 이유는 참으로 다양했다. 그저 그녀가 보고 싶어서, 그녀의 향취가 그리워서, 그녀를 안고 싶어서. 혹은 별이 많아서, 달빛이 유난히 밝아서, 산들바람이 소담해서, 봄을 시샘하는 바람에 목련꽃잎이 흩날려서…….

"낮에 비가 와서 그런지 하늘이 별로 가득 찼다. 오늘 밤은 별로 춥지 않다. 이리 와라."

춥지 않다 말하면서도, 그는 두루마기를 벗어 순심의 어깨에 걸쳐 준다. 안뜰에는 봄밤에 걸맞은 포근한 바람이 불고 있었다. 바람에서는 따사한 봄 냄새가 났다. 궁궐 곳곳에서 입술을 벌리는 꽃송이들, 물기 어린 잎사귀며 새순들, 습기를 머금은 밤안개와 그 덕에 촉촉해진 기왓장 사이의 이끼들. 모든 것들이 뒤섞인, 봄의 향기.

"하늘을 좀 봐."

"……와."

순심이 낮은 탄성을 내뱉었다.

파르라니 반짝이는 별이 하나, 둘, 셋, 열, 스물, 백, 천. 도저히 셀 수 없을 만큼 멀리멀리 뻗어가는 푸른 별들의 강.

겨우내 얼어붙은 것이 땅만은 아니었던 모양이었다. 하늘도 봄이었다. 온화한 봄기운에 노곤해진 밤하늘 위로 흐르는 은하수. 별들은 만개한 봄꽃처럼 하늘 위에 피어나 있었다.

"대전 앞을 거닐다 하늘을 보니 이렇게 별이 곱더라. 너와 함께 보고 싶어 찾아왔다."

순심이 작은 소리로 웃었다. 지금껏 본 적 없을 정도로 수많은 별들. 하늘은 그녀에게도, 윤에게도 미지의 세상이었다.

"전하, 하늘에는 무엇이 있을까요?"

"별이 있고, 달이 있고, 해가 있지."

"사람들이 말하길 죽은 이의 혼령이 하늘로 간다 하지 않습니까?"

"그래. 그리들 말한다. 하나 나 역시 알 수가 없구나."

고개를 젖히고 하늘을 올려다보던 윤이 문득 중얼거렸다.

"문 내관도, 상검이도, 훤이도……."

어머니도, 아바마마도.

그가 그리워했던 많은 이들. 밤하늘에 반짝이는 무수한 별 중에 그가 아끼고 사랑했던 이들이 있을까. 저렇게 파르라니 맑은 눈동자로, 땅 위에서 그들을 그리는 윤을 굽어보고 있는 것일까.

"전하. 유성이 떨어질 때 소원을 빌면 이뤄진다는 말 들어보셨습니까?"

"그런 말이 있느냐?"

"예. 궁녀들은 모두 그 말을 믿습니다. 신첩도 유성을 보면 꼭 소원을 빕니다."

"그래서 소원이 이루어졌더냐?"

"무척 오래전의 이야기이지만, 처음 낙선당에 와 홀로 외로웠을 때 구월이를 다시 만나고 싶다 빌었습니다."

윤이 빙그레 웃었다.

"소원이 이루어졌구나."

"예, 전하. 이렇게 별이 많으니 오늘도 유성이 떨어질지 모릅니다. 소원을 빌지 않으시겠습니까?"

"그래. 좋은 생각이다."

윤이 그녀의 몸을 뒤에서 감싸 안았다. 순심이 하늘을 향해 고개를 한껏 젖혔다. 윤의 너른 가슴에 머리를 편안하게 기댄 채, 그녀는 간절한 마음으로 별이 떨어지기를 기다렸다.

누군가의 눈썹을 닮은 손톱달. 새까만 밤하늘을 가득 채운 저 별빛들은 생전 사랑했던 누군가를 추억하는 영(靈)들의 반짝이는 눈빛, 마음, 속삭임……

물빛을 닮은 별의 색과, 그들이 알지 못하는 머나먼 세상에서 밀려오는 청아한 별의 메아리와, 쏟아지는 은하수를 머금은 바람에서 풍겨오는 별의 향기.

"저기!"

순심이 급히 손을 들어 머리 위를 가리킨다. 빠른 속도로 꼬리를 끌며 사라지는 누군가의 별. 누군가의 사랑을 받았고, 또 누군가를 사랑했던 별.

순심이 눈을 꼭 감았다.

별님, 제 소원을 들어주세요.

"전하, 보셨습니까?"

"보았다마다."

"소원을 비셨습니까?"

"그래, 빌었다."

"무엇을 비셨습니까?"

"비밀이다."

"치이……."

순심이 비죽 입술을 내밀었다. 그것이 귀여워, 윤은 순심의 몸을 빙글 돌려 껴안았다.

"너 먼저 말해준다면 과인도 말해주도록 하지."

"신첩도 비밀입니다."

"아, 네가 입술을 비죽대던 까닭을 알겠구나. 이런 기분이었군."

"그렇게 말씀하셔도 비밀은 비밀입니다."

순심의 입가에 장난스러운 미소가 솟아났다. 윤 역시 그녀를 마주 보며 웃었다.

기쁘다. 함께 별을 보며 웃어줄 여인이 있어서. 혹독했던 시간 전부와 맞바꾸어도 아깝지 않을 여인이 있어서. 단 한 번도 수월하다 느낀 적 없는 생, 그러나 길고 지난한 싸움을 결코 포기할 수 없게 만드는 너라는 별이 내 삶에 있어서…….

순심아, 나는 참으로 기쁘다.

"전하. 저 별들 말입니다. 죽은 이의 혼령이 하늘로 올라가 별이 된다 하셨지 않습니까?"

"그리 말했지. 어찌 묻느냐?"

"그렇다면 떨어지는 유성은 무엇입니까?"

"글쎄다. 누군가 하늘을 떠나 다시 세상으로 돌아오는 것인가 보다."

"아……."

윤의 품에 안겨 있던 순심이 다시 고개를 들어 하늘을 바라보았다.

돌아왔으면. 윤이 사랑하던 이들이 다시 그의 곁으로 돌아왔으면…….

"자, 별도 보고 소원도 빌었으니…… 이제 침소로 들까?"

"침소에서는 무엇을 합니까?"

"저런……."

윤의 입에서 낮은 웃음이 흘러나왔다.

"앙큼하다. 이리 와라."

윤이 순심을 안아 들었다. 그녀의 입에서 작은 탄성이 터져 나왔다.

별빛의 강처럼 간절한 눈빛으로 서로에게 흘러가는 밤.

순심이 행복하기를, 그리고 윤이 행복하기를. 하나처럼 똑같은 그들의 소원처럼 하나가 되는, 그런 별 헤는 밤이었다.

二十六章.
숙종의 장자, 장희빈의 아들

"입맛에 맞으십니까?"

낙선당 침소 안. 봄날을 맞아 문은 활짝 열려 있었다. 따사로운 봄볕에 데워진 바람이 수시로 방 안을 들락거리며 윤과 순심의 뺨을 간질였다.

"음. 좋다."

윤의 손에 들린 찻잔에서 솟아나는 맑은 차향.

"다행입니다. 제 솜씨가 부족하여 좋은 차를 버리지나 않을까 걱정했습니다."

"버리기는커녕 대전에서 차를 내오는 상다(尙茶)의 솜씨 못지않다."

"어찌 몇 년간 차만 우려온 상다와 소인을 비교하십니까? 그리 극찬하시니 오히려 믿기지 않습니다."

"하지만 진심이다. 온도도 아주 적당하고, 찻물의 양도 모자라거나 넘치지 않는다. 누구한테 차 우리는 법을 배웠느냐?"

순심의 표정이 설핏 흐려졌다.

"따로 배웠다고까지 할 것은 없지만……. 상검이가 차 우리는 법을 알려주었습니다."

"······그랬더냐."

잠깐 동안 윤과 순심은 같은 이를 추억한다. 이 봄날을 너도 함께 맞았으면 참 기뻤을 텐데.

"그래서 그리 향이 좋았던 모양이구나. 상검의 차 우리는 솜씨가 매우 좋았다."

"상검이 그리 가르쳐주었습니다. 전하께서 차향을 중하게 여기시니, 차의 색이나 향이 조금이라도 이상하면 절대 사용하지 않고 모두 버려야만 한다고요."

차 한 잔에도 그런 공이 있는 줄 모르고. 어느 겨울밤 상검이 내왔던 차가 마지막이었던 것을 모르고······.

"상검이가 내오던 백차 생각이 날 때면 순심이 네게 부탁해야겠다."

"얼마든지요. 상검이의 솜씨와 같을 수는 없겠지만 공부하여 애써 보겠습니다."

윤이 다시금 차 한 모금을 마셨다. 잘 우려낸 질 좋은 백차의 그윽한 향취가 차오른다.

상검을 떠올리면 여전히 마음 한구석이 시큰했다. 그러나 이제 겨울은 지나갔다. 더 이상 그들은 울먹이거나 흐느끼지 않았다. 상검은 모두에게 사랑받은 좋은 사람이었고 그에 대한 기억은 하나같이 아름다운 것들뿐이었으므로.

입 안에 감도는 추억을 되새기며 윤은 고개를 들었다. 그의 표정을 살피던 순심이 부드럽게 미소 지었다. 순심의 눈동자를 바라보며 윤 역시 웃는다.

"다행이다. 내 곁에 네가 있어서."

윤의 웃음의 행간에 숨어 있는 많은 추억과 그리움, 회한과 아쉬움. 그 모든 감정들을 이해하고 공유하는 네가 곁에 있어서.

"며칠 후에는 후원에 가볼 생각입니다."

"봄이 되었으니 한창 아름다울 때지. 나와 함께 가겠느냐?"

"풍경도 감상할 것이지만 연잎을 따올 생각입니다. 후원의 연잎은 모두 전하의 것이니, 허락해주시겠습니까?"

"허락하다마다. 한데 연잎은 또 왜?"

"전하께옵서 신첩이 직접 우린 차를 입에 맞아하시니, 연잎을 말려서 차로 만드는 법을 구월이에게 배워볼 생각입니다."

"그렇다면 더욱 내가 함께 가야겠구나."

순심을 처음 만났던 날의 그윽한 수련 향기를 떠올리며 윤은 맑게 웃었다.

"연못에 또다시 텀벙 빠지면 큰일이니……."

윤의 입가에 장난스러운 미소가 맴돌았다. 순심이 밉지 않게 눈을 흘긴다.

"너무하십니다. 여전히 그것으로 신첩을 놀리십니까?"

"놀리는 것이 아니다. 네가 귀하기 때문에 털끝 하나 다칠까 저어하는 것이지."

달칵. 찻잔을 내려놓은 윤이 순심의 옆머리를 다정하게 쓰다듬었다.

"네 머리카락 하나도 과인은 허투루 여긴 적 없다는 것을 잊지 마라, 순심아."

"자꾸 그리 말씀하시다가 신첩이 교만해지기라도 하면 어쩌려고 그러십니까?"

"그럴 여인이 아니다. 내 너를 어찌 모르겠느냐?"

대답 대신 순심의 뺨이 복숭앗빛으로 물들었다.

"시간이 짧은 것이 아쉽구나."

조회, 어전회의, 경연, 무수하게 쌓여가는 상소들, 그리고 또다시 경연과 편전에서의 많은 업무들. 왕의 하루는 종일 눈코 뜰 새 없이 흘러갔다. 그가 유일하게 한숨 돌릴 수 있는 낮수라 이후의 짧은 휴식. 그 귀중한 시간을 낙선당에서 보내기로 한 것이 얼마나 잘한 일이었는지 모른다. 기분이 좋아진 윤이 순심의 뺨을 부드럽게 쓸어내렸다.

"전하. 시간이 되었습니다."

밖에서 들려오는 황가의 음성.

"알았느니라."

윤이 자리에서 일어섰다. 활짝 열린 문밖에서 불어오는 달콤한 봄바람. 그 문을 나서는 순간 사랑하는 여인의 향기에 담뿍 취해 있던 사내는 사라진다.

조선의 왕은 바쁜 하루를 향해 걸음을 옮겼다.

"……아."

봄을 맞아 깨끗이 세답하여 뽀송뽀송하게 말린 베갯잇이며 홑청 냄새가 향긋하다. 낙선당으로 향하던 구월의 걸음이 우뚝 멈췄다.

저만치에서 걸어오는 윤과 황가의 모습. 구월이 황급히 길가로 물러났다. 품에 가득 끌어안은 세답들을 떨어뜨릴까 싶어 구월은 조심스레 고개를 숙였다.

"구월이로구나."

구월을 발견한 윤 역시 잠시 걸음을 멈추었다.

"예, 전하. 강녕하시었습니까?"

"그래. 한동안 마주칠 기회가 없어 인사가 늦었군. 황가의 상처를 잘 돌봐주어 고맙다."

"화, 황공하옵니다. 어명을 받았으니 당연한 일을 했을 뿐이옵니다."

"당연한 것이든 아니든 환자를 돌보는 일은 결코 쉽지 않다. 네게 버거운 일을 시킨 것이 아닌가 걱정이 많았었다."

마침 생각났다는 듯 윤이 말을 이었다.

"그건 그렇고……."

윤이 힐끔, 제 곁에 멀뚱멀뚱 서 있는 황가를 보았다.

"황가 너를 치료해준 궁인에게 치하를 하고 있는데, 정작 당사자는 세상모르는 일처럼 딴청이구나. 이리 무심해서야."

"……따로 감사 인사를 전하려고 했습니다, 전하."

"따로 할 것이 무어 있더냐. 보았을 때 하면 될 것을."

당연히 하려던 일도 멍석을 깔아주면 어색해지는 것이 사람의 심리. 황가가 자못 머쓱한 표정으로 구월에게 말을 건넸다.

"덕분에 거의 나아가고 있습니다. 의원이 말하길 처치가 잘된 덕에 곪지 않고 아물 수 있었다 하였습니다. 고맙습니다, 궁녀님."

"아, 예."

구월이 어색하게 고개를 숙였다. 그 바람에 그녀가 들고 있던 베갯잇 하나가 바닥으로 떨어졌다. 황가가 그것을 주워 구월에게 건넸다.

"그럼 이만……. 전하, 이러다 경연장에 늦으십니다."

"그래. 가자."

구월을 낙선당 앞 길목에 남겨둔 채 윤과 황가는 다시금 빈청이 위치한 창덕궁으로 떠난다.

"몸이 괜찮으셔야 할 텐데……."

뒤에 남은 구월이 문득 중얼거렸다.

"마음이 괜찮아야 할 텐데……."

걸음을 옮기던 황가가 중얼거렸다.

"무어라 하였느냐?"

"아니요. 혼잣말이었습니다, 전하."

"혼잣말이라니. 황가 너도 그런 것을 할 줄 아는 사람이었더냐?"

"……전하. 소인 잠시 낮 시간 자리를 비우겠습니다."

대답 대신 황가는 다른 화제를 꺼냈다.

"또?"

"예, 알아볼 일이 있어 그렇습니다."

"자주 자리를 비우는구나. 중한 일이냐?"

"크게 신경 쓰실 일은 아닙니다만……. 다녀와서 밤에 말씀드리겠나이다."

"그래. 그렇게 하라."

황가가 하는 일에는 분명 나름의 까닭이 있음을 윤은 믿었다.

왕은 경연청으로, 왕의 호위무사는 나름의 본분을 다하러. 오후의 봄볕 속에 그들은 각각의 일터로 돌아갔다.

* * *

어스름이 내린 늦은 저녁. 대비전에 저녁 문안을 올리는 것을 끝으로 왕의 하루 일과가 끝났다.

윤이 그의 공간인 대전으로 돌아오자 내관과 지밀들은 각각 맡은 소임에 따라 분주하게 움직였다. 누군가는 음식을, 누군가는 차를 준비했고 또 다른 누군가는 왕의 의복 시중을 들었다. 종일 그의 몸을 감싸고 있던 곤룡포, 익선관, 옥대(玉帶)가 궁인들의 능란한 손길에 의해 벗겨져나간다. 그의 몸을 편안하게 할 삼아와 바지, 두루마기가 다시 입혀졌다. 옷을 벗고 다시 입는 짧지 않은 과정이 너무나 익숙한 탓에 왕은 단 한마디조차 입을 열지 않았다.

"물을 다오."

"예, 상감마마."

임금께 올리는 것이라면 물 한 잔도 허투루 해서는 아니 된다. 이내 잠을 쫓을 만큼 차갑지도, 그렇다고 후후 불어 마셔야 할 만큼 뜨겁지도 않은 미지근한 물이 대령되었다.

"되었다. 물러들 가라."

"예, 전하."

물러가라는 왕의 하명. 비로소 대전 궁인들의 긴 하루가 끝났다. 마침내 사방이 고요해졌다. 그리고 곧이어 들려오는, 대전에 진짜 밤이 왔음을 의미하는 발소리.

"황가, 들었느냐."

"예, 전하."

"안으로 들라."

왕의 가장 내밀한 장소인 침전 문이 열렸다. 안으로 드는 황가에게 윤의 시선이 머물렀다.

"다녀와서 내게 고한다 했었지. 무슨 일이 있어 근래 자주 궐 밖을 출입하는 것이냐?"

"의심 가는 일이 한 가지 있어 알아보고 있사옵니다."

"그것이 무엇이기에?"

"별일 아니리라 소인도 생각하고는 있습니다만, 일단 말씀을 올리겠습니다."

황가가 윤을 바라보았다. 그는 가급적 상검의 이름을 말하는 것을 꺼려왔다.

"전하를 닮은 자가 도성을 돌아다니는 듯합니다. 과거 상검 역시 전하와 꼭 닮은 자를 본 적이 있었고, 소인 역시 그 뒷모습을 보았나이다."

"나를 닮은 자?"

"예. 크게 마음 쓰실 일은 아닐 것입니다. 단지 전하께서 건무문을 통하여 외출하셨던 날 마주쳤다는 지게꾼의 말이 신경 쓰인 까닭에……."

황가가 담담하게 고했다.

"조심해서 나쁠 것이 없다 여겨 확인하고 있을 뿐입니다."

"조선은 넓다. 나와 닮은 자가 어디 한둘이겠느냐?"

"예, 소인도 그리 생각하옵니다. 신이 잘 상황을 알아볼 터이니 전하께옵서는 마음 쓰지 마시옵소서."

"너와 같은 자가 내 곁에 있으니 감히 누가 해치려들겠느냐. 내 너를 믿으니……."

그때였다. 깊은 밤, 대전의 고요함과는 어울리지 않는 쿵쿵대는 발소리.

"전하! 전하!"

그것은 새로운 상선에 임명된 최 내관의 목소리였다.

문 내관보다 연배가 젊은 최 내관 역시 내시로 살아온 평생을 윤의 곁에서 보냈다. 그 역시 소란을 부리는 것에 질색하는 왕의 심기를 잘 알았다. 그런 그가 경망스럽게 왕을 부르짖어대다니. 윤과 황가의 얼굴에 날 선 긴장이 스쳤다.

"무슨 소란이냐?"

"전하! 의금부(義禁府)에서 급한 전언을 보내왔나이다. 중대한 일이 발생한 듯합니다!"

"중대한 일?"

윤이 물었다.

"목호룡(睦虎龍)이라는 지관(地官)이 전하를 뵈옵기를 청하고 있다 하온데……."

"이 시간에? 무슨 까닭으로?"

왕의 물음에 대답하려던 최 내관이 부르르 몸을 떨었다.

"전하께서 왕세자이시던 시절 일어났던 역모를 고변하고 있사옵니다!"

이른 아침의 편전. 역모의 고변이 있었다는 소식에 부랴부랴 입궐한 신료들의 얼굴에 싸늘한 긴장이 맴돌았다.

"주상 전하 납시오!"

임금이 편전에 들어섰다. 윤의 몸을 감싸고 있는 곤룡포. 오늘따라 왕의 가슴 한복판 오조룡의 기세가 더욱 사납다. 그러나 신료들이 감히 눈을 떼지 못하는 곳은 왕의 옷이 아닌 손이었다.

왕의 손아귀에 쥐어진 것은 간밤 목호룡의 고변을 담은 상소였다. 역모의 전모가 기록된 문서, 그것은 곧 살생부였다.

전하. 소인은 숙종대왕의 국상 중에 자행되었던 천인공노할 역모 사건을 고변코자 하옵니다! 전하를 시해하려는 세 가지 음모를 일컬어 '삼급수'라 칭하였으니……

삼급수(三急手).

삼급수란, 숙종의 국상이 진행되는 동안 왕세자 이윤을 시해하여 그가 보위에 오르는 것을 막고자 했던 세 가지 방법, 즉 대급수(大急手), 소급수(小急手), 평지수(平地手)를 통틀어 일컫는 말.

대급수란, 궁궐의 담장을 넘어 칼을 이용하여 왕세자를 시해하는 방법을 뜻합니다.

승지가 목호룡의 상소를 묵묵히 읽어 내려갔다. 왕이 드나드는 문 옆에 미동 없이 서 있던 황가의 눈빛이 번뜩였다.

그는 기억한다. 국상 중이던 여름날 궁궐에 모습을 드러냈던 사내의 모습을. 여느 이들과 다를 바 없이 상복 차림이던 사내의 품 안에서는 잘 벼려진 날 선 금속의 소리가 들려왔다. 자객은 미꾸라지처럼 빠져나가 궁궐을 벗어났으나, 황가는 그가 떨어뜨린 은세공을 한 단검을 여전히 보관하고 있었다.

그날 황가가 자객을 마주치지 않았다면 그 칼날 아래 윤은 목숨을 잃었을 것이다.

소급수란, 동궁전의 상궁을 매수하여 왕세자를 독살하는 것을 뜻합니다.

목호룡에 의해 지목된 것은 당시 동궁전 궁관의 우두머리였던 지 상궁이었다. 중궁의 눈 밖에 나 육처소의 한직으로 물러가 있던 지

상궁은 고변과 함께 문초를 받았다. 왕세자가 즐기는 찻잎에 독을 탔다는 혐의를 받은 지 상궁은 울부짖으며 결백을 외쳤다.

당시 왕세자의 차를 관리하고 있었던 것은 내관 박상검. 그가 세상을 떠났으므로, 그 여름 차를 준비하던 상검이 거무스레하게 변색된 백차를 내다버렸다는 사실은 밝혀지지 않았다.

-상검이 그리 가르쳐주었습니다. 전하께서 차향을 중하게 여기시니, 차의 색이나 향이 조금이라도 이상하면 절대 사용하지 않고 모두 버려야만 한다고요.

낮에 낙선당에서 들었던 순심의 음성이 귓가에 메아리쳤다.

매일같이 정성으로 차를 우리던 상검은 제가 왕의 목숨을 구했다는 사실을 몰랐으리라. 죄인으로 세상을 떠난 상검의 충심은 오직 윤만이 기억할 뿐이다.

평지수란, 숙종대왕의 유지를 위조하여 왕세자를 폐위시키고 연잉군을 왕으로 추대하고자하는 시도었나이다.

그 시각, 동궁전에 있던 금 역시 목호룡의 고변에 대해 전해 들었다. '평지수'라는 생소한 말의 의미를 깨달은 금의 몸이 떨리기 시작했다.

금 역시 기억한다……. 국상의 와중 금을 찾아왔던 젊은 사대부. 그가 내밀었던 새하얀 종이 위에 쓰여 있던 호방한 필체- 아버지 숙종대왕의 어필을. 그 문서는 숙종과 이이명의 정유독대의 내용을 담고 있었다.

왕세자 이윤을 폐세자하고 연잉군을 왕의 후계자로 삼겠노라는 서찰. 금은 격노하여 사대부를 내쫓았고 괴서를 불태워버렸다. 당시의 그로서는 그것이 최선이었다.

"간밤 역모의 고변이 있었다. 목호룡이라는 자가 과인의 왕세자 시절 있었던 역모와 삼급수에 대해 상세히 고변하였다."

왕의 엄숙한 음성이 편전을 휩쓸었다.

"과인은 천인공노할 음모를 결코 좌시하지 않을 것이다. 혐의가 밝혀지는 자가 있다면 용서치 않고 죽음으로써 다스리겠다."

신료들 중 누구도 감히 입을 열지 못했다. 닥쳐올 해일은 예상보다 훨씬 거대할 것이다.

삼급수의 배후는 이이명, 김창집, 조태채와 이건명, 즉 노론 사대신이라 불리는 자들입니다.

부원군인 어유구를 비롯, 얼마 남지 않은 노론의 낯빛은 새하얗게 질리다 못해 사색이 되었다.

"과인은 국청을 설치하여 죄인들을 추포하고 추국할 것을 명한다!"

윤의 단호한 음성이 편전에 메아리쳤다. 동시에 신료들은 깨달았다. 노론 사대신이 유배됨으로써 모든 것이 끝났다는 생각은 착각에 지나지 않음을.

임금이 높이 들어 올린 것은 결코 유배 따위로 끝나지 않을 잔혹한 환국(換局)의 칼날이었다.

* * *

"부원군."

어둠이 스멀스멀 내리기 시작한 저녁. 윤은 왕의 침전까지 몸소 찾아든 부원군 어유구에게 시선을 던졌다.

역모의 도당들을 밝혀내기 위한 국문이 시작된 상황이었다. 노론 사대신이 배후라는 고변이 있었으므로, 국문장으로 끌려간 이들 대부분은 노론일 수밖에 없었다. 윤은 어유구가 알현을 청한 까닭을 짐작했다.

"전하……. 이미 왕세제의 대리청정 건으로 많은 노론들이 유배를 떠났습니다. 전하께옵서는 정녕 노론의 씨를 말리려는 것이옵니까?"

"아직 국문이 진행 중이오. 특정 당파를 숙청하려는 것이 아니라 죄인을 밝혀내려는 것입니다.”

“김일경과 목호룡은 오래전부터 한패였나이다. 그들의 말을 어찌 이리 신뢰하십니까?”

“부원군.”

“예, 전하.”

“그럼 과인이 달리 누구를 신뢰해야 한다고 생각하시오?”

윤을 증오하다 못해 역모를 일으켜 그에게 칼을 꽂으려 한 노론을 신뢰하기라도 해야 한다는 말인가. 장인을 바라보는 윤의 시선은 싸늘했다.

“그럼 한 가지 여쭈어도 되겠습니까, 전하?”

“물으십시오.”

“이미 유배되어 있는 노론 사대신들에 대해서는 어찌 처결하실 것입니까?”

“아직 국문이 끝나지 않았소. 그러나 만일 목호룡의 고변이 사실로 밝혀진다면.”

윤이 냉랭하게 내뱉었다.

“역모의 대가는 오직 죽음뿐일 것입니다.”

“하오나 전하. 그들은 숙종대왕, 심지어 현종대왕 시절부터 조선을 돌봐온 대신들입니다. 사대신들은 늙은 몸으로 이미 위리안치라는 험한 벌을 받고 있나이다. 그들을 사사하시는 것은 전하의 치세에 큰 흠으로 남을 일입니다. 부디 뜻을 거두시어…….”

“부원군.”

윤이 어유구의 말허리를 잘랐다.

“하면, 부원군께서는 역모의 배후인 자들이 늙고 병들었으니 용서하라 말씀하시는 것이오?”

“전하, 신의 말은…….”

“그렇다면, 과인의 선대부터 공을 세운 자들이니 역모를 저질렀다

해도 모른 척 넘기라는 말을 하시는 겁니까?"

"전하! 그런 뜻이 아니옵니다. 신은⋯⋯."

"그 입 다무시오!"

윤의 격렬한 음성. 어유구의 눈이 휘둥그레졌다. 대부분의 신료들이 그리 생각하듯 어유구가 아는 윤은 대단히 조용하고 유(柔)한 임금이었다.

"대체 무슨 말이 하고 싶은 것이오? 부원군. 그대는 결코 알지 못하오. 죽음이라는 벼랑 끝에 몰려 살아가는 자의 기분을! 매일 잠들기 전, 다음 날 아침을 기약할 수 없는 삶이 얼마나 고통스러운지를! 평생을 숨죽여 살아온 내게 이제 자비까지 베풀라는 것이오?"

"저, 전하⋯⋯."

"삼십 년. 삼십 년이었소."

"⋯⋯."

"그들이 내 목숨줄을 틀어쥐고 위협한 세월이 그리 길었단 말이오. 왕세자 시절 과인은 어머니의 죽음에 슬퍼할 권리는 물론 평범한 사내로서의 권리조차 갖지 못했소. 그리고 비로소 왕이 되어 역도들을 벌하려 하는데⋯⋯."

윤이 기가 막힌다는 듯 한숨을 내쉬었다.

"그대는 그것마저 용서하고 잊으라 말하시는 겁니까?"

"전하, 그런 뜻이 아니옵니다."

어유구가 황급히 머리를 조아렸다.

"전하. 소인은 그저 전하께서 성군으로 기록되기를 바라는 마음일 뿐입니다. 어찌 피바람을 몰고 오려 하십니까? 어찌 또다시 환국을 반복하려 하십니까. 전하께서는 너그러운 군주십니다. 결코 환국의 피바람을 몰고 오실 분이 아니옵니다! 부디 통촉하여주시옵소서!"

"환국의 피바람을 몰고 올 사람이 아니다⋯⋯."

윤이 어유구의 말을 되뇌었다.

속내를 비치지 않는 임금. 조용한 임금. 평상시에 말씀과 웃음이 적어서 사람들이 그 마음의 정도를 측량하지 못하였다- 는 말을 듣는, 결코 큰소리를 내지 않는 고요한 왕, 이윤.

"환국의 피바람……. 나는 그리할 수 있는 사람이 아니라고 말하는 것이오?"

사뭇 달라진 윤의 말투. 극에 달한 분노는 폭발하는 것이 아니라 오히려 냉각되어 차게 가라앉았다. 등줄기를 섬 하게 만드는 왕의 목소리에 어유구는 잠시 말을 잃었다.

"부원군께서는 과인이 누구인지 잊으신 듯하오. 내가 환국의 피바람을 몰고 올 사람이 아니라 말하였소? 까맣게 잊어버리신 듯하니 내 친히 알려드리지요."

윤이 고개를 꼿꼿하게 들었다.

"과인은 무수한 환국을 일으켰던 숙종대왕의 장자이고."

"……."

"또한 여인의 몸으로 원하고 바란 모든 것을 쟁취했던 희빈 장씨의 아들이오."

"저, 전하……."

어유구가 경악에 찬 신음을 흘렸다.

"이제 아시겠소? 선량하고 고요하며 너그러운 과인은 진짜 내가 아니오. 그것은 그대들에게 쫓겨 살아남고자 하는 내 의지가 만들어 낸 허상일 뿐이오."

"……."

"과인이 불충하여 이런 비극이 발생했다 생각하오? 아니. 불충한 것은 노론 그대들이오! 감히 왕의 자격을 타고난 왕세자를 위해하는, 역심을 품은 자들! 그대들이 사특하고, 뻔뻔하며, 권력에 눈이 멀었기 때문이오."

저도 모르게 어유구는 제 손마디를 부여잡았다. 늦은 봄날에 어울리지 않는 한기가 몰려와 그를 떨게 하고 있었다.

"그러니 물러가시오. 내 여기까지만 참겠소. 부원군일지언정 더 이상의 자비는 없을 것이오."

숙종의 장자, 장희빈의 아들 이윤. 그로 인해 다시 한 번 세상이 뒤바뀐다.

이는 신임사화(辛壬士禍)의 피바람이었다.

윤은 침전에 자욱하게 깔린 어둠 속에 머물러 있었다. 어유구와의 언쟁은 그의 피로감을 가중시켰을 뿐이다. 왕은 결정을 내렸다. 그의 마음은 변하지 않는다.

역모란 가장 중한 벌로 다스려야 하는 죄였다. 유배를 보내거나, 장형에 처하거나, 혹은 삭탈관직(削奪官職) 해야 한다면 망설이지 않을 것이고, 사약이 필요하다면 기꺼이 내릴 것이었다. 어유구가 국구(國舅)가 아닌 노론으로서 목소리를 높인다면 부원군 역시 용서하지 않으리라.

보료 위에 앉아 있던 윤이 벌떡 자리에서 일어섰다. 밤 산책을 나서 한시름 돌리거나, 걸음 한 김에 낙선당에 들르는 것도 나쁘지 않을 것이다. 그에게는 위안이 필요했다.

침전 문을 연 윤의 손이 허공에 멈췄다.

"중전."

"전하."

윤의 눈에 비친 그녀의 모습은 대단히 낯설어 보였다.

매일 얼굴을 마주할 일 없는 부부. 게다가 채화는 화려한 의복이 아닌 소복 차림이었다. 늘 착용하던 거대한 가체가 사라진 채화의 얼굴은 파리하고 가냘팠다.

"중전. 이 시각에 어인 일이시오?"

"신첩, 드릴 말씀이 있어 전하를 찾았나이다."

"무슨 일이시오?"

비록 마음을 주지 못했을지언정 윤은 중전의 태도를 높이 평가하곤 했다. 처음 부부의 연을 맺었던 시절 어린아이나 다름없다 여겼던 채화는 몇 년 사이 성장하여 여인이 되었다. 그녀는 범인으로서는 결코 흉내 낼 수 없는 왕후의 품위를 갖추고 있었다.

순간 채화가 윤의 앞에 무릎을 꿇었다.

"중전, 어찌 이러시오."

당황한 윤이 채화의 팔을 붙잡았다. 채화가 고개를 들어 윤을 올려다보았다. 시선이 마주쳤다. 채화의 얼굴에 드리워진 참담한 고통을 읽은 윤이 그녀의 팔에서 손을 뗐다.

"전하. 부디 신첩의 아비를 벌하지 말아주시옵소서."

"……중전."

"부디……. 신첩의 아비의 행동을 노여워 마시옵고, 아비의 불충함을 너그럽게 용서하여주시옵소서. 비록 노론에 긴 시간 몸담고 있으나, 신첩의 아비가 부원군으로서 전하를 보필하는 데 늘 힘써왔다는 것을 잊지 말아주십시오……."

"……."

채화의 눈 안에 출렁이던 눈물이 뺨을 타고 흐르기 시작했다.

중전의 침소까지 윤과 어유구의 음성이 들린 것이리라. 그녀는 노론 사대신이 그러했듯 아비 역시 흉한 일에 휘말리지 않을까 걱정한 것이 분명했다. 외척을 척결한다는 명목으로 왕후의 가족을 숙청하는 일이 조선 역사에는 드물지 않았다.

"전하, 신첩의 아비를 용서해주시옵소서. 혹시라도 제가 전하의 심기를 불편하게 하여 그것이 미우셨다면 신첩을 벌하소서. 아비의 죄가 있다면 신첩이 받겠습니다……."

"중전. 일어나시오."

윤의 묵직한 음성. 무릎을 꿇은 채 간절하게 읍소하던 채화가 몸을 일으켰다.

그녀의 눈동자 안에는 지금껏 보지 못한 강렬한 감정이 일렁이고 있었다. 공포, 두려움. 사랑하는 이를 잃게 될지 모른다는 간절함…….

"중전."

"예, 전하……."

"어찌 내가 그대의 아비를 벌하겠소?"

"……전하."

"어찌 내가……. 어머니를 아바마마의 손에 잃었으며, 그것을 가장 큰 고통으로 기억하는 내가 그대의 아비를 해할 수 있겠냐 말이오."

채화의 입에서 안도의 한숨이 흘러나왔다. 사랑받지 못하는 부인이었을지언정 왕후로서의 자긍심은 단 한 순간도 잃어본 적 없는 채화였다. 그러나 그녀에게는 중대한 순간이었다. 마지막 남은 자존심마저 모두 던져버릴 수 있을 만큼.

"성은이 망극하옵니다, 전하. 감읍하옵니다."

"감읍할 것 없소. 그대는……."

윤이 말끝을 흐렸다.

"그대는…… 나에게는 과분할 만큼 훌륭한 여인이니."

아비 대신 저를 벌해달라 간청하는 채화의 모습은 그에게 깊은 각인을 남겼다.

그것은 과거의 윤이 어머니의 죽음 앞에 결코 하지 못했던 일. 그로 인해 평생을 후회하며 살았던 일…….

"내 그대에게 약조하리다. 아비에 대한 걱정은 하지 마시오."

"……."

채화가 윤을 멍하니 바라보았다. 윤의 목소리는 믿기지 않을 만큼 따뜻했다. 평생 들어본 적 없는 다정한 음성이었다.

그사이 윤은 지밀을 불러 왕후를 모셔가도록 명했다.

"평안하게 주무시오, 중전."

채화가 참으로 오랜만에 들어보는 지아비의 밤 인사였다.

* * *

봄을 맞이한 남해(南海)는 아름다웠다. 바다에서 불어오는 소금기 어린 바람 사이로 바윗돌 틈에 비죽 솟아난 춘란 향기가 뒤섞여 일렁였다.

이이명이 새파란 하늘을 올려다보았다. 그를 둘러싸고 있는 거대한 자연은 실로 경이로웠다. 비록 위리안치 되어 탱자나무 울타리가 쳐진 초가삼간 안에 유폐되어 있었으나, 갇혀 있다는 사실이 자연 앞에서 느끼는 감격을 방해하지는 못했다. 흐린 적이 거의 없는 하늘은 그가 간직해온 신념을 초라하게 만들 만큼 드높았다. 평생 권력을 좇으며 살았던 삶이 무색하게 느껴질 만큼.

기암괴석에 부딪친 파도가 철썩댄다. 평생 성리학(性理學)을 신봉하며 살아온 이이명이었다. 그러나 거대한 자연 속에서, 그는 과거 청에서 마주쳤던 푸른 눈의 서역인이 말했던 '신'이라는 초월적 존재가 있을지도 모른다고 생각하곤 했다.

"이 무슨……. 당장 죽을 노인네 같은 생각이란 말인가."

이이명이 무심코 중얼거렸다. 며칠째 꿈자리가 뒤숭숭하고 뒤끝이 개운치 않았다. 나이가 든 탓일 게다.

그러나 가시울타리에 둘러싸인 초가삼간 안에서 권력과 이상을 논하는 것 역시 우스운 일. 사람은 각자 마음의 크기에 맞는 꿈을 꾸기 마련이었다. 유배 생활을 끝내고 한성으로 돌아가 벼슬에 복귀하게 된다면, 그때 다시 큰 꿈을 꾸어도 되겠지.

"덧없구나."

먹물이 튄 옷소매가 일상인 자는 평생 자욱한 묵향 곁을 떠나지 못하는 법이다.

그때였다. 결코 시끄러울 일 없는 남해의 작은 마을 저편에서 들리는 떠들썩한 소리. 이윽고 가시울타리 사이로 공복을 갖춰 입은 관원들의 행렬이 보였다.

이이명은 직감했다. 위리안치의 끝. 다시금 큰 꿈을 향해 돌아갈 시간이 왔음을.

"이이명은 들으라."

올 것이 왔다. 유배 생활은 끝날 것이고, 그는 제자리를 찾아갈 것이다.

"죄인 이이명을 한성으로 압송하라는 분부가 내렸으니, 이이명은 이에 복종하여 따르라!"

이이명의 미간이 일그러졌다.

"……지금 압송이라 하셨는가?"

"그러하다. 어명에 따르라."

유배 생활은 끝날 것이다. 끝날 것이다…….

한성으로 올라가는 길은 사방이 봄이었다. 조선의 최남단을 물들인 봄을 지르밟아가는 동안 길목에는 청매화가 피고 지고 목련꽃이 흐드러졌다.

이이명을 실은 함거가 목적지인 한성에 도착했을 무렵 봄은 막바지에 다다라 있었다. 짧은 봄날을 노래하던 꽃송이들은 우수수 낙화하여 수레바퀴 밑에 수북한 꽃잎의 무덤을 이뤘다.

"죄인 이이명은 사약을 받으라!"

거칠게 짜인 멍석 위에 놓인 볼품없는 개다리소반과 그 소반 위에 더욱 보잘것없는 백자 사발. 그 안에서 불길하게 출렁이는 검은 액체.

사람은 모두 제 마음의 크기와 상황에 맞는 꿈을 꾸기 마련이다. 조선

천지를 호령하던 시절, 이이명의 꿈은 왕을 폐하고 왕세제를 추대하여 노론의 나라를 만드는 것이었다. 또한 남해의 초가삼간에 갇혀 살아가던 이이명의 꿈은 울타리 밖으로 나가 거대한 자연을 만끽하는 것이었다.

그리고 사사(賜死)를 앞두고 있는 이이명이 가질 수 있는 꿈은 한 가지뿐.

'죽음의 고통이 길지 않기를.'

빈 사기그릇이 바닥에 나뒹굴었다. 한참이나 생을 놓지 못하고 헐떡대던 조선 최고의 세도가였던 사내의 몸이 마침내 고꾸라진다. 피안의 뒤안길, 남해의 소금바람에 묻어온 바람꽃 향기가 문득 스쳐 지나갔다.

조선의 왕, 이윤이 세상에 태어나 강보에 싸여 있던 시절부터 시작된 지독한 악연 역시 이것으로 끝이었다. 윤의 가장 강력한 정적이었던 이이명의 봄은 이날로 막을 내렸다.

* * *

노론이 득세한 시절이 길었던 만큼 역모에 연루된 자들의 수 역시 어마어마했다. 꽃과 신록의 향기 사이로 피비린내가 진동하는 잔인한 봄. 한번 시작된 환국의 칼날은 쉬이 멈추지 않았다.

백일흔 명에 달하는 엄청난 인원이 역모의 혐의를 받아 삭탈되었다. 노론 사대신을 포함하여 목숨을 잃은 자들의 수가 쉰이었다. 비록 죄를 받지는 않았으나 역모의 배후라는 눈총에 시달리던 왕세제는 폐세자를 청하며 석고대명하기에 이르렀다. 그러나 왕은 그마저 받아들이지 않았다.

편전은 소론으로 채워졌고, 왕의 지위는 어느 때보다 강력해졌다. 매사 조용하며 속내를 드러내지 않던 왕의 변화. 천둥처럼 몰아치는 그의 태도는 하늘과 땅을 뒤집는 듯했다. 신료들은 그제야 깨달았다. 임금은 고요한 자가 아니라 본모습을 숨기고 있었음을. 살아남기 위해, 노론의 세상에서 목숨을 부지하기 위해 숨죽인 채 인내했을 뿐임을.

핍박받는 왕세자로, 그리고 노론에게 치여 뜻을 펼치지 못하는 왕으로 숨죽이며 살았던 이윤은 날개를 펴고 비상할 준비를 마쳤다. 무엇도 왕의 앞길을 막을 수는 없으리라.

그러나 세상 사람들이 알지 못하는 윤의 모습이 오직 그것만은 아니었다.

깊은 밤. 낙선당의 안뜰.

"전하."

침소 문밖에 언뜻 보이는 붉은 옷자락을 발견한 순심이 그를 불렀다. 그러나 달빛에 드러난 그의 뒷모습은 잠잠하여 답이 없다. 등을 돌린 윤은 담장 너머 먼 어딘가를 바라보고 있었다.

"……."

왠지 그의 곁에 범접하기가 어려워, 순심은 말을 걸지 못한 채 하염없이 그를 바라보기만 했다.

윤의 어깨 위 달빛을 머금은 용보(龍補)가 반짝였다. 순심은 그 어깨 위에 얹힌 왕의 무게를 본다. 평생 살아남기 위해 싸웠고, 뜻을 이루기 위해 고군분투했으며, 기쁨과 환희보다는 굴욕과 슬픔을 묵묵히 감당해야 했던 어깨. 또한 지난 몇 년간 순심을 품어 보듬었으며 또한 필사적으로 보호했던 그의 든든한 어깨.

순심의 눈빛처럼 달빛 역시 윤의 주변을 맴돌았다. 깊은 생각에 잠긴 임금은 주변의 기척조차 눈치채지 못했다.

"아."

그리하여 소리 죽여 다가간 순심이 허리에 팔을 감은 후에야 윤은 정신을 차리고 고개를 들었다.

"고양이를 좋아하더니 어찌 살금살금 소리 없이 오는 것마저 닮았구나."

"깊은 생각에 잠겨 계신 듯하여서요. 방해가 될 것 같아 오지 않으려 했사온데……."

"그랬는데 어찌 다가와 나를 끌어안았느냐?"

"그래야 할 것 같아서요."

윤의 등에 뺨을 비비며, 순심이 말을 이었다.

"지금 전하께는 그것이 필요할 것 같아서……."

그를 뒤에서 껴안은 까닭에 윤의 얼굴은 보이지 않았다. 그러나 몸으로 전해지는 작은 웃음의 파동.

"전하, 무슨 생각을 하셨기에 그리 긴 시간 밖을 바라보고 계셨습니까?"

"음. 무슨 생각을 했을까?"

윤의 물음은 순심을 향한 것이라기보단 자문처럼 들렸다.

"권력이라는 것이 대체 무엇이기에 이리 많은 이들이 피를 보면서까지 갈망하는 걸까. 이 길고 긴 싸움은 대체 무엇을 위한 것이었을까……. 그런 생각들."

순심에게는 쉽지 않은 말들. 그러나 그녀는 묵묵히 그의 말에 귀 기울인다.

"순심아. 무엇이 나를 고통스럽게 하는지 아느냐?"

"무엇입니까?"

"나를 지지하고 따르는 이들만이 백성이 아니라, 나를 미워하고 몰아내고자 하는 이들 역시 내가 응당 살펴야 할 조선의 백성이다. 잊지 않으려 늘 애쓰지만, 때로 내가 옳은 길로 가고 있는지 회의가 밀려오곤 하지."

"……."

순심은 윤의 말을 곱씹어본다.

그를 지지하고 아끼는 이들뿐 아니라, 그를 미워하여 몰아내고자 하는 자들 역시 백성이다…….

"그런 생각들을 하며 답을 내리려고 애쓰고 있었다."

순심의 눈동자가 드높은 용안을 올려다보았다. 왕의 눈동자에 담긴 깊은 고뇌. 범인에 지나지 않는 그녀는 감히 가늠할 수 없다.

"고민의 답은 내리셨습니까?"

"그러했지."

"어떤 답을 내리셨습니까?"

"내가 내린 답은……."

순심의 이마 위에 그의 서늘한 입술이 스쳤다. 이어 고요하지만 힘 있는 음성이 들려왔다.

"나로부터 시작된 일이었으므로 끝 역시 내가 내는 수밖에 없다는 것. 그것이 내가 내린 답이다."

"끝이요?"

"정쟁은 너무나 긴 시간 지속되었다. 이제 누구의 탓인지도 알 수 없는 지경에 이르렀지. 아바마마 시절부터 지금까지 참으로 많은 이들이 죽었다. 과인 역시 죽음을 보탠 군주가 되어 마음이 어렵구나."

"……."

"누군가 끝내지 못한다면 비극은 영영 반복될 것이다. 어쩌면 이 무용한 싸움은, 조정에 신료라 불릴 자들이 하나도 남지 않게 되고서야 끝날지도 모르지……. 그사이 조선이라는 나라는 손쓸 수 없게 곪아갈 것이다."

역모란 죽음으로 다스려야 하는 것이 응당한 죄. 그러나 환국의 칼 앞에 목숨을 잃은 자들은 결국 조선의 신료들이었다. 반복되는 환국으로 조정은 많은 인재를 잃었다.

소론이 피를 보고, 노론이 피를 흘리고, 다시 죽음이 반복되는 무의미한 정쟁의 고리를 이제 윤은 끊어내려 한다.

"더 이상의 환국은 없을 것이다. 그리고 이제부터가 진짜 시작이다."

순심을 품에 안으며, 윤이 부드럽게 속삭였다.

시작. 제 뜻을 펼칠 왕으로서 우뚝 설 시간. 원하고 바랐던 꿈들을 조선이라는 화폭 위에 그려낼 시간. 그리고 그가 온 마음을 다해 사랑한 여인과 함께 꿈이 이루어지는 것을 기쁜 마음으로 바라볼 시간.

이제 슬픔의 시절은 끝났다. 과거는 청산되었고 억울함은 해소되었다. 왕을 왕으로 인정하지 못하는 자들은 목숨을 내놓아야 했다. 어머니 희빈 장씨는 오명을 씻고 제자리를 되찾았다. 참으로 길고 긴 시간을 지나 윤은 비로소 시작점에 서 있었다.

과거와의 작별. 이제 그는 다시 뒤돌아보지 않을 것이다. 현재가 아닌 과거의 일에 상처받고 슬퍼하며 지나온 일에 속박되어 미래를 보지 못하는 자가 되지 않을 것이다.

이제 바라볼 것은 눈부시게 밝아오는 내일, 매일매일의 또 다른 내일들. 그리고 그의 찬란한 모든 내일에 함께할 단 하나의 여인.

그의 앞에 펼쳐진 길을 바라보며 윤은 순심의 손을 꼭 잡았다.

* * *

연못 위에 떠오른 희고 붉은 연꽃들이 고조곤히 흔들린다.

"전하."

창덕궁 후원. 윤이 유독 아끼는 연못 관람지에도 여름이 찾아왔다.

연향에 물든 관람지에 자리한 정자 존덕정(尊德亭). 존덕정 안, 순심의 무릎을 베고 누운 윤의 뺨 위로 한갓진 산들바람이 불었다.

"주무십니까?"

윤에게서는 대답이 돌아오지 않았다. 순심이 그에게로 몸을 기울인다. 윤의 고른 숨결이 콧잔등을 간질였다. 깊이 잠든 왕의 얼굴은 평온했다.

'피로하셨나 보다.'

순심의 입가에 희미한 미소가 감돌았다. 곤히 잠든 정인을 바라보던 그녀가 곁에 놓인 연잎을 집어 들어 쏟아지는 햇볕을 가렸다.

연잎을 따기 위해 나섰던 후원 나들이. 갓 꺾은 초록 줄기에서 올라오는 물 어린 향취는 그들이 처음 만났던 여름날을 떠올리게 했다. 생과방 궁녀였던 순심이 처음 그를 마주쳤던 때 역시 지금과 같은 유월. 그때도 관람지는 연꽃 향기에 젖어 있었다.

"벌써 사 년……."

어느 사이 시간이 이렇게나 흘렀던가.

그녀가 제 무릎 위에 묵직하게 놓인 윤의 얼굴을 내려다본다. 그들이 함께한 나날은 결코 평온하지만은 않았다. 윤이 보위에 오르기까지의 과정도 지난했지만, 이후에도 풍랑은 끊임없이 닥쳐왔다. 그러나 윤의 얼굴에서는 신기할 만큼 세월의 흔적을 찾을 수 없었다.

반듯한 이마를 타고 콧날까지 내려오는 유려한 선. 눈꺼풀 아래 곧게 뻗은 속눈썹과 백자처럼 청아한 살결. 숨을 내쉴 때마다 작게 들썩대는 붉은 입술.

사 년의 시간 동안 매 순간 그녀를 반하게 만들었으며 심장을 두근거리게 했던 아름다운 왕의 얼굴.

"어……."

햇살에 반사되어 반짝이는 무언가를 발견한 순심의 눈이 윤의 상투 언저리를 헤맸다. 윤의 머리 한가운데 숨어 있던 희게 바랜 머리카락 한 가닥.

"전하께도 이런 게 있었네……."

혼잣말을 하던 순심이 어깨를 으쓱했다.

긴 시간을 함께 보내며 윤은 서른을 훌쩍 넘겼다. 스무 살 세상모르던 순심 역시 궁궐의 예도가 몸에 밴 어엿한 여인이 되었다.

누구도 흘러가는 시간을 막을 수는 없다. 언젠가는 윤의 흰 머리가 하나가 아닌 열, 스물이 될 때가 올 것이고, 또 언젠가는 희게 센 머리가 검은 머리보다 많아질 날이 올 것이다.

'사람은 모두 죽는다'고, 언젠가 윤이 말했었고 또 숙종께서 말씀하셨던가. 그것이 당연한 삶의 이치임을 순심 역시 알고 있었다. 하지만…….

"시간이 멈추었으면 좋겠다……."

제가 나이를 먹는 것보다, 사랑하는 이가 늙고 병들어 약해지는 모습을 상상하는 것이 더 고통스러웠다.

그러니 부디 시간이 멈추었으면. 그들이 머물러 있는 유월 후원의 녹음처럼 모든 것이 지지 않고 영원했으면.

"……어찌 그리 한숨을 내쉬느냐?"

윤의 노곤하게 잠긴 목소리. 연못을 부유하는 수련을 바라보던 순심이 시선을 돌렸다.

"전하, 신첩 때문에 깨셨습니까?"

"아니. 네 무릎을 베고 잠깐 동안이나마 참 달게 잤다. 그런데……."

윤이 느리게 눈꺼풀을 깜빡였다. 나른한 눈동자에 비치는 순심은 알쏭달쏭 속을 알 수 없는 표정을 짓고 있었다.

"무슨 생각을 하고 있었더냐?"

"시간이 흐르는 것이 야속하다는 생각을 하고 있었습니다."

"네가 어찌?"

윤이 반문했다. 그의 손이 순심의 볼을 살짝 어루만졌다.

"너는 이렇게 젊고 아름다운데, 어찌 벌써부터 가는 세월을 아쉬워하느냐?"

"젊음이라는 것이 꼭…… 여름날 같아서요."

"여름날?"

"예. 전하와 신첩이 처음 만난 것이 사 년 전 이맘때였습니다. 전하께서 아껴주신 덕에 시간의 흐름도 잊고 살았는데……. 문득 정신을 차려보니 긴 꿈을 꾼 것처럼 사 년이 훌쩍 지나있었습니다."

"사 년이 훌쩍 지났지만, 우리가 여전히 여름날 속에 함께 있다는 것이 더 중요하지 않을까?"

"그렇지만 언젠가는 저도, 전하께서도 나이를 먹을 테니까요. 여름이 금세 지나가듯 이 순간도 흘러가버리지 않을까 두렵습니다."

우리의 젊음이, 유월 여름날처럼 반짝이는 우리의 사랑이- 쏜살같이 지나가버릴까 봐서.

"그런 생각을 하고 있었느냐."

윤의 입가에 옅은 미소가 맴돌았다.

"순심이 네 말이 틀린 것은 아니다. 내일은 누구도 알 수 없으니까. 네 걱정을 나는 이해한다. 과인 역시 매일 아침 눈뜨는 것조차 두려웠을 때가 있었으니……."

그렇지만, 지금은 아냐.

"하지만 이제 그러지 않으려고 한다. 나는 더 이상 과거가 두렵지 않아. 그리고 미래 역시 걱정하지 않으려고. 시간이 흘러감을 아쉬워하며, 내가 살아가는 순간을 모두 걱정으로 보내는 것은 서글픈 일이다, 순심아."

누워 있던 윤이 몸을 일으켰다. 자리에 앉은 그가 순심을 마주 보았다.

처음 그녀를 만났던 유월, 사랑이 무르익었던 유월. 슬픔과 고통을 함께 나눴던 유월……. 그리고 지금보다 더 나이를 먹은 훗날, 세월의 흔적을 간직한 채 우리가 함께할 유월.

시간이 흘러가는 것은 아쉬운 일이지만 순심아, 그때도 나는 너를 사랑할 것이다.

"사랑을 하는 것은 물론 중요한 일이다. 그러나 그것은 사실 어려운 일은 아니지. 그보다 더 어렵고 중한 것이 무엇인지 아느냐?"

"그것이 무엇입니까?"

"사랑하는 이와 함께 아름답게 늙어가는 것."

"……."

사랑이란 어려운 것이 아니었다. 오히려 어려운 것은 사랑을 지키고 이어나가는 일. 그것이 윤이 지난 세월에서 얻은 사랑에 대한 진실이었다.

"그러니 어찌 걱정하느냐? 젊은 날 아름답게 사랑하고, 훗날 아름답게 함께 늙어갈 것을. 그보다 더 좋은 일이 어디 있다고."

휘잉- 연못에서 불어오는 청량한 바람. 순심을 마주 보던 윤이 그녀를 제 곁으로 끌어당겼다. 맞닿은 입술이 잠시 떨어진 틈으로 그윽한 연꽃 향기가 들어찼다.

그들의 입술이 마주치는 그 순간에도 시간은 변함없이 흘러가고 있었다. 각각의 삶이 아닌, 함께하는 미래를 향해 고요히, 고즈넉하게.

손은 맞잡은 채 궁으로 되돌아가던 윤과 순심의 걸음이 멈추었다.

후원 초입에 위치한 부용지에도 연꽃이 한창이었다. 연못 위에 만발한 연꽃이며 연잎들 사이, 수면 위에 드리워진 흑룡포의 검푸른 색채가 이지러진다.

"왕세제."

부용지의 수면을 응시하던 금과 그 곁에 서 있던 여인이 고개를 번쩍 들었다. 그들이 윤과 순심에게 다가왔다. 그제야 순심은 금과 함께 있는 여인이 왕세제의 부실이자, 과거 '별당 마님'이라 불리던 여인 소훈 이씨라는 것을 깨달았다.

왕과 왕세제. 다른 어미의 배에서 태어난 형과 아우. 정쟁의 한가운데 서 있었던 형제는 근래 소원해졌다. 그들의 어색한 만남 앞에 순심과 소훈 이씨는 급히 뒤로 물러났다. 마치 아무것도 보거나 듣지 못하는 사람처럼. 궁중 여인이란 응당 그래야만 하는 법이었다.

"……전하. 그간 강녕하시었습니까."

"늘 한결같지. 세제도 잘 지내었느냐?"

"예, 그러하옵니다."

금은 잠시 윤을 부르는 것을 망설이는 듯했다.

"……형님."

환국의 바람은 다른 정파에 속했을지언정 우애를 잃지 않았던 형제의 마음마저 망가뜨렸다. 윤이 궁지에 몰리면 금의 삶이 평탄해지고, 금이 비참해지면 윤이 평온해진다. 지금 우위를 점한 쪽은 윤이었다. 금은 윤이 원한다면 언제든 자신을 내치거나 사사할 수 있다는 것을 알고 있었다.

"저……. 말씀 나누시는데 송구하옵니다만……."

끊길 듯 말 듯 이어지는 형제의 대화 사이로 용기를 낸 순심이 끼어들었다.

"무슨 일이냐?"

"두 분이서 말씀을 나누시는 데 방해될까 저어되옵니다. 이소훈과 함께 궁으로 먼저 돌아가도 되겠나이까?"

"음. 그리하여라."

윤은 순순히 응낙했다. 여인들이 발소리를 죽인 채 잰걸음으로 부용지를 떠났다. 마침내 둘만이 남게 된 형제. 상검의 죽음 이후 한동안 윤은 왕세제의 문안조차 받으려 들지 않았다.

실로 오래간만에, 형제는 서로를 마주 보았다. 그들의 아비 숙종이 한때 희빈 장씨, 그리고 또 어느 한때 숙빈 최씨와 밀어를 속삭였던 연못 부용지에서.

"이렇게 다시 만난 것도 인연이지요. 제 처소에 들러 다과라도 드시고 가시지요, 마마님."

소훈 이씨의 청을 거절하기는 어려웠다. 순심은 소훈을 따라 처음으로 새로운 동궁전, 왕세제의 공간 속으로 발을 들였다.

소훈의 처소는 왕세제의 침전이 있는 공묵합 반대편에 위치했다. 아름답게 단장된 전각 어딘가에서 칭얼대는 아이를 달래는 소리가 들려왔다.

"소훈 마마님, 그간 강녕하시었습니까. 소인 궁 밖에 마음대로 출입할 수 있는 처지가 아니라 아드님을 낳으신 것을 알았음에도 축전조차 하지 못했나이다. 이제야 인사드려 송구합니다."

"별말씀을 다 하십니다. 낙선당의 처지야 저도 들어 알고 있지요. 그런 걱정 마시오."

과거 연잉군방에서 마주쳤던 시절의 별당 이씨는 왕자군의 애첩일 뿐이었다. 당시의 그녀는 승은궁녀인 순심에게 깍듯하게 예를 갖췄다. 그러나 이제 상황은 달라졌다. 소훈은 원손(元孫)을 낳은 어미. 그녀의 아들 이행(李緈)은 손이 귀한 왕실의 유일한 왕자였다.

무엇보다 달라진 것은 그들의 신분이었다. 소훈이 내명부 종오품인데 반해 순심은 일개 궁녀에 지나지 않았다.

"낙선당께서는…… 참 대단하십니다."

"소인이요?"

순심의 반문에, 소훈이 말을 이었다.

"소문을 듣지 못하셨습니까? 동궁에서는 숨소리도 크게 내지 못합니다. 왕세제 저하의 성정을 거스를까 두려워서……."

"……."

"아까 낙선당께서 주상 전하와 세제 저하 사이로 끼어들지 않았습니까? 내 어찌나 놀랐는지 심장이 마구 덜컹거리더이다."

"아……."

혹시나 제 행동을 책잡으려는가 싶어 순심이 말끝을 흐렸다. 소훈이 다급히 덧붙였다.

"아니요. 아닙니다. 오해하지 마시오. 타박을 하려는 것이 아닙니다. 부러워서 그렇습니다."

"부러우시다고요?"

"예. 그렇게 거리낌 없이 지아비께 원하는 바를 말씀드릴 수 있는 낙선당의 처지가…… 전하와 낙선당 두 분이서 손을 꼭 붙잡고 다정하게 걸어오시는 모습도요."

문득 순심은 소훈의 얼굴이 낯설다 생각했다.

그녀가 연잉군방에서 만났던 이씨는 본부인인 서씨 앞에서 말을 가리지 않는 당돌한 사람이었고, 왕세제의 눈에 띌 법한 요염함을 지닌 아리따운 여인이었다. 그러나 지금 소훈의 모습은 완연히 달라졌다. 여윈 뺨과 하얗게 부르튼 입술, 겁먹은 짐승처럼 끊임없이 눈치를 살피는 퀭한 눈동자는 생기를 잃었다.

"궁금합니다. 이 팍팍한 궁궐 안에서 어찌 그리 평안할 수 있는지……."

처음 순심은 소훈이 지쳐 보이는 까닭을 회임과 출산, 혹은 흘러간 시간 때문이라 여겼다.

"낙선당, 저는 궁궐 생활이 너무나 고됩니다……. 궁궐은 너무나, 너무나 무서운 곳입니다."

소훈을 초췌하게 만든 것은 세월이 아닌 마음의 고통인 듯했다. 소훈이 신경질적으로 손끝을 매만졌다. 종일 깨물어대는 습관이 있는 듯 살이 드러나도록 헤진 손톱이 보였다.

"궁궐 생활이 많이 힘드십니까?"

"힘들다마다요. 처음 저하께서 왕세제가 되시고 궁궐로 거처를 옮겼을 때는 저도 기뻤지요. 미천한 첩년 주제에 소훈이니 뭐니 봉작(封爵)까지 받으니 처음에는 들떠 어쩔 줄 몰랐습니다. 그때는 몰랐습니다. 궁궐이 어떤 곳인지를……."

소훈 이씨가 몸을 바르르 떨었다.

"조정에 일이 생길 때마다 왕세제께서는 대중없이 발칵발칵 성을 내십니다. 그 성질의 변화를 도무지 따라갈 수가 없어요……. 저뿐 아니라 세제빈과 궁인들 모두가요. 제 자식들 역시 늘 눈치를 살핍니다."

"……"

"궁궐은 사람 살 곳이 못되오. 낙선당은 어찌 그렇게 멀쩡하게 살고 계십니까? 나는……. 나는……."

이씨가 흐느끼듯 내뱉었다.

"미치지 않고는 버틸 수가 없을 것 같소."

순심은 그제야 깨닫는다. 소훈은 순심과 다르지 않은 처지였다. 그녀들은 본부인이 있는 사내의 첩실이었으며, 또한 정실보다 오히려 더 총애받는 여인이었다.

또한 순심과 소훈의 처지는 정반대였다. 지아비의 상황에 따라 이리저리 어지러이 흔들리곤 하는 궁중 여인의 삶. 궁궐은 무서운 곳이다……. 단지 순심이 윤의 든든한 등에 기대어 숨어 있었으므로 그 고통을 느끼지 않았을 뿐이다. 그것이 소훈과 순심의 차이였다.

"낙선당, 제 부탁을 하나 들어주십시오."

"부탁…… 이요?"

"사람들이 모두 그리 말합디다. 소론은 결코 왕세제를 가만두지 않을 것이라고. 왕세제가 역모의 씨앗이므로 그를 폐(廢)하여 죽이려 들 것이라고."

"어찌 그런 흉한 말씀을……!"

그러나 소훈은 열에 들뜬 사람과 같았다. 간절한 표정으로 그녀는 말을 이었다.

"그런 일이 생기면 저 역시 목숨을 부지할 수 없겠지요? 그러니, 마마님, 부디 제 아드님을 거두어주십시오. 전하께서는 후사가 없으시니 부디 행이를 거두셔서……. 제발……."

"마, 마마님……. 제게 그런 말씀을 하시면 아니 됩니다."

순심이 자리에서 벌떡 일어났다.

궁궐은 무서운 곳. 위험한 곳. 소훈이 내뱉은 말 하나하나가 거대한 태풍이 되어 돌아올지 모르는 곳이 궁궐이었다. 측은한 마음이 들었으나 한편 순심은 소훈의 처소에 따라온 것을 후회했다.

"송구하옵니다만 마마님. 소인 이만 돌아가보겠습니다. 부디 마음을 다스리시고 너무 걱정 마시어요."

순심이 급히 나갈 채비를 했다.

"마마님, 방금 들은 말은 못 들은 것으로 하겠습니다……."

동궁전을 떠나던 순심이 잠시 뒤를 돌아보았다. 손으로 얼굴을 가린 채 흐느끼는 소훈의 손마디는 파들파들 떨고 있었다.

화려한 금박과 번쩍이는 수식, 고운 비단 자락 뒤에 가려진 궁궐 여인들의 또 다른 얼굴. 서글픈 얼굴…….

마음이 발밑으로 가라앉아 질질 끌려오는 것처럼 걸음이 무거웠다.

"이렇게 둘이 바깥에서 얼굴을 보는 것은 참 오랜만이지?"

"예, 전하."

몇 마디 건조한 안부와 대화가 오갔다. 윤이 금의 모습을 바라보았다. 본래 날렵한 체격이었던 금은 확연히 야위었다. 그 까닭을 윤이 모를 리 없었다.

"하루하루가 살얼음판 같더냐. 문밖에 바람 스치는 소리만 나도, 나를 죽이러 온 자객이거나 사약을 받들라는 교지일까 두려우냐."

"……."

"살아도 살아 있는 것 같지 않으냐? 차라리 중이라도 되어 세상을 떠돌까 생각하다가도, 억울하고 분하여 반드시 왕이 되어 수모를 갚으리라 맹세하느냐?"

"……형님."

마치 제 마음을 열어 낱낱이 살핀 듯한 말. 두렵고 놀라워 금은 잠시 말을 잃었다.

"그렇게 당황한 표정으로 바라보지 마라. 나 역시 그러했다. 왕세자로 사는 동안 나 역시 그렇게 살았다. 광인과 같이……."

윤이 씁쓸하게 내뱉었다.

"그래서 두렵더냐? 네 목숨을 가져갈 이가 다름 아닌 네 형님인 나일 듯하여서?"

묵묵부답이던 금이 입을 열었다.

"형님이 두려운 것이 아닌 소론과 김일경이 두렵습니다. 그들이 노론의 중심인 왕세제에게 죽음을 내리라 요구하는 것을 소인도 알고 있습니다. 그래서 잠들 수가 없사옵니다. 두렵나이다."

윤이 동생의 얼굴을 바라보았다.

애증- 금을 향한 마음은 늘 그랬다. 세상천지 단 하나밖에 남지 않은 혈육. 그러나 금이 원하든 원치 않았든 간에, 윤이 세상을 떠나거나 왕위를 포기한다면 그로 인해 가장 큰 영광을 누리게 될 동생.

아우를 향한 애증은, 피안으로 떠나버린 막냇동생 훤의 살아생전에도 다르지 않았다.

"금아, 훤이 그립지 않으냐?"

"……그립다마다요."

윤이 고개를 끄덕였다.

그래. 너는 그런 사람이었지……. 윤이 갖고 있는 먼 과거의 추억들을 유일하게 공유할 수 있는 사람. 돌이켜보면 훤이 살아 있을 때도 마냥 사랑만 하지는 못했었다. 그가 죽고 나서 사무치게 후회했을 뿐…….

연못가를 맴돌던 윤의 걸음이 문득 멈췄다. 초록으로 물든 거대한 회화나무. 윤이 팔을 뻗어 잎사귀 하나를 떼어냈다. 떫고 풋풋한 풀 냄새가 났다.

"형제가 형제로 살아가기조차 어려운 세상이구나."

윤이 금을 향해 회화나무 잎사귀를 내밀었다. 무슨 의미냐는 듯 그것을 내려다보던 금이 초록빛 이파리를 받아 들었다.

"주(周)나라에 성왕(成王)이 아우와 삭엽으로 희롱하였다는 고사가 있지. 잎사귀를 증표로 삼아 큰 자리를 주겠다고 맹세했다는……."

"……형님."

"그러니 받아라. 고작 나뭇잎 하나에 지나지 않지만, 내 마음이 성왕의 마음과 같다 여겨라."

"……."

"그리고 네 형님을 믿으라. 나는 혈육을 손으로 베는 참극을 일으키지 않을 것이다."

툭툭. 금의 어깨를 두드리는 윤의 손.

금은 평생 노론에게 둘러싸여 있었다. 그가 숙빈 최씨의 아들로 세상에 태어난 순간부터 금은 노론의 빛이자 희망이었다.

말귀를 알아듣게 된 이후 귀에 인이 박이도록 들어왔던 말. 장희빈의 아들은 음흉하고 무능력하다. 이윤은 천학(淺學)하여 결코 왕이 될 수 없는 자이다. 그는 의뭉스럽고 우유부단하기 짝이 없다……. 그 탓에 금역시 때로 형님을 갑갑하게 여기거나 저보다 부족하다 생각하곤 했다.

그 고요함 속 깊디깊은 마음을 모르고, 인내를 모르고. 비록 그의 뜻이 아닐지언정, 삶의 길목마다 왕의 심장을 조준하는 동생마저 굽어살피는 큰 마음을 모르고…….

"돌아가자. 여인들이 기다리겠다."

"……예, 형님."

윤이 먼저 걸음을 떼었다. 뒤를 따르던 금이 성큼 발을 놀려 윤의 곁에 섰다.

금의 손 위에 놓인 형님의 진심. 그의 손마디에 새파란 풀물이 번

지고 있었다.

* * *

"신 김일경, 전하께 감히 여쭙겠나이다. 왕세제를 그냥 두실 생각
이시옵니까?"

김일경의 말에 윤의 미간이 잠시 일그러졌다.

"무엇을 그냥 두고 말고 한다는 뜻이오?"

"전하, 벌써 목호룡의 고변을 잊으셨습니까?"

"이미 역모에 가담한 자들을 국문하여 처벌하지 않았습니까? 세
제는 사건에 가담하지 않았소."

"그것은 중요치 않습니다. 전하, 노론은 여전히 때를 보며 숨을 고
르고 있사옵니다. 그것이 가능한 것이 누구 때문이겠습니까?"

김일경이 답답한 듯 말을 이었다.

"전하. 왕세제는 역모의 씨앗입니다. 세제가 어떤 생각을 품고 있
든 간에, 그는 불온한 자들의 역심을 자극하는 존재입니다."

"대감."

윤의 음성은 진중했다.

"예, 전하."

"환국은 아바마마를 상징하는 말이었지. 그러나 내게 왕의 자리란
이해하기 힘든 것이었소……. 왕이 되고 난 후에야 과인은 아바마마
를 조금 이해하게 되었소."

"……."

"그러나 나는 한 가지만은 결코 동의할 수 없었소."

"희빈 자가의 일을 말씀하시는 겁니까?"

"그렇소. 어머니를 자진케 하신 일을 나는 결코 이해하지 못하오.

세월이 지나도 마찬가지지."

지아비가 부인을 죽이고, 형이 아우를 죽이며, 피를 나눈 자들이 서로를 해하는 비극.

"그러므로 나는 그와 같은 일을 하지는 않을 것이오."

"……."

"나는 나와 같은 피가 흐르는 혈육을 해하지 않을 것입니다."

왕의 음성은 단호했다. 침묵을 지키던 김일경이 무겁게 입을 열었다.

"전하께서 유일하게 남은 아우를 아끼는 마음을 헤아리지 못하는 것이 아닙니다. 하오나, 전하."

김일경이 묻는다.

"같은 상황에 처했을 때, 왕세제도 전하에 대해 똑같이 생각하리라 확신하십니까?"

"……."

"혈육관계를 이유로 제 욕망을 거두고 전하의 아우로 남으리라 믿으십니까?"

글쎄- 금을 믿는 것일까. 아니면 그저 스스로를 믿을 뿐일까…….

"물러가십시오. 과인의 결정은 변하지 않습니다."

윤이 고개를 돌렸다.

"더 이상 피를 흘리지는 않을 것이오. 환국은 끝났소."

하직 인사를 올린 김일경이 대전을 떠나갔다. 생각이 많은 탓에, 왕의 밤은 길고 또 길었다.

二十七章.
김성(金姓) 궁인 사건

궁궐을 거닐던 채화가 고개를 들어 하늘을 바라보았다. 새파란 물
빛으로 반짝이는 유월 하늘이 낯설다.

이른 아침과 늦은 저녁, 대비전에 문안을 다니는 것을 제외하고 한동
안 채화는 바깥출입을 하지 않았다. 늦봄 무렵 친잠례(親蠶禮)[27] 이후
궁중 행사가 없기도 했지만 채화 스스로도 외출을 꺼렸던 탓이었다.

잔인했던 봄. 노론 사대신을 비롯한 많은 신료들이 사사되거나 유
배를 떠났으며 혹은 파직당했다. 노론의 기세는 완전히 꺾였다. 얼마
남지 않은 노론을 규합하는 중심은 다름 아닌 채화의 아비, 부원군
어유구였다. 그런 까닭에 채화의 하루하루는 살얼음판이었다. 그녀
는 침전 안에 칩거했다.

진즉부터 노론과는 연을 끊은 것이나 다름없는 중전. 그러나 채화
는 아버지를 사랑했다. 부원군을 해하지 않겠다는 지아비의 약조만
이 그녀의 희망이었다.

"벌써 한여름이로구나. 볕이 좋다."

---

27 왕비가 내외명부를 거느리고 누에를 치던 의식.

"그러하옵니다, 중전마마."

여타 궁인을 동행하지 않은 중전의 외출은 단출했다. 채화의 곁에는 새앙머리를 한 나인 하나만이 따르고 있을 뿐이었다.

대조전 뒤편으로부터 이어진 화계(花階)가 가장 아름다운 계절. 층층이 심어진 순백의 목단과 흰 철쭉 속, 홀로 피어난 강렬한 진홍색 꽃 한 송이가 눈길을 끌었다.

"어찌 저리 홀로 피었나."

"흰 꽃들 사이로 붉은 종자 하나가 흘러 들어간 모양입니다. 뽑아 버릴까요, 마마?"

"뽑다니? 어찌 뽑는다는 게냐?"

"새하얀 꽃들 사이에 홀로 다른 색이 보기 싫어서……."

어찌 그것이 보기 싫은가. 붉으면 붉은 대로 아름다운 것을- 이라 말하려던 채화의 발걸음이 우뚝 멈추었다.

"오랜만이네, 낙선당."

순심 역시 채화를 마주칠 것을 예상치 못한 듯했다. 그녀가 예를 갖추어 고개를 숙였다.

"강녕하시었습니까, 중전마마."

"늘 한결같지. 자네가 여기 어인 일인가?"

"날이 좋아 잠시 나왔는데, 화계 가운데 홀로 핀 붉은 꽃이 예뻐서……. 저도 모르게 여기까지 왔습니다, 마마."

"……그러하더냐."

잠시 순심을 바라보던 채화가 곁에 있던 나인에게 명했다.

"너는 물러가 있거라. 내 낙선당과 긴히 이야기를 나누겠다."

"예, 중전마마."

자리를 떠나는 나인의 모습을 무심코 바라본 순심의 시선이 흔들렸다. 말간 얼굴을 한 나인의 모습이 퍽 낯이 익었다. 순심은 이내 그 까닭을 깨달았다.

그 밤. 왕의 승은을 입기 위해 지밀들에게 이끌려 낙선당에 나타났던 궁녀.

"표정을 보니 저 아이가 누군지 기억하는 듯하구나."

"예. 어찌…… 잊겠습니까."

"그날 밤, 전하의 호위무사 탓에 일이 어그러졌다지? 자네에게는 다행한 일이겠지. 물론 저 아이에게는 안된 일이긴 하다만."

"예, 마마."

달리 대꾸할 말을 찾을 수 없어 순심은 눈을 내리깔았다.

"하지만 지금 생각해보면…… 내가 옳았던 것 같지 않네."

"……."

"황가가 그때 나타나지 않았던들 전하께서 낯모르는 여인에게 순순히 승은을 내리실 분이었을까? 뻔한 사실을 알면서 괜히 전하와 자네의 마음만 어지럽힌 꼴이지 뭔가."

"……아닙니다, 마마."

순심이 당황한 표정으로 채화를 바라보았다.

잠깐 사이 채화는 해쓱해졌다. 채화의 나이 올해 열여덟. 그러나 미간 사이에 파인 주름과 마른 뺨의 골격 탓에 그녀는 스물을 훨씬 넘긴 듯 보였다.

"전하는…… 어려운 분이시지. 내게는 늘 그러했다네. 열네 살에 시집와서 벌써 이렇게 시간이 흘렀네만, 여전히 나는 전하께서 어떤 분인지조차 모르겠네."

채화가 묻는다.

"하나 자네에게는 그렇지 않겠지?"

"소인은……."

순심이 말끝을 흐린다. 할 말이 모래알처럼 혀끝을 맴돌아 입안이

까끌거렸다. 그러나 의외로 채화는 옅게 웃었다. 체념 같은 미소였지만 그렇다고 비탄에 잠기거나 분노에 찬 표정은 아니었다.

"운명이란 잔인한 것이네. 나 역시 시집오기 전에는 내가 이런 삶을 살게 되리라 생각지 않았지. 자네 앞에서 이런 말을 하는 것이 좀 이상하지만…… 나는 참으로 꿈이 많았다네."

꿈. 그 말을 내뱉는 채화는 흰 꽃무리 속 홀로 피어난 붉은 모란을 바라보고 있었다.

꿈을 가지는 것이 용납되지 않는, 순백이어야만 하는 조선 여인의 처지로 저리 붉고 화려한 꿈을 꾸었다.

"이상하지 않습니다, 마마. 소인에게 그리 말을 걸어주시는 것이…… 소인은 기쁩니다."

"기쁜가?"

채화가 무심히 되물었다.

"예……. 기쁩니다, 마마."

그런 순심의 진심이 한때 채화의 마음을 움직였었다. 비록 한 사내를 둘러싸고 경쟁해야 하는 관계일지언정 순심은 좋은 여인이었고 진실한 사람이었으므로.

궁궐이 아닌 바깥에서 그저 평범한 반가 여인들로 만났다면 얼마나 좋았을까. 얼마나 좋은 벗이 되어 깊고 진한 우정을 나누었을까…….

하지만 채화가 말한 그대로였다. 궁중 여인의 운명이란 본디 뜻하는 바대로 흘러가지 않는 것이다.

"나는 꿈이 많았고, 참으로 꿈이 컸지. 여인들이 가져야 할 미덕이라 배운 것과는 다른 꿈이었다네. 나는 내로라하는 풍류인들처럼 세상을 돌아보고 많은 것을 보고 싶었네. 비록 궁궐 안에 갇혀 더 이상 그런 꿈을 꿀 수는 없지만……."

채화의 시선이 담장 너머 먼 곳을 바라보았다.

"나는 여전히 나 자신을 귀하게 여기네. 꿈을 이룰 수는 없겠지. 하나 그런 청운의 꿈을 품었던 내 자신은 시집오기 전이나 지금이나 다를 바 없기 때문일세."

채화의 시선이 잠시 순심에게 닿는다.

몸이 따르지 않는 마음이란 본디 가여운 것이다. 그러나 몸이 가여울 뿐, 마음마저 가엾지는 않으리라.

"내 지아비가 나를 돌아보지 않는다 해서 내가 못나지는 것은 아닐세. 사랑받지 못한다 하여 귀한 내 자신이 천해지는 것도 아니야."

"……."

"이제야 이런 마음이 든 것이 조금 안타깝네만……. 나는, 이제 타인에게 좌지우지되어 살지 않으려 하네. 사내의 마음을 따라 행복했다 슬퍼했다 기뻐했다 불행해지는……. 그런 삶은 이제 싫네."

"……마마."

순심의 말끝이 잘게 떨렸다. 채화의 말을 듣고 있자니 이상하도록 마음이 뜨겁게 벅차올랐다. 그녀의 꿈이 마치 순심 자신의 꿈이었던 것처럼.

"이상한 일이지. 궁궐에 들어오기 이전의 나는 단 한 번도 지아비에게 사랑받는 현모양처의 삶을 꿈꿔본 적이 없네. 애당초 바라지도 않았던 일이 일어나지 않았다고 슬퍼하고 괴로워하다니……."

채화가 옅게 웃었다.

"그러기엔 내 삶과 재능이 아까워. 그렇지 않은가, 낙선당?"

"……."

내밀한 고백을 하는 채화의 표정은 담담했다. 그러나 순심의 눈가에는 뜨거운 기운이 몰려왔다.

"어찌 우는 겐가?"

"소인이……."

후드득- 쏟아지는 순심의 눈물.

"소인이…… 감히 미천하고 부족한 소인이……. 어찌하여 마마처럼 귀하신 분의 마음을 다치게 하였는지……."

순심의 옷고름 위로 뜨거운 눈물이 뚝뚝 떨어졌다.

"마마……. 참으로 송구하옵니다. 소인과 같은 것이 감히……."

"어찌 그러시나."

채화의 손이 순심의 팔에 닿았다. 찬 손끝. 그러나 마음의 온기가 느껴지는 손길이었다.

"내 곰곰이 생각하곤 했지. 자네가 나쁘겠나? 내가 나빴겠나? 아니면 전하께서 잘못하셨겠나? 아닐세. 아니야."

"……."

"잘못이 있다면, 이렇게 죄 없는 이들을 서로 투기하고, 다투고, 상처 입게 만드는 환경이겠지. 궁궐이라는 공간이겠지……. 조선이라는 세상이겠지."

"……마마."

"그러니 자네 잘못이 아니야. 내 잘못 역시 아니네. 그러니 울지 마시게, 낙선당."

순심이 입술을 깨물며 고개를 끄덕였다. 턱 끝에 매달려 있던 눈물이 툭 굴러 옷을 적신다.

"그런 생각이 문득 드네, 낙선당."

채화의 시선이 말갛게 갠 하늘로, 하늘 너머 펼쳐진 너른 세상으로, 그리고 다시금 돌아와 그녀 앞에 우두커니 서 있는 순심에게 닿았다.

"무슨 바람이 들어 안 하던 외출이 하고픈 건지 궁금했는데, 자네를 만나려고 그랬던 모양이야. 생각해보면 같은 창덕궁 안에 있으니 언제고 만날 수 있었던 것을……."

"예, 마마……."

순심이 고개를 끄덕였다.

큰 사람. 채화는 큰 사람이다. 순심으로서는 감히 그 마음의 크기를 가늠할 수 없을 만큼. 채화가 그리는 세상, 채화가 느끼는 세상은 크고, 다르다.

"그럼 이만 나는 가보겠네. 멀지 않으니 또 보세."

"살펴 가시옵소서, 중전마마."

사뿐히 멀어지는 채화의 뒷모습. 순심은 아담한 여인의 체구 안에 들어 있는 하늘처럼 무한한 마음을 바라보고 있었다.

* * *

더운 여름 바람에서는 무르익은 과실의 달콤한 향기가 났다. 종일 쨍쨍한 햇볕이 내리쬐었다. 바짝 마른 기왓장들 위로 뜨겁게 데워진 공기가 이글거렸다.

숨을 돌릴 수 있는 시간은 오직 해가 사라진 밤뿐. 그제야 공기는 선선해졌다.

"순심아. 좋은 소식이 있다."

이슥한 밤. 무더운 밤공기마저 연인과 함께하고픈 욕구를 방해할 수는 없었다.

짭조름한 땀방울, 미끌대는 살갗, 방 안의 온도를 올리는 습한 숨결과 애타게 서로를 부르는 낮은 음성. 홑이불과 속곳은 진즉 발아래 구겨져 나뒹군다. 댕기마저 풀어져 흐트러진 순심의 긴 머리를 윤은 부드럽게 쓰다듬었다.

더위를 식히기 위해 살짝 문을 열자 밀려드는 밤바람. 땀에 젖은 머리칼이 이내 차갑게 식어간다.

"좋은 소식이요?"

순심이 되물었다.

"그래, 좋은 소식이다. 한데 중궁전과 무슨 일이 있었더냐?"

"중전마마와요? 아……."

며칠 전 채화를 마주쳤음을 떠올린 순심이 말꼬리를 흐렸다.

그날 채화가 들려준 속 깊은 이야기들을 순심은 마음 깊이 간직했다. 윤에게 비밀이라고는 없는 그녀였다. 그러나 채화의 내밀한 고백을 발설하는 것은 옳지 않게 느껴졌다.

"며칠 전 우연히 화계 근방에서 뵈었사온데……. 특별한 일은 없었습니다."

"그러하더냐. 무슨 일일까……."

윤이 궁금한 듯 중얼거렸다. 이내 그가 덧붙였다.

"어쨌든 기쁜 일이다. 순심아, 중전께서 네게 첩지를 내려주실 생각인 듯하다."

"첩지요?"

순심의 눈이 두 배쯤 커졌다. 승은을 입은 궁녀를 그들을 특별상궁으로 삼는 일은 드물지 않았다. 그러나 상궁이 된다 하여 '첩지를 내린다'는 표현을 쓰지는 않는다. 즉 첩지를 내린다는 것은-

"그래, 너를 내명부 후궁에 봉작할 뜻을 보였다. 과인에게 의중을 묻기에 흔쾌히 승낙하였다. 국상이 끝난 지 오래지 않았으므로 중전은 가을 즈음을 생각하는 듯했다. 네 생각은 어떠하냐?"

고마운 일- 이라고 윤은 생각했다. 어쩌면 부원군을 벌하지 않은데 대해 중전이 나름의 감사를 표하는 것일지도 모른다고.

"어찌 표정이 어두우냐? 기쁘지 않은 것이냐?"

"……."

순심은 할 말을 찾지 못하는 듯했다. 윤이 걱정스러운 듯 물었다.

"아니면 감격하여 그러는 것이냐?"

"전하, 소인은……."

순심이 잘근 입술을 깨물었다. 그녀의 입술이 바르르 떨렸다.

"첩지를 받을 수 없습니다."

"뭐라?"

이제 당황할 것은 윤의 차례인 듯했다. 그의 얼굴에는 이해할 수 없다는 표정이 떠올라 있었다. 그도 그럴 것이, 세상천지 후궁이 되기를 마다하는 궁녀가 어디 있단 말인가.

"어찌하여 그런 소리를 하는 게냐? 네가 나의 여인이 된 지 벌써 사 년이 넘었다. 승은상궁이든 후궁이든 간에 진즉 되는 것이 옳았다."

"하오나 첩지를 내리는 데는 분명한 법도와 기준이 있는 것으로 아옵니다. 특히 신첩과 같은 궁녀가 후궁이 될 때는 더욱……."

"그것은 내명부의 수장인 중전의 권한이지. 애당초 중전께서 그리 하겠다는데 과인이 왈가왈부할 수 없는 문제다."

당최 이해할 수 없다는 듯 미간을 찌푸리고 있던 윤의 표정이 풀어졌다. 그가 순심의 귓가에 흘러내려온 잔머리를 어루만졌다.

"무엇 때문에 그러느냐? 내게 털어놓아 보아라. 나는 네게 진즉 좋은 자리를 주고 싶었거늘 어찌 과인의 마음을 몰라주는 게냐?"

"전하께옵서 그리 생각해주시는 것은 너무나 잘 알지만……."

순심이 잠시 숨을 가다듬었다.

"전하. 신첩은 반가의 여인도, 간택 후궁도 아닙니다. 승은궁녀인 소인이 후궁이 되는 데는 엄한 법도가 있다 알고 있습니다. 왕손을 낳았거나, 그것이 아니라도 회임이라도 한 몸이어야……."

윤을 바라보던 순심의 시선이 떨어졌다.

"혹시라도…… 과분한 자리를 얻은 까닭에 반대로 타인의 입에 오르내리거나, 전하나 중궁전께 누가 될까 두렵습니다."

"하."

윤이 낮게 한숨을 내쉬었다. 여인들의 속이 이다지도 깊은 것을 몰랐다. 내명부의 일이 제 소관이 아니라 여긴 탓에 마음 쓰지 못했다.

"그리 생각하는 네 마음이 어여쁘고, 또 네게 기꺼이 첩지를 내려 주려 하는 중궁전의 마음이 고맙다. 하지만, 순심아."

윤이 따뜻한 시선으로 순심을 바라보았다.

"중전에게도 과히 쉬운 결정은 아니었을 것이다. 내 그녀에게 충분히 감사를 표할 것이니, 순심이 너 역시 사양 말고 그 마음을 받아주는 것이 어떻겠느냐?"

"……전하."

"네가 영 내키지 않는다면 나를 위해서라도 말이다."

그를 위해서- 라는 말에 순심은 윤을 마주 보았다.

"내 너를 참으로 오래도록 사랑하고 아끼지 않았더냐. 내 마음을 준 여인이 비단옷 한 벌, 노리개 하나 마음대로 쓰지 못하고 비좁은 처소에서 지내는 것이 늘 마음 쓰였다."

"전하, 낙선당은…… 신첩에게는 참으로 좋은 집입니다. 떠나고 싶지 않습니다."

"대전 근처, 내 곁으로 오는 것이 싫다 말하는 게냐?"

"그런 것은 아닙니다만……."

"그렇다면 부디 중전의 뜻을 받아다오."

윤이 간절히 속삭인다.

"내 마음을 받아다오, 순심아."

결국 순심은 고개를 끄덕였다. 진중하던 윤의 얼굴에 그제야 화색이 돌아왔다.

"후궁 첩지가 내리기 전에 너와의 약조를 지켜야 하겠구나. 이제 슬슬 준비할 때가 되었지."

"약조요? 무슨 준비를……."

윤이 벌써 잊었냐는 듯 빙긋 웃었다.

"약조했었잖느냐. 북한산 산영루에 꼭 가고 싶다 하지 않았느냐? 가을 단풍에 맞춰 가려면 지금부터 준비를 시작하는 것이 옳다."

"정말로 신첩을 데려가려 하십니까?"

"그렇다마다. 잊었더냐? 나는 약조를 반드시 지키는 사람이다."

순심의 눈에 담뿍 웃음이 밴다. 윤이 기가 막힌다는 듯 피식 헛웃음을 지었다.

"너는 참으로 신기한 여인이다. 대체…… 후궁이 되는 것은 싫다 거절하더니 고작 누각 하나 보러 간다고 그리 기뻐하는 게냐. 알 수가 없구나."

"지금도 신첩의 마음은 변함없습니다. 후궁이라니…… 신첩에게는 과분하게 무겁습니다."

"익숙해질 것이다. 꿈을 크게 가지라 했다. 기왕 승은궁녀가 된 것, 어엿한 후궁이 되어 내명부에 이름을 올려야지 않겠느냐? 그래야 후대 사람들도 기억해주겠지."

"무엇이라고요?"

"숙원, 혹은 숙의 김씨를 임금께서 몹시 사랑하셨다- 라고."

윤이 빙긋 웃었다.

"우리가 처음 만났던 무렵, 네가 취선당에 찾아왔던 비 오던 밤을 기억하느냐?"

"예, 기억하고 있습니다."

"그때 네가 했던 말을 나는 기억한다. 누군가 너에 대한 이야기를 남긴다면, 조선에서 가장 행복한 여인이라 기록해주었으면 좋겠다고 했지."

"제가 그리 말했었습니까?"

"그렇다마다. 과인은 순심이 네가 한 말은 결코 잊지 않아."

그러니, 순심아.

"후궁첩지를 받아라. 내명부에 이름을 올려, 이윤의 여인으로 조선 역사에 기록되어라."

그리하여 먼 훗날, 수백 년 후의 먼 미래에도 모든 백성들이 알아주기를. 조선의 왕 이윤이 순심이라는 여인을 얼마나 사랑하였는지, 얼마나 온 마음을 다해 은애하였으며 귀히 여겼는지.

"왕의 명이다. 그리고 너를 사랑하는 사내의 청이다."

윤과 순심의 목소리가 들릴락 말락 새어 나오는 문밖. 소록소록 낙선당의 밤이 깊어간다.

낙선당 뜰로 들어서는 구월의 손에 들린 단지에서 연기가 솟았다. 단지 안에 담긴 것은 초피나무 잎사귀. 초피잎을 태울 때 나는 향은 모기를 쫓는 데 효과가 좋았다. 연기를 마신 구월이 콜록콜록 기침을 했다.

"아이구, 코 매워⋯⋯."

중얼거리던 구월이 황가를 발견하곤 입을 다물었다.

"아⋯⋯. 계신 줄 모르고요⋯⋯."

"예."

구월이 들고 있던 초피단지를 마루 끝에 올려놓았다. 산사나무 꽃 향기에 섞이는 매캐한 초피 냄새. 불씨가 지나치게 세지나 않을까, 눈을 떼지 않던 구월이 자리에서 일어섰다.

"황가 님, 저는 이만 들어가보겠습니다."

구월이 몸을 돌렸다.

"궁녀님."

"예?"

들려오는 황가의 음성에 구월이 뒤를 돌아보았다.

"보름쯤에 출입패를 받으실 수 있겠습니까?"

"출입패요? 외출하지 않은 지 오래되어서 가능이야 할 텐데⋯⋯."

구월이 의아한 표정으로 물었다.

"왜요?"

"보름날 오정(午正)[28]에 선인문 밖에서 기다리십시오."

"까닭이 무엇인지 말씀해주셔야⋯⋯."

구월이 어색하게 물었다. 황가의 표정은 도무지 읽을 수가 없다.

"함께 갈 곳이 있어 그렇습니다."

* * *

송골송골 솟아난 땀방울. 구월이 옷소매로 이마를 쓱 훔쳤다.

"대체 어디로 가요?"

여름 들어 가장 무더운 듯한 날씨였다. 작열하는 칠월의 햇살에 데워진 목덜미가 화끈거렸다.

"많이 힘드십니까?"

황가가 물었다. 그의 이마에 둘러진 탕건 역시 땀에 젖어 있었다.

"힘든 것도 힘든 건데⋯⋯. 아이고야⋯⋯. 어딜 가는지 말조차 안 해주시고⋯⋯."

휴우- 구월이 깊게 숨을 내쉬었다. 그녀는 영문을 모르겠다는 표정이었다. 칠월 보름날 출입패를 받아 오라던 황가는 외출의 목적에 대해 전혀 말해주지 않았다. 무엇 때문에 밖에서 만나자는 것인지, 어디로 가는 것인지, 언제 돌아갈 것인지⋯⋯.

게다가 이렇게 무더운 날씨에 종일 걸은 것도 모자라 산까지 타야 하다니. 구월의 입에서 절로 앓는 소리가 흘러나왔다.

"거의 다 왔습니다."

---

28 정오.

"거의 다…… 어디를…… 왔는데요……?"

구월이 쌕쌕 숨을 몰아쉰다. 이렇게 고된 나들이가 될 줄은 생각
도 못했다. 궁궐을 쏘다닐 때나 신는 갖신은 축축한 산길 위에서 자
꾸만 주룩 미끄러졌다.

"으앗!"

구월이 외마디 소리를 내질렀다. 이내 번개처럼 다가와 그녀를 지
탱하는 황가의 굳센 팔.

"조심하십시오. 그늘진 곳은 땅이 젖어 미끄럽습니다."

"아니, 그러니까 대체 뭘 하러 산에 온 건지 이유라도 좀 알려주시
지……."

가까스로 올라선 마지막 한 걸음. 날씨가 무더운 탓에 툴툴대긴
했으나, 기실 그렇게까지 험한 산세는 아니었다.

"다 왔어요."

"여기가 대체 뭐 하는 곳……."

불만스럽게 중얼거리던 구월의 말이 뚝 끊겼다.

칠월. 산과 들에 나무며 풀이파리가 가장 푸른 계절. 온갖 산열
매들이 시큼 달달하게 농익는 시절.

새파란 녹음 한가운데, 만들어진 지 오래지 않아 보이는 저 봉긋
한 것의 정체는 분명 봉분(封墳)이다.

"궁녀님."

"……예."

"여기…… 상검이가 있습니다."

구월이 눈을 깜빡였다. 그녀가 작은 무덤을 바라보았다. 온통 짙푸
른 세상 속 홀로 수줍은 연둣빛. 새순처럼 여린 빛깔이 사무치도록
슬프다.

이렇게 만날 줄은 몰랐지. 그날에도, 눈이 펑펑 쏟아지던 그 밤에

도. 그것이 마지막이며 영영 보지 못할 줄은 몰랐다. 바보 같은 내가, 죄라고는 이런 나를 아낀 것밖에 없는 너를 사지로 몰아넣을 줄은 꿈에도 몰랐다…….

너는 피안(彼岸)에, 나는 차안(此岸)에 있다.

우리의 사이가 이렇게 멀어질 줄은 몰랐어…….

"미안해……."

상검이 있는 곳에, 구월은 털썩 무릎을 꿇었다.

"이제 와서 미안해……. 상검아."

상검의 묘는 자그마했다. 누군가 눈여겨보지 않으면, 우거진 야생초 사이 아담한 그것이 무덤이라는 사실을 모르고 지나칠 만큼.

"그 사이에…… 풀이 꽤 많이 자랐네."

황가가 나지막하게 혼잣말을 했다. 문득 떠오르는 겨울날의 풍경. 상검을 이곳에 남겨두고 발길을 돌려야 했던 그 밤을 황가는 영영 잊지 못할 것이다.

문 내관의 시신은 가족들에게 수습되어 장사 지내졌다. 그러나 상검의 원래 가족들과는 연락이 닿지 않았다. 그를 양자로 들였던 내관 집안의 사람들은 왕세제를 위해한 죄로 목숨을 잃은 상검을 집안의 수치라 여겼다.

숨결마저 얼어붙을 듯 차갑던 겨울밤, 황가는 부상을 입은 몸으로 상검의 주검을 이곳까지 업고 왔다. 꽁꽁 언 땅을 파고 그의 안식처를 마련해준 것 역시 황가였다. 그렇게나마 죄책감을 조금이나마 씻고 상검에게 용서를 구하고 싶었다…….

황가의 시선이 구월에게로 향했다. 이곳이 얼마나 슬픈 장소인지 모르고 야속하도록 푸르게 돋아난 들풀들. 그 위에 주저앉은 구월의 치맛단에는 파르라니 풀물이 들어 있었다.

구월의 뺨을 타고 흘러내리는 뜨거운 눈물은 그녀만의 것이 아니었다. 구월도, 황가도, 그리고 이 자리에는 있지 않지만 조선의 왕 이윤도. 모두가 상검의 죽음 앞에 함께 울었고 죄의식을 나누어 가졌다.

"으흑…… 흐흑……."

구월의 흐느낌이 점차 격해졌다. 오가는 이 없는 산자락에 울려 퍼지는 구월의 서글픈 후회.

사랑했었더라면 차라리 덜 슬펐으리라. 사랑하면서도 사랑하는 것을 몰랐기에, 혹은 알면서도 말하지 못했기에. 좋은 말, 따뜻한 말, 나도 너를 아낀다는 말……. 외롭고 무서웠을 마지막 길에 벗 삼을 말 한마디 해주지 못했기에 더욱 사무치게 슬프다.

"……."

옷섶 안에 들어 있는 무명천을 꺼낼까, 잠시 생각하던 황가가 손을 거두었다. 구월은 궁녀였다. 평생을 궁궐에 삶을 저당 잡힌 채 살아가야 하는 것이 그녀의 운명이었다. 그들은 울고 싶을 때 마음껏 울 수 있는 자유조차 가지지 못했다.

'내버려두자.'

마음껏 울어서, 작은 몸뚱이 속을 그득 채웠을 슬픔과 죄책감을 조금이라도 털어버리도록 내버려두자…….

그때였다. 상검의 무덤을 바라보던 황가의 눈에 들어오는 노란 나비 한 마리.

'잘 있었냐.'

봉분 위에 앉은 작은 나비를 향해 황가는 저답지 않게 말을 건넸다.

'술이라도 한 병 가져올 걸 그랬지. 내가 이렇지, 뭐.'

잠시 한 떨기 야생화 위에 날개를 쉬었던 나비가 봉분 주변을 맴돌았다.

'평생 너를 향한 미안함을 짊어지고 살아가야 할 것 같아, 나는.'

문득 황가는 구월의 울음이 잦아들었음을 깨달았다. 그가 고개를 돌려 구월을 본다. 그녀는 무엇에 홀린 듯 나비를 응시하고 있었다.

'궁녀님을 잘 보듬어줘. 네가 아끼던 사람이잖아.'

이제 그만 보내줘……. 저렇게 슬퍼하잖아.

* * *

"참으로……."

참담하다.

그 말을 차마 입 밖으로 내지 못하고, 영빈은 끔찍하다는 듯 고개를 저었다.

궁궐을 떠난 영빈 김씨가 기거하고 있는 북촌의 제택. 지아비인 임금이 세상을 떠나면 후궁들은 밖에서 여생을 보내는 것이 궁궐의 법도였다. 자식이 없는 후궁의 경우 정업사라는 절에 들어가 고요히 생을 보내는 경우가 많았다. 그러나 영빈은 왕세제의 양어머니라는 지위를 고스란히 누리고 있었다.

제택의 사랑방. 모여 있는 이들은 노론 신료들.

왕세제 책봉을 기뻐하며 축배를 올리던 날, 사랑방은 무수하게 많은 노론 신료들로 발 디딜 틈이 없었다. 이제 남아 있는 자들은 극소수였다. 사대신을 비롯한 대부분의 노론이 환국의 피바람을 피하지 못하고 사사되거나 파직되었다.

"왕은 정말이지…… 잔인한 자요."

초토화된 노론을 바라보자니 다시금 분노가 치밀어 오른다.

"대체 그자 때문에 죽어간 목숨이 한둘이랍디까? 왕은 태어나는 순간부터 죽음을 몰고 다녔소. 보십시오. 이제 노론도 모자라, 곁에 끼고 살던 내관들마저 죽어나가는 꼴을……."

까마득한 먼 과거가 희미하게 기억난다. 희빈 장씨가 죽은 지 얼마 되지 않은 늦가을이었다. 주인이 떠난 취선당의 모습이 궁금하여 그곳을 찾았던 영빈은, 차가운 뜰에 앉아 울고 있던 열네 살 왕세자를 마주쳤었다.

-세자께서 손을 놓고 계셨기에 희빈이 죽은 것입니다. 가여운 사람 같으니.

영빈이 건넸던 그 말은 진심이었다. 윤은 모든 비극의 원흉이었고 태어나선 안 될 사람이었다. 그는 제 정적들뿐 아니라 생모와, 외가의 일가친척들과, 그를 지키려 애써온 남인들을 모두 죽음으로 몰아넣었다. 이윤의 걸음이 닿는 곳곳마다 죽음이 창궐했다.

그를 따라다니는 죽음이라는 이름의 역병은 여전히 끝나지 않았다.

"더 이상 보아 넘겨서는 아니 됩니다. 대체 그대들은 무얼 하고 계신 것이오? 작금의 상황이 보이지 않으십니까? 왕이 당장이라도 흉한 마음을 먹는다면 언제고 왕세제를 해할 수 있음을 어찌 모르시오?"

금. 그녀의 사랑하는 아들, 이금.

궁궐에 홀로 고립되어 있는 그를 생각하니 마음이 찢어질 듯 사무쳤다.

"지금 궁궐에 남아 있는 노론이 몇이나 됩니까? 김일경과 같은 미친 자들로 가득 찬 곳에 계신 저하의 마음이 얼마나 참담할지⋯⋯."

"영빈 자가, 저희들도 마냥 손을 놓고 있는 것은 아닙니다. 그러나 지금 조정의 상황이 좋지 않습니다. 많은 노론 대신들이 숙청되었으니 일단 몸을 사리는 편이⋯⋯."

"대체 그 몸, 언제까지 사리실 생각이오? 땅에 묻혀 뼈마디만 남을 때까지 숨죽일 것이오? 알량한 목숨이 아까워 쉬쉬하다가 왕이 왕세제를 해하기라도 하면 어쩌시려고 그럽니까?"

영빈의 음성이 더욱 날카로워졌다.

"왕세제께서 잘못되시면 우리 노론은 그야말로 갈 곳을 잃게 되오. 그때 이후에는 이런 고민을 할 이유조차 없어집니다!"

"하나 왕세제께서는 주상에 대해 그리 생각지 않으십니다. 주상에 대한 험담을 들을 때마다 왈칵 화를 내시니……."

"그것은 왕세제의 성정이 어질고 순수하시기 때문입니다! 혈육이요? 내 목숨을 틀어쥐는 혈육 따위가 무슨 소용이랍디까?"

"그래서…… 영빈께서는 어찌하시길 바라시는 겁니까?"

거듭 이어진 질책에 지친 듯, 피로한 표정의 관료가 물었다.

"이대로 두면 왕과 소론은 결국 왕세제를 해하고 말 것이오. 나는 우리가 결정을 내려야 할 때라고 생각합니다."

"……."

'결정'이라는 말을 발음하는 영빈의 태도가 지나치리만큼 엄숙하여 좌중은 대답하지 못하고 잠시 침묵했다.

결정- 무엇을 결정한단 뜻이던가?

"우리 노론은 절체절명의 위기에 처해 있소. 왕세제가 죽으면 노론 모두가 죽고, 왕세제가 살면 모두가 함께 살게 될 것입니다."

영빈이 싸늘한 시선으로 좌중을 바라보았다.

노론 사대신을 비롯하여 믿을 만한 이들은 모두 세상을 떠났다. 금을 지킬 수 있는 이는 이제 오직 그녀뿐. 어미의 마음뿐이다.

"어차피 왕세제는 보위에 오를 사람입니다. 시기를 조금 앞당긴다 하여 큰일이 일어나겠습니까?"

"시기를……."

소름 끼치는 적막이 사랑방 안에 내리깔렸다.

"시, 시기를 앞당긴다 하시면……."

관료가 떨리는 목소리로 물었다.

"지금 왕을…… 시해……."

"어허! 목소리가 크시오!"

영빈이 버럭 소리를 쳤다.

"어찌 그리 흉한 말을 입에 담으시오? 경솔하기 짝이 없소!"

"송구합니다, 자가. 그러나…… 왕은 아직 젊습니다. 게다가 이제 전권을 쥐고 국정을 운영하지 않습니까? 근래 주상은 음성이 우레와 같고 단호하여 과거의 왕이라고는 도저히 믿기 힘든 사람이 되었습니다."

"잠시 소론을 등에 업고 잘난 척을 하는 게지. 타고난 미련한 성미가 어디 간답니까?"

영빈이 날카롭게 쏘아붙였다. 관료가 낮은 한숨을 내쉬었다.

"그렇지 않아도 민간에는 왕세제가 왕위를 탐한다는 소문이 돕니다. 이런 상황에 왕이 급서라도 한다면……. 민심은 곧 천심(天心)입니다. 백성들의 지지를 받지 못하는 왕의 말로가 어떤지 영빈께서도 잘 알지 않으십니까?"

관료의 말을 듣고 있던 영빈의 입꼬리가 꿈틀거렸다.

이들과 같이 아둔한 조무래기들이 이해할 리 없다. 영빈은 노론 사대신의 생전 함께 원대한 거사를 준비했다. 사대신이 모두 죽은 지금, 이것을 실행시킬 수 있는 이는 오직 그녀뿐이었다.

"누가 왕을 시해한답디까?"

"예?"

관료가 되물었다. 멍청한 얼굴을 보며 영빈은 내뱉었다.

"왕은 물러날 것이오. 그는 왕세제에게 왕의 자리를 물려주고 상왕(上王)으로 자리하게 될 것입니다."

영빈의 엄숙한 선언. 여기저기서 말도 안 된다는 듯한 원성이 터져 나왔다.

"그것은 망상입니다. 노론이 조정을 장악했을 때, 주상에게 물러날 것을 요구했다가 무슨 일이 일어났는지 뻔히 알고 계시지 않습니까? 하물며 지금 우리 노론의 상황을 보십시오."

"맞습니다. 지금처럼 쇠락한 노론이 왕에게 상왕으로 물러날 것을 종용한다? 그것을 주상이 들어주겠습니까?"

답을 요구하듯 영빈에게 시선을 돌린 관료들이 동시에 입을 다물었다. 오싹 소름이 끼쳤다.

영빈은 웃고 있었다……. 대단히 흡족한 표정으로. 뜻이 이루어지리라는 것을 확신하는 행복한 얼굴로.

"주상은 들어주지 않겠지. 하나 상왕으로 물러날 것을 선언하는 주상은 주상이 아닐 것이며, 또한 진짜 주상은 주상일 수 없을 것이외다."

"……."

수수께끼와 다름없는 말. 좌중은 혼란에 빠졌다.

영빈은 그저 웃고 있을 뿐이었다. 그리고 다시금 생각한다. 왕은 이이명을 죽였고, 김창집을 죽였고, 조태채와 이건명 외에도 많은 노론들을 죽음으로 몰고 갔다. 그러나 그는 한 가지 사실을 간과했다.

노론 사대신보다 왕을 더욱 증오하고 미워하는 가장 강력한 적이 있음을. 그를 반드시 죽이고 싶어 하는 이가 시퍼렇게 살아 있음을.

* * *

궁궐로 돌아가는 길. 해가 저물기 시작한 덕에 더위는 한풀 꺾였다. 아무 말 없이 터벅대며 걷던 구월이 입을 열었다.

"고맙습니다, 황가 님."

"……아닙니다."

"……."

다시금 대화가 뚝 끊겼다. 느지막한 오후. 황가야 비교적 자유로운 몸이었으나, 궁녀인 구월은 정해진 시간 안에 궁궐로 돌아가야만 했다. 시간을 가늠하려 해의 위치를 확인하던 구월이 무심코 헛웃음을 지었다.

"참……."

"어찌 그러십니까?"

"아니에요. 그냥…… 날씨가 너무 맑아서."

황가의 시선이 느껴져, 구월은 말을 이었다.

"상검이랑 외출하거나 같이 뭔가를 할 땐 요상할 만큼 날씨가 궂었거든요. 갑자기 벼락이 치고 소나기가 내리고 눈이 펑펑 쏟아지고……."

구월이 다시금 하늘을 올려다본다. 심장이 덜컹할 정도로 새파란 하늘. 그녀의 마음이 어떤 색깔인지 요만큼도 모르는 듯한 하늘빛은 야속할 만큼 홀로 독야청청(獨也靑靑)하다.

"참 신기하죠. 상검이 그리되고 나니 눈도 비도 안 오대요. 날도 매일매일 이렇게 화창하고……."

"궁녀님이 슬퍼할까 봐 그런 거겠지요. 이제 그만 우시고 잘 살아가시라고."

"그런 걸까요?"

상검이의 마음은 정말 그런 걸까? 이제 잊으라고, 그만 슬퍼하라고. 그만 울고 그만 괴로워하라고.

"……아마도요."

황가가 고개를 작게 끄덕였다. 그의 얼굴에 엷은 미소가 스친 듯하지만, 그것은 곧 흔적 없이 사라졌다.

"어서 가십시다, 궁녀님. 이러다 늦겠습니다."

"예."

황가와 구월이 다시금 길을 걷기 시작했다. 그들이 중촌 근방의 시전거리에 접어들었을 때는 이미 해가 산 반대편으로 넘어간 뒤였다.

시전은 끝물이었다. 시간이 늦은 탓에 장사를 마감하느라 주섬주섬 좌판을 정리하는 이들이 대부분. 황가와 구월 역시 별다른 말 없이 사람들 사이를 빠져나갔다. 청명한 날씨 탓에 멀리 창덕궁 돈화

문의 모습이 손에 잡힐 듯 선명했다.

"……."

길모퉁이를 돌던 황가의 시선이 한 곳에 멈추었다.

"무슨 일이 있기에 저리 사람들이 붐빕니까?"

"글쎄요. 저도 잘……."

사람들은 민가의 벽을 들여다보고 있었다. 웅성대는 군중의 목소리가 들려왔디.

"김가? 김가가 대체 누구기에?"

"으메야, 지금 여기 뭐라고 쓰여 있는 거여?"

"누가 이런 걸 여기다가 붙였을까? 이런 무시무시한 소리를 했다가 잡혀가면 어쩌려고!"

호기심이 동한 구월이 발꿈치를 들어 올렸다. 그러나 작은 키 탓에 보이는 것이라고는 사람들의 뒤통수뿐.

"가십시다, 궁녀님."

"아, 예."

그러나 황가는 소란에 관심이 없었다. 보나 마나 누군가를 고발하거나 욕하는 패서가 나붙은 것이리라. 군중을 지나치던 황가의 시선이 벽에 나붙은 종이 위를 스쳤다.

"……."

그리고 우뚝, 그의 걸음이 멈춘다.

"왜 그러십니까?"

"……."

"황가 님."

"아, 예."

석상처럼 굳어진 얼굴로 패서를 바라보던 황가가 고개를 돌렸다. 그때였다.

"누가 이런 무서운 소리를 벽에다 붙이고 지랄이여! 이런 걸 괜히 쳐다보고 웅성댔다간 우리까지 경을 친다고!"

벽보 앞에 서 있던 사내 하나가 버럭 화를 내며 종이를 찢어발겼다.

"우리처럼 입에 풀칠하기도 버거운 것들한테 이게 다 무슨 소용이여? 왕이고 후궁이고 나발이고, 우리가 먼저 굶어 뒤지게 생겼는데!"

갈기갈기 찢어진 종잇장이 우수수 사방으로 흩어진다.

"왕? 후궁? 저 사람, 왕이라고 한 겁니까? 대체 뭐라고 쓰여 있기에요?"

구월이 당황한 표정으로 물었고, 그새 침착을 되찾은 황가가 대답했다.

"별거 아닙니다……. 가십시다, 궁녀님."

황가가 앞장서 자리를 떠났다. 마지못한 듯 구월이 역시 그를 따랐다.

멀어지는 황가와 구월의 뒤로 찢겨진 종잇조각이 바닥에 나뒹굴었다.

끔찍하도다! 김씨 성을 가진 궁인이 왕에게 독을 먹여 시해하려들었으니, 이 얼마나 무섭고도 통탄할 일인가!

과거 왕세자에게 독버섯을 먹여 광증을 일으킨 김성 궁인의 정체를 밝혀내 벌해야 할 것이다!

뿔뿔이 흩어지는 사람들의 걸음에 짓밟혀 괘서는 곧 자취를 감추었다.

"보셨습니까? 장안에 나붙은 괘서 말이오."

"전하께서 왕세자이시던 시절, 김씨 성을 가진 궁인이 독살을 기도했다는 괘서 말이지요?"

"그렇소이다. 저잣거리 담벼락마다 괘서가 나붙어, 순라군(巡邏軍)들이 밤마다 순찰을 돈다 들었소이다."

"과연 괘서에서 말하는 김성(姓) 궁인이 누구인지…… 들으셨소?"

장마의 시작을 알리는 빗줄기가 추적추적 떨어지는 오후.

　빈청에는 당하관 복장의 관료 몇이 모여 앉아 대화를 나누고 있었다. 당하관 중 하나가 비밀스러운 이야기를 시작하려는 듯 주위를 살폈다.

　"소론이 쉬쉬하며 말하기를……. 왕에게 독을 먹인 궁인은 다름 아닌 숙종대왕의 후궁이었던 영빈 김씨라 하더이다."

　"영빈 김씨요? 하기야, 그분이야 평생 전하와 각을 세운 사이였지. 하나 내가 들은 말은 달랐소. 다른 이름을 들었소이다."

　"누구요?"

　"조심스러운 얘기이니 그대들만 아시오. 독을 쓴 궁인은 다름 아닌 대비마마라고……."

　"대비께서 대체 왜요? 아무리 왕세제와 가까웠던들 본디 차분한 성정이라 그런 흉한 일을 벌일 리는 없소. 게다가 대비는 생전 숙종대왕의 뜻에 순종한 여인이었는데……."

　대비의 이름마저 거론되니, 간이 작은 당하관들은 제풀에 놀라 숨을 죽였다. 그러나 또 다른 자가 고개를 저었다.

　"전하께서 왕세자이시던 시절, 얼마나 의심이 많은 분이었는지 모르오? 노론 실세들이 개입했던 삼급수도 실패로 돌아간 것을 잊었소? 사이도 좋지 않은 영빈 김씨나 대비가 어찌 전하께 접근할 수 있었겠소?"

　"그렇다면 누가 전하에게 독을 쓰려 했다는 것입니까?"

　질문을 받은 당하관이 음성을 낮추었다.

　"내가 들은 이야기는 전혀 다르오. 김씨 성의 궁인은 대비도, 영빈 김씨도 아니오."

　선왕의 후궁, 왕실의 최고 어른인 대비. 더 이상 얼마나 놀라운 이름이 거론될지 좌중은 당하관의 입을 바라보았다. 이윽고 그가 입을 열었다.

　"내가 듣기로, 전하에게 독을 먹이려던 김성 궁인은 다름 아닌 낙

선당 승은궁녀 김가라고 하더이다. 그 독이라는 게 살생하는 약이
아닌 사내를 홀려 환각을 일으키는 미약이라던가?"

* * *

'김씨 성을 가진 궁인'의 죄를 고변하는 내용의 괘서.

여름철 나붙기 시작하여 장마가 시작되자 잠시 뜸해졌던 괘서는
가을의 문턱에 이르며 폭발적으로 늘어났다. 소문은 날개 돋친 듯
조선 팔도로 퍼져 나갔다.

괘서를 붙인 이의 의도가 무엇인지는 밝혀지지 않았다. 그저 먹이
를 덥석 문 신료들과 함께 국정을 혼란으로 이끌었을 뿐이다. 매일
같이 편전에서는 왕에게 독을 먹였다는 '김성 궁인'의 정체를 놓고
설왕설래가 오갔다.

혹자들은 영빈 김씨를 지목했다. 다른 이는 지극히 조심스러운 음
성으로 대비 김씨의 이름을 거론했다. 왕의 분노를 두려워한 이들은
눈치를 살피며 낙선당 승은궁녀의 이름을 꺼냈다.

물론 순심의 이름만이 오르내린 것은 아니었다. 그 외에 상궁이며
나인들, 김씨 성을 가진 온갖 이들의 이름이 오르내렸다. 당연하게도
왕은 격노했다.

"전하, 항간에 김성 궁인이 누구인지를 둘러싸고 온갖 추측이 난
무합니다. 이를 이대로 방치할 수는 없지 않겠습니까?"

"무슨 말이 하고 싶은 것이오?"

윤의 말투는 싸늘했고 다소간 신경질적이었다.

"국청을 설치하시고, 사건에 연루되었다는 소문이 도는 이들을 국
문에 처하셔야 합니다. 죄인이 누구인지를 낱낱이 밝히셔야……."

"지금 과인에게 대비마마를 국문에 처하라 하시는 것이오?"

윤의 물음에 관료의 시선이 어지러이 흔들렸다.

"물론 대비마마나 선왕의 후궁과 같은 이들은 조심스러운 방식으로 조사할 수 있을 것입니다."

"신분이 높은 이들은 지위를 배려하여 조사하고, 품계가 낮은 상궁이나 궁녀들은 국문에 처하라는 뜻입니까?"

"……"

왕의 말투가 몹시 사나워 관료는 잠시 꿀 먹은 벙어리가 된다. 그러나 그들은 쉬이 물러나지 않았다. 소론은 소론대로, 노론은 노론대로 각자 주장하는 바가 달랐다. '김씨 성을 가진 궁인'의 이름은 각각의 이익에 따라 순심이 되기도, 영빈 김씨가 되기도 했다.

"부디 국청을 설치하시어 죄를 지은 자를 가려내시옵소서, 전하!"

"듣지 못한 것으로 하겠소."

"전하, 이는 사직의 안위가 달린 문제이옵니다. 부디 통촉하여주시옵소서."

"김씨 성을 가진 궁인의 수가 수십, 수백이오. 게다가 이미 수년이 지난 일을 이제 와 어찌 밝힌단 말이오? 한낱 이름 모를 이가 붙인 벽서(壁書)[29]에 이리 경거망동하다니!"

"그것은 국청에서 밝힐 일이옵니다. 전하, 부디 사사로운 마음을 앞세워 대사를 그르치지 마시옵고……"

윤이 쾅! 용상의 팔걸이를 내리쳤다.

"번거롭게 하지 마라. 그대들이 찾는 김성 궁인은 없으니 모두 물러들 가시오!"

"하오나……"

"과인의 말을 듣지 못하였소? 물러가라 했느니!"

윤이 언성을 높인 후에야 신료들은 눈치를 보며 자리를 비웠다.

---

29 벽에 써 붙인 글.

신료들이 썰물처럼 빠져나간 편전은 거짓말처럼 고요해졌다.

"……."

용상에 앉은 윤이 선정전 문밖으로 보이는 바깥 풍경을 응시한다.

"언제 벌써 이렇게 되었나."

윤이 중얼거렸다. 신료들과 대치하는 사이 여름은 벌써 저만치 흘러갔다. 바람에 흙냄새가 실려 오는 가을의 문턱이었다.

그때였다. 스슥- 비단 자락이 스치는 소리. 선정전 복도에 나타난 여인의 모습을 본 윤이 몸을 일으켰다.

"마마."

용상에서 내려온 윤이 예를 갖추었다.

조선의 임금이 고개 숙일 수 있는 유일한 존재, 대비 김씨. 왕의 모후라는 지위를 가졌으나, 윤과 대비의 나이 차는 세 살에 불과하다. 대비는 윤과 그다지 가깝지 않았다. 그녀는 왕세제 책봉에 개입하였을 뿐 아니라 신임사화의 피바람 속에서 금을 적극적으로 보호했다.

"여기까지 어인 일이시옵니까, 대비마마."

"이제 여름도 다 갔나 봅니다. 날씨가 좋아 거닐다 보니 편전까지 오게 되었습니다, 주상."

"그리하셨습니까. 밖에서 마마를 뵈옵는 것은 참으로 오랜만인 듯합니다."

"그렇지요. 그런데……."

대비가 윤을 바라본다.

숙종의 첫 번째 부인 인경왕후, 계비인 인현왕후, 그리고 부왕의 삶에 지울 수 없는 흔적을 남긴 윤의 생모 희빈 장씨. 숙종의 네 번째 정처인 대비는 선왕의 임종을 지켰던 그의 마지막 여인이었다.

"걱정이 있으신 게요? 어찌 이리 심각한 표정으로 생각에 잠겨 계셨습니까? 마음 쓰실 일이라도 있는 것입니까, 주상?"

윤의 표정을 살피던 대비 김씨가 조심스레 의중을 물었다.

"혹시…… 근래 곳곳에 나붙고 있다는 괴이쩍은 벽서 때문에 그러십니까?"

"대비께서도 들으셨습니까?"

윤의 반문하자, 대비 김씨는 눈가에 옅은 주름을 잡으며 흐리게 웃었다.

"들었지요. 온 궁궐 사람들이 가장 궁금해하며 입방아를 찧어대는 일 아닙니까?"

윤이 대비를 힐끔 본다. 열여섯 나이에 왕후가 되었던 그녀의 지아비는 신료들은 물론 부인들마저 거리낌 없이 처단한 군주였다. 대비는 속내를 드러내지 않는 것에 익숙한 사람이었다.

"대비마마, 항간에 떠도는 헛소문에 대해서는 개의치 마시옵소서. 소자가 흉한 말을 입에 담지 못하도록 엄금하고 있사옵니다."

'김성 궁인'으로 지목된 이들 중에는 대비의 이름 역시 있었다. 그러나 대비는 대수롭지 않다는 듯 웃었다.

"아니요. 마음 쓰지 않습니다. 내 걱정은 마시오, 주상."

"화가 나지 않으십니까? 왕을 독살하려 했다거나 미약을 썼다는 식의 불경한 일에 마마의 이름이 오르내리는 것이오."

"글쎄요. 화는 나지 않아요. 받아들여야 하는 일이라고 생각할 뿐입니다."

"받아들인다고요?"

윤이 반문했고, 대비가 고개를 끄덕였다

"예, 받아들입니다. 설마 주상께서는 아직도 모르시는 것입니까?"

"무엇을 말입니까?"

"왕의 여인이었던 사람들은 응당 그래야 합니다. 모함당하는 일은 부지기수로 있어요. 죄가 있고 없고는 그다지 중요하지 않습니다."

대비의 말투에서 배어나는 것은 분노가 아닌 세월에 희석된 체념
이었다.

"이번에도 뻔히 보지 않으셨습니까? 김성 궁인을 밝히라는 괘서 어디
에도 그 궁인의 신상은 쓰여 있지 않았습니다. 그러나 신료들은 영빈과,
저와, 전하의 승은궁녀의 이름을 언급하며 열을 올리지 않습니까?"

"……."

"오래도록 반복되어온 일입니다. 설령 일국의 대비라 해도 그것을
피해 갈 수는 없어요. 궁녀란…… 왕의 여인이란, 결코 세파를 피해
고요히 살 수 없는 법입니다."

신중한 태도였으나 그녀의 말투는 대단히 단호했다.

"주상께서는 가장 높은 용상에 앉아 계시지요? 그런 까닭에 제 말
을 이해하실까 모르겠습니다만, 많은 신료들이 왕의 여인이 가진 권
력을 고깝게 여깁니다. 승은궁녀야 주상께서 계시니 보호를 받겠지
만 저와 같이 그늘이 없는 사람은……."

말끝을 흐리며, 대비는 씁쓸한 미소를 띠었다.

"아무튼 주상, 내 미리 말하건대 이번 괘서 사건이 결코 처음은 아
닐 것입니다. 그러니 낙선당도 이 기회에 왕의 여인이라는 자리에
익숙해지는 것도 나쁘지 않을 것이오."

"무슨 뜻으로 하시는 말씀이십니까?"

"앞으로도 비슷한 일들이 반복될 것이라는 뜻입니다. 이번이야 주
상 덕에 무사히 지나가게 되겠지만……. 아니, 어쩌면 주상께서 낙선
당을 보호하면 보호할수록 누군가의 눈에는 눈엣가시가 될지 모르
지요. 먼 훗날, 낙선당이 나이가 들고 주상께서……."

훗날에, 주상께서 세상을 등지고 다른 이가 왕위에 올랐을 때-

'그때 승은궁녀의 처지가 얼마나 가련해질지, 그것에 대해서는 생
각해보셨습니까?'

314

그녀가 입을 다물어 말을 삼켰다. 아무리 대비일지언정 주상의 면전에 대고 그런 흉한 말을 늘어놓을 수는 없는 일이다.

"아무튼, 그러합니다. 주상에게 왕으로서 겪는 일들이 있듯 여인들의 삶 역시 쉽지는 않아요. 그리고 제법…… 가혹하지요."

대비가 옅게 웃었다.

"늦었습니다. 오랜만에 주상을 만나 이야기를 나누다 보니 시간 가는 줄 몰랐나 봅니다. 이만 저는 물러가도록 하지요."

"……예, 대비마마."

"늘 옥체를 보존하세요. 중한 것은 김성 궁인이니 뭐니 하는 바깥의 모략이 아닌 주상의 건강입니다."

선정전 너머, 가을을 준비하는 궁 속으로 걸음을 옮기는 대비.

윤은 그녀가 남긴 말들을 되뇌고 또 되뇌며 자리에 머물러 있었다.

그날, 왕은 내관이며 궁관들을 물린 채 홀로 낙선당에 나타났다. 평소 순심을 대할 때 갓난아이 다루듯 귀히 여기던 그였다. 그러나 그날따라 윤의 손길에는 조심성이 없었다.

"전하……?"

윤의 품에 갇혀 얼굴이 눌린 순심이 가까스로 묻는다.

윤의 태도는 평소와 달랐다. 그는 열에 들뜬 사람 같았고 몹시 조급했다. 그들이 만나 사랑에 빠지고, 함께 단꿈을 꾸며 살아온 지 사 년. 사 년은 꽤 긴 시간이었다. 위협이 있을지언정 그것은 외부의 문제였다. 그들의 사랑은 늘 굳건했다. 위기도, 흔들림도 없이 지내왔기에 윤과 순심의 밤은 늘 평화로웠고 안온했다.

그러나 그날만은 그렇지 않았다.

침소 문을 여닫는 손길이 거친 탓에 채 꽉 닫히지 않은 문틈으로 소슬바람이 들이닥쳤다. 갈급하게 순심의 옷섶을 헤집은 윤이 흰 목덜미에 얼굴을 묻는다. 여린 살갗 위에 문대지는 손끝마저도 평소와 다르게 유독 절박했다. 윤은 서걱거리는 차가운 비단을 헤치고 다급하게 입술을 눌렀다. 순심이 채 뱉지 못한 숨을 삼키는 소리가 들렸다.

"아……."

문틈으로 밀려 들어온 바람이 땀에 젖은 몸 위로 불었다. 이마며 얼굴이 싸늘하게 식은 후에야 퍼뜩 정신이 든다. 윤이 낮은 신음을 뱉었다.

상체를 세운 그가 순심을 내려다보았다. 복숭앗빛 홍조는 뺨뿐 아니라 그녀의 몸 전체를 물들이고 있었다. 조급하고 거칠었던 탓이다. 말간 몸 곳곳에는 붉은 자흔들이 남겨져 있었다.

문득, 윤은 손을 뻗어 그의 입술이 남긴 홍도화 꽃잎 같은 흔적을 쓰다듬었다.

내가 너를 아프게 했어?

혹시라도 지나치게 사랑한 탓에 내 너를 아프게 하였더냐?

그를 올려다보던 순심의 검은 눈동자가 몇 번 깜빡였다. 그녀의 눈동자에 불안이 감돌고 있었다. 그 눈에 비치는 윤의 얼굴 역시 그러했다.

"전하……."

"으응."

"무슨 일이 있으십니까?"

"……아니."

순심은 수긍하지 않았다. 그녀는 윤의 감정을 읽을 수 있었다. 순심이 팔을 뻗어 윤의 목을 안았다. 그녀는 왕의 가장 내밀한 순간을 함께하고, 옥체를 기꺼이 껴안을 수 있는 유일한 권한을 가진 사람이었다.

윤의 몸이 그녀에게로 포개졌다. 맞닿은 살가죽 아래 격렬하게 뛰는 심장. 그것이 서로를 탐닉한 탓인지, 혹은 마음을 쓰게 하는 다른 까닭 때문인지 순심은 알지 못한다. 그녀는 잠시간 귀 기울이고 있었다. 거친 숨결, 좀체 가라앉지 않는 심장박동, 백 마디 말보다 더 많은 의미를 내포한 채 무겁게 가라앉는 침묵…….

생의 숨결과 삶의 고동. 살아 있음을 상징하는 것들이 오늘따라 왜 이리 불안하게 느껴지는지 알 수 없었다.

"전하……. 마음 쓰이는 일이 있으십니까? 신첩에게 말씀하여주시옵소서."

"그저 편전에서 신경 쓰이는 일이 있었을 뿐이다."

"김성 궁인을 밝혀내라는 신료들의 요구 때문이옵니까?"

"너도 알고 있었더냐?"

순심이 고개를 작게 끄덕였다.

"궁궐 안에 모르는 이가 없을 것입니다. 이미 몇 달 전부터 다들 그 얘기를 하고 있었으니까요."

그녀가 덧붙였다.

"전하, 신첩 국문을 받겠습니다."

순심의 어깨에 얼굴을 묻고 있던 윤이 고개를 확 치켜들었다.

"아니 될 일이다. 국문장에서 어떤 일이 벌어지는지 너는 모른다."

"제가 결백하며, 전하께서도 신첩의 결백을 믿으시는데 어찌 아니 된다 하십니까?"

"그것과는 별개의 일이다. 안 돼. 그럴 수 없다."

윤이 단호하게 고개를 내저었다.

상대가 대비나 영빈 김씨라면, 의금부나 사헌부 관원이 찾아가 공손하고 점잖은 방식으로 문초할 것이다. 그러나 순심은 여전히 궁녀였다. 중궁전은 순심에게 첩지를 내릴 날짜를 시월 무렵으로 가늠하고 있었다. 물론 왕의 총애를 받는 여인이었기에 관원들 역시 순심을 함부로 대하지는 않을 것이다. 그러나 일개 궁녀 신분인 여인을 비빈(妃嬪) 다루듯 할 리도 없는 일이었다.

"아니 된다."

윤이 재차 확인했다.

"절대로 있을 수 없는 일이다. 국문이라니, 네가 국문장에서 문초를 받게 되다니……."

말도 안 되는 일- 이라 생각하던 윤이 문득 입을 다물었다.

이것이 끝일까? 대비는 단언했다. 괘서 사건은 결코 끝이 아닐 것이라고. 이 일은 시작일 뿐이며 앞으로 수많은 모함과 모략이 순심을 덮치게 될 것이라고. 그리고 받아들여야만 한다고.

그것이 왕의 여인의 숙명이라고…….

"내 말, 알아들었느냐?"

"예, 전하. 알아들었습니다."

"순심아. 내가 너를 믿는다. 너는 나의 여인이다. 그런 생각은 마라……."

내가 아니까. 너는 내 여인, 왕의 여인이니까. 온갖 중상모략마저도 감내해야 하는 것이 왕의 여인의 숙명이며, 그것이 이윤의 여인이 된 대가이니까…….

"……순심아."

갑자기 쾅, 뒤통수를 치는 듯한 깨달음이 윤을 덮쳐들었다.

"어찌 그러십니까, 전하?"

"……."

윤이 순심의 여린 몸을 품에 끌어안았다. 매일같이 사랑하며 지극히 아끼던 몸의 감촉은 제 신체의 일부와 같이 익숙해졌다.

왜 미처 몰랐던 거지. 김씨 성을 가진 궁인이 순심이라 의심하는 신료들, 왕의 총애를 독차지하는 여인을 향한 시기. 그것들은 윤에게 아무것도 아니었다. 그는 왕이었고, 순심을 지킬 수 있는 사람이었다……. 그가 살아 있는 한은.

그러나 윤이 순심을 지킬 수 없는 먼 훗날 그녀의 운명에 대해 그는 단 한 번도 생각해본 적이 없었다. 왕의 후궁, 승은궁녀, 승은상궁……. 왕이 세상을 떠난 이후, 그들의 여생이 결코 행복하지 못한 것을 보아왔으면서. 왕의 후궁이거나 승은을 입었던 여인들의 삶이 얼마나 잔혹하게 버려지는지 보았으면서.

네가 없는 내 삶을 생각하느라, 내가 없는 너의 삶에 대해서는 고민해본 적이 없다…….

"전하……. 괜찮으십니까?"

"으음."

멍하니 생각에 잠겨 있던 윤이 퍼뜩 정신을 차렸다. 바로 코앞, 숨결이 닿을 만큼 가까운 거리에서 그를 응시하는 순심의 눈동자가 보인다. 말이 아닌 눈빛만으로 마음을 헤아리는 사이. 그는 그녀의 눈에서 흐릿한 두려움을 읽는다.

"전하, 오늘 평소와 다르시어 괜스레 마음이 불안합니다."

"……아니다, 아무것도. 잠시 딴생각을 했어."

"무슨 생각을요?"

"별것 아니다. 개의치 마라."

순심의 검은 눈동자가 희미하게 흔들렸다.

"과인이 네 마음을 불안하게 한 모양이다."

윤은 순심의 머리를 쓰다듬었다. 그리고 문득 상기했다.

여름이 지나갔음을, 떠날 때가 다가왔음을. 순심과 함께하기로 약조한 산영루 나들이가 임박하고 있었다.

"산영루행(行)이 얼마 남지 않았다."

"벌써 그리되었습니까?"

"예조에서 준비를 모두 마쳤다. 네 소원을 곧 이루겠구나."

"소원이요?"

순심이 반문했다.

"작은 바람이었을 뿐, 소원은 아니었습니다."

"그렇다면 소원은 무엇인데?"

"전하의 곁에 있는 것이요."

"그것은…… 무효구나. 이미 이루어진 소원이니."

"듣고 보니 그러네요."

그제야 순심은 걱정을 떨쳐낸 표정으로 옅게 웃었다.

"그렇다면 차차 다른 소원을 생각해보겠습니다."

* * *

"전하."

"……."

"전하."

대비전에 저녁 문안을 올리고 돌아가는 길목.

두 번, 연거푸 채화가 부른 후에야 윤은 고개를 들었다. 그의 미간 사이에 짙은 고심의 흔적이 남아 있었다.

"무슨 일이시오, 중전?"

"전하, 후원을 좀 보십시오. 이제 완연한 가을입니다."

"음."

채화의 말을 따라, 윤은 겹겹이 펼쳐진 기왓장들 너머의 후원으로 시선을 돌렸다.

그녀의 말 그대로였다. 잠시 한눈을 판 새 가을은 성큼 지척까지 왔다. 후원 산자락 곳곳은 이미 가을빛에 물들어 있었다.

"시간이 빠르구려."

"예, 전하. 가을입니다. 이제 선왕 전하의 국상이 끝났으니 낙선당에게 첩지를 내리기에 적당한 때가 된 듯합니다."

윤의 시선이 채화의 얼굴 위에 머물렀다. 지아비와 눈이 마주쳤음에도 채화는 덤덤히 제 할 말을 이을 뿐이다.

"궁녀를 후궁으로 봉하는 일은 신첩의 권한이나, 낙선당의 일이니 상의를 드리는 것이 도리인 듯하여 말씀드렸나이다."

"그대에게……."

고맙다- 라고 말하는 것이 혹시나 자존심을 다치게 할까 싶어 윤은 말끝을 흐렸다. 채화가 말을 이었다.

"분명 신료들의 반대가 있을 것입니다. 근래 조정이 김씨 궁인을 찾아내라는 요구 탓에 시끄러우니까요. 첩지를 내릴 명분이 없다 여기는 이들이 있을 것입니다. 신료들이 전하의 심기를 어지럽히지 않도록 신첩이 먼저 뜻을 밝히겠습니다."

그가 눈치채지 못한 사이 세월은 생각보다 빠르게 흘러가는 듯하다. 스산하게 불어와 등을 치는 바람. 채화의 얼굴에는 가을이 되었음을 알리는 그 냉한 바람과 같은 서늘한 구석이 있었다.

어리게만 여겼던 소녀는 어엿한 여인이 되었을 뿐 아니라, 지아비의 방패막이가 되는 것을 꺼리지 않는 담대함과 아량까지 갖추고 있었다.

"어찌…… 그렇게 보십니까?"

평소답지 않게 지그시 바라보는 그의 눈빛. 채화가 윤을 올려다보았다.

"그대는……."

대답 대신 윤은 묻는다.

"어떻게 그리하실 수 있소?"

"무엇을 말입니까?"

"나는 중전에게 무정한 지아비이니 말이오."

무정함을 넘어 단 한 번도 여인으로서 채화를 대한 적 없는 윤. 순심은 그가 사랑하는 여인이었다. 그런 순심의 품계를 몸소 나서 올려주겠노라는 채화의 뜻을 그는 잘 이해할 수 없었다.

그러나 채화는 작게 고개를 저었다.

"낙선당에게 첩지를 내리는 것은…… 전하와는 관계없는 일입니다."

"과인과 관계가 없는 일이라고요?"

"예, 그러하옵니다."

채화가 윤을 바라보았다. 윤은 여전히 그녀에게서 시선을 거두지 않고 있었다. 아마도 연유를 묻고 있는 것이리라.

"한때는 신첩에게도 낙선당을 오직 전하의 여인으로만 여기던 시절이 있었습니다. 전하께서는 신첩을 아주 너그러운 사람이라 여기시는가 봅니다. 하지만…… 신첩 역시 낙선당을 미워했던 적이 있었습니다."

"……그랬던가요."

아마도 채화는, 한때 자매처럼 다정했던 그들의 사이가 멀어진 까닭에 대해 이야기하는 것이리라.

"그러나 이제 전하와는 관계없습니다. 신첩이 낙선당의 품계를 올려주는 것은, 긴 세월 후궁도 나인도 아닌 애매한 상태로 살고 있는 그녀의 처지가 안타깝기 때문입니다. 또한 낙선당이 선한 여인이기 때문이기도 하고……."

채화가 말을 이었다.

"전하는 모르십니다. 궁궐의 여인들이 어찌 살아가는지……. 일개 궁녀뿐 아니라 비빈들에게도 궁궐은 호락호락하지 않은 곳입니다. 전하께옵서는 여기서 평생을 사셨기에 모르실 것이나, 궁궐이라는 장소는…… 사람을, 특히 여인들을 불행하게 만듭니다."

"그대 역시 나의 부인이기 때문에 불행한 것이로군."

"아니요. 신첩은 불행하지 않습니다."

채화의 답에는 망설임이 묻어 있지 않았다.

"전하께서 사내가 아닌 여인이 이런 마음을 가질 수 있다는 것을 이해하실지는 모르겠습니다만…… 이 궁궐 안에서 신첩은, 전하의 부인이기보다는 여인 어채화로서 살아가고 있습니다. 그러므로 불행하다 여기지 않습니다."

채화의 말투는 온화했지만 단호했다. 그것은 결코 꾸며낸 것이 아닌 진심이었다.

"과인이 그대를 불행하게 만드는 듯하여 늘 미안한 마음을 갖고 있었소. 그렇지 않다니, 다행이오."

"전하. 외람되오나 한 말씀 더 올려도 되겠습니까?"

"말씀하시오, 중전."

"신첩을 걱정하거나 미안하게 여기지 마십시오. 지금 고통 받고 있는 것은 신첩이 아닌, 전하께서 아끼시는 낙선당입니다. 김성 궁인의 정체를 밝히라며 여전히 신료들이 청을 올리는 것으로 압니다. 숙원의 첩지라도 주어 낙선당의 권위를 조금이나마 세우고자 하는 것이 제 뜻입니다, 전하."

"……그대는 늘 참으로 멀리, 깊이 보는 시야를 갖춘 듯하오."

느리게 걷던 윤이 걸음을 멈추었다. 대화를 나누는 사이, 그들의 걸음은 대전 앞에 당도해 있었다.

"아닙니다. 신첩이 괜한 말을 꺼내 전하의 마음을 어지럽힌 것이 아닌지……."

"아니오. 그럴 리가 있겠소?"

그대는 내게 늘 깨달음을 주는 사람이거늘.

"이만 과인은 침전에 들겠소. 평안히 주무시오, 중전."

윤의 침전 안에는 약재 냄새가 감돌았다. 내관이 올린 차에서 나는 향기였다.

　근래 김성 궁인의 일로 신료들과의 대치가 계속되는 탓에 윤은 밤잠을 설칠 때가 많았다. 최 내관은 그런 왕을 위해 불면증에 좋다는 차와 함께 몇 가지 과일이며 주전부리들을 밤참으로 들였다.

　"황가."

　윤이 부르자, 문밖에 멈추어 있던 검은 그림자가 움직였다.

　"예, 전하."

　"잠시 들라."

　나지막한 소리와 함께 황가가 왕의 침전 안으로 들어왔다.

　"어찌 멀뚱멀뚱 서 있느냐? 앉아라."

　"……예, 전하."

　윤의 모습이 평소와 다른 듯하다. 황가는 흐릿한 등잔불빛에 비친 왕의 모습을 응시했다.

　"전하. 근래 수척해지신 듯합니다."

　"불면증이 도져서 그럴 것이다."

　황가가 앞에 놓인 소반을 흘낏 보았다.

　숙면에 좋다는 약재를 넣어 달인 차와 소화가 잘되는 타락죽, 유밀과와 잘 익은 감 두 개. 그러나 윤은 차 외에는 입조차 대지 않은 듯했다.

　"요새 수라를 잘 들지 않으시고 음식 대부분을 물리신다고 최 내관이 걱정하는 소리를 들었습니다. 조금이라도 드셔보심이 어떻습니까?"

　"이제 황가 너까지 잔소리를 하는 것이냐?"

　"잔소리를 하는 것은 아니옵고, 걱정이 되어 그렇습니다, 전하."

　"그래. 내 너의 마음을 모르는 것은 아니다만……."

　윤의 시선이 소반 위에 놓인 생감에 닿았다. 확실히 가을이 무르익은 모양이다. 감은 짙은 주황빛을 띠고 있었다.

"사람 마음이 참 나약하구나. 문 내관과 상검이를 잊고 살다가도, 이렇게 별거 아닌 일로 다시 떠올려 기분이 울적해지는 것을 보니."

"무슨 생각을 하셨습니까?"

"저 감 말이다. 나는 본래 감을 절대 먹지 않는다. 어릴 때 떫은 감을 먹고 꽤나 크게 탈이 났었거든."

"그러셨습니까?"

"문 내관과 상검이 있을 때는 감이란 걸 구경조차 할 수 없었지. 최 내관은 그런 내 사정을 모르니 저리 감을 올렸을 게다."

"……."

황가가 말없이 윤을 바라보았다.

왕은 혼자가 되었다. 문 내관과 상검은 단순히 소중한 이였을 뿐 아니라 윤의 눈이었고 귀였으며 수족이기도 했다. 김일경과 윤의 사이는 이전처럼 가깝지 않았다. 이제 윤의 곁에 남은 것은 황가와 순심 둘뿐이었다.

"황가야."

"예, 전하."

"너의 꿈은 무엇이냐?"

"……꿈이요?"

"그래. 네 오랜 시간 동안 과인의 무사가 되기만을 바라왔다고 했지. 무엇을 위한 바람이었느냐?"

황가는 잠시간 말이 없었다.

무엇 때문이었던가. 이상한 일이었다. 평생 단 한순간도 잊어본 적 없으며 오직 그것만을 위해 살아왔다 생각했는데. 황가가 제가 무슨 까닭으로 왕의 호위무사가 되고자 했는지를 떠올리기까지는 약간의 시간이 걸렸다.

"······제 가문을 멸한 이들에게 복수하려는 꿈을 가지고 있었습니다."

"가지고 있었다고?"

"예, 그랬었습니다."

"과거의 일을 말하듯 얘기하는구나."

"문득 그런 생각이 들었습니다. 복수라는 감정도 결국 제가 억지로 붙들어두고 있었던 것이 아닐까 하는 생각이······."

긴 시간 빛과 그림자처럼 함께했던 윤과 황가였다. 그들은 서로를 믿고 신뢰하며 제 사람이라 여기고 있었으나, 이렇듯 오랜 친우처럼 속내를 털어놓는 일은 드물었다. 본래 왕이란 누구와도 동등할 수 없고 수평일 수 없는 존재. 윤은 벗을 둘 수 없는 사람이기 때문이었다.

고요히 생각에 잠겨 있던 황가가 말을 이었다.

"어쩌면 제게서 삶의 기회들을 앗아간 것은 남이 아닌 저 자신일지도 모르겠습니다."

"마치 지금의 삶을 후회하는 것처럼 들리는구나."

"후회하는 것이 아닙니다. 단지 복수라는 감정에 파묻혀 저 자신을 잊고 살지 않았나 생각할 뿐입니다. 전하께서 꿈이 무어냐 물으셨는데, 훗날의 바람이 아닌 해묵은 과거를 끄집어내는 제 자신이······."

황가가 고개를 들었다. 윤과 눈이 마주친 그가 얼이 나간 것처럼 눈을 깜빡였다. 평소의 황가답지 않던 회한의 표정이 순식간에 사라졌다.

"전하. 어쩌자고 소인이 이리 장광설을 늘어놓았는지 모르겠습니다. 실언을 했나이다. 송구합니다."

"무엇이 송구하더냐. 황가 너도 알지 않으냐. 지금의 내게 마음을 터놓고 이야기를 나눌 수 있는 이는 너뿐이다."

"예······. 전하."

후우- 윤에게서 들려오는 나지막한 한숨 소리. 앉아 있던 윤이 몸을 일으키려는 듯 움찔했다. 낙선당을 찾으려는 것이리라 황가는 짐작했으나, 왕은 다시금 자리에 앉았다.

"낙선당으로 가지 않으십니까?"

"아니. 오늘은 가지 않겠다. 이만 물러가거라."

"전하."

황가의 부름에, 윤이 고개를 들었다.

"당분간 경연(經筵)을 파하시는 한이 있더라도 잠을 주무시고 체력을 보충하셔야 합니다. 산영루행이 얼마 남지 않았습니다. 꽤 피로한 여정입니다."

"그래, 알겠다."

윤이 손짓으로 소반을 가리켰다.

"궁인에게 감을 내가라 전해다오. 곁에 두는 것조차 내키지가 않는구나."

* * *

"순심아, 뭐 해?"

"응?"

낙선당 초입에 서 있던 순심이 발꿈치를 슬그머니 내렸다. 구월이 걱정스러운 표정으로 순심을 바라보았다.

"너, 괜찮아?"

"내가 왜……. 안 괜찮을 게 또 뭐 있다고."

"지금 전하 기다리고 있는 거 아냐?"

"뭐……."

말끝을 흐리며, 순심은 낙선당 안뜰로 되돌아갔다. 구월이 그녀의 뒤를 터덜터덜 좇았다.

"요즘 바쁘신 모양이지, 뭐……. 전하께서 하실 일이 오죽 많으시 겠어……. 고작 며칠 되었을 뿐인데……."

순심이 두서없이 말을 이었다. 구월이 딱하다는 표정으로 그녀를 바라보았다.

윤이 낙선당을 찾지 않은 지 열흘 남짓. 그가 이토록 긴 시간 연통 조차 없이 발길을 끊은 것은 처음이었다.

"좀…… 물어봤어?"

순심의 물음에 구월이 고개를 끄덕였다.

"황가 님은 어디 갔는지 통 보이지가 않아. 대신 대전 밧소주방 나 인들한테 물어봤지."

"어디 편찮으신 건 아니지?"

"평소랑 다를 바 없으시대. 편전에도 가시고, 경연에도 참가하시 고……. 전하께서 편찮으셨다면야 진즉 대전에 난리가 났지 않았겠냐."

"응, 그렇겠지."

서운한 티를 내지 않으려는 듯 순심이 급히 대답했다. 그런 순심 의 모습이 못내 안쓰럽다. 구월이 그녀의 어깨를 감싸 두드렸다.

"전하께서야 워낙 바쁘시잖냐. 곧 오시겠지. 괜히 수심에 차 있어 봤자 얼굴만 못나진다! 그리 풀 죽어 있지 마."

"알았어, 구월아."

"마침 내섬시에서 고기도 보내왔으니 오늘 저녁엔 맛있는 거 해 먹자. 어서 얼굴 펴, 응?"

"……너밖에 없다."

"내 소주방에 금세 다녀올게. 조금만 기다려."

낙선당을 떠나 열 보 남짓 걸음을 옮긴 구월이 뒤를 슬쩍 돌아보 았다. 그새 안으로 들어갔는지 순심의 모습은 보이지 않았다.

"에휴……. 어쩌지, 우리 순심이……."

구월의 어깨가 축 처졌다.

"가여운 우리 순심이. 이제 어쩔꼬……."

구월은 대전 밧소주방에서 만난 말 많은 애기나인이 들려준 이야기를 떠올렸다.

-그나저나 구월 궁녀님은 이제 어쩐대유?

-내가 뭘?

-그야말로 닭 쫓던 개 된 거 아닌가유?

-뭔 소리야 그게? 똑바로 말 안 할래?

-아직 소문 못 들으셨나부네유……. 그…… 전하께서 요즘 낙선당에 아니 가신다며유?

-그런 걸 네가 알아서 뭐하려고 그러냐?

-저런…… 모르시나 부네유……. 전하께서는 요즘 매일같이 중전마마랑 붙어 다니시는데……. 매일 정무를 마치신 후에 침전 안에 문을 꼭 닫고 두 분이서만 계신다니까유?

-뭐?

-대전 나인들이 하나같이 그러던대유? 전하와 중전마마 금슬이 좋아졌으니 이제 낙선당 마마님은 토사구팽(兎死拘烹) 된 거라고……. 왜, 예전에 숙종대왕께서 희빈 자가를 내치시구 다시 인현왕후 마마를 아끼게 되신 것처럼유. 아! 왜 남의 등짝을 때리나유!

二十八章.
이별

닫힌 침소 문 너머로 가을밤의 소리들이 들려왔다. 이름 모를 풀
벌레가 쓰르르르 운다. 스산하게 우짖는 산새 소리가 구슬펐다.

자리에 누워 있던 순심이 몸을 뒤척였다.

윤의 발길이 뚝 끊긴 지 열흘이 훌쩍 넘었다. 며칠째 그를 기다리
느라 순심은 잠을 이루지 못했다. 밤이 깊고, 혼자가 되고, 이런저런
소음들에 예민하게 귀가 반응할 때면 환청처럼 윤의 발소리가 들리
곤 했다. 그렇게 선잠이 들었다가도 기척이 들리는 듯하여 벌떡 일
어나 방문을 열어젖히는 밤이 반복되고 있었다.

"내일은 대전 근처에라도 가봐야지……."

간단하게 해결될 일이다. 숙종대왕께서 생존해 계실 때도 금손이
를 핑계 삼아 환경전까지 찾아갔던 그녀 아닌가. 이렇게 냉가슴을
앓으며 애태울 까닭이 없는 일이었다. 며칠 소식이 끊겼다 하여 깨
어질 믿음이었다면 진즉 산산이 부서지고 말았을 것이다.

여전히 문밖에서는 풀벌레 소리가 들려오고 있었다. 아니, 어쩌면
들려오는 밤의 속삭임들은 환청일지도 모른다. 윤이 그리워서, 그가

돌아오기를 바라는 마음이 저벅대는 발소리를 불러온 것일지도…….

순심이 벌떡 몸을 일으켰다. 이내 그녀의 침소 문이 열렸다.

"깨어 있었더냐."

"……전하."

열린 문 밖, 가을밤 한가운데 덩그러니 서 있는 윤은 여느 때와 크게 다르지 않았다. 조금 더 창백한 듯도, 좀 더 뺨이 해쓱해진 것 같기도…….

"……순심아."

와락, 순심이 윤의 품으로 뛰어들었다.

"어찌 이러느냐. 무슨 일이 있었더냐?"

"안 오실 것…… 같았습니다."

"내가?"

"당연히 오실 것을 알고 있었는데도 이상하게 마음이 불안하고 초조해서……."

"그래서 잠들지 않고 과인을 기다리고 있었던 것이냐?"

"영영 오지 않으실까 봐 무서워서요."

순심의 뺨을 타고 흐른 눈물이 윤의 앞섶을 적셨다.

그는 좀체 속내를 알 수 없는 표정을 짓고 있었다. 일견 무표정한 것처럼 보였으나 눈빛은 기묘한 빛으로 일렁였다.

"내 너에게 기쁜 소식을 알리려 왔는데 어찌 우느냐?"

순심이 고개를 들었다. 윤의 손이 눈물로 얼룩진 그녀의 눈가와 뺨을 스쳤다.

"내일 일찍 나가야 하니 어서 잠자리에 들어라. 내 깜빡 잊고 네게 전하는 것을 잊어 깊은 밤 달려왔다."

"나간다고요?"

"그래. 잊었더냐? 내일이 산영루에 가기로 약조한 날 아니었더냐."

"아……."

윤이 그의 품에 기대고 있는 순심의 몸을 그대로 가뿐히 안았다. 귓불에 닿는 윤의 숨결이 이상하리만큼 뜨겁게 느껴진다. 놀란 순심이 고개를 들었다.

"산행은 험하고 피로한 법이다. 그러니 어서 자야지."

"전하께서도 낙선당에서 주무십니까?"

낮은 헛웃음 소리가 윤의 입술 사이로 흘러나왔다.

"어찌 당연한 소리를 해? 여기까지 밤손님처럼 찾아들었는데, 순심이 네 곁이 아니면 달리 어디서 잠든단 말이냐?"

순심이 눈꺼풀을 들어 올렸다. 여전히 새벽이 밝지 않은 모양이었다. 빛 한 점 들어오지 않는 침소는 캄캄했다.

꿈이라도 꾼 것일까. 갑작스레 깨어난 탓에 머리가 무거웠다. 몽롱하게 쏟아지는 다디단 잠이 그녀를 유혹했다. 순심이 다시금 눈을 감았다. 문득 팔에 와 닿는 따스한 체온. 그가 그녀 곁에 있다.

그제야 정신이 든 순심이 제 곁에 누워 있는 윤의 존재를 상기한다. 그녀는 홀로 잠들지 않았다. 한동안 모습을 보이지 않던 윤이 낙선당에 찾아왔고, 그녀는 그의 품 안에서 실로 오랜만에 달고 곤한 잠을 잤다.

"하아……."

순심의 입에서 안도의 한숨이 흘러나왔다. 나른한 행복감이 밀려왔다. 이내 어둠에 길든 시야가 밝아졌다. 가까이 윤의 얼굴이 보인다. 강인한 턱선. 살짝 벌어진 입술과 창백한 뺨.

그리고 검게 빛나는 눈동자.

"……."

윤은 잠들어 있지 않았다. 그는 순심을 응시하고 있었다. 어둠 속에서 보이는 눈동자가 먹먹하다. 순심의 눈에 비치는 것이 오직 그뿐이듯 윤 역시 그러하리라.

"전하."

"그래."

윤이 나지막하게 대답했다. 여전히 그는 순심에게로 향한 시선을 거두지 않았다.

"아니 주무셨습니까?"

"응."

"계속…… 바라보고 계셨습니까?"

윤은 대답 대신 고개를 끄덕였다.

"잠이 오지 않으십니까?"

"그래. 너를 보고 있자니 잠이 달아나버렸다."

"……왜요?"

"내 것이라는 게 믿기지 않을 만큼 곱고 어여뻐서."

"에이……."

"그래서…… 행복해서."

순심을 바라보며 윤은 부드럽게 웃었다. 여느 때와 같이 다정한 목소리는 왠지 조금 슬프게 들리기도 했다.

"행복해서…… 바라보고 있었다. 네가 내게로 온 것이 얼마나 기쁜 일인지를 생각하고 있었어. 순심이 너를 만나기 이전의 내가 어떤 사람이었는지, 네가 내 것이 됨으로써 내 삶이 얼마나 아름다워졌는지를 생각하고 있었다."

"……."

"그리고 순심이 너에 대해 생각했다. 너는 존재만으로도 나를 이렇게 기쁘게 하는데, 나는 왜 늘 너를 걱정하게하고, 불안하게 하고, 내가 바라지 않은 일들로 너를 고단하게 하는지……."

"고단하다니요, 전하. 저는 전하의 여인입니다. 고단하거나 힘들다 여기지 않습니다. 그것은 제게 당연한 일입니다."

"당연하다고……."

윤이 낮게 되뇌었다.

궁중에서 살아가는 여인들은 모두가 그렇게 말하는구나. 왕의 여인이기에 희생하며 고통받는 것은 당연한 일이라고.

윤이 손을 뻗어 순심의 뺨을 지그시 쓰다듬었다.

"왕의 여인으로 살아가는 것이 힘들지 않으냐?"

"아니요. 힘들지 않습니다."

순심이 윤을 마주 보았다.

"설령 힘든 일이 있다 해도 저는 아무렇지 않습니다. 전하께서 제 곁에 계시는데 어찌 그런 생각을 하겠습니까?"

"……."

윤은 대답 대신 희미하게 웃었다. 그가 그녀를 감싸 안아 몸을 붙였다. 늘 안온하던 그의 품은 오늘따라 조금 서늘하다.

그는 한동안 말이 없었고, 순심도 잠시간 말을 잇지 못했다. 문밖에서 들리던 밤벌레 소리마저 뚝 끊겼다. 침소 안은 세상천지 오직 윤과 순심 둘만이 있는 듯 고요했다. 그 적막 속에서 들려오는 고조곤한 윤의 숨소리. 이상하게 마음이 벅차올랐다.

"전하……."

"응?"

"어찌하여 한동안 낙선당에 들지 않으셨습니까?"

"서운했나 보구나."

"어디 편찮으신 게 아닌가 걱정하였습니다."

윤이 순심의 등을 부드럽게 쓸어내렸다. 걱정 말라는 듯 온화한 손길이었다.

"산영루로 떠날 단풍놀이를 준비하고 있었다. 지나치게 요란한 어가 행렬을 하고 싶지가 않았거든. 최대한 따르는 인원을 줄여 너와 조용하게 다녀오고 싶었다."

"아……."

순심이 작게 한숨을 내쉬었다.

"그러신 줄 모르고…… 괜한 걱정을 했습니다."

"매일같이 들락거리던 이가 갑자기 나타나지 않으니 걱정하는 것이 당연한 일이겠지. 하지만…… 내가 돌아오리라 믿었지?"

순심이 고개를 끄덕였다.

보지 못해 그리웠다. 혹시라도 무슨 일이 있나 싶어 애가 탔다. 두렵기도 했다. 그러나 그를 향한 믿음은 결코 변하지 않았다.

"예, 당연히 오시리라 믿었습니다."

윤의 입가에 옅은 미소가 드리워졌다.

"순심아. 꽤 먼 과거의 일이지만, 혹시 내가 했던 말을 기억하느냐?"

"어떤 말씀을요?"

"인왕산 사냥터에 범이 출몰했던 적이 있었지. 그날 네게 이렇게 말했었다."

왕세자 시절, 죽음의 갈림길에서 느꼈던 생에 대한 의지. 그 치열했던 감정을 떠올리며 윤은 말을 이었다.

"삶과 죽음이란 손등과 손바닥과 같은 것이라, 삶이 있으면 죽음이 있고 죽음 반대편에 삶이 늘 있는 것이라고……. 기억하느냐?"

"예, 기억하다마다요."

고개를 끄덕이며 윤은 손등을 내밀었다.

"이것이 죽음이라면."

그가 천천히 손을 뒤집어 손바닥을 내보였다.

"이것이 생이다."

"예, 전하……."

"이 둘은 뗄래야 뗄 수 없는 것이야. 그러나 아무리 운명이 거칠고 혹독하다 해도 나는 반드시 손바닥을 뒤집고야 말겠다."

윤이 순심의 손 위에 제 손바닥을 포갰다.

"네가 있으니까. 너만이 나를 살게 하니까……."

그들의 지난한 생을 상징하는 깊고 얕은 손금들로 가득한 손바닥이 꽉 맞닿았다.

"이렇게, 너와 내 생은 하나야. 그러니 나를 믿어다오."

"예, 믿다마다요."

"그래. 그럼 되었다."

그를 응시하던 순심이 눈을 깜빡였다. 윤의 음성은 부드러웠지만 단호했다. 그의 말투에는 굳센 신념과 무한한 애정이 담겨 있었다. 그러나 이상하게도 마음 언저리가 먹먹했다. 시큰한 감각이 목구멍을 지그시 내리눌렀다. 벅차게 밀려드는 것은 슬픔을 닮은 감정이었다.

"어찌 그리 침울한 표정을 짓고 있느냐?"

"마음이 좀 이상합니다. 생과 사를 말씀하시니, 꼭 무슨 일이 있는 것처럼 느껴져서……."

"내가 또 네게 걱정을 끼쳤더냐?"

"마치 오늘 밤이 마지막인 것 같아서요……."

순심의 몸을 부드럽게 도닥이던 윤의 손길이 멈췄다.

"……마지막이라니. 마지막일 리가 없지 않으냐."

그의 음성은 낮게 쉬어 있었다.

"순심아. 바다를 본 적 있느냐?"

"아니요. 말로만 들었습니다. 물이 소금처럼 짜고, 강을 열 개 합친 것보다 더 넓고 크다고요.”

“부왕 대에 영의정을 했던 약천(藥泉)[30]이라는 이가 있지. 과거 그가 울릉도 너머 동해의 끝에 있는 미지의 섬에 대한 상소를 올렸었다. 망망대해에 홀로 떠 있는 외로운 섬이지만 참으로 아름다운 곳이라 했다.”

“그 섬의 이름이 무엇입니까?”

“돌이 많아 돌섬이라고 하고, 쓸쓸하여 독도(獨島)라고도 부른다 했지.”

윤이 다시금 순심의 손을 잡았다.

“마지막을 걱정하니 내 너에게 약조하겠다. 언젠가 반드시 보여주겠다. 너른 바다, 세상의 끝…….”

“독도를 말입니까?”

“그래. 독도든, 바다든, 네가 바라는 것이라면 무엇이든지.”

사(死)를 뛰어넘어, 생(生)과 생(生)을 합쳐. 너와 나, 함께.

“그러니 마지막이라 말하지 마라. 언제 어느 곳에 있든 너와 나의 삶은 늘 이렇게 맞닿아 있다, 순심아.”

* * *

날이 밝았다. 북한산 산영루로 향하는 왕의 행차가 예정된 날, 하늘은 구름 한 점 없이 맑은 푸른색이었다.

“구월이는 잘 가고 있으려나…….”

동백기름을 발라 머리를 정리하던 순심이 무심코 중얼거렸다. 구월은 채 날이 밝기도 전에 어가 행렬을 준비하는 궁인들과 함께 북한산으로 떠났다.

30　약천(藥泉) 남구만(南九萬).

순심이 마지막으로 옷매무새를 살폈다. 의복은 몇 년 전 채화가 보내준 옷감으로 지은 것이었다. 분홍 명주 당의에 덧댄 옷고름은 물에 씻긴 듯 맑은 푸른색. 폭 넓은 치마는 봄볕 같은 연노랑이었다. 순심은 몸단장에 제법 공을 들였다. 비록 아직 궁녀 신분이었으나 왕의 행차에 동행하는 것이었으므로 몸가짐을 허투루 해서는 안 되기 때문이었다.

순심이 손가락에 끼고 있던 옥반지를 가만히 어루만진다. 그것은 먼 봄날 왕세자였던 윤이 건넨 선물이었다. 그가 말했던가. 춘분께 정인에게 반지를 주면 피안도 그들을 갈라놓지 못한다고.

간밤, 그들은 새벽이 하얗게 밝아올 때까지 깨어 있었다. 괜한 불안감에 사로잡혀 품으로 파고드는 그녀를 윤은 꽉 안아주었다.

맞닿은 손바닥은 결코 떨어지지 않으리라. 그들의 생과 사는 함께일 것이다.

"괜한 걱정을 했어."

순심이 작게 중얼거렸다.

윤은 믿으라 했다. 그들은 영원히 하나일 것이라고 했다. 무엇도 그들을 갈라놓을 수 없으며, 순심이 그를 살게 한다고 했다. 그녀가 그의 생(生) 그 자체라 했다. 그러므로 죽음도, 운명도 결코 그들을 갈라놓을 수는 없을 것이라고 했다.

승은궁녀가 되어 살아온 긴 시간, 윤과 함께한 순심의 여정은 늘 그러했다. 아무 걱정 없이 순수한 기쁨만을 느끼기에 시절은 그들을 가만두지 않았다. 윤은 늘 운명에 맞서 싸우는 사람이었다. 그의 여인인 순심 역시 그것을 받아들여야만 했다. 당연한 일이었다.

문밖에서 낮은 발소리가 들려온다. 구월인가, 생각하던 순심은 이내 그녀가 산영루로 진즉 떠났다는 사실을 상기했다.

"……마마."

문틈으로 보이는 채화의 모습. 갑작스런 방문이었다. 순심이 급히 안뜰로 걸어 나갔다.

"마마, 강녕하셨습니까."

순심이 채화에게 머리를 조아렸다.

"오늘이 북한산에 가는 날이지?"

"예, 마마."

순심의 말끝이 살짝 떨렸다. 혹시나 채화의 마음을 다치게 하지 않았을까 걱정이 된 탓이었다.

"내 가마를 준비하라 명했다. 왕실의 물건처럼 크고 화려한 것은 아니나 먼 길 가는 데 별 무리는 없을 것이네."

"가마를요?"

"그래. 가마 말일세."

"하지만 소인은…… 마마, 소인이 어찌 가마를 타고 밖엘 나간단 말입니까."

순심은 당황한 표정이었다. 가마를 탈 수 있는 이들은 지체 높은 벼슬아치나 내외명부로 한정되어 있었다.

"가마를 타지 않으면 어찌 북한산까지 간단 말인가. 설마 걸어가 기라도 하려고?"

"그렇지만……."

"내 말하였지 않나. 자네에게 후궁 첩지를 내릴 것이라고. 숙원쯤 되면 바깥출입을 할 때 응당 가마를 타야 하는 것일세. 내 아랫것들 에게 명하여 준비한 것이니 걱정 말고 쓰도록 하게."

"감읍하옵니다, 중전마마."

"당연한 일이니 고맙다 할 필요 없네."

무미건조한 채화의 음성. 순심의 시선이 그녀에게로 향했다.

결코 가까워지기 힘든 그들의 사이. 한때는 벗이 될 수 있으리라 믿었으나 또 한때는 높은 벽처럼 어렵고 두려울 때도 있었다. 그러나 이제 그들의 관계는 비 온 뒤 땅이 굳는 것처럼 단단해져 있었다.

순심은 진심으로 중궁전을 존경했다. 때로 그녀의 마음을 윤보다 더 크게 느낄 만큼. 채화는 순심에게 하늘과 같은 사람이었다.

"중전마마. 소인…… 이런 말씀 드려도 될까 모르겠지만……."

"나를 두고 단풍놀이를 가게 되어 미안하단 말을 하려는 겐가?"

"예? 예, 마마."

순심이 차마 입 밖으로 내지 못했던 말. 채화는 그녀의 속내마저 꿰뚫어 본 듯했다.

"그런 생각 하지 마시게."

"하오나……."

"나에게는 내 길이 있고, 자네에게는 자네의 길이 있는 것이니."

이상했다. 늘 진중하던 채화의 음성이 가녀리게 떨리는 듯하여 순심은 당황한 표정으로 그녀를 바라보았다. 채화가 가볍게 헛기침을 했다.

"지나가다 들렀네. 이만 가보겠네."

"예. 살펴 가시옵소서, 중전마마."

순심이 채화를 향해 공손히 머리를 조아렸다.

몇 발짝이나 떼었을까. 낙선당을 떠나던 채화의 발걸음이 문득 멈추었다.

"낙선당."

"예, 마마."

"나는 자네에게 미안해하지 않을 것이네."

"……예?"

채화가 몸을 돌린 채 말을 이었다.

"그러니 자네 역시 내게 미안해하지 마시게. 그 어떤 일에도."

"……."

순심의 눈에 보이는 것은, 그녀가 가진 위엄과 넓은 이상과는 반대로 작고 가냘프기만 한 여인의 뒷모습뿐.

"낙선당."

낙선당.

"예, 마마……."

"……평안하시게."

나지막하게 전하는 마음 한마디를 남긴 채 채화는 낙선당을 떠났다.

* * *

산영루로 가는 길은 수월치 않았다. 산길을 오르는 가마는 자꾸만 기울었고 흔들거렸다. 순심은 내내 눈을 감고 있었다. 가마를 타는 것이 처음인 탓에 속이 몹시 울렁거렸다.

가마의 양쪽에 난 덧창에는 교렴이 드리워져 바깥이 보이지 않았다. 교렴이 들썩이는 틈으로 들어오는 바람에 묻어 있는 흙냄새 덕에, 궁궐을 벗어나 산중에 이르렀다는 사실을 가늠할 뿐이었다.

그러나 불편했던 몸과 마음도 잠시였다. 덜컹- 하는 묵직한 진동과 함께 가마가 땅에 내려진다. 이윽고 가마의 문이 열렸다.

"왔느냐."

문밖에 보이는 윤의 얼굴. 윤이 그녀를 향해 손을 내밀었다. 순심은 그에게 의지하여 가마에서 내렸다.

"아……."

지친 듯하던 순심의 눈이 휘둥그레진다. 순식간에 얼굴에 생기가 돌아왔다.

북한산 곳곳에 색채의 향연이 한창이었다. 여름 내내 산을 뒤덮었던 초록 물결이 사라진 자리에 붉게 핀 단풍이며 옻나무, 빗살나무, 사시나무. 산자락은 세상의 모든 붉은 것을 모아놓은 듯했다. 타오르는 불길처럼 새빨간색, 주홍과 복숭앗빛, 연한 갈색과 자홍색. 계절의 흐름을 따르지 못한 몇몇 잎새들마저 다급히 수줍은 홍조를 띠는 북한산의 가을.

"고되지 않았느냐?"

"가마를 처음 타는지라……. 막상 내리고 보니 풍경이 아름다워 모두 잊었습니다."

순심이 경이로운 시선으로 사방을 둘러보았다. 저만치 앞, 단풍나무 군락과 기암괴석들 사이로 고즈넉한 정자 하나가 보인다.

"저것이 산영루입니까, 전하?"

"그래. 저기가 네가 그토록 보고 싶다던 산영루이다. 궁인들이 일찌감치 와서 편안하게 쉴 수 있도록 준비를 끝내놓았다."

근방에는 유막이 쳐져 있었고 음식이며 여러 물건을 실은 채여도 있었다. 궁인들은 보이지 않았다. 아마도 어딘가 눈에 띄지 않는 곳에서 왕의 분부를 기다리고 있으리라.

윤이 순심의 어깨를 감쌌다.

"가서 둘러보자. 가까이서 보는 것이 훨씬 아름답다."

윤에게 이끌린 순심이 조심스레 걸음을 옮겼다.

매년 이맘때 그들은 창덕궁 후원을 찾아 가을의 정취를 만끽하곤 했다. 그러나 인위적으로 조성된 것이 아닌 타고난 모습 그대로의 거대한 산 풍경은 그녀를 압도했다. 멀지 않은 곳에서 들려오는 물소리는 음률처럼 청량했다.

"산영루를 어찌하여 산 그림자가 물에 비치는 누각이라 부르는지 직접 보아라, 순심아."

윤이 가리키는 대로, 누각의 들란대[31]에 몸을 기댄 순심이 아래를 내려다보았다.

"아……."

물에 씻겨 반짝반짝 빛나는 암석들 사이로 유유히 흐르는 계곡물. 새빨간 단풍잎들이 두둥실 떠가는 수면 위로 산영루의 모습이 비친다. 누각의 단아한 기와지붕, 세월에 희뿌옇게 바랜 나무기둥, 산영루 주변에 자리한 기기한 회색 괴석들. 그리고 산영루에 서서 아래를 내려다보는 순심과 윤의 모습 역시 수면 위에 아로새겨져 있었다.

윤과 순심의 인영(人影)이 맑은 물살을 따라 흔들렸다.

"전하."

"……응."

"수면 위에 비치는 전하의 용안이 어찌 이렇게 슬퍼 보입니까?"

계곡을 내려다보던 순심이 윤을 향해 고개를 돌렸다. 순간 그녀의 몸을 감싸 안는 윤의 팔. 순심의 얼굴은 그의 품 안에 폭 파묻혔다.

"슬프지 않아."

"……."

"나는 조금도 슬프지 않다. 그저 물살이 이리저리 흔들리고 흘러가는 까닭에 그리 보일 뿐이다."

순심의 몸을 감싸며, 윤은 북한산 끝자락에 드리워진 붉은 해를 바라본다. 해는 하루의 끝을 향해 가고 있었다.

그들은 산영루 근방의 단풍 속을 거닐었다. 계곡으로 내려가는 비좁은 오솔길에는 검게 농익은 머루 향기가 자욱했다. 신과 버선을 벗고 찬 계곡물에 발을 담그는 와중, 다람쥐며 산토끼 같은 작은 산

---

31 난간.

짐승들이 주변을 기웃거렸다.

바람 소리, 서두름 없이 흘러가는 물소리, 흙과 나무와 풀들이 어우러진 생생한 숲 향을 담은 공기. 궁궐과는 또 다른 세상에서 보낸 반나절은 단잠 사이에 찾아든 꿈처럼 금세 흘러갔다.

이윽고 해가 서서히 서쪽 산봉우리들 사이로 가라앉는 시각. 산 너머로 번져가는 석양 탓에 가뜩이나 단풍에 물들어 있던 산자락은 활활 타오르듯 붉어졌다.

윤과 순심은 산영루에 나란히 앉은 채 낙조에 물들기 시작한 산중을 바라보고 있었다.

"순심아."

"예, 전하."

"즐거웠느냐?"

윤의 손이 순심의 어깨를 감쌌다.

굳이 말을 하지 않아도 알고 있었다. 일단 해가 떨어지기 시작하면 산중에는 놀랍도록 빠르게 어둠이 내린다. 이제 돌아갈 시간. 하루 동안의 달콤했던 일탈도 끝이었다.

"신첩은 정말이지 즐거웠습니다. 단지…… 전하께서 오늘따라 웃음이 없으셔서 그것이 걱정스러웠습니다."

"내가 그랬더냐?"

"예. 옥체는 제 곁에 계시지만 마음은 다른 생각에 잠기신 듯하여……."

순심과 윤의 시선이 마주쳤다. 윤의 눈동자. 이야기는 입술이 아닌 그의 눈 속에 담겨 있다.

그가 무슨 생각을 하고 있는지, 종일 느껴지는 슬픔은 무엇 때문인지, 그녀의 허리며 어깨를 감싸는 손끝이 유달리 애타는 까닭이 무엇인지 순심은 알 수 없었다. 그러나 의심할 수 없는 진심은 윤의 눈동자 속에 고스란히 드러나 있다. 그것은 감히 측량할 수 없는 그의 천 길 깊은 마음이었다.

순심의 눈동자에 서린 걱정스러운 기색을 다독이듯, 윤은 그녀의 어깨를 부드럽게 쓰다듬었다.

"네 생각을 했지. 순심이 너를 앞에 두고 어찌 내가 다른 생각을 하겠느냐?"

"바로 눈앞에 보이는 신첩에 대해 또 무슨 생각을 하셨습니까?"

윤은 대답 대신 엷게 웃었다.

네 생각이 아닌 네 삶에 대한 생각. 지금껏 단 한 번도 떼놓고 생각한 적 없는 우리의 삶이 아닌, 김순심이라는 여인의 삶에 대해 생각하고 있었어…….

마음을 다해 사랑했고 세상 무엇보다 소중하게 여겼으며 헌신을 지켜낸 사내 이윤의 마음과, 또한 사랑했으나 정작 그 무엇도 보장해주지 못한 보잘것없는 왕의 마음. 그는 종일 두 마음 사이를 오가고 있었다.

윤이 불현듯 순심을 향해 손을 뻗었다. 순심의 이마와 귀밑에 하늘거리는 잔머리를 스친 손끝이 그녀의 뺨을 부드럽게 도닥였다. 그를 향한 채 느리게 깜빡이는 검은 눈동자. 그사이 더욱 짙게 물든 산중의 낙조가 순심의 뺨에 스며들었다. 빠르게 해가 지고 있었다.

"전하."

어디선가 나타난 황가의 음성.

"해가 지기 시작했습니다. 어두워지기 전에 이만 출발하셔야 합니다."

황가의 음성에서는 애써 억누른 초조함이 느껴졌다. 아마도 그는 윤과 순심의 망중한을 방해하지 않기 위해 긴 시간 대기한 듯했다.

"알았다."

황가의 시선이 윤과 순심에게로 향했다. 누각 주변의 노을이 지나치게 짙은 탓에, 왕과 승은궁녀의 모습은 피안 너머 다른 세상에 있는 듯 낯설어 보였다. 계곡에 비친 산영루 물그림자 속 연인의 모습 역시 붉게 이지러지고 있을 것이다.

"잠시 물러가겠나이다. 궁인들과 돌아올 것이니 떠날 채비를 하시옵소서."

"알았느니라."

황가가 몸을 돌려 사라진 산영루.

"갈 시간이구나."

그래. 이제는 돌아갈 시간- 조선의 왕, 이윤의 삶으로.

순심을 물끄러미 응시하던 윤의 입가에 말간 미소가 번졌다. 종일 마음을 꽉 틀어막고 있던 묵직한 감정을 잠시 내려놓은 채, 세상 걱정 따위 없는 사람처럼.

"비로소 웃으시니 보기 좋습니다, 전하."

순심의 표정도 그제야 풀어졌다. 서로의 눈동자에 비친 그들의 얼굴은 평온하게 웃고 있었다.

"꿈같은 하루였다, 순심아."

"제게도 그러했습니다."

"꿈에서 깨어날 시간이 다가오는 것이 두렵구나. 그렇지만……."

윤의 입술이 순심의 입술 위에 부드럽게 포개졌다. 그 순간의 진홍빛 석양을 담은 숨결. 좀 더 오래 머물 듯하던 그의 입술은 아쉬움을 담은 채 금세 떨어져 멀어졌다.

그렇게, 찰나의 단꿈처럼. 장자(莊子)가 꾸었다는 어느 날의 일장춘몽(一場春夢)처럼.

"꿈속에서든, 현실 속에서든 나는 늘 네 곁에 있음을 잊지 마라."

내가 너를 이토록 사랑함을 잊지 마라.

"잊지 않겠습니다."

윤이 무겁게 고개를 끄덕였다. 가야 할 시간이었다.

"……전하."

"응?"

순심의 부름에, 윤이 그녀를 본다.

"고맙습니다."

"무엇이?"

"미천한 저를 사랑해주시는 전하의 마음이……."

부끄러운 듯 순심은 말끝을 흐리며 고개를 숙였다.

"……그런 것으로 고마워하지 마라."

마음밖에 없었잖으냐. 네게 줄 수 있는 것이. 오직 마음밖에는…….

이내 산영루 저편에서 들려오는 인기척. 왕의 귀환을 보필하기 위한 준비를 마친 궁인들이 모습을 드러냈다. 몇몇 겸사복과 내관들 사이로 구월의 모습이 보였다.

"길이 가파러 저 아래 가마꾼들을 대기시켜놓았습니다. 소인이 마마님을 먼저 모시겠습니다."

황가의 말을 들은 순심이 윤을 돌아보았다.

"전하. 궁궐에서 뵈옵겠나이다."

"……그래."

윤이 무겁게 고개를 끄덕였다.

문득 순심이 윤을 본다. 왕께서 어떤 표정을 짓고 계실지가 궁금했다. 그러나 저물어가는 역광에 가려진 윤의 얼굴은 그림자에 갇혀 보이지 않았다.

순심이 먼저 산영루를 벗어나 걸음을 옮겼다. 이내 구월이 순심을 맞이했다. 황가가 앞장서 길을 안내했다.

단풍나무 군락 사이 오솔길로 사라지는 그녀의 뒷모습. 윤은 산영루 앞에 잠시 덩그러니 혼자가 되었다.

"……가야지."

일출 후에는 일몰이 따라오는 것이 인생. 평생 새카만 밤이었던 그의 삶, 순심과 함께했던 시절들은 그에게 찬란한 빛이었다.

사무치도록 붉은 석양에 몸을 내맡긴 채 그는 스스로 선택한 삶의 일몰을 바라보고 있었다.

* * *

수풀들 사이로 난 오솔길은 노루 같은 작은 산짐승들이 오가는 길목인 듯했다. 흙냄새 자욱한 길은 비좁았고 경사가 가팔랐다. 앞서가던 황가는 몇 번이고 멈춰 서, 걸음을 조심하라 당부했다.

"구월아."

"……."

"구월아."

"으응? 응, 순심아. 왜?"

순심이 연거푸 이름을 부른 후에야 정신을 차린 구월이 괜스레 소스라친다.

"종일 어디 있었기에 코빼기도 안 보였나 궁금해서……."

"나? 나야 뭐……. 궁인들이랑 같이 있었지. 사, 산영루에서 멀지 않은 곳에 있었어. 황가 님도 거기 계셨고……."

순심이 고개를 갸웃했다. 이런 기분은 개운치 않다. 윤 역시 종일 평소답지 않았다. 산영루를 떠나며 뒤를 돌아보았던 순간 그의 얼굴에 짙게 드리운 수심을 보았던 그녀였다.

그런데 이제 구월마저…….

"무슨 일이라도 있어? 가만 보니 얼굴도 유난히 창백하고……."

"나? 그냥……. 산중이니까. 혹시 알아? 뱀이라도 나올지……."

"어릴 때는 뱀 따위 한 손으로도 잡았다고 자랑하더니, 웬일로 뱀을 무서워한대?"

"도, 독사라도 나올까 봐 그러지. 여기는 깊은 산 속이잖냐……."

구월이 황급히 주워섬기는 답을 듣는 사이, 경사진 내리막길이 끝나고 평지가 나타났다.

산기슭에서 멀지 않은 평지 한가운데 놓인 가마. 가마꾼들은 먼발치에서 분부를 기다리며 대기하고 있었다.

"……."

문득 의아한 기분이 들었다. 북한산에 도착했을 때 가마를 내린 곳은 산영루 아래 계곡 근방이었다. 어찌하여 이 먼 곳까지 가마를 옮겨놓은 것인지 까닭을 알 수 없었다.

"저……."

황가에게 질문을 던지려던 순심은 곧 입을 다물었다. 다른 사람도 아닌 황가가 한 일. 장소를 옮긴 나름의 이유가 있을 것이다.

"그런데 구월이랑 황가 님은 어떻게 가십니까?"

순심이 황가에게 물었다. 가마 하나가 덩그러니 놓여 있을 뿐 다른 이동수단은 보이지 않는다. 궁궐까지 걸어 돌아가기에는 지나치게 먼 길이었다.

"산 아래에 말을 대기시켜 놓았습니다. 구월 궁녀님은 제가 잘 모실 테니 걱정 마십시오."

"아, 예……."

황가가 먼 산 너머를 힐끔 쳐다보았다.

"그보다 시간이 늦었습니다. 산중이라 해가 빨리 떨어집니다. 어서 가마에 오르십시오, 마마님."

구월이 기다렸다는 듯 가마의 문을 연다. 가마의 모습이 왠지 조금 달라 보였다. 사방이 낙조에 물든 탓이겠거니 생각하며 순심은 가마에 올랐다. 가마 안에 자리를 잡은 순심이 고개를 들었다.

"순심아."

"응?"

"이거 먹어."

구월이 내민 것은 동그란 환약 몇 알.

"의녀에게 얻었어. 이거 먹으면 어지럽지도 않고 멀미도 안 생긴대. 아까도 가마 타고 오느라 어지럼증이 나서 고생했다며."

구월이 재촉하듯 다시금 환약을 순심에게 내밀었다.

"먹어둬. 정말로 멀미가 싹 가라앉는대."

저를 빤히 보는 구월의 시선을 느끼며 순심은 환약을 씹어 삼켰다. 쌉쓰레한 약재의 향 뒤로 퍼지는 들큼한 감초 맛.

"고마워. 덕분에 편하게 가겠다."

"저, 순심아……."

"응?"

"순심아……."

열린 문 바깥, 저를 거푸 부르며 물끄러미 바라보는 구월의 얼굴. 환약을 먹은 탓에 들척지근한 침을 삼키며 순심은 구월을 바라보았다. 구월의 입꼬리가 실룩거렸다. 울 것 같기도, 혹은 웃기 직전 같기도 한 기묘한 표정이었다.

"구월아. 무슨 일 있는 거 아니지?"

순심이 구월을 향해 물음을 던진 순간.

"궁녀님. 가마 문을 닫으십시오."

"아……. 예."

황가의 재촉에 구월이 급히 가마 문을 내렸다.

"구월아, 이따가 낙선당에서 봐."

"……."

덜컹. 예상보다 제법 큰 소리를 내며 가마 문이 닫혔다. 순식간에 가마 내부가 캄캄해졌다.

문득 구월의 대답을 들어야겠다는 생각이 들어, 순심은 창에 드리워진 교렴을 밀어본다. 그러나 교렴은 바깥에서 고정된 듯 움직이지 않았다.

"가마란 게 본래 이런가……."

나지막하게 중얼거린 순심이 한숨을 내쉬었다.

이윽고 들려오는 소리들. 가마 끈을 갈무리하는 기척, 이영차- 가마꾼들이 기합을 넣는 목소리. 허공으로 들어 올려지며 크게 요동친 가마가 흔들흔들 앞으로 나아가기 시작한다.

보폭을 맞춰 걷는 가마꾼들의 기척 너머로 두 명의 발소리가 들려왔다. 분명하게 힘이 들어간 발걸음은 분명 황가의 것. 힘이 빠진 듯 들리는 발소리는 구월의 것이리라.

약기운이 돌기에는 아직 시간이 이른 듯했다. 가마가 출발한 지 얼마 되지도 않아 벌써 어지러웠다. 순심이 가마에 머리를 기댄 채 스르르 눈을 감았다. 그 순간.

-으흐흡……!

가마의 바깥에서 들려오는 목소리. 얼핏 듣기에 울음소리 같기도 하고, 지나쳐 들으면 기침을 참는 소리이거나 재채기 소리 같기도 한…….

잠에 빠져들던 순심이 눈을 번쩍 떴다. 그러나 한 치 앞도 보이지 않는 어둠 속. 황가나 구월을 부르고 싶은데 이상하게 몸이 나른하여 입을 벌리는 것마저 힘겨웠다. 마치 몸이 가마 아래 아득한 땅 밑까지 가라앉는 것만 같다.

나른하게 어둠 속을 응시하던 순심의 눈이 서서히 감겼다. 곧 지독하게 깊은 잠이 몰려왔다.

* * *

"세상에, 이게 대체 무슨 일이람."

"대체 다들 왜 그러는 거야? 오늘따라 분위기도 전에 없이 흉흉하고……. 무서워 죽겠어. 얘기 좀 해봐."

"나도 몰라. 무슨 일이 일어나려고 이러는 거지? 혹시라도 반란이라든가……."

"뭐어? 바, 반란?"

"아무래도 이상하니까 그러지……. 간밤에 궁궐 담벼락이랑 북한산 곳곳에 봉화(烽火)를 피웠다는 얘기 못 들었어? 게다가 대전 무인들이 우르르 궁궐 밖으로 나갔다지 뭐야?"

"대체 무슨 일이기에 궁궐이 이리 난리지……. 아, 아무래도 불안해 죽겠어. 안 그래도 요새 김성 궁인이 독을 썼네, 뭐네 해서 도는 소문들마다 흉측해 죽겠는데……."

창경궁 통명전(通明殿) 근방에 위치한 나인 처소.

회랑을 따라 다닥다닥 붙어 있는 궁녀 처소 안에서 심상치 않은 속삭임이 들려오고 있었다.

"무언가 일이 나긴 났어. 우리 같은 천것들에게나 쉬쉬하는 거라고. 상궁 마마님들이며 관원들은 분명 무언가 알고 있는 듯한데, 무서운 표정으로 절대 말씀도 아니 해주시고……."

그때였다. 구석에 무릎을 모으고 앉아 골똘한 표정을 짓고 있던 애기나인이 불쑥 끼어들었다.

"그런데…… 좀 이상하긴 하네유."

"뭐가 이상한대? 어서 말해봐, 꼬맹아."

"어제 전하께옵서 승은궁녀와 함께 단풍놀이를 가셨잖아요."

"해가 뜨자마자 떠나셨다가 날이 어두워진 후에야 돌아오셨잖아? 그게 왜…….."

애기나인에게 반문하던 수라간 나인 하나가 말끝을 흐렸다. 그녀의 얼굴이 창백해졌다.

"왜 그래? 무슨 일인데?"

"승은궁녀가 나가는 거, 다들 봤지?"

"봤다마다. 아주 배가 아파서 죽을 뻔하지 않았어?"

궁녀들이 고개를 주억거렸다.

전날, 궁녀들 사이에서는 낙선당 승은궁녀의 이야기가 단연 화젯거리였다. 왕의 총애를 받고 있다 한들 일개 궁녀에 지나지 않는 순심이 후궁 마마님이나 정경부인처럼 가마에 올라 나들이를 떠났기 때문이었다. 궁인들은 승은궁녀에게 첩지를 내릴 때가 다가왔다 숙덕거렸다. 시기 반, 부러움 반인 이야기들이 종일 궁녀들 사이를 떠돌았다.

"그래. 그런데…… 승은궁녀가 돌아오는 거, 본 사람 있어?"

"……."

누구에게서도 대답은 들려오지 않는다. 옹기종기 앉아 있던 나인들이 서로의 얼굴을 바라보았다. 궁녀들의 눈동자에는 경악과 공포가 서려 있었다.

그때였다.

"얘들아! 얘들아! 크, 큰일 났어……!"

벌컥, 나인 처소의 문이 열림과 동시에 구르듯 달려 들어오는 궁녀 하나. 그녀가 동궁에 속한 나인임을 알아본 궁녀들이 표정에 긴장이 스쳤다.

"무슨 일이야? 어서 말해봐!"

"지, 지, 지금 동궁전에 난리가 났어!"

"난리? 무슨 난리가?"

재촉하는 궁녀들의 표정에는 호기심과 공포가 뒤섞여 있었다.

"대신 하나가 다녀간 이후 갑자기 왕세제께서 고함을 지르시고, 눈물을 흘리시고, 미친 사람처럼 악을 쓰시고……. 그러더니 내관과 빈궁께서 용포 자락을 붙들고 매달리는데도 뿌리치고 나가버리셨어. 북한산에 간다면서!"

"북한산? 북한산에는 왜?"

"그, 그게……. 아으, 소름 끼쳐."

질문을 던지는 궁녀들의 등골이 스멀스멀 써늘해진다.

전날 북한산 산영루로 단풍놀이를 떠났던 왕은 어둑한 저녁 궁궐로 돌아왔다. 그러나 궁녀 신분에 어울리지 않게 가마를 타고 요란스레 행차를 떠났던 승은궁녀가 돌아오는 것을 본 이는 아무도 없었다…….

"북한산에서 사고가 났대."

"무슨 사고?"

"승은궁녀가 타고 있던 가마가 낭떠러지에서 굴러 떨어졌대!"

"뭐?"

헉- 하고 궁녀들이 급히 숨을 들이마시는 소리.

"가, 가마가 낭떠러지에서 떨어졌다고? 그럼 승은궁녀는?"

"돌아온 건 승은궁녀를 모시던 구월이라는 궁녀 하나뿐이래. 용케 낭떠러지로 구르지 않고 살아났다나……? 가마꾼이며 호위로 따라갔던 무사며 승은궁녀까지 모두 낭떠러지 아래로 떨어졌대. 산산이 부서진 가마의 파편 말고는 무엇 하나 발견하지 못했다는데……."

궁녀가 떨리는 목소리로 말을 이었다.

"그 말이 맞았나 봐. 전하의 곁에 있는 여인들은 죄다 죽는다고……."

곁에 앉아 있던 다른 궁녀가 부르르 몸서리를 쳤다.

"그럼……. 승은궁녀도 죽었겠네……."

* * *

순심이 느리게 눈꺼풀을 들어 올렸다. 그러나 보이는 것은 새카만 어둠뿐. 눈을 깜빡이던 순심은 그제야 제가 가마 안에 있음을 상기한다.

"아직도 도착 안 했나……."

꾸벅꾸벅 졸다 머리를 가마 벽에 들이받은 모양이었다. 순심이 시큰한 관자놀이를 문지르며 중얼거렸다.

그 순간 덜컹- 소리와 함께 내려지는 가마. 그녀는 가까스로 중심을 잡았다. 이윽고 가마의 문이 열렸다.

순심이 어둠 속을 응시했다. 아무것도 보이지 않는다. 가마 밖은 암흑천지였다.

'호롱불 하나 없이 어찌 이리 캄캄하지.'

물론 밖이 어두운 것은 자연스러운 일이었다. 해가 넘어갈 무렵 출발하였으니 밤늦게 도착한 것은 당연한 일일 것이다. 그러나 순심이 가마에서 일어나지 못한 채 퀭한 어둠 속을 응시하는 것은 불빛이 없기 때문만은 아니었다.

'……이상해.'

열린 문으로 들이치는 바람에서는 낯선 냄새가 났다. 긴 장맛비가 끊긴 여름날 후원 연못가에서 풍겨오는 물비린내와 비슷한 냄새. 즉 그것은 궁궐 한복판에서는 날 리 없는 냄새였다.

방금 전까지 곤히 잠들어 있던 것이 무색할 만큼 정신이 번쩍 들었다. 살갗은 물론이거니와 머리카락까지 빳빳하게 곤두서는 느낌이었다.

순간 가마 앞을 가리는 검은 그림자.

"마마님. 도착했습니다."

"아……."

황가의 음성. 잔뜩 긴장했던 순심의 입에서 안도의 한숨이 흘러나왔다. 몇 차례 숨을 들이쉬고 또 내쉬자 그제야 머리가 좀 돌아가기 시작했다.

"황가 님, 잠시 쉬어 갑니까?"

숲 속을 부유하는 듯 휑한 바람 소리, 습기를 머금은 묵직한 공기, 주변에 떠도는 낯선 향기.

순심은 궁궐로 돌아가는 와중 잠시 쉬어 가는 것이라 생각했다.

"……."

황가에게서는 대답이 돌아오지 않았다. 그가 얕게 숨을 뱉는 소리가 들려왔다. 스산한 고요함이었다. 첩첩산중과 같은, 주변에 살아 있는 것이라고는 존재하지 않는 듯한 오싹한 고요함.

"마마님. 내리십시오. 다 왔습니다."

"다 오다니…… 어디를요?"

"가마로 갈 수 있는 길은 여기까지입니다."

무언가 대꾸하려던 순심이 문득 정지했다. 미처 생각지 못했던 둔중한 깨달음이 그녀를 덮쳐왔다.

"황가 님, 구월이는 어디 갔습니까?"

황가에게 질문을 던지며 순심은 마침내 가마 밖으로 나왔다. 내내 앉아 있었던 까닭에 다리가 저려, 그녀는 중심을 잡지 못하고 비틀거렸다.

황가가 순심의 팔을 붙잡았다. 그러나 그녀는 그의 손을 뿌리쳤다.

"황가 님, 구월이는 어디 있어요?"

새카만 밤 속에서 애써 시선을 모으며 순심은 사방을 두리번거렸다. 그제야 눈이 어둠에 길들었다.

주변 풍경이 조금씩 보이기 시작한다. 난생처음 보는 모양의 높이 솟은 나무들, 불빛이라고는 단 하나도 보이지 않는 적막한 길. 멀리서 강인지 계곡인지 혹은 바다인지 알 수 없는 물소리가 들려왔다.

"구월이는 어디 갔어요? 가마꾼들은 죄다 어디로⋯⋯."

낯설기만 한 장소에서 유일하게 낯익은 황가의 얼굴. 그러나 황가가 곁에 있다는 사실은 별다른 위안을 주지 못했다. 갑자기 목 언저리에 시큰한 감각이 몰려왔다. 눈가가 뜨거워지고 호흡이 가빠졌다. 이유도 모르면서 눈물이 왈칵 쏟아졌다.

"왜⋯⋯. 왜 그런 표정으로 쳐다보세요?"

"⋯⋯마마님."

"황가 님, 여기는 어딥니까?"

고요 속에 들리는 소리. 황가가 숨을 고르고, 마른침을 삼킨다. 늘 감정 없이 담담하던 그의 음성이 옅게 떨리고 있었다.

"마마님은 궁궐로 돌아가지 못하십니다. 소인이 마마님께서 지내시게 될 장소로 안전히 모시겠습니다."

"⋯⋯궁궐로 돌아가지 못해요?"

제가요?

순심이 멍하니 반문했다. 두려움과 불안함 탓에 고여 있던 눈물이 왈칵 쏟아졌다. 턱 끝에 매달린 눈물방울이 툭, 툭 떨어져 그녀의 가슴팍을 두드렸다.

"궁궐이 제 집입니다. 낙선당이 제 집인데⋯⋯ 달리 어디로 갑니까? 전하께서 기다리실 텐데⋯⋯."

"⋯⋯마마님."

황가가 고개를 숙였다. 그가 입술을 잘근 깨물었다.

이별은 고통스러운 일이다……. 그것이 황가 제 사랑의 종말이 아니라 해도.

"전하의 명이십니다. 소인은 어명을 받들어 마마님을 모시고 있습니다."

순심의 입술이 벌어졌다. 황가는 농담을 하지 않는다. 그는 없는 이야기를 하는 법이 없었다. 윤이 늘 그리 말했듯이, 황가가 말하는 것은 그것이 무엇이든 곧 진실이었다.

"그럼 저는…… 전하께서 계신 곳으로 가는 것입니까?"

왕으로서 살아가는 삶의 고충을 토로하던 윤이었다. 하룻밤의 일탈? 혹은 잠시 궁궐을 벗어나 온천이나 행궁으로 휴양을 떠나는 것일지도 모른다. 왕의 행차에 드러내고 승은궁녀를 데려갈 수는 없으니, 단풍놀이를 떠날 때처럼 황가에게 순심을 데려오라 이른 것일지도…….

"전하께 가는 겁니까?"

마지막 실낱같은 희망. 순심이 간절한 어조로 물었다. 황가가 무겁게 답했다.

"전하께서는 궁궐로 돌아가셨습니다."

재촉하듯 황가를 바라보던 순심의 표정이 그대로 얼어붙었다. 그가 고통스럽게 내뱉었다.

"전하께옵서는 오지 않으십니다, 마마님."

* * *

창경궁 통명전 근방. 긴 시간 비어 있던 전각 안에서 근엄한 목소리가 흘러나오고 있었다.

"궁궐 안팎에서 수군대는 자들이 많다. 승은궁녀는 물론이거니와 가마꾼과 호위무사까지 변을 당했거늘, 네년만 홀로 살아 돌아왔으니 그럴 수밖에 없는 노릇이지."

바닥에 납죽 엎드려 있던 구월이 고개를 들어 올렸다. 며칠 사이 눈에 띄게 해쓱해진 구월의 얼굴에 긴장이 역력했다.

양 허리에 손을 올린 채 구월을 엄히 내려다보고 있는 여인은 상정(尙正)[32]의 품계를 가진 궁관. 상정은 내명부 궁녀들 사이에 불미스러운 일이 발생했을 때 사건을 조사하는 일을 담당하고 있었다.

"단 하나라도 거짓이 있었다간 중형에 처할 것이니 그리 알라. 명심하겠느냐?"

"예, 마마님. 어느 안전이라고 쇤네가 거짓을 고하겠습니까. 명심하겠습니다."

의연하게 대꾸해보지만 구월은 눈에 띄게 떨고 있었다. 상정이 말을 이었다.

"승은궁녀를 가마에 태우고 산을 내려오는 와중, 가마꾼 하나가 발을 헛디뎌 중심을 잃었다지?"

"예, 그랬습니다."

"그리하여 어찌 되었느냐?"

구월이 마른침을 꿀꺽 삼켰다.

북한산 산영루를 찾았던 날로부터 고작 사흘의 시간이 흘렀을 뿐이다. 구월에게도 그날의 일은 아직 실감조차 나지 않는 큰 상처였다. 그러나 제 마음을 보듬어줄 이 하나 없는 처지.

뜸을 들이는 구월을 향해 상정이 재촉하듯 눈을 부라렸다.

"가, 가마꾼 하나가 낭떠러지 근방에서 발을 헛디뎠습니다. 가마 역시 순식간에 중심을 잃고 넘어가더이다……. 다른 가마꾼들이 버

---

32   내명부 종육품 궁관.

티려고 안간힘을 썼으나 워낙 갑작스런 일이라…….”

구월의 말끝이 덜덜 떨렸다.

“그래서 가마와 가마꾼 모두가 낭떠러지로 굴러떨어졌다?”

“예……. 그러하옵니다.”

불현듯 목 언저리가 뻐근해지며 울음이 차올랐다. 구월이 이를 악물었다. 눈물을 참으려 애써보았으나 절로 눈시울이 뜨끈해졌다. 등골에 고여 있던 땀이 주룩 흘러 저고리가 축축했다.

구월은 여전히 뇌리에 생생한 그날의 모습을 떠올린다. 낭떠러지 아래로 가마가 굴러떨어지는 요란한 소리. 가마의 창에서 떨어져 나와 펄럭이던 붉은 교렴, 그 위로 솟아오르던 자욱한 흙먼지…….

“그렇다면 황진기라는 호위무사는?”

‘황진기’라는 황가의 본명이 낯설었다. 옷소매로 눈물을 쓱 닦은 구월이 말을 이었다.

“가마 문을 열고 승은궁녀를 구하려다…… 함께 떨어졌습니다.”

“으흠.”

상정의 미간에 깊은 주름이 졌다. 그녀가 싸늘하게 물었다.

“승은궁녀도, 가마꾼도, 심지어 궁중에서 가장 무예가 뛰어나다는 무사마저도 모두 낭떠러지 아래로 떨어졌다……. 분명 그들은 죽었을 테지. 한데 어찌 네년만 살아남을 수 있었더냐?”

“소, 소인은 걸음이 느려 뒤에서 따라가고 있었기 때문에…….”

“…….”

상정이 날카로운 눈빛으로 구월을 바라보았다.

구월의 진술에 특별히 의심스러운 구석이 있는 것은 아니었다. 상정 역시 구월이 설명한 그날의 상황을 어렵지 않게 유추할 수 있었다.

비좁고 가파른 산길로 내려가는 가마. 산길에 즐비한 돌부리나 덩굴 따위에 발이 걸린 가마꾼은 중심을 잃고 넘어졌을 것이다. 운 나쁜 가마꾼은 낭떠러지에 발을 디뎠을 것이고, 그 바람에 가마며 다른 이들까지 줄줄이 낭떠러지 아래로 떨어지고 말았으리라. 마치 산신에게 바쳐지는 제물처럼 모두 돌아오지 못했을 것이다.

"그런데 어이하여 시신은 한 구도 나오지 않았을까?"

"소인이 그런 것까지는……."

"이상하기 짝이 없으니 묻는 것 아니냐!"

이틀 내내 병조(兵曹)에 속한 관원과 무인들이 북한산 근방을 수색했다. 가마에서 떨어진 교렴이며 산산이 조각난 가마의 흔적들이 험한 돌산 아래 곳곳에서 나왔다. 그러나 사람의 시신은 나오지 않았다.

나온 것이라고는 승은궁녀의 것인 듯 보이는 찢어진 비단 자락과 장신구에서 떨어진 듯한 옥구슬 몇 개뿐.

그때였다. 닫혀 있던 장지문이 갑작스레 열렸다.

"중전마마……!"

상궁보다 품계가 낮은 상정 처지. 하늘같은 중궁전을 가까이서 보게 되리라 기대조차 않았던 상정이 급히 머리를 조아렸다.

"어찌 중전마마께서 이 누추한 곳까지……."

"궁녀의 일이다. 내명부의 수장인 내가 여기 오는 것이 문제가 되는가?"

"무, 문제라니요. 그, 그, 그럴 리가 있겠나이까."

당황한 상정이 말을 더듬었다.

"취조는 끝났는가?"

"진술했던 내용에 대해 확인하고 있었나이다. 시신이 나오지 않은 것이 이상하여……."

채화가 한숨을 내쉬었다.

"가마가 굴러떨어진 낭떠러지는 첩첩산중이었다지? 하여 부서진 가마 역시 전체를 발견한 것이 아니라 파편만을 찾아냈다 하더군."

"예, 예……. 마마."

"게다가 수색을 나선 이들이 근방에서 범의 흔적을 찾았다 들었다. 이런 마당에 시신을 찾지 못한 것이 그리 대수인가?"

"소, 소인은 그저 법도에 따라 진위를 가리고자……."

"되었네. 그만하게."

채화가 말허리를 딱 잘랐다. 단호하기 짝이 없는 중궁전의 태도에 우물대던 상정이 입을 다물었다.

"이번 사고로 인해 대전의 손실이 많았다. 죽은 이가 승은궁녀 하나가 아니지 않은가? 무사 황진기는 전하께서 몹시 아끼는 측근이자 호위였지. 전하의 상심이 이루 말할 수 없을 만큼 크시네. 나는 하루빨리 조사를 마무리 짓는 것이 옳다고 생각하네."

"……."

쭈뼛대며 고개를 든 상정이 채화의 눈치를 살폈다. 일개 상정 따위가 중궁전의 뜻을 거역할 수는 없는 노릇이었다.

"게다가 여기 구월이라는 궁녀는 낙선당의 가장 가까운 벗이기도 했다. 벗을 잃은 궁녀에게 그날의 일을 꼬치꼬치 캐묻는 것은 너무 가혹하지 않은가?"

"……."

"어찌 대답을 않는가?"

"예, 예. 지당하신 말씀이시옵니다, 마마."

"그리 생각한다면, 궁녀에 대한 조사도 이것으로 충분하겠지."

"예. 소인 역시 그리 생각하옵니다. 중전마마의 말씀이 천 번 옳으십니다."

무표정하던 채화가 그제야 고개를 끄덕였다.

"자네들은 이만 물러가게. 내 이 궁녀에게 개인적으로 물을 것이 있으니."

상정과 궁인들이 전각을 빠져나갔다. 채화는 그녀를 따라온 지밀들마저 모두 물러가라 명했다. 덩그러니 넓은 공간 안에 남은 것은 구월과 채화, 둘뿐.

"고생이 많았다."

침묵을 깨뜨린 채화의 목소리. 구월이 그제야 고개를 들었다.

'고생했다'는 짧은 말 한마디. 무언가 치하를 바라고 한 일은 아니었으나, 불안감에 시달렸던 며칠의 시간을 보상 받은 기분이었다. 구월이 저도 모르게 탄식 같은 한숨을 내쉬었다.

"고생했다. 내 이 일에 대해 왈가왈부하지 못하도록 입단속을 할 터이니 더 이상 신경 쓸 일은 없을 것이다."

채화의 시선이 구월의 초조한 듯 꿈틀대는 손가락에 닿았다.

"할 말이 있거나 혹은 묻고 싶은 것이 있느냐?"

"순심이는……. 아니, 낙선당 마마님은……."

뜨거운 것이 북받치는 모양이었다. 구월이 꿀꺽 울음을 삼켰다.

"무사하겠지요?"

"그럴 것이다."

채화 역시 알지 못한다. 순심의 죽음을 가장한 출궁을 기획하고 실행시킨 이는 그녀가 아닌 윤이었다. 채화는 조력자인 동시에 방관자였을 뿐이다.

"나는 모른다. 전하께서 하신 일이다. 낙선당이 어디로 갔는지, 어떻게 지내게 될 것인지 나는 알지 못한다."

"하지만……."

"그렇지만 황가가 따라갔으니 믿을 만하겠지."

채화의 말투는 차갑다기보단 담담했다. 감정이 잘 느껴지지 않는 음성이었다.

"내 너에게 약조한 것은 지키겠다. 당장 낙선당이 비었으니 그곳에 계속 머물 수는 없겠지. 밧소주방에 자리를 만들어줄 테니 당분간 내 곁에 있도록 하라."

"……예, 감읍하옵니다, 중전마마."

"고생하였으니 들어가서 쉬어라."

"예, 마마."

자리를 뜨려던 채화가 힐끔 구월을 쳐다보았다.

구월의 얼굴은 꺼칠하고 수척했다. 죽은 것으로 위장되어 사라진 자들보다 더 큰 위험을 무릅써야 했던 것은 홀로 살아 돌아온 구월이었다. 문초를 받았을 뿐 아니라 북한산까지 들락거려야 했으니 분명 피곤이 극에 달했을 것이다.

문득 궁금해졌다. 무엇이 구월로 하여금 이런 위험한 일을 감당하게 만들었는지.

산영루행이 예정되어 있던 전날 밤, 왕과 구월 사이에 어떤 말이 오갔는지 채화는 모른다. 왕께서 어떤 말로 구월을 설득하였으며 어떻게 사건의 가장 중요한 증인으로 끌어들였는지 역시 알지 못했다.

"내 너에게 한 가지 물어도 되겠느냐?"

"예, 마마."

뜸을 들이던 채화가 입을 열었다.

"너는 낙선당의 가장 가까운 벗이었지. 벗과 떨어지는 것이 고통스러웠을 것이다. 한데 어찌하여 이 일에 이리 적극적으로 뛰어든 것이냐? 전하께서 네게 무언가 대가를 약조하셨느냐?"

"……."

구월은 잠시 침묵했다.

깊은 밤, 갑작스레 구월의 처소를 찾아왔던 조선의 왕.

윤은 순심을 살리고 싶다 했다. 정쟁과 위협으로부터 구해내고 싶다 했다. 그는 순심을 지키기 위해 이별의 고통 따위 기꺼이 감수할 수 있다고 했다. 설령 목숨을 던지는 한이 있더라도, 순심만은 지켜내고 싶다 했다.

그 말이 구월을 움직였다. 상검 역시 그런 마음이었을 테니까.

"아무것도 약조하시지 않았습니다……. 어명이었기에 따랐을 뿐입니다."

* * *

갈바람이 스산하게 목덜미를 파고든다. 머물던 이의 온기가 사라진 지 고작 사나흘이 흘렀을 뿐이다. 그러나 불 꺼진 낙선당 풍경은 어찌 이다지도 을씨년스러운지, 안뜰에 나뒹구는 돌멩이 하나마저 사무치게 쓸쓸한지…….

선뜻 안으로 들어가지 못하고 한참을 바깥에 서 있던 윤이 느린 걸음으로 뜰을 가로질렀다.

후회하냐고? 후회하다마다. 순심의 등 뒤로 북한산의 석양이 쏟아지던 그 순간에 그는 이미 결정을 후회했다. 버티지 못할 것을 알았고, 참아내지 못할 것을 알았다. 제 삶이 황폐해질 것을 알았다. 다시금 고통 속에 처박힐 것을 알았다.

"순심아."

고요히 불러본다. 낙선당, 불 꺼진 침소 문 안쪽에서는 아무런 답도 돌아오지 않는다. 저 방문을 열면 곤히 잠든 순심의 말간 뺨이 보일 것만 같았다.

그리하여 윤은 우두커니 섬돌 아래 서 있다……. 움직이지 못한 채.

"……순심아."

다시금 불러보지만 결코 문을 열거나 들어갈 수는 없었다. 진실의 문을 열고 냉기 어린 빈방을 마주할 자신이 없다. 저 문 안에 단꿈을 꾸는 제 여인이 잠들어 있으리라 믿고 싶었다.

스스로 선택한 사랑의 종말이었으나, 제발 오늘 밤만이라도.

"……."

윤이 고개를 떨어뜨렸다. 그의 시선이 대청마루 한쪽에 덩그러니 놓인 작은 물건에 닿았다.

향낭. 아청색 비단에 은실로 수를 놓은 향주머니. 오래도록 묵은 탓에 본연의 향기를 거의 잃은 희미한 백단향이 풍겨왔다. 어느 날이었던가. 그의 앞길에 무엇이 놓여 있는지 꿈에도 모르던 왕세자 시절, 그의 향기를 사랑하는 순심을 위해 건네주었던 향낭.

"어찌 이걸 두고 갔느냐."

어쩌면 순심은 한동안 발길을 끊었던 윤을 기다리며 저 향주머니를 손에 쥐고 있었던 게 아닐까. 오지 않는 정인을 기다리며 그의 향기나마 붙들고자 저것을 보듬었던 것이 아닐까.

향낭은 쓸쓸히 놓여 있었다. 먼 길 떠나 다시 돌아오지 못하리란 걸 알고 두고 간 것처럼.

"순심아."

순심아. 순심아…….

왕의 뺨에 흐르는 옥루(玉淚)를 보아도 놀랄 이 없고, 울어도 보는 이 없고, 흐느껴도 듣는 이 없는 곳. 그리고 이제 그가 사랑하던 여인마저 없는 낙선당에서, 윤은 비로소 오래도록 울었다.

二十九章.
형제(兄弟)

"마마님. 이곳이 머무실 처소입니다."

"……."

"소인 이만 물러가겠습니다. 쉬시옵소서."

황가의 음성은 묵직하고 침울했다. 순심이 대답하지 않을 것임을 그도 안다. 작은 소리를 내며 방문이 닫혔다.

방 안에 서 있던 순심이 주변을 느리게 훑었다. 화려한 가구나 장식 따위 없는 소박한 방은 깔끔하게 정돈되어 있었다. 한쪽에는 비단 요와 이불이 깔려 있었고, 반대편에는 반닫이며 문갑 같은 세간들이 자리했다. 이부자리 곁에 밝혀놓은 등잔불이 어룽어룽 흔들렸다.

의도한 것인지 알 수 없으나 방의 모습은 낙선당 풍경을 닮아 있었다.

"하……."

여기가 어디지. 순심의 집은 궁궐이었다. 어찌하여 제집을 두고 낯선 곳에 뚝 떨어져 사방을 두리번거리고 있는 걸까.

가마에서 내린 이후 일어난 일들은 납득되지 않는 것뿐이었다. 낯선 공기, 낯선 장소, 자취를 감춘 구월, 이해할 수 없는 황가의 태도. 그리고 무엇보다 그녀의 마음을 아프게 했던 말.

-전하께서는…… 오지 않으십니다.

황가의 그 말은 비수처럼 순심의 마음 한가운데 꽂혔다.

"그럴 리가…… 없어."

혼잣말을 내뱉으며 순심은 고개를 내저었다. 그럴 리 없다. 다른 이도 아닌 윤이 그럴 리 없었다. 그런 태도는 윤에게 어울리지 않았다.

지금은 제 이름처럼 익숙해진 승은궁녀라는 호칭. 그들이 모종의 계약을 맺었을 때도 윤은 순심의 의중을 먼저 물었다.

윤은 그런 사람이었다. 그녀의 뜻을 무엇보다 소중히 여기는 사람. 그는 사랑을 고백하며 초야의 허락을 구하는 사람이었다. 후궁 첩지를 내리는 것마저도 홀로 결정하지 않고 순심의 의견을 물었던 그였다. 순심이 아는 윤은 상의 한마디 없이 일방적으로 그녀를 떠나보낼 이가 아니었다.

잘못되었다. 잘못돼도 한참 잘못되었다.

"……마마님."

덜컥 방문이 열렸다. 방에서 걸어 나오는 순심의 얼굴은 차갑게 경직되어 있었다. 순심은 아무것도 보이지 않는 사람처럼 황가를 지나쳤다.

신을 발에 꿴 그녀가 뜰로 내려갔다. 그리고 걷는다. 도무지 어딘지 알 수 없는 어둠을 향해.

저벅대며 그녀를 따라오는 발소리. 황가가 그녀의 앞을 막아섰다. 순심이 장애물을 피하듯 비켜선다. 황가는 그림자처럼 그녀를 따라 한 보 움직였다. 다시금 피해보지만 그는 여전히 순심의 앞에 버티고 서 있었다.

"비키십시오."

"……."

"황가 님, 비키라는 말이 들리지 않으십니까?"

황가는 말이 없었다. 습기 찬 낯선 바람이 분다. 순심의 눈에 그렁그렁 눈물이 고였다.

황가가 원망스러웠다. 아무리 빠져나가려 노력해도 황가는 그녀를 보내주지 않으리란 것을 알 수 있었다.

드높은 성벽처럼, 윤과 순심 사이의 몇 십, 몇 백 리가 될지 모르는 까마득한 거리처럼, 그녀를 둘러싸고 있는 숨 막히도록 먹먹한 어둠처럼. 혹은 미천한 궁녀와 조선의 왕 사이를 가로지르는 한없이 높고 넓은 신분의 벽처럼…….

그렇게 황가는 묵묵히 순심의 앞을 지키고 있었다.

"내 말이 안 들립니까? 어서 비키란 말입니다! 지나가게 해달라고요!"

"……."

"감히 어찌 전하의 여인인 내 앞을 이리 막아서는 겁니까. 가게 해달란 말입니다!"

순심의 입에서 비명과 같은 새된 외침이 흘러나왔다. 마침내 꾹꾹 눌러 담았던 눈물이 터지고야 말았다. 빗물처럼 흘러내린 눈물이 옷고름 위로 후두둑 떨어졌다.

"보내달란 말입니다……. 전하께 가게 해달란 말입니다!"

"그럴 수 없습니다, 마마님."

그럴 수 없다는 확고한 거절. 내내 묵묵부답이던 황가의 말은 그뿐이었다.

"제발…… 제발요. 황가 님, 제발…… 보내주십시오. 전하를 뵙게 해주십시오. 제발 저를⋯⋯."

순심이 앞을 막아서고 있는 황가의 가슴을 밀어냈다. 그러나 힘이 들어가지 않은 손길이었다. 황가의 몸 역시 미동하지 않았다.

"전하께는 제가 필요합니다. 그분의 곁에는 제가 있어야 합니다. 황가 님도 아시지 않습니까? 그러니 제발⋯⋯."

순심의 무릎이 꺾였다. 산영루 나들이를 간다며 설레는 마음으로 차려입은 연노랑 비단 치마폭이 흙바닥에 힘없이 펼쳐졌다. 순심이 떨리는 손으로 제 얼굴을 감쌌다.

"제발요."

황가를 올려다보는 애처로운 검은 눈동자. 황가는 대답 대신 무겁게 고개를 저었다.

"송구하오나 마마님, 이것이 전하의 뜻입니다."

"믿을 수 없습니다. 전하께서는 결코 이렇게 저를 내치실 분이 아니라고요⋯⋯. 절대로⋯⋯."

"내치신 것이 아닙니다. 마마님을 살리고자 하신 겁니다."

"⋯⋯."

보내달라 애원하던 순심의 목소리가 뚝 끊겼다.

살리고자 하다니. 그녀는 멀쩡하게 잘 살아 있었다. 아니, 궁에서 살아온 시간 동안 순심은 특별한 위협을 느껴본 적 없었다. 위협이 있었다면 그것은 영빈과 박 상궁, 지 상궁 같은 이들. 그러나 그들은 이제 과거에 묻혀 잊힌 사람들이었다. 윤의 그늘 안에서 지금껏 그녀는 늘 평안하게 살아왔다.

"마마님. 당장이라는 말씀을 드릴 수는 없으나, 전하께옵서 반드시 마마님을 다시 찾으실 것입니다."

순심의 젖은 눈이 황가에게로 향했다.

윤이 순심을 다시 찾을 것이라는 그의 말. 오늘 그녀에게 닥쳤던 수많은 일들 중 희망적인 것은 오직 그뿐이었다.

"부디 제 말을 믿어주십시오, 마마님."

"으흑……."

순심의 입가가 파르르 떨렸다. 눈물 맺힌 속눈썹이 무겁게 처진다. 순심은 그 자리에서 오래도록 울었고, 황가는 그녀의 곁에 한참을 서 있었다.

마침내 체념한 순심이 방으로 돌아가고, 그 방 안에서 들리던 숨죽인 울음소리마저 끊긴 고요한 밤. 황가는 윤과 독대했던 날의 기억을 떠올렸다.

"어찌 대답이 없느냐?"

그 밤 역시 깊고 캄캄했다. 왕의 침전. 자욱한 어둠 속에서 윤이 은밀히 내리는 명 앞에 황가는 할 말을 잃었다.

순심을 비밀리에 출궁시킬 것이라고. 그녀는 죽은 사람이 되어 영영 궁녀 명부에서 사라질 것이라고. 그러니 순심이 새로운 삶에 적응할 때까지 그녀를 돌봐달라고.

그것이 왕의 명이었다.

"송구하오나 그럴 수는 없나이다, 전하."

황가는 어명을 받들 수 없었다.

"신은 전하의 호위무사입니다. 전하를 위해 죽으라 하신다면 소인 기꺼이 목숨을 던지겠습니다. 전하를 위해 적장의 목을 베라 명하신다면 신 수백의 적군 안에라도 기꺼이 뛰어들겠나이다."

시선을 떨어뜨리고 있던 황가가 고개를 쳐들었다.

"하오나 어찌 전하를 떠나라 하십니까? 저는 전하를 곁에서 지키는 호위무사입니다. 신은……."

황가의 말이 뚝 끊겼다.

윤. 조선의 왕. 황가의 아비가 따랐던 장희재의 유일한 피붙이. 황가가 섬기는 단 하나의 주인.

긴 시간 일거수일투족을 함께한 그들은 군신(君臣)인 동시에 친우이기도 했다. 그들 사이에는 깊은 믿음이 존재했다. 때로 말을 하지 않아도 마음을 읽을 수 있었다.

"전하……."

좀체 긴장한 적 없는 황가의 음성이 가볍게 떨린다.

"김일경을 비롯한 소론 강경파마저 김성 궁인을 밝히라 요구하고 나섰다. 그들은 결코 물러나지 않을 게다. 이 싸움은 피를 봐야 끝난다."

"누구의 피 말입니까?"

윤이 물끄러미 황가를 응시했다.

신료들은 여전히 격론 중이었다. 김성 궁인은 영빈 김씨가 될 수도 있었고, 순심이 될 수도 있었으며, 대비가 될 수도 있었다.

"대비가 김성 궁인이라고 감히 누가 말할 수 있더냐? 영빈 김씨를 누가 국문장으로 끌어낼 수 있느냔 말이다."

"아……."

황가가 무거운 숨을 내뱉었다. 윤의 말이 뜻하는 바가 그것이던가. 누군가의 피를 보아야 끝나는 싸움. 그 피는 대비의 것도, 영빈 김씨의 것도 아니리라. 가장 나약한 자가 물어뜯길 것이다.

그러나 여전히 황가는 납득할 수 없었다. 순심을 향한 그의 사랑은 맹목적이었다. 황가는 그녀를 잃은 윤의 모습을 상상할 수 없었다.

"부탁이다. 내가 믿고 순심을 맡길 수 있는 이는 오직 너 하나뿐이다."

윤과 황가의 시선이 마주쳤다. 처음이었다……. 제가 모시는 주군의 그런 눈빛은. 황가는 윤의 눈에 비친 체념을 읽는다.

"전하……. 어찌하여……."

사랑을, 마음을, 하나뿐인 여인을 포기하려 하십니까. 어찌 삶을 내버리고 혼자가 되려 하십니까?

　"⋯⋯."

　순간 황가가 고개를 쳐들었다. 여전히 윤은 그를 바라보고 있었다. 왕의 뜻을 가늠하려 애쓰던 황가의 등줄기에 차디찬 전율이 일었다.

　운명을 버리고 떠나는 것은 어쩌면 순심만이 아니던가.

　"전하⋯⋯. 대체 무슨 생각을 하시나이까."

　그 밤, 물음을 던지는 황가의 음성은 떨리고 있었다.

　　　　　　　　　* * *

　"으음⋯⋯."

　순심의 입에서 흘러나오는 긴 한숨. 그녀가 눈꺼풀을 들어 올렸다. 짧은 잠이었다. 그나마 숙면을 취하지는 못했다. 잘 기억나지 않는 꿈마저도 순심의 마음처럼 복잡하고 어지러웠다.

　피로와 잠에 취한 머릿속에 온갖 생각들이 쏟아져 들어온다. 여기가 어딜까, 생각하는 것과 동시에 궁궐을 떠나왔다는 사실이 떠올랐다. 곧이어 모든 것이 꿈이길 바라는 간절한 소망이 밀려들었다. 그리고 곧 닥쳐들었다. 낯설고 뼈아픈 현실 속에 있다는 것이.

　달칵- 문소리가 들렸다. 문틈으로 서늘한 바람이 들어왔다.

　"아씨, 깨셨습니까?"

　계집아이의 목소리. 당연히 순심은 처음 듣는 음성이었다. 소녀가 대뜸 순심을 향해 넙죽 고개를 숙였다.

　"아씨, 사흘 동안 곡기를 끊으셨다 들었습니다. 그러다 큰일 나십니다."

　고개를 돌린 순심의 눈에 들어온 계집아이. 열 살쯤 먹었을까 싶은 소녀였다. 햇볕에 잔뜩 그을린 까무잡잡한 소녀의 댕기머리가 허리춤에서 흔들거렸다. 누구인지, 뭐 하는 아이인지 알 턱이 없었으나 그렇다고 따져 물을 마음의 여유도 없었다. 순심이 소녀에게로 향하던 시선을 거두었다.

"죽을 좀 끓여 왔습니다. 입맛에 맞으실지 모르겠습니다만……."

"……생각이 없네."

"밤새 열에 들떠 헛소리를 하시던데 이러다 정녕 큰일을 치르겠습니다. 바깥에서 잠도 못 주무시고 걱정하시는 분의 얼굴을 봐서라도 한술 뜨세요, 연이 아씨."

굳은 표정으로 앉아 있던 순심이 힐끔 소녀를 보았다.

나를 연이라고 불렀나.

그러나 역시나 따져 물을 기력도, 마음도 들지 않았다. 사흘간 아무것도 먹지 않은 데다 눈물을 많이 흘린 탓에 탈진한 듯 기운이 빠져 무기력했다. 씻거나 배를 채우는 것보다 그저 잠이 들고 싶었다. 아무런 생각조차 나지 않는 깊은 잠을.

"생각이 없다지 않아. 먹지 않을 것이니 들이지 마라."

부러 모질게 말해본다. 그러나 소녀는 나가지 않고 문지방 근처에 서서 초조한 듯 손톱을 물어뜯고 있었다.

어찌하여 그런 눈빛으로 쳐다보는 거니…….

"아씨……. 소, 소인은 그저 푼돈 몇 푼 받고 허드렛일이나 하는 어린애라 내막 같은 것은 모르지만 말입니다요…….'

머뭇대던 소녀가 말을 이었다.

"송구하오나 소인…… 아씨께서 주무시며 열에 들떠 말씀하시는 것을 들었습니다."

"……내가 무어라 하였기에?"

"가야 한다고, 그분께 가셔야 한다고……. 그래서 아씨께 기다리는 정인이 계심을 알았습니다."

"……."

"저, 아씨……. 하나 여쭈어도 됩니까?"

소녀를 바라보던 순심이 고개를 돌렸다. 가타부타 긍정도, 부정도 아니었으나 소녀는 쭈뼛대며 말을 이었다.

"외람된 말씀이옵니다만, 가서 보셔야 한다는 분께서 혹시 세상을 떠나셨습니까?"

"감히 어찌 그런 말을……!"

내내 조용하던 순심의 음성이 확 커졌다. 당황한 소녀가 급히 머리를 조아렸다.

"송구합니다, 아씨. 다, 다른 뜻이 있어 드린 말씀은 아니옵고……."

소녀가 말을 이었다.

"살아 계시는 정인이라면 더더욱 몸을 챙기셔야 하지 않겠습니까? 조금이라도 끼니를 드셔야지요. 기다리시는 그분께서, 아씨가 이리 쇠약해진 채 끼니조차 거르고 계신 것을 알면 슬퍼하시지 않겠습니까……."

순심이 멀거니 소녀를 바라본다. 새카맣게 그을렸다는 것 외에 특징 없는 얼굴. 머루처럼 새까만 눈동자만이 반들대며 빛나고 있었다.

나는 네게 마음을 쓸 여유도, 기력도 없어. 한데 너는 어찌 그리 애틋한 눈으로 나를 바라보니.

"아씨, 제발 한 술이라도.……."

"먹을게."

순심이 덩그러니 놓인 소반을 바라보았다.

식어가는 죽 한 그릇. 저것을 먹어 삶을 연명해야만 내일도 오는 거겠지. 대체 무슨 까닭으로 제가 궁궐이 아닌 이곳에 홀로 떨어져 있어야 하는지, 황가에게 채 듣지 못한 진실이 무엇인지 알려면…….

소녀의 말이 맞다. 슬퍼할 때 슬퍼하더라도 목숨은 잘 붙들고 있어야 하는 법이었다.

순심이 죽 한술을 억지로 입에 밀어 넣었다. 목구멍이 뜨뜻하게 시큰거렸다. 간을 하지 않은 멀건 흰죽에서는 뜨거운 눈물 맛이 났다.

* * *

"전하. 낙선당 궁녀에게 일어난 비극적인 사건을 모두 안타깝게 생각하고 있사옵니다. 신들은 전하의 뜻을 거스르지 않기 위해 최선을 다했습니다."

"……그러한데요?"

북한산에 다녀온 날 이후 윤은 며칠간 정사를 돌보지 않았다. 왕은 와병에 들었다. 긴 시간은 아니었으나, 편전으로 돌아온 윤은 해쓱하고 창백한 유령 같은 얼굴을 하고 있었다.

"그러나 이제 지난 일이옵니다. 부부의 연을 맺은 비빈(妃嬪)이 아닌 한낱 궁녀의 죽음입니다. 금상께서 이리 긴 시간 애도하시는 것은 관습에 미루어 옳지 않사옵니다."

윤이 편전에 늘어선 이들을 바라본다.

앞쪽에 늘어앉은 것은 대부분 소론들. 신임사화를 겪으며 풍비박산이 난 노론은 소수만이 남아 있었다. 가장 앞에서 윤을 바라보는 이들은 평생 그의 곁을 지킨 자들이었다.

그들은 말한다. 고작 궁녀 따위의 죽음에 왕이 슬퍼하는 것은 이치에 맞지 않는다고.

허공을 맴돌던 윤의 시선이 편전의 맨 앞에 나와 있는 김일경에게 닿았다. 한때는 가장 믿었던 편이고, 가장 든든하던 이였다. 모든 고민을 나누었으며 같은 꿈을 꾼다 굳게 믿었던 사람이었다. 여전히 그들의 꿈은 다르지 않다……. 같은 소론에 속한 윤과 김일경의 꿈은 근본적으로 같았다.

그러나 정치나 왕이 아닌 인간 이윤의 꿈에 대해 김일경은 알려 하지 않는다.

"전하, 이미 일어난 일을 되돌릴 수는 없습니다. 이제 마음을 붙드시고 정사를 돌보셔야 할 때입니다."

"그래서 편전에 나오지 않았습니까."

"예, 전하. 북한산에서의 불미스러운 일과 전하의 와병 탓에 말씀을 드리지 못했습니다. 이제 부디 다친 마음을 털어내시고, 다시금 정사에 몰두하시어 작금의 문제들을 해결하시는 것이 옳습니다."

"무슨 문제를 말하시는 겁니까?"

"김성 궁인의 죄를 밝히는 것을 그리 주저하시면 아니 됩니다. 지난번에도 대전의 궁인들 중 김씨 성을 가진 이들을⋯⋯."

"대감."

"예."

그를 불러놓고 윤은 한동안 묵묵히 침묵했다. 열려 있는 편전 너머에서 불어오는 바람 소리가 횡하니 공간 속에 울렸다.

"대전에는 그런 문제를 일으킨 궁녀가 없소."

"하오나 전하, 지금도 바깥에는 궁녀에 대한 괘서가 나붙고⋯⋯."

"하지만 없소. 대전에는⋯⋯. 그런 사람이 없소."

정말로 없다. 그대들이 찾는 김성 궁인은.

미천하기 때문에, 궁녀이기 때문에, 궁궐의 풍파에 휩싸여 회임하지 못한 채 승은궁녀로 남았기 때문에, 왕이 그녀를 사랑했기 때문에⋯⋯.

강자에게 약하고 약자에게 강한 그대들이 물어뜯고 상처 내며 업신여길 수 있는 김성 궁인은 이제 없다.

그녀는 궁궐 안 어디에도, 대전에도, 낙선당에도, 그리고 윤의 곁에도 없었다.

* * *

"저……. 나리."

"……."

"나리……?"

깜빡 얕은 잠이 들었던 모양이다. 툇마루에 앉아 있던 황가가 번쩍 눈을 떴다.

"문간방에 자리를 봐두었는데 들어가서 주무시지 않고요. 벌써 며칠째 제대로 주무시지 않으셨잖습니까? 어찌 이리 계속 뜬눈으로 밤을 세우십니까요?"

"음."

황가의 입에서 긍정도, 부정도 아닌 애매한 소리가 흘러나왔다.

촌에서 세상 무서운 줄 모르고 살아온 까닭일까. 소녀는 황가를 대할 때 스스럼이 없었다. 멀쩡한 장정들도 황가를 마주하면 지레 겁을 집어먹는 일이 많았기에 계집아이의 태도는 퍽 낯설게 느껴졌다.

"아씨는 아씨대로 잘 드시지도 않는 데다 열까지 오르고, 나리님은 나리님대로 망부석처럼 툇마루를 떠나지 아니하시고……. 한성분들은 다 이러십니까? 참 신기한 분들입니다요."

"아씨는 어떠시냐?"

"몇 술이지만 이제 끼니도 드시고, 어젯밤엔 그래도 잠꼬대 없이 주무신 듯합니다. 안색이 좀 나아지셨습니다. 다행한 일이지요."

"그래. 당분간 아씨를 잘 모셔다오. 내 네 가족들에게 섭섭지 않게 사례할 것이다."

"예, 그래주시면 고맙겠습니다. 쇤네처럼 어린 것에게 일거리를 맡겨주시고 삶을 주시니 참으로 감읍합니다요, 나리."

소녀가 꾸벅 황가를 향해 절을 했다.

붙임성이 좋은 것은 장점이겠지만, 계집아이는 지나칠 정도로 두런두런 말이 많았다. 그러나 결코 밉상은 아니었다. 소녀에게는 배워서는 결코 익힐 수 없는 타고난 싹싹함과 상냥함이 배어 있었다.

이래서 피는 못 속인다는 건가…….

"어찌 그런 표정으로 쇤네를 보십니까, 나리?"

계집아이가 황가를 보며 반문했다. 강아지처럼 눈꼬리가 처진 순한 눈동자가 동그래졌다.

"아니다. 너도 좀 쉬어라."

"예, 나리. 필요한 게 있으면 언제든 부르세요. 쇤네 잠시 집에 다녀오겠습니다."

다시 한 번 꾸벅 절을 올린 소녀가 종종걸음으로 안뜰을 가로질러 사라졌다. 그때였다.

"마마님."

황가가 자리에서 벌떡 일어섰다.

열린 방문 사이로 모습을 드러낸 순심의 모습. 지난 며칠간 하루 중 대부분을 그녀의 방문 앞에서 지낸 황가였다. 그러나 이렇게 얼굴을 마주하는 것은 꽤 오래간만의 일이었다.

이곳에 도착했던 첫날의 그녀 모습이 떠오른다. 윤에게 돌아가게 해달라고 울부짖으며 애원하던 순심의 모습. 제 가슴팍을 두드리던 힘없는 손길과 끝없이 쏟아지던 눈물……. 왕의 명을 따르는 몸이기에 어쩔 수 없이 그녀를 막으셨지만, 순심이 쏟아내던 깊은 슬픔은 황가의 마음 깊이 각인되어 있었다.

"괜찮으십니까? 물가라 바람이 찹니다, 마마님."

"……괜찮습니다."

순심이 마루 밖으로 걸어나왔다.

햇살에 비친 순심의 얼굴은 몹시 창백했다. 큰 병을 앓은 사람처럼 푹 꺼진 뺨, 눈가에 짙게 드리운 푸르스름한 그늘. 그녀는 생기를 잃었다.

"여쭐 말씀이 있어서 나왔습니다."

"말씀하시옵소서, 마마님."

"그날 제게 그리 말씀하셨지요? 전하께서 저를 다시 찾으실 것이라고요."

"예, 그리 말했습니다."

"황가 님."

순심의 음성은 가녀리게 떨리고 있었다.

"그 말씀이 진실이라고 제게 약조해주실 수 있겠습니까?"

황가가 고개를 들어 순심을 바라보았다. 며칠 사이 크게 수척해진 데다 바싹 마른 입술이 하얗게 부르텄지만, 질문을 던지는 순심의 눈빛은 이전처럼 반짝이고 있었다. 간절함과 두려움이 혼재하는 눈동자. 황가의 대답이 삶을 결정하는 선고라도 되는 양, 순심은 그의 답을 기다린다.

"예. 약조하겠습니다."

황가의 말이 떨어진 순간 순심은 천천히 숨을 들이마셨다. 여기가 물가 근처라 했던가. 축축한 공기가 입천장에 습하게 고였다.

깊은 날숨이 흘러나왔다. 입술이 떨리고 마른침이 목구멍으로 넘어갔다. 가만두었다간 온몸이 제멋대로 경련할 것만 같아 순심은 제 손을 꼭 맞잡았다. 죽을 것 같기도, 살 것 같기도 했다. 고통스럽기도, 다행스럽기도 했다.

"……그러면, 되었습니다."

순심이 황가를 물끄러미 응시했다. 평소 눈이 마주치면 어색하게 시선을 떨어뜨리던 그였다. 그러나 이 순간은 황가 역시 시선을 피하지 않았다.

황가는 윤이 믿는 이였다. 황가는 윤을 위해 목숨을 내던질 수 있는 사람이었다. 비록 군신 관계가 명확하였으나 그는 윤의 유일한 벗이나 다름없었다.

믿자. 믿자……. 그를 믿자. 윤이 그러하였듯이.

"잠깐…… 집 근처를 거닐어도 되겠습니까? 바람을 좀 쏘이고 싶습니다."

황가의 시선이 순심의 얼굴 위에 머물렀다. 그가 생각했던 것보다 순심은 더 강한 여인인 듯하다…….

그녀가 이곳에 도착한 지 보름 남짓. 때가 된 모양이었다.

"예. 그렇게 하십시오. 몽이를 불러오겠습니다."

몽이. 처음 듣는 이름이었다.

"그 아이의 이름이 몽이입니까?"

"예. 당분간 이곳의 살림을 맡아 할 겁니다. 집이 바로 근방이니, 수시로 들락거릴 것입니다."

"몽이라는 아이…… 저를 아씨라고 부르던데요?"

"몽이는 마마님께서 궁궐에서 오셨다는 것을 모릅니다. 요양을 오신 대갓집 아씨라 말해두었습니다."

"예……."

황가도 어쩔 수 없었겠지. 문득 떠오르는 것이 있어 순심은 그에게 물었다.

"그런데 몽이라는 아이, 저를 자꾸 연이라는 이름으로 부릅니다. 까닭을 아십니까?"

몽이를 데려오기 위해 일어서던 황가가 멈칫했다. 순심의 눈을 마주 보지 못하고 그는 애먼 뜰 어딘가로 시선을 돌렸다.

"마마님의 존함을 묻기에, 아무래도 본명이 알려져서는 안 될 듯하여 그 이름을 가르쳐주었습니다."

"연이……."

몽이라는 아이는 말끝마다 '연이 아씨'라고 순심을 불렀다. 귀에 거슬리는 이름은 아니었다. 연이라는 이름의 출처가 궁금했을 뿐.

"왜 하필 연이입니까?"

황가는 잠시 대답하지 않았다.

"소인의…… 여동생의 이름이었습니다."

"아……."

"그럼 이만 몽이를 불러오겠습니다."

순심의 곁을 떠나는 황가의 걸음이 꽤 조급하게 느껴졌다. 멀어지는 그의 뒷모습을 보던 순심은 문득 깨닫는다. 여동생의 이름이다……. 가 아닌 이름이었습니다, 라는 말의 의미를.

* * *

궁궐 곳곳을 붉게 물들이던 단풍이 졌다. 마른 잎들이 바삭대며 발에 채였다. 궁인들이 매일같이 낙엽을 쓸어내지만, 다음 날 아침이면 어김없이 가을의 흔적들이 다시 땅 위를 덮는다.

바스락- 발아래 부서지는 낙엽들. 묵묵히 걷던 윤의 발길이 멈추었다. 밤공기가 차다.

"하……."

그가 낮은 한숨을 내뱉었다. 낙선당 입구 모습이 보였다. 오고자 해서 온 것은 아니었다. 저도 모르게 습관처럼 찾았을 뿐이다.

"생각해보면 네가 여기 있을 때도 그랬지."

그가 중얼거린다. 순심이 낙선당에 들어온 순간부터 윤은 늘 그랬다. 발은 그의 마음보다 먼저 순심을 향해 움직였다. 산책을 나섰다가, 혹은 아무 생각 없이 궁을 거닐다 퍼뜩 정신을 차려보면 낙선당의 모습이 눈앞에 있곤 했다.

그리고 이제 까마득한 먼 일처럼 느껴지는, 실제였는지조차 가물가물한 시절. 미치광이 왕세자라는 오명을 쓰고 살던 때 역시 그러했었지. 나는 늘 운명처럼 너를 찾아다녔어…….

순간 근방에서 들려오는 작은 기척.

윤은 혼자였다. 윤을 그림자처럼 따르던 황가는 사라졌다. 물론 그의 곁에는 왕을 지키는 많은 겸사복과 무사들이 존재했다. 그러나 누구도 황가와 비교할 수는 없었다. 그는 윤의 몸만을 지키는 사람이 아니라 마음까지 호위하는 무사였다. 그러했으므로 순심을 믿고 맡길 수 있었던 것이다.

긴장했던 윤이 천천히 숨을 내쉰다. 겨우내 먹을 양식을 수집하느라 바쁜 작은 산짐승이거나, 마른 낙엽이 바람에 스치는 소리였던 모양이었다.

그때였다.

"전하. 신 황가입니다."

낙선당 초입의 육중한 버드나무 뒤에서 들려오는 음성. 황가가 어둠 속에서 걸어 나와 부복했다.

윤이 제 앞에 무릎 꿇은 황가를 내려다본다. 돌아오리라는 것을 윤 역시 알고 있었다. 그러나 많은 말들이 맴돌 뿐, 쉬이 입이 떨어지지 않았다. 가까스로 윤이 입을 열었다.

"돌아왔느냐."

"예, 전하. 명을 받들고 돌아왔습니다."

낙선당 초입에 자욱한 어둠 속에서 황가의 고개가 끄덕댔다.

"그곳은 어떠하냐."

순심은 어떠한지, 잘 지내고 있는지, 슬픔에 잠겨 몸을 상하거나 마음을 다치지는 않았는지. 저를 원망하거나 미워하지는 않는지.

입 밖으로 순심의 이름을 내는 것이 쉽지 않았다.

"마마님께서는 무사히 잘 도착하셨습니다. 이제 어느 정도 기력을 되찾으신 듯합니다."

"아픈 데는 없고?"

"한동안 드시지도, 주무시지도 않아 쇠약하였으나 이제는 제법 나아지셨습니다."

"많이 울거나 집안에만 틀어박혀 있지는 않으냐?"

"한동안 그리하셨으나 며칠 전부터 뜰을 조금씩 거닐고 계십니다."

"과인을……."

망설이듯 느리게 호흡을 고르며 윤은 물었다.

"미워하지는 않더냐?"

"아니요. 그저…… 그리워하십니다."

"……그래."

윤은 잠시간 말이 없었다.

내가 너를 그리듯 너도 나를 그리워하는 거겠지. 나조차도 이렇게 네가 사무친데, 마음의 준비조차 하지 못한 채 생이별을 해야 했던 네 마음은 더욱 그러할 것이다.

"전해다오……. 말없이 보내야 했던 까닭이 있었다고. 나를 용서하라고."

"전하. 마마님께서는…… 굳게 믿고 계십니다."

"무엇을 믿고 있느냐?"

황가가 고개를 들었다. 윤과 황가의 시선이 교차했다. 오랜만에 마주 보는 눈길이었다.

"전하를 다시 뵈올 수 있으리란 것을 굳게 믿고 계십니다."

황가에게 향하던 윤의 시선이 불 꺼진 낙선당 지붕에 머물렀다. 실로 오래간만의 일이었다……. 윤의 얼굴에 옅게나마 미소가 드리운 것은.

처마 위에 걸린 달이 밝은 밤. 우리 비록 떨어져 있으나, 내가 보는 달을 너도 보고 있겠지.

궁궐의 담장을 벗어났을 뿐이다. 같은 세상, 같은 하늘, 같은 달빛 아래 있다는 사실은 변하지 않는다.

"나도 그리 믿고 있다 전해다오."

"예, 전하."

"일어나라. 피로할 것이다. 꽤 먼 길을 달려왔지 않으냐?"

"괜찮습니다. 피로하지 않습니다."

윤은 말없이 황가의 얼굴을 응시했다.

처음 김일경이 황가를 입궐시킨 순간부터 그들은 하나나 다름없었다. 윤이 빛이었다면 황가는 그의 뒤를 따르는 그림자였다. 윤이 가는 길이라면 그곳이 어디든 그는 기꺼이 함께했다. 그러므로 떨어져 있던 보름 남짓한 시간, 윤 역시 혼자라는 사실이 낯설었다.

"많이 수척해졌구나."

"산길을 다니느라 그런 것이니 마음 쓰지 마시옵소서."

"황가야."

"예, 전하."

스산한 바람 사이로, 윤은 묻는다.

"너는 어찌하여 나만을 위해 살아가느냐?"

"……전하."

"매번 과인은 네 삶을 뒤바꿀 것들을 명하지. 한데 너는 어찌 늘 복종하느냐?"

"전하, 신은…… 왕세자이시던 전하를 뵈었던 날 이미 결정했습니다. 숙종대왕께서 생존하시던 시절이었으나 신에게 두 왕은 존재한 적 없습니다."

"네가 내 사람이라는 사실이 얼마나 큰 힘이 되는지 알까 모르겠다."

"전하의 그 말씀······."

왕은 모르리라. 먼 과거, 인왕산에 출몰했던 범과 왕세자가 맞닥뜨렸던 그날. 지금은 왕세제가 된 연잉군이 쏘았던 화살을 맞아 쓰러졌던 황가에게 들려온 윤의 말.

내 사람. 내 사람······.

"전하께서 신을 '내 사람'이라 불러주셨던 순간부터 제 모든 것은 전하에게 속했습니다. 전하, 신의란 나 홀로 가진다고 가져지는 것이 아닙니다. 전하께옵서 제 마음을 가벼이 여기지 않으시고, 의심하거나 멀리하지 않으셨기에 저 역시 신의를 드릴 수 있었습니다."

기댈 이 하나 없던 나날들. 그의 모든 것을 앗아갔던 세상이라는 구덩이 속에서 짐승처럼, 맹수처럼 오직 복수만을 꿈꾸며 살았던 삶.

돌이켜보면 궁궐로 들어와 이윤의 사람이 된 후에야 황가는 비로소 인간적인 삶을 살았다. 돌이켜보면, 그들은 비슷한 사람들이었다.

"내 너에게 보답할 날이 와야 할 것인데, 걱정이구나."

"전하께옵서 강건하신 것으로 신은 충분합니다. 하여 전하······."

황가가 말을 이었다. 순심을 보필하며 지내온 며칠간 그의 걱정은 오직 그것뿐이었다.

"신 이제 궁으로 돌아오려 합니다. 부상한 탓에 한동안 움직일 수 없었다 하면 다른 이들도 의심하지는 않을 것입니다. 허해주시옵소서."

그것이 애당초 그들의 계획이었다. 순심은 죽은 사람이 되어 궁궐에서 잊혀질 것이나, 황가는 돌아올 것이다.

"내 결코 너를 죽은 이로 만들지는 않을 것이다. 진즉 황가 네게 약조했지 않으냐? 궁궐을 떠나 있는 시간이 길지 않을 것이라고······."

황가가 궁궐을 떠나 있던 시간은 이제 보름 남짓. 그러나 아직은 순심을 홀로 두는 것이 내키지 않는다······.

"조금만 더 네게 순심을 부탁한다. 열흘 정도면 적당할 것이다. 말동무조차 없는 타지에 홀로 둘 수 없어 그러하니, 부디 내 마음을 헤아려다오."

"……예, 전하."

황가는 순순히 복종했다. 왕의 안위가 걱정되지 않아서가 아니었다. 승은궁녀의 일에 있어 윤이 결코 물러나지 않는다는 것을 진즉 알고 있기 때문이었다.

"전하. 저는 이만 물러가겠나이다. 부디 신이 없는 동안 옥체를 보존하시옵소서."

"종일 달려왔을 것인데 한숨 쉬지도 못하고 다시 돌아가느냐?"

"신이 걱정했던 것보다 궁궐 수비가 잘되어 있었나이다. 야음을 틈타 빠져나가는 편이 나을 듯하여 그렇습니다."

"그리하라."

윤이 고개를 끄덕였다. 그의 손이 황가의 어깨 위에 놓인다. 할 수 있다면 무슨 말이라도 건네고 싶었다.

"황가."

"예, 전하."

내 가장 소중한 것을 너에게 맡겼다.

스스로 노력하여 쟁취한 것이 아닌, 태어난 순간부터 윤의 발밑에 놓여 있던 왕이라는 운명. 그의 평생을 뒤흔들었으며 한시도 그의 삶을 평안치 않게 하는 것이 왕이라는 자리였다.

용포를 벗고 세속으로 돌아가는 순간 한낱 필부에 지나지 않을 내가, 큰 산처럼 거대한 무사인 네 신의를 받았다.

너에게 마음을 빚졌다.

"내 너만을 믿는다."

"예, 전하. 신 역시 오직 전하를 믿습니다."

황가가 윤에게 하직의 절을 올렸다. 이내 낙선당 담장 너머 궁궐을 뒤덮은 어둠 속으로 황가의 모습은 빠르게 사라졌다.

휘잉 불어오는 바람 소리, 먹먹한 흙냄새. 다시금 적요해진 낙선당 앞. 이제 대전으로 돌아가야 할 시간이다. 황가의 기척이 사라지고 나니, 낙선당을 둘러싼 적막함이 문득 못 견디게 오싹했다.

낙선당. 순심은 여기 없다. 앞으로도 없을 것이다. 없는 너를 추억하느니, 네가 있는 곳에서 약조를 지킬 날을 그리는 것이 현명하겠지. 순심아. 우리는 잘 버텨낼 수 있겠지…….

그때였다. 바스락- 윤의 등 뒤에서 들려오는 낙엽 밟는 소리.

"황가, 돌아왔느냐?"

윤이 몸을 돌렸다. 그의 눈앞에 있는 이는 황가가 아니었다.

"전하…….”

캄캄한 어둠 속에서 형제는 서로를 응시했다. 물러날 데 없는 길목에서 낯모르는 이를 마주친 듯한 시선이었다. 윤과 금의 눈빛에는 경계가 서려 있었다.

마주친 장소가 다른 곳이었다면 윤은 그토록 날 선 눈빛으로 금을 바라보지는 않았을 것이다. 그러나 여기는 낙선당. 낙선당은 순심이 이곳에 있던 시절은 물론이거니와, 순심이 없는 지금에도 역시 금에게 허락되지 않은 공간이었다.

"어찌하여 네가 여기 온 것이냐.”

윤의 눈길이 몇 발짝 너머 서 있는 금의 모습을 훑었다.

산영루에 다녀온 날 이후 윤은 한동안 와병을 핑계로 대전 안에 칩거했다. 왕세제의 문안마저 거부한 탓에 윤과 금 사이에는 보름 이상의 시간이 흘러 있었다.

그러나 보름이 그렇게 긴 시간이던가. 윤을 응시하는 금의 모습은 꽤나 달라 보였다. 푹 꺼진 뺨과 꺼칠한 얼굴. 수척해진 탓에 도드라진 광대뼈가 금의 날카로운 인상을 극단적으로 부각시키고 있었다.

퀭한 얼굴 가운데 유독 눈만이 이채를 담고 번쩍였다.

"어찌하여 왕세제가 여기 온 것이냐고 물었다."

"전하."

자욱하게 깔린 어둠 속에 우두커니 서 있던 금이 입을 열었다. 그는 열에 들뜬 것 같은 모습이었다. 태도는 묘하게 흐트러져 있었으며 눈빛은 불안한 듯 이리저리 흔들렸다. 금의 모든 것에서 숨길 수 없는 극도의 예민함이 배어 나오고 있었다.

"소신, 들었습니다."

"무슨 소리를 하는 게냐?"

"황가라고 하셨습니다. 제게요! 황가, 돌아왔느냐, 라고 하시지 않았습니까?"

윤이 미미하게 미간을 찌푸렸다. 황가는 어차피 환궁할 예정이었다. 그러나 황가가 생사의 갈림길에서 우여곡절 끝에 살아 돌아오는 것과, 궁궐에 숨어들었다가 왕세제에게 발각되는 것 사이에는 큰 차이가 있었다.

"잘못 들은 게다."

"아니요. 그럴 리 없습니다. 소신 똑똑히 들었나이다. 소신의 발소리를 듣고 황가냐고 물으셨습니다!"

금의 말투는 기이할 만큼 격앙되어 있었다.

"과인이 그리 말했느냐? 나도 모르게 바라는 바가 입 밖으로 튀어나온 것이겠지. 황가는 항상 그림자처럼 내 뒤를 따르던 자였으니. 무엇이 잘못되었더냐?"

"전하! 어찌 거짓을 말하십니까? 전하께옵서는 홀로 계셨던 것이 아닙니다. 누군가와 대화를 나누시는 것을 분명히 들었습니다! 말씀해보시옵소서. 전하께옵서 밀담을 나누던 이는 황가가……."

"나는 왕세제가 무엇을 말하고자 하는지 모르겠다."

윤이 금의 말허리를 뚝 잘랐다. 그러나 금은 순순히 물러날 듯 보이지 않았다.

금의 태도는 평소와 확연하게 달랐다. 불같은 성정을 타고났을지언정, 윤 앞에서 감히 그런 모습을 보인 적 없는 금이었다. 환한 대낮, 공개적인 장소에서 왕세제가 저런 태도를 보였다면 중벌을 면치 못했을 것이다.

"형님! 솔직히 말씀해주십시오. 황가는 죽지 않은 것이 아닙니까? 황가와 순심이는 물론이거니와 가마꾼들의 시신 역시 나오지 않았습니다. 황가와 순심이는 죽지 않았고……."

순간 윤이 그에게 성큼 다가섰다. 위협적인 태도였다.

"지금 순심이라 하였느냐?"

"전하, 저는……!"

"닥쳐라. 어찌 감히 내 여인의 이름을 함부로 부르는 것이냐? 여기가 어디라고 나타나서……."

휘잉- 방향을 바꿔 불어오는 소슬바람. 금을 내려다보던 윤이 인상을 찌푸렸다. 코를 자극하는 독한 향취가 바람에 실려 왔기 때문이었다.

"술을 대체 얼마나 퍼마신 게냐?"

윤이 날카롭게 쏘아붙였다.

"하."

금의 얼굴은 물론 귀와 목까지 벌겋다는 것을 깨달은 윤이 짧은 탄식을 토했다. 금의 태도가 유난히 격앙된 것도, 자꾸만 몸을 흔드는 것도, 발음이 똑똑치 못하여 말이 새는 것도 결국 술 때문이리라.

"지금 네가 무슨 짓을 벌이고 있는지 알기나 하는 게냐? 감히 승은궁녀 처소에 나타나 왕인 내 앞에서 술주정을 하는 것이더냐!"

"술을 마셨다고 정신까지 놓지는 않았습니다. 어찌하여 대답하지 않으십니까?"

"무엇을 대답하란 말이냐!"

윤의 음성이 노기를 띠었다. 그러나 금은 물러서지 않았다. 금의 손이 흑룡포 자락을 꽉 움켜쥐었다.

"순심이 살아 있는 것 아니냐 묻지 않았습니까!"

"닥치라 했다."

"순심이 죽은 것이 아니고……."

짜악-! 손바닥이 허공을 가른다. 동시에 금의 고개가 휙 돌아갔다. 그의 몸이 크게 휘청거렸다. 눈앞에 번뜩이는 흰 불빛이 점멸했다.

오히려 아픔은 느껴지지 않았다. 상황이 퍼뜩 이해 가지 않았을 따름이었다. 금은 태어나 단 한 번도 손찌검을 당해본 적 없었다. 누가 감히 왕의 아들에게 손을 대겠는가. 그러므로 금이 느낀 것은 고통이나 모멸감이기 이전에 처음 겪는 일에 대한 충격이었다.

"내 분명히 경고하였다. 순심의 이름을 입에 담지 말라고."

"……."

"어찌 대답하지 않느냐?"

윤이 한 걸음 더 금에게 다가온다. 왕의 태도는 거칠었고 또한 고압적이었다. 금이 주춤주춤 뒤로 물러섰다.

"순심은 왕의 여인이다. 감히 너 따위가 내 여인의 이름을 무수리 이름 부르듯 함부로 하느냐? 이곳이 어디라고 발길을 들이냔 말이다. 내 누차 경고하였거늘……."

순간 금의 눈동자 안에서 불꽃이 튀었다. 그제야 잊고 있던 통증이 느껴진다. 그제야 뺨이 화끈거렸다. 그의 얼굴이 새하얗게 질렸다. 이어지는 윤의 말들은 그에게 들리지 않았다. 오직 귓전에 끝없이 맴도는 말은 하나뿐.

무수리. 무수리…….

-연잉군? 아, 그 천하디천한 무수리의 아들 말이오?

-천민의 피가 흐르는 왕자라니. 종묘사직 앞에 부끄럽기 짝이 없

는 일이외다.

-무수리의 자식이 왕통을 잇게 되다니, 통탄스럽기가 짝이 없소!

형님은 세상천지 고통과 핍박을 받으며 살아온 것이 자신뿐인 듯 행동하지만, 금 자신의 삶 역시 평탄하기만 했던 것은 아니었다.

무수리의 자식. 천한 어미를 둔 아들. 천민의 피가 흐르는 왕자. 소론과 세간의 손가락질과 쑥덕거림, 모욕과 멸시.

그런 말에 귀 기울이지 말라며 위로하는 윤의 마음이 진심이라 믿었기에, 그는 형님에 대한 신의를 배반하지 않았다.

어찌 금이라고 유혹에 흔들리지 않았겠는가? 윤에게 죄인의 자식이라는 원죄가 있듯 금에게도 무수리의 자식이라는 굴레가 있었다. 형제는 같은 조건을 가진 이들이었다. 그러므로 금은 언제든 윤의 자리를 넘볼 자격을 갖추고 있었다. 그러나 그는 그렇게 하지 않았다. 형님을 신뢰했기 때문에. 비록 운명 앞에 흔들리는 형제애라지만, 자신을 대하는 윤의 마음만은 진심이라고 믿었기 때문이었다.

왕의 입에서 나온 '무수리'라는 말……

그것은 많은 이들이 아무렇지 않게 내뱉는 말. 그러나 금 앞에서만은 그 누구도 해서는 안 되는 말이었다.

금의 눈길이 얼음장처럼 차게 식었다. 술기운에 잠식되어 있던 이성은 완전히 마비되었다. 금은 평생 비굴해본 적 없었다. 원하는 것을 얻지 못했을 때, 그리고 모욕당했다 느낄 때 지펴지는 그의 분노는 강력하고 폭발적이었다. 궁관과 처첩은 물론 영빈과 생전의 숙빈 최씨마저 그의 노여움을 진정시키지 못했다.

금이 천천히 눈을 들어 올렸다. 시선이 다시금 마주쳤다. 금을 나무라던 윤이 말을 멈추었다.

윤은 금의 눈동자 안에서 미쳐버린 자의 광기를 보고, 금은 윤의 눈동자 안에 또렷한 혐오감을 본다.

"만취한 게로군. 비켜라."

윤은 금의 눈에 감도는 광기를 술 때문이라 여기는 듯했다. 금을 지나친 윤이 낙선당 바깥으로 나섰다. 어깨가 부딪치는 바람에 금은 중심을 잃고 한 발짝 옆으로 물러났다.

저벅저벅 멀어지는 윤의 발소리와 한숨 소리가 들린다. 금은 점점 멀어지는 형님의 뒤편에 우두커니 멈춰 서 있었다.

'형님은 늘 원하는 것을 갖지.'

아니, 정확히 말해서 '내가 원하는 것'은 늘 형님 차지이지.

임금이 공인한 적통(嫡統)의 자리도, 국본의 지위도, 왕의 면복도. 곁에 두고 싶었던 눈치 빠르고 싹싹한 내시와 조선 제일의 실력을 지닌 비범한 무사도. 그리고 먼저 눈에 띄었다면 무슨 수를 써서라도 손에 넣었을 여인까지도.

'형님은 모두를 가졌거늘, 하나 정도 내 것이 된다 하여 안 될 건 또 무어란 말인가.'

생이란 공평해야 한다. 운명이 공평하지 않다면, 노력해서라도 공평하게 만들어야 하는 법이다.

금의 손이 흑룡포의 허리춤을 헤쳤다. 겹겹이 껴입은 명주와 무명을 헤집는 손길이 갈급했다. 이내 단단한 것이 손에 잡힌다. 먼 과거, 이이명이 몸을 지키라며 건네준 단도. 금은 궁궐 밖에 살던 시절부터 그것을 지니고 다녔다. 금붙이로 장식한 칼자루의 차디찬 감촉이 손에 닿는 순간, 금은 홀린 듯 그것을 꽉 쥐어 끄집어냈다.

성급했던 탓에 손이 미끄러져 칼날이 손바닥을 스쳤다. 주르륵 흐르는 뜨거운 피. 금은 그마저 인지하지 못했다.

어둠을 뚫고 그는 빠른 걸음으로 나아갔다. 저만치 보이는 그의 형님, 조선의 왕 이윤의 그림자를 향해.

* * *

"마마, 밧소주방 나인 김가 들었습니다."

문밖에서 상궁의 목소리가 들린다. 골똘히 생각에 잠겨 있던 채화가 고개를 들었다.

"들이게."

"예, 마마."

이윽고 장지문이 열렸다. 긴장한 표정의 구월이 조심스러운 태도로 중전의 침전에 발걸음을 들였다.

"중전마마, 그간 강녕하셨습니까……."

"잘 지내었다. 거기 앉아라."

"예, 마마."

절을 올리고선 엉거주춤 불편한 자세로 앉는 구월에게 향하는 채화의 시선.

가을이 지나는 사이, 내명부의 수장인 중전과 일개 궁녀에 지나지 않는 구월 사이에 은밀한 비밀 하나가 생겨났다. 죽음을 위장하여 순심을 출궁시킨 것은 윤의 뜻이었다. 채화와 황가, 그리고 두둑한 재물을 챙겨 청으로 떠나 새 삶을 살게 된 가마꾼들이 사건의 조력자였다. 그러나 그보다 더 중요했던 것은 구월의 존재였다.

황가는 철저한 왕의 사람이었던 데다 순심을 지켜야 할 의무를 가진 무사였다. 그의 진술은 의심을 살 수 있었다. 공범이자 증인이었던 구월이 없었다면 거사는 결코 성공하지 못했을 것이다.

모든 것을 기획한 왕의 마음은 무엇이었을까. 비록 조력자 역할을 했으나, 채화는 윤의 뜻을 가늠하려 들지 않았다. 곁에서 떠나보내면서까지 지켜내고픈 사랑? 그녀로서는 납득되지 않는 일이다. 굳이 그것을 이해하려 노력하고 싶지도 않았다. 그것은 체념인 동시에 인정이었다.

윤 나름의 삶의 방식이 있듯, 채화는 자신이 믿는 가치를 지키려 애쓰며 살아가고 있었다.

"그간 잘 지냈는가?"

"예, 마마. 마음 써주신 덕분에 잘 지내고 있사옵니다."

"정녕 그러하냐?"

채화가 가당찮은 소리를 들었다는 듯 물었다.

구월이 낙선당을 떠나 밧소주방으로 자리를 옮긴 지 보름이 좀 넘었을 뿐이다. 구월은 힘든 고초를 겪은 사람 같은 몰골이었다. 퀭한 눈동자에는 생기가 없는 데다, 눈물바람이라도 했는지 눈가가 퉁퉁 부어 있었다.

"내 너를 이리 부른 것은 긴히 할 말이 있기 때문이다."

채화가 문밖을 향해 하명했다.

"모든 궁인들은 밖으로 물러가도록 하라."

"분부 받잡겠사옵니다, 마마."

멀어지는 궁관들의 발소리. 기척이 들려오는 동안 채화는 내내 침묵을 지켰다.

'대체 무슨 말씀을 하시려는 거지…….'

지은 죄가 없음에도 초조하고 두려워 구월은 마른침을 꼴깍 삼켰다. 내전 안에 남은 것이 그들뿐이라는 확신이 든 후에야 채화는 입을 열었다.

"지난번에도 말한 적이 있었지. 낙선당의 일은 네가 아니라면 이루어질 수 없었을 것이다. 한동안 궁궐이 그 문제로 소란스러웠으므로 내 시기를 보고 있었다. 이제 더 이상 그 일에 대해 왈가왈부하는 이가 없으니 때가 된 듯하구나."

방바닥을 내려다보고 있던 구월이 시선을 들었다.

때. 중궁전께서는 무슨 때를 말하시는 걸까.

"돌아오는 쉬는 날에 출입패를 받아 밖으로 나가라."

"밖에 나가서…… 소인이 무엇을 해야 하옵니까, 중전마마?"

눈치를 살피던 구월이 조심스럽게 물었다. 또다시 중전께서 심부름이라도 시키려는 모양이라고 그녀는 생각했다.

구월을 물끄러미 바라보던 채화가 마침내 명했다.

"사라져라. 그리고 돌아오지 마라."

* * *

"저하."

"……."

"왕세제 저하."

"으음……."

창경궁 공묵합(恭默閤).

왕세제의 곁을 지켜온 장 내관의 안색이 어둡다. 걱정스러운 표정으로 금을 내려다보던 그가 조심스럽게 왕세제의 팔을 두드렸다.

성미가 불같다 하여 금이 종일 흉포하게 구는 것은 아니다. 단지 주의할 점은 금이 단잠을 깨우는 것을 대단히 싫어한다는 사실이었다. 전날 밤 술이 과했는지, 왕세제는 흑룡포조차 벗지 않은 채 곯아떨어져 있었다.

'대체 간밤에 어딜 다녀오신 거지.'

장 내관이 불안한 듯 주변을 살폈다. 이부자리 곳곳에 검은 흙먼지가 선명했다. 만취한 상태로 밤 산책이라도 나갔다가 어디서 구르기라도…….

"저, 저하!"

장 내관이 외마디 소리를 내질렀다. 그 소리 탓에 마침내 금은 잠에서 깨어났다.

"……시끄럽다. 깨우지 마라."

낮게 중얼거린 금이 다시금 눈을 감았다.

"하, 하오나, 저하……."

눈을 감았음에도 안달복달하는 기척이 느껴진다. 신경질적으로 이불을 박찬 금이 자리에 일어나 앉았다.

"장 내관! 대체 무엇 때문에 이 소란인가!"

"저하, 피, 피가……."

"뭐?"

금이 아래를 내려다보았다. 그제야 눈에 띄는 새하얀 요 위의 검붉은 자국. 분명 피, 사람의 피였다. 핏자국을 확인하기 위해 이불을 들추던 금의 손바닥이 홑청에 스쳤다.

"아으……."

엄습하는 날카로운 통증. 인상을 찌푸리며 금은 제 손바닥을 내려다보았다. 유난히 짙은 손금 위를 가로지르는 붉은 선.

"저하! 간밤에 무슨 일이 있으셨기에 그리 큰 상처를 입으셨나이까? 이, 일단 내의를 불러오겠나이다! 잠시 계시옵소서, 저하."

장 내관이 침전을 뛰쳐나갔다. 다급한 발소리가 쿵쿵대며 멀어졌다.

금은 멍하니 제 손을 보고 있었다. 손바닥을 죽 가로지른 붉은 피딱지. 칼날에 베이던 순간의 날카로운 통증이 되살아남과 동시에, 간밤의 기억이 물밀듯 쏟아져 들어왔다.

취기를 삭이려 나섰던 밤 산책이었다. 취한 발길은 무엇에 홀린 듯 금을 낙선당으로 인도했다. 그에게 황가냐며 묻던 왕의 음성이 떠올랐다. 금의 눈이 소스라쳤다.

금은 확신했다. 황가도, 순심도 죽지 않았다고. 그러나 형님의 태도는 무참할 만큼 위협적이었다. 뺨에서 불이 번쩍 나던 순간의 충격이 떠오른다. 제 가슴속에서 폭발하던 분노가 다시금 느껴졌다. 경멸과 혐오로 얼룩진 윤의 눈빛이 생생했다.

-감히 너 따위가 내 여인의 이름을 무수리 이름 부르듯…….

마치 씹다 만 찌꺼기를 내뱉듯 튀어나온 이름. 무수리, 무수리…….

"혀, 형님."

공포에 질린 신음이 흘러나왔다. 제일 먼저 손이, 이어 온몸이 사시나무 떨듯 떨리기 시작했다.

"내, 내가 무슨 짓을…….”

대체 무슨 짓을 벌인 것인가. 손바닥을 스치던 예리한 감각이 여전히 그의 뇌리에 남아 있었다.

분노에 사로잡힌 괴물이 된 그는 저만치 앞서가는 왕을 향해 거침없이 다가갔다. 손에 잡힐 듯 말 듯 점점 선명해지는 왕의 등. 피처럼 붉은 용포자락이 바람에 나부낀다. 욕망을 부추긴다. 칼끝이 움찔댄다…….

"아아…….”

금이 제 머리를 쥐어뜯었다. 상처 위에 가까스로 앉은 피딱지가 터졌다. 날카로운 고통이 밀려왔다. 피비린내가 몰려들었다.

기억이 나지 않는다, 기억이 나지 않아.

음산하게 빛나던 단검의 시푸른 칼날. 점점 가까워지던 윤의 등. 그 순간, 형님은 뒤를 돌아보았던가? 아니면 붉은 등을 내보인 채 그를 외면하였던가?

"아악!"

금의 비명이 동궁전을 뒤흔들었다. 아무리 애써봐도 기억은 거기까지였다. 머릿속은 암흑이었다.

왕의 등에 칼을 들이댄 자, 왕을 시해하려 한 자. 그것은 상상만으로도 모반이고 역모였다. 역적에게 주어지는 것은 오직 죽음뿐. 공포에 질린 표정으로 금은 이부자리를 뒤엎었다.

"검……. 단검은 어디 있는가!"

그때였다. 왈칵, 거친 소리와 함께 장지문이 열렸다. 열린 문틈으로 쑥 들어오는 버선발을 본 금의 얼굴이 새파랗게 질렸다.

"저, 전하……!"

붉은 용포가 그의 앞에 있었다. 금이 나동그라지듯 바닥에 부복했다. 심장이 써늘하게 옥죄었다. 숨이 턱 막히는 듯했다. 두려웠다. 감히 고개를 들 엄두가 나지 않았다.

"왕세제."

"예, 저, 전하……."

"과인을 보아라. 어찌하여 고개를 들지 못하느냐?"

"……형님."

금이 가까스로 고개를 들었다. 여전히 용안을 마주 볼 용기가 없다. 그의 시선은 왕의 얼굴에 미치지 못한 채, 용포의 가슴팍에 자리 잡은 오조룡 위를 불안하게 오갔다.

"과인을 형님이라 불렀느냐?"

"전하……."

윤의 음성은 차분하고 고요했다. 그것이 더욱 큰 공포를 불러일으켰다.

"우리는 평범한 형제지간은 될 수 없었지. 내 삶이 고단했듯 너 역시 평안하게만 살아오지 못했음을 안다. 알았기에, 아무리 노론이 나를 위협해도 너에게 책임을 지우지는 않으려 했다."

"전하……."

"내 그리하였던 것은, 혈육을 내치는 일만은 결코 범하고 싶지 않았기 때문이다. 너와 나의 생모 대에 있었던 골육상쟁(骨肉相爭)을 되풀이하고 싶지 않았기 때문이었다."

윤이 금을 응시했다. 그를 바라보는 금의 갈색 눈동자. 햇살을 받으면 말간 금빛을 띠던 그의 눈에 혼탁한 빛이 감돌고 있었다. 취기가 남은 것일까, 혹은 살기(殺氣)가 눈을 흐리게 한 것일까…….

선인(先人)들은 눈을 일컬어 마음의 창이라 하였지.

"그리고 무엇보다, 나의 형제인 너를 믿었기 때문이다."

금, 네 창에 비치는 너의 마음은 대체 무엇이더냐?

"소, 소신 역시 그러합니다, 형님. 형님께서 저를 아끼심을 신 역시 알고 있습니다. 믿어주십시오. 지금껏 그러하셨듯, 이번에도 이아우를 믿어주십시오, 형님!"

금이 간절히 호소했다. 그를 내려다보는 윤의 표정은 여전히 잔잔하다. 그것이 금을 미치게 만들었다.

"네가 나를 진심으로 형님이라 생각했다면."

윤의 눈빛에 담긴 감정은 분노보다 슬픔에 가까웠다.

"그리 벌벌 떨고 있을 것이 아니라, 간밤의 일에 대해 사죄하고 내안위를 먼저 물었겠지."

"……그, 그것은!"

금이 황급히 읍소했다. 윤의 입에서 간밤의 일이 언급되는 바람에 말문이 턱 막혔다. 그러나 무슨 말이라도 해야만 했다. 그래야 산다. 그래야 알량한 목숨이나마 보전할 수 있으리라.

"마, 만취한 까닭에……. 간밤의 일이 기억나지 않아 아뢰지 못한 것이옵니다. 전하 앞에서 감히 언성을 높이고 불경스러운 짓을 저지른 것 같아 두려워서……. 도저히……."

금의 눈에서 굵은 눈물이 뚝뚝 떨어졌다. 슬프거나 억울해서 흐르는 눈물이 아니었다. 순수한 공포심에서 비롯된 눈물. 그는 극한의 두려움을 느끼고 있었다.

과거 영빈의 예언이 메아리쳤다. 이이명을 죽이고, 김창집을 죽이고, 조태채와 이건명을 죽인 것으로 왕의 복수가 끝났을 것 같으냐고. 윤의 궁극적인 복수의 대상은 한낱 대신 나부랭이가 아닌 숙빈 최씨의 아들 이금이라고. 언젠가 금은 역도(逆徒)로 몰려 사약을 마시고야 말 것이라고.

"간밤의 일이 기억나지 않는다고?"

"믿어주십시오, 전하! 정녕 기억이 나지 않습니다. 부디 저를 살려주십시오……."

금이 윤의 용포 자락을 붙들었다. 간절한 손길이었다. 이것만이 살 길이다. 왕의 자비에 기대는 것. 아직 남아 있을지도 모르는 아우를 향한 동정을 기대하는 것만이…….

"형님……. 제발……."

윤의 용포 자락을 붙들고 있던 금의 손이 툭 떨어졌다. 순간 바닥에 좍 흩뿌려지는 붉은 피. 금의 손바닥에 난 상처가 벌어져 선혈이 낭자했다.

피가 흐르는 금의 손을 내려다보는 윤의 시선은 서늘했다.

"마음에 칼을 품고서 어찌 베이지 않기를 바랐단 말이냐. 보아라. 네 마음이 먼저 망가지지 않았더냐."

"으흐흑……."

"칼을 찔러 넣지도 못하고, 결국 이렇게 너 자신만 상처 입히고 말 것을……."

금이 고개를 떨어뜨렸다. 격렬한 감정이 치밀어 올랐다. 와중에도 다행이라는 생각이 들었다. 적어도 그는 왕을 해하지는 못한 모양이었다.

순간 툭- 둔탁한 소리와 함께 이불 위로 묵직한 것이 떨어졌다.

"……."

그리고 그것을 본 순간, 마침내 망각의 강에 반쯤 침몰되어 있던 기억의 마지막 조각이 떠올랐다.

뚝- 뚝. 손바닥에서 흐르는 피가 바닥으로 떨어진다. 제 살점이 찢긴 것도 모른 채 금은 귀신 들린 사람처럼 전진했다. 느리게 시작된 걸음은 윤과의 거리가 가까워질수록 단호해지고 조급해졌다. 바람을 타고 피비린내가 일었다. 그러나 고통도, 냄새도, 제가 무슨 짓을 하는 지조차 망각한 금은 오직 하나만을 바라보고 있었다.

윤의 등. 장자라는 이유로 제가 원한 모든 것들을 한 발짝 앞에서 채간 형님의 등.

정신은 술에 마비되었고 이성은 분노에 잡아먹혀 사라졌다. 붉게 너울지는 형님의 뒷모습은 지독한 망상을 가져왔다.

손에 넣을 수 있다, 왕의 자리를. 벌할 수 있다, 무수리의 자식이라며, 천민의 피가 흐르는 왕자라며 저를 경멸하던 모든 이들을. 가질 수 있다, 기회조차 가지지 못한 채 형님에게 빼앗겼던 모든 것들을…….

단검을 쥐고 있던 손아귀에 힘이 들어갔다. 거센 압박에 가뜩이나 피가 흐르던 상처가 터지며 선혈이 튀었다.

그 순간, 윤이 자리에 멈춰 섰다.

"과인에게 할 말이 남았느냐?"

"……."

금 역시 그를 따라 걸음을 멈췄다. 윤과 금 사이의 거리는 기껏 대여섯 보남짓. 성큼 달려간다면 얼마든지 왕의 등에 칼을 꽂아 넣을 수 있는 거리였다.

원한다면, 왕의 자리를 원한다면. 그것이 파국일지라도.

"아니면 나를 죽이고 싶은 것이냐?"

"……."

금이 제 손을 내려다본다. 뚝뚝 흐르는 피에서 아지랑이 같은 더운 김이 솟았다.

피를 보고 싶은 것일까. 제 혈육을 죽인 자, 형님에게 비수를 꽂은 불경한 아우가 되어 더러운 핏줄이라는 추문을 몸소 증명하고 싶은 걸까. 미쳐가는 걸까. 나는 대체 무엇을 하려는 것일까…….

번쩍 정신이 들었다. 피비린내가 콧속으로 밀려들어왔다. 속이 울렁거렸다. 구역질이 났다. 다섯 보 앞, 여전히 등을 보이고 있는 형님의 뒷모습이

격하게 요동쳤다.

챙그랑- 금의 손에 쥐어져 있던 단검이 바닥에 나뒹굴었다.

비척대는 걸음으로 금은 도망치듯 자리를 떠났다. 세상 그 어떤 미물보다 제가 하찮다는 생각을 하며 동궁으로 돌아온 순간, 폐부 밑바닥에서부터 격렬한 욕지기가 치밀었다.

황망한 시선으로 금은 제 앞에 내던져진 단검을 본다. 칼날에는 검은 피가 말라붙어 있었다.

"네가 이불을 들추며 간절히 찾아 헤매던 것. 이것 아니더냐?"

"저, 전하……. 저는……."

금이 무슨 말인가를 주워섬긴다. 그러나 목에서 나오는 것은 정체를 알 수 없는 쇳소리뿐이었다.

그때였다. 멀리서 들려오는 다급한 발소리. 이윽고 장 내관이 침전으로 급히 들어섰다.

"저하, 내의 들었사옵니……. 사, 상감마마!"

장 내관과 내의원 관원이 대경실색하며 머리를 조아렸다.

장 내관은 갈팡질팡했다. 왕과 왕세제 사이에 흐르는 흉흉한 기운. 침전의 공기는 숨조차 쉬지 못할 만큼 버겁고 무거웠다. 왕세제의 손에서는 피가 줄줄 흐르고 있었다. 당장 치료를 시작해야 함이 분명했으나 장 내관도, 의관도 선뜻 나서지 못했다.

먼저 입을 연 것은 윤이었다.

"일단 다친 곳을 치료해야겠지. 내의는 무엇을 하느냐? 어서 환부를 살펴보라."

"예! 전하."

윤의 시선이 금과, 그의 앞에 여전히 허망하게 놓여 있는 단검을 훑었다. 내관과 의관이 도착한 탓에 금에게 꼭 하고자 했던 말은 차마 들려줄 수 없게 되었다.

"지금은 치료가 우선이니 이만 가겠다."

"……전하."

"처분을 기다리라."

금이 대답하기 전에 윤은 걸음을 돌렸다.

* * *

노을이 진다. 파르라니 말간 하늘 위로 주홍색 빛의 띠가 녹아들었다. 산 너머 동녘은 투명한 보랏빛으로 물들어가고 있었다. 저 보랏빛이 점점 깊어진 후에는 밤이 찾아올 것이다.

"……."

멀거니 산 너머를 바라보던 순심이 시선을 거두었다. 아름다운 일몰이었다. 그러나 바라보고 있자니 마음 한편이 시큰하게 아파왔다. 윤과 함께 북한산 산영루에서 바라보던 하늘도 저런 빛깔이었다. 떠날 줄 모르고 떠나오던 순간의 하늘 역시 저렇게 사무치도록 아름다웠다.

문득 생생하게 되살아나는 그날의 기억. 북한산 자락에 떠돌던 짙은 흙냄새와 송진 냄새, 불길처럼 붉게 피어나 장관을 이루던 화려한 단풍. 산영루 아래로 유유히 흐르는 계곡물 소리.

그리고 그 계곡물에 비쳐 이지러지던 윤의 얼굴- 그의 슬픈 얼굴.

그때는 미처 몰랐다. 정무가 고단하여 피로하신 모양이라고, 당쟁에 지친 탓에 기운을 잃으신 것 같다고 생각했을 뿐이다. 무지하게도, 슬프게도 당시의 순심은 그랬다.

"전하."

가만히 불러본다. 그때의 윤은 어떤 마음이었을까. 어떤 마음으로 홀로 이별을 준비한 걸까.

순심은 이미 수차례의 이별을 겪었다. 숙종대왕, 금손, 문 내관, 그리고 상검이 죽음으로 그녀의 곁을 떠났다. 그러나 죽음이 아닌 다른 이유로 이별을 하리라고는 생각지 못했다.

순심의 눈에서 눈물이 툭 떨어졌다. 애써 빗장을 질러놓았던 그리움의 둑이 와르르 무너졌다. 슬픔인지 고통인지 알 수 없는 감정이 봇물처럼 밀려왔다.

"으흐흑……."

순심이 바닥에 허물어지듯 주저앉았다.

그리웠다. 낙선당의 풍경, 냄새, 아담한 전각 곳곳에 배어 있는 추억들. 아니, 정확히 말하면 낙선당이 아닌 그곳의 사람들이 그리웠다. 그녀가 사랑했던, 영영 함께할 것이라 여겼던 사람들이.

유일한 사랑이었던 윤, 하나뿐인 벗이었던 구월, 피안으로 떠나버린 상검, 늘 위안을 주던 늙은 고양이 금손…….

"연이 아씨."

"……."

"아씨. 뭐 하십니까요?"

"으응."

급히 울음을 삼킨 순심이 벌떡 자리에서 일어섰다. 이내 줄달음쳐 오는 몽이의 모습이 보였다. 눈물을 보이고 싶지 않아, 순심은 몸을 돌려 얼굴을 감췄다.

"나리님이 돌아오셨구만요. 쇤네 집에 말을 붙들어 매놓은 후에 오신다고 전하라 하셨어요."

"나리님? 아……."

'나리'라는 생경한 호칭이 황가를 지칭하는 것임을 깨달은 순심이 고개를 끄덕였다.

"어휴. 말이라는 짐승, 쇤네는 처음 봤지 뭡니까? 여기는 산골 촌

구석이라 소 한 마리 구경하기 힘들거든요. 그렇게 클 줄은 꿈에도 몰랐어요. 게다가 털에서 어찌나 번쩍번쩍 광이 나는지…….”

몽이의 수다는 조잘조잘 끊일 줄 모른다. 건성으로 응, 응 대꾸하던 순심이 먼 길목을 본다.

황가가 읍성(邑城)에 다녀오겠다며 떠난 지 대엿새 정도 지났다. 혹시 궁에 가냐는 그녀의 물음에 황가는 고개를 저었다. 어린 몽이 혼자서는 일이 벅찰 수 있으니, 읍성에 나간 김에 살림을 돌볼 만한 사람을 수소문해보겠다고.

“참. 그런데 혼자 오신 게 아니고요. 젊은 마나님 한 분을 데리고 오셨어요.”

“으응. 나리께 들었어. 여기 일을 돌봐줄 사람일 거야.”

“여기 일을요? 저로도 충분한데……. 어, 저기 오시나 봐요.”

몽이가 팔을 뻗어 앞을 가리켰다.

어스름이 내린 짙푸른 풍경을 넘어 걸어오는 두 남녀가 보였다. 머리가 덥수룩한 황가의 곁, 빠른 걸음으로 다가오는 여인의 인영.

“어…….”

빠르게 몰려드는 어둠 탓에 얼굴은 전혀 보이지 않았다. 그러나 순심은 단박에 알아챘다. 팔을 앞뒤로 흔들며 사내처럼 팔자걸음을 걷는 습관, 황가의 가슴팍에 겨우 미칠까 말까 한 작은 키. 그리고 세상 가장 그리운 곳을 찾아드는 사람처럼 자꾸만 황가를 앞지르는 조급한 발길…….

어찌 내가 널 못 알아볼까. 어찌 내가 너를 알아보지 못할 수 있겠냐고…….

“구월아!”

가까스로 그쳤던 눈물이 왈칵 쏟아졌다. 순심과 구월이 서로를 향해 달리기 시작했다. 마른 바닥에서 일어난 뿌연 흙먼지가 치맛단을 뒤덮었다. 발에 밟힌 자갈돌들이 사방으로 튀어 올랐다.

"순심아!"

왕의 여인, 궁녀로 살아온 평생. 그네들에게 결코 허용되지 않는, 누군가 보았다면 경망치 못하다 타박했을 전력의 달음박질. 순식간에 그들 사이의 거리가 좁아졌다.

이내 순심과 구월이 서로를 와락 껴안았다.

"구월아! 구월아……."

이별이 갑작스럽듯 만남도 갑작스럽게 닥쳐온다. 분명 재회가 이것으로 끝은 아닐 것이다. 그렇게 믿으리라……. 황가가 돌아오고, 구월이 돌아온다. 그리고 머지않은 훗날 윤이 그녀를 찾아올 것이다. 순심은 굳게 믿었다.

무엇보다 중요한 것은 지금 그녀 곁에 구월이 있다는 사실. 더 이상 낯선 세상에 홀로 뚝 떨어진 외톨이가 아니라는 것…….

"순심아."

눈물이 가까스로 멎었다. 어깨를 들썩이게 하던 흐느낌이 잦아들었다. 채 마르지 않은 뺨 위에 함박웃음이 피어나던 순간, 구월이 무언가를 꺼내 내밀었다.

"……이게 뭐야?"

"어서 받아."

구월이 내민 것은 정갈하게 접힌 서찰. 그것을 받아드는 순심의 손이 바르르 떨렸다.

새하얀 종이의 표면에는 은은한 광택이 흘렀다. 손끝에 와 닿는 감촉은 솜털처럼 부드러웠다. 슬쩍 만지는 것만으로도 단박에 알 수 있었다, 이것이 궁중의 물건이라는 것을.

불현듯 순심은 서찰을 코에 갖다 댔다. 매끄러운 백지에서 풍겨오는 깊은 묵향. 그리고 무어라 탁 꼬집어 말할 수는 없는, 익숙한 나무와 풀

냄새. 청기와장 사이사이 뽀얗게 앉은 먼지와 바짝 마른 이끼 냄새…….

종이의 결 사이에는 희미한 백단 향기가 배어들어 있었다. 궁궐의 향취. 왕의 향기. 윤의 향…….

"전하께서 네게 전달하라 하셨어."

"응……."

알아. 알았어. 손끝에 닿자마자 알았어…….

순심이 윤의 서찰을 조심스레 품에 안았다.

* * *

해 질 녘 바람은 낯선 향기를 실어오곤 해. 나는 그것이 궁궐 밖, 백성들의 터전에서 풍겨오는 삶의 냄새라고 생각한다. 꽃 냄새, 풀 냄새, 가축과 오가는 달구지와 시전의 물건들, 사람들의 땀, 눈물…… 나는 지금도 종종 낙선당에 서서 그 냄새에 정신을 집중한다. 담장 밖에서 불어오는 바람에 네가 있는 먼 곳의 향기가 섞여 있을 것만 같거든. 그런 까닭에 요즘은 산새며 작은 벌레마저도 허투루 보아지지가 않아. 그 부지런한 날갯짓 어딘가에 네가 있는 곳의 공기가 묻어 있을지 모르니까.

순심아. 나는 긴 여정을 준비하고 있다. 길고 복잡한 이야기이기에 여기에 모든 것을 쓸 수는 없지만, 우리는 곧 만나게 될 게다. 내 약조하마. 여름이 지나가기 전에 나는 너를 찾아갈 것이다…….

툭.

"……."

붓끝에 맺혀 있던 먹물 한 방울이 종이 위로 떨어졌다. 조급한 마음 탓에 먹을 곱게 갈지 못했기 때문이었을까. 먹물 방울 주변으로 투명한 물기가 번졌다.

"후……."

408

낮은 한숨을 내쉬며, 윤은 쓰고 있던 서찰을 손에 쥐었다. 얇은 백지가 와스스 구겨졌다.

그는 지난밤부터 내내 서찰을 쓰고 있었다. 서찰은 곧 출궁하게 될 구월을 통해 순심에게로 전해질 것이다.

윤은 순심에게 알리고 싶었다. 그녀를 향한 그의 마음이 한결같이 애틋하다는 것, 그가 준비한 것은 새로운 만남이었지 결코 작별이 아니라는 것. 그리고 돌아오는 여름날 그의 바람이 실행되면, 그들은 함께 새로운 삶을 꿈꿀 수 있으리라는 것…….

그러나 수십 번 고쳐 쓰는 것을 반복해도 좀처럼 흡족하지 않았다. 밤새 수십 장의 백지가 버려졌다.

다시금 윤은 심호흡을 해본다. 그의 손이 신중하게 움직였다. 쉼 없이 백지 위를 스치던 붓끝은 때로 한참 멈추어 있기도 했다. 한 자, 한 자에 윤은 마음을 담아내고 있었다.

얼마간의 시간이 흐른 후, 붓의 움직임이 멈추었다.

백 줄을 쓴들 마음을 모두 표현할 수 있을까. 천 줄을 쓴들…….

윤이 붓을 문갑 위에 내려놓았다. 한없이 부족하지만 순심은 알아주리라. 그의 손끝이 서찰 위 검은 글자를 어루만졌다. 먹물이 묻어나지 않는 것을 확인한 그가 종이를 반듯하게 접었다. 윤이 정갈하게 접은 서찰을 들어 올렸다. 궁중에서 사용하는 백지는 비단처럼 매끄럽다. 그의 입술이 서찰 위를 스쳤다.

후- 흘러나온 짧은 한숨. 그의 숨결이 종이의 결에 배어든다. 마치 생명을 불어넣듯이.

글자 하나하나가 살아나 순심의 마음을 위안하고 보듬었으면 좋겠다. 서찰 안에 쓰인 약조가 희망이 아닌 분명한 현실로 이루어지기를…….

나는 바라고, 또 바란다.

"전하, 밧소주방 나인 김가 들었습니다."

문밖에서 들려오는 최 내관의 목소리. 서찰을 내려다보던 윤이 고개를 들었다.

"들라 하라."

* * *

순심이 제 앞에 놓인 서찰을 가만히 쓰다듬었다.

반듯하게 접힌 이 귀퉁이에 그의 손길이 닿았을까. 그의 입술이 닿았을까. 그의 숨결이 여기 묻어 있을까…….

"후…….

서찰을 펼치기 전, 순심은 하얀 종이 위에 살짝 입술을 눌렀다.

'전하. 신첩, 전하의 마음을 받듭니다.'

그녀의 손이 조심스레 윤의 서찰을 펼쳤다.

北嶺楓衰秋畢豊 (북령풍쇠추필풍)

降肩霜雪酷寒冬 (강견상설혹한동)

春還無汝宮餘冷 (춘환무여궁여랭)

至夏蓮開我去逢 (지하련개아거봉)

북한산 단풍은 낙엽이 되어 가을은 이미 흘러갔네.

어깨 위에 쌓이는 겨울 서리는 혹독하기만 하네.

봄날이 찾아와도 그대 없는 궁궐은 조금도 따스하지 않네.

그리하여 여름날, 연꽃이 저물기 전에 나는 그대에게 가겠네.

반드시 그대에게 가겠네.

왕의 죽음

　서찰을 받아 든 순심이 방으로 들어간 후 밖에 남은 이들은 셋.

　내내 묵묵한 황가와 사방을 두리번거리는 구월, 그리고 평소와 달리 경계의 눈빛으로 구월을 힐끔거리는 몽이. 한동안 어색한 침묵이 흘렀다.

　"몽아. 이 아씨께서도 여기서 지내실 테니 그런 줄 알고 있어라."

　"여기서 사신다고요? 아, 나리님 각시이신가 보지요?"

　"각시?"

　그 말의 뜻을 모르는 사람처럼 황가가 반문했다. 잠시 생각한 후에야 그는 말귀를 알아들은 듯했다.

　"……뭐라는 거냐."

　"각시가 아닙니까?"

　"쓸데없는 소리 말고……. 아씨께 하듯 잘 모시도록 해라."

　"예……. 알았구먼요."

　황가가 느리게 눈을 껌뻑였다. 그를 본 구월이 말을 건넸다.

　"들어가서 좀 쉬십시오. 곧 다시 한성으로 돌아가신다 하지 않으셨습니까? 오는 내내 주무시지도 못하고…….”

“그럼…… 먼저 들어가도 되겠습니까?”

평소의 그라면 절대 꼿꼿한 태도를 잃지 않았으리라. 그러나 구월의 말 그대로 황가의 얼굴에는 피로한 기색이 역력했다.

궁궐을 떠나 산골마을까지 오는 길. 황가와 구월의 여정은 평탄하지 않았다. 오는 중간 하필 폭우가 내려 한참을 지체할 수밖에 없었다. 하루빨리 한성을 벗어나야 했기 때문에 쉴 수 있는 시간이란 주어지지 않았다. 구월은 때로 선잠에 들었으나 황가는 내내 뜬눈이었다.

“예, 어서 들어가서 주무세요. 저는 순심이랑…….”

몽이의 눈치를 살핀 구월이 이름을 정정했다. 영 입에 붙지 않았으나 어차피 익숙해져야 할 이름이었다.

“연이랑 같이 자면 되니까요, 제 걱정은 마십시오.”

“그럼 이만 들어가겠습니다.”

황가가 몇 발짝 너머에 있는 문간방으로 모습을 감추었다.

구월의 시선이 순심의 방문으로 향한다. 여전히 문은 굳게 닫혀 있었다. 문살에 비치는 그림자는 잘게 흔들리고 있었다. 순심에게는 약간의 시간이 필요할 것이다. 얼마나 그리움이 컸겠는가.

“하아…….”

결국 구월은 마루에 털썩 주저앉았다.

“여기가 새집이란 말이지…….”

구월이 중얼거렸다. 말로 설명하기 어려운 복잡한 감정이 밀려왔다. 먹먹한 기운이 목구멍으로 치밀었다. 마음 한편이 스산하도록 휑했다.

궁녀는 궁궐에서 평생을 산다. 한번 궁녀가 된 이상 결코 그 운명에서 벗어날 수 없다 했다. 무수리, 나인, 상궁, 혹은 후궁 마마님이나 비빈(妃嬪)이든 간에 예외란 없었다. 일단 궁궐에 속하게 되면 죽을병에 걸리든지, 죽어 송장이 되어 나오지 않는 한 궁궐의 담장을 벗어날 수 없다. 그것이 궁녀들의 삶이라 했다…….

구월은 출입패를 받아 궁궐을 나섰고 다시 돌아가지 않았다.

구월과 얼마간의 시간을 보냈던 밧소주방 나인들은 구월이 몹시 우울하고 슬퍼 보였다고 말했다. 구월이 궁궐로 돌아오지 않은 며칠 사이, 소주방 나인들 사이에는 흉흉한 소문이 번져나갔다. 승은궁녀와 각별했던 구월이 끝내 슬픔을 이기지 못하고, 제 벗이 떠나간 북한산 산영루에서 몸을 던지고 말았다는 이야기가 궁녀들 사이에 떠돌았다.

그렇게 구월의 궁녀 시절은 끝을 맺었다.

"기분이 왜 이러냐……."

구월이 작게 중얼거렸다. 서운하지 않았다. 순심을 만나게 되어 얼마나 기쁜지 모른다.

평생 살아온 곳을 떠나왔기에 드는 당연한 아쉬움일까. 혹은, 궁궐을 떠나며 곳곳에 배어 있는 상검의 기억마저 모두 잃은 듯한 마음이 들어 그런 걸까…….

"아씨."

"으응?"

생각에 잠겨 있던 구월이 고개를 번쩍 들었다. 고개를 갸우뚱 기울인 채 저를 바라보고 있는 계집아이의 모습이 보였다.

저 아이 이름이 몽이라고 했던가. 사실 구월에게 몽이의 첫인상은 그다지 좋지 않았다. 눈치 빠르게 생긴 계집아이가 못마땅한 기색을 숨기지 않으며 구월을 흘끔거렸기 때문이었다.

"뭐 하나 여쭈어도 됩니까?"

구월이 몽이에게 시선을 던졌다.

"뭔데?"

"여기서 사신다고 하셨지요?"

"그런데?"

"정확히 여기서 뭘 하실 건데요?"

"내가 그걸 너한테 왜 말해야 하는데?"

"그거야, 뭐…….."

조그만 것이 팔짱까지 턱 끼고 캐묻는 태도가 하 수상하여, 구월
역시 인상을 찌푸렸다.

"얘, 너 이름이 뭐랬지?"

"몽이요."

"내가 여기 온 게 맘에 안 드냐? 왜 그리 땅이 꺼져라 한숨을 쉬
어?"

몽이가 쩝, 입맛을 다셨다.

"솔직히 아씨가 싫은 것은 아니고요. 이제 아씨께서 오셨으니 제
게 일을 맡기지 않을 것 같아서 그런 겁니다요."

"일을 안 맡긴다고?"

"예. 쇤네처럼 쬐끄만 계집애한테 삯을 주고 일을 맡기는 분이 어
딨겠습니까? 그동안 나리께서 몸종으로 써주셔서 살림에 좀 보탬
이 되었는데……. 아쉬워서 그러지요. 아씨가 싫어서 그런 건 아닙니
다."

"너 같은 어린애가 무슨 삯을 번다고……."

구월이 힐끔 몽이를 바라보았다. 기껏 열 살 좀 넘겼을 법한 계집
아이. 구월이 가족의 생계를 떠맡아야 했던 것 역시 저 나이 즈음이
던가…….

"먹고살려면 별수 있겠습니까? 집에 식구가 워낙 많아 그렇습니
다."

"어른들은 뭐 하고 네가 버냐?"

"이런 촌구석에서 할 수 있는 일이 뭐 있겠어요? 올해는 흉년이라 먹고살 것도 마땅치 않단 말입니다. 그나마 큰오라버니께서 다달이 녹봉을 보내주실 때는 굶지는 않았었는데, 이젠 그마저 끊겨서요."

"이렇게 어린 여동생이 품삯을 벌어야 할 정도인데, 큰오라버니라는 사람이 어찌 그리 매정하대?"

"뭐……. 원망하지 않습니다. 오라버니도 할 만큼 했어요. 우리 식구 먹여 살리겠다고 내시가 되었거든요. 그렇게 고생한 데다 버는 족족 모두 가족에게 보냈으니……. 오라버니께도 사정이 있는 것이겠지요."

몽이의 입에서 애늙은이 같은 한숨이 흘러나왔다. 그런 몽이를 멀거니 바라보던 구월이 묻는다.

"오라비가 내시라고?"

"예."

몽이가 구월의 얼굴을 올려다본다. 동그란 눈초리가 사나워졌다.

"혹시 지금 내시라고 얕잡아 보는 겁니까?"

몽이가 작은 입술을 배죽거렸다.

"우리 상검 오라비가 얼마나 높은 사람인데요. 보통 내시가 아니라 상감마마를 모시는 내관인데……."

"……."

"아씨?"

몽이의 눈이 휘둥그레졌다.

"쇤네가 뭐 잘못했습니까? 왜 우십니까?"

"으흑……. 아니야……. 으흐흑……."

구월이 고개를 세차게 흔들었다. 그러나 쉬이 멈추지 않는 눈물. 까닭을 모르는 계집아이가 눈을 깜빡거린다.

생긴 것 답지 않게 참 눈물이 많은 아씨라고, 몽이는 생각할 따름
이었다.

* * *

깊은 밤. 창덕궁 후원 뒤편의 산자락에서 내려온 그림자가 북촌
속으로 스며들었다.

도포와 답호(褡穫)[33]를 입고 갓을 쓴 두 사내. 그들은 보통의 양반
처럼 보였다. 평범하지 않은 것은 그들의 외양이 아닌 태도였다. 사
내들은 연신 주변을 살피며 경계를 늦추지 않았다. 무엇보다 사내들
의 야행(夜行)을 평범치 않게 만드는 것은 그들이 궁궐 후원의 건무
문을 통해 은밀히 빠져나갔다는 사실이었다.

그들의 빠른 걸음은 북촌 한복판에서야 멈추었다. 꽤나 지체 높은
양반의 집이 분명한 쉰 칸 가옥. 그들이 도착함과 동시에 기다리고 있
었다는 듯 솟을대문이 열렸다. 궁궐을 은밀히 빠져나올 때처럼 그들은
미끄러지듯 집 안으로 숨어들었고, 유일하게 불이 켜진 방으로 들어섰
다. 사내 둘이 방 안으로 들자마자 그들의 등 뒤로 덜컥 문이 닫혔다.

"아드님!"

방 안을 초조한 듯 서성이던 초로의 여인이 젊은 사내에게 다가섰다.

"자가……."

"세상에, 저하……."

영빈의 입에서 장탄식이 흘러나왔다. 그녀가 금의 얼굴을 감쌌다.

"저하, 어찌 이다지도 얼굴이 상하셨습니까? 그간 얼마나 마음고
생을 하셨기에 이리 야위셨단 말씀입니까……. 대체 무슨 일이기에
이리 급하게 연통을……."

---

33 소매 없는 긴 겉옷.

영빈이 금의 손을 붙들었다. 무명천으로 싸매놓은 환부에 영빈의 손이 닿자 금이 낮은 신음을 토했다. 흰 천 위에 밴 혈흔을 본 영빈의 입에서 경악한 소리가 흘러나왔다.

"저하! 이게 무슨 일입니까? 존귀하신 예체에 이런 흉한 일이…… 어떻게 된 일입니까?"

"……별일 아닙니다. 조금 다쳤습니다."

"별일 아니라니요. 국본의 몸은 곧 종묘사직의 근간입니다. 피를 보셨는데 별일이 아니라니! 어느 방자한 자의 짓이란 말입니까? 그 자는 처벌을 받았습니까? 예체를 상하게 하였으니 응당 죽음으로 다스려야 할 것을……!"

흥분하여 언성을 높이는 영빈을 바라보던 금이 고개를 떨어뜨렸다.

타인의 짓이 아니다. 제 손바닥에 상처를 낸 이는 다름 아닌 저 자신이었다. 손바닥을 가로지르는 흉터는 길고 깊었다. 아마 그 흔적은 평생 지워지지 않을 것이다.

평생- 금이 목숨을 부지할 수 있다면. 왕을 시해하려던 자가 마땅히 받아야 할 벌, 즉 죽음으로 죗값을 치르지 않게 된다면…….

"……아드님."

격앙되어 있던 영빈의 목소리가 잦아들었다. 그녀가 믿기지 않는다는 눈빛으로 금을 바라보았다.

대체 무엇이 왕세를 이렇게까지 공포에 질리게 한 것일까. 대체 무엇이 그녀의 사랑하는 아들을 불안의 구렁텅이에 빠뜨린 것일까. 그녀가 아는 금은 저렇지 않았다. 그는 지나치리만큼 대범했고 불같았으며, 두려움을 모르는 사내였다.

"말씀하세요. 이 제게 어서 말씀하세요."

영빈은 직감적으로 깨달았다. 금에게 큰일이 생긴 것이다. 깊은 밤, 은밀하게 궁궐의 담장을 타넘어서까지 달려와야 할 절체절명의 일이.

"제가 도울 수 있습니다. 그것이 무엇이든이요. 어서 말씀하세요."

"자가……."

금의 음성은 잘게 떨리고 있었다. 영빈이 그의 다치지 않은 왼손을 힘주어 잡았다. 홍분을 가라앉힌 영빈의 눈동자에 강인한 빛이 떠돌고 있었다.

마침내 금이 입을 열었다.

"살려주십시오, 어머니."

이 순간, 벼랑 끝에 매달린 조선의 왕세제를 구원할 수 있는 이는 오직 하나. 그의 양어머니, 영빈 김씨의 모정뿐이다.

금에게서 자초지종을 들은 영빈의 표정에는 별다른 미동이 없었다. 단지 골똘히 생각에 잠겨 입술을 잘근 깨물었을 뿐.

영빈이라고 어찌 놀라지 않았겠는가. 조용히 일을 도모하는 것과, 대놓고 왕의 뒤에 칼을 꽂는 것 사이에는 어마어마한 차이가 있었다. 게다가 그것을 발각당하다니. 절대 있어서도, 있을 수도 없는 일이다.

그러나 화를 내면 무엇하고, 지레 걱정해서 또 무엇한단 말인가. 물은 이미 쏟아졌고, 영빈은 진즉부터 세상을 뒤바꿀 거사를 준비하고 있었다. 마치 이런 일이 일어나리라 예견한 것처럼.

"어머니."

긴 침묵이 갑갑한 듯 금이 재차 묻는다.

"방도가 있겠습니까?"

영빈이 고개를 들었다. 흔들리는 등잔불빛 속, 금은 영빈의 얼굴을 새삼스레 살핀다. 세월은 그녀의 곳곳을 침범하고 있었다. 궁궐에 있을 당시만 해도 반백이던 머리는 새하얗게 바랬다. 관자놀이와 뺨에는 검버섯이 드문드문 퍼져 있었다. 그러나 눈빛만은 싸늘하다- 금마저도 오싹 소름이 끼칠 만큼.

"있다마다요."

그녀의 말투는 확신으로 가득 차 있었다. 어찌 그렇지 않겠는가. 그녀는 이날만을 기다려왔다.

"마침 잘되었습니다. 황가라는 작자가 없는 지금이 적기입니다."

굳이 말하지 않아도, 영빈이 말하는 '적기'가 무엇을 의미하는지 금은 안다. 그러나 그 의미가 두려워 물러나기엔 제 목숨이 이미 경각이었다.

그는 살고 싶었다. 미치도록 간절히 살고 싶었다.

"아드님. 저와 노론 신료들 몇이 오래전부터 준비해온 사내가 하나 있습니다. 그자를 보시면 아드님께서도 단박에 납득하실 겁니다."

"그자가 누구입니까?"

"누구라 할까요? 이름 하나 없는 하잘것없는 노비이지요. 그저 우리는 그자를 그렇게 부릅니다."

완벽하게 여유를 되찾은 영빈이 오래도록 간직한 비밀을 털어놓는다.

"대행자- 라고."

이것은 위기가 아니다. 기회였다.

세상을 뒤집어, 그녀의 유일한 생의 희망인 금을 왕으로 만들 기회.

* * *

"……어찌 안 주무시고."

새벽녘. 방을 나서던 황가가 자리에 멈춰 섰다. 툇마루에 앉아 있는 구월을 발견했기 때문이었다.

"잠이 안 와서요……. 피로해 보이시던데, 편히 주무셨습니까?"

"예."

황가의 답은 언제나처럼 간결하다. 딱히 할 말 역시 떠오르지 않아 구월은 딴청을 부리며 시선을 돌렸다.

평생 궁궐 안에서만 살아온 구월에게는 쉽지 않은 길이었다. 게다가 순심을 만나 눈물 바람, 몽이라는 계집아이가 상검의 동생이라는 사실을 깨닫고 터진 울음, 그리고 순심과 한방에 누워 잠들기 전 또다시 쏟아진 눈물……. 종일 극심하게 감정 소모를 한 탓에 노동이라도 한 듯 피로가 몰려왔다.

그러나 이상하게도 잠은 오지 않았다. 몸은 물먹은 솜처럼 늘어질수록 오히려 정신은 말똥말똥해졌다. 결국 구월은 조심조심 문을 열고 밖으로 나왔다.

"여기는 새벽이 빨리 옵니다."

황가의 목소리에 구월이 고개를 돌렸다.

"퍼렇게 날이 밝았다고 해서 아침이 오는 것이 아닙니다. 궁궐에 계시던 때에 비하면 지금은 한밤중이나 다름없을 겁니다."

"아……."

"그러니 좀 더 주무십시오. 편히 지내셔도 됩니다. 집안일이며 살림은 몽이가 알아서 할 겁니다."

황가의 입에서 흘러나오는 몽이의 이름. 잠시 머뭇거리던 구월이 입을 열었다.

"저, 황가 님……. 몽이 말입니다."

"예."

"몽이가 말하기를……. 그 애 오라비의 이름이 상검이라고……."

황가가 힐끔 구월을 바라본다. 푸르게 밀려드는 새벽빛에 비친 구월의 눈가에 물기가 반짝이는 것도 같았다. 언젠가 순심과 구월에게도 말해야겠다 생각했지만, 도착한 첫날 벌써 사실을 알았을 줄은 몰랐다.

"맞습니다."

"……여기가 상검이가 태어난 곳입니까?"

"태어난 곳은 아닌 듯합니다만, 꽤 오래 여기서 살았던 모양입니다."

"……."

구월은 잠시 말이 없었다. '그렇구나…….'라는, 작은 혼잣말이 들려왔다. 황가가 말을 이었다.

"궁녀님. 몽이와 가족들은 아직 상검이가 그리된 것을 모릅니다. 아무 말씀 마셨으면 합니다."

"예……. 그리할게요."

묻고 싶은 말은 무수하게 많았다. 그러나 구월은 입 안에 맴도는 질문들을 삼키고 만다.

"황가 님."

"예."

그저 입 밖으로 흘러나오는 말은 이것뿐.

"고맙습니다……. 데려와주셔서."

궁궐을 떠나올 때, 구월은 꼭 한 번 뒤를 돌아보았었다.

달리 그리운 것은 없었다. 궁궐은 구월의 삶의 터전이었지만 아름다운 기억만을 남겨주지는 못했기에. 순심마저 사라진 마당에 떠나는 것이 아쉽지는 않았다.

뒤돌아보았던 이유는 오직 하나뿐이었다. 궁궐 곳곳에 묻혀 있는 상검의 기억들. 그가 사랑을 고백했던 저승전 너머 길목과 풀꽃반지를 쥐여주던 낙선당 모퉁이, 함께 걷고 웃고 떠들던 전각 사잇길들……. 상검의 자취를 영영 다시 볼 수 없으리라는 것을 알기에 마음이 아팠다.

그러나 이제 위안이 되었다. 궁궐을 그리워하지 않고 살아갈 수 있을 것 같았다. 궁녀가 아닌 여인 구월의 새 삶이 시작된 이곳에는 상검의 시절들도 함께하고 있으니까.

"궁녀님, 저는 오늘 궁궐로 돌아갑니다."

"오늘요?"

구월이 반문했다. 여독이 채 풀리지 않았을 것이 자명한데, 고작 하룻밤 쉬고 돌아간단 말인가.

"이곳은 안전합니다. 민가 자체도 드물고, 사람들은 순박하고 정이 많습니다. 위험하거나 곤란한 일은 발생하지 않을 겁니다. 집안일은 몽이가 도맡아 할 것이고, 혹여 손이 더 필요하면 언제든 몽이네 식구들이 일을 거들 것입니다."

"하지만 조금 더 쉬고 가시는 편이 낫지 않겠습니까?"

"궁녀님, 저는 전하를 지켜야 할 소명을 가진 사람입니다. 지나치게 오래 궁을 떠나 있었던 까닭에 마음이 무겁습니다."

"아……."

구월이 고개를 끄덕였다. 황가와 많은 이야기를 나눈 것은 아니지만, 구월은 물론이거니와 궁궐의 모든 사람들이 알고 있었다. 황가가 얼마나 헌신적인 충심을 지녔는지.

"가끔 들르겠습니다."

이슬을 머금은 축축한 새벽 공기가 지친 몸을 일깨웠다. 황가가 파랗게 밝아오는 동녘을 바라보았다. 먹구름이 껴 있었다. 비가 올 모양이었다. 비 때문에 또다시 발을 묶여서는 곤란하다.

더 이상 지체할 수 없다 판단한 황가가 짐을 꾸리기 위해 방으로 향했다.

* * *

바람 소리.

순심과 구월이 새 삶을 시작하게 된 거처 뒤편에는 야트막한 산자락이 펼쳐져 있었다. 너른 숲은 궁궐과는 또 다른 종류의 나무들로 빽빽했다. 바람이 많은 마을이었다. 숲 사이로 순풍이 불 때마다 군중이 웅성대는 듯한 소리가 들려왔다.

궁궐에서 지낼 때와는 딴판인 삶이었다. 해야 할 일, 밥을 먹는 시간, 잘 시간과 반드시 일어나야 하는 때가 빼곡히 정해져 있는 궁궐과는 날랐다. 처음 가지는 자유에 순심도 구월도 어리둥절하여 한동안 적응하지 못했다.

그렇듯 순심과 구월의 일상은 대단히 평화로웠다.

전하. 신첩이 살게 된 마을은 얼마나 조용한지 모릅니다. 이곳에 도착한 이래, 저도 구월이도 시간의 흐름에 무뎌졌답니다. 뒷산자락에 무성한 산사나무 잎사귀가 지는 것을 보고서야 계절이 바뀐 것을 알았습니다. 그만큼 이곳은 평온합니다.

산속에 띄엄띄엄 자리 잡은 가옥들이 흔히 그렇듯 그들의 거처 역시 지극히 아담했다. 지붕은 여느 곳에서나 흔히 볼 수 있는 초가지붕이었다. 그러나 황가가 꼼꼼히 신경을 써둔 까닭인지 폭우가 쏟아지거나 산바람이 거세게 불어도 물 한 방울, 바람 한 자락 새어 들어오지 않았다.

전하. 이 집에는 안방 외에 방이라고는 문간방 하나뿐입니다. 구월이는 요새 농담처럼 푸념을 한답니다. 전하와 황가 님이 돌아오시면 마당에서 밤이슬을 맞으며 선잠을 자야 할지도 모른다고요.

단조로운 일상 속, 순심이 거의 매일같이 빼놓지 않는 것은 낮 시간의 산책이었다. 거처는 배산임수(背山臨水)의 지형 안에 고즈넉하게 자리 잡고 있었다. 뒤는 산이었고 멀찍이 앞은 물이었다.

전하. 집에서 한두 식경 정도 걸어가면 연못이 나옵니다. 관람지나 부용지의 네다섯 곱절은 될 법한 큰 연못이에요. 지난번에는 마을 사람이 연못에서 잡았다는 큰 잉어를 몽이가 가져왔어요. 참, 전하께서 알고 계실지 모르지만 몽이는 상검이의 막냇동생이랍니다. 볼수록 상검이를 쏙 빼닮았어요.

또박또박 쓰려 공들인 언문 글자가 누렇게 바랜 종이 위에 빼곡하다. 몽이가 구해다 준 세필 붓은 질이 좋지 않았다. 붓끝은 자꾸만 갈라졌고, 먹은 아무리 애써도 곱게 갈리지 않았다. 종이는 궁궐의 것만 보아온 순심에게는 낯선 누리끼리한 색이었다.

그러나 그런 것이 어찌 중요할까. 순심은 매일의 생각과 일상을 윤을 향한 서찰에 기록했다.

윤이 건네주었던 칠언절구(七言絶句)[34]처럼 격식에 맞는 작품을 남길 수는 없을 것이다. 그러나 보잘 것 없는 글이나마 쓰고 있자니 마음의 위안이 되었다. 때로는 정말로 윤과 대화를 나누는 듯한 착각에 사로잡힐 만큼.

전하. 몽이가 말하기를 날이 무더워지고 한여름이 되면 연못 위에 연꽃이 만발하대요. 그런 까닭에 저는 매일같이 연못으로 산책을 갑니다. 아직 날이 더워지려면 멀었지만, 매일 확인해야 할 것 같은 생각이 들거든요.

연꽃 필 때 온다는 그대의 약속.

연꽃이 지기 전에 반드시 온다는 그의 약속.

전하, 어서 연꽃이 피어나는 여름날이 왔으면 좋겠습니다.

툭. 순심의 뺨을 타고 또르르 구르는 눈물 한 방울. 혹여나 눈물바람 하는 모습을 구월이 볼까 걱정스러워 순심은 손부채질 시늉을 하며 뺨을 쏙 닦았다.

순심이 가만가만 가슴께를 쓰다듬었다. 저고리 안쪽 주머니에는 윤이 보내온 서찰이 들어 있었다. 그녀의 심장이 뛰는 한, 그가 돌아올 그날까지. 윤의 마음은 늘 그녀 곁에 있으리라.

---

34   일곱 글자 절구(絶句) 네 줄로 이루어진 중국 고전 시.

"순심아, 자?"

"……이제 자려고."

"불 끈다?"

"응."

후- 구월이 등잔불을 불어 껐다. 궁궐에서 쓰는 정제한 동백유 대신, 돼지기름에 들기름을 섞어 불을 밝힌 탓에 한동안 짙은 기름 냄새가 떠돌았다. 이제 그마저 익숙해진 구월이 살짝 방문을 열었다. 바깥의 청량한 공기가 흘러 들어왔다.

밤의 냄새. 습기를 머금은 축축한 숲 냄새와 연못의 물비린내.

윤의 약속이 담긴 가슴께를 쓰다듬으며 순심은 곤한 잠에 빠져들었다.

-그리하여 여름날, 연꽃이 저물기 전에 나는 그대에게 가겠네.

아직 여름은 멀었지만 기적처럼 내일 연꽃이 피어났으면. 꼭 하루만 피고 우수수 져버렸으면…….

* * *

산중에는 일찍 밤이 찾아온다. 궁궐의 담장 안에서 바라보던 밤하늘도 높기는 매한가지였으나, 깊은 산중의 하늘에 비길 바는 못 되었다.

잠들기 전, 순심과 구월은 종종 마루에 나와 밤하늘을 올려다보곤 했다. 숲에서 들려오는 바람 소리에 이름 모를 풀벌레 소리가 속삭이듯 뒤섞였다. 운이 좋은 밤엔 어디선가 날아온 반딧불들이 파르라니 불을 밝히고서 뜰을 유영하곤 했다.

"별 참 많다, 순심아. 그치?"

"그러게. 궁궐에서 보았던 별보다 수십 배는 더 많다."

"참 이상하지."

"뭐가?"

"궁궐에서 십 년이 훌쩍 넘도록 살아왔잖아. 궁궐 안에서는 담장에 둘러싸인 그만큼이 내 세상의 전부였어. 땅도 하늘도 딱 궁궐 크기만 했는데……."

"지금은 구월이 네 세상이 더 커졌어?"

"응. 그래봤자 궁궐 외에 가본 곳이라고는 이 산골마을뿐이지만……."

한참이나 곰곰 생각에 잠겨 있던 구월이 말을 이었다.

"한번 궁녀가 되면 죽을 때까지 궁녀라고 다들 말했잖아? 난 내가 다른 삶을 살게 될 거라고는 한 번도 생각해본 적 없었거든. 이렇게 막상 궁궐을 떠나오니까 기분이 이상해."

"뭐가 이상해?"

"왠지 더 멀리도 갈 수 있을 것 같아. 어디든……. 지금껏 늘 궁궐이 내 집이라고 생각해왔다면, 이제 세상이 내 집이 된 기분이랄까? 물론 그렇다고 내가 어딜 갈 거란 소리는 아니지만 말이야."

"구월아."

"응?"

나란히 마루 위에 다리를 쭉 뻗은 채 앉아 있는 순심과 구월. 순심이 구월의 손을 붙잡았다.

"나중에 말이야. 네가 더 이상 이곳에 있고 싶지 않을 때. 더 넓은 세상을 보고 싶거나 가족들에게 돌아가고 싶거나, 혹은 무슨 까닭이든 떠나고 싶으면 언제든 가도 돼."

"뭐라는 거냐? 누가 떠난다든? 그저 내가 생각했던 것보다 삶이란 게 더 크고 더 넓다는 말을 하려던 거뿐이야."

"그런 말인 것도 알아."

"생각해봐. 몇 년 전의 우리는 둘 다 매일같이 수라간에서 씨름하는 나인들일 뿐이었잖아."

"응⋯⋯. 그랬지."

꽤 먼 과거의 일처럼 느껴진다. 승은궁녀도, 왕의 총애를 받는 여인도 아닌 평범한 생과방 나인으로 살아가던 시절. 떡을 빚거나 조청을 담그고, 매작과나 유밀과를 만드는 것이 세상에서 가장 긴박하고 중요한 일이던 시절. 그러나 순심의 삶만이 예측불허였던 것은 아니다. 순심의 운명이 이리저리 요동쳤듯 구월의 삶 역시 그러했다.

순심이 구월의 손등을 가만히 쓰다듬었다. 내가 아니었다면 네 삶은 지극히 평온했겠지, 구월아.

"어, 순심아."

"응?"

구월의 손이 밤하늘을 가리켰다. 순간 긴 포물선을 그리며 낙하하는 꼬리별 하나. 유성(流星)이다.

"소원 빌자, 순심아."

순심과 구월이 동시에 눈을 질끈 감았다.

문득 순심은 생각한다- 마지막으로 쏟아지는 별 아래 소원을 빌었던 날의 기억을. 그날 그녀 곁에는 윤의 드넓은 어깨가 있었다.

"순심아. 무슨 소원 빌었어?"

"비밀."

"네가 무슨 소원 빌었는지, 말 안 해도 난 알 것 같은데."

"내가 무슨 소원을 빌었을 것 같은데?"

"전하께옵서 얼른 너를 보러 오시라고 빌지 않았겠어?"

"그럴까?"

그렇다도 아니다도 아닌 애매한 반문. 순심의 입가에는 말간 웃음이 걸려 있었다.

"구월이 너는 뭐 빌었는데?"

"나도 비밀이거든."

구월이 장난스럽게 입술을 비죽였다. 마주 본 두 사람이 맑은 웃음을 터뜨렸다.

"처음인 거 같아. 여기 와서, 순심이 네가 그렇게 편안하게 웃는 거. 이렇게나마 웃을 일이 생겨서 다행이다⋯⋯."

순심은 대답하지 않았다. 그녀의 시선은 여전히 밤하늘을 향하고 있었다. 이내 순심의 시야를 가로지르는 또 다른 유성 하나.

윤과 함께 별을 보고 소원을 빌던 그날, 윤은 그녀에게 그렇게 말했었다. 사람이 죽으면 하늘로 올라가 별이 되듯, 밤하늘에서 별이 떨어지는 것은 죽은 이가 세상으로 되돌아오는 것이라고.

다시금 순심은 마음속으로 되뇌어본다.

별님. 구월에게 소중한 사람을 되돌려주세요. 구월이 더 이상 상검이 때문에 슬퍼하지 않도록, 구월의 다친 마음까지 보듬어줄 수 있는 좋은 사람을 보내주세요⋯⋯.

"그나저나 황가 님은 지금쯤 한성에 당도하셨겠지⋯⋯?"

구월의 물음에 순심이 고개를 끄덕였다.

"지금쯤 도착하실 때가 되었을 거야."

"뭐, 별일 없이 잘 가셨겠지⋯⋯. 하기야 그분한테는 세상 무서운 게 없어 보이니까."

순심이 동의하듯 고개를 끄덕였다.

"이제야 안심이 돼."

"뭐가?"

"황가 님이 전하의 곁으로 돌아가셨잖아. 전하께는 그분이 꼭 필요해."

"황가 나리도 순심이 너랑 똑같이 말씀하시더라."

"응……. 정말로 그래. 전하 곁에 그분이 계시니 이제야 안심이
돼……."

윤의 뒤를 그림자처럼 따르던 황가의 모습. 결코 떼려야 뗄 수 없
는 두 사람의 기억이 다시금 마음 한편을 시큰하게 한다.

다시 볼 수 있겠지. 볼 수 있다마다…….

"어, 또 별이 진다, 순심아. 우리 오늘 소원 백 개는 빌 수 있겠다."

구월이 재빨리 눈을 감았다.

"순심아. 별이 떨어지는 건 큰 인물이 세상을 등지는 거래. 오늘
누가 죽었나 봐."

"하지만 전하께서는 정반대로 말씀하시던걸?"

"반대? 어떻게?"

"별이 떨어지는 건, 별이 되어 하늘로 올라갔던 혼령이 다시금 세
상으로 되돌아오는 거라고 하셨어."

"정말?"

구월이 새삼스러운 눈길로 다시 밤하늘을 올려다본다.

또다시 떨어지는 별 하나. 별의 꼬리가 긴 호선을 그렸다.

* * *

"저, 저자는……!"

"북한산 낭떠러지에서 떨어져 죽었다는 그 호위무사 아니오?"

"화, 황진기……."

황가가 궁궐에 모습을 드러낸 것은 늦은 저녁이었다.

검은색 일색인 복장, 탕건 안으로 밀어 넣으려 애썼으나 바깥으로
튀어나온 거친 머리칼, 다소간 수척해진 탓에 더욱 움푹 들어간 듯
보이는 눈매, 그 가운데 형형하게 빛나는 눈빛…….

낙선당 승은궁녀를 호위하여 내려오는 와중 가마꾼의 실수로 전
체가 낭떠러지로 떨어졌으며, 자신 역시 벼랑 아래로 추락하고 말았
다는 황가의 진술은 과거 구월의 증언과 정확히 일치했다. 단지 벼
랑에서 떨어진 이후의 상황이 달랐을 뿐이다.

황가는 나무 사이에 걸린 덕에 가까스로 목숨을 부지하였노라고
고백했다. 우연히 그를 발견한 도인 비슷한 노인이 그의 생명을 구
했고, 치료를 받아 가까스로 회생하였다는 것이 황가의 변이었다.

"걸을 수 있게 되자마자 바로 궁궐로 돌아온 것입니다."

윤과 황가가 사전에 모의하였던 내용 그대로의 진술이었다.

"가장 먼저 전하를 뵙게 해주십시오."

황가의 요구는 간단명료했다. 그러나 갑작스레 돌아온 황가를 조
사한 무선사(武選司)[35] 관원의 표정은 몹시 어두웠다.

"자네야 전하를 가장 가까이서 모셨으니 대전에 가는 것이야 문제
가 안 되겠지만……. 요사이 분위기가 워낙 흉흉하여……."

관원이 말끝을 흐린다. 황가의 입매가 단단하게 굳어졌다.

"무슨 일입니까?"

황가의 음성은 다소간 조급했다. 쯧, 하고 혀를 찬 관원이 대답했
다.

"전하께옵서는 와병에 드셨네. 대전 밖으로 출입하지 못하시고 누
워 계신 지 이미 며칠이 지났네. 꽤나 위중하신 듯하여……."

무선사 관원이 마른침을 꿀꺽 삼켰다.

왕께서 와병에 들었다 말한 순간 황가의 눈동자에 번뜩이는 빛.
마치 그것이 저를 향한 살기인 듯해, 관원은 숨통이 콱 막히는 것 같
은 압박감을 느꼈다. 황가에게서는 사람이 아닌 짐승의 기운이 느껴
졌다. 무사 대 무사로서 맞닥뜨렸다간 칼을 채 뽑기도 전에 승부가

---

35 무관의 인사와 행정을 담당하던 관서.

끝나리라.

"자, 자네, 어딜 가시나?"

오싹 소름이 끼친 팔을 문지르며 관원이 물었다.

"전하께 갑니다."

"하, 하지만 전하의 침전에는 어의 외에는 아무도 들어갈 수 없네!"

황가의 귀에는 아무런 말도 들리지 않는 듯했다. 생사를 오간 끝에 정신이 들자마자 궁궐로 돌아왔다는 말이 무색하게도, 황가는 빠른 속도로 대전을 향해 사라졌다. 뒤에 남은 관원이 그제야 부르르 몸서리를 쳤다.

무선사에서 시간을 지체하는 사이 궁궐은 푸른 어둠 속에 잠겨갔다.

대부분의 관료들은 퇴궐하고 궁궐에 기거하는 궁인들만 남은 시각. 전각 사이에 내린 어둠을 가로지르는 황가의 모습을 발견한 궁인들은 유령이라도 본 듯 소스라쳤다. 그도 그럴 것이 황가는 이미 죽었다 알려진 자이기 때문이었다.

"자, 자네는……."

그런 까닭에 왕을 보필하는 최 내관 역시 놀라기는 매한가지였다.

상선쯤 되는 위치에 오른 내관들이 흔히 그렇듯, 최 내관 역시 심약하거나 담이 없는 편은 아니었다. 그러나 죽었다고 철석같이 믿고 있던 황가의 등장. 그 역시 말을 더듬을 만큼 큰 충격을 받았다.

"상선 대감, 전하를 뵙겠습니다."

"자, 자네……. 살아 있었던 겐가?"

"설명은 나중에 드리겠습니다. 일단 전하를 뵈어야겠습니다."

"전하께서는 와병 중이시네. 어의가 안에서 전하의 상태를 돌보고 있네. 어의가 말하길 바깥바람이 들었다가는 자칫 큰일이 난다 하여, 중전마마마저 문안을 못 하신 지 며칠이 지났네."

그때였다. 대전의 침전으로 이어진 장지문 사이로 걸어 나오는 당상관 차림의 사내.

황가는 한눈에 그를 알아보았다. 사내는 어의 이공윤(李公胤). 그는 과거 이이명의 천거로 궁궐에 들어온 의관이었다.

"최 내관, 내 바깥의 소리와 기운이 안으로 들어오지 않도록 각별히 주의해달라 당부했거늘, 어찌하여 이리 소란스러운……. 헙!"

그제야 황가를 발견한 이공윤의 얼굴이 귀신이라도 맞닥뜨린 사람처럼 얼어붙었다.

"자, 자네는……. 죽었다지 않았나?"

"전하를 뵙고 설명드리겠습니다. 전하를 뵙게 해주십시오."

황가가 최 내관과 어의를 지나쳤다. 그 순간.

"아니 되오!"

갑자기 이공윤이 황가의 팔을 붙들었다. 황가가 그를 향해 고개를 돌렸다.

"놓으십시오. 소인은 그곳이 어디든 전하의 곁에 갈 권한을 가지고 있습니다."

"하, 하지만 전하께옵서는 지금 정신을 차리지 못하고 계시네. 심하게 탈이 나셨단 말일세. 바깥 기운을 묻혀 온 자네를 안으로 들일수는 없소!"

황가가 어의에게 날카로운 시선을 던졌다. 솔직히 말하자면, 그가 하는 말의 갈피를 잡을 수가 없었다. 바깥 기운 타령이라니. 이 무슨 뜬구름 잡는 소리란 말인가.

"일단 전하의 안위를 확인한 후에 바로 물러나겠습니다."

"어허, 나는 전하의 건강을 책임지는 어의일세! 전하께 무슨 일이 생기면 제일 먼저 내 목숨이 날아가는 것을 정녕 모르시는가? 어찌 무인 나부랭이가 어의의 말을 듣지 않는 겐가?"

"어의의 본분이 있듯, 호위무사인 제게도 본분이 있습니다."

"어허! 안 된다는데도!"

처음 황가를 마주쳤을 때 저승사자라도 본 것처럼 대경실색하던 모습은 온데간데없었다. 이공윤이 언성을 높였다.

"전하께서는 심하게 탈이 나신 까닭에 탈진에 이르러 계시네. 군소리 말고 밖에서 기다리게."

"어찌하여 탈진까지 이르게 되셨습니까?"

황가가 물음에 이공윤이 대답했다.

"게장과 생감을 함께 드셨다네. 두 음식은 상극이라 절대 함께 드시면 아니 되는 것을, 쯧쯧."

"……감이요?"

반문하는 황가의 음성에는 미묘한 변화가 있었다. 그러나 어의는 미처 깨닫지 못했다.

"그래, 생감 말일세. 감을 하나도 아니고 여러 개 드신 까닭에 큰 탈이 나셨지. 종일 위아래 할 것 없이 게워내시니, 허 참…….

"…….

"자네, 왜 그런 표정을 짓나?"

순간 황가가 이공윤을 옆으로 밀쳐냈다. 엄청난 기세였다. 어의는 그대로 바닥에 나동그라지고 말았다.

왕의 침전으로 돌진한 황가가 거칠게 문을 열었다.

* * *

"황가라는 자가 죽어 없어진 것이 얼마나 다행인지 모르오. 그자가 찰거머리처럼 왕의 곁에 붙어 있었기에 우리가 포섭한 이들이 좀체 다가갈 수 없었던 것이외다."

"그렇다마다요. 숙종대왕의 국상을 치를 때의 거사 역시 그자 때문에 무용이 되고 말았으니까요."

"그렇소. 황가…… 황진기라는 본명이던가요? 뒤를 캐보니, 그자의 아비 역시 장희재의 패거리 중 하나였더군. 애당초 더러운 핏줄이오."

황가의 이름을 입에 담는 것만으로도 기분이 언짢은 듯 영빈이 인상을 찌푸렸다. 자리에 배석해 있던 어의 이공윤이 자못 궁금하다는 듯 물었다.

"황가의 죽음 역시 우리 쪽에서 미리 손을 쓴 것입니까?"

"어허."

영빈이 짧게 주의를 준다. 이공윤이 금세 머쓱한 표정을 지었다.

"무슨 소리를. 그저 그자의 운명이 거기까지였을 뿐이오. 보시오. 거사를 앞둔 상황에서 가장 큰 위협이라 할 수 있는 왕의 호위무사가 죽고 말았다오. 이것이 하늘의 뜻이 아니면 달리 무엇이겠소?"

영빈의 입가에 자신만만한 미소가 번졌다.

"너무나 긴 세월, 먼 길을 돌아왔소. 그동안 우리 모두 고생이 많았지요. 이제 마침내 때가 되었습니다."

좌중에 모여 있는 자들은 몇 되지 않았다. 노론의 생존자들. 그들의 머릿속에 주마등처럼 흘러 지나가는 긴 세월.

이내 영빈- 뒤바뀐 세상에서 왕의 모후가 될 여인이 엄숙하게 선언했다.

"바꿉시다, 세상을."

숙종대왕이시여, 보고 계십니까? 대왕께서 부족하신 탓에 마무리 짓지 못한 이 나라의 종묘사직을 이 손으로 바로 세우는 것을.

* * *

"전하."

왕은 이불을 덮은 채 고요히 누워 있었다. 문밖에서 벌어진 소요와는 관계없이 방 안은 지극히 평온하고 고요했다.

"전하. 신 황가입니다."

대답은 돌아오지 않는다. 왕은 조용히 잠든 모습이었다.

어의 이공윤이며 최 내관이 웅성대는 소리가 들려왔다. 황가가 등 뒤로 팔을 뻗어 문을 탁 닫았다. 그리고 그는 집중한다. 그의 왕, 그가 모든 것을 걸었던 주군에게.

황가의 미간이 섬 떨렸다. 무릎을 꿇은 그가 주의 깊게 왕의 이목구비를 살폈다.

비록 눈을 감고 있는 상태였으나 와병의 징후는 곳곳에 드러나 있었다. 살이 빠져 수척해진 탓이리라. 왕의 뺨에는 이전까지 눈에 띄지 않던 광대뼈가 유독 두드러졌다. 하얗게 말라 부르튼 입술 아래쪽에 흐릿한 멍 자국이 보였다. 어느 여인보다 고운 살결을 가진 윤이었다. 그러나 왕의 피부는 눈에 띄게 나무껍질처럼 거칠었다. 감은 눈꺼풀 아래 드리운 속눈썹마저 숱이 줄어 듬성듬성했다.

무엇보다 달라진 것은, 완연히 흙빛을 띠고 있는 얼굴과 몸의 색……

"전하……"

드문 일이었다, 황가의 음성이 떨리는 것은. 유난히 흰 피부를 가진 데다 백자처럼 맑은 안색을 가진 임금이었다. 그 말갛던 낯빛이 저렇게까지 변했다는 것의 의미를 황가는 안다. 낯빛의 변화는 중병,

혹은 죽음의 징후였다.

"어서 금부 관원들을 불러 저자를 끌어내시오!"

문밖에서는 어의 이공윤의 목소리가 쩌렁쩌렁 울리고 있었다. 황가가 조금 더 왕의 곁으로 다가갔다.

어의는 분명 왕께서 게장과 감을 먹고 탈이 났다 했다. 그러나 머지않은 과거, 윤이 지나가듯 했던 말을 황가는 또렷하게 기억하고 있었다.

윤은 분명 그리 말했었다. 어린 시절 감을 먹고 크게 앓았으며, 그 이후로 결코 감을 먹지 않는다고. 심지어 그날 윤은 감을 보는 것조차 거슬린다며 속히 내가라 명하지 않았던가.

"전하, 불충을 용서하시옵소서."

황가가 왕의 코앞으로 얼굴을 가져갔다. 잠든 왕에게서 들려오는 다소 불안정한 호흡 소리, 예민한 후각에서 느껴지는 왕의 체향, 얕고 가쁜 숨결…….

와병 중인 탓일까. 왕의 체취는 평소와 조금 다르게 느껴졌다. 밤이나 낮이나 윤에게서는 백단 향이 났다. 순심이 그 향기를 사랑함을 아는 윤이 향낭을 몸에서 떼 놓지 않았기 때문이었다. 그러나 백단 향기는 사라지고, 몸에서 풍기는 것은 다소간 낯선 체취였다. 특별히 독특한 향이라고는 할 수 없었다. 단지 평소 윤의 향기와 달랐을 뿐이다.

왕의 숨결이 황가의 얼굴에 와 닿았다. 깊은 잠에 든 사람치고는 얕고도 서늘한 숨결. 희미한 땀 냄새에 뒤섞인 기름 냄새…….. 낯선 느낌이었으나, 병중인 사람은 체향 역시 변하기 마련이다.

황가가 착잡한 표정으로 기울이고 있던 상체를 일으켰다.

본래 윤은 소화기가 약하고 잔병치레가 잦은 편이었다. 그러나 며칠 만에 이렇게 인사불성이 되다니…….

"전하. 일어나셔야 합니다. 일어나실 수 있습니다."

황가의 음성은 간절했다.

그 순간-

히끅.

"……전하."

히끅.

"전……."

히끅. 히끅.

왕의 입에서 흘러나오는 히끅대는 딸꾹질 소리. 황가의 시선에는 짙은 당혹감이 어려 있었다.

잠들었다거나 혼수상태에 빠져 있다 하여 딸꾹질을 하지 않는다는 법은 없다. 그러나 왕에게서 절대 시선을 거두지 못하게 만드는 무언가가 그의 신경을 거스르고 있었다.

왕은 게장을 드셨다. 왕은 감을 드셨다. 왕은 크게 탈이 나셨다…….

순간 뇌리를 스치는 어의 이공윤의 말.

-감을 하나도 아니고 여러 개 드신 까닭에 큰 탈이 나셨지. 종일 위아래 할 것 없이 게워내시니…….

그러나 방 안에서는 토사물이나 배설물의 역한 냄새는 전혀 나지 않는다…….

동시에 와지끈- 문이 부서질 듯한 소리와 함께 이공윤이 침전으로 들어섰다.

"다, 당장 나가거라! 예가 어디라고 무인 나부랭이가 들어오느냐! 곧 금부 관원들이 올 것이다! 끌려 나가기 전에 어서 나가게!"

이공윤이 바락바락 핏대를 올리며 악을 써댔다. 그러나 황가는 이공윤에게는 시선조차 두지 않았다. 황가의 시선은 오직 왕의 얼굴에 고정되어 있을 뿐이었다.

여전히 왕의 요란한 딸꾹질은 멎지 않았다. 왕의 얼굴 전체를 쏘아보던 황가의 시선은 이제 오직 한곳만을 응시한다. 왕의 눈꺼풀. 굳게 닫힌 그 눈꺼풀은 무슨 까닭인지 사시나무 떨듯 파들대고 있었다.

그 긴박하던 순간. 왕의 눈꺼풀이 반쯤 들어 올려진다. 찰나간 주변 상황을 살피듯 드러났다 순식간에 사라지는 눈동자. 왕의 눈동자…….

왕의 눈동자……?

그 짧은 사이 황가와 왕의 시선이 마주쳤다. 왕은 뜨끔한 사람처럼 눈꺼풀을 꽉 닫아버린다.

"밖에 게 아무도 없느냐? 어찌하여 이리 시간이 오래 걸리느냐! 어서 이자를 밖으로 끌어내어……."

마침내 아우성에 가까운 이공윤의 목소리를 뚫고 들려오는 황가의 목소리.

"그대는……."

순간 황가의 손이 왕의 멱살을 틀어쥐었다. 이공윤의 입에서 경악에 찬 비명이 흘러나왔다.

"그대는 누구인가?"

왕은 눈을 꽉 감고 있었다. 결코 뜨지 않겠다는 듯, 절대 황가의 얼굴을 마주하지 않겠다는 듯. 눈을 뜨는 순간 모든 것이 끝난다는 듯이.

황가의 손이 왕의 숨통을 꽉 틀어쥐었다. 결국 버티지 못한 왕은 눈을 뜨고 만다.

황가가 아는 윤의 눈동자는 맑고 또렷했다. 흰자위는 아이의 것과 같은 순백이었으며 검은자위는 잘 익은 머루처럼 검고 뚜렷했다. 그러나 황가에게 멱살을 잡힌 왕의 흰자위는 죽은 생선의 배때기와 같은 섬뜩한 회백색. 검은자와 흰자의 경계는 먹에 물을 탄 듯 불분명하다. 눈빛은 무엇에 취하거나 홀린 사람처럼 탁하게 번들거렸다.

왕의 얼굴.

약간의 차이는 병환 탓이라 볼 수 있으리라. 피부가 다소 검은 것과 탁한 눈빛을 가졌지만, 그는 분명 왕의 얼굴을 하고 있다…….

"당신은 전하가 아니야."

그러나 왕의 얼굴을 가졌다 해서, 결코 윤은 아니다.

"누구냐 물었다!"

황가가 사내를 이부자리 위로 내동댕이쳤다. 황가가 검을 뽑아 들었다.

"으악!"

이공윤이 대경실색하여 비명을 질렀다.

왕은, 아니 왕의 침전에 누워 있던 정체불명의 사내는- 그는 아무 말도 하지 못한다. 그는 그저 벌벌 떨리는 까닭에 닫히지 않는 입을 어떻게든 다물어보려고 애쓰고 있을 뿐이었다.

사내는 벌벌 떨었다. 몸부림쳤다. 제가 할 일이 무엇인지를 떠올리려 발버둥을 쳤다.

-주는 탕약과 음식을 먹고, 때마다 침을 맞으며 누워 있기만 하면 되느니라. 결코 누가 말을 건다 해도 입을 열어선 아니 된다. 닷새간 방 안에 가만히 누워 있는 일만 잘 해내면, 반드시 내 너의 노비문서를 불태워주겠다.

마침내 사내는 떠올린다, 길에서 흙과 똥을 주워먹으며 연명하던 저를 호의호식하게 해주었던 마나님의 말씀을.

그는 일자무식이었다. 말도 어눌했다. 천한 신분이었고, 가진 것

없는 무일푼이었다. 살고 싶다는 본능 말고는 아무것도 없었다.

그런 그를 데려가 먹이고, 입히고, 씻기고, 재워주고, 말을 걸어주던 나이 든 마나님을 사람들은 '자가'라 불렀다. '자가'는 그의 얼굴을 바라보는 것을 좋아하셨다. 그의 얼굴을 바라보던 자가는 때로 흡족한 듯 웃다가 때로 혐오스러운 듯 얼굴을 구기곤 했다.

그에게는 이름이 없었다. 그러나 '자가'께서는 종종 그를 이렇게 부르곤 했다. 대단히 만족스러운 표정으로.

-대행자. 참으로 똑같이 생겼구나. 훌륭하다.

휙, 허공을 스친 검이 방 안의 공기를 반으로 쪼개는 소리. 그러나 대행자는 여전히 입을 열지 않았다.

애당초 대행자의 임무는 오직 그뿐이었다. 입을 열지 않는 것, 가만히 누워 있는 것……. 그러면 잘 살게 되리라고. 노비에서 벗어날 것이고 많은 재물을 줄 것이며 참한 색시도 얻어주겠다고. 그것이 자가의 천금 같은 약조였다.

상황이 심상치 않음을 깨달은 이공윤이 문을 향해 엉금엉금 기기 시작했다. 황가의 시선이 대행자에게 쏠려 있을 때 도망쳐, 목숨이라도 구해보겠다는 심산이었다.

그 순간, 황가가 이공윤의 뒷덜미를 잡아챘다.

"으아악!"

도망치는 이공윤을 거칠게 끌어당기던 황가의 손이 탁, 그를 허공에 놓아버린다. 이공윤이 정신을 차리기도 전에 들려오는 오싹 소름 끼치는 스산한 소리. 스윽- 동시에 냉기가 이공윤의 살 속으로 파고들었다.

순식간에 냉기는 사라진다. 이어 몰려드는 뜨거운 기운. 주르륵- 무엇인가 흘러내렸다. 생전 처음 느껴보는 종류의 낯선 고통. 이공윤이 제 몸을 내려다보았다.

시퍼런 칼날에 제 퉁퉁한 얼굴이 비치고 있었다. 이공윤의 쇄골 바로 아래에 황가의 검이 꽂혀 있었다.

"으, 으으, 카, 카, 칼이…….."

평생 침을 놓고 약재를 조제해온 의관으로서는 상상조차 해보지 못한 일. 칼끝이 그의 목에 박혀 있다는 것을 깨달은 순간 이공윤은 잠시 이성을 잃었다. 이자가 저를 죽일 것이다. 죽일 것이다!

"사, 사, 사, 살려주시오."

충격 때문인지, 혹은 목을 찔린 까닭인지 말이 잘 나오지 않았다.

"사, 살려주시오. 제발…….."

목소리를 감히 높일 수가 없었다. 칼끝이 그의 목에 박혀 있었기 때문이었다. 차마 삼키지 못한 침이 입 옆으로 주륵 흘러내렸다.

"찌르지 않았소."

황가의 목소리. 공포에 질린 눈으로 이공윤은 그를 바라보았다.

"당신은 어의이니 나보다 더 잘 알겠지. 여기서 한 치[36]만 더 칼이 들어가면 당신은 죽을 것이오."

이공윤의 눈이 희번덕댔다. 황가의 말에는 틀림이 없다. 칼은 급소에 박혀 있었다. 이공윤의 몸이 상당히 비대한 탓에 칼날이 혈맥까지 닿지 않았을 뿐이다.

날붙이 앞에는 경동맥이 있었다. 황가의 손에 조금이라도 힘이 가해진다면, 그리하여 칼끝이 더 깊숙이 들어온다면 경동맥이 끊어지고 말 것이다. 그 후에는 죽음이다. 손상된 혈맥을 다시 붙이는 것은 어의가 아닌 천의(天醫)가 와도 불가능했다. 그는 피를 뿜으며 비참하게 죽음을 맞을 것이다.

"사, 살려주십시오."

이공윤은 비로소 정신을 차렸다. 살아야 한다는 본능이 그의 이성

---

36   3cm

을 두들겨 깨웠다. 모가지에는 칼이 꽂혀 있었다. 그보다 더 절박한 생의 욕구가 어디 있단 말인가.

힐끔, 이공윤이 제 옆에 놓인 약재를 바라본다. 인삼과 부자(附子)를 넣은 탕약. '대행자'의 임무는 저 탕약을 마시는 것으로 끝날 예정이었다. 가여운 무지렁이는 왕의 노릇을 그럴싸하게 해낸 후에 호의호식하며 행복하게 살 줄 아는 모양이었다. 제가 곧 마실 탕약 안에 어떤 독약이 들었는지도 모른 채.

그러나 이제 그런 것 따위에 신경 쓸 여력이 없다. 이공윤의 목에는 칼이 꽂혀 있었다. 제가 죽어 없어진다면 세상 부귀영화가 무슨 소용이란 말인가.

어차피 역모에 가담한 것 역시 자의는 아니었다. 애당초 이공윤은 이이명에게 발탁되어 의관 생활을 시작했다. 윤이 먹어온 약재는 물론이거니와 과거 낙선당 승은궁녀에게 먹였던 불임에 이르게 하는 약까지, 모두 것이 그의 작품이었다.

이공윤은 진즉부터 노론과 같은 배를 타고 있었고 배에서 내릴 기회를 놓쳤다. 그러므로 더 이상 물러날 데가 없었을 뿐이다. 제 앞길이 천 길 낭떠러지라고 해도.

"무엇이든 다 하겠소. 그러니 목숨만 살려주시오."

붉게 충혈된 눈으로 황가를 보며, 이공윤은 간절히 애원했다.

"전하께옵서는 어디로 가셨는가."

꿀꺽. 저도 모르게 침을 삼키는 바람에 목이 움찔 움직였다. 칼날이 두둑한 살집을 비집고 파고들었다.

"전하는 어디 계시냐고 물었다."

황가의 손에 힘이 들어간다. 칼날이 생살을 찢었다. 이공윤이 다급히 입을 열었다.

"거, 건무문(建武門)……."

건무문.

후원 끝에 위치한 까닭에 궁인들의 손이 닿지 않아 종종 방치되곤 하는 문. 지난 겨울 후원을 거닐던 윤과 순심 앞에 우연처럼 열려 있었던 문.

"건무문을 통하여 어디로 가셨단 말이냐!"

"모, 모르오. 그저 오늘 건무문을 통해 나간다는 것밖에……."

오늘 건무문을 통해 나간다- 황가는 이공윤의 말이 과거형이 아니라는 것을 깨달았다.

캐물어 배후를 밝히는 것이 옳으나 시간이 없었다. 무엇보다 조만간 금부 관원들이 도착할 것이다. 어서 여기를 떠나야 했다.

"으악!"

황가가 예고도 없이 칼을 빼냈다. 이공윤이 외마디 소리를 내질렀다. 목에서 주룩 피가 쏟아졌다. 그러나 선혈이 위로 솟구치지 않는 것을 보아 맥에 손상을 입지는 않은 듯했다.

황가는 그대로 침전 문을 박차고 나섰다. 칼끝에는 욕망에 찌든 피와 기름이 매달려 있었다.

"거기 서라!"

황가가 대전을 벗어남과 동시에 금부 관원들이 도착했다. 그를 쫓는 관원들, 비명을 지르는 궁관들, 우왕좌왕하는 내관들로 대전은 삽시간에 아수라장이 되었다.

그러나 황가는 묵묵히 후원을 향해 달려갈 뿐. 누구든 그의 앞길을 방해한다면 단칼에 베어버리리라.

황가가 사라진 것을 확신한 이공윤이 옷자락을 찢어 피가 흐르는 목을 감쌌다.

"저자가 왕을 시해하려 했다! 저자가 전하를 죽이고, 전하와 닮은 꼭두각시를 옹립하려 했다!"

이공윤의 음성이 대전에 메아리쳤다.

* * *

사흘 전. 종일 비가 내려 음침한 이른 저녁.

"전하, 왕세제가 뵈옵기를 청하고 있나이다."

"……."

침전에 있던 윤이 고개를 들었다. 그가 미간을 찌푸렸다.

"아무도 들이지 말라 명하였거늘 어찌 왕세제라고 예외가 될 수 있겠느냐?"

"소, 소인도 그리 전했사온데……. 왕세제께서 전하를 뵈옵고자하는 의지가 참으로 강하신 듯합니다. 좀체 물러서지 않으시어……."

"……."

윤은 며칠째 몸이 좋지 않았다. 아마도 소화 기능에 문제가 생긴 듯했다.

조선 왕들이 흔히 그러하듯 윤 역시 가족력이라 할 수 있는 몇 가지 지병들을 가지고 있었다. 윤의 아버지 숙종대왕을 비롯한 선왕들은 피부병과 안질로 크게 고통 받았다. 반면 윤은 피부나 눈에는 별다른 병의 징후가 없었다. 문제는 자주 체하는 증상이었다.

소화병이란 것이 흔히 그렇듯, 신경 쓸 일이 많으면 증상 역시 심해졌다. 순심을 떠나보낸 이후 윤은 무기력증에 시달렸고 수라를 잘들지 않았다. 그런 상황에 낮것상에 오른 게장을 먹은 것이 탈이 난모양이었다.

"세제에게 전하라. 문안을 받을 마음이 없으니……."

그때였다. 문밖에서 들려오는 애타는 음성.

"전하. 부족한 아우 금이 문안을 올립니다. 반드시 여쭐 것이 있어 찾았으니 부디 신의 청을 들어주십시오. 전하…….”

“……음.”

대전을 보살피는 궁관들이 있는 장소였다. 왕세제로서의 체면이
나 권위 따위는 내던진 금의 목소리는 한없이 애달프고도 간절했다.

윤은 다시금 지난밤의 사건을 떠올린다. 금은 제게 검을 들이댔
다. 그것을 감싸줄 생각은 추호도 없었다.

-처분을 기다리라.

몸소 동궁전을 찾아 단검을 내던지며 내뱉은 말. 자신이 말한 ‘처
분’이 어떤 것을 의미하는지는 스스로도 아직 결정하지 않았다.

윤은 금을 죽일 수 있었다. 노론은 수세에 몰려 있었고, 왕세제가
왕위를 탐낸다는 소문은 진즉부터 파다하게 퍼져 있었다. 왕에게 칼
을 들이댄 왕세제. 누구도 윤의 결정에 토를 달지 못할 것이다. 또한
윤은 금을 살릴 수도 있었다. 결과적으로 피를 흘린 것은 칼을 들었
던 금 자신이었지 윤이 아니었다. 금이 형제의 피를 보고자 한 까닭
에 윤 역시 형제를 죽여야 하는 상황에 내몰려 있었다.

그러나 그 밤의 일을 아는 것은 둘뿐이었고, 금은 윤에게 남은 유
일한 혈육이기도 했다.

“전하, 부디 아우의 뜻을 거절치 마시옵고…….”

여전히 문밖에서 계속되고 있는 금의 읍소.

“들이라.”

윤은 형제에게 마지막 기회를 주고자 한다. 이윽고 눈물인지 땀인
지 모를 물기로 번질대는 얼굴을 한 금이 침전 안으로 들어섰다.

“할 말이 무엇이냐?”

“형님.”

금은 잠시 망설인다. 형님- 이라는 말을 입에 담는 제가 문득 혐오
스러웠다.

저를 내려다보는 윤을 '형님'이라 부르는 그는 며칠 전 궁궐을 빠져나가 영빈을 만났다. '형님'이라는 말로 왕의 마음이 흔들리길 바라는 그는 은밀하게 준비되어온 거사에 제 목숨을 의탁했다.

형님, 이라고 부르면서. 혈육의 정에 의지하여 이 순간을 모면코자 하면서.

"할 말이 있다더니 어찌 망설이느냐. 말하라."

"형님……."

형님의 자리를 꿈꾼다고. 그리하여 결코 저질러서는 안 되는 일에 가담하고 말았다고. 저 역시 떠밀려간 것이나 다름없는 선택이라 합리화해보지만, 그것이 거짓임을 스스로도 알고 있었다.

"저를…… 죽이실 겁니까?"

물음을 던지는 금의 음성은 방금 전과 달리 건조하게 가라앉아 있었다. 선택권은 윤에게 있었다.

"바라느냐?"

"신은 군자가 아닙니다. 어찌 죽음을 원한다 할 수 있겠습니까?"

"네 죄는 응당 죽음으로 다스려야만 하는 것이다. 그것을 알기에 나를 찾아와 목숨을 구걸하는 것이 아니더냐?"

"……."

"죄를 짓고서 죄인 줄 모르는 것은 더욱 큰 죄다. 그 불충함을 씻을 수 있는 것은 사약밖에 없겠지."

사약. 응당한 답이다. 왕을 시해하려 한 자에게 자비란 있을 수 없으므로. 그러나 믿기지 않았다. 조선의 왕은 평생 금에게 무수한 자비를 베푼 사람이었다.

"정녕…… 죽이시려는 겁니까, 저를?"

"너 역시 정녕 나를 죽이려 들지 않았더냐?"

윤의 말은 냉랭했다.

그때였다. 문밖에서 들려오는, 머뭇대는 듯한 최 내관의 음성.

"전하. 말씀 중 송구하옵니다만 어의 이공윤이 들었나이다."

윤은 상기한다. 금이 방문하기 전 그는 불편한 속 탓에 소화약을 들이라 일렀다. 여전히 속은 몹시 좋지 않았다.

"들이라."

이내 두 손에 소반을 받쳐 든 이공윤이 들어왔다. 소반 위에는 탕약과 잘 익은 삼 누 개가 올라가 있었다.

"드시면 곧 체기가 가라앉을 것이옵니다만, 새로운 약재를 배합한 탓에 몹시 씁니다. 잘 무른 감을 가져왔으니 입가심을 하옵소서."

"감……."

감은 먹지 않는다, 라고 말하려던 윤이 입을 다물었다. 금과 민감한 이야기를 나누는 와중이었다. 구구절절 이공윤과 대화하여 시간을 지체하고 싶지 않았다.

"알았다. 물러가게."

"탕약을 드시고……."

윤이 힐끔, 어의를 바라본다. 탕약을 마실 것을 권하던 이공윤이 눈치를 보며 물러났다.

탕약은 윤과 금의 사이에 놓였다. 무엇이 들었기에 저렇게 새카만 것인지, 정체를 알 수 없는 검은 물이 출렁거렸다.

금이 제 앞에 놓인 탕약을 응시했다. 할 수 없다. 이 기회를 놓친다면 새카만 탕약을 마시고 죽어갈 이는 제가 될 것이다. 애당초 하나가 살려면 하나가 죽어야만 하는 운명이었던 게다.

윤이 탕약을 향해 손을 뻗었다.

"……."

금의 시선이 흔들렸다. 그의 눈이 윤의 손에 들린 탕약을 따라 움직였다.

그사이 윤은 탕약이 든 사발을 손에 들었다. 백자 사발은 미지근했다. 마시기 적당한 온도일 듯싶었다. 윤이 천천히 사발을 입에 가져다 댔다.

꿀꺽- 금이 마른침을 삼키는 소리. 소리가 너무 큰 게 아니었을까 두려워 그는 입술을 잘근 깨물었다. 여전히 금은 두려운 눈길로 윤을 바라보고 있었다. 사발이 마침내 윤의 입술에 닿았다. 쓴 향이 올라오는지 윤은 미간을 살짝 찌푸렸다.

형님께서 저것을 마실까. 마실까. 정녕…… 마시고야 말까.

꿀꺽. 윤의 목구멍으로 탕약이 넘어가는 소리. 공포가 금을 엄습했다.

"혀, 형님……."

저도 모르게 금은 윤을 부른다. 탕약을 마시던 윤이 시선을 던졌다. 윤이 눈으로 묻는다. 어이 부르느냐?

"아, 아닙니다……. 형님……."

갑자기 금의 눈에서 주룩, 눈물이 흘렀다. 어찌 우는지 금 자신조차 알지 못했다. 두려워서, 슬퍼서, 혹은 이 와중에도 제 목숨을 걱정하는 제 치졸함이 혐오스러워서?

윤은 사발을 입술에 댄 채, 울고 있는 아우를 바라보고 있었다. 꿀꺽- 마지막 모금이 삼켜졌다. 쓰다, 진저리가 날 만큼 쓰다……. 발 갛게 잘 익은 생감이 보이지만 손이 가지 않았다.

"어찌 우느냐."

윤이 탕약이 담겼던 사발을 내려놓았다. 눈물 탓에 흐린 시야로 금은 빈 사발을 바라보았다. 그의 눈동자가 요동쳤다.

그래. 선택했다. 누군가 등을 떠민 것도, 억지로 원치 않은 일에 가담한 것도 아니었다. 태어났던 시절부터 운명은 결정되어 있었다. 형제는 경쟁자였고 정적(政敵)이었다. 응당 일어날 일이 일어난 것뿐이다. 마음 약하게 먹지 말자.

"형님……. 아우를 용서하십시오."

"용서?"

윤이 조용히 금의 말을 되뇌었다. 입 안에 여전히 쓴 맛이 남아, 윤은 잠시 인상을 찌푸렸다.

"금아."

"예, 형님."

"내 무슨 일이 있을 때마다 늘 너의 편에 있었다. 그 까닭을 아느냐?"

"……모릅니다."

"너와 나는…… 같은 운명을 타고났거든."

금이 고개를 들었다. 그러나 그의 시선은 윤의 눈동자를 마주 보지 못했다. 용기가 나지 않았다.

"왕의 자리를 얻는다고 우리가 타고난 이 지독한 운명이 끝날 것 같으냐? 왕이 되면, 모든 세상이 나를 칭송하고 내 뜻대로 왕권이 세워질 것 같으냐? 그렇지 않다. 왕의 자리는……."

윤이 잠시 말을 멈췄다. 쓴물이 올라왔다.

"너는 모를 게다. 아바마마는 내 어머니를 죽였다. 내 삶이 부러우냐? 나는 늘 네가 부러웠다. 너와 삶을 바꿀 수만 있다면, 하여 그저 평범한 왕자의 삶을 살 수 있었더라면 나는 백 번도 그리했을 것이다. 천 번도 그리했을 것이다."

"……바꾸길 바란다 하여 바뀌지는 것이 아니지 않습니까."

형님이 바란 것은 바꾸려고 해봤자 바꿀 수 없는 운명. 아우가 바란 것은 원한다면, 잔인해진다면, 독해진다면 충분히 바꿀 수 있는 운명이었다.

"그래. 운명. 그게 문제지. 내가 늘 너에게 자비를 베풀고 용서한 이유는 그것 때문이었다. 운명의 탓이지 네 탓이 아니다. 그리하여 나는 이 지독한 운명에서 벗어날 결정을 내렸지."

"……결정이요?"

"그래. 그것만이 네 욕망을 충족시키고 나를 비로소 자유롭게 만
드리라 나는 생각했다. 그 밤의 일만 없었더라도……."

콜록, 콜록- 갑자기 기침이 나와 윤은 말을 멈추었다. 목에 사례가
들린 듯했다. 목구멍이 바싹 말라붙는 느낌이었다.

"최 내관, 물을…… 가져오라."

그러나 문밖에서는 아무런 기척이 들려오지 않았다. 이공윤이 나가면
서 함께 시약청에 다녀오자며 두런거리더니 자리를 비운 모양이었다.

윤이 마른침을 삼켰다. 숨을 고르자 기침이 잠시 멎었다.

"네가 그 밤의 일을 저지르지만 않았다면 나는 네게 말했을 것이
다. 우리의 어린 날에 그러하였듯 정치니, 세상사니, 권력이니…….
그런 것에 마음 쓰지 않는 형제로 돌아가자고."

"이제 와서 그것이…… 가능하겠습니까?"

금이 물었다. 그의 음성은 평소답지 않게 부들부들 떨리고 있었
다. 윤이 착잡한 표정으로 그를 바라보았다.

가여운 내 아우…….

나의 불행과 나의 두려움, 내가 평생 짊어져야 했던 운명의 굴레
가 내 탓이 아닌 것처럼, 네 것이 아닌 것을 탐낼 것을 종용받으며
자멸해가는 네 삶 역시 네 탓이 아니다……. 금아.

"가능하지. 내가 결정만 내린다면. 둘이 왕의 자리를 놓고 다투고
있으니, 한 명이 마음을 접으면 되는 것 아니더냐?"

"무슨 결정을 말씀하시는 겁니까, 형님……."

설마, 형님께서는.

순간 뒤통수를 세차게 맞은 듯 극심한 충격이 금을 덮쳤다.

아니 된다. 그럴 수는 없다. 있을 수 없는 일이었다. 저는 이미 칼
을 들었다. 칼을 들어 제 혈육인 형님의 등에 꽂으려 했다. 그는 이

미 욕망에 제 모든 것을 팔았다. 금이 바친 독배는 윤의 손에 들려 있었다. 그럴 수는 없다…….

금의 입에서 억눌린 울음이 터져 나왔다.

"설마……. 제게, 제게 왕위를 선위(禪位)하시려고 했다 말씀하시는 겁니까? 안 됩니다, 아니 됩니다! 왜 이제 와서…….."

"금아. 울지 마라. 세상에 아니 될 일이 어디…….."

윤이 다시금 마른침을 삼켰다. 이상하게 모래알을 삼킨 듯 목구멍이 꺼끌거렸다.

"최 내관, 아직 아니 왔느…….."

다시금 시작된 격렬한 기침. 순간 왈칵- 윤의 입에서 시커먼 토사물이 쏟아졌다.

"이것이……."

이것이 무슨 일이지. 윤의 눈동자가 크게 팽창했다.

"금아, 물을……."

금아, 물을 가져다다오.

목이 바짝바짝 타들어간다. 대체 내게 무슨 일이 생긴 것인지 모르겠구나.

"금……."

그렇게 엉엉 울지만 말고 나를 바라봐다오. 제발 나를 바라보란 말이다. 네 형님을 보란 말이다. 부디 나를 구해다오…….

울컥. 윤의 입에서 다시금 시커먼 덩어리가 쏟아져 나왔다. 지독한 쓴내와 피비린내가 몰려왔다. 불을 삼킨 듯한 고통이 목구멍을 타고 올라왔다. 허공을 휘젓던 윤의 손이 제 목을 감쌌다.

귓가에 들려오는 건 오열하는 금의 울음소리. 그러나 아무리 그를 바라봐도 비정한 아우는 윤에게 눈길을 주지 않는다. 그저 고개를 푹 숙인 채 제 욕망이 저지른 참상을 회피할 뿐.

"금아······."

장지문이 발칵 열렸다. 정체를 알 수 없는 내관 복장의 사내 넷이 우르르 들어섰다.

최 내관일까? 물을 가져왔을까? 아니, 문 내관인가. 아니다, 상검아, 네가 왔느냐······.

아득한 심연으로 빨려 들어가는 의식. 귓전에 어룽대는 낯선 사내의 비밀스러운 음성.

"전하, 전하께옵서는 몹시 편찮으십니다. 신들이 환취정(環翠亭)으로 모시겠나이다. 가마를 준비해두었습니다."

"과······."

과인은 가지 않을 것이다······.

윤의 말은 허공에 흩어져 흔적도 없이 사라졌다. 몸이 들어 올려지는 감각이 무디게 느껴졌다. 윤의 초점 없는 시선이 툭 떨어졌다. 찰나의 순간, 금과 윤의 시선이 닿는다.

아우야. 바란 것이 고작 이것이었더냐.

그러하다면 네가 이겼다······.

"으흐흑······!"

금은 어깨를 거칠게 들썩였다. 흐느끼는 왕세제는 끔찍한 승리를 만끽하고 있었다.

떠메어진 윤이 사라진 침전. 순식간에 들이닥친 무명의 궁관들이 피와 탕약으로 얼룩진 침전을 닦아냈다. 곧 대행자가 올 시간이었다.

* * *

-중전. 내 그대에게 어려운 말을 하나 꺼내려 하오.

-말씀하시옵소서, 전하.

-내 만일 왕의 자리에서 물러난다면, 그리고 한성마저 떠나 먼 곳에서 새 삶을 살아간다면 그대는 어찌하시겠소?

-글쎄요……. 신첩에게는 선택의 여지가 없지 않겠습니까, 전하?

-묻는 것이오. 나는 아직 결정을 내리지 않았소. 그대가 상왕의 부인으로 살아가는 것을 받아들일 수 있는지 묻는 것이라오.

-전하. 사람들은 저를 중전이라 부릅니다. 그러나 이는 신첩이 타고난 것은 아니었나이다. 이것들은 모두…… 전하와 가례를 올림으로써 말미암아 생긴 것들입니다. 전하가 아니었다면 제가 가진 지위 역시 생기지 않았을 것입니다.

-그것이 그대의 운명 아니겠소?

-제가 바라거나 선택한 것은 아닙니다. 전하께서 고단한 왕의 길을 선택하지 않으셨듯이.

-내 뜻에 맡기겠다는 것이오?

-예, 전하. 뜻대로 하시옵소서. 신첩은 요즘 여느 여인들과는 다른 생각을 종종 합니다. 전하께서 이런 제 마음을 이해하여주실지는 모르옵니다만…….

-어떤 생각을 하시기에요?

-제 삶을 제가 일구고 싶다는 생각이오. 신첩은 그렇게 할 생각입니다. 제가 있는 곳이 궁궐이든 어디든 간에요……. 사람들이 저를 중전이라 부르든, 다른 이름으로 부르든 저는 관계없습니다. 저는 제 삶을 살 것입니다. 그러니 굳이 마음 쓰지 않으셔도 되옵니다.

-어찌 마음 쓰지 않을 수 있겠소?

-전하께 이런 말씀을 드리는 것은 처음인 듯하지만……. 어린 시절 신첩은 현모양처가 아니라 풍류가로 살기를 꿈꿨습니다. 중궁전이라는 자리는 영광이었지만 신첩이 바라던 것은 아니었지요. 한때는 여인으로 태어난 것이 원망스러웠습니다. 그러나 이제 마음이 바

꿰었나이다. 조선의 안에서, 신첩은 여인으로서 제가 할 수 있는 것들을 하겠습니다. 저는 이러한 제 마음이 기쁩니다.

채화가 옅게 웃었다.

-그러니 신첩에게는 마음 쓰지 마십시오. 만일 전하의 뜻대로 궁궐을 떠나게 된다면 그것 역시 나쁘지 않습니다. 궁궐 밖에는 더 많은 할 일들이 있을 테니까요. 그리고…….

-그리고?

-그렇다면, 저도 전하도 조만간 낙선당을 만날 수 있겠네요. 그렇겠지요?

낙선당. 낙선당…….

가마 안에 죽은 듯 쓰러져 있던 윤이 게슴츠레 눈을 떴다. 그의 몸은 비좁은 가마 안에 구겨지듯 던져져 있었다.

왈칵, 다시금 그는 토혈했다. 정신은 여전히 아득한 심연 속을 헤맨다. 중궁전에게 선위의 의중을 물었던 기억이 떠올랐다. 그러나 그 기억이 진실인지, 아니면 망상이나 환상인지조차 불분명했다.

순간 떠오르는 순심의 얼굴.

여름이 오면, 관람지며 애련지며 부용지, 그리고 그녀가 있는 먼 산골마을 가운데 널찍하게 존재한다는 연못 위에 연꽃이 흐드러지면. 그 연꽃이 지기 전에, 너울너울 저물어 질척한 뻘 속으로 가라앉기 전에 네게로 간다고 약속했는데…….

쿠당탕!

그때였다. 쾅! 하는 엄청난 충격이 가해졌다. 토혈할 기력이 없어 입 안에 고여 있던 피가 주르륵 턱을 타고 흘렀다. 바깥에서 들려오는 고함 소리, 금속성의 물건이 맞부딪치는 소리, 몸싸움을 하는 듯한 둔탁한 진동. 급박하게 도움을 요청하는 소리와 단말마의 비명, 신음.

벌컥- 가마의 문이 열렸다.

"전하!"

윤은 눈을 뜨지 못했다. 그에게는 눈꺼풀을 들어 올릴 힘조차 남지 않았다. 그러나 알 수 있었다. 네가 왔구나, 와주었구나…….

"전하! 전하!"

황가의 손이 윤의 눈꺼풀을 까뒤집었다. 빠르게 그는 왕의 맥을 짚었다. 살아 계시다. 왕께서 살아 계시다…….

"전하, 조금만 참으시옵소서. 신이 반드시 살려드리고야 말겠나이다."

황가가 윤을 들쳐 업었다. 피비린내, 정체를 알 수 없는 지독한 죽음의 향기가 진동한다. 가마 주변에 죽어 널브러진 시신들 너머로 피바람이 불었다.

윤을 업은 채, 황가는 황량한 후원을 가로질렀다.

"황가……."

문득 윤의 음성이 들리는 듯하다. 황가가 속도를 늦추었다.

"나를 데려다줘……."

순심에게로. 데려가다오, 나를.

툭- 윤의 머리가 황가의 어깨 위로 늘어졌다. 윤의 숨길을 막고 있던 검은 핏덩이가 쏟아져 나왔다.

* * *

"상위복(上位復)!"

창경궁 환취정의 지붕 위. 왕의 붉은 곤룡포가 바람에 나부낀다.

"상위복!"

곤룡포를 들고 용마루에 오른 최 내관의 눈에서 하염없이 쏟아지는 눈물.

제 탓이다. 게장으로 낮수라를 드신 임금이셨다. 제가 자리를 잘 지켰다면 게와 상극이라는 감을 드셨을 리 없었다. 상극인 음식을 먹고 쓰러진 임금의 상태는 손쓸 수 없이 나빠졌다. 왕세제가 인삼과 부자를 넣은 탕약을 올리자 잠시 왕의 콧잔등에 온기가 돌아왔다.

그리고 그것이 끝이었다.

"상위복!"

왕의 넋이여, 부디 백관과 신민을 저버리지 마옵시고 다시 궁궐로 돌아오시옵소서!

그러나 환취정에 고요히 누운 왕의 얼굴은 흙빛으로 참혹하니, 싸늘한 시신에 온기는 되돌아오지 않는다.

조선의 스무 번째 왕, 이윤의 죽음이었다.

三十一章.
생(生)

순심은 산길을 걷고 있었다. 발에 밟히는 들풀들은 이슬을 머금어 축축했다. 해는 보이지 않았다. 사방은 비 오기 전의 이른 아침처럼 옅은 안개에 뒤덮여 있었다. 계절은 모호했다. 가을이나 겨울이라기 엔 주변을 둘러싼 나무며 수풀들이 퍽 푸르렀다. 그러나 봄이나 여름치고는 스산한 날이었다.

어디로 가고 있는 것일까- 제 발끝을 보며 수행하듯 묵묵히 걷던 순심이 걸음을 멈추었다.

바람결에 실려 오는 희미한 꽃내음. 꽃향기는 진하지 않았다. 햇볕 이나 공기처럼 풍경 속에 자연스럽게 녹아든 향기에는 기름진 개흙 냄새와 물비린내가 섞여 있었다.

그제야 순심은 깨닫는다. 제가 어디로 향하고 있었는지를.

관람지. 여름이면 연꽃이 만발하는 조선의 왕 이윤이 사랑하는 연못.

순심의 발길이 조급해진다. 후원의 오르막을 그녀는 바쁜 걸음으로 타 넘었다. 마지막 한 발. 관람지에 당도한 그녀가 가쁜 숨을 내쉬었다.

"……."

텅 빈 관람지.

가뭄이 극심한 까닭일까. 물이 얼마 남지 않은 연못은 진흙탕으로 변해 있었다. 연꽃은커녕 연잎 한 뿌리조차 보이지 않았다. 황량하기 짝이 없는 모습이었다.

어디선가 다시금 풍겨오는 연꽃 향기. 순심이 주위를 두리번거렸다. 그러나 아무리 샅샅이 훑어봐도 보이는 것은 늪지대나 다름없는 황폐한 연못뿐.

흙탕물을 바라보던 그녀가 문득 고개를 든다- 까마득한 과거처럼 느껴지는 어느 여름날, 연잎을 따러 후원을 찾았던 그녀가 그러했듯이.

순심의 시야에 비치는 작은 전각, 왕세자이던 윤의 공부방이었으며 피난처이자 안식처이기도 했던 폄우사(砭愚榭). 주변을 떠도는 연꽃 바람은 건너편 언덕 위 폄우사에서 불어오고 있었다.

그때였다. 폄우사의 열린 문틈 사이로 스치는 누군가의 그림자.

"전하!"

얼굴은 보이지 않았다. 그러나 순심은 확신했다. 윤. 윤이 저곳에 있다.

순심이 폄우사로 향하는 길을 달린다. 그러나 갑자기 추를 매단 듯 발걸음이 무거워졌다. 걸음을 내디디려고 용을 쓰자, 발밑이 모래성처럼 와르르 무너지기 시작했다. 중심을 잃은 순심이 앞으로 고꾸라졌다. 그녀의 손이 쏟아지는 흙무더기를 할퀴었다.

"전하!"

가야 하는데. 저 폄우사에 전하께서 계신데…….

애를 쓰면 쓸수록 발밑의 흙은 푹푹 꺼져간다. 오히려 폄우사는 점점 멀어지고 있었다. 기이할 정도로 짙어진 연꽃 향기가 주변에 자욱했다. 마치 제(祭)를 올릴 때 쓰는 향 수백 개를 피운 듯 머리가 어질어질했다.

"가야 돼."

이를 앙다문 순심이 다시금 발을 내디딘다.

"가야 된다고……."

그러나 가까스로 한 발 다가가면 꼭 그만큼 멀어지는 폄우사.

"제발……."

왈칵, 순심의 눈에서 눈물이 쏟아졌다. 가게 해줘요, 제발…….

-순심아.

순간 들려오는 윤의 목소리. 소스라치며 순심은 잠에서 깨어났다.

"으흐흑……."

울음이 터져 나왔다.

꿈을 꾸는 와중 내내 눈물바람을 한 모양이었다. 순심이 베고 있던 베갯잇은 푹 젖어 있었다.

꿈이었구나. 꿈이었어…….

오열하던 순심이 제 손을 내려다보았다. 미친 듯이 흙바닥을 헤치던 느낌이 여전히 손바닥에 생생했다. 허망하게 흩어지던 흙더미들. 꿈이었음에도 손끝이 쓰라리고 아렸다.

"흐흑……."

순심의 어깨가 잘게 들썩였다. 무섭도록 현실 같은 꿈이었다. 연꽃 향기가 무색하게 끈적이던 연못. 폄우사의 문틈 사이로 비치던 윤의 그림자. 아무리 다가가려 애를 써봐도 가까워지지 않던 그녀와 윤 사이의 거리…….

"얼굴이라도 보여주시지……."

야속하게, 무심하게. 이별인 줄도 모르고 떠나오게 하더니 꿈속에서도 얼굴조차 보여주지 않는다.

순심은 처음으로 윤을 원망했다. 사랑한다면서 어찌 이렇게 무정하단 말인가. 이별일 줄 알았다면 그녀는 결코 떠나지 않았다. 어명을 거역하는 한이 있더라도 윤의 곁에 고집을 부려 남았을 것이다.
그녀는 그랬을 것이다…….

윤과 함께일 때의 순심은 아무리 고통스러워도 견딜 수 있었다.
어떤 대가를 치르게 된다 해도 받아들일 수 있었다. 순심이 생각하
는 사랑이란 늘 함께하고 모든 것을 서로 나누는 것이었다. 당연히
그렇게 윤과 평생을 살아가리라 믿었다.

미웠다. 야속했다. 서운하여 견딜 수가 없었다. 미치도록 원망스러웠다.

"전하……."

그립고 그리웠다. 죽을 만큼, 숨조차 쉬어지지 않을 만큼 그가 그
리웠다. 폄우사 위, 손에 잡힐 듯 말 듯 멀어지던 윤의 그림자가 마
음에 사무친다. 눈물은 좀체 그치지 않았다.

한참을 울던 그녀의 어깨에 느껴지는 온기. 흐느끼는 소리 탓에
구월마저 잠에서 깨어난 모양이었다.

"무슨 꿈이라도 꿨어? 어찌 그리 서글프게 우냐……."

"응……. 으흐흑……."

참으려고 애써보지만 다시금 울음이 터졌다. 그런 그녀를 바라보
는 구월의 콧잔등이 시큰하다.

어찌 저 마음을 모를까. 이별은 고통이며 재앙이었다. 순심을 바
라보던 구월의 눈시울 역시 젖어들었다. 섣불리 위로의 말조차 건넬
수 없는 것은, 구월 역시 그 슬픔의 크기를 알고 있기 때문이었다.

"무슨 걱정이야. 네 정인이 보통 분이냐? 네 지아비는 필부가 아
닌 조선의 임금이시잖아. 설마 왕께서 약속을 어기시기야 하겠어?"

"……."

"전하께서 어떤 분이신지 나보다 네가 더 잘 알잖아. 허튼 말씀,
없는 소리 하는 분이시든?"

"아니."

그래. 윤은 그런 사람이 아니다.

"그러니 그만 울어. 고운 얼굴 다 상해서 전하께서 못 알아보시면 어쩌려고 그러냐? 걱정 마. 곧 만나게 될 거야."

"응."

벗의 온기가 황량한 마음을 위로했다. 곧 만나게 될 게다. 만나게 될 게야……. 순심은 치미는 울음을 꿀꺽 삼켰다.

* * *

순식간에 뜰이 소란스러워졌다.

"연이 아씨! 구월 아씨! 아씨님들!"

몽이의 음성은 잔뜩 고조되어 있었다. 오랜만에 시전에 다녀온다더니 바깥구경을 한 덕에 신이 난 모양이다. 몽이의 토실토실한 뺨은 발갛게 상기되어 있었다.

"시전에서 이무기라도 봤냐? 어찌 이리 잔뜩 들떴대?"

"아휴, 말도 마세요! 어디서부터 이야기를 시작해야 하지……. 난리도 그런 난리가 없더라고요!"

"난리?"

"예! 난리요! 큰 난리요!"

"무슨 소리를 하는 건데?"

몽이는 할 말이 아주 많은 듯했다. 무슨 말을 먼저 해야 할지 모르겠다는 듯 몽이가 작은 주먹을 초조하게 흔들었다.

"시전에 들어갔더니 이미 난장판이더라고요. 누군가는 울며불며 통곡을 하고, 누군가는 장정들을 모아서 한성으로 가겠다며 사람들을 윽박지르고……. 쇤네 평생에 이렇게 시전이 들썩거리는 건 처음 봅니다."

"한성으로 올라가? 그게 대체 무슨 소리야?"

"한성을 쳐야 한다고요. 이렇게 말도 안 되는 경우가 세상에 어디 있냐고요! 어떤 사람들은 민란(民亂)이라도 일으켜서 잘못된 것을 바로잡아야 한다고……."

"민란이라니? 뭔 소린지 나는 하나도 못 알아듣겠다. 대체 무슨 일이 생긴 건데?"

닥치는 대로 늘어놓는 말을 통 알아들을 수가 없다. 구월이 인상을 찌푸렸다.

"사람들이 그럴 수밖에 없는 게, 그분의 살갗이 본래 양귀비처럼 새하 다고 하더라고요. 마치 여기 계신 연이 아씨처럼요. 그렇게 하얗고 곱던 분인데, 염을 하느라 옷을 벗겨 보니 얼굴이며 몸뚱이며, 심지어 혓바닥까지 새까맣게 변했다지 뭡니까?"

"이건 또 뭔 소리야. 그분이라니……?"

구월이 미심쩍은 표정으로 반문했다. 그러나 여전히 몽이는 떠오르는 대로 두서없이 지껄이고 있었다.

"예. 그러니 당연히 병으로 돌아가신 게 아니라 독살된 것이라는 말이 나올 수밖에요! 게다가 본래부터 아우가 아주 나쁜 놈이라더군요. 호시탐탐 형님의 자리를 노려왔다고……. 그래서 아우가 독을 타서 형님을 시해한 거라고, 죗값을 치르게 해야 한다고 사람들이 난리랍니다."

"……몽아."

그때였다. 내내 듣기만 하던 순심이 입을 열었다.

"예, 연이 아씨."

"돌아가신 분이…… 대체 누구기에 꼭 잘 아는 사람처럼 그리 말해?"

몽이가 황당한 표정으로 반문했다.

"아, 제가 누가 붕어하셨다고 말 안 했습니까?"

"말은 무슨! 들어오자마자 다짜고짜 흥분해서……."

면박을 주던 구월의 말이 뚝 끊겼다.

구월의 미간이 좁아졌다. 무언가가 이상하다. 구월의 시선이 제 곁의 순심에게로 향했다. 순심의 표정 역시 싸늘하게 굳어 있었다. 꼭 저처럼.

"몽이 너 지금…… 붕어라고 했냐?"

붕어(崩御).

죽음을 맞이했을 때 그 말을 쓸 수 있는 이는 세상천지 오직 하나뿐이다.

왕. 임금의 죽음 앞에서나 쓸 수 있는 말.

"아씨도 놀라셨죠? 저도 기절초풍했지 뭐예요. 상감마마께서 이렇게 허무하게 붕어하시다니, 나이도 젊으신데……. 게다가 독살이라니 이게 웬 난리랍니까? 참, 우리 오라비가 상감마마를 모시고 있다고 말씀드렸었죠? 전하께서 이리 되셨으니 우리 오라비는……."

혼자서 주절주절 떠들던 몽이는 그제야 이상한 낌새를 알아차린 듯했다. 몽이의 얼굴에 당혹감이 어렸다.

"연이 아씨. 입술이 퍼래요. 어디가 편찮으십니까? 구월 아씨는 또 왜 그런 표정을 짓고 그러십니까……."

"……."

그러나 순심과 구월 누구도 대답하지 않는다.

"아씨님들 왜 그러세요? 저 무서워요……."

"……누가, 죽었다고?"

폐부 깊숙한 곳에서 쥐어짜내는 듯한 목소리. 순심이 가까스로 묻는다.

"상감마마께서요. 여기는 산골이라 소식이 늦어서……. 이미 장례도 다 끝났다고 하던걸요. 조선의 왕이 바뀌었대요. 이미 아우라는 자가 왕위를 이어받았다고……. 아, 아씨!"

"순심아!"

순간 풀썩, 순심의 몸이 그대로 허물어졌다.

바로 정신을 놓은 것은 아니었다. 마치 제 몸이 빈껍데기가 된 것처럼 힘이 들어가지 않았다. 바닥에 쓰러진 채 순심은 가쁘게 숨을 몰아쉬었다.

이상한 고통이었다. 가위에 눌리는 것 같았다. 무어라 외치는 구월과 몽이의 음성이 천길 멀리서 들려오는 것처럼 웅웅거렸다. 누군가 제 몸을 흔드는 것도 같은데 아무런 소리도 감촉도 느껴지지 않았다.

향기. 연꽃 향기. 단지 꿈속에서 만났던 그 슬픈 향기만이 자욱하다. 아무리 다가가려 애를 써보아도 절대 손에 잡히지 않던 윤의 그림자만이 생생하다.

이러시려고, 이렇게 끝내 떠나가시려고 얼굴조차 보여주지 않으셨던 겁니까. 이런 소식을 들려주시려고 그토록 오랜만에 제 꿈에 나오신 겁니까…….

"아니야. 아니라고……."

순심의 입술이 달싹였다.

그럴 리 없다. 윤이 죽었을 리 없어. 그는 약속했다. 돌아오겠다고, 반드시 만나게 될 거라고. 연꽃 피는 날에, 그리고 피어난 그 연꽃이 저물기 전에 그녀의 곁으로 오겠다고.

시절은 스산한 늦가을. 연꽃은커녕 이파리 하나 보이지 않는 황량한 계절이었다.

설마 밉다고 해서? 야속하다고 해서? 무정하다고, 서운하다고 원망해서? 본심이 아니었는데, 정녕 진심이 아니었는데…….

"……전하."

순심의 입에서 가까스로 한마디가 흘러나왔다.

"순심아!"

"아씨! 연이 아씨!"

혼절한 순심의 의식이 새까만 심연 속에 잠긴다.

사랑의 종말. 죽음이라는 이름의 이별 속으로.

* * *

시간은 속절없이 흘러간다. 기실 세월을 가늠할 만큼 긴 시간은 아니었다. 그러나 순심에게는 살아도 산 것 같지 않은 나날들이었다.

한동안 그녀는 윤의 죽음을 믿지 않았다. 살못된 소식일 것이라고, 산골까지 이야기가 흘러 들어오는 동안 와전된 것이 분명하다고. 그가 죽었을 리 없다고.

그러나 곧 마을 곳곳에 흰색 상장(喪章)이 내걸렸다. 도호부(都護府)[37]에서 나왔다는 관리가 집집마다 방문하여, 임금께서 붕어하였으니 백오십여 일간 세상을 떠난 임금에 대한 예를 갖추라 일렀다.

왕이 승하한 것이 확실하냐는 구월의 질문에 관원이 별소리를 다한다는 듯 코웃음을 쳤다.

-산골에까지 요상한 소문이 퍼졌나 보구려. 세상을 떠난 후에 머리끝부터 손가락 발가락까지 다 확인하는 것이 왕족의 장례라오. 그 과정을 거쳐 이미 땅에 묻히셨는데 이제 와 죽은 것이 확실하냐니. 그게 무슨 망발이신가?

관원의 면박에도 구월은 꿋꿋이 질문을 던졌다. 관원이 눈을 둥그렇게 뜨고 되물었다.

-맞소. 돌아가신 숙빈 최씨께서 새 상감마마의 생모가 되시지. 이런 산골 아낙께서 어찌 그런 것을 다 아시오?

그날부터였다. 윤의 죽음을 믿을 수 없다며 방에만 틀어박혀 있던 순심이 문밖으로 나온 것은. 걸어 나온 순심은 흰 상복을 입고 있었다.

윤의 죽음을 인정함과 동시에 순심의 삶 역시 사라졌다. 그녀는

37   지방행정기관.

웃지 않았다. 말을 하는 경우도 거의 없었다. 그저 멍하니 유령처럼 텅 빈 눈으로 산 너머 하늘을 바라보거나 연못가로 산책을 나설 뿐.

-혼자 있게 해줘.

구월이 번번이 순심을 따라나섰지만 돌아오는 말은 그뿐이었다. 순심은 윤에게 보내는 서찰을 쓰는 것 역시 중단했다. 그러나 단지 그것만이 멈춘 것은 아니었다. 순심의 모든 것이 정지해버렸다. 시간의 흐름은 느껴지지 않았다. 때로는 제가 어디에 있는지, 혹은 누구인지조차 가물가물했다. 순심이라는 이름의 궁녀인지, 혹은 몽이가 부르는 대로 '연이'라는 이름의 알 수 없는 여인인지도.

"……."

첨벙, 첨벙. 개구리인지, 혹은 물고기인지 알 수 없는 무언가가 연못에 작은 파문을 만든다.

오늘 순심은 마침내 상복을 벗었다. 그녀는 오랜만에 단정하게 머리를 빗어 쪽을 찌고, 옥비녀를 꽂고, 궁궐에서 입고 온 고운 비단옷에 당의까지 챙겨 입었다. 구월도, 몽이도 이제야 순심이 기운을 차린 모양이라며 기뻐했다.

아리땁게 단장한 순심은 여느 때와 같이 근처 연못을 찾았다. 탁한 녹색 수면 위로 연노랑 치마폭이 비친다.

이곳은 그 여름날 궁궐 후원을 닮았다. 연못의 생김도, 주변을 둘러싼 완만한 경사의 언덕도, 비슷한 위치에 오도카니 놓여 있는 정자도…….

그녀를 이곳으로 떠나보낸 윤은 알고 있었을까. 이 고즈넉한 풍경을 결코 함께 보지 못하리란 것을. 순심 혼자 연못가에 덩그러니 남게 되리란 것을. 돌아오겠다는, 만나게 되리라는 약조 모두가 허망하게 스러지고 말 것을.

스산한 바람이 목덜미를 파고들었다. 이틀간 계절에 어울리지 않는 큰 비가 내린 탓에 연못의 수위는 평소의 배 이상 올라가 있었다.

물비린내가 자욱했다. 스멀스멀 피어난 짙은 물안개는 어느덧 순심이 서 있는 연못 가장자리까지 다가와 있었다.

"전하."

가만히 불러본다, 윤의 이름을.

처음 그를 만났던 시절이 떠오른다. 그 여름날의 왕세자는 참으로 외로운 사람이었다. 그의 눈빛, 표정, 웃는 모습에까지 깊은 슬픔이 배어 있었다. 어머니를 비참하게 잃고 아버지에게 시험당하며 노론의 견제와 궁인들의 모진 눈초리에 시달리며 살아온 외로운 생. 윤은 홀로 고립되어 있는 섬 같았다.

그는 외롭지 않은 보통의 삶이 존재한다는 사실조차 모르는 사람이었다. 본디 삶이란 외로운 것이 아니었냐고, 세상에 외롭지 않은 생이 있긴 하냐고 되묻는 사람이었다.

운명은 왕이 된 이후에도 윤을 가만 내버려두지 않았다. 그를 이해하는 몇 안 되는 사람인 문 내관도 상검도 모두 떠나갔다. 그에게 남은 것은 순심뿐이었다. 그러나 윤은 순심을 떠나보냈다. 순심의 고통을 차마 방관할 수 없어서, 왕의 여인이라는 이유로 그녀가 불행해질까 봐 두려워서, 비록 그는 다시 외로워지더라도 순심만은 다치지 않고 살아가기를 바랐기 때문에.

윤은 순심을 떠나보냈고, 그녀를 호위한다는 명분으로 황가마저 보낸 채 혼자가 되었다. 그리고 홀로 세상을 떠났다. 그가 평생 그래왔듯 한없이 외롭게, 쓸쓸하게.

"전하……."

그러니 이제 그를 혼자 둘 수가 없다.

"제가 갈게요."

신첩이, 순심이가 전하의 곁으로 갈게요.

그 여름밤 전하께서 제 처소 앞에 찾아와 보잘것없는 궁녀였던 저를 왕의 여인으로 만들어주신 것처럼. 궁궐에서 쫓겨나게 되어 울고 있던 제게 나타나 먼저 손을 내밀어주신 것처럼. 궁녀들에게 모진 꼴을 당했을 때, 출신이 미천하다며 사람들이 수군댈 때 늘 찾아와 세상에서 가장 든든한 버팀목이 되어주신 것처럼.

항상 전하께서 오셨으니 이제 제가 갈게요.

전하께서 더 이상 외롭지 않도록, 제가 갈게요…….

찰박, 찰박. 연못가에 가지런히 벗어둔 꽃신 한 켤레. 순심의 몸이 탁한 연못물 속으로 잠겨들었다. 얼음장처럼 차가운 물이 온몸을 감싸자 서느런 추위가 몰려들었다. 극한의 냉기가 서서히 신경을 마비시킨다. 그러나 순심의 걸음은 묵묵히 멈추지 않았다.

허리께까지 물이 차오른 순간이었다. 어디선가 느껴지는 희미한 연꽃 향기.

"……."

이상한 일이었다. 이렇게 스산한 바람이 부는 계절에 연꽃 향기라니. 순심이 고개를 돌리려던 찰나, 발이 연못의 뻘에 감겨들며 죽 미끄러졌다.

첨벙- 짧은 소리와 함께 그녀의 몸은 연못 속으로 잠겨들었다.

* * *

"애야."

"엄마야!"

갑자기 등 뒤에서 들려오는 굵직한 사내 목소리.

산에서 주워 온 땡감을 줄에 꿰느라 정신이 팔려 있던 몽이가 외마디 소리를 내질렀다.

"아! 깜짝아……. 뉘시기에 남의 집에 이렇게 성큼……."

헤에. 조그만 입술이 헤벌어진다. 몽이가 눈을 끔벅거렸다.

제가 꿈을 꾸는 건가. 아니면 산에서 내려온 젊은 산신인가. 백옥처럼 청아한 살결, 고개를 뒤로 한없이 젖혀야 할 만큼 훤칠한 키, 붓으로 공들여 그린 듯 정갈한 눈썹과 반짝이는 맑은 눈동자, 살짝 웃는 듯 끝이 올라간 입술.

뭐 저리 멀끔하고 고아하고 아름답고……. 아무튼 저렇게 잘생긴 사람이 다 있담.

그야말로 넋을 잃은 얼굴로 사내를 바라보던 몽이가 퍼뜩 정신을 차렸다.

"아, 누, 누굴 찾아오셨습니까요, 나리?"

몽이의 얼굴을 바라보던 사내가 용건을 말했다.

"여기 순심이라는 고운 아씨가 살지 않으냐?"

"순심이요? 아니요. 그런 아씨는 여기 없는뎁쇼."

"아, 그래? 집을 잘못 찾았나……."

사내가 고개를 갸웃하며 몸을 돌렸다. 그때였다.

"아, 근데, 순심이라는 이름을…… 들어본 것 같긴 합니다. 이유는 모르겠지만 가끔 구월 아씨께서 연이 아씨를 그렇게 부를 때가 있거든요."

"아."

그래. 내가 제대로 찾아온 게 맞구나.

"그럼, 순심 아씨는 어디 계시냐?"

"글쎄요. 요새 자주 바깥을 돌아다니셔서……. 멀리 가시진 않았을 테지만."

사내는 잠시 머뭇거린다. 그런 그를 말끄러미 바라보던 몽이가 입을 열었다.

"여기서 기다리실래요? 아마 연못가에 가셨을 겁니다. 제가 모셔 올게요."

"연못?"

"예. 저 앞에 큰 연못이 하나 있거든요. 아씨께서는 매일 가세요. 연꽃이 피는지 봐야 한다면서…… . 날이 이리 추운데 연꽃이 어찌 핀다고."

사내의 입술이 바르르 떨리는 것도 같았다. 또 지나치게 많이 지껄인 것 같아, 몽이는 머쓱한 표정으로 입을 다물었다.

"연못, 어디로 가면 나오느냐?"

"저 앞에 보이는 샛길로 쭉 걷다 보면 나옵니다요."

"내가 가겠다."

"뭐…… 그러시든가요."

내내 조심스러운 태도를 보이던 사람답지 않게 사내는 잰걸음으로 움직였다. 급히 안뜰을 벗어나는 그에게 몽이의 음성이 들려왔다.

"그런데 나리, 뭐 하나만 여쭈어도 됩니까?"

"무엇이냐?"

"혹시 나리가 연이 아씨, 아니 순심 아씨…… . 아무튼 간에. 아씨께서 기다리시는 정인이십니까?"

"……."

사내가 뒤를 돌아보았다.

"그래, 맞다."

몽이를 바라보는 윤의 입가에 서서히 웃음이 번진다. 이내 그는 몸을 돌려 멀찍이 물안개 속에 감춰진 연못가로 떠났다.

순심아, 내가 간다.

너의 정인이 너에게로 간다…… .

＊ ＊ ＊

물은 한없이 고요하다. 돌이켜보면 열 살 어린 나이로 강물에 몸을 던졌던 순간에도 그러했다. 깊은 물속은 평온하고 적막했다. 물속에 잠겨든 직후에는 숨이 막혀 괴로웠다. 그러나 고통은 길지 않았다. 그 순간이 자나가자 물은 그녀의 몸을 부드럽게 어루만지며 달래주었다.

이내 지극한 평화가 찾아왔다.

고통은 끝날 것이다. 슬픔은 사라질 것이다. 더 이상 외롭지 않을 것이다. 이 고요 속에 몸을 맡기면, 그리하여 마지막 숨이 물거품이 되어 스러지면 그녀는 윤을 만날 것이다.

그때였다. 멈춰버린 듯 적막하던 물속에 풍랑이 몰아쳤다. 폭풍우를 만난 바다처럼 연못물이 거세게 일렁거렸다. 예기치 못한 파도가 물속에 축 늘어져 있던 순심의 몸을 뒤흔들었다.

번쩍, 순심의 눈이 뜨였다. 동시에 입과 콧속으로 밀려드는 탁한 물줄기. 숨이 콱 막혔다. 온몸의 세포들이 살려달라 아우성치고 있었다. 목과 코, 숨이 드나드는 길에 격통이 밀어닥쳤다. 순심의 손과 발이 물속을 허우적댔다. 바닥을 디뎌보려 애쓰지만, 발버둥칠수록 발은 점점 뻘 속으로 빠져들었다.

순간 순심의 몸이 수면 위로 솟구쳤다. 세상이 빙그르르 돌았다. 물 위로 떠오른 몸뚱이가 이리저리 요동치고 흔들렸다. 마치 난파한 배가 된 것처럼 순심의 몸은 의지와 관계없이 움직이고 있었다.

"허윽!"

순심의 입에서 왈칵 연못물이 쏟아졌다. 격렬한 기침과 함께 참았던 숨과 물이 터져 나왔다.

"하아……. 하아……."

가쁜 숨을 내뱉던 순심의 표정이 멍해졌다.

등 밑에 느껴지는 단단한 감촉. 순심은 뭍에 나와 있었다.

"……."

천천히, 순심은 시선을 돌린다. 뿌연 연못물이 들어찬 시야가 흐리다. 그러나 보인다. 느껴진다.

제 몸을 쓰다듬는 사내의 굳센 팔, 젖은 옷자락, 창백한 살결.

"순심아."

순심의 이름을 부르는 그리웠던 그의 목소리. 그녀를 응시하는 그의 젖은 눈동자. 순심이 죽음을 감수하고서라도 마주 보고 싶었던 윤의 눈동자…….

"전하……."

익숙했던 이름을 부르는 순심의 입술이 바르르 떨렸다. 눈꺼풀이 경련했다. 뜨거운 눈물이 왈칵 쏟아졌다.

"전하……."

다시 한 번 그를 불러본다. 마침내 피안(彼岸)이구나. 내가 죽었구나. 그리하여 바랐던 것처럼 전하의 곁으로 왔구나.

아쉽거나, 슬프거나, 제 삶이 안타깝지 않았다. 격렬한 기쁨이 그녀를 휘감았다.

"순심아……."

윤이 그녀의 몸을 와락 끌어안았다. 몸을 꽉 감싸 안는 굳센 팔. 순심이 가쁜 날숨을 토했다. 윤의 팔이 몸을 조인 탓에 숨이 막혔다. 그 바람에 다시금 격한 기침이 쏟아졌다.

"전하……. 저는 죽었는데…… 왜 이리 숨이 차지요?"

그제야 들려온다. 제 숨만이 가쁜 것이 아니었다. 윤의 숨결 역시 거칠었다.

그의 온몸은 순심처럼 흠뻑 젖어 있었다. 그의 입술도 순심처럼 파리했다. 그의 몸 역시, 소슬바람이 불 때마다 추위에 떨고 있었다.

"그리고 전하께서도 어찌 그리 숨을 몰아쉬시는지……."

"죽지 않았다, 순심아."

윤이 순심에게서 몸을 떼고 얼굴을 마주했다.

"너도, 나도. 우리 중 그 누구도 죽지 않았다, 순심아."

"……죽지 않았다고요?"

순심이 느리게 눈을 깜빡였다. 다시 한 번, 그녀는 믿기지 않는다는 듯 중얼거리며 윤의 얼굴을 향해 손을 뻗었다.

죽지 않았다고요? 저도, 전하도요? 우리가요?

잡힐 듯 잡히지 않을 듯. 꿈속에서 그녀의 애를 태우던 윤의 얼굴에 그녀의 손이 닿았다. 윤의 얼굴은 예전보다 꺼칠하고 해쑥했다. 입술에는 창백한 푸른빛이 돌았다.

"따뜻해요……."

그럼에도 불구하고, 따스했다.

"어떻게 이리 따뜻할 수 있지요? 어찌 이리 따뜻하십니까, 전하……."

아무리 애써봐도 결코 손에 닿지 않던 그가 아니었다. 윤은 살아 있었다. 뜨겁게 살아 있었다. 순심이 죽지 않았듯 그 역시 기쁘게, 행복하게, 외롭거나 쓸쓸하지 않게, 그렇게 벅차게 살아 있었다.

"우리가 처음 만났을 때, 나는 연못에 빠진 너를 보고서도 그냥 지나쳤었지."

그래. 그것이 궁궐이라는 세상에서의 윤과 순심의 첫 만남이었다.

"그리고 나는 다짐했었다. 혹시 네가 또 물에 빠지는 일이 생긴다면, 내 반드시 너를 구해내겠노라고."

그리고 궁궐을 떠나, 바깥세상으로 나온 윤과 순심의 첫 조우.

윤이 순심의 뺨을 어루만졌다. 싸늘하던 순심의 뺨, 이마, 콧날, 입술. 그의 손끝이 지나는 자리마다 따스한 기운이 번져갔다. 낯선 세상에서 처음 닿는 입술의 감촉은 서늘하고 차가웠다. 그러나 그들의 입술이 맞닿고 포개지자 이내 온기가 돌아왔다.

그들의 몸과 마음은 더 이상 식어 있지 않았다. 오가는 숨결은 생생한 생명으로 가득 차 한없이 뜨거웠다.

"그리웠다, 순심아."

네가 피안을 넘어 나를 만나려 했듯이, 나 역시 죽음을 넘어 네게로 왔어.

그러니 이제-

"가자."

집으로.

"살자."

살아가자, 함께.

* * *

"어휴, 목이야."

길을 걷던 구월이 제 뒷목을 지근지근 주물렀다. 종일 위를 올려다본 탓에 목덜미가 뻐근했다.

"그래도 참 많이 땄다. 순심이가 좋아해야 할 텐데……."

구월이 옆구리에 끼고 있던 바구니를 슬쩍 흔들었다. 달그락- 개암열매들이 부딪치는 경쾌한 소리가 들렸다.

개암이 끝물인 계절. 근처 산중에는 개암나무가 지천이었다. 개암을 좋아하는 순심을 위해 구월은 반나절을 산속에서 보냈다.

왕의 승하 이후 순심은 마음의 문을 닫았다. 감히 범접할 수 없는 슬픔의 그림자가 순심의 주변을 떠돌고 있었다. 비록 큰 위안을 주지는 못하지만 조금이나마 순심의 마음을 보듬을 수 있다면 좋겠다. 구월의 바람은 그것뿐이었다.

"하지만 개암이라니……. 나도 참……."

구월이 낮은 한숨을 내쉰다. 순심이 개암을 좋아한다는 것을 알려준 이는 그녀의 생부였다. 순심의 생부와의 만남은 모든 비극의 씨앗이었다. 그것은 늘 원죄처럼 구월의 마음을 짓누르고 있었다.

돌아가신 아버지에 대한 그리움에 눈이 멀어 그와 가까이 지내지 않았더라면, 이상할 만큼 잦게 주어지는 외출을 덥석덥석 받아들지 않았다면, 상검 앞에서 그 이야기를 꺼내지 않았다면…….

"그랬어야 했는데……."

주룩, 눈물이 났다. 구월이 고개를 떨어뜨렸다.

"잘한 게 뭐 있다고 우냐. 평생 속죄하며 살아도 모자랄 판에……."

구월이 옷소매로 눈가를 쓱 닦으며 고개를 들었다.

"황가 님……."

"예."

궁궐로 돌아가겠다는 말과 함께 사라졌던 황가.

왕의 승하 이후, 항간에는 별의별 소문들이 난무했다. 그중에는 황진기라는 호위무사가 왕을 배반하고 가짜 임금을 세워 허수아비로 삼으려 했다는 소문도 있었다.

그러나 대부분의 사람들은 황가가 죽었으리라 생각했다. 저주받은 왕. 그의 곁에 있었던 다른 이들처럼 황가 역시 목숨을 잃고 말았으리라고.

"돌아왔습니다."

"살아 계셨네요."

"예."

황가가 느리게 눈을 감았다 뜬다. 시선이 마주쳤다.

"잘 돌아오셨어요."

잠시간 황가는 구월을 향한 시선을 떼지 않았다. 그는 본래 말이 많지 않았다. 구월과도 많은 이야기를 나눴다고 할 수 없었다.

"궁녀님."

"예."

"조금…… 다쳤습니다. 약을 붙여주실 수 있겠습니까?"

그렇기에 이런 부탁을 스스럼없이 할 수 있는 사람이 구월뿐이라는 사실이 이상하게 느껴졌다.

"예, 그럼요."

구월이 고개를 끄덕였다.

"어서 가요, 집……."

구월이 말끝을 흐렸다. 집. 언제부터 그곳을 이렇게 불렀던가.

"집으로, 가요."

"예."

구월과 황가가 보폭을 맞추어 그들의 집으로 향한다.

집으로 가는 길, 황가는 몇 차례 구월을 힐끔거렸다. 별 까닭은 없었다. 그저 그녀의 뺨에 선연한 눈물자국이 조금 마음에 걸렸을 뿐이었다.

* * *

조용하던 거처는 며칠간 꽤나 분주해졌다. 식구가 늘었기 때문이었다.

순심은 며칠간 고뿔을 앓았다. 심한 증상은 아니었다. 사실 순심은 열이 나거나 몸이 아프다는 것조차 잘 느끼지 못했다. 그녀의 눈길 가는 곳, 손을 뻗으면 닿는 거리에 늘 윤이 있었기 때문이었다.

황가는 등에 자상을 입은 상태였다. 다행히 상처는 급소를 비껴갔다. 과거 그를 간병했던 적이 있는 구월이 그의 몸을 돌봤다. 황가의 등뿐 아니라 가슴이며 팔 곳곳에 처음 보는 흉터들이 생겨나 있었으나 구월은 이유를 묻지 않았다.

그리고, 이윤.

그 역시 새로운 거처에 나름대로 잘 적응해나가고 있었다. 그는 궁궐에서 태어나 평생을 궁궐 안에서 보냈다. 흔한 행궁(行宮) 행차나 온천행도 나서지 않았다. 능을 참배하거나 제를 올리기 위해 잠시 출타하는 것 외에 윤은 평생 궁궐을 떠난 적이 없었다. 한때 조선의 주인이었던 그의 세상은 오직 궁궐뿐이었다.

담장 하나 보이지 않는 사방이 뚫린 세상이 윤은 낯설었다. 기껏 폄우사 크기에 지나지 않는 좁은 마루에 사람 여럿이 앉아 있는 것도, 정돈되지 않은 뜰에 꽃이 아닌 잡풀들이 자꾸만 자라나는 것도, 솜을 넣어 누빈 비단이 아니라 가칠가칠한 무명옷을 여러 벌 껴입어 찬바람을 막는 것도.

게다가 온다 간다 기척도 없이 수시로 들락거리는 몽이의 존재 역시 낯설기는 매한가지였다.

"나리, 그 발 좀 치워보십쇼."

"……."

"어찌 보고만 계십니까? 어서요."

몽이에게 면박을 들은 윤이 한 뼘 옆으로 비켜 앉았다.

가뜩이나 비좁은 마루가 발 디딜 틈 없이 어수선하다. 몽이는 내내 부산을 떨고 있었다. 널어놓은 땡감에 묻은 먼지를 턴다며 난리더니, 어느새 돌아앉아 개암 껍질을 까느라 부스럭댄다.

와드득. 소쿠리에 담기는 것보다 입으로 들어가는 것이 더 많다는 생각을 할 즈음 몽이가 개암 하나를 쓱 내밀었다.

"이게 무엇이냐?"

"개암인데요."

"먹는 것이냐?"

"개암이 뭔지 모르십니까?"

"모른다."

"어디 별세상에서 살다 오셨습니까? 어찌 개암을 모르시지……."

몽이가 별 이상한 사람 다 보겠다는 눈길로 윤을 바라보았다.

몽이는 구월에게 글자를 배우고 있었는데, 문득 서책에 쓰여 있던 말이 생각났기 때문이었다.

'백면서생(白面書生)'.

얼굴이 허옇고 허우대가 멀쩡할 뿐 세상 아는 것이라고는 없는 천치 같은 선비.

"네 이름이 몽이랬지?"

"예."

"네 오라비가…… 상검이라고 들었다."

"나리께서 그걸 어찌 아십니까?"

"누가 말해주더구나."

"나리, 쇤네의 오라비를 아십니까?"

몽이의 눈이 두 배쯤 커졌다. 계집아이는 기대에 찬 눈망울을 한 채 윤을 응시했다.

"알다마다. 잘 안다."

잘 알았었다…….

"어찌 아십니까? 나리께서도 궁궐에 계셨습니까?"

"……그래."

"아……. 그래서 개암이 뭔지도 모르시는구나. 오라비는 어찌 지냅니까? 장가는 드셨습니까? 다른 집안에 양자로 간 오라비 소식을 캐묻는 것이 좀 그렇긴 하지만……. 소식이 끊긴 지 오래되어 그렇습니다."

오라비의 이야기를 늘어놓는 몽이의 눈이 반짝거렸다.

"사실 저는 오라비 얼굴도 잘 기억나지 않습니다. 제가 겨우 걸어 다닐 때쯤 마지막으로 보았다고 들었거든요. 녹봉을 꼬박꼬박 보내주시긴 했지만 이제 그것도 끊겼고……. 뭐, 그게 아쉬운 것은 아니지만요."

윤이 천천히 고개를 끄덕였다.

"안다, 그런 게 아니라는 거."

"예. 그나저나 오라비는 잘 지내십니까? 어서 대답해주십시오, 나리."

윤이 몽이의 눈동자를 마주 보았다.

어린 소녀의 눈동자 속에 가득한 동경. 그는 그것을 지켜주기로 마음먹었다.

"잘 지낸다. 하나 한동안 보기는 힘들 것이다."

"왜요?"

"상검이는…… 청나라로 떠났거든."

"청나라요? 거기가 무얼 하는 나라입니까?"

"우리 조선의 북방에 있는, 조선보다 훨씬 드넓고 훨씬 많은 사람이 사는 나라이지."

"아하……. 지난 임금께서 돌아가시고 난 후에 떠난 것입니까?"

윤이 천천히 고개를 저었다.

"아니. 상검이는 그 전에 떠났다……. 왕명을 받아서 청으로 갔지."

"청나라에는 왜요?"

-전하, 소인 비록 내시에 지나지 않지만 보기보다 꿈이 꽤 큽니다. 청에도 가보고 싶고 저 먼 서역에도 가고 싶거든요.

문득 상검의 말이 떠오른다. 윤이 옅게 웃었다.

"모험을 하러. 상검이는 원래 꿈이 무척 컸거든."

"역시 그랬군요. 상감마마를 모신다 하여 신기하게 여겼는데, 오라비는 쇤네가 생각한 것보다 훨씬 더 대단한 사람이었네요."

몽이의 얼굴에 감탄이 서렸다.

"그리고…… 상검이가 가족에게 전해달라고 한 재물이 좀 있다. 내 황가에게 맡겨두었으니 곧 건네주겠다."

"저, 정말요?"

몽이의 헤벌어진 입은 좀체 다물어질 줄 모른다. 새까맣게 그을린 조막만한 얼굴 속에 오라비에 대한 자부심이 차오르고 있었다.

"그런데 나리, 궁궐에 계셨다고요?"

"그래."

"그럼 나리께서도 내시이십니까?"

"내가 내시냐고……?"

윤의 말문이 턱 막혔다. 내시는 아니다. 물론 한동안 사람들은 윤을 내시와 비슷한 존재로 여기기는 했다. 고자라든가, 뭐 그런 이름으로.

"아니야, 몽아. 서방님께 내시라니. 그럴 리가 있겠어?"

닫혀 있던 방문이 열렸다. 이내 마루로 걸어 나오는 순심. 그녀를 바라보는 윤의 얼굴에 미소가 파문처럼 번졌다.

"밖에 나와도 괜찮은 게냐?"

"이제 다 나았습니다. 정녕 괜찮습니다."

순심을 바라보는 윤의 눈빛이 따스하다. 며칠간 미열이 오른 까닭에 방 안에만 머무르던 그녀는 공들여 단장한 모습이었다. 조금 해쓱해졌으나 얼굴에는 화사한 생기가 돌아와 있었다.

"참으로 곱다. 그리고……."

반짝반짝, 순심의 얼굴 위에 머무는 오후의 햇살.

"나를 서방님이라 불렀느냐?"

"지아비이시니 그리 부르는 것이 옳지 않겠습니까?"

"그래. 네 말이 맞다."

순심의 뺨 위로 꽃물처럼 퍼져가는 수줍은 홍조. 윤이 넌지시 청한다.

"이전에 네가 나를 부르던 호칭보다 훨씬 더 마음에 든다. 그러니 한 번 더 불러보지 않겠느냐?"

콜록, 콜록, 에헴- 요란한 헛기침 소리.

"한성 나리님들은 원래 이렇습니까? 두 분만 계신 게 아니라 저 같은 어린애가 옆에 있는데……. 흐미, 남세스러워라."

몽이가 발딱 자리에서 일어섰다. 윤이 민망한 듯 말을 건넸다.

"몽아. 여기 있거라. 우리가 가겠다. 잠시 연못을 거닐고 오겠다."

"뭐……. 그러시든가요."

윤이 손을 내밀었고, 순심이 그 손을 사뿐히 잡았다. 손깍지를 꼭 낀 채 안뜰을 가로지르던 윤이 문득 뒤를 돌아보았다.

"몽아. 부탁이 있다."

"부탁이요? 무엇이기에 그러십니까요?"

"거기 매달아놓은 땡감 말이다."

"예. 좀 더 마르면 곶감이 됩니다. 지금도 먹을 수는 있는데, 드릴까요?"

"아니. 그게 아니다. 그것을 보이지 않는 곳으로 좀 치워다오."

"감을요? 왜요?"

윤이 대수롭지 않은 듯 대꾸했다.

"그냥. 쳐다보기도 싫어서. 그런 까닭이 있다."

"참나, 별……. 아무튼 알겠습니다요."

개암이 뭔지 모르고, 심지어 감을 무서워하는 나리님이라니. 뭐 저런 이상한 선비님이 다 있나.

몽이가 입을 비죽대는 사이 윤의 시선은 다시금 순심에게로 향한다.

"가자. 함께 할 일이 있다."

그들이 재회한 이후 연못에 방문하는 것은 처음이었다. 고요한 수면을 바라보는 순심의 눈동자에 물빛이 비친다.

연못은 그때와 완전히 다른 모습을 하고 있었다. 사람 키를 훌쩍 넘던 수위는 절반으로 줄어들었다. 폭우 탓에 탁하던 물 역시 제법 맑아져 오가는 물고기들이 보였다. 연못을 뒤덮었던 물안개 역시 사라졌다.

"순심아. 저것 좀 보아라."

윤이 가리키는 장소는 연못가의 갈대숲 부근.

"신기한 일이구나. 이리 날이 찬데 연꽃이라니……."

그의 손끝을 따라 움직이던 순심의 눈동자가 동그래졌다.

메마른 계절을 맞아 누렇게 마른 연못가 갈대 수풀 사이, 피어날 시기를 착각한 듯 몸을 옹송그리고 있는 순백의 연꽃 한 송이.

"연꽃……."

연못에 몸을 던졌을 때 어디선가 흘러 들어왔던 향기가 떠오른다. 죽음 앞에서 생(生)을 상기시키던 향의 근원이 저것이었을까.

"연꽃이 지기 전에 제 곁으로 오신다더니, 말씀대로 되었나 봅니다."

"저 연꽃 덕에 내 너와의 약조를 지킬 수 있게 되었구나."

연못가를 떠도는 희미한 연향 속, 그들은 같은 생각을 하고 있었다.

그날, 기이할 만큼 평온하고 고요했던 물속은 이승과 저승을 잇는 가교와 같았노라고. 그 깊은 물의 피안에서 그들은 과거의 삶을 벗고 새로운 생을 입어 다시 태어났다고.

"순심아."

"예, 서방님."

"내 과거의 모든 것을 궁궐에 남겨두고 떠나왔다고 생각했었다. 그런데 하나가 남아 있더구나."

윤이 앞섶을 더듬어 작은 물건을 꺼내 들었다. 순금으로 만들어진 동곳[38]이 햇살에 반사되어 반짝였다.

상투를 고정시키는 조그만 장신구는 윤의 머릿속에 숨겨진 채 그의 새 삶의 터전까지 따라왔다. 동곳의 머리 부분에는 왕을 상징하는 여의주를 입에 문 황금룡이 자리 잡고 있었다.

"어찌하시려고요?"

"어찌하기는."

---

38   상투가 풀어지지 않게 고정하는 것.

어! 순심이 외마디 소리를 냈다.

아무런 예고도 없이 휙, 윤의 손을 벗어난 동곳이 허공을 날았다. 첨벙! 연못 한가운데 파문이 인다. 동곳은 이내 연못 속으로 가라앉아 사라졌다.

동그랗게 퍼져 나가는 물결을 바라보던 윤이 순심에게로 시선을 돌렸다.

"그리 쉽게 버리실 줄 몰랐습니다. 아쉽지 않으십니까?"

"전혀. 조금도 아쉽지 않다."

그는 순심을 위해서 왕의 자리를 포기했다거나 무엇과 교환했노라고 생각지 않았다. 그것은 거역할 수 없는 운명의 부름이었다고. 그에게도 끝끝내 긴 시련 끝에 행복할 자격이 주어진 것이라고.

윤은 그렇게 믿는다.

"그럼 이것으로, 완전히."

마침내 윤은 분명하게 선언했다.

"조선의 왕, 경종의 삶은 끝났다."

그가 순심을 바라본다. 삶이라는 가장 고귀한 가치 자체를 상징하는 그의 여인을.

"인간 이윤의 삶은 지금부터 시작이다, 순심아."

그리고 오래도록 행복하겠지, 우리 함께.

終章.
역사에 기록되지 않은 밤

　창덕궁에 어둠이 내리기 시작했다. 붉은색, 푸른색, 녹색의 시복을 입고 있던 당상관이며 당하관들이 서둘러 궁궐을 빠져나갔다. 무수리와 같이 밖에서 드나드는 궁인들도 일과를 마치고 퇴궐했다. 궁 안에서 살아가는 상궁이며 나인, 장번내관 같은 이들 역시 하루를 마감하여 각자의 처소로 돌아갔다.

　어둠이 깊어지면, 마침내 밤이 온다.

　수많은 사람들이 궁인이란 이름으로 살아가는 곳, 궁궐. 그러나 밤의 창덕궁은 그토록 많은 이가 잠들어 있다고는 믿기지 않을 만큼 적막했다. 규칙적으로 주변을 도는 내금위 관원들과 문을 지키는 수문군(守門軍)의 소리만이 가끔 들려올 뿐이다.

　"암호."

　꾸벅꾸벅 졸던 젊은 수문청 관리가 소스라치게 놀라 잠에서 깨어났다. 잠을 깨운 이가 교대하러 온 동료라는 것을 깨달은 그의 얼굴에 안도의 빛이 어렸다.

　"어휴, 깜짝 놀랐네. 자네였구면."

"어쩌자고 그리 졸고 있나? 상감께서 궁궐 수비에 대단히 민감하시지 않은가. 그런 꼴이 발각되었다간 경을 칠지도 모른다네."

"낮에 잠을 잘 못 잤거든. 그나저나 요새 내금위를 배로 늘렸다지? 젊은 임금께서 대체 무엇이 무서우시기에 그리 주변을 경계하는 건지……."

"무엇이 무서우시기는."

피식, 수문군이 헛웃음을 내뱉었다.

"경종대왕의 귀신이 나타날까 무서운 것이겠지. 형님을 죽이고 왕위에 올랐으니 밤이 무섭지 않고 배기겠는가?"

"하긴……. 아무리 권력이 중한들, 어찌 다른 이도 아닌 형님을 독살할 생각을 한단 말인가. 어차피 후사도 없으니 참고 기다리면 알아서 제 자리가 될 것을."

"기다릴 마음의 여유가 없었던 것이겠지. 그 어미에 그 자식이라지 않던가? 야망이 그득한 천출에게서 태어났으니……."

그 순간.

"으헙!"

수문군의 입에서 공포에 질린 신음이 터져 나왔다.

왕의 험담에 열을 올리던 사내가 왜 그러느냐는 듯 시선을 돌린다. 그 역시 그대로 얼어붙었다.

"사, 사, 상감마마!"

궁궐을 뒤덮은 어둠 속, 그야말로 귀신과 같은 얼굴로 그들을 쏘아보고 있는 젊은 사내.

조선의 스물한 번째 왕, 이금.

선왕 이윤의 혼령이 나올까 두려워 잠들지 못한다는 말이 사실이었을까. 금의 얼굴에는 극한에 몰린 예민한 신경이 고스란히 드러나 있었다. 번뜩이는 빛을 담은 눈동자 위에 드리운 얇은 눈꺼풀이 파르르 경련했다.

"과인의 어미가 무얼 어쨌다고?"

싸늘한 왕의 음성이 들려왔다. 수문군들은 감히 숨소리조차 내지 못한 채 바닥에 머리를 처박고 있었다.

"어쨌냐고 묻지 않는가?"

다시금 금은 일갈한다. 그러나 관원들은 여전히 사시나무 떨듯 바들댈 뿐 감히 입을 열지 못했다.

"방금 전까지 뚫린 입으로 나불대던 것을 벌써 잊었는가? 말해보라지 않는가?"

"사, 상감마마······."

"말하지 못하겠는가?"

"저, 전하, 소인 죽을죄를······."

금이 손을 들어 말을 끊는다. 금이 제 뒤에 서 있는 겸사복 차림의 무사를 돌아보았다.

"끌고 가라. 밤새 노닥거리며 왕의 생모를 욕보이는 수문군이라니, 살려둘 가치가 없다."

"저, 저, 전하!"

수문군들이 울부짖으며 돌바닥에 머리를 찧었다.

"닥쳐라. 지금 여기서 입이 찢겨 죽고 싶지 않으면."

"으흐흑······."

금의 싸늘한 음성. 그제야 수문군들의 소리가 잠잠해진다.

"처리하라."

명을 전한 왕은 뒤도 돌아보지 않은 채 떠나갔다.

"흐······."

최대한 빠른 걸음으로 자리를 뜨던 금이 분노에 찬 신음이 흘렸다.

"퉤!"

그가 바닥에 침을 뱉었다. 입안을 깨물었는지 비릿한 피 맛이 진동했다.

형님을 독살한 아우- 왕이 되는 대가로 그가 가지게 된 새 이름이다.

죽였다. 그가 죽였다. 실상 죽었는지 살았는지 생사를 알 수는 없지만 죽으려고 마음먹었던 것이 사실이므로 그 이름은 금에게 어울린다. 게장과 감을 진상한 것은 그의 짓이 아니었다. 윤이 감을 싫어하는 것을 알았기에, 그였다면 그런 멍청한 짓을 하지는 않았을 것이다.

하지만.

"……그따위가 무슨 소용이냐 말인가."

달라지는 것은 아무것도 없다.

금은 윤이 독을 마시는 것을 기꺼이 방관했다. 그의 몸이 무너져 내리는 것을, 입에서 시커먼 피가 쏟아지는 것을, 형님의 몸이 서서히 마비되고 눈빛이 탁하게 침잠하며 동공이 확장되는 것을.

-금아, 물을…….

아우를 부르던 마지막 음성을.

그 자리에 있던 그는 내내 흐느꼈지만 죄책감 때문만은 아니었다. 자신이 가여워서, 제 손으로 혈육을, 그를 진심으로 사랑한 몇 안 되는 이들 중 하나인 형님마저 죽여야만 하는 제 운명이 혹독해서, 비참하여서……. 그래서 울었다, 이금은.

금이 핏발 선연한 눈으로 하늘을 올려다본다. 신경이 잔뜩 곤두서 있었다. 머릿속에서 무엇인가가 펄떡펄떡 날뛰는 듯했다. 더럽게 달이 밝다. 보름밤은 미치광이들의 시간이라지. 나도 미쳐가는 겐가? 형님이 그러했듯이.

순간, 바람을 가르는 날카로운 소리와 함께 금의 턱 밑에 시퍼런 칼날이 드리워졌다.

"……."

칼날 위에 비치는 것은 달빛. 금의 눈동자에 비치는 것은 황가의 얼굴이었다.

* * *

먼 곳에서 들려오는 사내들의 수런대는 목소리. 밤 산책을 나섰던 채화의 걸음이 멈추었다.

"……."

다시금 귀를 기울여본다. 소리는 홍화문이 있는 동편에서 들려왔다.

'수문군들이 교대라도 하는 모양이지.'

궁궐의 밤이 하도 적요하기에 크게 들리는 것일 뿐이리라. 그녀의 생각대로 이내 목소리는 뚝 끊겼다.

다시금 적막이 찾아왔다. 채화가 천천히 주변을 둘러본다.

저승전. 왕으로 살았던 사 년의 짧은 시간을 제외하면, 윤이 거의 평생을 보낸 곳. 그리고 열네 살 채화가 왕세자빈이라는 이름으로 궁궐 여인으로서의 삶을 시작한 곳.

기실 아름다운 추억이 있어 찾아든 것은 아니었다. 저승전 시절의 채화는 외로웠고 늘 혼란스러웠다. 당시 그녀는 궁궐 여인으로 살아가는 삶이 얼마나 고단하며 잔혹한 것인지 알지 못했다.

기껏 육칠 년의 세월이 흘렀을 뿐이다. 그러나 그사이 꿈 많은 소녀였던 채화는 왕세자빈과 중궁전을 거쳐 스무 살 젊은 왕대비가 되었다.

"이 다음엔 대체 무엇이 되려 이러는가."

중얼거리며 고개를 돌리던 채화가 미간을 찌푸렸다.

발소리.

두려움이나 당황의 감정이 들기도 전에 기적의 주인공이 신분을 밝혀왔다.

"중전마마, 신 황가입니다."

먼지가 뿌옇게 앉은 저승전 난함(欄檻)[39] 옆으로 걸어나오는 검은 복장의 사내. 죽었다 알려진, 지아비의 호위무사 황진기.

그러나 평정을 되찾은 채화는 그다지 놀란 표정은 아니었다.

"마마, 드릴 말씀이 있어 찾았습니다."

"자네는 죽은 사람 아니던가?"

"보시다시피 죽지 않았나이다."

그래. 그랬겠지. 채화는 담담한 표정으로 황가를 응시했다.

"일어나게."

"예, 마마."

부복했던 황가가 일어나 채화를 마주 보았다.

밤바람이 채화가 입은 흰 치마폭을 건드린다. 그녀는 여전히 지아비의 상중이었다.

"그래, 전하께서는 잘 계신가?"

"……."

오히려 말문이 막힌 것은 황가 쪽이었다.

"전하께서 생존하신 것을 알고 계셨습니까?"

"그럼 내가 몰랐겠는가?"

비록 몸을 섞고 마음을 나눈 부부 사이가 아니었을지언정.

"그분은 내 지아비시네. 내 어찌 지아비의 얼굴조차 못 알아보겠나."

단지 보내드렸을 뿐이다. 그를 살릴 수 있는 길이 많지 않았기에. 그 선택을 후회하지는 않는다.

"마마, 신 전하의 말씀을 전하러 왔나이다."

채화가 속을 알 수 없는 눈으로 황가를 바라보았다. 그녀가 입을 열었다.

---

39   난간.

"무어라 하시던가? 낙선당과 구월이처럼, 전하께서 그리하신 것처럼 죽은 사람이 되어 밖으로 나가 살게 해주겠다 하시던가?"

황가가 고개를 들었다. 감히 주군의 부인을 똑바로 응시할 수는 없다. 그런 까닭에 황가의 시선은 채화의 입술과 턱 언저리에 잠시 머물렀다.

왕대비라 불리기에는 너무나 어린 여인. 그러나 떨지도, 망설이지도, 두려워하는 기색도 없는 표정과 감정의 동요를 조금도 찾을 수 없는 음성.

스무 살. 그녀의 나이가 고작 그 언저리던가…….

믿기지 않는다, 고 황가는 생각했다.

"예, 그리 전하라 하셨나이다."

"하하…….'

채화의 입에서는 뜻밖에도 낮은 웃음이 흘러나왔다.

"황진기."

"예, 마마."

"전하께 전해주시게. 내 걱정은 마시라고. 나는 전하의 유일한 여인으로 역사와 실록에 기록될 것이고, 그것이 나쁘지 않은 일이라 생각한다네."

"하오나…….'

"토 달지 말게. 죽어 나간 이는 이 정도면 충분해. 또한 내게는 궁궐에서 나름의 할 일이 남아 있네. 하여 떠나지 않는 것이니 그리 알게."

"할 일이라시면…….'

채화가 황가를 바라보았다.

"글쎄다. 복수라고 한다면 너무 거창한 말이겠는가? 전하의 뜻을 대행하거나, 그분을 위해 희생하겠다는 말은 아닐세. 단지…… 나는 두 눈을 뜨고 똑똑히 보았지. 어떻게 조선의 사직이 어그러졌는지, 죄를 지은 자가 어떻게 왕이라는 이름을 갖게 되었는지."

"그자를 벌하기 위해 일을 도모하시겠다는 말씀이십니까?"

"흠."

채화는 황가가 던진 질문에 대답하지 않았다.

"나는 내가 옳다 생각하는 길로 갈 뿐이네. 궁에 남아 그자를 지켜볼 것이야."

"하오나 마마, 어찌 여인의 몸으로 그런……."

"여인?"

채화가 엷게 웃었다.

"황진기. 자네는 궁궐을 모르는 걸세."

그녀의 음성에는 군주와 같은 확신이 있다.

"그렇다면 전하께서는? 권력의 희생양이 되었던 무수한 이들은? 여전히 붕당하여 물고 뜯느라 바쁜 신료들은? 그들이 사내라 하여 무언가를 이루긴 했는가?"

"……."

"궁궐 안에서는, 검을 휘두르는 사내보다 처소에 틀어박힌 여인이 더 무서울 수 있는 것이네."

꼿꼿한 자세. 단호한 음성. 황가가 만나온 세상 그 누구보다 강인한 신념을 담은 눈빛.

설득은 의미 없으리라.

"그만 돌아가게. 곧 새벽이 올 테니."

"마마."

황가의 부름에 채화가 고개를 돌렸다.

"언제라도 좋습니다. 궁궐을 떠나고 싶으시다면 어조당(魚藻堂) 지붕에 백기를 던져놓아주십시오. 신이 반드시 마마를 궁궐 밖으로 모시겠나이다."

"뭐……."

채화는 굳이 대답하지 않았다. 그럴 일이 없으리라 확언하기에 세상사란 한 치 앞도 내다볼 수 없는 것이므로.

"황진기."

"예, 마마."

"혹여 오늘 밤 왕을 죽일 생각이었다면 마음을 접게. 아직 후사의 대비가 되지 않았네."

휙, 채화가 몸을 돌렸다. 새하얀 최복 자락이 무겁게 흔들렸다.

그 뒷모습을 바라보고 있던 황가의 귓전에 들려오는 그녀의 목소리.

"청주 송면(松面)에 가면 나와 뜻을 같이하는 이들이 있네."

"……그것이 누구입니까?"

"이인좌(李麟佐)를 찾게."

궁궐의 어둠 속으로 이내 채화는 모습을 감추었다.

조선(朝鮮).

숨죽이고 순종하며 있는 듯, 없는 듯 목소리를 내지 않고 살아가는 것만이 여인의 미덕이라 칭송받는 세상.

한때 제 날개가 꺾였다 여기던 여인은 더 이상 울거나 슬퍼하지 않는다. 세상이 짓눌러 날지 못한다 하여 삶이 끝나는 것은 아니다. 날지 못하는 것이 대수던가. 날개 따위가 아닌 스스로의 굳센 두 발로 걸어가면 그만이었다.

누군가의 딸, 누군가의 부인, 누군가의 어미가 아닌 자신 그대로의 생. 새롭고 치열하며 독할 어채화의 삶이 시작되고 있었다.

* * *

"……황가."

턱 바로 아래까지 치달아온 칼날 탓에 금은 미동할 엄두를 내지 못했다. 그저 눈동자를 굴려 검의 주인을 바라볼 뿐.

그가 살아 있어 놀라지는 않았다. 황가가 궁에 난입하여 윤을 빼돌린 이후, 반역자를 소탕한다는 명분으로 내금위가 파견되어 그의 자취를 쫓았다.

그러나 황가의 시신은 나오지 않았다. 황가와 함께 사라진, 한때 왕이었던 이 역시.

"강녕하셨습니까."

황가가 말끝을 길게 늘인다.

"……오랜만이다."

제 입김이 서리는 칼날을 바라보며 금이 중얼거렸다.

"여기서 너를 마주치다니 내 운도 다한 것 같군."

황가가 금의 얼굴을 살핀다. 퀭한 눈가에 뚜렷한 불면의 흔적들. 그토록 바라던 왕이 되었으나 그는 행복해 보이지 않는다.

금을 죽이기 위해 궁궐에 들어온 것은 아니었다. 단지 얄궂은 운명이 늘 그러하듯, 그의 앞에 금이 나타났을 뿐이다.

"그래. 나를 죽이라는 형님의 명을 받고 돌아온 것인가?"

금은 황가의 눈을 똑바로 응시했다. 그는 에둘러 묻고 있었다.

형님은 살아 계시냐? 그렇다면, 어디 계시냐? 누구와 함께 계시냐? 대답하라. 무가자(無可者)[40]가 나를 살리러 오기 전에, 어서.

"전하께옵서는…… 승하하셨소."

"뭐?"

금이 반문했다.

황가가 버젓이 살아 있는데 형님께서는 절명했단 말인가? 믿기지 않았다. 독은 강력한 것이긴 했으나 극약이라고까지 할 수는 없었다. 그러나 돌이켜보면, 독을 마시던 시점의 형님은 꽤 쇠약한 상태 아니었던가…….

진실을 캐내려는 듯 금은 황가를 노려보았다. 물론 시간을 끌기

---

40 무인 김광택의 호.

위해서이기도 했다.

"나보고 그 말을 믿으라는 건가?"

"믿든 말든 내 알 바 아니오. 내 주군은 세상에 아니 계시니."

금은 잠시 망설인다. 끝내 그는 목구멍에서 치밀어 오르는 물음을 참지 못했다.

"……순심이는?"

"죽었소."

"거짓말하지 마라. 순심이는 죽지 않았다. 북한산에서의 사고가 궁궐을 떠나기 위한 방책이었음을 내 안다."

금이 격앙된 음성으로 내뱉었다. 황가가 무덤덤한 표정으로 대꾸했다.

"북한산에서 죽지 않은 것이 맞소. 그러나 전하께서 붕어하신 후에 연못에 몸을 던졌소."

"거짓……!"

긴장으로 굳어져 있던 금의 입가가 파르르 경련했다. 검을 쥐고 있던 황가의 손이 움찔한다. 금의 목 바로 앞에 있던 칼날이 살갗을 얕게 베었다.

선명한 고통. 금의 얼굴이 일그러진다. 동시에 황가가 검을 거두었다. 금이 참고 있던 숨을 거칠게 토했다.

"오늘은 나름의 연유가 있어 살려드리겠소."

기다렸다는 듯 먼 뒤편에서 들려오는 발소리. 아마도 수문군들을 처리한 왕의 호위무사와 겸사복들이 돌아오는 소리일 것이다.

"단지, 내 한 가지 그대에게 약조하오. 다음번에 마주친다면 나는 반드시 가장 고통스러운 방법으로 그대를 죽일 것이오."

아랑(餓狼)의 눈동자가 왕을 응시한다.

"그날을 기다리시오."

목을 어루만지던 금의 손이 떨어진다. 피비린내가 물씬 풍겨왔다.

"평생을 공포 속에서 사시게 될 것입니다, 전하."

이내 황가는 어둠 속으로 사라졌다.

* * *

"첫눈이다!"

문밖에서 들려오는 구월의 목소리. 방 안에 있던 윤과 순심이 문을 열고 밖을 내다본다.

짙푸른 하늘 위로 별들이 하나둘 모습을 드러내는 산골마을의 저녁. 하늘 천장 가득히 총총한 별이 쏟아져내리듯 눈송이가 흩날린다. 그들의 마을에 겨울이 찾아온 것이다.

"눈이 꽤 많이 올 것 같은데, 이 밤중에 어딜 가?"

순심의 물음에 구월이 손에 든 보따리를 들어 보였다. 귀퉁이에 비죽 튀어나온 서책 모서리가 보였다.

"오늘부터 동네 애들한테 글자를 가르쳐주기로 했거든. 다들 집안일을 하느라 밤 아니면 시간을 낼 수가 없으니까……."

"이제 훈장님이라 불러야겠구나."

윤이 구월에게 말을 건넨다.

"에이, 전하……."

에베베, 또다시 윤을 '전하'라 불렀음을 깨달은 구월이 고개를 흔들었다. 긴 세월 가졌던 습관은 좀처럼 고쳐지지 않았다.

"나리님께서도 참……. 훈장님이라니요. 쑥스럽습니다. 어린애들이랑 여인네들에게 언문 읽고 쓰는 법 정도 가르쳐주는 겁니다."

"구월이 네가 오기 전에는 아무도 생각지 못했던 일 아니더냐. 글을 가르쳐줄 생각을 하다니 기특하다."

"글이라도 알아야 기술도 배우고 셈도 하는 법이니까요. 그래야 좀 더 벌이도 좋아질 것이고요. 그냥, 이 마을이 좋아서 그렇습니다. 사람들도 참 선량하고요."

부끄러운 듯 손사래를 치는 구월의 뺨은 붉게 달아올라 있었다.

"아무튼 다녀오겠습니다. 한두 시진 안에 돌아올게요."

꾸벅 절을 한 구월이 눈 오는 뜰로 뛰어나갔다. 이내 멀어지는 그녀의 발소리.

휘잉, 바람이 불었다. 눈송이가 날아와 윤과 순심의 뺨에 내려앉았다.

"순심아."

"예, 서방님."

"상상도 못 했구나. 이런 산중에서 너와 함께 첫눈을 맞게 되리라고는."

"저도 그렇습니다."

윤이 순심의 이마에 흩어진 잔머리를 부드럽게 쓰다듬었다. 드문드문 매달려 있던 눈의 결정들이 온기에 녹아내렸다.

"그리고 아마, 처음이지?"

"무엇이요?"

"내가 돌아온 이후, 이곳에 너와 나 둘만이 남아 있는 게⋯⋯."

"⋯⋯예, 서방님."

순심의 입가에 수줍은 미소가 솟았다.

볼일이 있다며 청주로 떠난 황가는 봄날을 기약하며 자리를 비웠다. 본래 순심과 안방에서 생활하던 구월은 윤의 귀환 이후 자진하여 문간방으로 물러갔다.

그러나 손바닥만 한 뜰을 사이에 두고 옹기종기 모여 사는 작은 집. 그들은 둘만이 함께할 순간을 기다렸다.

"앗⋯⋯."

밖에서 날아 들어온 눈송이 하나가 순심의 입술에 달라붙었다. 때를 기다린 것처럼, 윤의 입술이 그녀의 입술 위로 포개진다.

눈은 차가왔다. 체온은 뜨거웠다. 입술과 입술을 통해서 따뜻한 숨이 오갔다. 겹쳐진 입술 틈으로 흘러나온 뜨거운 숨결이 바깥의 찬 공기를 만나 뿌옇게 흩어졌다. 윤의 손이 순심의 허리를 단단히 감싸 안았다. 숨이 막힐 만큼 강한 손길. 맞닿은 심장은 하나가 된 것처럼 동시에 뛴다.

다시는 우리의 삶이 나뉘지 않기를. 나는 바라고 또 바란다…….

"순심아. 어찌 우느냐."

"행복해서요. 전하와 신첩이 여기 함께 있는 것이 행복해서……."

순심의 뺨을 타고 흐른 눈물이 겹쳐진 윤의 얼굴을 적신다.

"그렇지만, 전하께서 응당 계셔야 할 자리를 떠나온 것 같아 마음이 아픕니다."

뜨거운 눈물이 입술 틈으로 스며들었다. 혀끝에서 전체로 퍼져가는 눈물의 맛. 하루하루를 치열하게 살아가는 사람들의 땀에 소금기가 배어 있듯, 긴 여정을 마친 여인의 눈물에선 진한 짠맛이 났다.

"순심아."

윤이 순심의 젖은 뺨과 눈가에 입술을 눌렀다.

"살아 있다는 것, 너와 내 심장이 지금 함께 고동치고 있다는 것. 내게 그것보다 중요한 건 없어. 나야말로 비로소 행복하다. 이곳이 행복하고, 네가 행복하다. 그러니 내 걱정하며 울지 마라."

"예, 전하……."

"순심아."

윤이 순심의 얼굴을 마주 본다.

그녀의 눈에 그가 비친다. 그의 눈동자 속에 순심이 있다. 이렇게 서로를 무한히 바라볼 수 있는 삶이라면 무언들 못할까. 그것이 어떤 일이든, 백 번이고 천 번이고 할 수 있다.

"조선의 스무 번째 임금 경종을 사람들은 그렇게 기억하겠지. 어머니를 비극적으로 잃은 가여운 왕, 보위에 오른 지 사 년 만에 세상을 떠난 왕, 게장과 감을 먹고 요절한 불행한 왕……."

윤이 희미하게 웃었다.

"그리고 안타깝게도, 순심이 너에 대해서 역사는 기억해주지 않을 게다. 평범한 궁녀가 실록에 기록되는 법은 없으니까."

"신첩은 서운하지 않습니다, 전하."

"안다. 그리고 나 역시 아쉽지 않다."

윤이 순심의 이마에 부드럽게 입 맞추었다.

"왕 이윤과 궁녀 순심의 삶이 끝났을 뿐, 우리가 함께할 생이 끝난 것이 아니니까."

역사에 기록될 조선의 왕 경종의 이야기가 끝났을 뿐이다.

역사에 기록되지 못할 이름 모를 승은궁녀의 이야기가 끝났을 뿐이다.

"그러니 나와 함께 가자. 그리고 함께 살아가자."

"예, 전하."

순심의 얼굴에 화색이 돌아왔다. 눈물은 이미 말라 있었다.

"이 겨울이 지나고 봄이 오면 진짜 우리의 삶을 시작하러 떠나는 거다. 언젠가 약조했던 바다도, 바다 끝에 있다는 작은 섬 독도도……. 우리 함께 어디든 가는 거지. 생각만 해도 행복하지 않으냐?"

"예. 행복합니다, 전하."

순심이 힘차게 고개를 끄덕였다.

오랜 습관 탓에 다시금 그를 '전하'라 불렀던 그녀는, 그들의 새로운 삶에 어울리는 이름을 소중히 말해본다.

"정말로 행복합니다, 서방님."

"그래. 이제부터 너와 나, 우리의 역사를 써나가는 거야."

윤이 순심을 바라보며 따스하게 웃었다.

그의 눈동자 속에는 한없이 내리는 함박눈과 고즈넉한 겨울밤이 있다. 총총하게 쏟아지는 별빛도 있고, 머나먼 동쪽에서 그들을 기다릴 거대한 푸른 바다도 있다. 그리고 늘 있다, 그가 생을 바쳐 사랑한 여인 순심이.

역사는 밤에 이루어진다고 했던가.

이제부터 시작되는 역사는, 그 어디에도 기록되지 않을 오직 그들만의 것이었다.

外傳.
희빈 장씨 애련곡(禧嬪 張氏 愛戀哭)

"옥정아."

장옥정을 부르는 이순의 음성은 한없이 따스했다.

그의 목소리가 부드럽게 떨린다. 소리쳐 부르면 놀라 달아나기라
도 할까, 옥정을 대하는 그의 목소리며 눈빛, 태도, 그녀를 만지는 손
길까지 무엇 하나 애틋하지 않은 것이 없었다.

젊은 왕의 발치에 납죽 엎드려 사는 신료들이 이순의 이런 모습을
본다면 그야말로 땅을 칠지도 모를 노릇이다.

열네 살 어린 나이에 왕이 된 이순은 대단히 비범한 인물이었다.
처음 신료들은 나이 어린 왕을 손아귀에 쥐고 흔들 수 있으리라 여
겼다. 그러나 첫 번째 도전을 받아들인 왕은, 조정의 우두머리이자
선왕들과 그 자신의 스승이기도 한 우암(尤庵) 송시열(宋時烈)을 유
배 보내는 것으로 답했다.

신료들은 금세 깨달았다. 그들이 얕보았던 젊은 왕은 그들이 경험
해온 지난 임금들과는 차원이 다른 인물이었다. 어리다고 만만하게
여겼다간 목이 날아갈 것이 자명했다.

권력이 생의 전부인 자들은 복종 역시 쉽게 하는 법. 신하들뿐만이 아니었다. 궁인들은 물론이거니와 그의 어머니인 명성왕후와 할머니 자의대비까지도 그의 눈치를 살폈다.

이순은 나라 조선의 왕만이 아니었다. 모든 이들의 왕이었다. 모든 사람들이 젊은 왕을 두려워했다. 오직 한 명을 제외하고는.

"놓으십시오. 오늘 신첩의 기분이 울적하여 도저히 전하를 모실 수가 없습니다."

"옥정아. 또 무엇이 마음에 들지 않아 그러느냐?"

"전하께서 아신다고 달라지는 것이 있으오리까? 그저 미천한 제 탓을 할 수밖에요. 그러니 돌아가십시오. 전하를 보고 있자니 이 마음이 더욱 서글프고 갑갑합니다."

"옥정아."

이순이 옥정의 곁으로 다가갔다. 정말로 성이 잔뜩 난 모양이다. 옥정의 말갛고 반반한 이마 위에 내 천(川) 자 주름이 생겨나 있었다. 그러나 골이 난 옥정의 마음과는 별개로 이순은 그녀의 강렬한 아름다움에 감탄했다.

몹시 분한 듯 앙다문 입술은 어찌 이리 붉은지, 지그시 감긴 눈꺼풀 아래 속눈썹은 어찌 이리 짙고 그윽한지…….

옥정은 본래부터 눈가가 불그레하고 촉촉하여, 이순의 모후인 명성왕후께서는 색을 밝히는 계집이라며 험담을 늘어놓곤 했다. 그러나 이순이 보기에는 마냥 고혹적이기만 한 눈매. 옥정이 젖은 눈으로 그를 세상 밉다는 듯 흘겨보았다.

오직 옥정뿐이었다, 감히 용안을 똑바로 응시할 수 있는 사람은. 얼굴에 확연히 드러난 분노를 숨길 생각도 없이 왕을 바라보는 눈빛은 한없이 도도하다. 그것은 옥정이 아닌 이상 세상 누구에게도 허락되지 않은 일이었다.

"대비전에 있는 궁녀가 그리 말했다더이다. 곧 후궁 간택령을 내릴 것이라고. 젊고 아리땁고 가문이 좋은 여인이 들어오면, 저 장옥정은 전하께 내쳐져 뒷방 신세가 될 것이라고. 저는 결코 후사를 보지 못할 것이라고요."

"뭐라. 어떤 미친 계집이 그런 말을 하고 다니더냐?"

이순의 음성이 싹 가라앉았다.

대비전에서 후궁 간택에 열을 올리는 것은 사실이었다. 본래 어마마마께서는 옥정이라면 치를 떨 정도로 미워하셨으므로, 이는 별다를 것도 없는 소식이었다. 그러므로 그의 심기를 거스른 것은 후궁을 들인다는 소문이 아닌 감히 왕의 후사를 운운한 궁녀의 경박한 언행이었다.

"그런 소리를 지껄인 계집이 누구더냐?"

"대비전에 신첩을 미워하는 궁녀들이 수십입니다. 어찌 그 이름을 일일이 기억하오리까."

"이름을 모르면 생김새라도 말하거라. 감히 왕의 후사를 운운하며 옥정이 너까지 욕보였으니, 다시는 그런 짓을 못하도록 내 그년을 똥간으로 보내버려야겠다."

옥정 역시 본래 자의대비 처소의 궁녀였다. 지체 높은 가문의 여식이 간택 후궁으로 들어오면 굽실대며 비위를 맞추다가도, 같은 처지의 궁녀가 승은을 입어 마마님이 되는 꼴은 보아 넘기지 못하는 궁녀들이 많았다.

물론 왕 처지에 내명부를 단속하는 것은 격에 맞지 않는 일이었다. 그러나 이순은 진심이었다. 장옥정은 조선의 왕 이순이 처음으로 사랑한 여인. 누가 감히 그의 여인의 마음을 다치게 한단 말인가?

"됐습니다."

옥정이 이순에게 잡혔던 손을 빼내며 고개를 돌렸다.

"전하께서 그러실수록 이년이 욕을 먹습니다. 요망한 계집이라,

감히 한 나라의 지존을 치마폭에 감싸 정신을 흐리게 한다고요. 해코지를 하시라는 뜻으로 부러 마음 상한 티를 내는 것이 아닙니다."

"그렇다면 어찌 그리 화가 난 것이냐? 새 후궁이 들어온다는 말이네 마음을 다치게 한 것이냐?"

"그 말을 듣고 좋다 할 여인이 세상천지 어디 있답디까? 천치 머저리가 아니고서야……."

옥정이 날카롭게 반문했다.

"옥정아. 지금 투기를 하고 있는 게냐?"

"……."

"투기도 할 줄 아는 여인이었다니, 놀랍구나."

이순은 빙긋 웃고 있었다. 그의 웃음이 옥정의 화를 더욱 돋운 모양이었다. 궁인들이 요망하다, 요사스럽다 수군거리는 눈꼬리가 치켜 올라간 큰 눈으로 옥정은 이순을 노려보았다.

"투기든 뭐든, 아무튼 오늘은 이년의 마음이 동하지 않으니 가십시오. 신첩 조용히 있고 싶사옵니다."

본래 이순은 인내심이 적은 군주였다. 그의 왕세자 시절, 명성왕후는 아들의 심기가 아침과 낮에 다르고 저녁에 또 다르니 어찌 비위를 맞춰야 할지 모르겠다 탄식할 정도였다.

그는 원하는 것이 있으면 소유해야 했고, 바라는 것이 있으면 이루어야 했으며, 갖고 싶은 것이 있으면 가져야만 하는 사람이었다. 그런 그가 지금 이 순간 바라는 것은 옥정뿐이다.

하지만 이 여인을 어찌할 것인가.

조선 하늘 아래 살아가는 모든 이들이 이순의 발아래 엎드리지만, 옥정만은 뜻대로 되지 않았다.

"장옥정."

이름이 불리자, 옥정은 새치름한 눈으로 이순을 바라보았다.

"옥정아."

저 눈동자, 저 눈빛, 저 눈매. 문득 이순은 생각한다. 나는 저것을 못 보면 정녕 못 살겠구나.

"과인에게 정말 이럴 것이냐? 내가 너를 이리 바라고 원하는데……."

이순의 음성이 애틋하게 가라앉았다.

모두의 위에서 군림하는 왕. 그 누구에게도 굴복하지 않는 강인한 임금. 그러나 이 순간 그는 사랑을 갈구하는 청춘일 뿐이었다.

"내가, 조선의 왕인 과인이 너를 이토록 원하고 사랑한다는데, 그래도 끝내 나를 가라 할 것이냐?"

어떤 왕들은 권력을 차지하기 위한 다툼으로 평생을 허비한다지만 이순은 스무 살 젊은 나이에 이미 그것을 소유했다.

궁궐의 웃어른들이 수십 규수들을 살피고 또 살핀 끝에 간택된 중궁전, 정치적인 목적, 혹은 짧은 밤의 유희를 통하여 후궁이라는 자리를 차지한 여인들, 왕이 지나갈 때면 몰래 바른 연지를 보이며 부끄러운 듯 눈을 내리까는 젊은 나인들. 그들 중 누구도 이순의 마음을 설레게 하지 않았다.

물론 그는 혈기왕성한 사내였다. 때로 여인들을 갖고픈 욕망이 치솟았다. 정을 나누고픈 마음도 문득 들곤 했다. 그러나 이 여인이 나를 사랑해주었으면, 그만을 바라봐주었으면 하는 욕망이 생긴 적은 없었다.

그러므로 장옥정이란 여인은 이순의 첫정. 첫 마음이다.

"전하는 참 이상하신 분입니다."

내내 등을 보이던 옥정이 비로소 그를 향해 돌아앉았다. 마지못한 표정이었으나, 방금 전에 비하면 훨씬 누그러진 태도였다.

"방금 투기를 한다며 저를 비난하시지 않았습니까? 한데 바로 또 사랑을 말하시니……. 어느 장단에 춤을 추어야 한단 말입니까."

"비난하다니. 그저 물었던 것뿐이다. 투기를 하는 것이냐고. 그것이 싫어 물은 것이 아니다."

왕의 말뜻을 헤아리지 못한 듯, 옥정은 여전히 미심쩍은 표정이었다.

"기쁘다, 나는. 투기란 게 무엇이냐. 네가 나를 그만큼 사랑한다는 뜻 아니냐? 내 곁에 다른 여인이 있는 것이 꼴 보기 싫고, 그런 말만 들어도 화가 나 못 견디겠다는 것이 나는 참으로 기쁘다."

"그런 말씀이 어디 있습니까? 투기란 칠거지악(七去之惡)이라는 말을 귀에 인이 박이도록 들었나이다. 지아비를 투기했다가는 사약을 들이마셔도 할 말 없다 가르치는 곳이 궁궐 아닙니까?"

"칠거지악 따위 개나 줘버려라. 내가 그렇다면 그런 것이지."

옥정은 빤히 이순을 바라보았다.

그의 속을 알기는 어려웠다. 세상 모든 것을 손아귀에 쥔 자. 그는 사랑도 남다른 방식으로 한다.

그러나 이것 하나만은 알 수 있었다. 왕은 그녀에게 미쳐 있었다. 장옥정, 그녀에게 완전히 사로잡혀 있었다.

"그렇게까지 말씀하시니……."

옥정의 음성이 나른하게 잠겨들었다. 마침내 내내 뾰로통해 있던 옥정의 입꼬리가 부드럽게 휘어졌다.

왕의 여인이라면 응당 지켜야 할 법도. 그네들은 분도, 연지도 사용할 수 없다. 독한 향기로 왕의 정신을 어지럽히거나 화려한 색채로 눈을 흐리게 해서는 아니 되기 때문이었다. 그러나 옥정의 뺨은 분을 바르지 않아도 눈 쌓인 밤길처럼 희고, 옥정의 입술은 연지가 없어도 담장 위 능소화처럼 붉다.

옥정의 붉은 입술이 이순을 향해 다가왔다. 그녀의 몸은 본래부터 하나였던 것처럼 왕의 가슴에 폭 안겨들었다. 풀썩이는 치마폭, 살며시 풀어지는 옷고름, 왕의 몸에 감겨오는 매끄러운 여체. 달콤한 입술과 축축한 숨결과 은밀한 목소리, 그리고 그녀의 향기.

처음, 나인 복장을 한 봄날의 옥정을 마주쳤을 때도 이순은 그 향기를 맡았다. 그것은 이순만이 느낄 수 있는 향기였다. 당장이라도 안지 않으면, 그 향기를 소유하지 않으면 미칠 것만 같았다. 사랑이라는 것이 향기가 퍼져나가듯 그렇게 모르는 사이 닥쳐드는 것임을 당시의 이순을 알지 못했다.

"전하. 오직 신첩만을 사랑하시지요?"

"그렇다마다."

옥정의 입술 사이로 만족스러운 신음이 흘러나왔다. 왕은 그 나른한 목소리마저 소유하길 원한다. 이순은 그녀의 입술을 취하고, 그 입술에 기꺼이 취하였다.

"영원히 그럴 것이다. 영영 너는 내 것이니."

* * *

살(蟀)처럼 흘러가는 세월.

젊은 날 자의대비전의 지밀나인이었던 여인 장옥정은 왕의 마음을 사로잡아 승은을 입었다. 우여곡절이 있었지만 그녀는 후궁이 되었으며, 왕의 아들 윤을 낳았다. 그녀가 낳은 아들이 곧 원자로 책봉되자 그녀는 후궁 중 최고 품계인 빈에 올랐을 뿐 아니라 끝내 나라의 국모인 중궁전에 이르렀다.

그리고 그 시절은 여름날 소나기처럼 지나가버렸다.

한때 숙원 장씨, 희빈 장씨, 그리고 중전마마라 불리던 여인. 세간의 백성들이 '장다리는 한철이다'라며 조롱하던 여인. 그녀는 이제 더 이상 나라의 국모가 아니다.

쓸쓸히 궁궐을 떠났던 중전 민씨는 다시 환궁하여 자리를 되찾았다. 옥정은 이를 바득 갈며 취선당으로 돌아왔고, 다시 익숙한 이름인 희빈 장씨로 불리게 되었다.

민씨는 오래지 않아 병환으로 세상을 떠났다. 그러나 자리가 비어있던들 왕께서 옥정을 부르지 않을 것임을 그녀는 안다.

긴 세월. 흘러간 시절은 많은 것을 앗아갔다. 이제 옥정은 마흔을 넘겼다. 그녀는 여전히 아름다웠지만 젊음은 이미 저만치 뒤로 떠나갔다. 중궁전의 자리 역시 그녀의 것이 아니었나. 보동의 경우와 딜리 폐비되어 궐 밖으로 쫓겨나는 것만은 면했지만 그것이 위안이 되어주지는 못했다. 어제의 국모가 오늘의 후궁으로 전락하는 것은 그야말로 수모이고 수치였기 때문이었다.

그러나 젊음을 잃은 것보다, 화려한 아름다움이 사그라진 것보다, 중전이라는 역사에 남을 이름을 빼앗긴 것보다 더 혹독하고 고통스러웠던 것.

그것은 떠나간 왕의 마음이었다.

"세자."

옥정이 윤의 얼굴을 쓰다듬는다.

"예, 어머니."

윤은 이제 열네 살.

옥정의 아들은 그녀를 사랑하던 시절의 왕을 닮았다. 선량한 눈동자로 그녀를 바라보며 마음을 고백하던 이순의 모습을. 때로 그녀를 안고 싶어 조바심을 내며 애원하던 젊은 왕을. 그의 삶에 여인이라고는 오직 옥정뿐이라며 사랑을 갈구하던 그를.

"세자."

"예, 어머니."

옥정은 재차 아들을 부르며 그의 얼굴을 쓰다듬었다. 이순과의 사랑의 첫 결실이었던 아들은 울음소리 한 번 제대로 내지 못한 채 세상을 떠났다. 윤은 그런 그녀에게 찾아온 귀한 자식이었으며 왕의 장자였다.

옥정과 이순의 사랑이 가장 뜨겁던 시절 태어난 윤은 수려한 소년이었다. 그는 어미의 가장 아름다운 부분과 아비의 가장 사내다운 부분을 닮았다.

"어찌 자꾸 이름만 부르십니까. 어머니……."

윤의 어조는 침울했다. 그는 어미 앞에서 늘 조심스러워했다. 언제 옥정이 발칵 화를 내며 자신을 다그칠지 모른다 생각했기 때문이었다.

옥정 역시 그 까닭을 안다. 그것은 그녀의 태도 때문이었다. 윤을 바라보고 있으면 옥정은 화가 치밀어 올랐다가 슬퍼지고, 행복하다가도 서글퍼지곤 했다.

윤의 얼굴에 겹쳐지는 지아비 이순의 얼굴을 떠올리면 분노가 치솟았다. 제가 가장 자랑스러워하던 부분들을 빼닮은 아들의 모습을 보면 다시 행복해졌다. 그러다가도 중전 민씨의 상주 노릇을 하느라 상복을 입은 윤의 모습에 울컥 화가 치밀었다.

"어머니……. 어찌 눈물을 흘리십니까. 소자 마음이 찢어집니다. 울지 마소서……."

"세자."

"예, 어머니……."

"이 어미는 곧 죽을 것 같소."

"어머니!"

윤이 옥정의 손을 붙들었다.

"그런 흉한 말씀 마시옵소서! 어머니께서는 이리 젊고 건강하신데 어찌 그런 말씀을 하신단 말입니까?"

"마냥 모른 척한다고 일어날 일이 아니 일어나겠습니까. 취선당에 틀어박혀 내쳐진 것이나 다름없이 살지만 어미도 알고 있습니다. 금상께서 나를 자진케 하라는 비망기를 내리려 하신다는 것을……."

"아닙니다! 그런 말씀 마십시오. 말도 안 되는 일입니다. 어머니는 세자의 생모십니다! 아무리 아바마마라 해도 그럴 수는……."

"세자의 아바마마이시니 그럴 수 있는 것입니다. 다른 그 어떤 왕도 하지 못하는 일이지만, 그분이시기에……."

"어머니. 소자가 막겠습니다. 소자가 무슨 일이 있어도……."

"하지 마오, 세자."

"어머니!"

옥정이 쓸쓸히 고개를 흔들었다.

"그러지 마시오, 세자. 세자의 앞길이 구만 리인데 공연히 금상의 노여움을 사지 마십시오. 그저 세자께서 왕이 되시거들랑 꼭 이 어미의 한을 풀어주시오. 내가 바라는 것은 그것뿐이니……."

"어머니……."

윤의 음성은 확연하게 떨고 있었다. 이미 옥정보다 키가 커진 그였다. 그러나 윤은 어린아이처럼 어머니의 품에 안겨 흐느꼈다.

설움이 북받쳤다. 그럼에도 불구하고 어머니의 말이 진실로 느껴지지는 않았다. 아바마마께서 그럴 리 없다. 아무리 어머니에 대한 사랑이 식었을지언정 죽이다니. 자진을 명하다니. 아들인 제게 아비가 어머니를 죽였다는 끔찍한 운명을 맞닥뜨리게 하다니. 어머니께서 심신이 쇠약해지신 까닭에 공연한 소리를 하는 것이 분명했다.

"세자. 내 말을 좀 들어보오."

"예, 어머니. 말씀하십시오."

"세자는 사랑 같은 거 하지 마십시오. 사랑하는 것 같아도 입 밖으로 내지 마십시오. 자신의 마음을 믿지 마오. 사내의 감정이란 건 본래 바람과 같아서, 영원을 맹세해봤자 돌아보면 저만치 달려가버리고 없는 것이니……."

"……."

"사랑하면 사랑할수록 내 수명이 깎이고 내 마음이 재가 되어 타

들어가는 것이 사랑입니다. 사랑은 아름답지 않소. 사랑은 고통이오. 나를 사랑했던 이유가 나를 미워하는 이유가 되고, 나에게 했던 말이 이름만 바뀌어 다른 여인에게 건네지는 것을 지켜봐야 한다오. 사랑은 비극이오…….”

옥정이 눈물을 닦았다. 정말로 죽을 날이 다가오는가 보다. 그녀는 패악을 부리면 부렸지, 울며불며 나를 보아달라 애원하는 부류는 아니었다.

“그러니 부디 세자는 절대 사랑 같은 건 하지 마시오. 아시겠습니까?”

“……예.”

“그럼에도 불구하고, 이 어미의 당부를 잊고 싶을 만큼 마음을 흔드는 여인이 생긴다면 말입니다.”

“예, 어머니.”

“다른 이에게 마음을 나눠주지 마십시오. 그 여인만을 사랑하고 아껴주세요. 하지만 세자께서는 왕이 되실 분이니 그것은 요원한 꿈이겠지요. 그러니 아드님.”

옥정이 슬프게 웃었다.

“사랑 같은 거 하지 마시오.”

그것이 윤이 기억하는 어머니의 마지막 말.

그로부터 며칠 후, 이순은 장옥정에게 스스로 목숨을 끊어 생을 마감할 것을 명하는 비망기(備忘記)를 내렸다.

* * *

“어머니!”

다급한 외침이 왕세자의 침전 안에 공허하게 울려 퍼졌다. 윤이 벌떡 자리에 일어나 앉았다. 어머니, 어머니. 그는 끝없이 어머니를 부른다. 느리게 눈꺼풀이 껌뻑거렸다.

"살려주시오."

윤이 허공에 대고 애원했다.

"살려주시오, 제발⋯⋯."

어머니의 목숨을 구걸하던 윤의 시선이 캄캄한 문밖으로 향했다. 초점이 맞지 않는 흐린 눈동자에 이채가 깃든다. 시뻘겋게 충혈된 흰자위. 그의 눈동자에는 결코 평범한 사람은 가질 수 없는 강렬한 광기가 깃들어 있었다.

"어머니를⋯⋯."

몸 안에서 불길 같은 열기가 치밀었다. 윤은 저고리를 벗어 던졌다. 한 겹 남은 속곳 저고리마저 옷고름이 풀어졌다. 그가 갑자기 머리를 쥐어뜯었다. 그 바람에 황금 동곳이 튀어나와 바닥에 나뒹굴었다. 상투가 풀어지고, 헝클어진 긴 머리카락이 그의 어깨 위로 쏟아졌다.

윤이 비척대는 걸음으로 저승전을 나섰다. 허연 옷자락이 잰걸음을 따라 너풀거렸다. 어머니를 살려달라 중얼대며 궁궐을 배회하는 그의 모습은, 궁인들 사이에 파다하게 퍼진 소문과 정확하게 일치했다.

왕세자는 미치광이라, 밤마다 온 궁궐을 쏘다닌다더라.

낮에는 멀쩡한 차림으로 다니다가도 밤이면 속곳 바람이 된다더라. 상투를 풀어 헤치고 다니며, 마주치는 이를 붙잡고 어머니를 살려달라 애원한다더라⋯⋯.

유령처럼 전각 사이를 떠돌던 윤의 걸음이 갑자기 멈췄다.

"우욱⋯⋯!"

지독한 욕지기가 치솟았다. 빙글 세상이 돌았다. 그가 바닥에 나동 그라지듯 풀썩 쓰러졌다.

그때였다. 윤이 쓰러져 있던 곳 바로 앞에 위치한 불 꺼진 처소의 문이 갑자기 열렸다. 달빛이 방에서 걸어 나온 누군가를 비춘다.

스무 살쯤 먹은 젊은 여인- 아마도, 나인.

겁먹은 표정의 여인이 쭈뼛대며 윤에게 다가왔다.

"이, 이보시오……?"

여인의 목소리에, 힘겹게 숨을 몰아쉬던 윤이 가까스로 고개를 들었다. 광기에 휩싸인 흐린 시야에 비치는 여인의 얼굴…….

윤과 순심의 눈이 마주쳤다.

역사는 그렇게 시작되었다.

-마침-

작가 후기

『승은궁녀 스캔들』을 작업하며 내내 끼고 살았던 책, 『창덕궁과 창경궁』의 저자 한영우 님은 책머리에 이렇게 쓰셨습니다.

'역사는 육하원칙에 따라 연구, 서술, 학습해야 한다. 언제 (when), 누가(who), 어디서(where), 무엇을(what), 어떻게(how), 왜(why)가 그것이다.'

사실 언제 누가 어디서 무엇을 어떻게 했는지는 문헌이 남아 있는 한 분명히 기록되어 있습니다. 그러나 저 육하원칙 중에는 미지의 영역이 하나 있어요.

왜?

역사의 주인공이 왜 그런 행동을 했는지, 그를 움직인 강력한 동기가 무엇인지. 그것은 당사자가 아니면 결코 정확히 알 수 없으니까요. 후대 사람들은 그저 추측할 뿐입니다.

2015년 말, 박시백 님의 『조선왕조실록』 경종, 영조 편을 읽던 저는 그 '왜?'와 마주치게 되었습니다. '독을 써서 왕을 시해하려 했던 김성(金姓)의 궁인을 밝혀내어 벌하라'는 50여 차례의 상소에 경종이 매번 '그런 사람이 없다', '알아낼 방법이 없다'며 답하는 장면인데요. 『승은궁녀 스캔들』은 김성 궁인 사건에 얽힌 그 '왜?'를 작가의 상상으로 채워낸 이야기입니다.

역사적 배경에 역사 속 인물들이 등장하지만, 아마도 책 속의 '왜?'는 실제 인물들의 '왜?'와는 다를 거예요. 소설 속 이윤의 모든 '왜?'를 가능케 한 히로인 김순심은 실존 인물이 아닌 상상의 인물이니까요.

실제 역사를 살았던, 그것도 '실록'이라는 기록물 속에 너무나 또렷하게 각인된 인물을 그리는 것이 처음이었기에 조심스러운 부분이 많았습니다. 『승은궁녀 스캔들』의 시간 흐름은 이윤이 세자였던 숙종 44년부터 그가 세상을 떠난 경종 4년까지의 역사적 사건을 따라 움직여요. 드러나 있는 그의 자취 뒤편 틈틈이 '왜?'를 끼워 넣으며, 상상의 영역이 실제 기록에 배치되지 않도록 많이 노력했습니다. 소설은 역사와 다르며 상상은 상상일 뿐이지만, 적어도 '그랬을 법하다'는 틀에서 벗어나지 않도록 애썼습니다.

경종 이윤, 숙종, 연잉군 이금, 선의왕후 어씨(채화), 박상검, 황진기, 영빈 김씨, 연령군 이훤, 김일경, 이이명, 문유도……. 순심과 구월을 제외한 대부분의 이들이 실제 역사를 살았던 인물들이에요. 사료에서 드러나는 인물의 특징을 모티프 삼아 재창조 하였지만, 역사적 관점과 소설의 해석은 다르다는 점을 꼭 말씀드리고 싶습니다.

창덕궁과 창경궁 속, 지금은 사라지고 없는 저승전과 낙선당이 있었을 법한 장소들, 윤과 순심의 많은 이야기가 아로새겨진 창덕궁 후원, 그리고 실제 경종과 선의왕후 어씨가 잠들어 있는 석관동의

의릉(懿陵). 『승은궁녀 스캔들』을 작업하며 수시로 이 장소들을 찾았어요. 평일 낮, 고즈넉하기 마련인 궁궐과 왕릉을 거닐다 보면 정말로 인물들이 말을 건네는 것 같은 느낌이 들었거든요. 작가 후기를 쓰고, 길었던 『승은궁녀 스캔들』의 마침표를 찍은 후에 찾는 창덕궁 후원은 또 다른 느낌일 것 같네요.

2015년 말 시놉시스가 나온 이후 작가 후기를 쓰고 있는 2017년 9월까지, 참 긴 시간 동안 『승은궁녀 스캔들』은 제 일상의 전부였답니다. 2016년 8월부터 2017년 10월까지 네이버 웹소설을 통해 수많은 독자님들을 만나 과분하도록 큰 사랑을 받았어요. 작업 기간이 길었던 만큼 그 사이 참 많은 일들이 있었습니다. 왕정국가의 왕이자 붕당의 시대를 산 윤의 고뇌와, 민주주의 국가의 주권자인 제가 느꼈던 분노와 슬픔, 희망이 맞물리는 지점이 있었어요. 저는 소설 속 인물들이 보다 인간적인 면모를 드러내기를 바랐습니다. 다행스럽게 제 현실에는 희망이 찾아들었지만, 역사 속 경종은 그렇지 못했어요. 하지만 소설 속 윤의 삶은 평안하고 아름답기를 빕니다.

『승은궁녀 스캔들』은 많은 분들에게 마음의 빚을 지고 있습니다.
와이엠북스, 김은지 팀장님, 네이버 웹소설, 엄마, 오제훈 씨, 동료 작가님들. 고맙습니다.
숙종의 고양이 금손이 이야기를 쓰기가 유독 힘들었던 까닭인, 이제 열 살을 훌쩍 넘긴 내 사랑하는 세 고양이 엣지, 호밀, 연두- 건강하자.
그리고 131화에 달하는 네이버 연재 매 회차마다 윤과 순심의 이야기를 완벽에 가까운 고증을 통해 완성해주신 삽화작가 나래 님, 표현할 수 없을 만큼 고마워요. (연재 완결 이후에도 나래 님의 삽화는 계속 감상하실 수 있으니, 네이버 웹소설에서 '승은궁녀스캔들'을 검색해주세요.)

무엇보다 늘 사랑과 응원을 아끼지 않으신 독자님들께 깊은 감사를 드립니다. 새롭게 책을 통하여 만나 뵙게 된 독자님들께서도 부디 이야기가 마음에 드셨으면 좋겠어요.

독자님들께 보답할 수 있는 방법은 오직 하나뿐임을 저는 잘 알고 있어요. 다음번엔 보다 발전된 더 좋은 작품을 써서, 독자님들을 쥐락펴락 잠 못 들게 하는 작가가 되겠습니다. 머지않아 다시 뵙기를 바라요.

독자님들만의 행복한 역사를 써나가시기를 기원합니다. 고맙습니다.

-2017년 9월, 작가 김정화 올림.

지면을 빌려, 칠언절구(七言絶句) 한시(漢詩) 및 한문 감수를 맡아주신 초객 안정빈 작가님과 한약재의 쓰임에 대하여 감수해주신 다함 한의원 김양희 원장님, 그리고 참고한 도서와 문헌의 저자 및 역자분들에게 심심한 감사를 전합니다.

참고문헌

'가례도감의궤와 미술사- 왕실 혼례의 기록' 이성미 지음, 소와당, 2008.

'경종대왕과 친인척' 지두환 지음, 도서출판 역사문화, 2009.

'동궐도' 한영우 글・김대벽 사진・김진숙 영역, 효형출판, 2007.

'박시백의 조선왕조실록 15- 경종・영조실록(개정판)' 박시백 글・그림, Humanist, 2015.

'숙종대왕과 친인척- 세가' 지두환 지음, 도서출판 역사문화, 2009.

'숙종대왕과 친인척- 후궁' 지두환 지음, 도서출판 역사문화, 2009.

'역사저널 그날 6권- 인조에서 경종까지' KBS 역사저널 그날 제작팀, ㈜민음사, 2016.

'영조대왕과 친인척- 세가' 지두환 지음, 도서출판 역사문화, 2009.

'영조대왕과 친인척- 후궁' 지두환 지음, 도서출판 역사문화, 2009.

'영조를 만든 경종의 그늘' 이종호 지음, ㈜ 글항아리, 2009.

'영조의 세 가지 거짓말' 김용관 지음, 도서출판 올댓북, 2010.

'왕실 혼례의 기록 : 가례도감의궤와 미술사' 이성미 지음, 2008.

'왕실의 혼례식 풍경' 신병주, 박례경, 송지원, 이은주 지음, 돌베개, 2013.

'용을 그리고 봉황을 수놓다' 이민주 지음, 한국학중앙연구원 출판부, 2013.

'원본 한중록' 혜경궁 홍씨 지음, 정병설 주석, 문학동네, 2010.

'조선 왕실 기록문화의 꽃, 의궤' 김문식, 신병주 지음, 돌베개, 2005.

'조선 왕실의 의례와 생활, 궁중문화' 신명호 지음, 돌베개, 2002.

'조선왕실 기록문화의 꽃, 의궤' 신명주 지음, 돌베개, 2005.

'조선의 세자로 살아가기' 심재우, 임민혁, 이순구, 한형주, 박용만, 이왕무, 신명호 지음, 돌베개, 2013.

'조선의 역사를 지켜온 왕실 여성' 신명호, 이미선, 김지영, 지두환, 한희숙, 임혜련, 김정희, 이민주, 정은임, 임민혁 지음, 글항아리, 2014.

'昌德宮과 昌慶宮- 조선왕조의 흥망, 그 빛과 그늘의 현장' 한영우 글·김대벽 사진, 열화당·효형출판 공동발행, 2003년.

'한중록' 혜경궁 홍씨 지음, 정병설 옮김, 문학동네, 2010.

참고 웹사이트

네이버 지식백과 - 인명사전

네이버 지식백과 > 건강백과 > 한의학 > 한권으로 읽는 동의보감

네이버 지식백과 - 한국민족문화대박과

네이버 캐스트 > 외규장각 의궤(3), 외규장각 의궤(4), 외규장각 의궤(6)

조선왕조실록 sillok.history.go.kr

한국민족대백과사전 http://folkency.nfm.go.kr

미주

ㄱ) 본문의 대사는 경종실록 4권, 경종 1년 8월 20일의 기록을 윤색한 것입니다.

"자성(慈聖)의 하교(下教)에 매양 이르시기를, '국사가 걱정이 되어 억지로 미음(米飮)을 든다.' 하셨으니, 비록 상중[哀疚]이라도 종사(宗社)를 위한 염려가 깊으신 것입니다. 이 일은 일각(一刻)이라도 늦출 수가 없으므로 신 등이 감히 깊은 밤중에 소대(召對)를 청한 것이니, 원컨대 전하의 생각을 더하시어 빨리 대계(大計)를 정하소서."

ㄴ) 세제 임명을 거두어주기를 청하는 연잉군의 상소는 경종실록 4권, 경종 1년 8월 21일의 기록을 윤색한 것입니다.

"신은 어리석고 불초(不肖)하여 지금의 작위(爵位)에 끼이는 것만으로도 이미 분수에 넘치는 일이옵니다. 그래서 여느 때에도 늘 부끄럽고 두려워 못이나 골짜기에 떨어진 것 같습니다. 그런데 천만 뜻밖에도 절대로 감히 감당할 수 없는 명령을 갑자기 내릴 줄은 생각지도 못하였습니다. 신은 이 명령을 듣고 심담(心膽)이 함께 떨어진 듯하여 놀랍고 두려워 울면서 몸 둘 바를 모르겠습니다. 신의 성질은 본래부터 소활(疎闊)하여 오직 자신의 분수를 지키면서 성세(聖世)에서 편안하게 사는 것만이 마음속에서 항상 계획했던 바입니다. 신의 충정(衷情)은 다만 천지신명께 질정(質正)할 수 있을 뿐아니라, 선대왕의 척강(陟降)하는 혼령도 밝게 아시는 바로 성상께서 위에 계신데서 어떻게 속일 수가 있겠습니까? 삼가 원컨대 성자(聖慈)께서는 자성(慈聖)께 앙품(仰稟)하여 빨리 성명(成命)을 거두어주소서."

ㄷ) 조성복의 상소는 경종실록 5권, 경종 1년 10월 10일의 기록을 윤색한 것입니다.

"전하께서 종사(宗社)의 큰 계책을 생각하시고 인심(因心)의 지극한 사랑을 미루어, 위로는 선왕(先王)의 뜻을 체득하고 안으로는 자전(慈殿)의 뜻을 품(稟)하시어 국본(國本)을 빨리 정하여 능히 원량(元良)을 맡기셨으니 전하의 이러한 거조는 진실로 백왕(百王)보다 탁월하시며 사첩(史牒)에서도 보기 드문 바입니다. 다만 이연(离筵)의 권강(勸講)이 진실로 오늘날 급무이니, 마땅히 춘궁(春宮)을 면려(勉勵)하여 서연(書筵)의 법강(法講)을 혹시라도 정지하지 말고, 비록 재계(齋戒)하는 날을 당할지라도 곧 요속(僚屬)을 불러 서사(書史)를 토론하여 십한일폭(十寒一曝)의 근심이 없게 하소서."

ㄹ) 대리청정의 명을 거두어주기를 청하는 왕세제의 상소문은 경종실록 5권, 경종 1년 10월 13일의 기록을 윤색한 것입니다.

"어저께 천만 뜻밖에도 신자(臣子)로서 차마 듣지 못할 하교를 갑자기 내리셨으므로, 신이 놀라고 두려워한 나머지 어쩔 줄을 몰라 …… 신은 이미 학문이 어둡고 지식도 없으면서 어찌 감히 만분의 일이라도 받들어 감당하기를 바라겠습니까?